GOLDMANN

Von Sara Woods
sind außerdem im Goldmann Verlag lieferbar:

Das Haus zum sanften Mord (4915)
Der Mörder tritt ab (4878)
Die Wahrheit und nichts als die Wahrheit (5037)
Ein kleines, kleines Grab (5051)
Ihre Tränen waren Tod (4921)
Lady im Kreuzverhör (4923)
Weine nicht, kleine Jennifer (5058)
Wer Antony eine Grube gräbt (5064)
Wer zuletzt schießt... (5023)

SARA WOODS

LIEBSTER FEIND

AUFTRITT EINER DAME

EIN DIEB ODER ZWEI

Drei Fälle für Antony Maitland
in einem Band

GOLDMANN VERLAG

Der Goldmann Verlag
ist ein Unternehmen der Verlagsgruppe Bertelsmann

Made in Germany · 1/91 · 1. Auflage

Umschlaggestaltung: Design Team München
Umschlagillustration: Veron, Hamburg
Druck: Elsnerdruck, Berlin
Verlagsnummer: 11986
Ge · Herstellung: Heidrun Nawrot
ISBN 3-442-11986-3

Liebster Feind

Dearest Enemy

Aus dem Englischen übertragen
von Tony Westermayr

Die Hauptpersonen

Jeremy Skelton	Schriftsteller mit Polizeierfahrungen und Theaterambitionen
Anne Skelton	seine zweite Frau
Meg Farrell	Starschauspielerin, die sich gelegentlich allzusehr dem Theaterspielen widmet
Roger Farrell	ihr Mann und wie sie mit den Maitlands eng befreundet
Leonard Buckley	Schauspieler, der glaubt, seine Frau plane ihn zu ermorden
Victoria Buckley	seine »zweite Hälfte« zum »vollkommenen Ehepaar«, wie das Publikum sie beide sieht
Antony Maitland	manchmal recht unkonventioneller Strafverteidiger und Anwalt
Jenny Maitland	Antonys einfühlsame Frau und oft »Ventil« für seine Sorgen
Sir Nicholas Harding	Onkel von Antony, der seinem Neffen auf Grund eigener juristischer Kenntnisse wenig zutraut
Vera Harding	erst seit kurzem seine Frau; ebenfalls strafverteidigungs-erprobt
Chefinspektor Sykes	ein alter »Freund« Antonys, doch leider auf der Seite der Anklage
Geoffrey Horton	Kollege von Antony, der bei allen Zweifeln ihm doch stets loyal zur Seite steht

Der Roman spielt in London

Doch warum sag' ich diese Zeitung dir?
Was sag' ich, Heinrich, dir von unsern Feinden,
Da du mein nächst- und schlimmster Gegner bist?

Shakespeare, *Heinrich IV.*
Teil I., 3. Akt, 2. Szene

1. Teil

Sitzungsperiode Januar 1973

Montag, 15. Januar

1

»Du kannst nicht behaupten, Darling«, sagte Meg Farrell, als sie sich in einem Sessel im Wohnzimmer der Maitlands bequemer zurechtsetzte, »ich hätte jemals um Gefälligkeiten gebeten. Jedenfalls nicht oft«, fügte sie hastig hinzu, als der Blick ihres Gastgebers einen deutlich spöttischen Ausdruck annahm.

Die Antwort allerdings gab ihr Ehemann.

»Ich weiß wirklich nicht, wie du so etwas behaupten kannst, Meg«, erklärte Roger Farrell ohne Umschweife. »Hast du vergessen, wie du mich vor jetzt beinahe zehn Jahren mit Jenny und Antony bekanntgemacht hast? Und nur zwei Jahre danach –«

»Na ja, ich weiß, daß das damals schreckliche Auswirkungen hatte«, sagte Meg, die vielleicht der Meinung anhing, alle Beteiligten sollten möglichst rasch vergessen, was damals geschehen war, »aber ich bin sicher, Antony würde mir recht geben, wenn ich behaupte, daß sich alles gelohnt hat. Jon Kellaway säße immer noch im Gefängnis, wenn Antony seine Verurteilung zugelassen hätte, dabei gehört er heute zu den am meisten geachteten Persönlichkeiten des Theaters in unserem Land.«

»Trotzdem –«, sagte Roger beharrlich, aber diesmal fuhr Antony unerbittlich dazwischen.

»Was gibt es jetzt, Meg?« fragte er scharf.

Meg, deren Anbeter im Bühnenpublikum sie als Margaret Hamilton kannten, betrachtete ihn sekundenlang stumm, so, als wolle sie abwägen, wie er aufnehmen werde, was sie zu sagen hatte. Sie war klein gewachsen, und Antony hatte manchmal den Eindruck, daß sie sich, zumindest äußerlich, seit dem Tag, als ihre Wege sich mit denen von ihm und Jenny gekreuzt, kaum verändert hatte. Oberflächlich wirkte sie weltgewandter, aber die schwarzen Haare trug sie immer noch als Kranz, und ihre Augen hatten nichts verloren von ihrem Funkeln oder von einer Direktheit, die bei Gelegenheit beunruhigen konnte.

»Eigentlich etwas ganz Einfaches, Darling«, sagte sie.

»Ja, Meg, da weiß ich Bescheid. Die Sache ist nur die: In wessen Glück – oder Unglück – willst du mich diesmal hineinziehen?«

»Zwei Menschen habe ich immer bewundert«, teilte sie mit. »Die Buckleys.«

Jenny Maitland, die im Grunde besser zuhören als reden konnte (manche Leute hätten behauptet, das sei angesichts des von ihr gewählten Ehepartners nur gut), hob daraufhin den Kopf.

»Meinst du die Leute, die von den Zeitungen stets ›das perfekte Ehepaar‹ genannt werden?« fragte sie. »Wir haben sie vor ein paar Monaten in einem Theaterstück gesehen, und da schien alles in bester Ordnung zu sein.«

»Schien«, sagte Meg. Sie sprach es mit ganz tiefer Stimme aus, um das Wort zu betonen. »Die Sache ist die, Antony –«

»Fang lieber ganz von vorne an, Meg«, meinte Roger, der offenbar resignierte.

»Das wäre eine gute Idee«, sagte Jenny ernsthaft. Es war Sonntag abend, das Abendessen vorbei, und sie saßen zu viert um das Kaminfeuer, die Vorhänge zugezogen, um die kalte Januarnacht fernzuhalten.

»Seht ihr, meine Lieben, ich möchte da ein Stück machen«, erklärte Meg und sah sich in der Runde mit einem Ausdruck tiefster Unschuld um; Antony, der sie schon lange kannte, wurde auf der Stelle argwöhnisch. Allerdings wunderte er sich nicht, weil ihm seit Ankunft der Farrells aufgefallen war, daß Meg innerlich erregt wirkte. Mit einem Anflug von Trotz in der Stimme fügte sie hinzu: »Roger will natürlich nicht, daß ich die Rolle übernehme.«

»Aber die andere Sache ist doch erst im November zu Ende gegangen, Meg«, wandte Roger ein. »Und die ging so daneben –«

»Das Stück ist ein ganzes Jahr gelaufen«, sagte Meg mit trotzig vorgerecktem Kinn.

»Schon, aber nur deswegen, weil du mitgewirkt hast. Bei jeder anderen in der Rolle hätte man es nach einer Woche abgesetzt«, behauptete Roger. »Ich habe nur Angst davor, daß du zwei solche – solche Nieten hintereinander erwischst.«

Antony, der sich über den Wunsch seines Freundes, seine Frau gelegentlich auch einmal für sich zu haben, völlig im klaren war, aber ebenso genau wußte, daß Meg auf keine Rolle verzichten würde, die ihr gefiel, hielt es für angebracht, sich einzumischen.

»Das ist das erste, was wir von einem neuen Stück hören, Meg«, sagte er. »Was ist das Besondere daran?«

»Es ist von Jeremy Skelton.«

»Oh!« Jeremy Skeltons Angelegenheiten gehörten gleichfalls zu den Dingen, an die Maitland nicht erinnert werden wollte.

»Aber er schreibt doch keine Stücke!« wandte Jenny ein.

»Das ist sein erstes«, erwiderte Meg. »Vielleicht ist das der Grund, warum Roger glaubt, es könne nicht viel taugen. Aber es handelt sich um die Bearbeitung eines seiner Bücher - erinnert ihr euch an ›Dolche im Dutzend‹? - und ihr wißt, daß seine Dialoge immer sehr gut waren. Außerdem finde ich, daß ich so etwas inzwischen beurteilen kann. Die Höhepunkte sind geschickt verteilt.«

»Das scheint doch aber gar nicht das zu sein, was dir liegt, Meg.«

»Es ist nicht einfach ein Krimi oder ein Thriller oder wie man das nennen will. Bekanntermaßen kann Jeremy sehr ironisch sein, und das Ganze wirkt sehr lustig. Außerdem habe ich so etwas noch nie gemacht«, fügte Meg ein bißchen wehmütig hinzu. Ihren ersten Erfolg hatte sie als eine sehr junge, sehr böse Lady Macbeth gehabt, und obwohl sie in den folgenden Jahren keineswegs bei Shakespeare geblieben war, traf doch zu, daß sie, wie sogar die launischsten Kritiker vorbehaltlos zugaben, eine der hervorragendsten dramatischen Schauspielerinnen des Tages war.

»Das ist kein Grund, jetzt damit anzufangen«, sagte Roger rundheraus, bevor er aufrichtiger zum Kern der Sache kam: »Du hast gesagt, diesmal legst du eine Pause ein.«

»Mein Schatz, ich habe fast zwei Monate Pause gemacht. Das Publikum wird mich völlig vergessen.«

»Nein, Meg, das glaube ich nicht«, sagte Jenny. »Und wenn das Stück nichts taugt, wird es vielleicht nicht lange laufen, Roger.«

Seltsamerweise hatte Jennys ruhige Art bei Roger manchmal Erfolg, wo Megs ganze Überredungskunst versagte.

»Ich wollte nicht barsch sein«, sagte er. »Meg muß natürlich tun, was sie für richtig hält.« Er grinste plötzlich. »Das wird sie ohnehin tun«, meinte er vertraulich. »Und ich glaube - obwohl sie mir das noch nicht hat bestätigen wollen -, daß sie Skelton schon ihr Wort gegeben hat.«

»Nicht direkt«, sagte Meg, beließ es aber, vielleicht klugerweise, dabei. »Es macht dir in Wirklichkeit doch nichts aus, oder, mein Schatz? Das ist eine Gelegenheit, einmal etwas völlig anderes zu machen, und du weißt, wie schwer es mir fiele, so etwas abzulehnen.«

»Ich weiß«, sagte Roger, der sich vor der Heirat mit Megs Hingabe an ihren Beruf auseinandergesetzt hatte, sich aber, weil er sie sehr liebte, manchmal doch reumütig fragte, ob er wirklich ganz begriffen hatte, wie schwer das hinzunehmen sein würde. »Wann fangen die Proben an?«

»Am Mittwoch«, sagte Meg mit einem Seitenblick in Antonys Richtung, so, als erwarte sie, er werde sich auf das Eingeständnis stürzen, daß sie sich schon entschlossen hatte und die gezeigte Unschlüssigkeit nur gespielt war. »Wir haben das Alhambra-Theater, und die restliche Besetzung steht schon«, fügte sie hinzu.

»Kollegen, mit denen du schon gespielt hast?« fragte Antony. Er hatte keineswegs vergessen, daß sie ihn um etwas zu bitten gedachte, war aber gar nicht sicher, daß er das hören wollte. Von seinem Standpunkt aus war jede Minute Aufschub ein Gewinn.

»Ich habe schon mit Andy Murray gespielt, aber das ist länger her. Er wird mein Ehemann sein«, sagte Meg. »Mein ungetreuer Ehemann«, ergänzte sie.

»Ist mein Eindruck richtig, daß er auch das *corpus delicti* sein wird?« erkundigte sich Antony.

»Das stimmt allerdings, auch wenn es eigentlich schade ist, jemanden von seinem Kaliber für eine Rolle zu vergeuden, die nur einen Akt dauert. Dann ist da noch Ellie Dorman, die seine Geliebte spielt. Ich glaube, ich habe sie mal irgendwo bei einer Party gesehen, aber bekannt gemacht hat man uns nicht. Ich kenne Gordon Hewitt und Dominic Eldred, bin aber noch nicht mit ihnen zusammen aufgetreten. Außerdem gibt es noch einen jungen Mann namens Claude Aubin, den ich überhaupt nicht kenne. Und die Ersatzleute kenne ich auch nicht.«

»Und das ist die ganze Besetzung?« Antony zögerte; er wußte sehr wohl, daß er, sobald Meg ihr Problem einmal zur Sprache gebracht hatte, sich auf jeden Fall verpflichtet fühlen würde, eine Lösung zu suchen. Sie hatte in seiner und Jennys Zuneigung stets einen besonderen Platz, und in all den Jahren, seit sie sich kannten, hatte er es nicht übers Herz bringen können, ihr etwas abzuschlagen. Aber ob nun auf der Stelle oder später, er würde unweigerlich zu hören bekommen, was sie beschäftigte. »Du hast von den Buckleys gesprochen«, sagte er. »Leonard und Victoria, so heißen sie doch?«

»Ja, und Jenny hat den wunden Punkt getroffen, als sie vom ›perfekten Ehepaar‹ sprach. Ich weiß seit Jahren von ihnen, obwohl ich sie nicht persönlich kenne, und bewunderte sie sowohl als Schauspieler wie als Beispiel für eine ideale Ehe. Sie spielen Onkel und Tante von Andy – na ja, im Stück heißt er Douglas Carteret.«

»Und das wirft ein Problem auf?«

»Lach mich nicht aus, Antony, es ist ernst.« Megs Stimme war wieder tiefer geworden. Um Aufrichtigkeit zu vermitteln, wie Antony ein wenig zynisch dachte. »Sie werden in den Rollen ganz großartig sein, und Jeremy war ganz wild darauf, sie zu bekommen, wie er mir erzählte.«

»Wo ist dann der Haken? Haben sie abgelehnt?«

»Nein. Die Verträge sind unterschrieben, alles ist in Ordnung. Außerdem wäre ich ja nicht so albern, anzunehmen, du könntest in dieser Beziehung irgend etwas tun, mein Schatz.«

»Das hoffe ich auch«, sagte Antony sehr skeptisch. »Woran liegt es *denn*?«

»Sie sind keineswegs das vollkommene Ehepaar«, sagte Meg. »Ich glaube, sie mögen sich nicht einmal. Und Leonard ist felsenfest davon überzeugt, daß Victoria ihn zu vergiften versucht.«

»Ach du lieber Gott!« Antonys Stimme klang angewidert. Er war ein hochgewachsener Mann, schwarzhaarig, mit schmalem, intelligentem Gesicht; ein Ausdruck der Belustigung hätte besser zu ihm gepaßt. »Du hast mein Mitgefühl, Meg. Du legst größten Wert darauf, daß das Stück herausgebracht wird, und Reibungen zwischen den Schauspielern können da nur schädlich sein. Aber selbst wenn zuträfe, was Mr. Buckley glaubt, was um alles in der Welt soll ich tun können?«

»Es war eigentlich Jeremys Idee«, sagte Meg, ohne das gleich zu erläutern.

»Ich nehme an, er ist zu den Proben in London.«

»Ja, natürlich, und er hat Anne dabei. Sie sind wirklich glücklich miteinander, Antony, du solltest dir dazu gratulieren.«

»Lassen wir ihr Glück auf sich beruhen«, sagte Antony entschieden; er gefiel sich nicht in der Rolle des Ehestifters. »Was glaubt Jeremy, daß ich bei eurem Problem tun könnte?«

»Tja, siehtst du«, gab Meg zurück, »keiner von uns glaubt so recht, was Leonard behauptet. Aber Jeremy dachte, wenn du mit den beiden redest – getrennt, verstehst du – könntest du das vielleicht eindeutig klären.«

»Mein liebes Kind, ich kann nicht zu Mrs. Buckley gehen und sie fragen, ob sie ihren Mann vergiftet.«

»Nein, natürlich nicht. *So* freilich nicht«, räumte Meg ein. »Aber wenn du einfach so mit ihr sprichst, kommst du vielleicht dahinter, ob etwas dran ist. Und wenn es so ist – nun, mein Schatz, ich erinnere dich ungern daran, aber glaubst du nicht, dein Ruf könnte sie abschrecken?« Das war ein Hinweis, den Maitland verabscheute, wie Meg sehr wohl wußte. Sie mußte in der Tat ziemlich verzweifelt sein, um das Thema überhaupt zur Sprache zu bringen. Jenny warf einen sorgenvollen Blick in die Richtung ihres Mannes, aber sie wußte so gut wie er, daß er schon am Haken hing. Meg war eine sehr alte Freundin, und die Umstände hatten Antony und Roger in eine Verbundenheit geführt, die beider Gefühle entsprach.

Antony hatte die Stirn gerunzelt, zitierte aber ohne lange Umschweife: »›Keiner von uns glaubt, was Leonard Buckley sagt.‹ Heißt das, die ganze Besetzung weiß davon?«

»Nein, das natürlich nicht. Ich habe Jeremy und Anne und mich gemeint. Ich war zufällig dabei, als Leonard mit Jeremy darüber sprach.«

»Das brachte Skelton nicht auf den Gedanken, sich die Sache mit ihrem Vertrag noch einmal zu überlegen?«

»Ich glaube nicht, daß er das erwogen hätte, aber wie ich schon sagte, war er schon unterschrieben. Außerdem sind sie für die beiden Rollen die Idealbesetzung.«

»Hätte nicht nur einer von beiden spielen und jemand anderer die zweite Rolle übernehmen können?«

»O nein, das ist ausgeschlossen. Sie haben immer zusammen gespielt, ihr ganzer Ruf beruht auf dreiundvierzig Jahren glücklicher Ehe«, erklärte Meg ernsthaft. »Abgesehen von ihrem Können ist dieser Ruf schon für sich von Wert.«

»Wie alt sind denn die beiden Musterexemplare?«

»Leonard ist siebzig, Victoria dreiundsechzig. Im Ernst, Antony, ich weiß, sie wären dir sympathisch. Wenn du also eine Gelegenheit nutzen könntest, mit ihnen zu reden –«

»Und wie soll sich das ergeben?«

»Ich könnte zu einem gemeinsamen Abendessen einladen«, schlug Meg vor. »Vielleicht am nächsten Samstag. Die Proben sind noch nicht so weit fortgeschritten, daß wir am Wochenende durchmachen müssen. Es wäre ganz natürlich, dich und Jenny angesichts eurer früheren Beziehungen zu einem Treffen mit Jeremy und Anne einzuladen.«

»Jenny hat sie nie kennengelernt«, sagte Antony, als sei das eine unüberwindliche Schwierigkeit.

»Das macht doch nichts. Sie wird sie beide mögen. Und du kannst *deine* Beziehung zu ihnen nicht bestreiten, Antony, egal, was du sagst. Dann kann ich Leonard und Victoria einladen, und wenn ich mich nicht sehr täusche, wird zumindest Leonard dich um ein weiteres Gespräch bitten.«

»Von dir inzwischen präpariert, ohne Zweifel.«

»Ja, versteht sich. Und wenn mir das gelingt, werde ich Victoria denselben Vorschlag machen.«

»Weiß sie, was ihr Mann über sie sagt?«

»Ich fürchte, ja. Sie steht ihrem Mann selbst mit Bitterkeit gegenüber, soviel ich sehen kann, aber bis zu einer Anschuldigung versuchten Mordes ist das noch nicht gediehen.«

»Es könnte klappen«, sagte Roger überraschenderweise.

Antony sah ihn vorwurfsvoll an und fragte:

»Auch du mein Sohn Brutus?«

»Na ja, ich gebe Meg recht«, erwiderte Roger. »Es kann nichts schaden und reinigt vielleicht die Luft.«

»Dann überlasse ich es Jenny. Macht es dir etwas aus, einen ganzen Abend auszuhalten, Liebes, wo zwei Gäste einander wie Gift hassen? Buchstäblich wie Gift, wenn man nach einem der beiden geht?«

»Ich wüßte Schlimmeres«, meinte Jenny. »Etwa, zuzulassen, daß Meg sich solche Sorgen macht.«

»Tja, wenn das alles wäre . . . aber ich sehe beim besten Willen nicht, was ich dagegen tun könnte.«

»Du kannst es versuchen«, sagte Jenny. Sie saß zusammengerollt an ihrem Lieblingsplatz auf dem Sofa, und ihre grauen Augen begegneten den seinen mit der gewohnten inneren Ruhe. »Nicht einmal dein Onkel Nicholas könnte etwas dagegen einwenden, daß du nur mit ihnen redest«, fuhr sie fort. »Das bringt dich nicht in Schwierigkeiten mit der Polizei und führt nicht dazu, daß irgend jemand versucht, dich umzubringen.«

»Es sei denn, Victoria Buckley –«

»Nein, das glaube ich nicht«, sagte Jenny nachdenklich und behandelte, was als leicht hingesagte Bemerkung gedacht gewesen war, wie eine ernsthafte Meinung. »Ich habe sie oft auf der Bühne gesehen und glaube keinen Augenblick, daß sie fähig ist, einen Menschen umzubringen.«

»Wenn du es sagst, Schatz.« Er lächelte sie an und drehte sich wieder zu Meg herum. »Also abgemacht«, sagte er. »Wann sollen wir am nächsten Samstag erscheinen?«

2

»Also, was hältst du davon?« sagte Antony, als er später ins Wohnzimmer zurückkam, nachdem er den Besuch hinausbegleitet hatte. Die Maitlands hatten ihre eigene Wohnung im obersten Stockwerk von Sir Nicholas Hardings Haus am Kempenfeldt Square. Sir Nicholas war nicht nur Chef der Anwaltskanzlei im Inner Temple, der Antony angehörte, sondern auch Maitlands Onkel, und Antony gehörte schon seit seinem dreizehnten Lebensjahr zum Haushalt. Die häusliche Aufteilung war als Provisorium gedacht gewesen, wurde aber schon seit langer Zeit nicht mehr in Frage gestellt, ausgenommen für einen kurzen Zeitraum, nachdem Sir Nicholas vor etwa achtzehn Monaten die Strafverteidigerin Miss Vera Langhorne geheiratet hatte. Das war für Antony Anlaß gewesen, seine Position zu überdenken, aber zum Glück war er darüber hinweggekommen, bevor es die neue Lage umstürzen konnte. Sir Nicholas' Haushalt lief, seitdem die neue Lady Harding das Kommando übernommen hatte, viel glatter, aber abgesehen davon war Vera eine positive Erwerbung an sich.

»Megs Problem? Ich finde, da ist was dran und auch nicht, wie unsere Freunde in Yorkshire sagen würden.«

»Das dachte ich mir«, sagte Antony. Er trat an den Kamin und stieß mit der Schuhspitze ins Feuer, daß es aufloderte. Er kam auf den Gedanken, ihr zu sagen, man könne einen Menschen nicht danach beurteilen, wie er auf der Bühne wirke, entschied sich aber dagegen, das laut auszusprechen. Zum einen wollte er sie nicht erschrecken, und zum anderen war er durchaus auch der Meinung, aus den vorgeschlagenen Gesprächen könnte außer einer gewissen Unbequemlichkeit für ihn kein Schaden entstehen. »Aber dich beschäftigt etwas. Was ist es, Jenny, Liebes?«

»Ich mache mir nur ein bißchen Sorgen um Roger«, sagte Jenny. »Er will wirklich nicht, daß Meg diese Rolle übernimmt.«

»Er war noch mit keiner einzigen Rolle einverstanden, seitdem sie verheiratet sind«, betonte Antony. »Er verbringt die meisten Abende hier, während sie auf der Bühne steht. Keine ideale Lösung.«

»Das Dumme ist«, gestand Jenny, »daß ich beide Standpunkte verstehen kann.«

»Oh, ich auch. Und ich habe Roger gewarnt, bevor sie heirateten. Das Theater steckt Meg im Blut oder wie man das immer nennen will.«

»Ja, das glaube ich auch. Ich habe nur das Gefühl, daß es diesmal ernster ist. So, als sei es eine Art Probe, ob sie die Rolle übernimmt oder nicht.«

»Eine Probe dafür, ob sie ihn wirklich liebt, meinst du? Das ist Unsinn, Jenny. Wenn ich je zwei Menschen gesehen habe, die füreinander geschaffen waren –«

»Das genügt nicht immer«, meinte Jenny traurig. »Ist dir schon einmal der Gedanke gekommen, daß Roger ein sehr empfindsamer Mensch ist, Antony?«

Das war sehr zutreffend. Roger hätte jederzeit für das Porträt eines Piraten Modell stehen können; ein junger Freund von ihnen hatte sogar einmal ein solches Bild von ihm gemalt, aber sein Eingehen auf anderer Leute Stimmungen hatte nie in Frage gestanden.

»Natürlich ist mir der Gedanke gekommen«, sagte Antony. »Er erträgt ja auch mich, nicht? Das sollte Beweis genug sein.«

Jenny streckte die Hand aus, und nach kurzem Zögern ging er hin und setzte sich zu ihr aufs Sofa.

»Das liegt vielleicht daran, daß du zu ihm aufrichtiger bist als zu den meisten Leuten«, meinte sie. »Sogar mehr als zu dir selbst.«

»Ich habe dir nie etwas vorgelogen, Schatz.«

»Nein, das weiß ich. Du lügst nicht«, sagte sie und wählte ihre Worte offenbar mit Bedacht. »Zu keinem Menschen. Aber du sagst auch nicht immer die ganze Wahrheit.«

Da das im Grunde zutraf, dachte Antony darüber nach und schwieg. Nach einer Weile stand er auf, ging zum Schreibtisch, wo das Tablett mit den Getränken stand, und goß für sie beide einen Gutenachtschluck ein. An diesem Abend wurde nicht mehr diskutiert.

Samstag, 20. Januar

1

Am folgenden Samstag aßen die Maitlands, wie es Brauch war, mit Sir Nicholas Harding und Lady Harding zu Mittag, eine Mahlzeit, die selbst zu servieren Gibbs, Sir Nicholas' altehrwürdiger Butler, sich nicht nehmen ließ, wobei es förmlicher zuging, als eigentlich angebracht war. Gibbs war ein sehr launischer alter Mann, und sogar Vera, die mehr Einfluß auf ihn hatte als sonst irgend jemand seit Menschengedenken, war nicht in der Lage gewesen, ihn zum Ruhestand zu überreden; obschon er die Gewohnheit hatte, sich – offenkundig ganz willkürlich – auszusuchen, welche Pflichten er übernehmen wollte, und wehe jedem, der seine Dienste nach zehn Uhr abends benötigte. Er hatte Antony schon zu dessen Schulzeit mißbilligt und offenbar nie Anlaß gefunden, sein Urteil zu revidieren. Zu seinen Eigenheiten gehörte es, hinten in der Halle herumzustehen, augenscheinlich für den Fall, daß Besuch erschien, aber in Wahrheit – so behauptete jedenfalls Maitland – um seine Mißbilligung der Vorgänge auszudrücken, was er vorzüglich verstand. Mit anderen Worten, wenn man spät nach Hause kam, mangelte es einem völlig an Rücksichtnahme und der ganze Haushalt war auf den Kopf gestellt; kam man dagegen früh zurück, bewies man damit eindeutig, daß man seine Pflichten in der Kanzlei vernachlässigte.

So ergab sich erst, nachdem sie mit dem Kaffee im Arbeitszimmer saßen, Gelegenheit, andere als ganz allgemeine Gesprächsthemen anzuschneiden. Das Arbeitszimmer war Sir Nicholas' Lieblingsaufenthalt, und sogar seit seiner Heirat hielten er und Vera sich vorwiegend in diesem Raum auf. Es wäre sogar kaum anders machbar gewesen, weil Vera mit Antonys Hilfe und aufgemuntert von ihrem Ehemann, den großen Salon in ein Musikzimmer verwandelt hatte, wo ihre teure Stereoanlage stand und ihre große Plattensammlung, vor ihrer Heirat ihr eines großes Steckenpferd, in geeigneter Weise untergebracht werden konnte. Einmal im Jahr wurde der *Status quo* wiederhergestellt; sie gaben dann – wie es Sir Nicholas' Gewohnheit in seiner Junggesellenzeit gewesen – ein ziemlich großes formelles Fest; aber in diesem Jahr war das vor Beginn der gerichtlichen Sitzungsperiode im Januar längst überstanden.

Sir Nicholas traf seine gemächlichen Vorbereitungen, eine Zigarre zu genießen. Er war so hochgewachsen wie sein Neffe, aber viel massiger, mit so hellblonden Haaren, daß die weißen Strähnen kaum zu sehen waren. Er hatte eine herrische Art, die zum größten Teil unbewußt war. Man wußte, daß er mindestens dreimal das Angebot eines hohen Richteramtes ausgeschlagen hatte, angeblich, weil ihn die Möglichkeit, sein Neffe könne vor ihm plädieren, nervös machte. Die beiden Maitlands glaubten kein Wort davon, aber Antony für seine Person war stets davon überzeugt gewesen, daß eine solche Ernennung alles verändern würde, und hatte sich deshalb über die Ablehnung gefreut. Sein Onkel, der sich eine Zigarre mit solcher Sorgfalt ausgesucht hatte, als hinge sein Leben davon ab, hob nun den Kopf und sagte beiläufig: »Hat Meg nicht länger Pause gemacht als üblich?«

»Seltsam, daß du das sagst«, meinte Jenny. »Sie hat diese Woche mit den Proben zu einem neuen Stück begonnen.«

»Armer Roger«, sagte Vera, die den Stand der Dinge sehr wohl kannte.

»Nichts armer Roger!« sagte Sir Nicholas lebhaft. »Meg ist ein charmantes Wesen.« Antony und Jenny wechselten daraufhin einen Blick. Sie wußten sehr genau, daß Sir Nicholas die Farrells als einen Teil der Familie betrachtete und sich deshalb für berechtigt hielt, sie jederzeit und ausführlich zu kritisieren.

»Sie ist bei Gelegenheit auch ein ausgesprochenes Ärgernis, wenn du den Ausdruck verzeihst, Vera«, sagte Antony mit Nachdruck.

»Was stellt sie denn jetzt an?« fragte Sir Nicholas noch immer voll Nachsicht.

»Sie spielt eine Rolle in einem Stück von Jeremy Skelton«, teilte ihm Antony mit. »Erinnerst du dich an Jeremy, Vera?«

»Zwangsläufig«, sagte Vera. Sie war eine groß gewachsene Frau mit Haaren, die einmal schwarz gewesen waren, aber nun viele graue Strähnen aufwiesen und die Neigung hatten, ihren Haarnadeln zu entrinnen. Sie besaß die Gewohnheit, sackartige Kleider zu tragen, schien aber seit ihrer Hochzeit zumindest einen Geschmack für Farben entwickelt zu haben, und die Sackkleider waren gut geschnitten. Jenny wies dafür jede Verantwortung von sich und stellte zusammen mit ihrem Mann manchmal Überlegungen an, ob Sir Nicholas mit seiner Frau Einkäufe machte. Die Vorstellung war erfreulich, aber im Ganzen eher unwahrscheinlich. »Größtenteils mein Werk, daß du nach Chedcombe gekommen bist, als man ihm vorwarf, seine erste Frau getötet zu haben«, entsann sich Vera.

»Und ich leitete die Verteidigung«, sagte Sir Nicholas versonnen. Auf irgendeine Weise brachte er es fertig, mit diesen wenigen Worten gleichzeitig ein Kompliment für Vera und eine Rüge für seinen Neffen auszudrücken, dessen Methoden, seine Effekte zu erzielen, er oft tief bedauerte. »Aber Skelton ist kein Theaterautor«, wandte er ein.

»Nein, das ist eine Bearbeitung eines seiner Bücher, ›Dolche im Dutzend‹. Erinnerst du dich noch?«

Sir Nicholas beachtete die Frage nicht.

»Und es ist kein Stück von der Art, wie es sonst mit Meg in Verbindung gebracht wird«, fuhr er fort.

»Nein, ihren Worten zufolge hat es einen stark komischen Zug.

Deshalb will sie es machen, einmal etwas ganz anderes. Wir essen übrigens heute abend bei ihnen, zusammen mit den Skeltons und noch einem Paar«, fügte er hinzu, während seine Stimme recht unsicher verklang.

Das genügte für seinen Onkel vollauf.

»Irgend etwas ist im Gange«, erklärte er und blickte von einem der Maitlands zum anderen. Als Antony nicht sofort darauf einging, wandte er sich direkt an Jenny.

»Wer ist dieses andere Paar?« fragte er scharf.

»Das Ehepaar Buckley«, sagte Jenny. »Noch ein Schauspielerpaar«, ergänzte sie, als sie Veras fragenden Blick sah.

»Nie gehört«, sagte Vera, knapper noch als sonst.

»Vielleicht doch, meine Liebe«, verbesserte Sir Nicholas. »Ein älteres Paar, seit vielen Jahren verheiratet, immer gemeinsam auf der Bühne.«

»Das perfekte Paar«, sagte Vera, als ob ihr ein Licht aufging.

»So werden sie in der Presse genannt. Nun frage ich mich, warum die Erwähnung ihres Namens bei dir Unbehagen erwecken sollte, Antony?«

Antony hatte keineswegs die Absicht gehabt, das Gespräch bis zu diesem Punkt gelangen zu lassen, aber die Dinge schienen ihren eigenen Gang zu gehen. Er zögerte einen Augenblick, bevor er antwortete.

»Es handelt sich nur um eine kleine Gefälligkeit, die ich Meg erweisen soll«, sagte er ausweichend.

»Ja?« setzte Sir Nicholas nach.

»Hm, siehst du, Onkel Nick, offenbar sind sie gar kein perfektes Paar.«

»Ich habe keinen Zweifel, daß diese Bemerkung in irgendeiner Weise von Belang ist, aber du mußt mir verzeihen, wenn ich den Zusammenhang nicht sofort erkenne.«

»Es ist nur so . . . Tja, Meg möchte, daß ich mit den beiden rede.«

»Du hast die Absicht, deinen Beruf aufzugeben und Eheberater zu werden?« erkundigte sich sein Onkel höflich.

»Du weißt sehr genau, Onkel Nick . . .«, begann Jenny aufgebracht.

»Wenn das nicht der Fall ist, verstehe ich nicht, was Antony mit der Sache überhaupt zu tun hat. Es sei denn, versteht sich«, fügte er hoffnungsvoll hinzu, »daß einer der beiden den anderen verklagen möchte.«

»Keine Rede davon, Onkel Nick«, sagte Antony hastig. Sir Nicholas wartete stumm darauf, daß er weitersprach. »Mr. Buckley gibt an, Mrs. Buckley versuche ihn zu vergiften.«

»Wenn er die Scheidung will, braucht er einen Scheidungsanwalt, nicht einen wie dich, Antony«, sagte Sir Nicholas streng. »Das ist zwar nicht unbedingt Geoffrey Hortons Gebiet, aber um Meg einen Gefallen zu erweisen, übernimmt er die Sache vielleicht.«

»Darum geht es nicht. Soviel ich erkennen kann, hängt ihr ganzes Berufsleben davon ab, daß das Publikum sie als ein ideales Beispiel für eheliche Seligkeit betrachtet.«

»Was glaubt Meg dann, daß du tun kannst?«

»Er hat einen gewissen Ruf«, sagte Vera kurz.

»Das ist mir bedauerlicherweise nur zu klar.« Ausnahmsweise hatte die Intervention seiner Frau einmal keine beschwichtigende Wirkung auf Sir Nicholas. »Wenn dieser Mr. Buckley recht hat und du zu Recht annimmst, daß er keine Scheidung will, scheint mir das ein Fall für die Polizei zu sein.«

»Genau das wollen sie eben nicht«, gab Antony zurück. »Das Aufsehen wäre tödlich für sie.«

»Wenn Mr. Buckley einen konkret tödlichen Ausgang dem bildlichen vorzieht . . .«, begann Sir Nicholas.

»Es ist ganz einfach, Onkel Nick«, sagte Jenny. »Erstens möchte Meg wissen, ob Leonard Buckley mit dem, was er sagt, recht hat, und, wenn das stimmt, ob Antony Victoria Buckley vielleicht überreden kann, nichts weiter zu unternehmen. Trifft es dagegen nicht zu –«

»Für dich ist das eine außerordentlich sonnenklare Erklärung, Jenny«, beglückwünschte sie Sir Nicholas, als sie verstummte. »Vielleicht kannst du uns auch sagen, was Antony tun soll, wenn Mr. Buckley mit seiner Vermutung *nicht* recht hat.«

»Tja . . . ich nehme an . . . Vera hat seinen Ruf erwähnt. Ich weiß, du tust so, als meine sie, wegen unorthodoxem Vorgehen, Onkel Nick, aber er hat auch den Ruf, sich in andere Menschen hineindenken zu können. Er könnte sehr wohl in der Lage sein, Leonard Buckley klarzumachen, daß er sich irrt.«

»Danke, meine Liebe.« Sir Nicholas lächelte, als einer der plötzlichen Stimmungswechsel bei ihm eintrat, aber seine Stimme klang immer noch ein wenig sarkastisch. »Und das alles soll im Verlauf einer Einladung heute abend bewirkt werden?«

»Nein, natürlich nicht.« Jenny sah ihren Mann an, der die weitere Erklärung übernahm.

»Meg hat versprochen, mit beiden zu reden und sie dazu zu bewegen, daß sie mich um ein privates Gespräch bitten«, sagte er. »Ich weiß nicht, wie sie das machen will, aber wir werden eben abwarten müssen.«

»Das ist eine Sache, die völlig außerhalb deines Bereichs liegt«, erklärte Sir Nicholas dozierend. »Wir alle wissen, wozu es führen kann, wenn man sich in Megs Angelegenheiten einmischt, und was Jeremy Skelton angeht –«

»Er hat damit nichts zu tun, außer, daß er das Stück geschrieben hat«, erwiderte Antony ein wenig verzweifelt. »Ich gebe dir recht, Onkel Nick, ich habe mich auf zwei sehr unangenehme Stunden eingelassen. Ich sehe aber nicht ein, warum sich außer mir selbst irgend jemand darüber beklagen sollte.«

Sein Onkel betrachtete ihn kurze Zeit schweigend.

»Was das angeht, werden wir ja sehen«, sagte er und wandte sich an seine Frau. »Mir scheint das aber alle Zutaten für eine äußerst unliebsame Situation zu enthalten«, stellte er fest.

2

Meg und Roger Farrell wohnten im Stadtteil Chelsea, und Antony und Jenny fuhren an diesem Abend mit einem Taxi zurück, um nicht nach einem Parkplatz suchen zu müssen. Meg, die ihre ungewohnte Rolle als Gastgeberin genoß – das Leben, das sie führte, ließ wenig Zeit für Einladungen, die sie, wenn überhaupt, meist in ein Restaurant verlegte – empfing sie an der Tür, begrüßte jeden und zog sie in die kleine Diele. »Ihr wißt ja gar nicht, wie froh ich bin, euch zu sehen, meine Lieben«, sagte sie. »Ich dachte, du überlegst es dir vielleicht anders, Antony, und kommst überhaupt nicht.«

»Du kennst mich dazu zu gut, Meg«, sagte Antony heiter. »Auf mich kannst du bauen, und so weiter. Sind deine anderen Freunde schon hier?« erkundigte er sich vorsichtig.

»Nur die Skeltons. Kommt mit rein. Ah, da bist du ja, Roger, mein Schatz, bring Antony und Jenny etwas zu trinken.«

Roger, der in der Wohnzimmertür erschienen war, gab einige Begrüßungsworte von sich und verschwand, um das Verlangte zu tun. Antony und Jenny folgten Meg, die pausenlos weiterredete. Antony war ziemlich sicher, daß das diesmal nicht an ihrer gewohnten Lebhaftigkeit lag, sondern an den Nerven.

Jeremy und Anne Skelton waren nun schon lange miteinander verheiratet. Als Jeremy aufstand, um sie zu begrüßen, kam Antony zum ersten Mal der Gedanke, daß für den anderen das Zusammentreffen vielleicht ebenso problematisch war wie für ihn selbst wegen der Erinnerungen an Vergangenes. Wenn dem so war, merkte man es ihm nicht an. Jeremy war ein großer, schwerer Mann, der jetzt Anfang Vierzig sein mußte; Antony kam er jedoch genauso vor wie bei ihrer letzten Begegnung. Er hatte für seine Größe sogar sehr breite Schultern, eine Mähne dunkler Haare, und vermittelte einen Eindruck rastloser Energie, vielleicht das Auffälligste an ihm. Er begrüßte Antony wie einen alten Freund, was den Umständen nach seine Berechtigung hatte, und betrachtete Jenny mit unverhohlener Bewunderung.

»Kommen Sie und setzen Sie sich zu Anne«, forderte er sie auf. »Sie wollte Sie schon lange einmal treffen.«

Anne Skelton, die damals noch Anne Fabian hieß, als Antony sie kennengelernt hatte, war ruhig sitzengeblieben, bis die Überschwenglichkeit ihres Mannes ihr Gelegenheit gab, die Maitlands selbst zu begrüßen. Antony fühlte sich, als er sie sah, sofort an ihre erste Begegnung erinnert; damals hatte ihr braungoldenes Haar ihn auf der Stelle an Jenny denken lassen, obwohl es glatt und gerade herabfiel, während Jenny Locken hatte. Auch sie schien sich kaum verändert zu haben, sie war schlank geblieben, und ihre Augen, eher veilchen- als himmelblau, blickten mit herzlicher Freundlichkeit zu ihnen auf.

»Ja, Jenny, setzen Sie sich zu mir, damit wir uns unterhalten können«, sagte sie. »Ist das nicht ein schönes Haus? Aber Sie kennen es ja sicher sehr gut.«

»Meg und Roger sind ganz alte Freunde von uns«, erwiderte Jenny, als sie sich setzte. »Wo wohnen Sie während Ihrer Zeit in London?«

»Jeremy hat eine Mietwohnung gefunden. Sie ist gar nicht weit von Ihnen entfernt, wie mir Meg sagte, in der Avery Street, gleich am anderen Ende vom Kempenfeldt Square.«

»Das ist ja sehr praktisch.«

»Ja, natürlich.« Anne wirkte ein wenig zweifelnd. »Um ehrlich zu sein«, sagte sie in einem Ausbruch von Vertraulichkeit, »ich bin gar nicht so gerne in London. Wir haben jetzt ein Haus auf dem Land«, sie blickte kurz zu Antony hinauf und sah wieder Jenny an, »weit weg von Chedcombe. Ich hänge sehr daran, aber dann kam Jeremy auf die Idee, ein Stück zu schreiben, und nun sind wir hier.«

»Meg ist ganz begeistert davon.«

»Ja, das glaube ich auch. Ich frage mich nur, ob ihr Mann . . ., ob

Roger auch so begeistert ist.«

»Das hat mit dem Stück nichts zu tun«, versicherte ihr Jenny. »Er hofft eben immer, daß Meg eine Weile freinimmt, nur tut sie das nie, jedenfalls nicht sehr lange.«

»Ich kann das verstehen, bei beiden, meine ich.«

Roger erschien mit Jennys Sherry und zog einen Sessel heran, um sich zu ihnen zu setzen. Meg war verschwunden, um sich hausfraulichen Pflichten zu widmen.

Antony und Jeremy waren zum Fenster geschlendert, aber die Vorhänge waren zugezogen, und man konnte nichts sehen. Wenn Antony unruhig war, neigte er dazu, in Bewegung zu bleiben, und soweit er Jeremy Skelton in Erinnerung hatte, fühlte er sich auch wohler, wenn er auf den Beinen war, statt brav in einem Sessel zu sitzen. Zum ersten Mal überlegte er für sich, daß er noch gar nicht wußte, ob Jeremy darüber informiert war, daß er Megs Bitte zugestimmt hatte. Das hätte zu einer gewissen Verlegenheit führen können, wenn Jeremy nicht den Ball dadurch ins Rollen gebracht hätte, daß er mit Nachdruck sagte: »Es ist sehr freundlich von Ihnen, sich mit unserem Problem zu befassen.«

Antony, dem bis zu diesem Augenblick nur die Schwierigkeiten der Situation klar vor Augen gewesen waren, sah plötzlich auch das Komische daran.

»Mein Onkel hat mich gefragt, ob ich den Anwaltsberuf aufgebe und künftig als Eheberater tätig sein will«, sagte er lächelnd.

»Das klingt ganz nach Sir Nicholas«, meinte Jeremy. »Aber wissen Sie«, fügte er vertraulich hinzu, »die Eigenschaften, die von beiden verlangt werden, sind gar nicht so verschieden.«

Antony, ein wenig verblüfft über diese Meinung über seine berufliche Tätigkeit, dachte kurz darüber nach.

»Der Haken bei der Sache ist der, daß es schrecklich schwierig ist, zu Meg Nein zu sagen«, vertraute er ihm an. »Ich kann mir aber nicht vorstellen, daß es irgend einen Nutzen haben soll, wenn ich mich mit den Buckleys treffe oder sogar mit ihnen rede.«

»Schaden kann es auf keinen Fall«, gab Jeremy zurück und drehte sich ein bißchen zur Seite, damit er die Gruppe am Kamin besser sehen konnte. »Ihre Jenny ist eigentlich eine Schönheit, nicht?« Antony drehte ebenfalls den Kopf und versuchte seine Frau mit den Augen des anderen Mannes zu sehen.

»Für mich ist sie die Vollkommenheit«, sagte er mit einer ungewohnten Offenheit. »Aber schön? Ich glaube, das ist eine Übertreibung.«

»Jedenfalls ein Schatz«, sagte Jeremy offen und grinste. »Aber ich nehme an, dieses Wort hören Sie schon zu oft von Meg.«

»Ja, das ist wahr. Was Sie und Anne betrifft . . . die Ehe tut ihr offenkundig gut. Ich habe das Gefühl, daß Sie sich beide nicht verändert haben.«

»Sie jedenfalls gewiß nicht.« Er zögerte, aber es war nicht seine Art, vor unangenehmen Fragen zurückzuschrecken. »Megs Mann«, sagte er. »Ist da irgend etwas?«

»Nicht mehr als sonst, wenn sie eine neue Rolle übernimmt«, sagte Antony. »Roger möchte sie eine Weile für sich haben und könnte sich das im übrigen sehr gut leisten«, fügte er mit vielleicht einer Spur von Neid hinzu. »Aber ich habe ihn vor ihrer Heirat schon warnend darauf hingewiesen, daß er ihr den Willen wird lassen müssen.«

»Tja, ich bin sehr froh, daß sie die Rolle übernommen hat. Das Stück bedeutet mir sehr viel, Antony, deshalb hoffe ich so stark, daß Sie bei den Buckleys etwas erreichen. Sie sind der . . . man könnte wohl sagen, der Dreh- und Angelpunkt der ganzen Handlung, ganz abgesehen davon, daß sie einen Namen haben, der fast genauso zieht wie der von Margaret Hamilton, auch wenn sie wohl alleine volle Häuser bringen würde. Aber wenn Sie die beiden zur Vernunft bringen können –«

»Ich habe schon gesagt, daß ich da keine Möglichkeit sehe, Jeremy. Aber ich werde natürlich tun, was ich kann.« Und während er dieses übereilte Versprechen gab, läutete es an der Haustür.

Diesmal war es Roger, der hinausging, um zu öffnen. Kurze Zeit später kam er zurück und brachte Leonard und Victoria Buckley mit. Antony hatte erwartet, daß die Begegnung mit ihnen persönlich ganz anders sein würde, als sie auf der Bühne zu sehen, aber sie erschienen ihm behaglich vertraut, zwei kleine, rundliche Menschen mit der ein wenig sonderbaren Ähnlichkeit, die manchmal durch viele Ehejahre entsteht, so daß man sie ohne Schwierigkeit für Geschwister hätte halten können. Und Leonard hatte genau die richtige besitzergreifende Art an sich, als sei er in der Tat stolz auf einen solchen Schatz; im weiteren Verlauf des Abends ließ Victoria auch auf nette Weise erkennen, daß sie seinen Ansichten den Vorzug gab, und zeigte eine Zuneigung, die offenkundig, wenn auch nicht übertrieben war. Antony, der sie beobachtete, hätte schwören mögen, daß Meg sich täuschte, daß die Geschichte, die sie ihnen erzählt hatte, reine Erfindung war. Jenny dagegen, die diesmal klarer sah als er, sagte später zu ihm: »Es ist zur Gewohnheit geworden, vor Zuschauern zu spielen. Nach all den Jahren können sie wohl gar nicht mehr anders.«

Man rückte Stühle, servierte Getränke, setzte sich um das Kaminfeuer zusammen. Das Gespräch nahm eine allgemeine Wendung, wenn auch Meg und Jeremy den Großteil bestritten und verständlicherweise hauptsächlich von dem neuen Stück sprachen. Auch Roger, von dem man hätte annehmen können, er befinde sich nicht in seinem Element, spielte, wie Antony belustigt feststellte, seine Rolle perfekt. Ab und zu bemerkte er jedoch, daß einer der Buckleys ihn prüfend ansah, so daß er sich keineswegs wunderte, als Leonard ihn nach dem Essen beiseitezog und mit knurriger Stimme sagte: »Wollte etwas mit Ihnen bereden, Mr. Maitland.«

Und das war auch so eine Sache – durfte er eigentlich wissen, daß Meg hinter dem Vorschlag stand? Er schien sehr schlecht vorbereitet zu dieser Begegnung gekommen zu sein.

»Beruflich?« fragte Antony vorsichtig.

»Ganz offen gesagt, ich weiß nicht, ob Sie das so sehen werden oder nicht. Meg meint aber, Sie würden mich gerne anhören und vielleicht helfen können.«

Damit war immerhin ein Rätsel aufgeklärt.

»Wenn ich kann«, sagte Antony, nach wie vor behutsam.

»Es hat sich eine Situation ergeben«, sagte Leonard, aber Maitland ließ ihn nicht weitersprechen.

»Ja, aber ich glaube, das hat Zeit, nicht? Bis wir für uns sind.«

»Ganz recht, ganz recht. Für mich ist es ein bißchen schwierig, seit wir proben. Besteht die Möglichkeit, daß Sie mich morgen besuchen?«

»Wollen Sie, daß ich zu Ihnen komme?«

»Nein, auf keinen Fall. Das ginge wirklich nicht. Vielleicht neutraler Boden«, schlug Leonard vor.

Antony überlegte kurz, was am nächsten Tag vorgesehen war. Zur Teezeit würden sie viele sein, aber er glaubte, Vera etwas von einem Konzert am Abend sagen gehört zu haben – offenbar allmählich eine liebe Gewohnheit von ihr –, so daß er das Arbeitszimmer benützen konnte, wenn er wollte.

»Am Vormittag ginge es bei mir zu Hause«, sagte er. »Oder am Abend, wenn Ihnen das lieber ist.«

»Das ist sehr freundlich von Ihnen«, sagte Leonard. »Meg hat mir übrigens Ihre Adresse gegeben. Könnte ich am Vormittag kommen?«

»Wenn Ihnen das paßt, gern. Gegen elf Uhr?«

»Sehr gut.« Buckley schien plötzlich zum Bewußtsein zu kommen, daß sie sich abgesondert hatten. »Wir gehen besser wieder zu den anderen zurück«, sagte er.

Erst am späteren Abend unternahm Victoria ihren Versuch; sie folgte Antony in die Küche, wohin er gegangen war, um eine der Karaffen aufzufüllen. »Leonard hat mit Ihnen gesprochen, nicht wahr?« beschuldigte sie ihn. Und auf einmal fiel es ganz leicht, zwar nicht an Mord, aber doch daran zu glauben, daß zwischen den beiden Feindseligkeit bestand.

»Ich glaube, ich habe mich mit allen Gästen von Meg und Roger unterhalten«, erwiderte Antony und bückte sich, um im Schrank nach einer vollen Flasche zu kramen.

»Das habe ich nicht gemeint.«

»Was haben Sie dann gemeint, Mrs. Buckley?«

»Nun, wenn er mit Ihnen redet, will ich auch mit Ihnen reden. Meg hat gesagt, Sie würden es tun«, fügte sie angriffslustig hinzu. Der Gegensatz zu ihrem bisherigen Verhalten war auffallend genug.

»Gewiß, wenn Sie das wünschen. Darf ich fragen, ob es sich um etwas Juristisches handelt?«

»Es könnte sich um üble Nachrede handeln«, sagte sie, »aber machen Sie sich keine Sorgen, ich werde auch ohne das mit ihm quitt. Dessen ungeachtet habe ich von Ihnen gehört, Mr. Maitland.« Sie ahnte nicht, wie sehr er eine solche Bemerkung verabscheute. »Und ich glaube, Sie könnten behilflich sein.«

Da ihr Ehemann den Vormittag schon mit Beschlag belegt hatte, schlug Antony vor, sie möge nach dem Mittagessen zum Kempenfeldt Square kommen.

»Wir können dort ganz allein sein«, versicherte er, »und Sie dürfen mir erzählen, was Sie wollen.«

Erst viel später, als er mit Jenny über den Abend sprach, stellte er erneut die Frage, wie Meg sich durchgesetzt hatte.

»Einfach dadurch, daß sie Meg war«, sagte Jenny weise. »Ich glaube nicht, daß man sich darüber wundern muß.«

»Alles schön und gut, aber was soll ich zu ihnen sagen?« fragte Antony hilflos.

Sie hätte ihn daran erinnern können, daß es in seiner Macht gestanden hatte, sich zu weigern.

»Dir fällt schon etwas ein«, sagte Jenny völlig zuversichtlich. Sie kannte ihn eben sehr gut.

Sonntag, 21. Januar

1

Leonard Buckley erschien am nächsten Vormittag pünktlich; es war genau elf Uhr, als Gibbs über das Haustelefon seine Ankunft mitteilte. Vor Veras Einzug in das Haus hätte sich der alte Mann mit der Nachricht hinaufgequält und sein Märtyrerdasein genossen.

»Schicken Sie ihn, bitte, herauf«, sagte Antony, drehte sich um und sagte mit dumpfer Stimme zu Jenny: »Er ist hier!«

»Es wird bald vorbei sein«, meinte Jenny tröstend, griff nach ihrem Buch und wollte ins Schlafzimmer gehen, wo sie das elektrische Heizgerät einzuschalten und es sich bequem zu machen gedachte. »Schließlich war es ja sein Vorschlag, also kannst du es ihm überlassen, wie er vorgehen will.«

»Allerdings«, sagte Antony etwas mühsam. »Und am Abend kommt Victoria.« Aber er ging hinaus in den Flur, um ihrem Gast mit angemessener Freundlichkeit die Tür zu öffnen.

Leonard Buckley schien die beiden Treppen ohne Mühe bewältigt zu haben und nicht an Atemnot zu leiden. Außerdem hatte er sich seit dem vergangenen Abend nichts anderes überlegt, worauf Antony eigentlich noch immer gehofft hatte. Er drückte Antony herzlich die Hand, folgte ihm ins Wohnzimmer und sagte: »Das ist sehr freundlich von Ihnen.« Er blieb kurz stehen, schaute sich mit Interesse um und sagte dann anerkennend: »Ein schöner Raum. Das wäre ein gutes Bühnenbild. Das Sofa sieht bequem aus. Darf ich mich setzen?«

»Aber natürlich«, sagte Antony, der bis dahin kaum Gelegenheit gefunden hatte, ein Wort einzuwerfen. Er kam auf den Gedanken, daß das bevorstehende Gespräch nicht nur peinlich, sondern auch belustigend sein mochte; das würde er ja bald genug erfahren. Inzwischen ging er hinter dem Schauspieler am Kamin vorbei, sah ihn in Jennys Lieblingsecke niedersinken und stieß das Feuer mit dem Fuß an, damit es ein wenig heller brannte. Dann drehte er sich um und lächelte aufmunternd zu seinem Gast. Offenkundig gedachte Buckley die Initiative zu übernehmen, aber seine ersten Worte brachten eine totale Überraschung.

»Lieben Sie Ihre Frau?« fragte er unvermittelt.

Diese Frage war leicht genug zu beantworten, und aus einem unklaren Grund empfand Antony sie nicht als unangemessen. Vielleicht war das nur Buckleys Art, zum Thema zu kommen.

»Allerdings«, sagte er.

»Sind Sie schon lange verheiratet?«

»Ziemlich lange, aber wohl nicht so lange wie Sie und Mrs. Buckley.«

»Das höre ich natürlich gern. Daß Sie mit Ihrer Frau glücklich sind. Ich bin es nicht«, sagte Leonard rundheraus. »Hab' Sie überrascht, nicht?« fügte er recht zufrieden an, den Blick auf das Gesicht seines Gastgebers gerichtet.

Antony stand noch und hatte den gewohnten Platz eingenommen, ein wenig seitlich vom Kaminfeuer, mit einer Schulter an den hohen Sims gelehnt.

»Es tut mir sehr leid, das hören zu müssen«, sagte er und hielt es für das Beste, auf den Nachsatz nicht einzugehen. »Das stimmt aber nicht ganz mit Ihrem Bild in der Öffentlichkeit überein, wie Sie sicher wissen.«

»Das weiß ich genau. Haben Sie uns auf der Bühne gesehen?«

»O ja, oft sogar. Gibt es in England überhaupt jemanden, der Sie nicht gesehen hat?«

»Nicht jeder liebt das Theater«, gab Buckley zurück. »Aber wenn Sie uns gesehen haben, wissen Sie, wie das ist. Die Produzenten haben sich daran gewöhnt, uns praktisch als eine Person zu betrachten. Nimmst du den einen, dann den anderen auch. Wenn wir uns jetzt trennen würden –«

»Wissen Sie, Mr. Buckley, ich frage mich, ob Sie da recht haben. Was die schauspielerischen Fähigkeiten betrifft, wären Sie beide doch sehr gefragt.«

»Nein, nein, das glaube ich ganz und gar nicht. Nach dreiundvierzig Jahren . . . Victoria war zwanzig, als wir uns kennenlernten und heirateten, und ich war siebenundzwanzig. Wir spielten am Prince's-Theater in Bradford, eine Probeaufführung, bevor wir ins West End gingen. Sie wissen ja, daß man behauptet, wenn man ein Publikum in Yorkshire zum Lachen bringen kann, ist man überall ein Erfolg. Jedenfalls war da Victoria, ein wunderhübsches kleines Ding, genau die richtige Größe. Damit meine ich, nicht so groß, daß sie mich überragt hätte. Daß ich kein großgewachsener Mann bin, werden Sie selbst bemerkt haben.«

»Haben Sie einander lange gekannt, bevor Sie heirateten?«

»Schnell gefreit, heißt es, nicht? Wir kannten einander ungefähr einen Monat und waren verheiratet, bevor wir mit dem Stück nach London gingen. Tja, wissen Sie, Mr. Maitland, wir waren jung und sehr verliebt, und es schien nur natürlich zu sein, das nächste Engagement gemeinsam zu finden. Das ließ sich machen. Es gibt ja viele sentimentale Menschen, und ich nehme an, es gefiel ihnen, daß wir auch in Wirklichkeit verheiratet waren. Wir spielten gewissermaßen unsere eigene Liebesgeschichte vor. Dann wurde uns ein neues gemeinsames Engagement angeboten, und danach schien sich alles wie von selbst zu ergeben. Alle wollten uns als Paar, auch, als wir älter wurden und Charakterrollen spielten.«

Er schwieg so lange, daß Antony es für das beste hielt, ihm ein Stichwort zu geben.

»Und jetzt erzählen Sie mir, daß das idyllische Glück, das Sie auf der Bühne darstellen, Ihrem wirklichen Leben nicht entspricht«, sagte er, wobei er seine Worte so bedachtsam wie nur möglich wählte.

»Nein, das tut es nicht!«

»Wie lange –«

»Zehn, fünfzehn Jahre. Diese Dinge entwickeln sich, ich kann Ihnen keine genaue Antwort geben. Kleinigkeiten begannen mich zu reizen, sie nahm Teebeutel, statt eine richtige Kanne Tee zu kochen, sie gab auf keine Frage eine direkte Antwort, und sie lief dauernd zum Arzt und sprach endlos von ihren Leiden, obwohl ich ganz genau wußte, daß ihr nicht das Geringste fehlte. Und ich gebe ganz ehrlich zu, Mr. Maitland, ich bin selbst nicht die Vollkommenheit. Ich bin sicher, sie könnte Ihnen eine Liste der Dinge vorlegen, die *ihr* an *mir* nicht gepaßt haben. Aber so war das, wir gaben das, was wir verdienten, so ziemlich alles wieder aus, an ein Auseinandergehen war nicht zu denken. Aber ich hätte nie geglaubt, keinen Augenblick, daß es je so weit kommen würde.«

»Was wollen Sie damit sagen, Mr. Buckley?«

»Mir scheint, Sie könnten genau der richtige Mann sein, mir zu helfen«, sagte Leonard, »und als Meg erwähnte, daß Sie mit ihr befreundet sind, ergriff ich die Gelegenheit, mich Ihnen anzuvertrauen, ohne Umschweife. Victoria kennt Sie natürlich wie ich von Ihrem Ruf her. Wenn Sie mit ihr reden würden, könnten Sie sie durchaus so erschrecken, daß sie die Dinge auf sich beruhen läßt.«

»In der Rolle des bösen Wolfs habe ich mich eigentlich nie so gern gesehen«, erklärte Maitland. Er bemühte sich um einen heiteren Ton, aber es klang doch ein wenig steif. Hinweise darauf, daß die Presse sich für seine Aktivitäten sehr interessierte, behagten ihm nie. »Außerdem haben Sie mir bis jetzt eigentlich noch nichts anvertraut, Mr. Buckley.«

»Nein. Ich dachte, das hätte vielleicht Meg getan.« Er schwieg einen Augenblick, offenbar deshalb, um seinen Worten die gewünschte Dramatik zu verleihen. »Sehen Sie, Mr. Maitland, die Dinge sind derart weit gediehen, daß ich fest davon überzeugt bin, Victoria versucht mich zu vergiften.«

Da Antony vorgewarnt war, nahm er das mit Ruhe auf.

»Das ist eine sehr ernste Unterstellung«, sagte er.

»Es wird noch viel ernster, wenn sie Erfolg hat«, erwiderte Leonard. »Ich mag zwar in meinen Siebzigern sein, habe aber nicht den Wunsch, jetzt schon die Hände zu falten und zu sterben.«

»Nein, natürlich ist es auch von diesem Standpunkt aus ernst. Aber was ich wissen möchte, Mr. Buckley, ist, welche Beweise Sie dafür haben.«

»Ich hatte immer einen Magen wie ein Ochse«, sagte Leonard und klopfte befriedigt auf seinen Bauch. »Gleichgültig, was ich gegessen hatte, ich hatte nie Verdauungsstörungen oder eine Gallenkolik oder sonst irgend etwas in der Art. Bis vor einem Monat nicht.«

Auch Maitland ließ die Schweigepause ein wenig andauern.

»Erzählen Sie mir davon«, sagte er schließlich.

»Ich erinnere mich sehr gut. Wir hatten eben die Rolle in Jeremy Skeltons Stück angeboten bekommen - ich sollte natürlich von zwei Rollen sprechen, aber ich weiß, daß andere Leute es so sehen - und sprachen am Sonntag nachmittag beim Tee darüber. Victoria war ein wenig im Zweifel. Meg steht in der Branche so hoch oben, daß sie fürchtete, wir würden dadurch in den Schatten gestellt werden. Ich wies aber darauf hin, daß die Rolle für uns wie geschaffen sein könnte, und war der Meinung, wir sollten annehmen. Sie durchbohrte mich praktisch mit ihrem Blick - es wird Ihnen schwerfallen, das zu glauben, Mr. Maitland - und sagte in ziemlich bösartiger Weise: ›Daß du das sagst, ist ja klar. Und wenn ich neben jemand anderem spielen könnte, würde ich ohne Zögern annehmen. Wenn du nur wüßtest, wie satt ich es habe, neben dir zu spielen!‹«

»Entschuldigen Sie, Mr. Buckley, finden Sie nicht, daß das von Bedeutung ist? Ihr Bild in der Öffentlichkeit als das ideale Ehepaar muß für Mrs. Buckley doch vom selben Vorteil sein wie für Sie.«

»So ist es natürlich, aber vielleicht hat sie mehr Selbstvertrauen als ich«, meinte Leonard ein wenig zögernd. »Um ehrlich zu sein, ich glaube nicht, daß sie den geringsten Zweifel daran hat, ohne mich auskommen zu können. Und vielleicht hat sie recht«, fügte er nachdenklich hinzu. »Ich glaube es zwar nicht, aber es könnte sein.«

»Sie wollten mir erzählen, was vorgefallen ist.«

»Ja, richtig. Wir genießen unseren Tee am Sonntag, das ist in der Regel der einzige Tag, an dem wir frei haben. Es sei denn, wir haben eine Spielpause, versteht sich. Und es gab Sandwiches mit Bücklingspaste. Victoria spricht ja immer von Pâté, aber das halte ich für stark übertrieben. Ich mag sie besonders gern und habe auch noch nie erlebt, daß sie sie ablehnt, aber an diesem Tag ist mir aufgefallen, daß sie kein einziges Stück gegessen hat. Kaum eine Stunde später wurde mir sehr schlecht. Ich mußte mich mehrmals übergeben, was mir wohl das Leben gerettet hat, der kalte Schweiß brach mir aus, und ich konnte kaum atmen. Der Arzt sprach von einer leichten Lebensmittelvergiftung – ich möchte wissen, wie bei ihm eine schwere aussieht – und meinte, das sei wohl die Fischpaste gewesen. Ich weiß, daß von den Sandwiches noch welche da waren, aber als ich darauf bestand, sie untersuchen zu lassen, war kein einziges mehr zu finden. Sie waren im Müllschlucker verschwunden – wir wohnen in einem Apartmentblock in Kensington – und am nächsten Morgen zusammen mit dem anderen Abfall abtransportiert worden. Finden Sie das nicht reichlich merkwürdig?«

»Ganz offen, nein. Wenn Mrs. Buckley Anlaß zu der Vermutung hatte, daß mit ihnen etwas nicht in Ordnung war –«

»*Ich* glaube, sie hat sie bewußt verschwinden lassen, damit niemand je dahinterkam, was sie hineingetan hatte. Sie müssen zugeben, daß Bücklingspaste jeden fremden Geschmack überdecken würde.«

»Und schon zu diesem frühen Zeitpunkt haben Sie Mrs. Buckley verdächtigt, Sie loswerden zu wollen?«

»Es war das erste, was mir in den Sinn kam, als es mir wieder besser ging. Ich durchsuchte die Wohnung, das gebe ich offen zu, konnte aber nichts finden, was sie verwendet haben konnte. Die Damen haben allerdings ja immer Handtaschen, die ich freilich nicht durchsuchen konnte. Wenn sie ausging, nahm sie sie natürlich mit, und mir fiel auf, daß sie die Tasche immer in ihrer Nähe hatte, wenn sie zu Hause war.«

»Widersprach das ihrer sonstigen Gewohnheit?«

»Vorher hatte ich nie darauf geachtet«, erwiderte Leonard.

»Es könnte also ebensogut Gewohnheit gewesen sein.«

»Ja, vielleicht, aber ich hielt es für sehr verdächtig. Und das war nicht alles, was geschehen ist, wissen Sie.«

»Und so kommen wir zum nächsten, ja?« sagte Antony lächelnd. Leonard erwiderte das Lächeln ohne Verlegenheit.

»Ich weiß, Sie denken, ich bilde mir etwas ein«, sagte er. »Ein alberner alter Knabe, der nichts Besseres zu tun hat, als sich einzubilden, jemand wolle ihm ans Leben. Aber Sie dürfen nicht vergessen, daß dieser Anfall für mich völlig überraschend kam. Ich hatte in meinem ganzen Leben so etwas noch nicht gehabt. Und wenn der Arzt es richtig gesehen hatte, dann hätte es auch nicht wieder vorkommen dürfen.«

»Dann weiter!«

»Nun, ich hielt die Augen offen, wie Sie sich denken können. Ich dachte, wenn ich mich auf Dinge beschränke, die Victoria auch aß, könnte mir nichts passieren. Dann wollte ich eines Abends, es war am darauffolgenden Donnerstag, soweit ich mich entsinne, ein Glas Wasser. Ich habe im Kühlschrank stets Mineralwasser stehen, damit es schön kühl ist. Die Flaschen, die ich verwende, haben Schraubverschlüsse, und es fehlte schon etwas, aber ich dachte, das sei ganz ungefährlich . . . hier gab es nichts, was einen fremden Geschmack überdecken konnte. Aber dann bekam ich wieder einen Anfall mit genau den gleichen Erscheinungen, und wie Sie sehen, habe ich ihn überstanden, obwohl es diesmal ein wenig länger dauerte.«

»Mr. Buckley, an was für ein Mittel denken Sie?«

»Nun, nach der Geschichte mit dem Wasser – und ich versichere Ihnen, daß es das einzige war, was Victoria nicht auch zu sich genommen hatte – kam ich zu dem Schluß, daß es Arsen sein mußte. Und ich dachte, daß die einzelnen Attentate vielleicht nicht auf der Stelle tödlich sein, sondern gemeinsam wirken sollten.«

»Haben Sie diese Überlegung Ihrem Arzt anvertraut?«

»Ja, das habe ich getan.« Leonards Tonfall klang nun ein wenig trotzig.

»Was hatte er dazu zu sagen?«

»Er wollte mich nicht ernst nehmen. Er sagte, man könne leicht davon reden, ein ganzes Leben lang einen eisernen Magen gehabt zu haben. Das könnte nun anders sein. Ich sollte mich lieber untersuchen lassen, es gäbe hunderterlei verschiedene Dinge, die als Ursache in Frage kämen. Aber ich wußte Bescheid und lehnte das rundweg ab.«

»War vom Wasser noch etwas da? Sie hätten es selbst untersuchen lassen können.«

»Nein, das gibt mir ja die absolute Gewißheit. Die Flasche war leer. Victoria sagte, sie hätte sie selbst ausgetrunken, aber ich glaube, der Inhalt verschwand im Ausguß.«

»Wann ist der letzte Anfall gewesen?«

»Am Mittwoch vor einer Woche. Aber das war, nachdem ich Fischfilet mit Blumenkohl und Käse gegessen hatte.«

»Wieder Fisch. Sind Sie sicher, daß Sie und Mrs. Buckley nicht an dem Tag, als Sie das Mineralwasser tranken, gemeinsam ein Fischgericht gegessen haben?«

»Das hat mich der Arzt auch gefragt«, gab Leonard ziemlich mürrisch zurück. »Ich konnte mich bei ihm nicht erinnern und kann es jetzt auch nicht.«

»Hat Mrs. Buckley beim Fischfilet mitgegessen?«

»Ja. Ich sagte doch, daß ich nichts aß, was sie nicht auch zu sich nahm.«

»Warum wurde sie dann nicht auch krank, wenn damit etwas nicht in Ordnung gewesen ist?«

»Ich habe das in der Zwischenzeit nachgelesen. Man kann kleine Mengen Arsen schlucken, die Menge im Lauf der Jahre steigern und schließlich eine ziemlich große Menge vertragen, ohne irgendwelche Folgen zu spüren. Seit dieser Sache habe ich mir deshalb mein Essen selbst zubereitet und bin deswegen auch nicht mehr krank geworden.«

»Und die Untersuchungen, die der Arzt vorschlug, haben Sie immer noch nicht machen lassen?«

»Nein. Ich habe Ihnen gesagt, was ich davon halte.«

»Nun, es gibt eine Untersuchung, die ich vorgeschlagen hätte, wenn der letzte Anfall nicht schon so weit zurückläge. Arsen kann mit dem Urin ausgeschieden werden. Außerdem ist es in abgeschnittenen Fingernägeln und in den Haaren festzustellen, aber ich weiß nicht genau, wie lange es dauert, bis Symptome auftauchen.«

»Ich brauche keine Beweise«, erklärte Leonard entschieden.

»Nein, ich sehe schon, Sie haben sich eine feste Meinung gebildet. Wieviele Anfälle hatten Sie insgesamt?«

»Fünf.«

»Warum sind Sie dann nicht tot?« fragte Maitland sachlich.

»Victoria hat vielleicht stufenweise ein großes Finale angestrebt, damit niemand an eine Vergiftung denken sollte. Oder es könnte sein, daß ich gegen das Zeug resistent bin, ich mußte mich jedesmal stark erbrechen, und ich werde den Gedanken nicht los, daß das mein Überleben irgendwie bedingte.«

»Verstehe. Und bis vor gut einer Woche hat Mrs. Buckley alle Ihre Mahlzeiten zubereitet?«

»Das hat sie immer getan, wenn wir nicht auftraten. Ich führe das auf reine Eitelkeit zurück, weil einmal ein Artikel in der Zeitung über uns erschien, der ihre häuslichen Fähigkeiten hervorhob.«

»Was hat sie gesagt, als Sie ihr erklärten, Sie wünschten das von nun an nicht mehr?«

»Sie protestierte natürlich.«

»Haben Sie ihr einen Grund genannt?«

»Ja. Ich dachte, es schreckt sie vielleicht ab, wenn sie denken muß, daß jemand Bescheid weiß.«

»Ich werde das Gefühl nicht los«, sagte Maitland nachdenklich, »daß Sie in den letzten paar Wochen sehr unbehaglich miteinander gelebt haben müssen. Das kann nicht dazu angetan gewesen sein, die Situation für Sie beide zu erleichtern.«

»Natürlich nicht. Aber es hätte kaum viel schlimmer werden können. Victoria bestritt alles – ich hatte nichts anderes erwartet – und sagte, jeder hätte einmal Gallenkoliken oder dergleichen, und wenn ich mir wirklich Sorgen machte, sollte ich zum Arzt gehen. Nur hielt sie das keineswegs für notwendig. Ich sagte zu ihr, sie hätte ja allen Anlaß, so zu reden, wo sie dauernd zum Doktor laufe, obwohl ihr nichts fehle, und dann unaufhörlich von ihren Qualen und Leiden rede. Ich war *wirklich* krank gewesen, das muß sie gesehen haben.«

»Sie waren also sogar nach dieser recht offenen Diskussion nicht weitergekommen?«

»Keinen Schritt. Was soll ich Ihrer Meinung nach tun, Mr. Maitland?«

»Nun, als allererstes«, sagte Antony langsam, »meine ich, Sie sollten den Rat Ihrer Frau und des Arztes befolgen. Das bringt Ihnen vielleicht innere Ruhe.«

»Ich glaube, ich habe Ihnen erklärt, daß ich in meinem ganzen Leben keinen Tag krank gewesen bin«, sagte Leonard. »Weshalb sollte ich jetzt damit anfangen?«

»Ich bin kein Mediziner, aber daß unsere Körper sich verändern, wenn wir älter werden, weiß ich«, stellte Antony bedachtsam fest. »Es gibt ein, zwei Dinge, die mir einfallen, und wenn Sie darüber nachdenken, beschließen Sie vielleicht, meinen Rat zu befolgen.«

»Nämlich?«

»Sie sagen, die Anfälle haben aufgehört?«

»Seitdem ich mir das Essen selber koche.«

»Schon, aber glauben Sie nicht, daß Sie vielleicht unbewußt darauf geachtet haben, nichts Schwerverdauliches zu essen? Das halte ich für eine sehr naheliegende Möglichkeit.«

»Ich habe gegessen wie immer. Nein, nein, die Attacken haben aufgehört, weil sie keine Gelegenheit mehr bekommen hat, es noch einmal zu versuchen.«

»Menschen, die so zueinander stehen wie Sie beide, trennen sich gewöhnlich.«

»Ich habe Ihnen erklärt, daß das nicht geht, schon gar nicht, seitdem wir einen Vertrag für Skeltons Stück unterschrieben haben.«

»Aber was hätte Mrs. Buckley denn gemacht, wenn – nehmen wir einmal an – diese Attentate auf Ihr Leben erfolgreich gewesen wären?«

»*Ich* käme ohne sie nicht zurecht«, sagte Leonard, »beruflich, meine ich. Wir sind immer zusammengewesen, wissen Sie, ich kann mir nicht vorstellen, daß irgend jemand mich ohne sie haben möchte. Aber bei Victoria ist das eine andere Sache. Sie hat genug Selbstvertrauen und wäre ganz sicher, daß sie alleine sehr gut zurechtkäme.«

»Haben Sie ein Testament zu ihren Gunsten gemacht?«

»Wir haben beide vor Jahren unsere Testamente gemacht, als zwischen uns noch alles zum Besten stand. Sie gelten wohl noch, weil jedenfalls ich nichts unternommen habe, um das meine zu ändern. Aber zu hinterlassen gibt es sehr wenig. Ich habe Ihnen gesagt, daß wir unser Einkommen immer verbraucht haben.«

»Gibt es dann jemand anderen, der von Ihrem Tod profitieren würde? Vielleicht ein Treuhandfonds, der begünstigt wäre und an jemand anderen ginge?«

»Nichts dergleichen. Überhaupt nichts. Wenn ich ein eigenes Einkommen hätte, würde ich Victoria auf der Stelle verlassen.«

»Es ist Ihnen doch klar, Mr. Buckley, daß alles, was Sie mir über Ihre Anfälle erzählt haben, keineswegs einen Beweis dafür darstellt, daß Ihre Frau versucht hat, Sie umzubringen?«

»Für mich Beweis genug.«

»Gut, aber ich muß die rechtliche Seite bedenken. Gehen wir die Punkte einzeln durch. Sie sind in Ihrem ganzen Leben nie krank gewesen, und bei jeder Gelegenheit waren nach der Erkrankung die Speisen oder Getränke, die Sie als Ursache betrachten, beseitigt worden. Sie und Mrs. Buckley kommen nicht miteinander aus, aber es gibt viele Ehepaare in ähnlichen Situationen. Ich fürchte, daraus ergibt sich nichts, was ein Gericht akzeptieren würde.«

»Das ist ohnehin das Letzte, was ich will«, versicherte ihm Leonard. »Der Skandal würde uns ruinieren.«

»Was soll ich dann Ihrer Meinung nach tun?«

»Könnten Sie nicht mit Victoria sprechen und sie vielleicht ein bißchen erschrecken? Wenn Sie das könnten, und wenn wir so weitermachen könnten, wie wir es die ganzen Jahre getan haben, wäre ich damit vollauf zufrieden.«

»Auch dann, wenn Sie mit jemandem zusammenleben müssen, den Sie nicht mehr lieben?«

»Das ist eher zurückhaltend ausgedrückt. Ich habe mich manchmal gefragt, ob ich sie hasse, aber das ist ein schreckliches Wort«, erklärte Leonard. »Ich bin aber immer der Meinung gewesen«, fügte er vertraulich hinzu, »daß ein erfolgreicher Gerichtsanwalt auch etwas von einem Schauspieler in sich haben muß, also werden Sie vielleicht verstehen, was ich jetzt sage. Auf der Bühne zu stehen, eine Rolle zu spielen – vielleicht eine sehr schwere Rolle – so gut man es vermag . . . das ist wohl das schönste Gefühl, das es auf der Welt gibt.«

»Ja, das kann ich verstehen«, sagte Antony. Obwohl er die Einstellung des anderen für gänzlich unvernünftig hielt, begann er ihn sympathisch zu finden. »Also, ich werde mit Mrs. Buckley sprechen, sogar schon heute abend. Sie ist bei Megs Party an mich herangetreten, genau wie Sie.«

»Dann –«

»Ich kann Ihren Wünschen nicht genau entsprechen, Mr. Buckley, das müssen Sie verstehen. Ich bin keineswegs davon überzeugt, daß Sie mit dem, was Sie glauben, recht haben. Da wir von Mrs. Buckley sprachen, ist mir aber etwas eingefallen, das ich Ihnen sagen muß. Ich finde, Sie sollten aber vorsichtig dabei sein, zu wem Sie von diesen Dingen sprechen, weil es die rechtlichen Beweise, die ich erwähnt habe, nicht gibt. Bei einem Anwalt wie mir geht das, und Meg ist gewiß keine Klatschbase, aber ich würde zu anderen Leuten kein Wort davon sagen.«

»Nein, natürlich nicht, das würde sich im Nu überall herumsprechen. Allerdings habe ich es Skelton gegenüber erwähnt. Ich hielt das nur für fair. Ich kenne Meg seit Jahren, man kann sich ganz auf sie verlassen, und ich gebe zu, daß ich hoffte, über sie an Sie heranzukommen. Und jetzt glauben Sie mir nicht«, fügte er wehmütig hinzu, »also war wohl alles Zeitverschwendung.«

»Vielleicht doch nicht. Vielleicht werde ich Sie nach meinem Gespräch mit Mrs. Buckley davon überzeugen können, daß Sie sich irren.«

»Glauben Sie nicht, daß ich versucht habe, mich selbst zu überzeugen? Tja, ich bin Ihnen dankbar, daß Sie mir Ihre Zeit gewidmet haben und will nicht noch mehr davon in Anspruch nehmen. Ich muß eben weiter vorsichtig sein.«

2

Es war schließlich doch gut gewesen, daß er – und sei es noch so widerwillig – Sir Nicholas und Vera offen erzählt hatte, worum es ging. Das erste, was Meg sagte, als die Farrells zum Tee kamen – die anderen hatten sich gewohnheitsmäßig schon versammelt – war: »Welchen Eindruck hast du von Leonard, Antony?«

»Ich mochte ihn.«

»Ja, mein Schatz, aber du magst alle Menschen.«

»So?« sagte Antony verwundert. »Ich glaube nicht, daß du da recht hast. Außerdem wollte ich hinzufügen, daß er ein querköpfiger alter Kerl ist. Verzeih, daß ich so deutlich bin, Vera.«

»Bei mir und Jenny könntest du dich auch entschuldigen«, murrte Meg. »Du glaubst also nicht, daß Victoria ihn wirklich vergiften will?«

»Du etwa?«

»Es klingt sehr unwahrscheinlich«, gab Meg zu. »Aber er ist seiner Sache enorm sicher, und die Anfälle, die er gehabt hat, hören sich wirklich eigenartig an.«

»Er sollte zum Arzt gehen«, meinte Jenny.

»Das hat er getan.«

»Schon, aber ich meine, zu einer gründlichen Untersuchung.«

»Das will er eben nicht«, sagte Antony. »In diesem Punkt war er ganz eindeutig. Ich habe ihm dieses und jenes zu bedenken gegeben – etwa die Gefahren, wenn man eine solche Geschichte verbreitet –, aber ich glaube nicht, daß ich den geringsten Einfluß auf seinen felsenfesten Glauben an Mrs. Buckleys Schuld hatte. Das eine, was er sagte, Meg, war, daß er nicht glaube, ohne sie auskommen zu können, aber gleichzeitig stand für ihn fest, daß sie glaube, ohne ihn auskommen zu können. Meinst du, daß er recht hat?«

»Ich habe sie so viele Jahre als praktisch eine einzige Person gesehen«, gab Meg zurück, »daß das wirklich schwer zu sagen ist. Aber in der letzten Zeit hatte ich den Eindruck, daß Leonard seiner selbst nicht so sicher ist. Es mag sein, daß er Victoria nicht mehr schätzt, aber er stützt sich auch auf sie. Sie ist ein viel entschiedenerer Mensch. Vielleicht denkst du über Leonards Meinung anders, wenn du mit ihr gesprochen hast.«

»Was mir heute abend blüht.« Er sah seinen Onkel an. »Ich glaube, ich habe Vera sagen hören, daß ihr, wie gewohnt, in ein Konzert geht«, sagte er. »Hast du etwas dagegen, wenn ich dein Arbeitszimmer benütze?«

»Keinerlei Einwände«, sagte Sir Nicholas träge. »Aber ich erwarte einen vollständigen Bericht über deine Schlußfolgerungen, nachdem du mit beiden gesprochen hast.«

»Aber das ist wahrscheinlich nur Unsinn«, wandte Antony ein.

»Vera ist interessiert«, sagte Sir Nicholas gelassen und wälzte die Schuld an seiner eigenen Neugier schlicht auf die Schultern seiner Frau. »Außerdem nimmt Meg die Sache so ernst, daß sie deine Hilfe gesucht hat. Da dem so ist, finde sogar ich die Angelegenheit anregend.«

»Etwas anderes«, fragte Vera. »Wie geht es mit den Proben, Meg?«

»Völlig glatt«, erwiderte Meg zufrieden. Sie legte die Hand auf Rogers Arm. Er saß zwischen ihr und Jenny auf dem Sofa, und die Geste erstaunte Antony, weil Margaret Hamilton, die auf der Bühne das ganze Gefühlsregister beherrschte, im Privatleben eher zurückhaltend war. »Von der ganzen Geschichte wissen die anderen Leute nichts, und was die Buckleys angeht, merkt man ihnen nicht das Geringste an, wenn sie miteinander sprechen.«

»Ich bin selbst bei einer Probe gewesen«, sagte Roger plötzlich. »Das Stück ist gar nicht schlecht.«

»Natürlich nicht, mein Schatz, ich hätte die Rolle nicht übernommen, wenn es mir nicht gefallen hätte«, betonte Meg. »Ich glaube, Kevin Elliott – das ist der Regisseur – hat eine ganz ausgezeichnete Besetzung gefunden.«

»Vor allem diesen Murray«, sagte Roger. Antony glaubte, in der Stimme seines Freundes eine gewisse Anstrengung zu erkennen, so, als koste es Mühe, gelassen zu bleiben. »Er sieht unverschämt gut aus.«

»Aber das ist ja der ganze Sinn des Stücks, mein Schatz«, protestierte Meg. »Er ist Schauspieler ... ich meine, er spielt die Rolle eines Schauspielers ... mit der Sprache ist es manchmal schwierig, nicht wahr?« appellierte sie an Sir Nicholas. »Und eine der Pointen des Stücks ist, daß ihn Frauen unwiderstehlich finden, also muß er wenigstens einigermaßen gut aussehen. Immerhin«, fügte sie hinzu, als sei das für ihren Mann ein gewisser Trost, »wird er am Ende des ersten Aktes umgebracht.«

»Wir kommen alle zur Premiere«, entschied Vera. Ihre Redeweise konnte manchmal recht grimmig wirken, so daß das beinahe wie eine Drohung klang. »Kannst du uns fünf Plätze nebeneinander besorgen, Meg, damit wir alle erscheinen und dich anfeuern können?«

»Ja, natürlich, dafür habe ich schon gesorgt.«

»Wann findet sie statt?«

»Am Vierzehnten nächsten Monats.«

»Geht das nicht ziemlich rasch?«

»Eigentlich nicht, bei einer so erfahrenen Besetzung.«

»Ich dachte, es müßte immer viel umgeschrieben werden, vor allem, da Jeremy vorher noch nie ein Stück geschrieben hat.«

»Das ist schon in der Provinz gemacht worden. Er hat das Stück von einer Kleinstadtbühne aufführen lassen und da wohl schon alles zurechtgebügelt. Jedenfalls sollte es in dieser Beziehung keine Schwierigkeiten geben.«

»Ich glaube«, sagte Roger in düsterem Tonfall, »sie wollen alles fest im Griff haben, bis die Touristensaison beginnt.«

»Na, du mußt zugeben, daß das eine gute Idee ist, mein Schatz.« Sie schwieg einen Augenblick und kam wieder auf ihre erste Frage zurück. »Du glaubst also nicht, daß du bei Leonard Erfolg gehabt hast, Antony, ihn davon zu überzeugen, daß er sich täuscht, meine ich?«

»Keine Spur von Erfolg. Aber ich dachte mir, wenn Mrs. Buckley auch nur andeutungsweise vernünftig ist, könnten wir sie vielleicht dazu bringen, sich gemeinsam auszusprechen. In diesem Fall, Onkel Nick«, setzte er zögernd hinzu, »habe ich mir vorgestellt, daß du bereit sein könntest, als eine Art Vermittler zu dienen.«

»Gott behüte!« sagte Sir Nicholas abwehrend.

»Du hast gesagt, der Fall interessiert dich.«

»Allerdings, auf eine ganz andere Weise. Aber von dieser Idee halte ich nicht sehr viel, Antony, es sei denn, du willst genau das herbeiführen, wovor Meg sich fürchtet, und erleben, daß einer den anderen vor deinen Augen umbringt.«

»Du könntest sie beruhigen, Onkel Nick«, meinte Jenny einschmeichelnd.

»Laßt mich aus euren Plänen heraus«, sagte Sir Nicholas mit Nachdruck. »Ich werde die Aufführung genießen, umsomehr, als ich die Hintergründe kenne, aber ich finde wirklich, Meg, du hättest nicht auf den Gedanken kommen dürfen, Antony in solche Dinge zu verwickeln. Daraus kann nichts Gutes entstehen.«

»Aber auch nichts Nachteiliges«, erwiderte Meg lebhaft. »Ich glaube sogar, daß er auf die Dauer einen sehr guten Einfluß auf sie haben könnte. Aber wenn du unwirsch sein willst, mein Schatz, sprechen wir lieber von etwas anderem.« Sie sah zu Vera hinüber. »Was wird denn heute abend gespielt?« fragte sie.

3

Die Tatsache, daß Sir Nicholas Harding Meg und Roger Farrell als Ehrenmitglieder seiner Familie betrachtete, galt in doppelter Beziehung. Einerseits bedeutete es, wie schon erwähnt, daß er sich für berechtigt hielt, ihr Handeln zu kritisieren, wie es ihm beliebte; auf der anderen Seite vermochte er Meg zumindest zeitweise mit einiger Nachsicht zu behandeln. Antony hatte eine ätzende Bemerkung erwartet und war überrascht, als sein Onkel diesen drastischen Themenwechsel ohne Kommentar hinnahm. Danach vermieden sie es, über das Stück und die Eheprobleme der Buckleys zu sprechen, und Rogers Stimmung besserte sich so, daß er wieder ganz der Alte war. Sir Nicholas und Vera gingen vor der Abendmahlzeit – sie aßen lieber nach dem Konzert – und der Abend war recht lebhaft geworden, bis Antony über das Haustelefon daran erinnert wurde, daß Mrs. Buckley wie vereinbart eingetroffen sei. Er schaute auf die Uhr.

»Nicht ganz so pünktlich wie ihr Ehemann«, sagte er. »Aber immerhin. Bringen wir es hinter uns.«

Victoria Buckley war viel gefaßter als ihr Ehemann, machte jedoch in dem Sessel im Arbeitszimmer, der sonst für Vera reserviert war, den Eindruck, daß sie sich auf einem Hocker wohler gefühlt hätte.

»Sie haben mit Leonard gesprochen«, sagte sie im Ton einer Anklage, als Antony hereinkam, ohne ihm Zeit für eine förmliche Begrüßung zu lassen.

»Ja, wir haben heute vormittag ein paar Worte gewechselt«, antwortete Antony und war froh darüber, daß sie die Initiative ergriffen hatte.

»Er sagt, er hätte Ihnen alles über seine lächerliche Vorstellung erzählt, daß ich ihn vergifte«, fuhr Victoria fort. »Und er sagte, da Sie es jetzt wüßten, könnte ich es mir nicht mehr leisten, weiterzumachen. Sagen Sie, Mr. Maitland, was hielten Sie von ihm?«

»Ich fürchte, er glaubt, was er sagt, Mrs. Buckley.«

»Er wird senil, das ist es. Sie haben ihm doch nicht recht gegeben?« fügte sie angriffslustig hinzu.

»Ich habe ihm erklärt«, erwiderte Antony, um Genauigkeit bemüht, »daß es keine Spur von rechtlichem Beweis gibt. Ich habe ihn außerdem auf mehrere Dinge hingewiesen, die nach meiner Meinung gegen seine Ansicht sprechen.«

»Und die waren?«

»Zum einen sagt er, daß Sie sich nicht trennen wollen – beide nicht –, weil das Bild, das Sie beruflich in der Öffentlichkeit bieten, für Sie finanziell von Vorteil ist. Würden Sie in diesem Fall Wert darauf legen, ihn loszuwerden?«

»So, wie es jetzt steht, paßt es mir sehr gut«, sagte Victoria nachdenklich. »Sonst wäre ich nicht bereit, mit einem Mann zusammenzuleben, der mir zuwider geworden ist. Aber wenn es darauf ankäme, könnte ich sehr wohl allein zurechtkommen.« Sie verstummte für einen Augenblick. »Und Leonard könnte es übrigens auch«, sagte sie mit offenbar widerstrebender Großzügigkeit. »Er hat überhaupt kein Selbstvertrauen, ist aber ein viel besserer Schauspieler, als er glaubt.«

»Warum bestehen Sie dann nicht einfach auf einer Trennung und bringen die Sache hinter sich?«

»Nicht, bis dieses Stück jetzt wieder abgesetzt wird«, sagte Victoria entschieden. »Und Sie wissen, daß es sehr lange laufen wird, zumal mit Meg in der Hauptrolle. Was hatten Sie gegen Leonards Ansicht noch vorzubringen?«

»Ach, vor allem wohl, wie unwahrscheinlich das Ganze ist«, sagte Antony vage. Er lächelte Victoria an und hoffte auf irgendeine Reaktion, auf eine Milderung ihrer recht strengen Haltung. »Ich wäre aber froh, wenn Sie mir Ihre Schilderung geben könnten.«

»Damit Sie sich klarwerden können, ob ich eine Mörderin bin oder nicht«, sagte sie gehässig. Sie wartete einen Augenblick, aber Antony antwortete nicht; in der Tat hatte er an etwas ganz Ähnliches gedacht. »Nun, von meiner Seite aus gibt es nichts zu schildern«, wandte sie ein. »Leonard hatte ein paar Gallenkoliken, ziemlich schwere, und das ist alles. Ich bin der Meinung, er sollte sich ärztlich untersuchen lassen, aber das will er nicht.«

»Der Arzt, der ihn beim ersten Mal behandelt hat, scheint für seinen Geschmack die Sache zu leicht genommen zu haben. Er überlegte zwar, die Überreste seiner Mahlzeiten selbst zur Untersuchung zu schicken, sagte mir aber, daß sie in allen Fällen schon beseitigt waren. Sogar das Mineralwasser aus dem Kühlschrank.«

»Ich lasse in meiner Küche nichts herumliegen«, gab Victoria zurück. »Und das Mineralwasser habe ich selbst getrunken. Das ist übrigens auch ein Punkt, Mr. Maitland. Ihre Frau würde das verstehen – es ist einfach nicht erträglich, ihn dauernd im Weg zu haben, wenn ich mir mein Essen machen will.«

»Ich empfehle nach wie vor eine Trennung. Sie brauchen das ja nicht an die große Glocke zu hängen.«

»Nicht, bis das Stück abgesetzt wird«, wiederholte sie. Und fügte widerwillig hinzu: »Sie haben jedenfalls mehr Verstand, als uns einen Eheberater zu empfehlen.«

Wenn Maitland aufrichtig gewesen wäre, hätte er dazu gesagt: Von denen halte ich nichts. Statt dessen fragte er neugierig: »Warum ist Ihnen Ihr Mann so zuwider?«

»Er ist zu einem durch und durch lästigen alten Mann geworden. So raucht er beispielsweise Pfeife, eine mit Filter, in dem sich das ganze Nikotin sammelt. Dann läßt er die dreckigen Dinger liegen, die grauenhaft stinken, und ich muß sie wegräumen. Und als wäre das noch nicht genug, leidet er manchmal an Schlaflosigkeit und besteht darauf, im Bett zu lesen.«

»Das ließe sich doch ganz leicht beheben durch getrennte Schlafzimmer. Mit der Pfeife ist das schwieriger, muß ich zugeben.«

»Wir haben kein zweites Schlafzimmer, und Leonard lehnt es rundweg ab, auf dem Sofa zu schlafen«, sagte Victoria. Sie war offensichtlich nie auf den Gedanken gekommen, daß sie das selbst hätte tun können. »Und er weigert sich entschieden, eine von diesen biegbaren Lampen anzubringen. Ich habe ihm sogar eine gekauft, aber er räumte sie weg, so daß ich weiterhin wachliegen muß.«

»Das ist alles ganz schrecklich«, sagte Antony.

»Sie meinen das gar nicht ernst«, erklärte sie scharfsinnig. »Aber nach dreiundvierzig Jahren –«

»Sie sind sich einander nicht die ganze Zeit auf die Nerven gegangen«, wandte er ein. »Mr. Buckley zufolge waren Sie beide sehr verliebt, als Sie geheiratet haben.«

»Ich war ein hübsches Mädchen«, sagte sie stolz. »Ich kann mir also durchaus vorstellen, wie ihm zumute war, selbst wenn wir nicht gleich von Anfang an zusammengekommen wären. Und damals wußte ich natürlich noch nicht, was eine Ehe bedeuten würde.«

»Wie lange –?« Antony brach ab, weil ihm die Frage zu peinlich erschien.

»Ach, schon seit Jahren, aber mein Beruf stand für mich immer an erster Stelle«, erklärte sie. »Getrennte Wege zu gehen, ergab sich wohl mit der Zeit, aber wir haben uns schon sehr lange voneinander entfernt.«

»Was meinen Sie mit getrennten Wegen genau, Mrs. Buckley?«

»Keine Untreue, wenn Sie darauf hinauswollen.« Sie sagte es steif, und er war plötzlich der Überzeugung, daß die Antwort zu entschieden, zu klar war, um ganz stimmen zu können. Dann wurde sie ein wenig zugänglicher und beugte sich vertraulich vor; möglicherweise war ihr bewußt geworden, welchen Eindruck sie erweckt hatte, und sie versuchte ihn abzuschwächen. »Ich kann nicht behaupten, daß ich mich nicht auf eine Affäre eingelassen hätte, wenn mich die Lust dazu je angewandelt hätte«, sagte sie. »Aber das war eben nicht der Fall. Was Leonard angeht . . . er war nie ein sonderlich leidenschaftlicher Mann, außer, als er noch jünger war auf der Bühne. Ich glaube, er hat dort seine ganze Energie gelassen.«

»Verstehe.« Zur Abwechslung einmal, wenn er diesen Ausdruck gebrauchte, glaubte Antony tatsächlich zu begreifen. Wenn er ganz aufrichtig sein sollte, entsetzte ihn die Vorstellung einer Ehe ohne Leidenschaft und – noch schlimmer – ohne Zuneigung. »Warum wollten Sie mit mir sprechen, Mrs. Buckley?«

»Meg sagt, Sie können sich in Menschen einfühlen«, erwiderte Victoria. »Ich nehme an, sie meint, daß Sie andere Menschen gut beurteilen können. Ich dachte, ich könnte Sie vielleicht davon überzeugen, daß ich Leonard nicht nach dem Leben trachte, und Sie könnten Ihrerseits Leonard davon überzeugen.«

»Spielt das eine so große Rolle, wenn er Ihnen so wenig bedeutet?«

»Es ist einfacher so. Die jetzige Situation ist unerträglich. Ich hätte gedacht, Sie könnten sich das vorstellen. Übrigens: Da wir offen miteinander gesprochen haben, Mr. Maitland, warum wollte Leonard mit Ihnen reden?«

Antony lächelte, doch wieder schien das nicht die entwaffnende Wirkung zu haben, die er erhoffte.

»Ich glaube, er hoffte, ich könnte Sie von weiteren Versuchen abschrecken, ihn umzubringen«, sagte er präzise.

»Schließen Sie sich seiner Ansicht an?« fragte sie argwöhnisch.

»Keineswegs. Und selbst wenn ich es täte – Sie werden mir verzeihen, Mrs. Buckley, Sie sagten selbst, daß wir offen zueinander sind – glaube ich nicht, daß Sie eine Frau sind, die man leicht erschrekken kann.«

»Um auf Ihre Frage zurückzukommen«, sagte sie, ohne auf die Bemerkung einzugehen, »ich hatte gehofft, ein Gespräch mit einem

Juristen könnte Leonard bewegen, seine Skandalgeschichten nicht weiter zu verbreiten.«

»Ich habe ihn schon darauf hingewiesen, daß es höchst unklug ist«, gab Maitland zurück. »Aber gerechterweise sollte ich sagen, daß er so wenig den Wunsch hat wie Sie, Ihre Differenzen publik zu machen, Mrs. Buckley.«

»Er hat es Meg gesagt, oder?«

»Ja, aber Meg ist bekannt dafür, daß sie Klatsch haßt.« Man mußte ja nicht erwähnen, daß er auch mit Jeremy Skelton gesprochen hatte. »Und ich glaube – Sie nicht auch? –, daß das vielleicht ein Weg war, mit mir in Verbindung zu kommen.«

Wieder ging sie auf die Frage nicht ein.

»Tja, ich denke nicht im Traum daran, irgend etwas zu unternehmen«, sagte sie, »jedenfalls nicht, bis das Stück gelaufen ist. Aber ich meine doch, er sollte einsehen, daß er sich der Gefahr aussetzt, wegen übler Nachrede verklagt zu werden.«

»Wie gesagt, Mrs. Buckley, ich habe mein Bestes getan, ihn zu warnen.« Zu Beginn ihres Gesprächs hatte er sich in Sir Nicholas' Sessel niedergelassen, stand aber nun auf und blickte auf sie hinunter. »Ich glaube nicht, daß noch etwas Sinnvolles zu bereden ist, Mrs. Buckley. Am liebsten wäre es mir, wenn ich Sie beide zu einer Trennung überreden könnte. Wer weiß, nach ein paar Wochen Alleinsein kommen Sie vielleicht dahinter, daß die Ehe gar nicht so unerträglich war.«

Sie schob sich in ihrem Sessel nach vorn, bis ihre Füße den Boden berührten, und stand auf.

»Ich sollte mich wohl nicht darüber beklagen, daß Sie kein Wort von dem glauben, was ich Ihnen gesagt habe, wie lästig Leonard sein kann«, erklärte sie, »weil Sie ihm ganz offensichtlich auch die Mordversuche nicht glauben, die ich unternommen haben soll.« Sie drehte sich abrupt um und ging zur Tür. »Sie finden wohl, daß der Abend vergeudet war«, sagte sie. »Mir geht es ebenso! Gehen Sie jetzt lieber wieder zu Ihrer hübschen, kleinen Frau. Wer weiß, was sie in Ihrer Abwesenheit treiben mag?«

4

Nachdem er hinter seiner Besucherin die Haustür geschlossen hatte, stieg Maitland ganz langsam die Treppe hinauf. Er hörte das Stimmengemurmel, als er seine Wohnung betrat, und wäre froh gewesen, still ins Wohnzimmer zu gehen und sich an der Unterhaltung zu beteiligen, ohne sich Fragen zu dem eben beendeten Gespräch stellen lassen zu müssen. Seine Schulter schmerzte ein wenig beharrlicher als sonst, wie schon so oft, wenn er müde war; wenn er sich schon zu Beginn der Sitzungsperiode bei Gericht so fühlte, dachte er mit einer Spur von Wehmut, wußte der Himmel, wie ihm zumute sein würde, bis die Osterpause kam. Er liebte Meg wie ein Bruder, und was vielleicht noch wichtiger war, er wußte, daß Jenny ihr eine besondere Zuneigung entgegenbrachte, aber das Problem, vor das sie ihn gestellt hatte, fand er besonders unerfreulich; der einzige Trost war, daß es mit dem heutigen Abend sein Ende gefunden haben sollte. Freilich bis auf das Kreuzverhör, mit dem er rechnen mußte, sobald er die Wohnzimmertür öffnete.

Und tatsächlich verstummten sie alle für einen Augenblick, als er hereinkam, alle Blicke waren auf ihn gerichtet. Jenny wirkte sorgenvoll – bei ihr durfte man sich darauf verlassen, daß sie wußte, was ihn aus dem Gleichgewicht brachte; Roger ebenfalls – da war dieses seltsame Einfühlungsvermögen in Roger, das ihm vermutlich genauso zum Bewußtsein brachte, wie sein Freund sich fühlte; was Meg anging, war sie unverhohlen neugierig, aber auch von Mitgefühl erfüllt.

»Du siehst ganz erledigt aus, mein Schatz«, sagte sie. »Komm her, setz dich zu uns und erzähle.«

»Es gibt nicht viel zu erzählen.« Statt ihr zu gehorchen, ging Maitland am Kamin vorbei und fand sein fast unberührtes Glas Kognak neben der Uhr. Seltsamerweise fühlte er sich zu müde, um sich in seinem gewohnten Sessel mit dem Rücken zum Fenster niederzulassen. Roger hatte den Platz von Sir Nicholas eingenommen, Meg und Jenny saßen auf dem Sofa. »Bei einer Gelegenheit während des Gesprächs hat deine Mrs. Buckley erklärt, sie sei froh, daß ich so verständig sei, keinen Eheberater zu empfehlen, Meg. Als sie das sagte, kam mir ganz deutlich zum Bewußtsein, daß das genau die Rolle war, in die du mich gepreßt hast.«

Meg dachte darüber nach. »Jeder Rechtsanwalt muß auch etwas von einem Psychiater an sich haben«, sagte sie schließlich.

»Hast du das erfunden oder irgendwo gelesen?« fragte Antony

leicht gehässig. »Ich glaube jedenfalls nicht, daß mein Eingreifen auch nur das Mindeste genützt hat, Meg. Und ich glaube nicht, daß Victoria Buckley ein sehr netter Mensch ist, gleichgültig, was für ein Bild du dir zusammen mit dem Rest der Welt von ihr gemacht hast«, fügte er hinzu, als er an die letzte bösartige Bemerkung über Jenny dachte. Nicht, daß ihn das im geringsten beunruhigt hätte, aber es bewies doch ...

»Obwohl ich neulich abends anders gesprochen habe, glaube ich nicht, daß irgend etwas von Nutzen hätte sein können, was du gesagt oder getan hättest«, meinte Roger mit größerem Nachdruck, als die Bemerkung zu verdienen schien. »Wenn dein lästiges altes Paar in diesem Alter mit den eigenen Angelegenheiten nicht zurechtkommt, Meg, wird es höchste Zeit, daß die beiden es lernen.«

»Schatz!« protestierte Meg. »Und wenn Leonard nun recht hat?«

»Du willst uns doch nur erschrecken«, warf ihr Antony vor und trank einen Schluck Kognak. »Es ist ganz offenkundig, daß sie einander nicht mehr ausstehen können –«

»Das habe ich dir ja gesagt«, warf Meg ruhig ein.

»– und jeder eine Liste von Klagen über den anderen hat, lauter alberne Kleinigkeiten. Ich wollte sagen, Banalitäten, aber nach so vielen Jahren erscheinen sie vielleicht nicht mehr so banal.« Er verstummte und lächelte auf Jenny hinunter, und der ihm eigene Humor, der nie tief unter der Oberfläche seiner Gedanken lag, kam heraus, als er fragte: »Was für Gewohnheiten habe ich, die dich zur Verzweiflung treiben, Liebes?«

Jenny erwiderte sein Lächeln, von der Heiterkeit seines Tonfalls ein wenig beruhigt.

»Keine, mit der ich nicht zurechtkomme«, erwiderte sie. »Aber ich kann dir versprechen, daß ich nicht zu Gift greifen würde.«

»Dann kann ich also aufatmen. Nachdem ich sie mir beide angehört habe – Mr. Buckley könnte die Wahrheit sagen, obwohl es keinen Beweis dafür gibt –, blieb mir jedenfalls nichts anderes übrig, als eine Trennung vorzuschlagen. Das scheint in einer solchen Situation das einzig Richtige zu sein, und es muß ja nicht bekanntgemacht werden.«

»Du kennst die Presse nicht, mein Schatz!« warf Meg ein.

»So? Wirklich nicht?!« Maitlands Stimme klang sehr bitter; seine eigenen Erfahrungen mit den Medien waren nicht immer erfreulich gewesen. »Jedenfalls möchte ich meinen, daß alles besser wäre als dieses Leben wie Hund und Katze, das sie führen, und ich könnte mir denken, daß Victoria einverstanden wäre, aber erst, wenn das

Stück abgesetzt wird. Leonard reagierte auf den Vorschlag ganz entsetzt.«

»Er hätte keine Wahl, wenn Victoria ihn verlassen würde«, betonte Roger.

»Nein, natürlich nicht. Aber ich glaube nicht, daß ihm das passen würde. Er scheint sich beruflich nicht mehr sicher zu fühlen.«

»Unsinn«, sagte Meg. »Er kann sehr gut auf eigenen Beinen stehen.«

»Sag nicht ›Unsinn‹, das erinnert mich an Mrs. Buckley«, flehte Antony. »Das Gespräch mit ihr hat mir wirklich nicht behagt. Ich glaube, wir sind durchaus keine verwandten Seelen.«

»Aber auf der Bühne wirkt sie immer so nett«, sagte Jenny. »Du weißt, Meg, als du uns von der Sache erzählt hast, war ich der Meinung, sie könnte etwas so Schreckliches, wie ihren Mann vergiften zu wollen, gar nicht tun. Und auch gestern abend bei dir –«

»Du darfst nicht vergessen, daß sie beide seit vielen Jahren der Öffentlichkeit ein bestimmtes Bild bieten«, meinte Meg.

»Ja, das dachte ich auch, aber –«

»Und der springende Punkt dabei ist, daß sie das ideale Ehepaar sind und es auf der Bühne auch darstellen«, fuhr Meg fort, um nochmals zu verdeutlichen, was sie meinte.

»Nun, ich habe mein Pulver verschossen«, sagte Antony, während er kritisch sein Glas betrachtete und feststellte, daß er es geleert hatte. »Victoria mag auf lange Sicht zur Trennung neigen, wenn sie in Ruhe nachgedacht hat, aber zumindest ist sie fest entschlossen, dein Stück durch nichts behindern zu lassen, Meg. Ich glaube also, du brauchst dir über die Auswirkungen ihres Verhältnisses zueinander auf die Aufführung keine Sorgen mehr zu machen.«

»Es war nett von dir, es zu versuchen«, sagte Meg, der ein wenig spät einfiel, daß sie ihm Dank schuldete. »Und es tut mir wirklich leid, mein Schatz, wenn es dir allzu lästig gewesen ist.« Dabei war Jenny leise aufgestanden und zum Tablett gegangen, wo die Karaffe stand, und in der Folge ging das Thema in der allgemeinen Geschäftigkeit mit Nebensächlichem unter, für immer, wie Antony hoffte.

Mittwoch, 14. Februar

1

Danach nahm für Antony und Sir Nicholas die Sitzungsperiode ihren gewohnten Verlauf. Sir Nicholas, der jedem Neugierigen erklärt hätte, er sei, was die Arbeitsbelastung betreffe, ganz in den Händen seines Bürovorstands, des alten Mr. Mallory, hatte es sich in Wahrheit zur Gewohnheit gemacht, seine Fälle recht sorgfältig auszuwählen, während sein Neffe die finanzielle Seite seines Berufes noch immer berücksichtigen mußte. Außerdem hatte er es nie gelernt, mit Mallory fertigzuwerden, so daß ihm ziemlich häufig Fälle aufgebürdet wurden, die er entweder als langweilig oder als unerfreulich empfand. John Willett, im Büro jetzt der zweite Mann, hatte seine eigenen Methoden, seinen Vorgesetzten zu umgehen, und war dazu sehr viel guten Willens gegenüber Maitland, weil Antony ihm die Stellung verschafft hatte, jedoch war er auch nicht unfehlbar. Demzufolge sah sich Antony während der nächsten Wochen beinahe im Übermaß beschäftigt, was soweit ging, daß er einmal vor Richter Carruthers stand, während er gleichzeitig einen Fall hätte vertreten sollen, der vor Richter Conway verhandelt wurde. Zum Glück sprang sein Freund Derek Stringer, ebenfalls in Sir Nicholas' Kanzlei beschäftigt, im zweiten Fall für ihn ein, bis er den Gerichtssaal erreichte. Jedenfalls hatte er keine Zeit, an die neue Produktion von ›Dolche im Dutzend‹ von Jeremy Skelton zu denken, in dem Miss Margaret Hamilton die Starrolle spielte.

Eines Abends jedoch, ungefähr eine Woche vor der Premiere, als Roger wie so oft im Haus am Kempenfeldt Square erschien, berichtete er, daß in der Zeitung eine kleine Meldung erschienen sei – die beide Maitlands überlesen hatten – wonach das Gerücht gehe, Leonard und Victoria Buckley wollten ganz gegen ihre Gewohnheit ein Ehepaar spielen, das mit sich nicht so ganz im Reinen sei. Meg habe, wie Roger mitteilte, nach der Lektüre die Arme hochgerissen und voller Dramatik erklärt: »Na bitte, ich wußte doch, daß etwas bekannt wird.«

»Aber von ihrer Beziehung zueinander war nicht die Rede«, wandte Jenny ein. »Nur von den Personen, die sie spielen sollen.«

»Schon, aber begreifst du denn nicht, daß sie im Stück nur ihre gewohnten Rollen spielen? Meg meint, daß von der Wirklichkeit etwas an den Tag gekommen ist.«

»Ich glaube nicht, daß sich das unbedingt daraus ergibt«, stellte Jenny tröstend fest. »Und ich finde, du solltest noch erwähnen, daß die Personen, die sie darstellen, ganz wie die anderen sind, nur –«

»Verrat mir nichts«, flehte Antony. »Das würde alles verderben. Jenny ist mehrmals bei den Proben gewesen«, sagte er zu Roger.

»Wirklich? Das hast du doch noch nie getan, Jenny. Wie Antony hast du immer gesagt, du wolltest dich überraschen lassen.«

»Diesmal war es ein bißchen anders«, erklärte Jenny. »Anne Skelton hat mich mitgenommen. Ich mag sie sehr.«

»Ihr seid euch gleich«, sagte Maitland und lächelte sie an.

Jenny dachte darüber nach und meinte: »Weil wir so ziemlich dieselbe Haarfarbe haben?«

»Nein, das habe ich nicht gemeint. Ihr gehört beide zu der kleinen Gruppe von Menschen, die zuhören können, aber wenn ich es mir recht überlege, gibt es nur eine Jenny. Anne hat deine innere Ruhe nicht, Liebes.«

»Das sagst du dauernd, aber ich empfinde nicht immer so«, gab Jenny zurück.

»Und wenn du sie verlierst«, sagte Antony, mit seinem eigenen Gedankengang beschäftigt, »liegt das gewöhnlich an mir.« Wäre irgend jemand anderer als Roger dabeigewesen, hätte er lieber sterben wollen, als so etwas auszusprechen, aber bei seinem Freund machte es ihm aus irgendeinem Grunde nichts aus, sich preiszugeben. Und aus demselben Grund antwortete Jenny ganz schlicht: »Ich möchte es gar nicht anders.« Dann wandte sie sich Roger zu, vielleicht nur aus Rücksicht, daß sie seine Anwesenheit nicht ganz vergessen hatte. »Antony kennt Anne durchaus nicht so gut wie ich«, sagte sie, »obwohl er sie schon vor ihrer Ehe mit Jeremy kennengelernt hat. Sie macht sich um Dinge mehr Sorgen als ich« – Roger und Antony tauschten hier ein Lächeln – »ist aber in Wahrheit ein Mensch, bei dem man zur Ruhe kommen kann, was sicher gut ist, weil Jeremy ziemlich anstrengend sein muß.«

»Ein energischer Typ«, bestätigte Roger. Seinem Tonfall nach hätte man meinen können, er finde das nicht gut, aber obwohl er von Beruf Börsenmakler war, konnte er doch, sobald die Umstände das zuließen, ein Mann der entschiedenen Aktion sein. »Das erklärt aber nicht, warum du es diesmal für notwendig gehalten hast, zu den Proben zu gehen, Jenny.«

»Anne schien ungern allein hingehen zu wollen, und Jeremy wollte sie dabeihaben«, sagte Jenny. »Für mich war das eine neue Erfahrung. Ich ahnte nicht, wieviel die Schauspieler und auch der

Autor überstehen müssen, bis sie vor dem Publikum spielen.«

»Lehrreich, nehme ich an«, sagte Roger mit einem Nicken.

»Ja, das glaube ich. Es ist wirklich ein gutes Stück, Roger. Ich bin sicher, Meg hatte ganz recht, die Rolle unbedingt übernehmen zu wollen.«

»Ja, das wird wohl so sein.« Man konnte wohl kaum bestreiten, daß das zurückhaltend klang. »Jedenfalls ist die Sache jetzt entschieden, und wenn dem Publikum das Stück gefällt, sollte es mich nicht wundern, wenn es ewig läuft«, fügte er düster hinzu.

»Denk an das Positive«, meinte Antony. »Vielleicht fällt es durch.«

Roger mußte grinsen. »Dann hätte ich mit Megs Reaktion zu leben«, gestand er. »Mißerfolge ist sie nicht gewöhnt. Und da das ihr erster Versuch mit einer leichteren Rolle ist –«

»Ich würde mir keine Sorgen machen«, riet Antony. »Meg mag in ihrer Laufbahn nicht viele Rückschläge erlitten haben, aber im normalen Leben hatte sie auch das gewohnte Auf und Ab.«

»Ja, ich weiß. Sie hat mir einiges erzählt«, stellte Roger eher nachdenklich fest. »Jedenfalls hat sie die Rolle übernommen, und daran läßt sich nichts mehr ändern. Ich hoffe, in Bezug auf die Premiere sind keine Schwierigkeiten aufgetaucht. Du wirst dich doch nicht so langweilen, daß du nicht kommst, Jenny? Und Sir Nicholas und Vera werden auch kommen?«

»Natürlich langweile ich mich nicht«, versicherte Jenny. »Eine Probe ist ganz und gar nicht dasselbe wie eine richtige Aufführung. Und wenn Onkel Nick erkennen lassen sollte, daß er nicht mittun will, was ich ohnehin nicht glaube, ist Vera ganz sicher fähig, ihn ins Theater zu schleppen. Sie hat sogar für den Anlaß einen neuen Sack bestellt.« Jenny lächelte die beiden an. Veras Geschmack in Kleidern wurde bei den Maitlands spaßhaft behandelt, wenngleich nur vor einem so engen Freund wie Roger, und keinesfalls in hämischer Art.

»Welche Farbe?« fragte ihr Mann eher dumpf.

»Er wird geblümt werden«, sagte Jenny. »Kleine Blumen, ich glaube nicht, daß Vera große stehen würden, aber es ist das erste Mal, daß sie von einfarbig abgeht, und zwar zu Megs Ehren, die sich also geschmeichelt fühlen sollte, Roger.«

»Davon bin ich überzeugt«, sagte Roger. Seine Stimmung schien sich plötzlich gebessert zu haben. »Ich kann es kaum erwarten«, fügte er hinzu, aber Antony hatte den Eindruck, daß er das Kleid meinte und nicht die Premiere.

2

Endlich kam also der Premierenabend heran. Die Gruppe vom Kempenfeld Square war frühzeitig im Theater, und Sir Nicholas hatte für den ungewohnten Luxus gesorgt, daß ihnen den ganzen Abend ein Auto mit Chauffeur zur Verfügung stand. Im Oberstock hatte das zu einiger Belustigung geführt, weil Antony und Jenny sich darüber klar waren, daß diese Extravaganz allein Veras Behaglichkeit diente, für die nur das Beste gut genug war. Roger hatte Meg wie üblich zum Theater gebracht, die Gewohnheit aber insoweit durchbrochen, als er fast bis zum Beginn der Vorstellung in ihrer Garderobe geblieben war. Ungefähr fünf Minuten, bevor das Licht im Zuschauerraum erlosch, ließ er sich auf seinem Platz nieder.

Inzwischen hatte sich Jenny, die bis zu einem gewissen Grad mit dem Bevorstehenden schon vertraut war, umgesehen, um die Eintreffenden zu beobachten, und den Skeltons zugewinkt, die in einer Loge saßen. Sie wußte, daß Anne ein weniger auffälliger Platz lieber gewesen wäre, aber Jeremy, bei dieser Gelegenheit untypischerweise seiner selbst nicht sicher, wollte lieber dort sein, wo er unbemerkt in den Korridor hinausschlüpfen konnte, sollte er nicht mehr aushalten können, was er zu sehen bekam.

Antony war zu sehr damit beschäftigt gewesen, das Programmheft zu studieren, um sich viel umsehen zu können. Das Stück hatte, wie er sah, zwei Akte, und spielte durchgehend in Mary Carterets Salon. Es folgten die Personen der Handlung und ihre Darsteller, von denen ihm manche vertraut, während andere völlig unbekannt erschienen:

MARY CARTERET	Margaret Hamilton
DOUGLAS CARTERET	Andrew Murray
LARRY VAUGHAN	Gordon Hewitt
DONALD TURNSTALL	Leonard Buckley
GLADYS TURNSTALL	Victoria Buckley
PAULA NASH	Ellie Dorman
INSPEKTOR MURCHISON	Dominic Eldred
SERGEANT DRAPER	Claude Aubin

Er war eben bei ›VERTRETUNG FÜR MISS HAMILTON – Frances Cathers‹ angekommen, als Vera ihm einen derben Rippenstoß versetzte. Mit den Worten »Du siehst besser als ich, Antony«

suchte sie seine Bestätigung dafür, daß es Bruce Halloran war, den sie auf der anderen Seite des Parketts sitzen sah. Kurz nach Antonys Bestätigung setzte sich Roger zu ihnen, und sie unterhielten sich miteinander, vor allem darüber, wie Meg vor dem Auftritt zumute war.

»Sie hat jedesmal Lampenfieber, und dann ist sie immer großartig«, sagte Roger entschieden. Kurz danach wurde es dunkel, und der Vorhang ging auf.

Das Bühnenbild erwies sich als sehr konservativ: keine Stahlrohrgestelle oder ins Leere führende Leitern. Wie Jeremy Skeltons Stück sich auch entpuppen mochte, es war offenkundig, daß er zumindest beim Schauplatz der Handlung sich streng an die Tradition hielt. Mrs. Carterets Salon war unübersehbar der einer ziemlich konventionellen Dame des oberen Mittelstandes, deren Geschmack weder altmodisch noch verblüffend modern war. Nur ein Bild über dem Kamin, in dem ein täuschend echtes Feuer brannte, deutete mit einem grellen Klecks unbegreiflicher Farben an, daß hinter der Besitzerin mehr stecken mochte, als auf Anhieb erkennbar war.

Meg wurde sichtbar mit den Beinen auf einem Sofa. Sie las Zeitung, faltete sie aber sorgfältig zusammen und schob sie unter die Kissen, als Andrew Murray hereinkam, der ihren Ehemann spielte. Das war für sie so untypisch – Meg Farrel hätte sie auf den Boden geworfen und einfach liegenlassen –, daß Antony sofort stutzte. Aus dem Dialog ergab sich aber bald, daß es auch für Mary Carteret nicht typisch war; sie erwartete Tante und Onkel ihres Mannes zu Besuch, ein älteres Ehepaar, das großen Wert auf Ordnung legte.

Diese beiden, Donald und Gladys Turnstall, trafen dann in Gestalt der Buckleys ein, und es kam zu amüsanten Dialogen. Auf der Stelle wurde deutlich, daß Jeremy Skelton beim Übergang vom geschriebenen zum gesprochenen Wort nichts von seinem Witz eingebüßt hatte, und die Schauspieler nutzten das in großartiger Weise.

Ebenso klar war, ohne Rücksicht darauf, was in der Zeitung gestanden hatte, daß die Figuren der beiden Turnstalls einander so innig zugetan waren wie nur je ein Paar, das Leonard und Victoria Buckley gespielt hatten. Ganz gewiß gab es keine Anzeichen für Spannungen oder unterschwellige Differenzen, aber die inneren Spannungen der Handlung selbst wurden sehr bald deutlich. Douglas Carteret hatte eine Geliebte, und seine Frau tändelte graziös und sehr belustigend mit einem jungen Freund des Ehepaars. Larry Vaughan. Roger hatte recht, Meg war in der Rolle großartig und ließ das Publikum völlig im dunkeln darüber, ob ihr Verhalten lediglich aus Trotz und Enttäuschung wegen der Vernachlässigung durch ihren Mann entstanden war, oder ob sich der Flirt mit Mr. Vaughan vielleicht doch nicht als so harmlos entpuppte, wie es den Anschein hatte.

Durch dies alles bewegten sich die Buckleys mit sanfter Friedlichkeit, Teil der Vorgänge und doch nicht in sie verwickelt. Trotz alledem führte eine meisterliche Hand das Publikum mit festem Griff, so daß bis zum Ende des ersten Aktes im ganzen Theater ein kaum gezügeltes Gefühl der Erregung herrschte. Es gab einen Augenblick, in dem Douglas Carteret und seine Tante Gladys allein auf der Bühne waren; sie rügte ihn sanft für das, was sie an diesem Tag über seine Lebensweise in Erfahrung gebracht hatte, während er in einiger Entfernung auf einer Stuhlkante saß und unübersehbar fort wollte. Inmitten einem ihrer Sätze erlosch jedoch die Bühnenbeleuchtung, und das ganze Theater lag im Dunkeln.

Gladys Turnstall sagte mit unsicherer Stimme: »Schau lieber nach, ob eine Sicherung durchgebrannt ist, Douglas«, und man hörte Carterets Stimme erwidern: »Hat keinen Zweck, das muß ein Stromausfall sein. Wir müssen eben warten.« Dann schwiegen sie beide. Das Publikum nahm eine Bewegung wahr, ohne daß man Schritte vernahm, weil auf dem Bühnenboden Teppiche lagen, dann hörte man einen langgezogenen Laut, der am ehesten einem Seufzer glich. Wieder eine Pause, scheinbar endlos, dann ging die Bühnenbeleuchtung wieder an, im ersten Augenblick blendend grell. Man sah Andrew Murray in der Rolle des Douglas Carteret am Boden liegen, mit einem Dolch im Rücken, während Victoria Buckley in der Rolle seiner Tante ebenfalls, wenn auch nicht ganz so anmutig, dalag und ebenfalls erstochen worden zu sein schien. Und ihr Ehemann Leonard stand fast genau in der Bühnenmitte, mit völlig fassungslosem Gesichtsausdruck. Nach einigen Augenblicken trat er die wenigen Schritte vor, die ihn zu seiner Frau führten.

»Victoria!« sagte er beinahe zögernd. Und dann drängender: »Victoria!«

»Aber das ist nicht –« entfuhr es Jenny, die sich im ersten Augenblick nicht in der Gewalt hatte. Und während sie das sagte, hob Andrew Murray den Kopf.

Antony wollte sagen: ›So sollte dieser Akt doch nicht zu Ende gehen?‹, aber die Antwort darauf war nur zu deutlich. Roger war schon aufgesprungen.

»Es ist etwas passiert. Komm, Antony!« sagte er, und sie hasteten zum Mittelgang, wobei sie auf ihre Nachbarn weniger Rücksicht nahmen, als das sonst der Fall gewesen wäre. Als Antony seinem Freund durch die Tür nacheilte, die hinter die Bühne führte, sah er gerade noch, daß der Vorhang fiel.

3

Kein Wunder, daß es spät war, bis Maitland nach Hause kam, jedenfalls lange, nachdem Gibbs sich zurückgezogen hatte, so daß er sich wenigstens nicht der Mißbilligung des alten Mannes ausgesetzt sah. Im Arbeitszimmer brannte Licht, die Tür war einladend geöffnet, und als er eintrat, fand er Jenny bei Sir Nicholas und Vera.

»Du siehst uns hier«, sagte Sir Nicholas bedächtig, »ganz Ohr für deine Abenteuer.« Als Antony näherkam, und er das Gesicht seines Neffen deutlicher sah, stand er jedoch sofort auf. »Whisky, glaube ich«, sagte er sachlich, »und du redest erst, wenn du soweit bist.«

Im Gegensatz zu seiner sonstigen Gewohnheit löste Antonys Müdigkeit an diesem Abend keine Ruhelosigkeit mit dem Wunsch aus, im Zimmer hin- und herzugehen. Statt dessen sank er erschöpft auf das Sofa, streckte Jenny eine Hand hin und lächelte Vera an. Er befolgte den Rat seines Onkels und versuchte nicht zu sprechen, bis er von dem Scotch, den ihm Sir Nicholas brachte, einen großen Schluck getrunken hatte. Dann sagte er: »Ihr wollt natürlich wissen, was geschehen ist. Nun, als erstes: Victoria Buckley ist tot.«

»Das ist ja sehr merkwürdig«, sagte Vera. »Jenny hatte uns von der Handlung erzählt und sagte, ermordet werden sollte Douglas Carteret.«

»Der springende Punkt ist der«, sagte Jenny, »obwohl das erst im zweiten Akt klarwerden sollte, daß jemand sich gemerkt hatte, wo er saß, das Licht am Hauptschalter abdrehte, dann hereinkam und ihn von hinten erdolchte. Die Bewegung, die wir gehört haben, und das Seufzen gehörten dazu. Wenn das Licht anging, sollte Victoria Buckley natürlich noch am Leben sein und zu ihrem Neffen stürzen, um zu sehen, was sie für ihn tun konnte.« Sie schwieg kurze Zeit. »Ich glaube, wir geraten ganz durcheinander, wenn wir abwechselnd ihre Bühnen- und ihre richtigen Namen verwenden.«

»Ja, das finde ich auch, obwohl es selbst so langt, um uns durcheinanderzubringen«, sagte Antony mit Betonung. »Und bei der Handlung hast du etwas vergessen, Jenny: Leonard Buckley sollte erst etwas später auf der Bühne sein.«

»Ja, das kann ich nicht verstehen.«

»Er ist wegen Mordes an seiner Frau festgenommen worden«, sagte Antony und hob wieder das Glas an den Mund.

»Aber ... du magst ihn, Antony«, wandte Jenny ein. »Wir mochten ihn beide.«

»Das ist keine Garantie für seine Unschuld«, gab ihr Mann zurück. »Es gibt aber ein, zwei Punkte –«

»Erzähl uns lieber genau, was geschehen ist, als ihr hinter die Bühne gekommen seid, Roger und du«, sagte Sir Nicholas. »Vera und Jenny werden andernfalls vermutlich vor enttäuschter Neugier umkommen.«

»Unsinn, Onkel Nick«, erwiderte Antony entschlossen, »du bist genauso neugierig wie sie.«

»Nun, ich muß zugeben, es war ein seltsames Ende für einen Abend, der sehr unterhaltsam zu werden versprach«, erklärte sein Onkel versonnen. »Du wolltest uns mitteilen –«

»Ja, natürlich. Ich glaube, ich sollte mit der Feststellung anfangen, daß die ersten Minuten, als wir auf die Bühne kamen, für mich mehr oder weniger unklar sind. Alles war völlig durcheinander. Ich ging einfach hinter Roger her, denn er kennt sich in den verschiedenen Theatern, wo Meg gespielt hat, inzwischen ja ziemlich gut aus. Wie ihr euch denken könnt, suchte er nach ihr und es dauerte nicht lange, bis er sie gefunden hatte.«

»Ich gehe davon aus, daß er keinen echten Anlaß hatte, sich ihretwegen Sorgen zu machen.«

»Nein, gar keinen. Sie war ganz ruhig, wie man erwarten konnte, und kümmerte sich um eine Frau, von der ich später erfuhr, daß sie Ellie Dorman heißt, und die einen hysterischen Anfall hatte.«

»Also, mal sehen. Die Tür, durch die ihr gegangen seid, befindet sich, vom Parkett aus gesehen, links von der Bühne. Heißt das, Meg und diese andere Frau waren auf dieser Seite neben der Bühne?«

»Ja, genau. Gordon Hewitt ebenfalls. Andrew Murray spielte auf der Bühne natürlich den Toten, Victoria Buckley war wirklich tot, und ihr Mann stand irgendwo zwischen den beiden. Aber das Letzte habt ihr ja selbst gesehen.«

»Leonard Buckley hatte dort nichts zu suchen«, erklärte Jenny, »und Victoria hätte genau dort sitzen sollen, wo sie saß, als das Licht ausging.«

»Ja, soviel ist mir klargeworden. Auf dieser Seite neben der Bühne waren außerdem noch Dominic Eldred und Claude Aubin, um zwei Kriminalbeamte darzustellen, allerdings erst im zweiten Akt. Dazu noch Megs Ersatz Frances Cathers. Die Beleuchtung wurde natürlich auf das Stichwort hin von jemand anderem abgeschaltet, vielleicht vom Intendanten, der nicht in Bühnennähe war. Alle diese Personen können gegenseitig bezeugen, wo sie standen, als es dunkel wurde, und als das Licht wieder anging. Die Zeit dazwischen betrug, soviel ich weiß, genau eineinhalb Minuten, was bei genauem Nachmessen, erstaunlich lang ist. In der Zwischenzeit könnte alles Mögliche geschehen sein.«

»Ich habe mich immer gefragt«, sagte Sir Nicholas beiläufig, »wie die Schauspieler zurechtkommen, wenn im Theater völlige Dunkelheit herrscht. Nicht einmal neben der Bühne darf Licht brennen, damit es nicht auf die Bühne fällt.«

»Meg sagt, das wird alles mit Leuchtfarbe gemacht«, erwiderte Antony. »Die Möbelstücke werden markiert, damit man sie notfalls umgehen kann, und in diesem Fall befand sich auch ein Fleck davon auf Andrew Murrays Rücken, wo Leonard Buckley - der Mörder im Stück - den Bühnendolch anbringen sollte. Ich vermute, daß jemand auch einen Klecks auf das Kleid von Mrs. Buckley getan hatte. Ihr erinnert euch, daß es ziemlich hell war und ihr das gar nicht auffiel, und auf den Möbelstücken gab es ja auch welche.«

»Und bei ihr ist eine echte Waffe verwendet worden?«

»Allerdings. Man hatte sie mit großer Kraft hineingestoßen, und obwohl ich die Meinung des Arztes natürlich noch nicht kenne, sollte es mich sehr wundern, wenn wir nicht erfahren, daß sie auf der Stelle tot war.«

»Hast du mit irgend jemand von diesen vielen Anwesenden gesprochen?«

»Nein, eigentlich nicht. Die Polizei war nämlich blitzschnell zur Stelle.«

»Jemand hatte also die Geistesgegenwart, sie zu rufen?«

»Das mag zwar sein, aber ich weiß es nicht. Die üblichen Fachleute mit ihrem Gerät kamen auch erst später. Ich spreche von zwei viel wichtigeren Leuten: Chief Superintendent Briggs und Chefinspektor Sykes von der Kriminalpolizei«, sagte Antony.

Sogar Sir Nicholas war von dieser Mitteilung überrascht.

»Guter Gott!« sagte er verwundert. »Zum einen: Wie sind sie so schnell hingekommen? Und zum anderen: Chief Superintendents begeben sich nicht an Tatorte, wenn es nicht um ganz bedeutende Dinge geht, etwa, wenn der Premierminister ermordet wird.«

»Sie waren beide im Publikum«, erklärte Antony.

»Ich habe keinen von beiden gesehen.«

»Ich auch nicht. Superintendent Briggs, der keine solchen Beziehungen hat wie wir, saß viel weiter hinten im Parkett, während Sykes und seine Frau im Rang waren.«

»Ist das nicht ein merkwürdiger Zufall?« fragte Sir Nicholas und verengte die Augen, während er darüber nachdachte.

»Das dachte ich zuerst auch, aber Sykes erklärte es mir später kurz«, sagte Antony. »Es war Jeremy Skeltons Name, der die Aufmerksamkeit von Briggs erregte. Er wußte, daß du und Vera Jeremy verteidigt hatten, als Jeremy in Chedcombe wegen Mordes verhaftet wurde, und daß ich auf irgendeine Weise in die Sache verwickelt war. Das erregte auch Sykes' Neugier, und Mrs. Sykes hat offenbar eine große Vorliebe für Kriminalgeschichten, also waren sie beide dort.«

Sein Onkel sah ihn prüfend und scharf an.

»Das kommt davon, wenn man einen Ruf als Unruhestifter hat«, sagte er. »Erzähl mir nicht, Sykes hätte in seine Kristallkugel geblickt und vorausgesehen, was geschehen würde.«

»Keine Rede. Sie waren genauso fassungslos wie wir. Das hieß aber, daß es keine Gelegenheit gab, sich mit den Schauspielern zu unterhalten, was ich, offen gesagt, sehr gern getan hätte. Wir wurden alle in das sogenannte Grüne Zimmer geführt, und Sykes selbst bewachte uns, bis ihn ein Wachtmeister ablöste. Anschließend wurden alle der Reihe nach vernommen und müssen danach gleich heimgefahren sein, weil wir sie nicht mehr zu Gesicht bekamen. Außer Meg, die zurückkommen und auf Roger warten durfte. Roger hat mich jetzt auf ihrem Heimweg hier abgesetzt, aber es blieb uns nicht viel Zeit für ein Gespräch, und ich bin auch nicht sicher, wieviel Meg überhaupt wußte.«

»Und dein eigenes Gespräch mit Briggs?«

»Es war etwa so freundschaftlich wie gewohnt«, erwiderte sein Neffe. »Ich hatte aber nicht mehr gesehen als er, so daß es nicht lange dauerte. Außerdem führte Sykes die Vernehmung, weil er offiziell mit dem Fall betraut ist. Wie du schon gesagt hast, treten Chief Superintendents nicht bei irgendwelchen Allerweltsmorden auf.«

»Das mag ich gemeint haben, aber ich hoffe, ich habe es ein wenig besser ausgedrückt. Wußte Sykes von Leonard Buckleys Verdacht gegen seine Frau?«

»Ich glaube, bis er zu mir als Letztem kam, wußte er alles, was es über ihre Beziehung zu wissen gab. Er fragte mich, ob ich sie kenne, und ich habe ihm erzählt, Jenny, daß wir ihnen bei den Farrells begegnet sind, sie aber nicht näher kennen. Erst als ich ging, teilte mir

Donnerstag, 15. Februar

1

Trotz der Dinge, die er zu seinem Onkel gesagt hatte, war Maitland nicht auf einen Sturmangriff gleich am nächsten Tag gegen seine Abwehrstellungen vorbereitet. Er saß noch keine halbe Stunde in der Kanzlei, als Meg anrief.

»Ich möchte, daß du mit uns zu Mittag ißt, mein Schatz«, girrte sie.

»Uns?« fragte Antony eher barsch.

»Mit den Skeltons und mir. Roger kann sich nicht freimachen.«

»Tja, bei mir ist es kaum anders.«

»Sei nicht so schwierig, mein Schatz. Du weißt, du kannst alles, was du wirklich willst«, sagte Meg, was ihm bei näherer Betrachtung ein zweifelhaftes Kompliment zu sein schien. »Wir gehen ins ›Astroff‹, weil das für dich so günstig liegt«, fügte sie hinzu, als sei damit der Ausschlag gegeben.

»Also gut.« Antony blickte ein wenig traurig auf die Aktenstapel auf dem Schreibtisch; er hatte sich ein belegtes Brot holen lassen und den ganzen Tag durcharbeiten wollen. »Wann paßt es dir?«

»Für zwei Uhr ist eine Probe angesagt –, wenn du es also um halb eins oder sogar schon Viertel nach –«, begann Meg.

»Probe?« schrie Antony beinahe. »Du willst doch wohl nicht behaupten, daß ihr mit dem verdammten Stück weitermacht?«

»Es ist ein außerordentlich gutes Stück«, sagte Meg, »und ich wäre dir dankbar, wenn du vor Jeremy oder Anne so etwas nicht sagen würdest. Aber natürlich spielen wir weiter, mein Schatz, was hast du erwartet?«

»Wohl ein wenig Pietät«, sagte Antony und imitierte damit, wenn auch ganz unbewußt, das Auftreten seines Onkels sehr treffend. »Darüber können wir aber später sprechen. Viertel nach Zwölf bei ›Astroff‹ im Speisesaal.«

Er hatte befürchtet, Meg werde weiterplaudern, aber ausnahmsweise nahm sie diese Verabschiedung widerspruchslos hin. Antony legte den Hörer auf und griff statt dessen nach der Aussage eines Zeugen der Verteidigung in einem Fall von Landfriedensbruch und starrte sie so finster an, daß der Anwalt, der das Schriftstück angefertigt hatte, durchaus hätte erschrecken können. Vielleicht sollte man doch in einem harmloseren Punkt ein Zugeständnis machen, etwa unangemeldete Versammlung ..., als bei dieser Überlegung das Telefon wieder läutete, und zwar, wie es seinem widerwilligen Ohr erschien, mit besonderer Heftigkeit.

»Ja, Hill, was gibt es?« fragte er, mäßigte aber seinen Ton, weil der Anwaltsgehilfe, der in der Kanzlei die Telefongespräche annahm, ein sanfter Mensch war, über den man witzelte, er hätte sich schon bei der Geburt für sein Dasein entschuldigt.

»Es ist Mr. Horton, Mr. Maitland. Ich dachte, Sie wollen vielleicht –«

»Ja, gewiß, Hill, danke. Verbinden Sie.« Nach einer kurzen Pause meldete sich Geoffrey Hortons entschiedenere Stimme.

»Was höre ich da von dir? Du hat einem Mord beigewohnt, Antony?« fragte er.

Auch Geoffrey Horton war ein alter Freund, ein Anwalt, mit dem Maitland im Lauf der Jahre oft zusammengearbeitet und der bei mehreren Gelegenheiten sein Bestes getan hatte, um Antony selbst vor großem Ärger zu bewahren. Die Lässigkeit seiner Begrüßung kam deshalb nicht unerwartet – das einzig Erstaunliche war die Schnelligkeit, mit der Meg sich ans Werk gemacht hatte.

»Ich nehme an, du sprichst von dem Mord gestern abend im ›Alhambra‹«, sagte er. »Niemand hat gesehen, was vorging, es war völlig dunkel.«

»Ich habe die Morgenzeitung gelesen«, sagte Geoffrey, für diese zusätzliche Mitteilung keineswegs dankbar. »Und gestern spät abends wurde ich von der Polizeistation Lennox Street aus angerufen, wonach dort ein Mann in Gewahrsam sei, der meine Hilfe wünsche.«

»Leonard Buckley?«

»Was denkst du? Selbstverständlich.«

»Du weißt, wem du das zu verdanken hast, ja?«

»Ich dachte eigentlich – dir.«

»Keine Spur. Ich wette jeden Betrag, daß das Meg Farrells Idee war. Gestern abend deutete sie mir gegenüber schon an, ich sollte mich einschalten, und der erste Schritt dazu war ja wohl, dich zu beteiligen. Das einzige, was ich nicht ganz begreife, obwohl ich annehme, daß sie es mir noch sagen wird, ist, wie sie an Mr. Buckley herangekommen ist. Die Polizei hat keinem von uns Gelegenheit gegeben, mit einem der anderen zu sprechen.«

»Ich dachte, du hättest gesagt –«

»Ich sagte, ich war im Publikum, als der Mord stattfand, aber ich ging mit Roger sofort hinter die Bühne. Er machte sich begreiflicherweise Sorgen um Meg. Ich kann dir also genau sagen, was vom Blickpunkt der Zuschauer aus geschehen ist, aber –«

»Das ist nicht das, was ich will, und das weißt du auch«, sagte Geoffrey lebhaft. »Ich bin gestern nacht bei Buckley gewesen, und er brachte irgend etwas daher, daß du versucht hättest, ihm bei einem Problem zu helfen, das er mit seiner Frau hatte. Klang gar nicht nach dir, aber du scheinst ihn mit deinem Geschick beeindruckt zu haben. Eigentlich ein recht naiver Mensch«, meinte Geoffrey. »Nimmt jeden so, wie er nach außen wirkt.«

»Danke«, sagte Antony bescheiden.

»Also, übernimmst du den Fall, wenn ich mit Mallory spreche?«

»Ich wußte, daß das kommt«, erwiderte Antony, »und habe gestern abend zu Onkel Nick gesagt, ob er einen Weg wüßte, Meg Widerstand zu leisten, weil ich keinen kenne.«

»Heißt das, du machst es?« fragte Geoffrey eifrig.

»Ich wüßte nicht, weshalb nicht. Nur, wenn ich zum Magistratsgericht soll –«

»Ich erledige das schon. Ich weiß, daß du viel zu tun hast. Und nach allem, was ich höre, bleibt uns nichts anderes übrig, als uns die Art der Verteidigung vorzubehalten.«

»Hat Buckley dir gesagt, als welchem Grund er noch auf der Bühne war, als das Licht wieder anging?«

»Er hat mir vieles gesagt, manches war nützlich, manches nicht. Ich finde, das besprechen wir lieber alles, wenn ich dich demnächst sehe. Das Dumme ist – ich sagte schon, er ist sehr naiv –, daß er vor der Polizei ausgesagt hat, bevor ich hinkam. Darauf hätte ich gern verzichten können.«

»Ja, das kann ich mir vorstellen. Wann, meinst du, sollten wir uns treffen, Geoffrey?«

»Möglichst bald, würde ich sagen.«

»Ich habe um vier Uhr eine Besprechung. Ziemlich komplizierte Sache, aber ich will versuchen, so rasch wie möglich damit fertig zu werden. Wenn es dir nichts ausmacht, spat heimzukommen, dann fahr hier auf dem Heimweg vorbei und warte, bis ich fertig bin.«

»Also gut. Ich bin dir zu Dank verpflichtet«, sagte Geoffrey mit plötzlicher und unerwarteter Förmlichkeit. Dann schien ihm etwas einzufallen. »Hör mal, du glaubst doch nicht, die Tatsache, daß du im Theater gewesen bist, hindert dich, hier aufzutreten?«

»Mein lieber Geoffrey, der zuständige Kriminalbeamte war ebenfalls im Theater, ganz zu schweigen von Chief Superintendent Briggs«, betonte Antony. »Ich möchte sehen, wie bei dieser Sachlage die Anklage das beanstanden will. Ich treffe Meg zum Mittagessen«, fügte er hinzu, »zusammen mit den Skeltons. Sie wird überrascht sein, wenn sie erfährt, daß sie dem Bekehrten predigt.«

»Laß dir von ihr über den Umfang deines Auftrags hinaus nichts einreden«, riet Geoffrey. Er kannte Megs Schliche seit langem.

»Bestimmt nicht«, versicherte ihm Maitland. Und als er das aussprach, glaubte er wirklich die Wahrheit zu sagen.

2

Maitland erschien pünktlich zur vereinbarten Zeit im Restaurant, aber die anderen waren schon da.

»Ihr hättet unseren Tisch nehmen können, Meg«, sagte er, nachdem er sie begrüßt und sich dazugesetzt hatte.

»Aber den braucht vielleicht Onkel Nick, mein Schatz«, wandte Meg ein. »Und wir wollten mit dir reden.«

»Onkel Nick hätte es nichts ausgemacht, einmal anderswo zu sitzen, falls er überhaupt kommt, – was ich bezweifle. Er ist bei Gericht, und Bruce Halloran vertritt die Anklage, also werden sie wohl gemeinsam essen gehen. Und Halloran hat sein eigenes Lieblingslokal.« Er verstummte und sah die anderen der Reihe nach an. »Heißt das, ihr wollt mir etwas sagen, das Onkel Nick nicht hören sollte?« fragte er sanft.

»Keine Spur«, gab Meg hastig zurück.

»Aber wir wollen doch über den Mord an Mrs. Buckley sprechen, nicht?«

»Ja, versteht sich«, sagte Meg, als sei das die natürlichste Sache der Welt.

»Dann kannst du, bevor wir anfangen, meine Neugier befriedigen.« Er schwieg, während der Kellner die Getränkebestellungen aufnahm, und sprach dann weiter, als sei keine Unterbrechung eingetreten. »Wie ist es dir gelungen, Leonard Buckley den Tip zu geben, er solle Geoffrey Horton als seinen Anwalt bestellen?« fragte er.

»Ich glaube, da war ich ganz geschickt«, erklärte Meg selbstzufrieden. »Du weißt, wir mußten alle stumm dasitzen und wagten kein Wort zu sprechen.«

»Ich weiß, daß das für dich sehr schwer gewesen sein muß«, sagte Antony.

»Sei nicht abscheulich, Schatz! Wie du weißt, ist Leonard als erster geholt worden, aber vorher verstrich eine ziemlich lange Zeit, während der man Ermittlungen anstellte oder was Kriminalbeamte eben so tun. Ich setzte mich zu ihm aufs Sofa und schob ihm einen Zettel in die Tasche.«

»Das heißt also, du hast gewußt, daß er festgenommen wird, Meg.«

»Na ja, das schien nun wirklich das Naheliegendste zu sein«, erwiderte sie. »Alle in der Besetzung wußten von dieser Auseinandersetzung zwischen den beiden, obwohl wir uns große Mühe gegeben haben, das geheimzuhalten. Irgendwann mußten sie davon erfahren.«

»Du meinst, die Kriminalbeamten?«

»Ja, natürlich. Stell dich nicht so an, Antony. Dazu kam, daß er auf der Bühne stand, wo er nicht hingehörte. Ich dachte mir, es würde ihm schwerfallen, das zu erklären.«

»Verstehe.«

»Nach dem, was du sagst, mein Schatz, hat sich Geoffrey Horton schon bei dir gemeldet.«

»Allerdings, gleich nach deinem Anruf heute früh. Und ich glaube, du hast nach deinen Worten gestern nacht gewußt, daß ich den Fall übernehmen würde, was soll dann das alles?«

»Und Onkel Nick will das nicht, weil Briggs beteiligt ist?« folgerte Meg scharfsinnig.

»Mit Onkel Nick komme ich zurecht«, sagte Antony kühn, eine Übertreibung, die man ihm nachsehen konnte. Er dachte über den Wahrheitsgehalt der Feststellung nach. »Auf jeden Fall wird Vera mit ihm fertig«, fügte er grinsend hinzu.

»Ich möchte Miss Langhorne – Lady Harding – gern wiedersehen«, sagte Jeremy Skelton. Wenn er es sich jetzt so richtig überlegte, fand Antony es erstaunlich, daß der Schriftsteller so lange stumm dabeigesessen hatte. »Sie gehörte so lange zum festen Bestand von Chedcombe, daß es einem merkwürdig vorkommt, sie sich hier auf Dauer in London vorzustellen.«

»Ich wäre gern eine Fliege an der Wand gewesen, als sie sich näherkamen«, sagte Antony. »Ich ahnte nichts von dem, was vorging, obwohl Jenny beschwört, es sei mit Händen zu greifen gewesen. Aus einer Bemerkung Veras habe ich den Eindruck gewonnen, Onkel Nick versuchte sie dadurch hierherzulocken, daß er von den vielen Konzerten schwärmte, in die sie gehen könnte, aber sie erwiderte rundheraus, wenn sie nach London zöge, werde das nicht aus diesem Grunde geschehen.«

»Das klingt ganz nach Miss Langhorne«, sagte Jeremy versonnen.

»Wir stehen tief in ihrer Schuld«, sagte Anne Skelton mit ihrer sanften Stimme, »daß sie Jeremys Fall überhaupt angenommen und dann Sir Nicholas hinzugezogen hat.«

»Über dieses Thema ist wirklich genug gesagt worden«, gab Antony mit einem Lächeln zurück.

»Tja, eines wollte ich Sie fragen«, sagte Jeremy. »War das reiner Zufall, daß gestern sehr hochrangige Beamte von Scotland Yard im Publikum gewesen sind?«

»Auch Kriminalbeamte müssen einmal ausspannen. Woran dachten Sie, Jeremy?«

»Ich dachte, sie wollten einen Blick auf mich werfen«, erklärte Jeremy rundheraus.

»Eine scharfe Beobachtung von Ihnen.«

»Aber Sie haben doch schlüssig nachgewiesen, daß ich Lydia nicht umgebracht habe«, wandte Jeremy ein.

»Ich wollte dazu sagen, daß sie wohl eher Ihre damalige Verbindung mit mir interessiert hat«, erläuterte Antony.

»Das verstehe ich nicht«, sagte Jeremy stirnrunzelnd.

»Was Chefinspektor Sykes angeht, ist es das und nicht mehr, ein ganz ehrliches Interesse an Ihnen und Ihrem Tun, ein bißchen verstärkt dadurch, daß Sie vor einigen Jahren mit der Polizei in Berührung geraten sind. Aber bei Briggs sieht die Sache ganz anders aus.«

»Ich glaube, er haßt dich«, sagte Meg fröstelnd.

»Übertreib nicht, Meg.«

»Also, wenn es das nicht ist, was meinten Sie dann?« fragte Jeremy.

»Nichts Besonderes«, sagte Antony, um einen leichteren Ton bemüht. »Nur, daß er einer ist, der den Ausdruck Kriminalanwalt wörtlicher auslegt, als das sonst geschieht . . . zumindest in meinem Fall.«

Jeremy dachte nach, um den Worten auf den Grund zu kommen, und während er das tat, sprach Anne aus, was beide beschäftigte. »Wir wissen nicht so recht, was Sie meinen, Antony«, sagte sie.

»Nur, daß er schon seit Jahren versucht, mir irgend etwas Strafbares anzuhängen. Nach einem Vorfall im vergangenen Jahr wurden wir wider unseren Willen zu der Schlußfolgerung gezwungen, daß er dem gegenteiligen Beweis, den wir vorlegen konnten, nie geglaubt hat. In diesem Fall war es Anstiftung zum Meineid . . . Beeinflussung von Zeugen«, fügte er, zu Anne gewandt, hinzu.

»Aber bis Victoria getötet worden war, hatte es doch gestern abend gar kein Verbrechen gegeben.«

»Nein, ich sagte ja, es war nur Neugier.«

»Er wollte den gemeinen Mörder sehen, der durch Ihre fast ebenso gemeinen Tücken vor dem Zugriff des Rechts bewahrt worden ist?« meinte Jeremy.

»So ungefähr wohl. Ich sollte hinzufügen«, sagte er, als er Annes Gesichtsausdruck sah, »daß Briggs eine Ausnahme ist. Sie müßten weit gehen, um jemand zu finden, der seine Meinung teilt.«

»Nur gut, daß es so ist«, sagte Jeremy, nachdem er tief Luft geholt hatte. Er griff nach seinem Glas und leerte es in einem Zug. »Wo bleibt der Kellner?« sagte er. »Wir trinken noch eine Runde und bestellen gleichzeitig das Essen.«

Bis dahin wurde nur über unwichtige Dinge gesprochen. Meg zerbröselte ein Brötchen und blickte von Zeit zu Zeit auf Antony, als sei sie nervös, obwohl das sehr unwahrscheinlich war. Als die neue Runde Getränke kam, wandte er sich an sie und fragte unverblümt: »Du hast meine Frage immer noch nicht beantwortet, Meg. Wenn du gewußt hast, daß ich den Fall übernehme, was gibt es dann zu bereden?«

»Es ist immer eine Freude, dich zu sehen, mein Schatz«, sagte Meg schmeichelnd.

»Hör doch auf«, gab Antony unwirsch zurück. »Dazu hättest du nicht solche Anstrengungen unternehmen müssen.«

»Jenny und ich haben dir immer wieder erklärt, daß du ein richtiges Mittagessen brauchst, statt an deinem Schreibtisch etwas hinunterzuschlingen, während du arbeitest«, erklärte Meg streng. »Du solltest mir lieber dankbar sein, statt mich anzufauchen.«

»Wenn ich gefaucht habe, tut es mir leid. Ich freue mich natürlich, euch alle zu sehen«, sagte Antony; die Bemerkung schien allerdings mehr an Anne als an jemand anderen gerichtet zu sein. »Aber –«

»Die Frage ist«, sagte Meg, »wie du die Verteidigung aufbauen willst.«

»Das hängt von Geoffrey ab.«

»Du weißt ganz genau, mein Schatz, daß er das tut, was du sagst«, behauptete Meg.

»Du übertreibst ein bißchen, aber das ist ohnehin etwas, das ich mit keinem von euch besprechen könnte. Auf gar keinen Fall, bevor ich mit Geoffrey gesprochen habe, und auch dann nur unter ganz besonderen Umständen, beispielsweise, wenn Mr. Buckley seine

Zustimmung gibt.«

»Jetzt bist du aber pedantisch«, klagte Meg. »Ich habe dir das schon ein paar Mal gesagt. Du wirst Onkel Nick immer ähnlicher«, fügte sie nachdenklich hinzu.

»Dann können wir jetzt aufhören und uns vergnügen«, sagte Antony hoffnungsfroh, ohne auf die Kritik einzugehen, die er schon kannte.

»Noch nicht gleich«, sagte Jeremy Skelton, dessen naturgegebene Lebhaftigkeit sich durchsetzte. »Was wir eigentlich wissen wollen, ist, von welcher Voraussetzung Sie ausgehen werden, wenn Sie seine Verteidigung vorbereiten. Unterstellen Sie, daß er schuldig ist?«

»Wie, um alles in der Welt, kann ich das beantworten, bevor ich mit ihm gesprochen habe?«

»Das werden Sie also auf jeden Fall tun«, warf Anne mit Eifer ein.

»Ja, natürlich. Geoffrey würde Ihnen sagen, daß ich eine Schwäche dafür habe, alles aus erster Hand zu erfahren. Allerdings würde er auch behaupten, das liege daran, daß ich zu faul sei, meine Akten richtig zu lesen. Aber wie Sie wissen, Jeremy, wenn auch die anderen nicht, kann man einem Klienten stets eine Reihe von Alternativen vorlegen, und wir würden unsere Pflicht vernachlässigen, wenn wir das nicht täten.«

»Etwa schuldig, aber nicht zurechnungsfähig, oder Handeln aus Notwehr«, meinte Jeremy. »Nein, darauf brauchen Sie nicht zu antworten« – Maitland dachte an das Gespräch mit seinem Onkel am Abend vorher – »wir wollen nur, daß Sie sich vorerst nicht festlegen.«

»Er hat es nicht getan«, sagte Meg entschieden.

Antony sah sie an.

»Was für einen Grund hast du, das zu behaupten, *mein Schatz*?« fragte er.

»Ich glaube, ich kann Menschen ziemlich gut beurteilen«, erklärte Meg mit Würde.

»Das ist alles?«

»Genügt es nicht? Auf dieser Grundlage fällst du auch Urteile«, hob Meg hervor. »Onkel Nick beklagt sich dauernd darüber.«

»Ja, da muß ich mich schuldig bekennen«, gab Antony zu. »Trotzdem – ist ja schön und gut, sich für einen Menschen zu verbürgen, aber niemand würde einer solchen Feststellung glauben, schon gar nicht, wenn die Beweise dagegenstehen.«

»Aber ich rede nicht von anderen Leuten, sondern nur von dir, Antony«, sagte Meg. »Du kennst mich ja schon sehr lange und solltest wissen, daß ich nicht die Gewohnheit habe, wilde Vermutungen auszustoßen.«

»Nein, Meg, aber ich glaube, du bist von Natur aus zu gut und beinahe so unfähig wie Jenny, von einem Menschen schlecht zu denken.« Er drehte den Kopf und sah abwechselnd die beiden Skeltons an. »Geben Sie ihr recht?« fragte er.

»Wir wissen zu gut«, sagte Anne leise, »wie leicht sich die Polizei irren kann.«

»Ja, ich verstehe, wie Ihnen das erscheinen muß, aber wir dürfen nicht vergessen, daß sie sich nicht immer irrt«, sagte Antony, wobei ihm einfiel, daß ihm bei Gelegenheit etwas ganz Ähnliches gesagt worden war.

»Er ist ein sehr netter Mann«, erklärte Anne beharrlich.

»Ja, ich habe ihn auch gemocht. Leider besagt das nicht, daß er unschuldig ist.«

»Nun, drücken wir es so aus.« Jeremy schaltete sich mit Nachdruck wieder ins Gespräch ein. »Die Tatsache, daß es gerade auf diese Weise geschehen ist, macht mich in gewisser Weise verantwortlich –«

»Das ist Unsinn.«

»– und ich möchte sorgen, daß Leonard so gut verteidigt wird, wie das nur möglich ist. Für mich kommen nur Sie in Frage, und ich darf Ihnen sagen, daß ich vollauf bereit bin, die Kosten zu tragen.«

»Mit Antony darf man nicht über Geld reden«, sagte Meg und warf Maitland einen durchbohrenden Blick zu. »Alle Verteidiger stehen meilenweit darüber.«

»Nein, ich weiß, daß ich das nicht darf. Jedenfalls ist Leonard während der Proben sehr nett zu mir gewesen. Meg wird Ihnen sagen, daß viel geändert werden mußte, obwohl ich gedacht hatte, in Bradford sei schon alles erledigt worden. Das ist mein erstes Theaterstück, müssen Sie bedenken, und ich bin mit Kevin Elliott, dem Regisseur, nicht gerade glänzend ausgekommen –«

»Ihr seid euch zu ähnlich, Jeremy«, sagte Anne.

»– aber Leonard, der ja schließlich der Erfahrenste in der ganzen Besetzung ist, war stets bereit, mir zu helfen. Schuldig oder nicht, ich möchte also, daß er die beste Verteidigung bekommt. Ich möchte aber auch die Gewißheit haben, daß Sie vorurteilslos an die Sache herangehen und versuchen, die Wahrheit herauszufinden, wenn Sie zu dem Schluß kommen, daß er unschuldig ist.«

»Ich muß mit Geoffrey sprechen«, sagte Antony, »und er wird mich dann zu Mr. Buckley bringen. Bis dahin weiß ich nicht, wie wir die Sache anfangen werden. Wir müssen einfach abwarten. Aber auf jeden Fall werde ich vor Gericht mein Bestes tun.«

»Dann ist es also in Ordnung«, sagte Meg.

»Wie meinst du das? Ich habe nicht gesagt, daß ich Nachforschungen anstelle.«

»Nein, mein Schatz, aber du wirst sehen, daß ich recht habe«, erwiderte sie. »Und wenn du das tust, kenne ich dich gut genug, um zu wissen, daß du unternehmen wirst, was Geoffrey stets einen deiner verdammten Kreuzzüge nennt. Onkel Nick wird sich ein bißchen aufregen, und Chief Superintendent Briggs wird wohl von Argwohn zerfressen werden, aber du wirst die Wahrheit herausbekommen und Leonard auf die eine oder andere Weise herauspauken.«

»Das wirft die Frage auf, wer es sonst gewesen sein könnte.«

»Ich glaube, fast jeder, der in der Nähe war«, sagte Jeremy. »Wir haben jetzt nicht die Zeit, uns damit zu befassen«, ergänzte er, als der Kellner mit einem beladenen Tablett erschien. »Vielleicht können wir uns später unterhalten.«

»Ja, gewiß.«

»Ich war wie Sie im Zuschauerraum, als es passierte«, sprach Jeremy, »aber ich will nach der Probe selbst ein bißchen Detektiv spielen und sehen, was ich bei den anderen erfahren kann.«

»Das ist sehr gut. Mit denen, die von der Anklage benannt werden, kann ich nicht selbst sprechen. Ich glaube, wir unterhalten uns am besten, nachdem ich mit Mr. Buckley gesprochen habe.«

»Ja, das ist eine gute Idee.«

»Und ihr probt heute nachmittag wieder?« fragte Antony und lehnte sich zurück, damit ihm die bestellte Scholle serviert werden konnte.

»Ja, natürlich, mit den Ersatzleuten.«

»Kommt es Ihnen nicht ziemlich grausig vor, die Szene zu wiederholen?«

»Ich gehe nicht in die Nähe des Theaters«, sagte Anne und fröstelte beinahe so dramatisch wie vorher Meg.

»Unsinn, mein Schatz, du weißt, daß du hingehst. Die Sache ist die: Alle versichern mir, Victoria hätte genau das gewünscht. Nicht, daß ich das wirklich glaube, aber das Aufsehen wird nicht von Nachteil für uns sein, und so, wie die Dinge heute stehen, glaube ich, der Großteil der Besetzung hofft auf eine lange Laufzeit.«

»Wie du, Liebster«, sagte Anne mit sanfter Häme.

»Ich gebe es zu. Ich gebe es offen zu«, gestand Jeremy.

»Und die Ersatzschauspieler? Werden sie so gut sein wie die Buckleys?«

»Sie sind beide ganz aus dem Häuschen«, gab Meg offen zu. »Monica hat heute vormittag mit mir telefoniert, und ich habe mir größte Mühe gegeben, sie zu beruhigen. Das Schminken ist natürlich sehr wichtig, weil sie beide noch recht jung sind, aber wir schaffen das schon.«

»Es wundert mich, daß die Polizei das Theater so schnell freigegeben hat.«

»Das haben wir wohl der Tatsache zu verdanken, daß sie so schnell zur Stelle war«, sagte Jeremy. »Alle Messungen sind vorgenommen, alle Aufnahmen gemacht worden . . . Sie wissen besser als ich, was da alles in Frage kommt, Antony. Jedenfalls sagte Chefinspektor Sykes, der ein sehr netter Mann ist, ab zwei Uhr stünde das Gebäude wieder zur Verfügung. Die Probenzeit für heute abend ist kurz genug, aber zum Glück beherrschen David und Monica den Text sehr gut. Und heute abend werden wohl nur noch Stehplätze frei sein«, schloß er mit einiger Befriedigung.

3

Geoffrey Horton erschien mit seiner unvermeidlichen vollgestopften Aktentasche in der Kanzlei, kurz nachdem Maitlands Mandant und dessen Anwalt gegangen waren.

»Ich weiß nicht, warum du das Ding immer mit dir herumschleppst, wenn du hierherkommst«, sagte Antony, als Geoffrey in sein Zimmer kam, das schmal und ziemlich dunkel war. »Du kannst in dieser Sache kaum schon viele Unterlagen für mich haben, und selbst wenn du sie hättest, weißt du, daß ich das Ganze lieber von dir höre.«

»Der Schriftsatz ist in Arbeit«, sagte Geoffrey. Er setzte sich und stellte die gerügte Aktentasche neben sein rechtes Bein. Er hatte die Angewohnheit, sie, während er redete, hier und da zu tätscheln, und Maitland war sich nie klar darüber geworden, ob er das tat, um sich zu vergewissern, daß sie noch vorhanden war, oder ob er als verhinderter Hundebesitzer eingestuft werden mußte. »Inzwischen ist Mr. Buckley mit dem wenigen Material, das die Anklage vorlegt, dem Gericht überstellt worden, aber es klingt nicht gut. Wir haben uns vorbehalten, was wir erwidern, aber bis jetzt haben wir nach meiner Meinung nichts vorzubringen.«

»Na komm, Geoffrey, sei doch jetzt nicht so niedergeschlagen«, ermahnte ihn Antony. Sie waren alte Freunde. Die Zeit und die großzügige Anwendung von Haarwasser hatten das lebhafte Rot von Geoffreys Haaren ein wenig verblassen lassen, aber sonst war er noch ganz wie früher, als sie sich kennengelernt hatten, außerberuflich ein fröhlicher Begleiter, aber, was seinen Beruf anging, von einer Ernsthaftigkeit, die Antony als belustigend empfand, zumindest bei den Gelegenheiten, bei denen er nicht selbst in einen Fall vertieft war. »Du hast unseren Mandanten ja gesprochen, er muß für sich doch etwas vorzubringen gehabt haben.«

»Nichts, was selbst bei größter Anstrengung der Phantasie als Beweis für seine Unschuld ausgelegt werden könnte«, murrte Geoffrey. »Er war ja der Mörder im Stück –«

»Ein besonders ironischer Zug.«

»– und obwohl ihn niemand sehen konnte, sollte er an dieser Stelle auf die Bühne gehen, damit das Publikum eine verstohlene Bewegung wahrnahm. Außerdem mußte der Requisitendolch an Andrew Murrays Rücken befestigt werden.«

»Alles schön und gut, aber Jenny sagt, er hätte nicht mehr dasein dürfen, als das Licht anging.«

»Nein, aber er sagt, daß noch jemand auf der Bühne war und mit ihm zusammenprallte. Das war, nachdem er den Dolch angebracht hatte, und er sei so verblüfft gewesen, daß er sich nicht habe vom Fleck rühren können.«

»Andrew Murray hat sehr überzeugend gestöhnt, als er starb«, sagte Antony hilfreich. »Victoria Buckley ist offenbar stumm gestorben.«

»Ja, aber es war für Mr. Buckley natürlich ein Schock, die beiden ausgestreckt am Boden liegen zu sehen, als es hell wurde. Dann ging er zu Victoria hinüber, weil sie diejenige war, die dort nicht hingehörte. Sein erster Gedanke war, jemand mit einem perversen Sinn für Humor spiele ihm einen Streich, und es ging ihm sogar durch den Kopf, Jeremy Skelton selbst könnte dahinterstecken, aber dann sah er, daß gar kein Spielzeugdolch verwendet worden war, sondern einer mit silbernem Griff. Schön verziert, aber gewiß tödlich.«

»Hatte die Polizei zu dessen Herkunft etwas zu sagen?«

»Bei Gericht kein Wort. Bis jetzt noch nichts. Und Mr. Buckley gibt an, er hätte ihn nie zuvor gesehen.«

»Und die medizinischen Erkenntnisse?«

»Tod sofort oder praktisch sofort eingetreten, eindeutig als Folge des Dolchstichs. Übrigens fand man an Mrs. Buckleys Kleid Spuren von Leuchtfarbe, was erklärt, warum der Mörder wußte, wo genau er zustechen mußte.«

»Und du sagst, Mr. Buckley hatte vor deinem Erscheinen bei der Polizei eine Aussage gemacht?«

»Ja, das hat er«, sagte Geoffrey verärgert. »Ich wies ihn natürlich darauf hin, daß er den Mund hätte halten sollen, aber er sagte nur, daß es keine Rolle spiele, da die Polizei schon erfahren gehabt hätte, daß er und seine Frau einander haßten. Und das ist die Grundlage der Anklage gegen ihn. Wir könnten versuchen, das vor Gericht zu bestreiten, aber wenn der Richter seine Aussage zuläßt –«

»Ich stehe nicht auf und behaupte, sie sei aus ihm herausgeprügelt worden«, sagte Antony entschieden.

»Und ich würde es von dir nicht verlangen. Davon ist heutzutage viel zu oft die Rede«, sagte Geoffrey. »Aber du mußt zugeben, daß uns das nicht hilft.«

»Da ist eines ... war die Rede von Fingerabdrücken? Hätte dein Dolch mit dem Silbergriff sie erkennen lassen?«

»Auf ideale Weise, meine ich. Eine nackte Frauengestalt, so wie in den Büchern, die wir alle gelesen haben, als wir noch recht jung waren.«

»Ich glaube nicht, daß in den Büchern, die ich gelesen habe, nackte Frauen gewesen sind«, sagte Maitland nachdenklich.

»Das hast du bloß vergessen, und außerdem habe ich nur gesagt, daß der Dolchgriff so aussah«, gab Geoffrey zurück. »Die Polizei hat erklärt, der Griff sei völlig sauber gewesen.«

»Leonard Buckley trug keine Handschuhe«, stellte Antony entschieden fest. »Er hatte auch gar keinen Anlaß, welche zu tragen. Niemand hätte sich Gedanken darüber gemacht, ob auf dem Dolch, mit dem Andrew Murray erstochen wurde, seine Fingerabdrücke waren oder nicht.«

»Nein, aber hier kommt ein übler Punkt dazu«, sagte Geoffrey. »Er hatte schwarze Stoffhandschuhe in der Tasche.«

»Hatte das etwas mit dem Stück zu tun?« fragte Maitland.

»Ja, ich glaube, sie sollten später dort auf dramatische Weise entdeckt werden und ihn mit überführen.«

»Eine völlig logische Erklärung.«

»Mag sein. Es bleibt aber die Tatsache bestehen, daß er sie angezogen, seine Frau erstochen und sie wieder ausgezogen haben könnte. Vielleicht hatte er keine Zeit mehr, die Bühne zu verlassen, und erfand deshalb die Geschichte, er wäre mit einer anderen Person zusammengeprallt.«

»Soll das heißen, du glaubst, daß unser Mandant schuldig ist?« fragte Antony in entsetztem Ton.

»Ich bin mir nicht klar darüber. Er ist ein netter alter Herr und hat etwas geradezu ... Unschuldiges an sich«, sagte Geoffrey und überraschte damit seinen Freund, der ihm solchen Tiefblick nicht zugetraut hätte. »Das schließt aber nicht unbedingt aus, daß er diese Tat begangen hat. Auf jeden Fall habe ich Anweisung, auf nicht schuldig zu plädieren.«

»Dann muß, bis ich mit ihm spreche ... veranlaßt du das, Geoffrey?«

»Das habe ich vorbehaltlich deiner Zustimmung schon getan. Morgen vormittag zehn Uhr in der Haftanstalt.«

»Danke«, sagte Maitland und schnitt etwas eine Grimasse, weil ihm vor allen anderen Dingen Gefängnisbesuche ein Greuel waren. »Dann gibt es nur noch eine Frage, die ich dir stellen möchte. Mr. Buckley sagte, die Polizei hätte schon gewußt, in welchem Verhältnis er zu seiner Frau stand. Wer hat es ihr mitgeteilt?«

»Ich weiß nicht, ob es aus mehr als einer Quelle bekanntgeworden ist, aber der Mann, der im Stück erstochen wird, Andrew Murray, hatte ohne Zweifel geplaudert«, sagte Geoffrey. »Er war einer der Zeugen, wurde aber nur kurz vernommen, und wie ich schon sagte, wollte ich in diesem Stadium nicht eingreifen.«

»Nein, ich bin sicher, das war das Klügste. Na, Geoffrey, das hat also doch gar nicht so lange gedauert«, fügte er hinzu und begann Akten aufeinanderzustapeln. »Joan wird keine Suchmannschaft nach dir ausschicken. Und ich höre morgen im einzelnen, was Leonard Buckley zu sagen hat. Holst du mich am Kempenfeldt Square ab?«

»Ja, natürlich.« Geoffrey, der mit einer Art Kreuzverhör gerechnet hatte, warf seinem Freund einen zweifelnden oder, richtiger vielleicht, einen argwöhnischen Blick zu. »Du hast doch schon so eine gewisse Vermutung!« stellte er fest. »Sag bloß nicht, daß wir wieder einmal Hirngespinsten nachjagen sollen.«

»Keine Spur«, sagte Antony. »In meinem Gehirn herrscht völlige Leere. Ich habe mit Meg und den Skeltons zu Mittag gegessen«, fuhr er scheinbar ohne Zusammenhang fort. »Meg hält Mr. Buckley für unschuldig.«

»Das ist es also!« sagte Geoffrey.

»Das hat überhaupt nichts damit zu tun, egal, was du meinst. Skelton ist seiner Sache nicht so sicher –«

»Er will für den alten Herrn sein Bestes tun, weil er sich verantwortlich fühlt«, ergänzte Geoffrey. »Wegen der Honorare hat er sich mit mir schon in Verbindung gesetzt. Ich muß sagen, ich fand das sehr nett von ihm.«

»Er ist ein feiner Kerl«, bestätigte Antony. »Hast du übrigens gewußt, daß Briggs gestern abend im Publikum saß?«

»Wirklich? Nein, das wußte ich nicht. Vor Gericht trat Chefinspektor Sykes als ermittelnder Beamter auf. Mr. Buckley sprach zwar davon, daß noch ein zweiter Beamter bei seiner Vernehmung dabeigewesen sei, ein massiger Mann mit beginnender Glatze, aber an Briggs dachte ich dabei nicht.«

»Gut, er war nun einmal da«, sagte Antony bedrückt. »Und das sage ich dir nur, weil Onkel Nick mich mit Sicherheit fragen wird, ob ich dich darüber aufgeklärt habe. Er ist der Meinung, wir müßten uns auf Sturmböen gefaßt machen.«

»Schadet weiter nicht«, meinte Geoffrey sachlich, tätschelte ein letztes Mal die Aktentasche und hob sie auf. »Wir sehen uns also morgen früh. Komm aber nicht herunter, damit du nicht in der Kälte warten mußt. Ich läute, wenn ich da bin. Bei starkem Verkehr kann ich nicht auf die Minute sagen, wann ich komme.«

4

Roger Farrell erschien an diesem Abend, als Antony und Jenny nach dem Essen den Tisch abräumten. Er war ein so regelmäßiger Besucher, daß nicht einmal Gibbs darauf bestand, ihn anzumelden, und da die Wohnungstür schon offenstand, kam er direkt herein, griff nach dem Tablett und trug es in die Küche.

»Hast du gegessen, Roger?« fragte Jenny besorgt. »Ich kann dir gerne etwas warmmachen, wenn du möchtest.«

»Heute abend nicht, danke, Jenny. Ich habe früh mit Meg zu Abend gegessen. Sie ist wegen der heutigen Vorstellung ein bißchen aufgeregt, mehr als üblich, was man ja verstehen kann. Ich brachte sie also zum Theater und wartete, bis sie sich geschminkt hatte, bevor ich ging. Inzwischen war dieser Murray hereingekommen, um sich mit ihr zu unterhalten. Sie war also nicht ohne Gesellschaft.«

»Die deine hätte sie sicher vorgezogen«, sagte Jenny und setzte den Kaffee auf. »Laß das Tablett einfach auf dem Tisch stehen, Roger, die Zugehfrau kommt morgen. Wir können das kleine hier für die Kaffeetassen nehmen.«

»Die Sache ist die«, gestand Roger, während er Jennys Bitte befolgte, »ich kann den Kerl nicht ausstehen.«

»Laß nur. Am Ende des ersten Aktes ist er eine interessante Leiche«, meinte Antony. »Du hast nicht das Gefühl gehabt, die zweite Hälfte des Stücks sehen zu wollen?«

»Offen gestanden, nein. Ich weiß nicht, woran es liegt«, fuhr Roger niedergeschlagen fort, als sie ins Wohnzimmer zurückgingen, »aber daß Meg gerade diese Sache macht, scheint mir auf irgendeine Weise unter die Haut gegangen zu sein.«

»Mehr als sonst?« fragte Jenny mitfühlend; aber Antony ließ sich von seinen Überlegungen nicht abbringen.

»Ich habe dich vor eurer Heirat gewarnt«, sagte er. »Das Theater liegt ihr im Blut.«

»Stimmt, und ich habe mir Mühe gegeben, das zu halten, was ich mir damals vorgenommen habe, nämlich, mich nie einzumischen. Kommen Onkel Nick und Vera später noch herauf?« fragte er.

»Das halte ich für sehr wahrscheinlich«, erwiderte Antony ein wenig trocken.

»Dann setze ich mich hier zu dir, Jenny. Und Antony wird wohl über uns dräuen«, sagte Roger, der die Gewohnheiten seines Freundes gut genug kannte. Maitland grinste ihn an, stellte sich, wie vorausgesagt, vor den Kamin und kam ohne Umschweife auf das Problem zurück, das ihn beschäftigte.

»Aber diesmal fällt es dir noch schwerer als sonst, nicht?« sagte er.

»Ja, so ist es.« Es war nicht zu verkennen, daß Roger hier bei seinen engsten Freunden in der Stimmung war, vertraulich zu werden. »Wißt ihr«, sagte er, »ich bin mir einfach nicht klar darüber, warum sie diese Rolle übernehmen wollte.«

»Das Stück ist gut«, stellte Antony fest. »Du hast gestern abend selbst einen Teil davon gesehen, und Jenny sagt, der zweite Akt sei genauso aufregend.«

»Das ist nicht der springende Punkt. Außerdem war ich bei einer Probe, so daß mich das nicht überrascht. Sie hat mit diesem Murray – Andy nennt sie ihn – früher schon gespielt«, sagte Roger, zum wunden Punkt zurückkehrend, »und ich bin durchaus nicht sicher, ob nicht das der Grund –«

»Sei doch nicht albern, Roger«, rügte Jenny aufgebracht. »Du weißt ganz genau, daß Meg keinen anderen Mann mehr angesehen hat, seitdem ihr verheiratet seid. Und außerdem sind sie im Stück miteinander verfeindet, so daß sie keine Liebesszenen haben«, fügte sie hinzu, in der Hoffnung, das möge ein Trost für ihn sein.

»Das ist es auch nicht«, widersprach Roger ein wenig reumütig. »Ich habe mich daran gewöhnt, sie auf der Bühne in den Armen eines anderen Mannes zu sehen. Nein, ich habe einfach das Gefühl, sie wußte, ich war dagegen, daß sie die Rolle übernahm ... und fang jetzt bloß nicht wieder damit an, du hättest mich gewarnt, Antony, sonst kann ich nicht mehr für mich bürgen.«

»Bestimmt nicht«, sagte Antony friedlich. »Wie Jenny glaube ich, daß du da völlig auf dem Holzweg bist, aber was das betrifft, lernt man ja bekanntlich nie aus. Die einzigen Bühnenkollegen, zu denen ich sie etwas habe sagen hören, sind die Buckleys gewesen; sie steht ganz auf Leonards Seite, wußtest du das?«

»Ja«, sagte Roger. »Aber nicht einmal ich konnte auf Leonard eifersüchtig sein«, versuchte er zu scherzen, was besser zu ihm paßte als die ganze Düsterkeit. »Sie hat mir alles über euer gemeinsames Mittagessen erzählt.«

»Hast du gewußt, daß Jeremy Skelton die Kosten der Verteidigung übernimmt?«

»Ja. Ich halte das für sehr anständig von ihm. Netter Kerl«, sagte Roger anerkennend.

»Er behält sich das Urteil über Mr. Buckleys Schuld oder Unschuld vor und möchte nur dafür sorgen, daß alles getan wird. Und Meg kann mir keinen Beweis für ihre Theorie liefern, sondern nur ein Gefühl.«

»Darüber müßte sie ja mehr wissen als wir«, meinte Roger. »Ich habe ihr Urteil stets als sehr zuverlässig kennengelernt. Sie hat mir auch von deiner Theorie erzählt, warum Superintendent Briggs gestern abend im Theater war.«

»Die habe ich nur vorgetragen, weil Jeremy mich drängte.«

»Schon, aber ich glaube, daß sie richtig ist. Und es war wohl dumm von mir, nie auf den Gedanken gekommen zu sein, daß die Art von Interesse, die er für Jeremy bekundet hat, ebenso für mich gelten könnte.«

»Glaubst du, Meg dachte daran?« fragte Antony, während Jenny fast gleichzeitig sagte: »Ich weiß nicht, wovon ihr redet.«

»Wenn du darüber nachdenkst, Schatz, weißt du so gut Bescheid wie ich.« Nach einer gewissen Zeit war er darauf gekommen, daß Jenny sich mit allem abzufinden vermochte, solange er aufrichtig zu ihr war. »Du weißt, wir haben bei der Selden-Affäre festgestellt, daß Briggs trotz allem, was geschehen ist, mir nicht traut.«

»Ja, daran erinnere ich mich natürlich.«

»Nun, ich glaube, daraus folgt – ich habe dir das damals nicht im einzelnen auseinandergesetzt, weil mir das nicht nötig zu sein schien – daß er der Ansicht ist, bei einigen der Freisprüche, die ich erzielen konnte, sei es nicht mit rechten Dingen zugegangen.«

»Ja, das hast du gestern abend gesagt, aber –«

»Antony meint Folgendes«, sagte Roger. »Superintendent Briggs glaubt vielleicht immer noch, ich hätte mit Onkel Hubert unter einer Decke gesteckt, als er in diese Goldraubaffären verwickelt war, und sei vermutlich später sein Komplice gewesen, als er aus dem Gefängnis kam und das Gold an sich zu bringen versuchte.«

»Das ist doch einfach albern«, sagte Jenny. »Nicht wahr, Antony?«

»Nein, Liebes, das glaube ich nicht. Wenn es das nur wäre! Wenn ich der Meinung wäre, daß irgendeiner seiner Kollegen ähnlich denkt, würde ich mir ernsthaft überlegen, den Beruf aufzugeben, aber solange es nur Briggs ist, kann der Schaden wohl nicht so groß sein.«

»Na, ich weiß, wie ich mich fühlen würde, wenn ich Mandant von dir wäre«, sagte Jenny mit trotzig vorgerecktem Kinn, etwas, das sie Meg abgeschaut hatte. »Wenn ich wirklich unschuldig wäre, meine ich. Ich möchte lieber freikommen, weil du die Wahrheit herausgefunden hast, auch wenn das heißen sollte, daß der Superintendent mich auf immer in Verdacht hat.«

Roger legte den Arm um ihre Schultern und drückte sie kurz an sich.

»Hört, hört!« sagte er. »Es besteht gar kein Anlaß, sich Sorgen zu machen, Jenny.«

»Ich mache mir keine«, gab Jenny zurück. Was vermutlich die reine Wahrheit war. Antony hatte seit langem begriffen, daß eher Gefahr für sein Leib und Leben sie entsetzte, als die versteckteren Schwierigkeiten, die er als ebenso bedrückend empfand. Trotzdem kam es ihm nicht ungelegen, daß er die Wohnungstür aufgehen hörte; er ging hinaus, um seinen Onkel und Vera zu begrüßen.

Er hatte sie erwartet, weil er sehr genau wußte, daß Sir Nicholas seine Übernahme der Verteidigung Leonard Buckleys nicht wirklich billigte und bei allem, was sich zutrug, auf dem Laufenden gehalten werden wollte. Aus diesem Grund mußten die Ereignisse des Tages noch einmal abgehandelt werden.

»Es ist also deine Frau, die Antony ermuntert, sich auf diese Angelegenheit einzulassen«, sagte Sir Nicholas anklagend zu Roger, als Antony verstummte.

»Ich dachte, das sei Geoffrey Hortons Werk«, antwortete Roger, ohne mit der Wimper zu zucken.

»Entschieden ist noch nichts«, sagte Antony hastig. »Vielleicht komme ich, wenn ich mit meinem Mandanten gesprochen habe, zu dem Schluß, daß er wirklich schuldig ist, und dann geht es nur um einen Auftritt vor Gericht. Ich werde die Akten natürlich studieren«, fügte er hinzu, wohl, weil er dachte, daß Geoffrey Horton, wäre er hier dabeigewesen, ihm kein Wort vom letzten Satz geglaubt hätte.

»Das ist es nicht, was ich fürchte«, sagte Sir Nicholas. »Wenn du dir einmal in den Kopf setzt, daß das ein Fall ist, wo deine infernalische Einmischung gerechtfertigt sei –«

»Gewiß wird Superintendent Briggs von neuem auf den Gedanken kommen, daß ich das Beweismaterial manipuliere«, unterbrach ihn Antony. Sein Onkel täuschte eine kleine Ohnmacht vor, öffnete aber kurz danach die Augen und meinte: »Ich gebe zu, daß ich an so etwas gedacht habe.«

»Wir haben eben darüber gesprochen. Er hält mich für paranoid«, sagte Antony achselzuckend, »und glaubt, ich könnte es nicht ertragen, einen Fall zu verlieren.«

»Ich habe zu deiner Tante über dich oft dasselbe gesagt, mein lieber Junge«, erklärte Sir Nicholas aufreizend. Und, sei es nun in der Absicht, den Hieb zu lindern, oder um dafür zu sorgen, daß er wirklich saß, fügte er noch hinzu: »Du gehst nicht mit dem gebotenen Zynismus an deine Akten heran.«

»Das ist nicht wahr, Onkel Nick!« Aber er wich sofort vom Thema ab. »Was kann Briggs außerdem schon tun? Er kann nicht vor Gericht aufstehen und behaupten, ich hätte die Zeugen beeinflußt. Eine solche unbewiesene Feststellung würde das Ende seiner Glaubwürdigkeit bedeuten, und das weiß er.«

»Das mag sein, aber ... hast du das Gefühl, du wirst bei ihm zu einer Manie, Antony?«

»Genau das.«

»Was soll ihn dann hindern, das Beweismaterial gegen dich selbst ein bißchen zu ›manipulieren‹, wie du das nennst?«

»So weit würde er nicht gehen«, sagte Antony entschieden.

»Sei dir da nicht so sicher, mein Junge. Und eine gewisse Rechtfertigung könnte er haben«, sagte Sir Nicholas nachdenklich. »Roger wird mir zustimmen, auch wenn Vera und Jenny es nicht tun, daß du bei Gelegenheit einen Heiligen zum Wahnsinn treiben kannst.«

»Willst du mir empfehlen, das Strafrecht aufzugeben, Onkel Nick?«

»Keine Spur. Du sollst nur tun, was du kannst, um jede Berührung mit Briggs zu vermeiden, die ihn noch mehr gegen dich einnehmen könnte.«

»Unser Zusammentreffen gestern abend kam rein zufällig zustande.«

»Ja, natürlich. Und was die Frage betrifft, ob du das Strafrecht aufgeben solltest, Antony«, sagte Sir Nicholas, auf einen Punkt zurückkommend, der ihm Sorgen zu machen schien, »ist das wohl das letzte, was ich vorschlagen würde. Schließlich muß es ja außer Kevin O'Brien noch jemand geben, der all die hoffnungslosen Fälle übernimmt, die vor Gericht kommen.«

»Ich verstehe deine Haltung«, sagte Antony und lächelte zum ersten Mal an diesem Abend ganz spontan.

»Nichtsdestoweniger«, fuhr sein Onkel fort, »möchte ich dir in einem Punkt widersprechen, den du eben genannt hast. Vera wird mir recht geben – nicht wahr, meine Liebe? – daß dir gestern abend, als wir die Sache besprochen haben, etwas eingefallen ist, was dich dazu veranlaßte, Megs Behauptung über Leonard Buckleys Unschuld Glauben zu schenken.«

»Halte ich für naheliegend«, sagte Vera mit besonderer Knappheit.

»Das war ein nebensächlicher Punkt«, sagte Antony, »in keiner Weise schlüssig. Aber mir kam der Gedanke, daß Mr. Buckley, als er seine Frau dort liegen sah, und vor allem, als er zu ihr ging und geahnt haben mußte, daß sie tot war, ehrlich tief betroffen gewesen ist, entweder, weil er trotz allem, was er zu dem Thema gesagt hatte, noch etwas für sie empfand, oder weil er wirklich das Gefühl hatte, ohne sie nicht auskommen zu können.«

»Ich wußte es! Weit davon entfernt, dich vorurteilslos mit der Sache zu befassen, bist du bereits davon überzeugt –« Sir Nicholas verstummte und warf mit einer Geste der Verzweiflung die Hände hoch. Jenny stand leise auf und suchte im Schrank nach dem Kognak, während Antony sich ohne besonderen Erfolg bemühte, seinen Onkel davon zu überzeugen, daß er sich mit seiner Schlußfolgerung sehr irre.

Freitag, 16. Februar

1

Vielleicht war der Verkehr am nächsten Morgen nicht so stark, wie Geoffrey erwartet hatte. Jedenfalls kam er früh genug am Kempenfeldt Square an, und Antony kam die Treppe hinunter und setzte sich in den Wagen. Beim Einsteigen beklagte er sich über das Wetter – es war immer noch sehr kalt –, obwohl Horton ihn gut genug kannte, um den wahren Grund seiner Mißstimmung zu begreifen. Am Ablauf ihres Besuches bei ihrem Mandanten in Brixton, wohin man ihn nach der Anhörung vor dem Magistratsgericht gebracht hatte, war nichts Ungewöhnliches . . . die schweren Türen gingen auf, fielen hallend zu, ein Schlüssel drehte sich knirschend im Schloß. Für Maitland ein altbekannter Alptraum, und er war froh, daß sie nicht lange im Warteraum bleiben mußten. Leonard Buckley wurde von einem Aufseher hereingeführt, der zwar die Tür schloß und im Flur blieb, aber, wie Antony wußte, natürlich auch dort Wache hielt.

Schon die zwei Nächte, die der Schauspieler in Haft gewesen war, hatten ihn verändert. Er wirkte nicht mehr wie ein rüstiger Siebziger, sondern wie ein viel älterer Mann. Geoffrey, der ihn zögern sah, ging auf ihn zu, nahm seinen Arm und führte ihn zu einem Stuhl am Tischende. Leonard ließ sich willig führen, wenn auch eher wie ein Mensch, der nichts sehen kann. Er sank auf den Stuhl und blickte zu Antony auf, der am anderen Ende stand.

»Mr. Maitland«, sagte er stockend. »Mr. Horton hat mir gesagt, daß Sie kommen, aber ich dachte, Sie wollten mit mir vielleicht nichts mehr zu tun haben.«

»Wie kommen Sie denn darauf?« fragte Antony so aufmunternd, wie er konnte. Er kam auf den Gedanken, daß er der Sache vielleicht nicht diente, wenn er über dem Häftling aufragte, und setzte sich deshalb auch, obwohl er es, wie so oft, vorgezogen hätte, auf den Beinen zu bleiben. »Es tut mir leid, daß wir uns unter solchen Umständen wiedersehen müssen, und zuerst möchte ich Ihnen mein Mitgefühl für Ihren schweren Verlust ausdrücken.«

»Mein armes Mädchen! Wissen Sie, Mr. Maitland, Sie werden mir ja nicht glauben, aber als ich begriff, was geschehen war, konnte ich nur noch daran denken, wie sie ausgesehen hatte, als wir uns das erste Mal begegneten, in einem blauen Kleid, mit blonder Perücke.

Sie können sich nicht vorstellen, wie hübsch sie aussah. Und es tat mir so schrecklich leid, daß es so hatte enden müssen, und noch mehr leid, daß es keine Versöhnung mehr gegeben hatte. Sie war sieben Jahre jünger als ich, wissen Sie.«

Geoffrey hatte sich ebenfalls niedergelassen. »Und nun, fürchte ich, müssen wir Sie bitten, uns ungeachtet Ihrer Trauer noch einmal ganz genau zu berichten, was geschehen ist. Ich habe Mr. Maitland das Wesentliche Ihrer Aussage mitgeteilt, aber ich glaube, er möchte es noch einmal von Ihnen selbst hören, und zusätzlich wird er noch einige Fragen an Sie zu richten haben.«

»Ja, natürlich, ich stehe zu Ihren Diensten, meine Herren«, sagte Buckley und sah von einem zum anderen. »Wo soll ich anfangen?«

»Am besten bei Ihrem ersten Gespräch mit der Polizei«, sagte Antony. »Sie sind hinter der Bühne als erster vernommen worden, nicht?«

»Der erste, der aus dem Grünen Zimmer zur Vernehmung geholt wurde«, verbesserte Buckley. »Sie wissen, daß da ziemlich viele Leute versammelt waren, die ganze Besetzung, ein paar Ersatzleute, Sie selbst und Mr. Farrell aus dem Zuschauerraum, und Mr. Skelton, der ebenfalls hinter die Bühne gekommen war. Aber als ich hineinging - anwesend waren drei Beamte, ein Mann, der einen sehr hohen Rang zu bekleiden schien und nicht viel sagte, Chefinspektor Sykes, der gestern aussagte, als ich vor Gericht stand, und ein Polizeibeamter, der mitschrieb - da war ganz deutlich, daß sie von irgend jemand eine Schilderung der Vorgänge erhalten hatten. Jedenfalls wußten sie, daß ich mit Andy und der armen Victoria allein auf der Bühne gewesen war, als das Licht wieder anging.«

»Wußte man auch, daß Sie zu diesem Zeitpunkt schon wieder hätten abgegangen sein sollen?«

»Allerdings. Wenn Sie meine Eindrücke hören wollen, Mr. Maitland: Der Inspektor war ganz unvoreingenommen, jedenfalls verriet er mir gegenüber keine Feindseligkeit. Bei dem anderen Mann, der nicht viel sagte, hatte ich aber so ein Gefühl, als hätte er schon sein Urteil über mich gefällt und mich für schuldig befunden.«

»Ihnen gegenüber eine Warnung auszusprechen, stand nicht zur Debatte? Sie wissen, was ich meine?«

»Zu diesem Zeitpunkt nicht. Man forderte mich auf, die Vorgänge auf der Bühne unmittelbar vor - vor dem Unglück zu schildern. Ob die Dunkelheit vorgesehen gewesen sei.«

»Vielleicht schildern Sie uns das so, wie Sie es dort getan haben.«

»Gewiß, gewiß. Wir hatten den Punkt erreicht, wo Andy und

seine Tante beieinander sitzen und über sein Verhalten streiten, das sie nicht billigt. Aufs Stichwort sollte das Licht ausgehen, kurz danach hatten beide zu schweigen. Ich weiß, daß Bill Kemp, der Intendant, sich bei der Premiere selbst darum kümmern wollte, damit nichts schiefging. Ich wartete neben der Bühne und hatte den Dolch aus der Requisite in der Hand, mit dem Andy umgebracht werden sollte. Das Publikum sollte wahrnehmen, daß auf der Bühne etwas vorging, obwohl man nichts sehen konnte, und da der Dolch bis zum Heft in den Rücken hineingestoßen werden sollte, wäre es für Andy zu schwierig gewesen, das allein zu bewältigen. Wir fanden uns unter diesen Umständen auf der Bühne mit Hilfe von ein bißchen Leuchtfarbe zurecht –«

»Ja, das hat mir Meg erklärt.«

»– und ein Klecks Leuchtfarbe befand sich auch auf dem Rücken von Andys Jackett, damit ich wußte, wo der Dolch angebracht werden mußte. Sie wissen, daß es jetzt heißt, das sei bei Victoria auch so gemacht worden, aber mir ist nichts aufgefallen, obwohl ich auf dem Weg zu Andy hinter ihrem Stuhl vorbeikam. Ich habe mich auf die Markierungen an den Möbelstücken konzentriert, die mich zu ihm führen sollten.«

»Und dann?«

»Ich überquerte die Bühne, brachte den Dolch an und hörte ihn nach vorn stürzen, wobei er den langen Seufzer ausstieß, den ich als sehr dramatisch empfand. Dann ging ich über die Bühne zurück, und dabei streifte mich jemand.«

»Augenblick! Wenn ich mich an das Bühnenbild recht erinnere und diese Person eben Ihre Frau erstochen hatte, muß sie, vom Publikum aus gesehen, auf der linken Bühnenseite hereingekommen und auf derselben Seite wieder hinausgegangen sein.«

»Ja, wenn ich es recht überlege, muß es so gewesen sein.«

»Und eine solche Person hätte auch anhand der Leuchtfarbenkleckse über die Bühne finden können?«

»O ja, gewiß. Aber ich glaube, ich kann Ihnen nicht klarmachen, was für einen Schreck mir der Mensch versetzt hat«, fuhr Leonard fort. »Außer mir sollte ja niemand auf der Bühne herumlaufen. Victoria hätte auf ihrem Stuhl bleiben sollen, bis das Licht wieder anging und sie Andy tot am Boden liegen sah. Dann sollte sie zu schreien anfangen, damit die anderen Schauspieler – so weit sie schon aufgetreten waren – hereinstürzen konnten.«

»Sie waren so entgeistert, daß Sie sich einen Augenblick lang nicht rühren konnten?«

»Richtig. So lange, bis das Licht wieder anging. Daß ich als einziger da war, außer Andy, der noch am Boden lag, hat wohl sofort Verdacht erregt. Jedenfalls mußte ich meine Taschen ausleeren, und da tauchten dann die Handschuhe auf, von denen man bei der Gerichtsverhandlung soviel Aufhebens machte. Ich hatte natürlich die ganze Zeit gewußt, daß ich sie bei mir trug.«

»Hat man Sie gefragt, wer sich auf dieser Seite der Bühne aufgehalten hat, von welcher der Täter gekommen sein muß, wenn wirklich er es war, mit dem Sie zusammengestoßen sind?«

Leonard legte den Kopf ein wenig auf die Seite und dachte über die Frage nach.

»Es gefällt mir nicht besonders, wie Sie das ausdrücken, Mr. Maitland«, sagte er. »Glauben Sie mir oder glauben Sie mir nicht, wenn ich sage, daß ich Victoria nicht getötet habe?«

»Es geht nicht um das, was ich denke, Mr. Buckley, sondern darum, was die Geschworenen glauben werden.«

»Ich verstehe.« Leonard seufzte. »Tja, ich kann wohl nichts anderes erwarten.«

»Sie haben meine Frage nicht beantwortet.«

»Ja, das hat man mich gefragt, aber ich konnte den Leuten nicht helfen. Ich konnte nur sagen, nach meiner Vermutung müßte dort fast die ganze Besetzung versammelt sein, um hereinzustürzen, sobald Victoria zu schreien anfing. Anschließend durfte ich dann gehen, aber man forderte mich auf, in meiner Garderobe zu warten, und im Korridor stand wohl ein Polizist.«

»Und später –«

»Ich wurde aufgefordert, ihnen zur Polizeistation zu folgen und eine Aussage zu machen.«

»Noch immer keine Warnung?«

»O doch, diesmal wurde sie mir formell vorgetragen.«

»Was genau haben Sie bei der Polizei zugegeben, Mr. Buckley?«

»Ich habe es immer für das Klügste gehalten, bei der Wahrheit zu bleiben, Mr. Maitland.« Er sagte das mit Würde, wurde dann aber etwas zugänglicher. »Auf jeden Fall schien man zu wissen, was zwischen Victoria und mir vorgefallen war, so daß ich es nicht für schädlich hielt –«

»Ist Ihnen der Hinweis gegeben worden, daß Sie einen Anwalt dabei haben sollten, bevor Sie Ihre Aussage machten?«

»O ja, aber ich kannte niemand. Megs Zettel fand ich erst später.«

»Er ist nicht aufgetaucht, als Sie Ihre Taschen ausleerten und die

Handschuhe zum Vorschein kamen?«

»Nein, sie waren in meiner rechten Jackentasche, wo ich als erstes nachschaute. Danach schien die Polizei das Interesse zu verlieren, und ich suchte nicht weiter. Erst später steckte ich die Hände in die Taschen, eine schlechte Angewohnheit von mir, wenn ich nervös bin, und fand den Zettel.«

»Sie sagen, Sie wüßten über den Verbleib der anderen Leute nur, daß zumindest einige der Schauspieler auf der gegenüberliegenden Seite von der gewesen sein müßten, wo Sie hereinkamen.«

»Ja, das stimmt.«

»Ist das alles, was Sie mir in dieser Hinsicht erzählen können?«

»Nur, daß auf meiner Seite der Bühne außer dem Souffleur niemand war, als das Licht ausging.«

»Könnte er Ihnen in der Dunkelheit gefolgt sein?«

»Wenn es seine Absicht gewesen wäre, Victoria zu erstechen, hätte er nicht so weit hinübergehen müssen wie der Mann, mit dem ich zusammengeprallt bin.«

»Verstehe. Dann kommen wir zu Andy Murray.«

»Er saß jedenfalls auf seinem Stuhl, als ich ihn erreichte, und ich bin ganz sicher, daß er so zu Boden gestürzt ist, wie es vereinbart war. Verdächtigen Sie ihn, Mr. Maitland, weil er bei der Gerichtsverhandlung Dinge gesagt hat, die für mich nicht gerade günstig gewesen sind?«

»Nein, in diesem Stadium denke ich an alle und jeden.«

»Schwer zu sagen, aber vom Zeitablauf her habe ich den Eindruck, daß er es getan haben könnte. Dann wäre er auf dem Rückweg zu seinem eigenen Platz gewesen, als ich mit ihm zusammenstieß. Aber wissen Sie, ich kann einfach nicht glauben –«

Maitland lächelte reumütig. »Man glaubt nie an etwas wirklich Schlechtes bei Menschen, die man kennt«, sagte er. »Das gehört zu den Plagen unseres Lebens, nicht wahr, Geoffrey? Trotzdem führt das zu einer neuen Frage. Sie haben mir einmal erzählt, niemand hätte ein Motiv, Ihren Tod zu wünschen, aber damals kam ich natürlich nicht auf den Gedanken, Sie zu fragen, ob das umgekehrt auch für Mrs. Buckley galt. Was halten Sie jetzt davon?«

»Ich glaube nicht, daß Victoria irgendeinen Feind hatte«, sagte Leonard Buckley ganz entschieden.

»Denken Sie ein bißchen nach.«

»Mr. Maitland, Sie wissen, ich habe Ihnen gesagt, es könnte kein finanzielles Motiv geben, mich loszuwerden, und dasselbe gilt natürlich auch für sie.«

»Es gibt andere Motive.«

»Zu meinem Leidwesen kann ich das nur bestätigen. Die Polizei unterstellt mir eines«, sagte Leonard, »aber ich versichere Ihnen, so schlimm die Situation zwischen uns auch geworden war, ich hätte nicht im Traum daran gedacht –«

»Sie müssen nicht Mr. Horton und mich überzeugen, Mr. Buckley, sondern die Geschworenen«, sagte Maitland mit scharfer Stimme.

»Tja, es gibt keinen Menschen, der ihren Tod gewünscht haben könnte«, wiederholte Buckley. »Ich kann Ihnen da nicht weiterhelfen.«

Geoffrey erwartete eigentlich, sein Kollege werde darauf hinweisen, daß es der Häftling selbst sei, der Hilfe brauche, weit mehr als seine Anwälte. Antony sagte aber nur ganz ruhig: »Dann sprechen wir von dem Dolch.«

»Ich hatte ihn nie zuvor gesehen.«

»Auch nicht im Besitz eines Bühnenkollegen?«

»Ganz bestimmt nicht.«

»Hast du eine genauere Beschreibung davon, Geoffrey?«

»Bis jetzt noch nicht.«

»Nach allem, was wir gehört haben, muß es jedenfalls ein ziemlich einmaliges Stück sein. Sollte nicht zu schwierig werden, die Herkunft festzustellen.«

»Da gebe ich Ihnen eigentlich nicht recht«, warf Leonard Buckley ein. »Das ist ein Gegenstand, wie er nach meinem Gefühl Jahrhunderte in einer Familie bleibt.«

»Nun ja, wenn man ihn nicht gerade in einem Speicher versteckt hat, müßte diese Schwierigkeit zu überwinden sein.« Maitland wandte sich wieder an Horton. »Hast du sonst noch Fragen an Mr. Buckley, Geoffrey?«

»Für den Augenblick, glaube ich, hast du alles erfaßt.«

»Genau ... für den Augenblick. Wir müssen Sie vielleicht noch einmal besuchen, Mr. Buckley, und weitere Fragen stellen.« Leonard wollte aufstehen, aber eine Handbewegung hielt ihn zurück. »Bevor wir gehen, müssen wir Ihnen aber noch etwas sagen. Trotz der Tatsache, daß wir angewiesen sind, für Sie auf nicht schuldig zu plädieren, würden wir unsere Pflichten vernachlässigen, wenn wir Sie nicht auf bestimmte Möglichkeiten hinweisen. Ich glaube, offen gesagt, nicht, daß ein Nicht schuldig wegen Unzurechnungsfähigkeit gerechtfertigt wäre oder vom Gericht angenommen werden würde.«

»Ich bin nicht geisteskrank!« erwiderte Leonard empört.

»Genau das meine ich. Mein Onkel, Sir Nicholas Harding, empfahl Notwehr, als ich die Sache mit ihm besprach, aber das sollte ich natürlich nicht ernst nehmen. Ich erwähne es nur, weil Ihnen ein ähnlicher Gedanke gekommen sein könnte. Das würde jedoch stichhaltige Gründe für Ihre Behauptung voraussetzen, Ihre Frau hätte versucht, Sie zu vergiften, die man nach meiner Ansicht aber nicht nachweisen kann, und außerdem, daß nicht mehr Gewalt angewendet wurde als nötig ... und auch das entspricht den Tatsachen nicht.«

»Ich hatte schon Überlegungen angestellt«, bestätigte Buckley, sagte das aber eher zweifelnd, als verwirre ihn das Ganze.

»Es bleibt verminderte Zurechnungsfähigkeit«, fuhr Maitland fort. »Hier hätten wir vielleicht Aussichten, wenn man den Geschworenen klarmachen könnte, daß Sie aufrichtig, aber irrigerweise, der Meinung waren, Mrs. Buckleys weitere Existenz stelle für Sie eine Bedrohung dar. Ein Erfolg bei diesem Vorgehen könnte zu einer Verurteilung wegen Totschlags, statt wegen Mordes führen.«

»Aber ich habe sie nicht getötet!«

»Das sagten Sie schon. Bevor Sie zu einer endgültigen Entscheidung kommen, muß man Ihnen aber alle Alternativen darlegen.«

»Sie wollen sagen, wenn ich zugebe, Victoria getötet zu haben, könnte ich mit einer milderen Strafe davonkommen.«

»Falls wir unsere Behauptung nachweisen können«, erläuterte Maitland.

»Die Frage ist: Können Sie das?«

»Unter den Umständen halte ich es für möglich, aber garantieren kann ich natürlich nichts.«

»Ich weiß nicht, warum ich überhaupt darüber diskutiere«, sagte Buckley und schüttelte sich, als werfe er eine Last von seinen Schultern ab. »Ich bin nicht schuldig, und basta.«

Diesmal war es Maitland, der aufstand, und die beiden anderen Männer folgten seinem Beispiel.

»Nun gut, Mr. Buckley, Ihre Entscheidung wird zur Kenntnis genommen«, sagte er förmlich. »Wenn ich selbst Sie vor der Verhandlung nicht mehr sehen sollte, Mr. Horton bleibt mit Ihnen in Kontakt. Es könnte aber erforderlich sein –«

»Ich würde mich natürlich freuen, Sie zu sehen«, sagte Buckley, und Antony lächelte mitfühlend.

»Auch damit vergeht die Zeit«, meinte er.

»Sie sagen es.« Aber Geoffrey hatte schon den Aufseher geholt, die Tür wurde aufgesperrt, und der Beamte entfernte sich mit dem Häftling in einer Richtung, die beiden Anwälte in der anderen.

2

Geoffrey wartete, bis sie wieder im Auto saßen, bevor er etwas sagte. Er war sich der Empfindungen seines Freundes, vor allem seiner Erleichterung, so unlogisch sie sein mochte, durchaus bewußt, als das Außentor endlich hinter ihnen zufiel.

»Was hältst du denn davon?« fragte er, die Hand am Zündschloß.

»Ich wollte dich eben dasselbe fragen«, sagte Antony, der sich behaglich ausstreckte. »Was sagst du zu unserem Mandanten?«

»Er sagt, er sei nicht schuldig.«

»Danach habe ich nicht gefragt.«

Der Wagen setzte sich in Bewegung, und es blieb kurze Zeit still, bis Geoffrey sich in den Verkehrsstrom eingefädelt hatte.

»Ich finde«, sagte er langsam, »daß der Einwand verminderter Zurechnungsfähigkeit wohl genau das Richtige wäre. Er hatte, was seine Frau anging, ganz entschieden eine fixe Idee, und die Art, wie die beiden zusammenlebten, hätte jeden Menschen zur Gewalt treiben können. Und das bringt mich wieder zurück zu *meiner* Frage.«

»Ich mag den alten Knaben«, sagte Antony, »aber er hätte uns die ganze Wahrheit sagen sollen.«

»Du meinst also, er hat gelogen?«

»In manchen Punkten, ja.«

Geoffrey mochte die Versuchung gespürt haben, den Blick von der Straße abzuwenden und seinen Begleiter anzusehen, widerstand ihr aber.

»Und trotzdem glaubst du ihm, wenn er sagt, er hätte seine Frau nicht umgebracht«, sagte er entschieden.

»Was? Ach, ich weiß, ich habe ihn einmal ein bißchen angefahren.« Maitland bedauerte manchmal, daß Geoffrey seine Reaktionen so gut kannte. »Du mußt es mir nicht übelnehmen, daß ich ab und zu von meinem normalen Verhalten abweiche«, fügte er hinzu.

»Ja, sicher, aber ich glaube nicht, daß das eben der Fall war. Was genau hast du nicht geglaubt?«

»Er hatte den Dolch ganz eindeutig vorher schon gesehen«, erwiderte er. »Das hat er viel zu schnell bestritten. Und ich glaube, auch wenn ich mir da nicht ganz sicher bin, daß er auch eine Vorstellung darüber gehabt haben könnte, was für ein Motiv hinter dem Mord an Mrs. Buckley stecken mag.«

»Warum hat er uns das dann nicht gesagt?«

»Schuldbewußtsein, würde ich sagen. Nein, ich meine nicht, daß er sie selbst umgebracht hat, aber die Art, wie sie am Ende zueinander standen, bedrückt ihn tief.«

»Da magst du recht haben. Und was die Waffe angeht, müßte die Herkunft leicht zu klären sein, wie du sagst. Zu den Einzelheiten der Anklage werde ich am Telefon wohl dafür sorgen können, daß man damit herausrückt, was man vorbringen will. Die Frage ist: Was wirst *du* tun?«

»Du meinst, ob ich mich einmische, wie Onkel Nick das zu nennen pflegt? Ehrlich gesagt, Geoffrey, ich denke schon.«

»Tust du das deshalb, weil du fest an Mr. Buckleys Unschuld glaubst, oder ist es bloße Sturheit?« fragte Geoffrey unverhohlen.

»Wie kommst du denn darauf, daß es das Zweite sein könnte?«

»Weil wir dich alle davor gewarnt haben, dich auf Dinge einzulassen, mit denen Chief Superintendent Briggs auch nur von fern zu tun hat«, erklärte Geoffrey.

»Na, ich glaube nicht, daß es das Zweite ist«, gab Antony mit Nachdruck zurück. Später fielen ihm Geoffreys Worte aber noch einmal ein, und er machte sich Gedanken. Es war nicht seine Art, beiseite zu stehen, wenn auch nur die geringste Aussicht für Leonard Buckleys Unschuld bestand. Aus rein eigensüchtigen Motiven einzugreifen, wäre aber eine ärgere Missetat gewesen, als er sich selbst zutraute.

3

Geoffrey war zum Mittagessen verabredet, also ging Antony ohne ihn zu ›Astroff‹ und fand seinen Onkel allein an ihrem gewohnten Tisch.

»Wartest du auf jemand, Onkel Nick, oder darf ich mich zu dir setzen?« fragte er.

»Gern, gern, mein lieber Junge«, sagte sein Onkel liebenswürdig. Er sah seinen Neffen scharf an, als dieser sich setzte, und war von dem, was er sah, nicht erbaut. »Ich dachte, du bringst vielleicht Geoffrey mit«, fuhr er fort.

»Nein, er war verabredet. Und –«

»Und du bist froh, ihn vorerst loszusein«, fuhr Sir Nicholas ihm dazwischen. »Du willst nicht über diesen Fall reden, auf den du dich so überstürzt eingelassen hast, ich weiß, aber trotzdem gibt es Dinge, die ich wissen möchte.«

»Ich habe das Mandat schon übernommen, Onkel Nick.«

»Du weißt so gut wie ich, Antony, daß ich nicht das gemeint habe.« Er verstummte, während der Kellner Maitlands Bestellung aufnahm, und sprach dann weiter, als hätte es keine Unterbrechung gegeben. »Da du so ausweichend reagierst, nehme ich an, du bist zu dem Entschluß gelangt, es gäbe – wie nennst du das? – Anlaß, Nachforschungen anzustellen.«

»Wenn du es unbedingt wissen willst, ja, das glaube ich.«

»Möchte wissen, warum«, sagte Sir Nicholas. »Doch wohl nicht nur deshalb, weil Meg dir versichert hat, Mr. Buckley sei unschuldig.«

Antony grinste plötzlich.

»Kaum«, meinte er. »Geoffrey behauptet, zu dieser Schlußfolgerung wäre ich selbst gekommen, aber ich glaube, da ist er ein bißchen voreilig. Ich würde nicht sagen, daß ich mir in irgendeiner Beziehung sicher bin.«

»Stimmt Geoffrey dir zu?«

»Nein, er meint, hier wäre das Argument verminderter Zurechnungsfähigkeit gut angebracht, wobei man Leonard Buckleys Wahn besonders betonen müßte, daß seine Frau ihn umzubringen versuchte.«

»Ich halte das auch für eine sinnvolle Methode.«

»Schon, aber unser Mandant ist nicht einverstanden. Er besteht darauf, nicht schuldig zu sein, und wie komme ich dazu, ihm zu widersprechen?«

»Du willst also versuchen, das zu beweisen?«

»Schau, Onkel Nick, im Augenblick habe ich nur beschlossen, ein bißchen herumzustochern, um zu sehen, ob ich so oder so zu einer festen Meinung kommen kann. Wenn ich zu dem Schluß komme, daß Geoffreys Einschätzung doch die richtige ist . . . du weißt so gut wie ich, daß es Wege gibt, solche Dinge dem Gericht zu vermitteln, auch ohne gegen die Anweisungen des Mandanten zu verstoßen.«

»Ich meine mich zu erinnern«, sagte Sir Nicholas nachdenklich, »daß du bei deinem ersten Gespräch mit Leonard Buckley ihm nicht geglaubt hast, seine Frau versuche ihn zu vergiften.«

»Ich habe nicht geglaubt, daß es irgendwelche Beweise gab«, verbesserte Antony. »Eine feste Meinung habe ich in keiner Richtung.« Er sah seinen Onkel prüfend an. Wenn Sir Nicholas die ganze Geschichte hören wollte, würde er sie früher oder später in Erfahrung bringen, und es mochte weniger schmerzhaft sein, sie ihm im Zusammenhang zu berichten, statt sie sich während der Mahlzeit im Kreuzverhör stückweise abpressen zu lassen. »Geoffrey ist der Meinung, mich triebe in erster Linie die Abneigung gegen Briggs an, und dazu käme der eigensinnige Wunsch, gegen den Rat aller meiner Freunde und Verwandten zu handeln.«

»Hat er das gesagt?«

»Er fragte mich, ob ich sicher sei, daß nicht das dahinterstecke, und das läuft auf dasselbe hinaus.«

»Und ist es so?«

Der Kellner erschien, und Antony legte eine Pause ein, um einen Schluck zu trinken, bevor er auf die Frage seines Onkels einging.

»Um die Wahrheit zu sagen, Onkel Nick«, meinte er mit einem breiten Lächeln, »habe ich auf dem Weg in die Stadt mein Gewissen erforscht, und bin dabei zu dem Schluß gekommen, daß ich zu Unrecht angeschuldigt werde.«

»Freut mich zu hören. Meine Einwände dagegen, daß du dich an dieser Sache beteiligst, bleiben aber bestehen.«

»Ja, das glaube ich.«

»Wie willst du vorgehen?«

»Ich habe im Vorraum hier Skelton angerufen. Er hat heute nachmittag Zeit, und wenn ich in seine Wohnung komme, will er mir gern erzählen, was er bei der zusätzlichen Probe gestern nachmittag erfahren hat. Dann fahre ich nach Hause zum Tee, und Gibbs wird in der Halle lauern, mich böse ansehen und stumm der Faulheit bezichtigen. Davon kann aber keine Rede sein, weil Meg zum Tee zu Jenny kommt und ich wissen will, was sie mir über die Vorgänge hinter der Bühne am Mittwoch abend verraten kann. In der Zwischenzeit wird Geoffrey mit ein bißchen Glück weitere Einzelheiten über das Material der Anklage erfahren haben. Die Schriftsätze werden natürlich noch nicht fertig sein, aber er schien der Meinung zu sein, er könnte ein paar mündliche Informationen bekommen.«

»Das klingt interessant«, meinte Sir Nicholas nachdenklich. »Ich würde mich nicht wundern, wenn Vera und ich am späteren Abend noch zu dir hinaufkämen.«

»Das dachte ich mir schon. Und wenn du wissen willst, was ich nach alledem tun werde, Onkel Nick, kann ich dir das nicht sagen.

Es kommt ganz darauf an.«

»Ich bleibe in der Hoffnung, daß ich heute abend zu diesem Punkt aufgeklärt werde«, sagte Sir Nicholas. »Erzähl mir etwas von deinem Gespräch mit Mr. Buckley. Trotz deiner Vorbehalte nehme ich an, daß du dazu neigst, seinen Behauptungen zu glauben.«

»Im Gegenteil, ich meine, er hat die Hälfte der Zeit kräftig gelogen«, sagte Antony, nahm sich die Speisenkarte vor und lehnte es entschlossen ab, vorerst weitere Fragen zu beantworten. Allerdings wurde er beim Kaffee ein bißchen nachgiebiger und lieferte seinem Onkel einen sehr ausführlichen Bericht über den Besuch in der Haftanstalt.

4

Eine Rückkehr in die Kanzlei hätte ihm vorwurfsvolle Blicke von Mr. Mallory eingetragen, der, wie Gibbs, mit dem Neffen seines Arbeitgebers nie ganz einverstanden war. Deshalb ging Antony zu Fuß zu Skeltons Wohnung in der Avery Street; als er den Kempenfeldt Square überquerte, widerstand er der Versuchung, Hausnummer 5 zu betreten. Jeremy öffnete ihm und ging voraus in ein hübsch eingerichtetes Wohnzimmer, das trotzdem ziemlich trostlos und unpersönlich gewirkt hätte, wäre es Anne nicht auf irgendeine Weise gelungen, durch Kleinigkeiten eine wohnliche Atmosphäre zu schaffen. Sie warf ihm einen eher besorgten Blick zu, als er hereinkam, über den er sich später den Kopf zerbrach, obwohl er zu diesem Zeitpunkt so damit beschäftigt war, Jeremys Fragen zu seinem Gespräch mit Leonard Buckley zu beantworten, daß er keine Zeit hatte, sich gleich damit zu befassen. Und bis Skeltons Neugierde befriedigt war – oder vielmehr, als er die Hoffnung aufgegeben hatte, sie jemals befriedigt zu bekommen – war seine Frau wieder so still und unaufdringlich wie immer.

»Es ist aber nicht fair, Antony herumstehen zu lassen, während du ihn mit Fragen bombardierst, Jeremy«, sagte sie. »Warum setzt ihr euch nicht alle beide hin?«

»Ja, natürlich, Verzeihung«, sagte Jeremy, blieb aber stehen. Antony ließ sich im ersten Sessel nieder, weil er das Gefühl hatte, daß seiner Gastgeberin dann wohler war.

»Ich bin also hergekommen, um zu hören, was Sie über Mittwoch abend erfahren haben«, sagte er.

»Tatgelegenheit«, sagte Jeremy sehr sachlich. »Es hat nicht viel

Sinn, Anne oder mich nach einem Motiv zu fragen, weil wir die Beteiligten erst seit einigen Wochen kennen. Es sei denn«, er fuhr herum und sah seine Frau an, »dir hätte sich jemand anvertraut, Anne?«

»Ich glaube, ich habe mich mit ihnen – zumindest mit den Schauspielern – ein bißchen mehr unterhalten als du, Jeremy. Du bist immer vollauf mit dem beschäftigt gewesen, was sich auf der Bühne zugetragen hat, aber ich muß zugeben: Nachdem man zwanzigmal zugesehen hat, läßt sogar die Wirkung deines Stücks nach, Liebling.«

»Sieh mal an!« Jeremy wandte sich mit einem Ausdruck der Befriedigung an Antony. »Vielleicht können wir Ihnen da doch helfen.«

»Das habe ich nicht gesagt«, meinte Anne nervös. »Erzähl du doch Antony von der Sache mit der Tatgelegenheit, dann versuche ich mein Glück.«

»Also, Sie wissen ja, was passieren sollte, nachdem das Licht wieder anging«, sagte Jeremy. »Dem Publikum sollte einen Augenblick Zeit gelassen werden, aufzunehmen, was geschehen war, nämlich daß Andy Murray tot dalag. Dann hätte Victoria mit dem Schreien beginnen sollen. Daraufhin hätten die anderen Schauspieler herbeistürzen müssen, alle von derselben Bühnenseite aus, weil es da vermeintlich zur Eingangshalle geht. Die Buckleys – Donald Turnstall und Gladys Turnstall – wohnten im Haus, und das war der Grund dafür, daß Leonard von der anderen Seite hereinkam. So standen also Meg und Gordon Hewitt und Ellie Dorman, alle Personen, die schon mitgewirkt hatten, an der Bühnenseite, um aufzutreten, wenngleich natürlich nicht alle gleichzeitig.«

»In welcher Reihenfolge?«

»Zuerst Ellie Dorman –«

»Für Sie ist das freilich kein Problem, weil Sie die richtigen Namen alle kennen, Jeremy. Ich weiß besser Bescheid mit den Namen der Figuren, die sie gespielt haben.«

»Tja, Ellie Dorman ist Paula Nash, kennen Sie sich jetzt aus?«

»Ja, natürlich. Sie war verliebt in Megs Ehemann Douglas Carteret, den dieser Andrew Murray spielt«, sagte Antony.

»Ja, und das gab ihr Gelegenheit, sich schrecklich aufzuregen, bevor die beiden anderen dazukamen, also Meg und ihr Liebhaber, den Gordon Hewitt darstellte. Sie standen demnach alle beieinander, als das Licht ausging, Ellie ein kleines Stück vor den anderen. Das war hinter der geschlossenen Tür an der Bühnenrückseite, die, wie gesagt, zur Eingangshalle führen sollte. Die beiden Männer aber, die im zweiten Akt die Polizeibeamten spielten – Sie haben sie nie zu Gesicht bekommen, Antony, weil sie noch nicht aufgetreten waren, als der Mord stattfand – sahen ebenfalls von dieser Seite der Bühne aus zu, und bei ihnen war Megs Ersatzkraft. Es gibt in den Kulissen eine Stelle, von wo man sehr gut beobachten kann, was vorgeht.«

»Zwei Personengruppen standen also plötzlich im Dunkeln, obwohl sie damit natürlich gerechnet haben. Könnte irgend jemand von ihnen auf die Bühne gegangen sein, ohne daß die anderen davon etwas merkten?«

»Eigentlich jeder, würde ich sagen. Zusätzlich zu dem guten Beobachtungspunkt, von dem ich gesprochen habe, gibt es noch eine Terrassentür, die offensteht, weil die Handlung im Sommer spielt. Auf diesem Weg hätte jeder auf die Bühne gelangen können, und Meg sagt, wegen der Sache mit dem Stromausfall wären sie es alle gewöhnt, sich lautlos zu bewegen.«

»Ich hätte angenommen, wenn eine Person die Gruppe verläßt –«

»Ich sagte, sie standen beieinander. Das heißt nicht, daß sie sich gegenseitig umarmt haben«, gab Jeremy ein wenig ätzend zurück.

»Ich glaube es Ihnen. Sie scheinen sich auf die Schauspieler zu konzentrieren«, meinte Antony.

»Ja, und zwar aus einem sehr guten Grund. Eigentlich aus zwei Gründen. Der erste: Sie konnten sich mit Hilfe der Leuchtfarbenkleckse, von denen die Rede war, besser zurechtfinden als jede andere Person.«

»Hinter der Bühne konnte aber jeder, der dort zu tun hatte, an die Farbe heran, um sie auf Victorias Kleid zu tupfen.«

»Ja, das ist wohl zutreffend. Ich behaupte aber nach wie vor, daß jemand, der das noch nie gemacht hatte, Schwierigkeiten bekommen hätte, sich dort zu bewegen, ohne irgendwo anzustoßen«, sagte Jeremy. »Außerdem kommt noch mein zweiter Grund. Ich habe selbst ein bißchen Detektiv gespielt und in Erfahrung gebracht, wo alle waren. Bei Kevin Elliott, dem Regisseur, falls Sie das vergessen haben sollten, brauchte ich überhaupt keine Fragen zu stellen, weil ich ganz genau wußte, wo er gewesen war . . . er war zu uns in die Loge gekommen, nachdem er sich davon überzeugt hatte, daß alles glatt lief. Bill Kemp, der Intendant, kümmerte sich selbst um die Beleuchtung, und ich glaube nicht, daß er rechtzeitig an den Lichtschalter, dann auf die Bühne und wieder zurückkommen konnte. Die Ersatzschauspieler hielten sich alle im Grünen Zimmer auf; sie waren ebenfalls zu dem Schluß gekommen, daß alles gut ablief und sie nicht mit angehaltenem Atem bereitzustehen brauchten, um vielleicht dranzukommen.«

»Es waren aber noch andere Leute dabei. Ich kenne mich da gar nicht aus, aber es muß doch Bühnenarbeiter gegeben haben, Garderobiers und dergleichen.«

»Nicht jeder hat einen Garderobier, wissen Sie«, sagte Jeremy, »und ich will mich hier gar nicht als Besserwisser aufspielen. Vor zwei Monaten hatte ich noch genausowenig Ahnung. Aber es war Aktschluß oder doch beinahe, also hielten sich die Betreffenden in den Garderoben oder in der Nähe im Flur auf. Soviel ich weiß, haben sie von dem Durcheinander auf der Bühne gar nichts mitbekommen. Ein großer Szenenwechsel stand nicht bevor, so daß auch die Bühnenarbeiter nicht dabeistanden. Die meisten spielten wohl im kleinen Büro des Intendanten Karten. Auch das lag außerhalb der Verdunkelung, so daß also keiner davongeschlichen und auf die Bühne gekommen sein kann. Die einzige andere Person, die in Betracht kommt, ist der Souffleur. Leonard muß ihn gesehen haben, als er auftrat.«

»Ich habe einen Grund für die Vermutung, daß der Mörder von der anderen Bühnenseite herkam«, sagte Antony. Er hätte es dabei belassen, aber Jeremy ging sofort darauf ein.

»Wenn Leonard es nicht selbst gewesen ist, meinen Sie«, sagte er vorwurfsvoll.

»Ich dachte, Sie hätten da selbst Zweifel.«

»Die Sache ist die«, warf Anne ein, »wir hatten so sehr gehofft, Sie würden ihn für unschuldig halten. Er ist wirklich sehr lieb.«

»Die Tatsache, daß ich hier bin, sollte Ihnen verraten, daß ich das Gefühl habe, es wären noch einige Fragen zu stellen, bevor wir seine Schuld unterstellen«, gab Antony zurück. »Mehr kann ich leider nicht anbieten.«

»Keine Sorge, Anne, mein Schatz. Wenn es etwas zu finden gibt, wird Antony es finden«, sagte Jeremy, der plötzlich die Front zu wechseln schien. »Und ich nehme an, daß Sie die Taktik nicht einmal mit mir besprechen können. Ich will Ihnen aber etwas sagen. Ich wäre froh, ihn wieder auf der Bühne zu haben. Monica macht ihre Sache sehr gut, aber David scheint ganz durcheinander zu sein, weil man ihn auf alt geschminkt hat. Den Text beherrscht er völlig, aber die Rolle hat er noch gar nicht erfaßt.«

»Hatten Sie gestern abend Ihr volles Haus?«

»O ja, und wie. Wie man mir sagt, sind wir auch für lange Zeit ausverkauft«, sagte Jeremy. »Ich weiß, das hat sich anfangs so angehört, als wäre ich heilfroh darüber, aber ich habe mir die Sache überlegt, und es wäre mir lieber, wenn das Stück für sich wirken könnte. Die Leute sollten kommen, weil sie gehört haben, daß man sich gut unterhält, nicht deshalb, weil sie hoffen, die Schauspieler würden sich weiterhin gegenseitig umbringen.«

»Das haben Sie wohl nicht zu befürchten«, meinte Antony ganz ernsthaft. »Das Stück ist gut und wird sehr wohl aus sich heraus wirken, sobald die Sensationsgierigen damit fertig sind. Das ist alles über die Gelegenheit zur Tat, Jeremy, und sehr gut gemacht noch dazu. Womit ich bei jemand in Ihrem Beruf wohl hätte rechnen können. Und jetzt ist Anne an der Reihe. Sie waren der Meinung, Sie könnten mir behilflich sein, wenn es um das Motiv geht, Anne.«

»Das nicht direkt. Ich habe nur dieses und jenes über die Leute im Stück erfahren, weil ich mich mit ihnen unterhalten habe«, sagte Anne eher zurückhaltend. »Die Sache ist aber doch sehr scheußlich, nicht? Ich meine, ob Buckley nun der Täter ist oder nicht, es steht außer Frage, daß es jemand gewesen ist, den wir kennen. Darauf hat Jeremy mich gestern abend gebracht.«

Jeremy, der die ganze Zeit stehengeblieben war, ging hinüber und setzte sich auf die Armlehne ihres Sessels.

»Die Sache ist die, mein Mädchen«, sagte er und legte den Arm um ihre Schultern. »Es ist das Beste, der Wahrheit auf den Grund zu kommen, auch wenn sie wehtut.«

»Ja, das sehe ich ein. Was wollen Sie wissen, Antony?«

»Alles über die sechs Menschen, die als einzige Alternativen für Leonard Buckley in Frage kommen.«

»Es ist eigentlich nicht so, daß ich etwas über sie wüßte, etwas Definitives, meine ich«, sagte Anne zweifelnd. »Aber ich habe gewisse Eindrücke gewonnen, weil ich sie beobachtet habe und manchmal hinter die Bühne ging, während Proben liefen.«

»Über ihre Beziehungen zueinander?« fragte Antony sofort.

»Ja, das meine ich. Ich weiß nicht, ob das Leonard in irgendeiner Weise helfen wird.«

»Ich zur Zeit auch nicht, aber es könnte mir Anhaltspunkte liefern. Kommen Sie schon, Anne, ich wäre Ihnen wirklich dankbar –«

»Ich bin nach dem Mord nicht hinter die Bühne gegangen, wie Sie wissen. Ich habe aber gehört, daß Ellie Dorman einen hysterischen Anfall bekam, als sie erfuhr, was geschehen war.«

»Das ist richtig. Sie war noch voll in Fahrt, als Roger und ich ankamen. Roger machte sich natürlich Sorgen um Meg, und ich ging ihm einfach nach. Alles war sehr verwirrend, vor allem die Hysterie, aber zum Glück hatte Meg klaren Kopf bewahrt und versuchte Miss Dorman zu trösten.«

»Ja, sie ist sehr geistesgegenwärtig«, sagte Anne zögernd.

»Ja, aber wo liegt da die Bedeutung?«

»Ich glaube, sie muß im selben Augenblick, als sie begriff, daß Victoria tot war, erkannt haben, daß Leonard sich in einer sehr gefährdeten Lage befand.«

»Das darf man annehmen, aber –«

»Ich drücke mich schlecht aus. Sehen Sie, Antony, es war offensichtlich – muß für jeden offensichtlich gewesen sein –, daß sie Leonard sehr gern hatte.«

»Mir nicht«, sagte Jeremy.

»Nein, Liebling, aber ihr seid alle von den Figuren im Stück gefangen gewesen, nicht von den wirklichen Menschen.«

»Sie wollen damit andeuten, sie hätte ihn geliebt«, sagte Antony langsam.

»Ja, das meinte ich.«

»Glauben Sie, er hat ihre Zuneigung erwidert?«

Anne lächelte kurz über den altmodischen Ausdruck.

»Er war immer sehr korrekt, wissen Sie, spielte stets die Rolle, die er im Laufe der Jahre auf der Bühne zur Vollkommenheit gebracht hatte. Aber ich glaube, es spricht allerhand dafür, daß er für Ellie wirklich etwas empfand.«

»Das ist zwar interessant, bringt uns aber kaum weiter. Was haben Sie sonst noch beobachtet, Anne?«

»Die beiden jüngeren Männer, Claude Aubin und Gordon Hewitt, verabscheuten Victoria offenkundig und mieden sie, wo es ging.«

»Bist du da sicher, Anne?« unterbrach Jeremy. »Victoria war doch schon so alt, daß ich mir nicht vorstellen kann, irgend jemand hätte sie ernsthaft nicht leiden können.«

»Ich kann dir aber versichern, daß das bei den beiden so war«, bekräftigte Anne.

»Wie sahen dann ihre Beziehungen zu Leonard Buckley aus?«

»Ich glaube, Gordon mochte ihn nicht sonderlich, auch wenn das nicht so entschieden war wie bei seiner Haltung Victoria gegenüber. Claude schien ihn sehr zu mögen, und das ist auch etwas Merkwürdiges, Antony, er ist augenscheinlich in Frances Cathers verliebt, wissen Sie, in Megs Ersatzkraft, aber als die Proben angingen, wollte er mit ihr nichts zu tun haben. Und nach einer Weile, vielleicht war es nur ein Streit unter Liebenden, verstanden sie sich wieder sehr gut. Aus irgendeinem Grund schien das Victoria ganz und gar nicht zu behagen.«

»Nur zu, Anne, Sie dürfen jetzt nicht aufhören. Das könnte alles sehr nützlich sein.«

»Was sagt Ihnen das?« fragte Jeremy.

»Zum einen etwas über die Tote. Also, Anne«, sagte er noch einmal.

»Sonst ist eigentlich nicht viel zu sagen, außer, daß Gordon Hewitt und Dominic Eldred enge Freunde zu sein schienen und Dominic und die Buckleys sich offensichtlich gut kannten. Leonard und Dominic waren zueinander immer sehr höflich, aber ich glaube, es gab ... ich weiß nicht recht, wie ich das ausdrücken soll ... eine alte Zuneigung zwischen Dominic und Victoria.«

»So, als hätten sie vielleicht früher eine Affäre miteinander gehabt?«

»Es ist seltsam«, meinte Anne. »Man kann sich ältere Menschen in einem solchen Licht kaum vorstellen.«

»Sie sind einmal jung gewesen«, sagte Antony.

»Ja, natürlich. Das könnte es gewesen sein. Ich bin aber ganz sicher, daß jetzt nichts mehr zwischen ihnen war.«

»Wir scheinen über alle gesprochen zu haben, bis auf Andrew Murray.«

»Ich würde sagen, Andy ist ein sehr normaler Mensch. Seine Beziehungen zu allen diesen Leuten sind vollkommen unbeschwert.«

»Sie verschweigen mir etwas, Anne.«

Sie erwiderte seinen Blick sekundenlang.

»Da ist etwas«, gab sie zu, »aber ich sage es Ihnen nicht gerne.«

»Sie wollen sich nicht auf meine Diskretion verlassen?«

»Das ist es natürlich nicht, ganz und gar nicht. Es ist nur so, daß noch eine Person existiert, die wir nicht erwähnt haben.«

»Meg?« sagte Maitland scharf.

»Richtig, ja, und es gibt nichts, was Meg getan hätte, wovon ich Ihnen erzählen will, nur kann man ganz deutlich sehen, daß Andy verrückt nach ihr ist. Und das kann Ihnen oder Leonard gewiß nicht helfen«, fügte sie beinahe erleichtert hinzu.

»Das fürchte ich auch«, sagte Antony zustimmend. »Gibt es sonst noch irgend etwas, Anne?«

»Nein, ich wüßte sonst nichts.«

Antony blieb danach noch eine halbe Stunde bei den Skeltons. Anne wirkte bedrückt, wie er fand, und er wollte ihr die Beruhigung geben, daß ihre Beobachtungen nur ein Ausgangspunkt sein konnten und niemandem geschadet hatten. Als er ging, begleitete ihn Jeremy auf die Straße hinaus und blieb dort trotz der Kälte noch kurz stehen. »Anne pflegt keinen Klatsch zu verbreiten«, sagte er ziemlich unvermittelt.

»Nein, das weiß ich. Ich betrachte das, was sie mir heute nachmittag gesagt hat, nicht in diesem Licht, Jeremy.«

»Es ist etwas, das Sie Anne vor vielen Jahren in Chedcombe selbst beigebracht haben«, erklärte Skelton. »Alles außer der ganzen Wahrheit kann die Dinge verzerren.«

»Dann bin ich froh, daß sie eine so gute Schülerin war.«

»Ich habe nicht gesagt, ich sei mit allem einverstanden, was sie gesagt hat«, gab Jeremy zurück. »Ich glaube eher, daß es zum größten Teil auf Einbildung beruhen könnte. Aber in einer Beziehung hat sie recht, ich habe alle diese Leute als die Figuren gesehen, die sie im Stück darstellen, also wird mir an ihnen nicht so viel aufgefallen sein, was sie als wirkliche Menschen betrifft.«

»Sie brauchen sich keine Sorgen zu machen, Jeremy, wissen Sie. Was Anne mir gesagt hat, können allenfalls Hinweise sein. Ich werde sie nicht als Zeugin rufen, damit sie vor Gericht beschwören muß, was nur eine Meinung ist.«

»Nein, freilich nicht.« Trotzdem klang Jeremys Stimme erleichtert. »In welcher Verfassung war eigentlich Leonard? Das können Sie mir sagen, auch wenn Sie über das andere nicht sprechen können.«

»Er hält sich«, sagte Antony. Und wurde deutlicher, als er es vielleicht vorgehabt hatte: »Ich glaube, niemand sitzt gern hinter Schloß und Riegel, wenn er weiß, daß er nicht herauskann.«

»Nein«, sagte Jeremy nachdenklich. Es war offenkundig, daß seine Gedanken sich vorübergehend mit der Vergangenheit beschäftigten. »Ohne die Gnade Gottes und die Hilfe von Antony Maitland –« sagte er nach einer Pause, um einen leichteren Ton bemüht. »Das ist, wie Sie wohl erkannt haben werden, der Grund, warum ich bei der Verteidigung helfen will.«

»Die Polizei ist nicht immer im Irrtum, wissen Sie, auch wenn das bei Ihnen der Fall war«, sagte Antony, ganz ähnlich, wie er zu Anne gesprochen hatte, und dachte dabei erneut mit reumütiger Belustigung, daß er auch nur wiederholte, was man von Zeit zu Zeit ihm erklärt hatte. »Nein. Nun, wir werden ja sehen«, sagte Jeremy und zeigte ein recht künstliches Frösteln. »Ich gehe lieber hinein, es ist verflixt kalt«, sagte er und verschwand im Haus.

5

Er brauchte nur die Avery Street hinunterzugehen; Haus Nummer 5 stand als drittes von der Ecke entfernt, als er in den Kempenfeldt Square einbog. Gibbs hielt sich, wie er prophezeit hatte, hinten in der Halle auf, aber Antony ertrug seine schweigende Mißbilligung tapfer und stieg die Treppe zu seiner Wohnung hinauf. Es war noch zu früh, als daß Sir Nicholas schon zu Hause sein konnte, aber Musik aus dem großen Salon verriet ihm, daß Vera sich ›Die Zauberflöte‹ anhörte.

Wie erhofft und erwartet, saßen Jenny und Meg im großen Wohnzimmer an der Vorderseite des Hauses beim Tee. Jenny warf ihm in der Hoffnung, er werde die Besorgnis nicht bemerken, einen raschen Blick zu und sah sofort, daß er müde war und seine Schulter ihn peinigte. Auf dem Tablett stand eine dritte Tasse; er streckte die Hand eher zögernd nach der Teekanne aus.

»Willst du nicht doch lieber etwas Stärkeres, Antony?« fragte sie. Deutlicher brachte sie ihre Besorgnis nie zum Ausdruck.

»Nein, Tee reicht. Wie geht es, Meg? Und wie kommen die Schauspieler zurecht, die eingesprungen sind?«

»Monica ist ganz ausgezeichnet«, sagte Meg. »Man möchte meinen, sie sei wirklich in Victorias Alter. Die Maske scheint David ein bißchen zu stören, aber vielleicht ist er heute abend besser. Roger kommt vom Büro direkt hierher«, fuhr sie fort, »und Jenny hat versprochen, mich zu verköstigen, bevor ich ins Theater muß, also haben wir viel Zeit, wenn du mich ins Kreuzverhör nehmen willst.«

»Habe ich das je getan, Meg?« Antony ließ sich mit seiner Tasse im Lehnsessel nieder, der mit dem Rücken zum Fenster stand.

»Du weißt sehr genau, mein Schatz –« Meg versuchte nicht, den Satz zu Ende zu führen, aber Antony, der ein bißchen weiter zurückdachte, grinste sie nur an.

»Es gibt ein, zwei Punkte, wo ich neugierig bin«, gab er zu.

»Gut, aber sag mir zuerst, wie es Leonard geht.«

»So gut, wie zu erwarten stand«, sagte Antony und schloß kurz die Augen, als könne er so das Bild der Haftanstalt loswerden, das ihn den ganzen Tag verfolgte.

»Also, bist du zu dem Schluß gekommen, daß ich recht habe bei ihm?« fragte Meg mit Nachdruck. »Er hat es nicht getan.«

»Er erklärt sich für nicht schuldig«, wich Antony aus.

»Ja, aber was denkst du?«

»Dieses und jenes«, sagte Antony. »Meg, *mein Schatz*«, fügte er hinzu und parodierte ihren Gebrauch des Wortes recht ironisch, »wie Superintendent Briggs sagen würde, bin ich hier, um Fragen zu stellen, nicht, um sie zu beantworten.«

»Chief Superintendent«, sagte Jenny, die es genoß, die Verbesserung anzubringen. In der Regel war es Antony, der sie auf Chefinspektor Sykes' richtige Rangbezeichnung hinwies.

»Ganz richtig.«

»Ich habe das mindestens schon hundertmal gesagt«, erklärte Meg würdevoll. »Du wirst genau wie Onkel Nick.«

»Schon gut. Ich will viel mehr wissen, als du mir bisher erzählt hast. Über deine Bühnenkollegen und darüber, was sich abspielte, als das Licht wieder anging.«

»Ich habe nichts dagegen, über die Ereignisse zu sprechen«, erwiderte Meg, »aber was das andere angeht, weißt du, daß ich Klatsch verabscheue.«

»In diesem Fall wirst du dich aber damit befassen müssen«, stellte Antony mit Entschiedenheit fest. »Wer hat mir erklärt, Leonard Buckley sei unschuldig?«

»Ich natürlich, das weißt du ganz genau.«

»Dann ist es klar deine Pflicht, mir alles zu sagen, was du kannst, das dazu beitragen könnte, ihn zu entlasten.«

»Antony hat recht, weißt du, Meg«, sagte Jenny. »Wenn du wirklich glaubst, was du zu ihm gesagt hast –«

»Natürlich glaube ich es!« Megs Stimme klang ein wenig ungeduldig, was selten der Fall war, wenn sie mit Jenny sprach. »Aber kann Klatsch denn nützlich sein?«

»Irgendwo muß ich anfangen«, sagte Maitland. »Ich habe mit Anne Skelton gesprochen. Sie hat bestimmte Ansichten über die einzelnen Schauspieler. Ich möchte wissen, ob die deinen damit übereinstimmen, das ist alles.«

»Diese Leute sind nicht ihre Kollegen«, sagte Meg. »Sie ist ihnen keine Loyalität schuldig.«

»Wenn Leonard Buckley es nicht getan hat, ist ein anderer der Täter«, stellte Antony mit mehr Geduld fest, als er empfand.

»Das brauchst du mir nicht zu sagen, mein Schatz.«

»Und dieser Person gegenüber brauchst du nicht loyal zu sein.«

»Nein.«

»Da wir nicht wissen, wer es ist, glaubst du nicht auch, daß es besser wäre, wenn du mir alles verrätst, was du weißt?«

Meg warf einen Blick auf Jenny, die aufmunternd nickte.

»Du wirst aber alles, was nicht von Belang ist, sofort vergessen, ja?« sagte Meg flehend.

»Du hast mein Wort«, gab Antony feierlich zurück. »Sag mir zuerst, was du wirklich von Victoria Buckley gehalten hast.«

»Es ist nicht einfach, jemanden zu mögen, der dich nicht mag«, sagte Meg widerstrebend.

»Das war eben ihr schlechter Geschmack.« Antony konnte seine Belustigung nicht ganz verbergen. »Willst du damit wirklich sagen –«

»Sie mochte überhaupt keine jüngeren Frauen«, sagte Meg. »Die arme Frances konnte sie also schon gar nicht leiden.«

»Frances Cathers, die für dich einzuspringen hätte?«

»Ja, die meine ich. Aber sie mochte auch Ellie nicht. Nach dem, was sie mir erzählt hat, muß ich allerdings zugeben, daß es hier einen gewissen Anlaß gab.«

»Willst du damit sagen, sie hat sich dir anvertraut?«

»Ja, nur in diesem einen Fall«, sagte Meg sehr zögernd. »Weißt du, Antony, ich glaube, sie tat das, um mich in Verlegenheit zu bringen, weil sie wußte, daß ich nicht gern über andere Leute rede. Sie sagte, Ellie hätte einmal eine Affäre mit Leonard gehabt, und ich kann überhaupt nicht beurteilen, ob das zutraf oder nicht. Daß Ellie ihn mag, scheint mir aber ganz sicher zu sein.«

»Siehst du, es fällt gar nicht so schwer, da hineinzukommen, nicht wahr?« sagte Antony. »Also, nach dem, was ich gehört habe, Meg, interessieren mich besonders die Schauspieler, die auf der linken Bühnenseite standen.«

»Ich darf wohl nicht fragen, warum. Ist dir klar, daß ich auch dazugehöre?«

»Ja, sicher, aber ich habe im Lauf der Jahre genug Gelegenheit gehabt, mir meine eigene Meinung zu bilden«, antwortete Antony lächelnd. »Andrew Murray befand sich auf der Bühne, aber Gordon Hewitt und Ellie Dorman standen in deiner Nähe in der Seitenkulisse.«

»Ganz richtig.«

»Und glaubst du, einer von ihnen hätte sich in der Dunkelheit entfernen können, ohne daß du etwas gemerkt hättest?«

»Ellie stand mit dem Rücken zu mir, so daß ich nicht sehen konnte, ob ihre Augen geschlossen waren. Und auf Gordon habe ich auch nicht geachtet, weil ich auf die Bühne schaute.«

»Augenblick!« Er dachte kurz darüber nach. »Darauf war ich noch gar nicht gekommen, aber du meinst wohl, daß jeder, der sich auf der Bühne zurechtfinden wollte, die Augen bedecken mußte, bevor das Licht ausging, weil er sonst so wenig gesehen hätte wie wir anderen.«

»Ja, natürlich, ich dachte, das ist dir klar. Leonard muß auf der anderen Bühnenseite gewesen sein und hatte die Augen vielleicht nicht nur geschlossen, sondern auch mit der Hand bedeckt.«

»Und Andrew Murray als dein Bühnen-Ehemann trug den ganzen ersten Akt hindurch eine dunkle Brille«, fügte Antony nachdenklich hinzu.

»Das ist einfach albern, wenn du denkst, was ich vermute«, gab Meg zurück. »Nicht einmal seine Brille, die eine ganz gewöhnliche Sonnenbrille war, hätte seine Augen vor dem grellen Lampenlicht ausreichend geschützt.«

»Nicht einmal, wenn er die Augen hinter der Brille geschlossen hielt, als er sein Gespräch mit Victoria Buckley führte? Niemand hätte etwas merken können.«

»Nicht einmal dann«, bekräftigte Meg. »Außerdem ist er der einzige in der ganzen Besetzung, der zu niemandem in einem gespannten Verhältnis stand. Man kommt sehr gut mit ihm aus, und sogar Victoria schien ihn zu mögen.«

»Dann kehren wir zu den Leuten in den Seitenkulissen zurück. Du hast von Gordon Hewitt und Ellie Dorman gesprochen, aber was ist mit den anderen, mit denen, die weiter vorn an der Bühne standen?«

»Dominic, Claude und Frances«, zählte Meg auf. »Ich nehme an, Frances hatte Victoria gegenüber ähnliche Empfindungen wie ich, daß es eben schwer ist, jemanden zu mögen, der dich nicht leiden kann. Das Seltsame ist aber, daß auch Claude sie nicht zu mögen schien, obwohl ich mir nicht vorstellen kann, warum nicht. Und das ist ein Punkt, den du dir vielleicht merken solltest, Antony. Die beiden könnten miteinander etwas gehabt haben.«

»Dem Himmel sei Dank, daß Onkel Nick nicht hier ist«, sagte Antony fromm. »Willst du damit sagen, daß Frances Cathers und Claude Aubin ein Liebespaar sind?«

»Ich würde das von niemandem behaupten wollen«, sagte Meg steif und, wie Antony wußte, völlig wahrheitsgemäß. »Ich weiß nicht, ob es zutrifft oder nicht, aber ich glaube, Claude hätte das gern.«

»Und Mr. Eldred?«

»Dominic? Da hat mir Victoria auch etwas erzählt«, sagte Meg widerwillig. Für kurze Zeit schien sie ihre Skrupel vergessen zu haben, aber nun waren sie wieder deutlich spürbar. »Sie und Dominic waren fast gleich alt, und sie sagte, er hatte sie heiraten wollen, bevor sie Leonard nahm.«

»Aber sie wollte ihn nicht heiraten?«

»Nach ihren Worten hätte sie es vielleicht getan, wenn Leonard nicht aufgetaucht wäre. Er war älter, hatte sich im Beruf schon einen Namen gemacht, und für sie war er wohl eine romantischere Figur. Das hat sie jedenfalls gesagt.«

»Damit wären alle erfaßt«, sagte Antony. Er stand auf und gab Jenny seine Tasse, um nachgießen zu lassen. Er blieb einen Augenblick währenddessen stumm stehen, und sprach dann weiter, ohne sich umzudrehen: »Was bleibt, Meg, ist etwas, worüber zu sprechen dich hoffentlich nicht stören wird, obwohl ich der Meinung bin, daß die meisten Menschen weniger gern darauf eingehen würden als auf die Schwächen anderer Leute.« Er ließ sich die Tasse geben, ging zum Kamin zurück und stellte sie diesmal neben der Uhr auf den Sims. »Was geschah, als das Licht anging?«

»Wir waren alle einen Augenblick lang geblendet, nehme ich an, und als erstes fiel mir auf, daß Leonard noch auf der Bühne stand, wo er natürlich nicht hingehörte. Andy lag regungslos am Boden, den falschen Dolch im Rücken, wie die Handlung es verlangte, und ich brauchte einige Sekunden, um zu bemerken, daß Victoria keineswegs zu schreien begann, sondern ebenfalls am Boden lag. Dann schien Leonard aufzuwachen, und er ging zu ihr, aber das habt ihr ja beide selbst gesehen.«

»Ja.« Er wechselte einen Blick mit Jenny und erinnerte sich daran, daß er Leonard Buckleys Betroffenheit als echt empfunden hatte. »Was meine Kenntnisse anging, hätte die Handlung ja verlangen können, daß es zwei Leichen gab. Erst als Mr. Buckley seine Frau mit ihrem eigenen Namen ansprach, begriff ich, daß etwas Schlimmes geschehen sein mußte, und Roger rief mir zu, mit auf die Bühne zu kommen. Ich muß zugeben, Meg, ich fand alles sehr verwirrend, so verwirrend, daß ich auf nichts richtig achten konnte, wie ich es sonst getan hätte. Was hat Andrew Murray gemacht?«

»Ich glaube, er begriff im ersten Augenblick auch nicht, was geschehen war. Er lag einfach da und wartete darauf, daß Victoria zu schreien anfing und wir anderen hereinstürzten. Er sollte sich ja eigentlich nicht mehr bewegen, bis zum Aktschluß der Vorhang fiel, was in wenigen Minuten der Fall gewesen wäre. Als Leonard zu sprechen begann, hob er den Kopf, und vielleicht war er nicht so geblendet wie wir, weil er noch die dunkle Brille aufhatte. Du erinnerst dich, daß er im Stück einen sehr eitlen Mann darzustellen hatte, der sich einbildete, mit der Sonnenbrille sähe er noch besser aus. Und das ist alles, was ich von den Vorgängen auf der Bühne gesehen habe, weil Ellie ihren hysterischen Anfall bekam und ich alle Hände voll zu tun hatte, um sie zu beruhigen. Dann kam Roger mit dir heran, Antony, nahm mir Ellie ab und begann sie zu schütteln. Und ich blickte an euch beiden vorbei und sah diesen Kriminalbeamten – Chief Superintendent Briggs, er muß euch auf dem Fuß gefolgt sein – bei der Terrassentür stehen und auf die Bühne starren. Ich drehte den Kopf, um zu sehen, was dort vorging, und inzwischen war Andy zu Leonard geeilt und kniete vor Victoria am Boden. Aber dann wurde ich abgelenkt, ich dachte, Roger schüttelt Ellie die Zähne aus dem Kopf mit seiner groben Behandlung, auch wenn sie sich schrecklich aufführte. Wie es weiterging, weiß ich also nicht mehr.«

»Na gut, Meg, denk an den kurzen Blick, den du auf die Bühne geworfen hast. Ist dir etwas aufgefallen, irgend etwas, das nicht so war, wie es sein sollte?«

»Na ja, Victoria hätte natürlich am Leben sein und im Sessel sitzen müssen.«

»Das habe ich nicht gemeint, und ich weiß, daß die ganze Geschichte für dich grauenhaft gewesen sein muß.«

»Leonard hätte auch nicht dasein sollen.«

»Das weiß ich ebenfalls.«

Meg schien sich das Gehirn zu zermartern.

»Als ich das erste Mal hinsah, lag Andy richtig da, dann hob er den Kopf, und als ich später wieder hinschaute, war er bei Leonard und Victoria. Aber er hätte, wie gesagt, bis zum Aktschluß den Toten spielen sollen.«

»Ja, damit haben wir alle Leute durch«, sagte Antony. »Das hast du mir vorher schon gesagt.«

»Ich versuche nur zu helfen«, erwiderte Meg gereizt.

»Das weiß ich, und ich zwinge dich ungern, an diesen Abend zurückzudenken«, versicherte Antony. »Gab es irgend etwas am Bühnenbild, befand sich etwas an der falschen Stelle, egal was, das uns einen Hinweis darauf geben könnte, wer außer Mr. Buckley auf die Bühne gekommen sein kann?«

»Ja, jetzt verstehe ich«, sagte Meg langsam. »Wenn Möbelstücke verstellt worden wären –«

»Genau das meine ich. Denk nach, Meg, sei lieb.«

»Etwas Schwarzes«, sagte Meg gedehnt und blickte vor sich hin, »das direkt hinter Victorias Stuhl auf dem hellblauen Teppich lag.«

»Verfall jetzt nicht in Trance«, flehte Antony. »Du bist nicht das Orakel von Delphi«, fügte er so ätzend hinzu, wie Sir Nicholas es wohl getan hätte. »Etwas Schwarzes, das nicht hingehörte?«

»Du hast gesagt, ich soll mich konzentrieren, und das tue ich«, sagte Meg mit Würde. »Natürlich gehörte es nicht hin.«

»Was kann das gewesen sein? Könnte es sich etwa um einen der Handschuhe von Mr. Buckley gehandelt haben, die man später in seiner Tasche fand. Er könnte ihn verloren und später aufgehoben haben.«

»Ich dachte, du willst ihn verteidigen.«

»Das gehört alles dazu«, sagte Antony seufzend. »Könnte es ein Handschuh gewesen sein?«

»Nein«, sagte Meg nach kurzer Überlegung. »Leonards Handschuhe waren von ganz normaler Größe, er mußte sie ja nie anziehen. Das andere war größer, ohne konkrete Form, ganz bestimmt ohne Finger.«

»Was glaubst du, wie es dort hingekommen ist?«

»Antony, mein Schatz, ich habe nicht die geringste Ahnung.«

»Nein, die kannst du wohl nicht haben. Aber weißt du, was nachher daraus geworden ist?«

»Da fehlt mir auch jede Ahnung. Wir wurden alle praktisch unter Bewachung weggeführt. Das weißt du ja alles selbst.«

»Woran denkst du, Antony?« fragte Jenny drängend.

»Nur, daß das eine Sache ist, der ich nachgehen muß, Schatz. Mr. Buckley könnte die Handschuhe, die man in seiner Tasche fand, angezogen und seine Frau erstochen haben, oder es könnte sein, daß jemand anderer den Dolchgriff in Megs rätselhaftes Stück Stoff gewickelt und die Tat selbst begangen hat.«

Jenny verzog den Mund.

»Ich finde beide Möglichkeiten abscheulich«, sagte sie.

»Nun, die Dame ist zweifellos tot, und leider spielt die Frage, wer sie umgebracht hat, für ihren Mann eine Rolle. Kannst du dich noch an etwas erinnern, das nicht stimmte, Meg?«

»Nein.« Ihre Stimme klang zögernd. »Antony, hältst du das für wichtig?«

»Es ist bis jetzt das Wichtigste, was ich gehört habe.«

»Aber dann . . . mein Schatz, ich könnte nicht vor Gericht aufstehen und das alles sagen. Es würde mir nichts ausmachen, wenn es nur um ein albernes Stück Stoff ginge, das dich so aufregt, aber man würde mich fragen, wie Leonard zu Victoria stand. Kannst du nicht verstehen, wie schrecklich das wäre?«

»Doch, Meg, mir ist klar, wie schlimm das für dich wäre. Du bist ein zu guter Mensch«, sagte er reumütig und blickte einen Augenblick ernst auf sie hinunter. »Wie sähe es für dich aus, wenn es darum ginge, ob Leonard Buckley verurteilt oder freigesprochen wird?«

»Ganz genauso«, sagte Meg düster, »aber dann müßte es wohl sein.«

»Na, zerbrich dir im Augenblick nicht den Kopf darüber.« Seine Stimme war lebhafter geworden. »Es gibt vielleicht noch ein Dutzend Leute, die sich erinnern, das Tuch gesehen zu haben, und sagen können, was hernach damit geschehen ist. Du weißt, ich würde nichts unternehmen, was dir wehtun könnte, wenn es sich auf irgendeine Weise vermeiden läßt.«

»Dies gefiele mir besser, wenn du den Nachsatz weggelassen hättest«, sagte Meg mit einem unsicheren Lächeln. Aber sie war nicht umsonst Schauspielerin. »Sag mir, wie du es mit ihm aushältst, Jenny«, bat sie. »Ich weiß, ich wäre nach einer Woche verrückt.«

6

Roger erschien wenige Minuten später, und Antony ging hinunter ins Arbeitszimmer, um mit Geoffrey Horton zu telefonieren. Sein Onkel war noch nicht zurückgekommen, von der Mozartoper erklang der letzte Akt. Er machte deshalb die Tür zu, überzeugt davon, niemanden zu stören, und erreichte Geoffrey noch in seinem Büro.

»Ich bin froh, daß du anrufst«, sagte Horton schwerfällig. »Ich habe im Verlauf des Nachmittags viel erfahren, und es wird Zeit, daß wir uns unterhalten.«

»Das hört sich nicht so an, als würde dir das besondere Freude machen.«

»Nein«, sagte Geoffrey. »Wo bist du jetzt, noch in der Kanzlei?«

»Nein, ich bin zu Hause und habe vorübergehend das Arbeitszimmer mit Beschlag belegt. Kannst du jetzt weg?«

»Ja, das wäre am besten. Der Kempenfeldt Square liegt praktisch an meinem Heimweg«, sagte Geoffrey. »Ich kann in zehn Minuten bei dir sein.«

Maitland wartete also mit aller Geduld, die er aufbringen konnte. Geoffrey hielt Wort und verspätete sich kaum. Er hatte das Glück, um diese Zeit noch einen Parkplatz fast genau gegenüber von Sir

Nicholas' Haus zu finden. Antony ging an die Tür des Arbeitszimmers, um ihn von Gibbs zu erlösen, der ihn zweifellos nach oben geschickt hätte.

»Meg und Roger sind oben bei Jenny«, sagte er, »aber wenn Onkel Nick heimkommt und er und Vera hier ins Zimmer wollen, stört das auch nicht, weil sie sich ohnehin sehr für die Sache interessieren.«

»Ich möchte meinen, daß sie sich für das interessieren, was ich dir zu sagen habe«, erklärte Geoffrey ziemlich grimmig. »Gleich als erstes: Die Polizei weiß, wo der Dolch herkommt.«

»Und das ist nicht gut?« fragte Maitland, während er seinen Freund ansah.

»Allerdings nicht!« Geoffrey lachte kurz auf. »Er stammt aus der Wohnung der Buckleys.«

»Aber Mr. Buckley hat bestritten, ihn vorher schon einmal gesehen zu haben.«

»Ja, du hast mir erzählt, er hätte in manchen Punkten gelogen, nicht wahr? Jedenfalls scheint es da keinen Zweifel zu geben. Dominic Eldred ist ironischerweise der Mann, der in Skeltons Stück den Kriminalbeamten spielt, und er sagt, er hätte Victoria Buckley vor vielen Jahren den Dolch geschenkt.«

»Vor wie vielen Jahren?«

»Vor ungefähr dreißig, meint er.«

»Ist er denn dann sicher, daß sie ihn noch hatte?«

»Leider ganz sicher. Er sagt, sie hätten im Wohnzimmer einen Schreibtisch stehen, und der Dolch sei als Brieföffner verwendet worden. Andrew Murray hatte ihn dort ebenfalls liegen sehen.«

»Ist er von beiden eindeutig erkannt worden?«

Horton sah ihn lange an.

»Du hast mir auch etwas zu sagen«, erklärte er.

»Richtig, aber zuerst bist du an der Reihe. Am besten hören wir die schlechten Nachrichten alle auf einmal.«

»Na gut. Sie sind ihrer Sache sicher. Erstens scheint Dolch die falsche Bezeichnung zu sein, es handelt sich um ein italienisches Stilett, das aus dem 17. Jahrhundert stammen soll. Eldred gibt an, er habe Victoria etwas zur Erinnerung schenken wollen – woran, sagt er nicht –, damals aber kein Geld gehabt und nichts kaufen können. Das Stilett sei das einzig Wertvolle gewesen, was er besessen habe. Das Stück ist ungewöhnlich, weil die Klinge besonders scharf ist, der Griff dient aber rein als Schmuck und muß seinerzeit für den Gebrauch der Waffe sogar ein Hindernis gewesen sein.«

»Das werden uns zwei gefährliche Zeugen.«

»Ich habe das alles von dem Mann erfahren, der die Anklageschrift vorbereitet. Soviel ich weiß, übernimmt Lamb den Fall. Und wenn du meinst, du hättest das Ärgste schon gehört, irrst du dich, Antony. Als die Polizei die Wohnung der Buckleys durchsuchte, fand sie einen Band über Anatomie.«

»Bist du sicher?« fragte Antony ungläubig. »Du meinst wohl nicht ›Die Anatomie der Melancholie‹ oder etwas Ähnliches?«

»Sei nicht albern, Antony. Das hätte ich dann auch gesagt. Ein Lehrbuch der Anatomie, wie es ein Medizinstudent besitzt. Es war übrigens keineswegs neu und stammte vermutlich aus einem Antiquariat.«

»Auch Arbeit für Cobbolds' Detektei.«

»Ich wüßte nicht, wo die anfangen sollten.«

»Beispielsweise in der Charing Cross Road.«

»Es könnte in jeder Stadt gekauft worden sein. Leonard Buckley könnte es schon seit Jahren besitzen!« Geoffreys Stimme war angesichts der unvernünftigen Forderung ein wenig lauter geworden.

»Warum denn? Ich nehme nicht an, daß das ein Thema war, für das er sich besonders interessierte. Und wenn die Tat, wie man vermuten muß, geplant wurde, dann erst, als der Mörder das Manuskript von ›Dolche im Dutzend‹ gelesen hatte.«

»Die Polizei wird auf derselben Spur sein.«

»Ach, das bezweifle ich. Sie wird sich sagen, es genüge schon, ihm den Besitz nachzuweisen. Gehen wir ein bißchen zurück, Geoffrey. Wird ernsthaft unterstellt, Mr. Buckley hätte sich hingesetzt und ganz kaltblütig und in Gegenwart seiner Frau studiert, wo er die Leuchtfarbe an ihrem Kleid anbringen mußte, um die richtige Stelle für das Stilett zu finden?«

»Der Stoß hat genau getroffen«, erinnerte ihn Geoffrey.

»Schon, aber –« Maitland begann im Zimmer hin- und herzugehen. »Wenn er sich mit dem Thema befaßt haben kann, dann jeder andere auch.«

»Das Buch ist aber in seiner Wohnung gefunden worden.«

»Und der Dolch kam von dort. Aber dieselbe Person, die den einen mitnahm, könnte das andere hinterlassen haben«, betonte Antony.

»Das heißt aber, eine ganze Menge zu unterstellen, nicht?«

»Nein, das glaube ich nicht.«

»Ich bin noch nicht ganz fertig«, warnte Geoffrey. »Das war nicht alles, was die Polizei gefunden hat.«

»Was denn noch, Herrgott noch mal?«

»Eine leere Flasche in Leonard Buckleys Garderobe im ›Alhambra‹, die Vitamin A-Tabletten enthalten hatte.«

»Viele Leute nehmen Vitamine. Nein, warte! Das soll doch gegen Nachtblindheit helfen, oder?«

»Ja.«

»Was soll das heißen? Daß unser Mandant sie laufend genommen hat, um seine Frau im Dunkeln zu sehen und sie zu erstechen?«

»Entweder das, oder daß er an jenem Abend zum selben Zweck eine große Dosis genommen hat. Der Fachmann, den sie haben, ein Doktor Larrow, Ernährungswissenschaftler, neigt zur zweiten Ansicht, will sich aber, soviel ich mitbekommen habe, nicht festlegen, weil er nicht weiß, wie sich das auswirken würde. Bei solchen Mengen bestehen natürlich Gefahren, so daß kein vernünftiger Arzt sie verschreiben würde.«

»Trotzdem ... nun, wir müssen abwarten, was unser Mandant dazu zu sagen hat. Waren Fingerabdrücke an der Flasche?«

»Praktisch keine.«

»Na hör mal, das ist doch ermutigend, oder? Außerdem hast du noch nicht gehört, was ich seit unserem letzten Gespräch gemacht habe«, sagte Antony und berichtete im einzelnen. »Ganz offensichtlich gab es, gelinde gesagt, Spannungen zwischen den Schauspielern«, sagte er abschließend, »aber was mich wirklich interessiert, ist das, was Meg über dieses schwarze Tuch zu sagen hatte.«

»Ich glaube, darauf legst du zuviel Gewicht, Antony«, warnte Geoffrey.

»Meinst du wirklich? *Ich* finde, das ist die beste Spur, die wir bisher haben ... Ich meine, was hatte es da zu suchen? Mr. Buckley hätte es nicht gebraucht, weil er Handschuhe hatte.«

»Ich bin der Meinung, du solltest noch einmal mit Jeremy Skelton reden. Vielleicht stellt sich heraus, daß es eine ganz einfache Erklärung gibt«, erwiderte Geoffrey abwiegelnd.

»Du meinst nicht, es könnte ein Hinweis auf die Unschuld unseres Mandanten sein?«

»Ich glaube, die Punkte, die ich eben angesprochen habe, sind viel überzeugender«, erwiderte Geoffrey. »Und wenn du meine jetzige Meinung hören willst, wäre der Einwand verminderter Zurechnungsfähigkeit selbst dann falsch gewesen, wenn er zugestimmt hätte.«

»Würdest du ihn des vorsätzlichen Mordes für schuldig befinden, wenn du Geschworener wärst?«

»Nach den Indizien, wie sie vorliegen«, sagte Geoffrey störrisch. »Denk einmal nach, Antony.«

»Das tue ich. Natürlich werde ich mit Jeremy sprechen, aber ich würde schon jetzt eine Wette darauf abschließen, daß Mr. Buckley unschuldig ist.«

»Und ich würde sie annehmen«, versicherte Geoffrey. »Was willst du tun, wenn Skelton sagt, das schwarze Tuch hatte dort nichts zu suchen?«

»Natürlich hatte es dort nichts zu suchen. Meg hätte davon gewußt. Aber Jeremy ist ein aufmerksamer Mensch, vielleicht hat er es selbst bemerkt.«

»Wenn er sagt, es gehörte nicht hin«, wiederholte Geoffrey geduldig, »und du findest sonst niemand, der es gesehen hat, was kannst du dann tun? Darauf bestehen, daß Meg als Zeugin auftritt?«

»Das will ich nicht tun.«

»Nein, das dachte ich mir«, sagte Geoffrey. »Sie wußte genau Bescheid über die Probleme zwischen den Buckleys, nicht? Ich kann mir nicht denken, daß Lamb *diesen* Punkt im Kreuzverhör übersieht.«

»Von unserem Standpunkt aus könnte es sich lohnen, aber es würde sie furchtbar verstören«, erklärte Antony. »Ich überlege es mir, Geoffrey. Wann werden wir die Schriftsätze bekommen, meinst du?«

»In ein, zwei Tagen, denke ich. Dann kann ich dir die komplette Liste der Zeugen für die Anklage liefern.«

»Eines könntest du mir aber gleich sagen. Sykes erschien als Ermittlungsbeamter vor Gericht. Wird man Briggs rufen, damit er seine Aussage ergänzt?«

»Nein, sie brauchen ihn nicht.« Er blickte auf die Uhr. »Joan wird sich fragen, wo ich bin«, sagte er. »Ich muß gehen. Ich gebe Cobbolds den Auftrag, nach der Buchhandlung zu suchen, Antony, wenn du das willst, aber erhoffe dir nicht zuviel.«

7

Erst viel später, als Roger Meg ins Theater gebracht hatte und zurückgekommen war, vertraute er Jenny und Antony seine Sorgen an.

»Meg hat mir von dem Gespräch heute nachmittag erzählt, Antony«, sagte er. »Glaubst du wirklich, daß an der Sache mit dem schwarzen Tuch etwas ist?«

»Ich meine, das könnte das Wichtigste sein, was bisher ans Licht gekommen ist.«

»Soll das heißen, du willst es bei der Verhandlung zur Sprache bringen?«

»Angesichts der Indizien, die man auf Seiten der Anklage hat zusammentragen können«, sagte Antony, »und den bescheidenen Einwänden, die wir vorbringen können, sind wir ganz eindeutig gezwungen, es vorzutragen.«

»Bedeutet das, daß Meg aussagen muß? Sie hält es für möglich und regt sich sehr auf. Du wirst dir denken können, warum.«

»Ich brauche nicht zu raten, sie hat es mir gesagt«, antwortete Antony. »Und ich verspreche dir, ich werde sie nicht rufen, wenn es nicht unbedingt erforderlich ist. Ich habe mir das übrigens überlegt, während du fort warst –« Er wurde unterbrochen durch das Erscheinen von Sir Nicholas und Vera, für die er die Wohnungstür einladend offengehalten hatte. Diesmal verzichtete er auf eine formelle Begrüßung, die er, was Vera anging, sonst nie unterließ. Statt dessen sah er seinen Onkel trotzig an und sagte, bevor sie noch das Zimmer ganz durchquert hatten: »Ich wollte Jenny und Roger eben sagen, daß ich beabsichtige, Chief Superintendent Briggs als Zeugen der Verteidigung zu laden.«

8

Er hatte der Versuchung zur Dramatik nicht widerstehen können, angesteckt wohl durch Meg, wie er Jenny später erklärte. Als Folge hätte man eine Salve von Einwänden erwarten können, aber Sir Nicholas sagte nur gelassen: »Bist du wahnsinnig geworden, Antony?« und ließ sich im gewohnten Sessel nieder. Jennys Protest war unverständlich, aber Vera sagte unverblümt: »Nicht zu machen. Er wird für die Anklage auftreten.«

»Geoffrey bestreitet das. Ich weiß, daß er bei der Voruntersu-

eigene Wohnung betraten, läutete das Telefon.

»Ich gehe schon«, sagte Antony. »Das wird wohl Geoffrey sein.« Und als er den Hörer abnahm, war er wirklich froh darüber, Hortons Stimme zu hören.

»Ich habe die Adressen besorgt, die du haben wolltest«, sagte Geoffrey, »und mich vergewissert, daß die Anklage die Leute nicht braucht. Gordon Hewitt, Claude Aubin und Frances Cathers«, zählte er auf, so, als hätte Antony schon vergessen, was abgemacht gewesen war. »Heute findet eine Nachmittagsvorstellung statt, und obwohl das Mädchen nur Ersatz für Meg ist, muß sie im Theater sein. Ich habe also vereinbart, daß wir sie morgen besuchen.«

»Wir haben Zeit genug«, bestätigte Antony, »aber ich werde froh sein, wenn ich das hinter mir habe.«

»Inzwischen können wir heute nachmittag zum Gefängnis hinausfahren. Ich glaube, es wäre eine gute Idee, wenn du mitkämst«, sagte Geoffrey.

Antony zögerte einen Augenblick und stimmte dann zu.

»Es ist nicht so sehr das, was Mr. Buckley zu sagen haben wird, sondern wie er es sagt«, erklärte Antony. »Und du mußt zugeben, daß er einiges zu erläutern hat.«

»Das ist ja auch meine Meinung, weißt du noch?«

»Du willst sagen, du siehst die Dinge vernünftiger als ich«, sagte Antony mit einem Anflug von Humor in der Stimme. »Trotzdem möchte ich gerne hören, was er vorzubringen hat, Geoffrey.«

»Dann hole ich dich ab. In einer Dreiviertelstunde?«

»Paßt sehr gut.« Das war offenkundig nicht der Zeitpunkt, Geoffrey auf die weitere Zeugenvorladung hinzuweisen, die vielleicht ausgestellt werden mußte. Nach den für morgen vorgesehenen Gesprächen mochte der schlimme Augenblick aber wohl nicht mehr hinauszuschieben sein.

Geoffrey, der ein ruhiger, fast behäbiger Autofahrer war, besaß trotzdem das Talent, ohne Rücksicht auf die Verkehrsprobleme immer pünktlich zur Stelle zu sein. Dieser Nachmittag war keine Ausnahme. Sie fuhren die meiste Zeit über ohne ein Gespräch nach Brixton.

Die bekannte Prozedur war also wieder zu durchlaufen und bedrückte Antony nicht weniger als sonst, bis sie endlich im Sprechzimmer waren und Leonard Buckley diesmal recht zögernd hereinkam. Als die Tür sich geschlossen hatte, blieb er stehen, sah von einem zum anderen und sagte: »Es wundert mich, daß Sie mich schon so bald wieder sehen wollen, meine Herren.«

»Ich hielt es für notwendig«, erwiderte Geoffrey unverbindlich. »Kommen Sie her und setzen Sie sich, Mr. Buckley, es gibt ein paar Fragen zu stellen.«

»Und zu beantworten«, warf Maitland ein. Dieses Mal setzte er sich nicht, sondern wartete, bis die beiden anderen sich niedergelassen hatten, wobei er seinen Mandanten beobachtete. Selbst in der kurzen Zeit seit ihrem letzten Besuch schien Buckley gealtert und zusammengeschrumpft zu sein. Habe ich recht oder Geoffrey? dachte Antony. Aber er spürte den vertrauten, unwillkommenen Stich des Mitgefühls und wußte, daß er sich nicht mehr wohlfühlen würde, bis diese Frage auf die eine oder andere Art beantwortet war.

»Ich denke, wir brauchen Sie nicht lange aufzuhalten, Mr. Buckley«, begann Geoffrey. »Sie wissen, daß die Anklage verpflichtet ist, mir Einzelheiten ihres Materials bekanntzugeben. Ich habe mit der Gegenseite Gespräche geführt. Dabei sind mir bestimmte Dinge mitgeteilt worden –«

Leonard Buckleys Schultern sanken herab.

»Ich weiß, Mr. Horton«, sagte er. »Ich hätte Ihnen gleich vertrauen sollen. Sie wollen über den Dolch Bescheid wissen.«

»Genau das. Sie haben uns erzählt, Sie hätten ihn nie zuvor gesehen«, betonte Geoffrey.

»Und gelogen, das meinen Sie doch, nicht wahr? Sie haben völlig recht, und ich kann es nicht anders erklären als damit, daß ich in Panik war.« Diesmal richtete er den Blick auf Maitlands Gesicht. »Ich dachte, das könnten Sie vielleicht verstehen«, sagte er.

»Ich verstehe es nur zu gut.« Antonys Stimme klang gepreßt. »Ich glaube, der Dolch – oder richtiger das Stilett – gehörte Ihrer Frau und befand sich in Ihrer Wohnung noch vor . . . wann ist das Ding zum letzten Mal gesehen worden, Geoffrey?«

»Andrew Murray gibt an, er hätte Sie am Montag vor der Premiere besucht, am 12. Februar«, sagte Geoffrey. »Er ist ganz sicher, daß die Waffe da an ihrem gewohnten Platz lag.«

»Da weiß er mehr als ich. Sie wissen, wie es ist, wenn einem ein Gegenstand so vertraut ist. Da achtet man nicht darauf, ob er da ist oder nicht.«

»Und Sie können nicht sagen, daß das Stilett vor dem Mord verschwunden ist?« fragte Maitland.

»Ich kann nur sagen, daß es so gewesen sein muß«, erwiderte Leonard, »aber ich weiß nicht, wann. Ich versuche damit auszudrücken, daß ich es an jenem Abend nicht in die Tasche gesteckt habe, um den Mord zu begehen.«

»Hatte sonst jemand einen Schlüssel zu Ihrer Wohnung?«

»Nein, da bin ich ganz sicher.«

»Würde der Hausverwalter einen anderen Menschen aus irgendeinem Grunde hereinlassen? Können Sie sich an eine solche Gelegenheit erinnern?«

»Nein.« Dann überlegte er es sich jedoch anders. »Hm, doch, Mr. Moffat sagte, am Premierentag, als wir fort waren, seien für Victoria Blumen geliefert worden. Er sagte, der Mann, der sie brachte, hätte entschieden darauf bestanden, sie selbst an Ort und Stelle hinzustellen, falls sie neu arrangiert werden mußten; er hatte angenommen, das sei jemand aus dem Blumengeschäft gewesen.«

»Ist es nicht üblich, sie ins Theater zu schicken?«

»Doch, natürlich, ich war überrascht, aber da standen sie, als wir heimkamen.«

»Von wem stammten sie?«

»Das ist das Seltsame. Trotz der Sorgfalt des Floristen war keine Karte dabei. Glauben Sie ... glauben Sie, daß bei dieser Gelegenheit jemand den Dolch mitgenommen hat?«

»Wir werden klären müssen, ob der angebliche Florist zu irgendeiner Zeit alleingewesen ist«, sagte Antony und warf einen Blick auf Geoffrey. Horton hatte sein Notizbuch herausgeholt und schrieb. »Aber inzwischen, Mr. Buckley«, sagte Antony, der nun die Befragung übernommen zu haben schien – nach Geoffreys Ansicht die Regel – »sieht es so aus, als hätte Mrs. Buckley das Stilett schon sehr lange gehabt.«

»Das kann ich Ihnen genau sagen. Dominic Eldred hat ihn ihr vor dreiunddreißig Jahren geschenkt.«

»Sie wissen das sehr genau.«

»Kein Wunder. Von da datiert unsere Entfremdung.« Er lächelte blaß. »Sie reicht viel weiter zurück, als ich Ihnen dargestellt habe, Mr. Maitland. Das können Sie auch auf Feigheit zurückführen.«

»Mr. Eldred hat der Polizei erklärt, er hätte es ihr zur Erinnerung geschenkt. Wissen Sie, was er damit meinte?«

»Ja, nur zu gut. Das geschah aus Anlaß der Geburt des Sohnes von ihnen.«

»Ich ... verstehe«, sagte Maitland ein wenig zweifelnd. »Das war ... wann? Zehn Jahre nach Ihrer Heirat?«

»Richtig. Ich habe Ihnen gesagt, nicht wahr?, daß Dominic Victoria hatte heiraten wollen, sie aber mich nahm. Später muß sie es bereut haben.«

»Aber sie hat Sie nicht verlassen?«

»Nein, obwohl ich weiß, daß Dominic sie dazu drängte. Sie wollte einfach weitermachen wie vorher und das Kind als das unsere aufziehen. Ich glaube heute, daß sehr viele Schuld an mir lag, ich war damit nicht einverstanden. Er wurde von Freunden Dominics adoptiert, und ich glaube, daß Victoria ihn nie wiedergesehen hat . . . bis vor kurzem.«

»Lassen Sie mich raten: Einer der beiden jungen Männer im Stück.«

»Genau getroffen, Mr. Maitland. Gordon Hewitt.«

Maitland schwieg einen Augenblick.

»Man hat mir erzählt, er sei mit Ihnen recht gut ausgekommen, schien Mrs. Buckley aber gar nicht leiden zu können«, sagte er schließlich. »Kannte er die Wahrheit?«

»Ja.«

»Wie –«

»Das ist ein wenig kompliziert. Zum einen kamen seine Adoptiveltern erst vor einem Jahr bei einem Flugzeugabsturz um. Er hatte Dominic natürlich sein ganzes Leben lang gekannt, aber nicht gewußt, daß sie verwandt waren. Ich glaube, Dominic hing immer noch sehr an Victoria, und als die Proben begannen, schien Gordon instinktiv Abneigungen gegen sie zu empfinden, und das verstörte ihn. Er sagte ihm deshalb die ganze Wahrheit, in der Hoffnung, seine Haltung werde sich ändern, aber leider hatte das genau die entgegengesetzte Wirkung. Ich habe selbst mit ihm darüber gesprochen, nicht, weil Victoria das in irgendeiner Weise Kummer zu machen schien, sondern weil das Ganze so unnatürlich wirkte. Das Sonderbare ist, alles war eigentlich meine Schuld, aber er schien mir nicht das Geringste nachzutragen.«

»Ich bin auch nicht der Meinung, daß Sie sich die Schuld geben sollten, Mr. Buckley. Sie können kaum behaupten, die damalige Affäre zwischen Ihrer Frau und Mr. Eldred sei Ihre Schuld gewesen.«

»Nein, das ist wahr.« Wieder zeigte er das bläßliche Lächeln. »Ich fürchte, dies alles wird Sie erst recht davon überzeugen, daß die Beziehungen zwischen mir und Victoria in der Tat sehr schlecht waren. Ich will aber ehrlich sein. Erst nachdem ich erfahren hatte, daß sie schwanger war, wurde ich ihr auch untreu. Ich wußte nämlich, daß ich nicht der Vater sein konnte.«

»Sie müssen sehr diskret vorgegangen sein«, sagte Antony beinahe frivol, was ihm einen erbosten Blick von Geoffrey eintrug. »Darf ich weiter raten. Eine Ihrer – sagen wir Partnerinnen war ebenfalls Mitglied der Besetzung: Miss Ellie Dorman?«

»Ich glaube, das möchte ich eigentlich nicht beantworten, Mr. Maitland.« Mr. Buckley zeigte wieder etwas mehr Würde. »Ich schätze Ellie sehr.«

»So sehr, daß sie geglaubt haben könnte, Sie würden sie unter anderen Umständen heiraten?« setzte Maitland nach.

»Ellie Dorman ist keine Mörderin«, sagte Leonard entschieden.

»Nun gut, belassen wir es dabei. Das bringt uns zu Mr. Hortons zweiter Frage.« Er warf Geoffrey einen Blick zu. »Dein Zeuge«, sagte er.

»Es handelt sich um ein Buch, das in Ihrer Wohnung gefunden wurde«, erklärte Horton. In diesem Augenblick war seine Mißbilligung von Maitland und seinem ganzen Tun sehr deutlich, aber Antony machte sich keine großen Sorgen, weil er wußte, daß eine Verstimmung zwischen ihnen nie lange anhielt. »›Anatomie‹ von Stubbs«, sagte Geoffrey. »Ein Band mit diesem Titel ist in Ihrer Wohnung entdeckt worden. Gehört das Studium der Anatomie zu Ihren Interessengebieten, Mr. Buckley?«

»Guter Gott, nein! Und zu Victorias auch nicht. Ich bin sicher, daß wir kein solches Buch besaßen. Vielleicht hat jemand es nach einem Besuch dagelassen.«

»Mr. Maitland glaubt, daß es so gewesen ist, vielleicht zur selben Zeit, als die Blumen gebracht wurden«, sagte Geoffrey in einem Ton, der weder Glauben noch Skepsis verriet. »Sie werden aber einsehen –«

»Mr. Horton meint«, unterbrach Antony, als er das verwirrte Gesicht Buckleys sah, »die Anklage wird behaupten, Sie hätten dieses Buch dazu benützt, um zu klären, wo das Stilett mit eindeutig tödlicher Wirkung treffen mußte.«

»Guter Gott!« rief Leonard noch einmal. »Mache ich einen solchen Eindruck, Mr. Maitland? Ich bin Ihnen für Ihre Offenheit natürlich dankbar«, fügte er hinzu, »aber mir wird schon übel, wenn ich daran denke.«

»Ich gehe also davon aus, daß Sie jede Kenntnis von diesem Buch bestreiten.«

»Allerdings!«

»Da ist noch ein Punkt. Nehmen Sie Vitamine ein, Mr. Buckley?«

»Nein. Warum fragen Sie?«

»Eine Flasche, die Vitamin A-Tabletten enthalten hatte, ist in Ihrer Garderobe gefunden worden. Was können Sie mir darüber sagen?«

»Nichts. Ich begreife nicht, warum das von Bedeutung sein soll.«

»Weil Vitamin A gut gegen Nachtblindheit ist.«

Leonard dachte einen langen Augenblick darüber nach.

»Ich weiß nichts davon«, sagte er schließlich.

»Können wir uns darauf verlassen? Keine Ausflüchte mehr?« Er hörte Geoffrey mißbilligend mit der Zunge schnalzen, beachtete ihn aber nicht, sondern ging gleich weiter. »Dann können wir zu dem Augenblick zurückkehren, Mr. Buckley, als das Licht wieder anging und Sie immer noch auf der Bühne standen.«

»Ich habe Ihnen erzählt, was geschehen ist. Ich nehme an, Sie glauben mir nicht«, sagte er bedrückt.

»Das habe ich nicht gesagt. Wir müssen nur Genaueres wissen. Bitte, erzählen Sie mir noch einmal alles, was vorgefallen ist.«

»Das Licht ging an. Ich habe Ihnen gesagt, warum ich noch dort stand. Ich war ganz durcheinander, und das erste, was ich sah, war Andy, der, wie erwartet, am Boden lag. Aber ich glaube, ich wußte sofort, daß etwas nicht in Ordnung war, denn warum hätte sonst jemand auf der Bühne sein sollen, die Person, die mich gestreift hatte? Ich drehte mich also herum und sah Victoria.«

»Augenblick! Sie sollten auf der vom Publikum aus rechten Bühnenseite abgehen. Andrew Murray befand sich aber auf der anderen Seite, und Sie hätten von ihm abgewandt sein müssen. Wieso kommt es, daß Sie ihn zuerst gesehen haben?«

»Ich will versuchen, Ihnen das zu erklären. Ich hatte den Dolch angebracht, Andy stieß den stöhnenden Seufzer aus, den wir so oft geprobt hatten, bis er ihn perfekt beherrschte, und ich spürte, wie er von mir wegsank, um wie vereinbart am Boden liegenzubleiben. Dann drehte ich mich um und wollte weggehen. Um die Wahrheit zu sagen, Mr. Maitland, mir fällt es nicht so leicht wie manchen meiner jüngeren Kollegen, mich unter solchen Umständen auf der Bühne zu bewegen. Ich ließ mir also Zeit, wußte aber, daß ich genug davon hatte, und machte mir keine Sorgen. Und als ich eine Stelle erreichte – später gewann ich den Eindruck, daß es die Bühnenmitte gewesen sein muß, aber da achtete ich nicht darauf – streifte mich jemand, prallte gegen meine Schulter, so daß ich herumgerissen wurde.«

»Es war also ein richtiger Zusammenstoß.«

»Um ehrlich zu sein, ich hatte sogar den Eindruck einer Hand an meiner Schulter, die mich zur Drehung zwang. Da bin ich mir aber nicht wirklich sicher und hatte es deshalb nicht erwähnt.«

»Den Ausdruck ›Streifen‹ brauchen Sie wohl nicht mehr zu verwenden. Was geschah dann?«

»Ich war so sehr verdutzt – das habe ich Ihnen gesagt –, daß ich einfach auf der Stelle blieb, bis das Licht anging.«

»Könnte diese Person auch eine Frau gewesen sein?«

»Daran habe ich nie gedacht.« Er überlegte sich die weitere Antwort. »Ich kann nur sagen, ich glaube, daß es ein Mann gewesen ist«, sagte er dann. »Ich hatte den Eindruck von einem Menschen, der größer war als ich, und es mußte jemand vom Theater sein –«

»Einer der Schauspieler, glauben wir«, sagte Maitland und hörte Geoffrey etwas murmeln, das nach »Wenn's wahr ist« klang.

»Nun ja, Meg und Ellie sind ungefähr gleich groß, etwa so groß wie ich.«

»Und Frances Cathers?«

»Sie ist ein bißchen größer, aber wie ich meine, nicht so schwer wie die Person, die sich an mir vorbeizwängte.«

»Danke, das ist nun völlig klar. Gehen wir zu dem Punkt zurück, als Sie Mrs. Buckley zum ersten Mal bemerkten.«

»Sie lag ebenfalls auf dem Boden. Da gehörte sie nicht hin«, sagte Leonard. »Wissen Sie, in den Büchern heißt es oft oder hieß es früher – ›er stand wie angewurzelt‹. So war das bei mir. Ich fand den Ausdruck dumm, bis ich es selbst erlebt habe. Dann konnte ich mich wieder bewegen, ich ging zu ihr hin und rief ihren Namen. Ich glaube, sie war schon tot.«

»Da schon oder gewiß nach wenigen Augenblicken«, bestätigte Geoffrey. »Wenn Sie sich Gedanken darüber machen, Mr. Buckley, ich glaube nicht, daß sie wahrgenommen haben kann, was geschehen ist, oder daß sie gelitten hat.«

»Danke, Mr. Horton.« Er drehte sich wieder zu Maitland herum. »Warum fragen Sie mich alle diese Dinge?« wollte er wissen.

»Weil ich die Antworten wissen will«, sagte Antony schlicht. »Versuchen Sie sich auf die Bühne zurückzuversetzen, sich alles genau vorzustellen. War irgend etwas nicht an seinem Platz? Ein Sessel verschoben? Irgend etwas?«

Das Schweigen hielt an. Schließlich sagte Leonard Buckley :»Ich sah nur Victoria, daß ihr etwas zugestoßen war und ich auf irgendeine Weise die Schuld trug. Wenn ich nicht so offen gesprochen hätte . . . aber das ist nicht mehr zu ändern. Und ich dachte, was für ein hübsches Mädchen sie gewesen war, und wie wir miteinander gelacht hatten, als sie jung gewesen war.«

»Haben Sie versehentlich einen Ihrer schwarzen Handschuhe fallen lassen und später wieder aufgehoben, bevor die Polizei sie in

Ihrer Tasche fand?«

»Natürlich nicht. Ich hatte keinen Anlaß, sie herauszunehmen.«

»Sie haben uns beim ersten Besuch erklärt, Ihnen sei kein Grund bekannt, weshalb jemand Mrs. Buckley hätte umbringen wollen«, sagte Antony.

»Ja, und das bleibt die Wahrheit.«

»Gordon Hewitt?«

»Sein Groll gegen sie kann kein ausreichendes Motiv gewesen sein. Was Dominic betrifft – den Sie wohl als nächsten nennen werden – glaube ich, daß er immer noch an ihr hing.«

»Dann dürfte das alles sein, was wir wissen müssen. Was meinst du, Geoffrey?«

»Ich glaube, das war alles«, sagte Horton halb belustigt, halb vorwurfsvoll. Er ging zur Tür, um den Aufseher zu holen, und sagte über die Schulter: »Ich melde mich, Mr. Buckley. Ich hoffe, unsere Fragen heute haben Sie nicht zu sehr aus der Ruhe gebracht.«

Auch die Rückfahrt verlief zum größten Teil schweigend, aber als Geoffrey vor dem Haus am Kempenfeldt Square hielt, um seinen Freund aussteigen zu lassen, sagte er: »Du kannst wirklich einen Heiligen zum Wahnsinn treiben, Antony.«

»Was ist es diesmal?« fragte Antony resigniert.

»Die Art von Fragen, die du stellst.«

»Ich weiß.« Es klang verständnisvoll. »Ich glaube dem Mann und störe mich bei dem Versuch, die Wahrheit herauszufinden, nicht daran, ihn aus dem Gleichgewicht zu bringen. Du wirst bald so schlimm wie dein hochverehrter Schwiegervater.« Mr. Bellerby, ebenfalls Anwalt, war bekannt für seine Güte allen Mandanten gegenüber. »Das muß ansteckend sein. Meg behauptet, ich werde Onkel Nick immer ähnlicher«, fügte er hinzu und grinste.

»Wenn du nur die Hälfte seines Gefühls für das Schickliche hättest«, gab Geoffrey zurück. »Ich hätte dann weniger Kopfschmerzen.«

Es war an der Zeit, das Thema zu wechseln, dachte Maitland.

»Wann haben wir morgen die erste Verabredung?« fragte er.

»Elf Uhr vormittags. Ich hole dich um halb elf ab, wenn dir das recht ist.«

»Durchaus. Und die beiden anderen am Nachmittag?«

»Ja.«

»Dann sage ich Jenny, sie soll uns beide zum Mittagessen erwarten, ja?«

»Das wäre wirklich nett«, sagte Geoffrey aufrichtig. »Gute

Nacht, Antony, und laß dir bis dahin nichts Neues einfallen.«

Er fuhr davon, während Maitland sich fragte, wieviel von seinen Absichten Geoffrey schon erahnte. Man hätte es ihm nicht zutrauen mögen ... aber bei Geoffrey wußte man nie.

Sonntag, 18. Februar

1

Von den drei Personen, die er an diesem Tag aufzusuchen gedachte, interessierte ihn, vielleicht aus ganz natürlichen Gründen, Gordon Hewitt am meisten. Er war deshalb froh, als er erfuhr, daß Geoffrey dieses Gespräch für den Vormittag vereinbart hatte. Das hieß allerdings, nach Streatham hinauszufahren.

»Nicht sehr praktisch für das Theater«, sagte Gordon, als er sie zu seinem Zimmer hinaufführte, das nur mäßig behaglich und mäßig warm war. »Aber niemand weiß, wie lange das Stück läuft. Ich möchte jeden Penny auf die Seite legen. Und es könnte sein, daß wir für ein paar Wochen im Streatham Hill-Theater abschließen. Das liegt gleich um die Ecke.«

Er war ein einnehmender junger Mann, wie Antony schon bei der Premiere von seinem Platz im Parkett aus festgestellt hatte, und obwohl er für Meg natürlich viel zu jung war, fiel es nicht schwer, an eine romantische Beziehung zwischen ihnen auf der Bühne zu glauben. Sogar im hellsten Tageslicht sah Meg mädchenhaft aus; geschminkt auf der Bühne hätte sie mühelos die Julia spielen können, wenn das ihr Wunsch gewesen wäre. Bei dem Gedanken mußte Antony lächeln; ihre Bemerkungen zu dem unglücklichen Liebespaar, die sie einmal von sich gegeben hatte, waren nicht von Pappe gewesen.

Nachdem die Tür sich hinter ihnen geschlossen hatte und während Gordon Sessel heranzog, sagte er freundlich: »Jeremy Skelton scheint anzunehmen, daß eine lange Laufzeit bevorsteht.«

»Ja, das hoffe ich. Ganz offen, ich glaube, sie wäre ohnehin lang geworden, aber mit der ganzen Aufregung jetzt ... wenigstens eine gute Sache, die von Victoria kam.«

»Nichts stand ihr im Leben so gut, als wie sie es verlassen hat«, zitierte Antony und war belustigt, als sich der erwartete entsetzte

Ausdruck auf dem Gesicht des Schauspielers einstellte. »Ja, ich weiß, ›Macbeth‹ darf man nicht zitieren, aber wir sind nicht im Theater, und außerdem war das eine Abwandlung.«

»Hoffen wir, daß das einen Unterschied ausmacht.« Hewitt sah von einem zum anderen. »Mr. Horton hat mir erklärt, wer Sie sind«, sagte er, »obwohl ich natürlich auch durch Meg von Ihnen gehört habe, Mr. Maitland, aber ich verstehe nicht, wie ich Ihnen helfen kann.«

»Es geht um Gründlichkeit«, sagte Antony ziemlich vage. Geoffrey sah ihn kalt an und begann das zu erläutern.

»Wir wollen über die Vorgänge hinter der Bühne zum Zeitpunkt des Mordes herausfinden, was wir können«, sagte er. »An Miss Dorman, Mr. Eldred oder Mr. Murray können wir uns nicht wenden, weil sie alle von der Anklage als Zeugen aufgeboten werden.«

»Heißt das, daß Sie mich für die Verteidigung benennen wollen? Ich wäre nur zu gern bereit, Ihnen zu helfen, aber ich weiß wirklich gar nichts.«

»Wenn das so ist, laden wir Sie natürlich nicht vor. Aber inzwischen gibt es ein, zwei Punkte –«

»Sie standen in der Seitenkulisse, als das Licht ausging«, sagte Antony, der seinen eigenen Gedankengang verfolgt hatte und gar nicht zu bemerken schien, daß er Geoffrey unterbrach. »Soviel ich weiß, sollten Sie und Meg und Miss Dorman auftreten, sobald es wieder anging.«

»Ja, das stimmt. Ellie sollte als erste auf die Bühne. Das mußte zeitlich genau abgestimmt werden, weil es eigentlich kein richtiges Stichwort gab; Victoria sollte nur schreien. Ein paar Augenblicke danach wären Meg und ich gemeinsam aufgetreten. Man sollte denken, wir wären die ganze Zeit in einem der anderen Zimmer miteinander allein gewesen.«

»Miss Dorman stand also etwas vor Ihnen?«

»Ja, natürlich. Wir standen aber nicht nah beieinander. Offenkundig konnten wir uns nicht unterhalten, also hätte es keinen Sinn gehabt.«

»Ist Ihnen während der Dunkelheit irgend etwas aufgefallen?«

»Nein. Ich hatte auf die beleuchtete Bühne geblickt, so daß ich ungefähr eine Minute lang ziemlich blind war. Erst kurz bevor das Licht wieder anging, konnte ich auch nur die Markierungen mit Leuchtfarbe erkennen, nach denen Leonard sich richten mußte. Inzwischen muß Andy schon auf dem Boden gelegen haben, und Victoria wohl auch, aber das wußte ich da noch nicht.«

»Ich kann durchaus begreifen, daß Sie nichts sehen konnten, aber haben Sie irgend etwas gehört oder gespürt, daß jemand sich bewegte?«

»Ich hörte Andys sehr realistischen Todesseufzer, und Leonard war nicht lautlos unterwegs, weil er das gar nicht sollte, das Publikum sollte das Gefühl haben, daß etwas vorging, ohne sehen zu können, was.«

»Die Geräusche seines Umhergehens müssen früher aufgehört haben als erwartet.«

»Ja, jetzt, wo Sie es sagen, das ist richtig.«

»Könnte jemand aus Ihrer Gruppe sich entfernt haben und auf die Bühne gegangen sein?«

»In der Nähe befand sich eine Terrassentür, die offenstand. Es war Nacht, wissen Sie – im Stück, meine ich –, was erklärt, warum auch von dort kein Licht kam.« Er dachte kurz nach. »Ja, von uns hätte wohl jeder auf diesem Weg die Bühne betreten können, ohne daß die anderen es gemerkt hätten«, gab er zu. »Aber ich dachte –«

»Sie dachten, Mr. Buckley hätte die Tat begangen, und damit sei der Fall erledigt?«

»Ja, ich fürchte schon. Wenn es um Menschen geht, die man kennt, kann man natürlich kaum glauben, daß sie zu so etwas fähig sind, aber man kann nicht übersehen, daß nur jemand anderer aus der Besetzung in Frage kommt, wenn *er* es nicht gewesen ist. Das zu glauben, fällt aber noch schwerer, weil er ja derjenige mit dem Motiv gewesen ist.«

»Erzählen Sie uns davon, Mr. Hewitt.«

»Aber das wissen Sie doch schon. Er glaubte, Victoria wolle ihn umbringen.«

»War das bei den Schauspielern allgemein bekannt?«

»O ja. Wir sprachen vor ihnen natürlich nie darüber, es galt ja als strenges Geheimnis. Aber man konnte nicht übersehen, daß sie einander praktisch haßten. In einer Theatertruppe kann man außerdem nichts verbergen.«

»Dann ergibt sich die Frage, ob Sie glauben, daß es zutraf?«

»Ich kann es mir nicht vorstellen. Nicht, daß ich in irgendeiner Weise für Victoria bin, abgesehen von dem undeutlichen Gefühl, daß man über die Toten nichts Schlechtes sagen soll, aber das glaube ich nicht von ihr. Ich will Ihnen aber sagen, wer es tut.«

Ein sehr netter, gesprächiger junger Mann, dachte Antony, und wechselte einen Blick mit Geoffrey, dem er entnahm, daß sein Kollege genau dasselbe dachte.

»Wer hat es geglaubt?« fragte er.

»Nun, mein – Dominic Eldred«, sagte Gordon schnell. »Ich weiß, daß es so ist, weil er es mir gesagt hat, und er sehr unglücklich darüber war, das kann ich Ihnen sagen.«

»Soll das heißen, daß er sie gern hatte?«

»Ich verstehe es nicht, aber so war es.«

»Sie haben uns auch beinahe gesagt, daß er Ihr Vater ist.«

»Ja, das ist er.« Gordons Stimme klang ein wenig trotzig.

»Wie lange wissen Sie das schon?«

»Ich habe natürlich immer gewußt, daß ich adoptiert war, und habe ihn mein ganzes Leben gekannt. Aber erst nach Beginn der Proben ... das ist ein bißchen schwierig«, sagte er. Offenkundig war ihm zum ersten Mal klargeworden, wohin ihn seine Offenheit führen mochte.

»Das weiß ich«, sagte Antony mitfühlend, »aber nun sind Sie schon so weit gegangen –«

»Ja, ich kann es Ihnen ebensogut sagen. Ich habe Victoria nie gemocht, obwohl ich vorher nicht viel von ihr gesehen hatte. Ich glaube, Dominic hat es mir gesagt, weil er dachte, das könnte die Beziehungen zwischen uns verbessern.«

»Gesagt, ja, aber was gesagt?«

»Daß er mein Vater sei und sie meine Mutter. Ich fürchte – ich weiß, es ist unlogisch, weil ich eine sehr glückliche Kindheit hatte –, daß ich sie danach noch weniger leiden konnte. Bei Dominic konnte ich es verstehen, für einen Mann ist es schwierig, und er hatte immer Kontakt gehalten und darauf geachtet, daß es mir gutging. Aber sie war verheiratet, wenn sie keine Scheidung wollte, hätte sie mich wenigstens zu sich nehmen und so tun können, als sei ich Leonards Kind.« Er verstummte und brütete vor sich hin, dann sagte er angriffslustig: »Sie denken wohl, ich hätte ein bißchen origineller sein können. Das ist eine sehr konventionelle Reaktion, nicht wahr?«

»Unter den Umständen wohl eine sehr natürliche«, meinte Maitland, fragte sich aber trotzdem nebenbei, warum nicht auch Leonard vom Groll des Zeugen erfaßt worden war. Vielleicht konnte es nicht schaden, sich danach zu erkundigen. »Mr. Buckley –«, begann er.

»Ach, Leonard mußte man einfach mögen. Nicht, daß ich meine, er hätte sie umbringen sollen«, erläuterte Gordon sorgfältig, »aber mir ist egal, was er getan hat, im Grunde ist er ein netter Kerl.«

»Und obwohl – wieviel Jahre vergangen sind, dreißig? – hatte Mr.

Eldred immer noch eine Zuneigung zu Victoria Buckley?«

»Dreiunddreißig Jahre genau«, sagte Hewitt. »Ja, ich glaube, er hing noch sehr an ihr.«

Antony wollte etwas sagen, hielt sich aber dann zurück, so daß Geoffrey ihm einen forschenden Blick zuwarf. Schließlich erklärte er förmlich: »Sie sind sehr offen zu uns gewesen, Mr. Hewitt, und ich danke Ihnen sehr. Nur noch eine Frage ... diesmal nach einer Tatsache, nicht nach einer Meinung. Ist Ihnen, als das Licht wieder anging, auf der Bühne irgendeine Veränderung aufgefallen?«

»Victoria hätte im Sessel sitzen sollen –«

»Ja, das weiß ich alles. Ich meinte, war da irgend etwas, das nicht hingehörte? Oder waren irgendwelche Möbelstücke anders gestellt?«

»Meine Aufmerksamkeit galt ausschließlich Victoria, so außergewöhnlich war das. Da ist mir bestimmt nichts anderes aufgefallen, aber später – der Vorhang war gefallen, aber die Beleuchtung brannte noch – hatte ich das Gefühl, ihr Sessel sei nicht genau dort, wo er hingehörte. Aber das war ja ganz natürlich.«

»Ja, das denke ich auch. Sonst nichts?« drängte Maitland.

»Überhaupt nichts.«

Sie unterhielten sich danach noch kurze Zeit, was nach diesem freundlichen Empfang ihre mindeste Pflicht zu sein schien, und verabschiedeten sich.

»Ein scharfsinniger junger Mann«, sagte Geoffrey nachdenklich, als sie zum Auto zurückgingen.

»Wer weiß«, meinte Antony, war aber auf der ganzen Rückfahrt in die Stadt nicht zu einer Erläuterung zu bewegen.

2

Nach dem Mittagessen besuchten sie der Reihe nach Claude Aubin und Frances Cathers. Claude war ein junger Mann mit guter Haltung, nicht unbedingt gutaussehend, aber mit anziehendem Lächeln und einer Mähne von blonden Locken. Er wirkte unerklärlich nervös, und Antony hatte das Gefühl, es könnte nicht schaden, zuerst ein bißchen zu plaudern. Als Geoffrey mit seinen sorgfältigen Erläuterungen fertig war, sagte er deshalb beiläufig: »Im Programmheft habe ich gesehen, daß Sie in Jeremy Skeltons Stück die Rolle des Sergeanten Draper spielen, aber den zweiten Akt habe ich bis jetzt nicht gesehen.«

»Sollten Sie aber, das Stück ist gut«, erwiderte Claude. »Die Rolle gibt freilich nicht viel her, den guten Text hat Dominic. Aber heutzutage muß man um alles froh sein.«

»Ich möchte schon gern, aber meine Frau scheut davor zurück, ein zweites Mal hinzugehen. Sie hat ein paar Male gesagt«, erklärte Antony, frei improvisierend, »sie begreife kaum, wie sie alle so bald nach Mrs. Buckleys Tod weitermachen können.«

»Da ist nichts dabei«, sagte Aubin leichthin. »Das ist Tradition, wissen Sie. Und abgesehen davon ist es ja nicht so, als hätte einer von uns Victoria gemocht.«

»Das war nicht ganz der Eindruck, den ich gewonnen habe.«

»Nein?« sagte Claude und verstummte, als sei ihm klargeworden, daß er zuviel gesagt hatte.

»Soviel ich weiß, schätzte Mr. Eldred sie sehr.«

»Ach, Dominic! Das weiß in der Branche jeder schon seit vielen Jahren.« Und Meg mußte zu den drei bekannten Affen gehören, die nichts sehen, hören, sagen, dachte Antony halb belustigt, halb verärgert. »Und Andy kommt mit allen gut aus, ihn hätte ich nicht mit einbeziehen sollen. Oder Meg, versteht sich«, fügte er nachdenklich hinzu. »Sie brachte offenbar das Schwierige fertig, beide Buckleys gleich gern zu haben. Ich weiß nicht, wie sie das gemacht hat. Aber hören Sie, wenn Sie Leonards Anwälte sind, müssen Sie ihn für unschuldig halten.«

»Nach Meinung vieler ist unser Beruf nur etwas für Zyniker«, sagte Antony ernsthaft, »aber Sie haben recht, das würden wir gern beweisen.«

Claude Aubin schien mit dieser ziemlich zweideutigen Antwort vollauf zufrieden zu sein.

»Ich hätte gedacht – ich lese viele Kriminalromane, wissen Sie –, daß Sie leicht den Nachweis hätten erbringen können, der alte Herr sei geistig nicht normal, leide an Wahnvorstellungen, was weiß ich. Ich meine, ich habe Victoria auch nicht leiden können, aber die Vorstellung, sie wäre mit einem Giftfläschchen herumgelaufen, um ihn loszuwerden ... das ist doch einfach lachhaft.«

»Ganz offen gesagt, ich weiß selbst nicht, was ich davon halten soll«, sagte Antony unschuldig. »Ich nehme an, bevor das alles passierte, hielten Sie Mord bei allen Menschen, die Sie kannten, für ausgeschlossen.«

»Das ist sicher richtig. Immerhin –«

»Ich glaube, Mr. Buckleys Verteidigung müssen Sie uns überlassen, Mr. Aubin«, sagte Antony und lächelte, um den Worten den

Stachel zu nehmen. »Sie sagten, Sie hätten Mrs. Buckley nicht gemocht. Können Sie mir verraten, woran das lag?«

»Damit Sie versuchen können, mir den Mord in die Schuhe zu schieben?«

»Nicht unbedingt.« Er lächelte wieder, um eine entsprechende Reaktion von Claude bemüht. »Wenn Sie so viele Kriminalromane lesen, müssen Sie wissen, daß es besonders schwierig ist, genau herauszufinden, was für ein Mensch das Opfer war.«

Zu seiner Verwunderung schien die Begründung erfolgreich zu sein.

»Ja, natürlich«, sagte Claude eifrig. »Also, wenn Sie meine Meinung hören wollen, sie war ein zudringliches altes Weib und bösartig dazu.«

»Könnten Sie das ein bißchen erläutern?«

»Ich habe ein Mädchen kennengelernt, sie hat Megs Rolle einstudiert –«

»Miss Frances Cathers?« sagte Antony.

»Ja, richtig. Ich habe sie vor dem Stück jetzt kennengelernt, und wir verstanden uns prächtig. Nachdem die Proben begonnen hatten – für ›Dolche im Dutzend‹, ja? – wurde sie abweisend, und ich hatte keine Ahnung, was los war. Schließlich kam alles auf. Victoria hatte sich eingemischt und ihr irgendwelche Dinge über mich erzählt.«

»Ich habe das Gefühl, daß die letzte Behauptung nicht ganz zutrifft, Mr. Aubin«, sagte Antony. »Ich glaube, Sie wissen es sehr wohl.«

»Ja, aber ich werde so wütend, wenn ich daran denke«, gestand Claude, »daß ich das Ganze lieber auf sich beruhen lasse.«

»Halten Sie Mr. Buckley für schuldig?«

»Ja, natürlich. Obwohl ich den alten Knaben mag.«

»Aber Sie werden die Möglichkeit einräumen, daß Sie sich irren. Glauben Sie für diesen Fall nicht, daß Sie uns helfen sollten, so gut Sie können, Mrs. Buckleys Charakter auf den Grund zu kommen?«

»Ach, meinetwegen!« Das kam eher unwirsch, aber als er weitersprach, schien er seine Verlegenheit abzuschütteln. »Sie hat Frances erzählt, sie kenne mich seit Jahren ... was überhaupt nicht stimmt. Ich hatte natürlich von *ihr* gehört, aber wir waren uns bis zum Beginn der Proben nie begegnet. Sie sagte, ich wäre ... Sie wissen schon ... schwul, und meine Eltern hätten sich Sorgen um mich gemacht und ihr das anvertraut. Alles aus den Fingern gesogen. Und sie sagte, ich ginge mit Frances nur aus, um meinen Eltern einzureden, ich hätte mich geändert.«

»Warum, glauben Sie, hat sie das getan?«

»Ich habe nicht die leiseste Ahnung. Was in den Köpfen der Frauen vorgeht, ist mir ein Rätsel. Aber Frances sagt, sie sei verzweifelt eifersüchtig auf alle jüngeren Menschen gewesen, vor allem auf Mädchen. Ich glaube, sie hat das mit Meg besprochen, und das war die Schlußfolgerung, zu der sie kamen.«

»Das muß eine interessante Konfrontation gewesen sein«, meinte Antony nachdenklich. »Sie haben Miss Cathers schließlich dazu gebracht, einzugestehen, was sie bedrückte.«

Diesmal erwiderte Claude sein Lächeln und lachte sogar laut.

»Das kann man wohl sagen«, bestätigte er. »Ich stellte sie eines Tages zur Rede und verlangte auf der Stelle eine Erklärung. Da kam alles heraus.«

»Und wie haben Sie sie überzeugt –«

»Daß kein Wort daran wahr war? Ich habe ihr die Geschichte meines Lebens erzählt«, sagte Claude fröhlich. »Die meines Liebeslebens. Um die Wahrheit zu sagen, ich glaubte nicht daran, daß das etwas helfen würde, aber alles war besser, als daß sie das glaubte, was Victoria ihr erzählt hatte. Seitdem ist zwischen uns alles in Ordnung. Wenn das Stück weiterläuft« – er unterbrach sich und warf einen Blick auf Geoffrey, vielleicht ein wenig betroffen auf Grund seiner hartnäckigen Schweigsamkeit – »wie es den Anschein hat, suchen wir uns eine gemeinsame Wohnung.«

»Eine ganz moderne junge Frau«, sagte Antony, ohne daß seine Stimme entweder Zustimmung oder Mißbilligung hätte erkennen lassen. »Wissen Sie noch von jemandem, den Mrs. Buckley ähnlich behandelt hat?«

»›Wissen‹ kann man nicht sagen«, gab Claude zurück. »Man kann sich ja denken, daß man mir nichts sagen würde. Sie neigte sehr zu gehässigen Bemerkungen, wobei oft Ellie Dorman die Zielscheibe war, aber ob sie bestimmte Geschichten über sie verbreitete, weiß ich nicht.«

»Also gut, wir sind bei den Tatsachen angelangt«, sagte Antony, »und ich bin Ihnen dankbar für Ihre Offenheit.«

Aber es hatte keinen Zweck, Claude Aubin hatte auf der Bühne nichts Ungewöhnliches bemerkt – »außer Victorias Leiche«, fügte er, wie Gordon Hewitt, an – und was ihn anging, hätte jede der Personen, die mit ihm in den Seitenkulissen stand – Frances Cathers und Dominic Eldred – ein paar Schritte nach links zur offenen Terrassentür machen und die Bühne betreten können, ohne von ihm bemerkt zu werden. Und er mochte Leonard, wollte ihn nicht für den vermutlichen Rest seines Lebens im Gefängnis sehen, aber sonst konnte er nichts Nützliches beisteuern. Nach einer Weile gaben sie auf und gingen.

Das Zimmer, das Frances Cathers angemietet hatte, erinnerte sie stark an das von Claude; es war groß, voll unbehaglich wirkender, altmodischer Möbel, und nicht sonderlich sauber. Man konnte erkennen, daß sie beide sparen wollten, und Antony fragte sich nebenbei, ob sie der irrigen Vorstellung anhingen, zwei Menschen könnten so billig leben wie einer, wenn sie zusammenzogen. Das ging ihn aber nichts an. Er ließ Geoffrey seine Vorrede halten und begann dann mit seinen Fragen. Zu erfahren war jedoch nichts. Wenn sie irgend etwas Auffälliges bemerkt hatte, war ihr das inzwischen entfallen, und obwohl sie sagte, Claude hätte während der Verdunkelung keinesfalls die Bühne betreten können, neigte er nicht dazu, ihr zu glauben.

»Ich nehme an, Sie haben Händchen gehalten«, sagte er, und sie gab ihm eifrig recht. Auch das nahm er ihr nicht ab.

Was sie über Victoria Buckley zu sagen hatte, entsprach jedoch genau den Angaben von Aubin, auch wenn sie dessen Meinung nichts hinzuzufügen hatte. Was die Bühne gleich nach dem Mord anbetraf, hatte ihr einziger Gedanke einem bösen Scherz gegolten; am Bühnenbild war ihr nicht das Geringste aufgefallen. Sie war ein hübsches junges Ding, größer als Meg, mit frischem Gesicht, und so blond wie Aubin, aber Antony hoffte nur, er werde sie niemals Megs Rolle als Mary Carteret spielen sehen müssen.

»Womit ich ihr vielleicht unrecht tue«, sagte er zu Geoffrey, nachdem er ihm auf dem Weg nach unten seine Gedanken anvertraut hatte. »Sie könnte durchaus tüchtig sein, aber aus irgendeinem Grund –«

»Meg ist etwas Besonderes«, bestätigte Geoffrey. »Falls wir das Auto jemals wieder finden – weißt du, wo wir es abgestellt haben, Antony? – bringe ich dich nach Hause, ja?«

»Auf keinen Fall. Mallory hat morgen den ganzen Tag für mich eingeteilt, und ich will das zum Abschluß bringen«, sagte Antony entschieden.

Geoffrey blickte bewußt zuerst auf seine Uhr und dann auf seinen Freund, zuckte resigniert die Achseln, als er keine Spur von Nachgiebigkeit entdeckte, und sagte: »Also gut. Was willst du jetzt machen?«

»Manches wird sich ergeben«, sagte Antony vage. »Aus dem Gespräch mit unserem Mandanten, meine ich. Du weißt so gut wie ich, was wir brauchen, Geoffrey.«

»Ja, natürlich«, bestätigte Horton. »Aber Cobbolds –«

»Soll die Buchhandlung finden, wenn das geht«, ergänzte Antony. »Wir können außerdem mit Victorias Garderobiere sprechen . . . falls sie nicht von der Anklage aufgeboten wird?«

»Aus irgendeinem Grunde nicht. Ich weiß nicht, warum, weil von Cobbolds schon jemand mit ihr gesprochen hat und sie nur angeben kann, Mr. Buckley hätte natürlich die günstigste Möglichkeit besessen, auf das Kleid seiner Frau Leuchtfarbe zu klecksen.«

»Ja, das hatte ich befürchtet. Es hat also keinen Sinn, das ein zweites Mal zu machen. Und Leonard Buckley –«

»Er hatte eine Art Gemeinschaftsgarderobier. Die Männer teilen sich in dessen Dienste, ausgenommen Dominic Eldred und Andrew Murray, die sich offenkundig für Stars halten. Es war nicht seine Aufgabe«, sagte Geoffrey, und es klang offenbar wie ein Zitat, »Mr. Buckleys Eigentum zu durchsuchen, um festzustellen, was er in seiner Garderobe aufbewahrte. Er hatte keine Ahnung, ob er üblicherweise Vitamin A nahm oder nicht.«

»Sehr hilfreich!« sagte Antony bitter. »Dann bleibt uns aber immer noch ein Besuch, den wir ebensogut selbst machen können.«

»Der Hausverwalter in dem Gebäude, wo die Buckleys wohnen«, sagte Geoffrey ergeben. »Ich hätte mir denken können, daß du mich nicht zum Tee heimfahren läßt.«

»Kopf hoch«, sagte Antony. »Du bekommst ihn von Jenny, wenn du ihn wirklich willst, sobald wir mit dem Mann fertig sind – wie heißt er? Moffat? Bis dahin wirst du aber sicher etwas Kräftigeres wollen.«

3

»Aber genützt hat es eigentlich nichts«, gestand Maitland später seinen Zuhörern. Geoffrey hatte beschlossen, gleich nach Hause zu fahren, aber Meg und Roger saßen ebenso wie Sir Nicholas und Vera zum Tee bei Jenny, als er ankam. »Mr. Moffat ist schon sehr alt, und als er von einem jungen Mann sprach, der am Premierentag die Blumen für Mrs. Buckley brachte, kann er, wie ich vermute, gemeint haben, bis zu siebzig Jahren.«

»Er war nicht zufällig aus Yorkshire?« fragte Meg. »Du weißt ja, wie sie zu allen ›junger Mann‹ sagen.«

»Nein, war er nicht. Tja, vielleicht habe ich ein bißchen übertrieben, er ist fest überzeugt, daß es der Florist selbst war, der die Blumen lieferte, ein ziemlich weibischer Mann, hochbegeistert von allem, was mit dem Theater zusammenhängt. Deshalb bestand er darauf, die Blumen selbst ins Zimmer zu stellen und dafür zu sorgen, daß sie richtig arrangiert waren. Wir müssen aber bedenken, daß alle Beteiligten Schauspieler sind.«

»Und eine Gegenüberstellung? Oder hast du Angst, er würde auf deinen Mandanten zeigen?« fragte Sir Nicholas, jedoch ohne Gehässigkeit.

»Sinnlos. Ich habe Moffats Eindrücke wiedergegeben, aber er ist viel zu kurzsichtig, als daß man ihm diese Frage vor Gericht stellen könnte, der Vertreter der Anklage hätte leichtes Spiel.«

»Aber hat die Lieferung der Blumen dem Mann, der sie brachte, die Gelegenheit verschafft, das Buch zu deponieren und das Stilett mitzunehmen?« fragte Sir Nicholas, womit er den Finger genau auf den wunden Punkt legte.

»Ja, allerdings. Moffat neigt zur Verdrießlichkeit – nicht, daß der Mann, wer er auch gewesen sein mag, das gewußt haben kann – und er ließ ihn allein mit den Blumen, weil er keine Zeit hätte, herumzustehen. Er sagt, es dauerte gut zehn Minuten, bis er den Mann das Haus verlassen hörte.«

»Konnte er den Namen des Blumengeschäfts nennen, das die Blumen geliefert hat?«

»Den kannte er nicht, und er interessierte ihn auch nicht.«

»Und das Vitamin A kann in Mr. Buckleys Garderobe hineingeschmuggelt worden sein oder auch nicht«, sagte Sir Nicholas versonnen. »Mir gefällt das nicht, Antony, die meisten Indizien sprechen gegen dich.«

Das führte zu einem Ausbruch bei Meg.

»Du wirst doch nicht aufhören wollen, mein Schatz«, protestierte sie. »Keiner von euch hat Leonard gekannt, aber für mich steht eindeutig fest –«

»Ich weiß«, sagte Antony bitter. »So etwas hätte er nicht getan.«

»Ja, ich weiß, diesen Satz haßt du, das hast du mir oft genug gesagt. Aber ganz egal, was du meinst, ich glaube das nicht von ihm.«

Antony ließ sich erweichen.

»Wir haben noch nicht aufgegeben«, sagte er. »Geoffrey hat seine Detektei immer noch eingeschaltet, ich werde zur rechten Zeit meine Akten studieren, und dann werden wir sehen, was wir vor Gericht erreichen können.«

»Lädst du die Leute vor, bei denen du heute gewesen bist?«

fragte sein Onkel.

»Ich denke schon, auf jeden Fall die beiden Männer. Für die Geschworenen könnte es nützlich sein, ein Bild von Victoria Buckley zu haben, das keiner auf Erden wandelnden Heiligen entspricht.«

»Kommt darauf an, ob sie vor Gericht wiederholen, was sie dir gesagt haben«, warf Vera kurz angebunden ein.

»Das nehme ich an. Geoffrey hat Gordon Hewitt scharfsinnig genannt, auf jeden Fall ist er sehr gesprächig, und es könnte sehr wohl sein, daß er eine Vorliebe für Klatsch hat. Ich gebe zu, daß ich da ein paar Bedenken habe, er legt, was er uns erzählt hat, offenkundig anders aus als wir.«

»Du hast eine Theorie«, sagte Sir Nicholas beinahe anklägerisch.

»Eine Art Idee«, wich Antony aus. »Hewitt hängt offenbar sehr an seinem Vater und dachte, er befreie Dominic Eldred von jedem Verdacht, wenn er hervorhob, wie groß dessen Zuneigung zu Victoria Buckley gewesen sei.«

»Stimmt das denn nicht?« fragte Meg gebannt.

»Für mein Gefühl nicht, obwohl ich als erster zugeben würde, daß ich die Dinge vermutlich im falschen Licht sehe. Er hat mir nämlich auch erzählt, Eldred sei völlig davon überzeugt gewesen, daß Victoria Leonard wirklich habe vergiften wollen. Hältst du es nicht für möglich, daß er sie vor sich selbst schützen wollte?«

»Erscheint ein bißchen weit hergeholt«, urteilte Vera.

»Das finde ich auch, meine Liebe«, sagte Sir Nicholas verbindlich.

»Ich kann dir eine andere Idee liefern, wenn du willst, Antony«, erbot sich Roger.

»Nämlich?«

»Hewitt mochte Victoria nicht, weil er erfuhr, daß sie seine Mutter war, und er könnte Dominic Eldred in Wahrheit auch verabscheut haben, obwohl er das bestreitet. Angenommen, er ist ungeheuer raffiniert –«

»Mein lieber Roger, nicht einmal eine Schlange kann nachvollziehen, was in Antonys Gehirn vorgeht«, erklärte Sir Nicholas. »Aber was ist mit dem anderen jungen Mann, mit Claude Aubin?«

»Er ist verliebt in das Mädchen, bei dem Victoria Buckley ihn angeschwärzt hat«, sagte Antony. »Das verschafft ihm wohl auch ein Motiv, ihr übrigens auch. Ich glaube außerdem, Meg, *mein Schatz,* daß du immer noch viel für dich behalten hast, als du neulich vorgemacht hast, du würdest auspacken.«

Sir Nicholas schloß in stummem Protest die Augen. Meg sah Antony unverwandt an, ohne etwas zu erwidern, aber Jenny sprang ihr sofort bei.

»Antony, du kennst Meg so viele Jahre, da muß dir doch inzwischen klargeworden sein –«

»Daß sie Klatsch nicht ertragen kann. Ja, natürlich ist mir das klar«, sagte er ein wenig gereizt. »Das hilft uns aber alles nicht, unsere Verteidigung aufzubauen.«

»Das schwarze Tuch hat also außer dir niemand gesehen, Meg«, sagte Sir Nicholas.

»Ich habe es mir nicht eingebildet!« fuhr sie auf.

»Nein, das wohl nicht. Sag einmal, Antony, hast du diese Wahnsinnsidee, Superintendent Briggs in den Zeugenstand zu rufen, Geoffrey schon unterbreitet?«

»Ja. Ich habe es ihm gesagt, als wir heute abend von Mr. Moffat kamen«, sagte Antony. »Deswegen ist er nicht mit mir gekommen. Er ärgert sich zu sehr. Wir saßen im Auto und stritten uns eine Ewigkeit, dann fuhr er mich heim und sagte, er werde sich das überlegen.«

»Er wird mittun«, sagte Vera, so, als sei ihr Neffe trostbedürftig. Antony grinste sie an.

»Das wird er wohl«, meinte er. »Und ihr könnt beide beten«, fuhr er fort und sah abwechselnd Roger und Meg an, »daß Briggs so aufmerksam ist, wie sein Beruf das von ihm verlangt. Sonst bist leider du an der Reihe, Meg.«

Auch jetzt erhob Sir Nicholas schwachen Protest, aber zur Abwechslung einmal schien niemand – ausgenommen vielleicht Vera – ihn zu beachten.

Dienstag, 20. März

Ostern fiel in diesem Jahr auf ein spätes Datum, und wie Antony und Geoffrey schon erwartet hatten, wurde der Prozeß auf die Zeit nach den Gerichtsferien verlegt. Auf Richter Bellmans Liste stand er jedoch ganz oben, so daß die Sache zwar nicht im Übermaß dringlich war, aber auch nicht beiseite gelegt werden durfte. An einem Dienstag rief Roger an, um mitzuteilen, es sei ihm unter Schwierigkeiten gelungen, für diesen Abend Karten zu ›Dolche im Dutzend‹ zu bekommen, ob Jenny und Antony ihn begleiten wollten. Meg lege großen Wert darauf, daß sie das ganze Stück sähen. Antony stimmte zu, weil er annahm, daß Jenny das von ihm erwartete. Ihre Gefühle waren gemischt, wie er wußte, aber vielleicht behielt die Neugier die Oberhand gegenüber dem Widerwillen.

Durch einen Zufall war es derselbe Nachmittag, an dem Chefinspektor Sykes ihn anrief. Antony hatte eben eine Tasse Tee mit zwei durchweichten Keksen im Unterteller bekommen, und war, darum schon aus dem Konzept gebracht, gern bereit, mit seinem alten Freund zu sprechen. Das war, wie er fand, die beste Bezeichnung für das Verhältnis, das sich im Lauf der Jahre zwischen ihnen entwickelt hatte, obwohl sie öfter Gegner gewesen waren. Sykes war ein aufrichtig denkender Mann mit einem starken Gerechtigkeitssinn und jederzeit bereit, ein Gefühl der Verpflichtung anzuerkennen, wenn er das für angemessen hielt.

Bei Gesprächen mit Maitland hatte seine Stimme oft einen belustigten Beiklang, und wenn ihn etwas wirklich innerlich betraf, verfiel er gern in seinen heimatlichen Dialekt. An diesem Nachmittag waren die Belustigung und die gedehnten Vokale von Yorkshire besonders auffällig.

»Also, min Jung«, sagte er, als die Verbindung hergestellt war und er die Gewißheit hatte, die richtige Person anzusprechen, »was soll das denn?«

»Sie haben mit dem lieben Superintendenten gesprochen«, sagte Antony, seinerseits belustigt.

»Kriminal-Chief Superintendent Briggs«, sagte Sykes nachdrücklich. Und dann, wobei seine Stimme protestierend anstieg, was Antony bei ihm noch nie erlebt hatte: »Das können Sie nicht machen, wissen Sie, das ist unerhört!«

»Ich habe nichts gemacht«, erwiderte Antony tugendhaft.

»Erzählen Sie mir nicht, daß Sie nicht hinter seiner Vorladung stecken«, sagte Sykes. »So etwas habe ich noch nie gehört.«

»Man lernt nie aus«, stellte Maitland weise fest. »Und ich bin gar nicht sicher, daß wir miteinander überhaupt sprechen sollten, Chefinspektor. Unter den gegebenen Umständen«, betonte er.

»Wir reden nicht über den Fall, sondern nur über Ihren Wahnsinnseinfall –«

»Das sagt Onkel Nick auch«, bestätigte Antony seufzend.

»Was sagt er?«

»Daß das eine Wahnsinnsidee sei. So hat er sich, glaube ich ausgedrückt. Aber sogar Onkel Nick räumt ein, daß das nicht unzulässig ist. Sie sind der ermittelnde Beamte. Briggs war zwar dabei, ist jetzt aber ein bloßer Zeuge.«

»Aber was, um alles in der Welt, erhoffen Sie sich davon?«

»Das kann ich Ihnen leider nicht verraten, Chefinspektor.« Wenn Sykes ihn hätte sehen können, wäre ihm aufgefallen, daß Antonys Belustigung jetzt ganz deutlich zu erkennen war. »Ist Ihnen klar«, fuhr er mit größter Sanftheit fort, »daß Sie beeinflussen wollen, wie ich den Fall anpacke?«

»Keine Spur«, sagte Sykes entsetzt. »Allerdings«, fügte er hinzu, »wenn Sie die Sache vor Gericht aufrollen wollen –«

»Sie kennen mich besser.«

»Ja. Und Sie wissen, daß es mir nur darum geht, zu verhindern, daß Sie sich blamieren«, sagte Sykes offen. »Wenn der Chief Superintendent etwas wüßte –«

»Er war vor Ihnen hinter der Bühne, Chefinspektor.«

»Wenn er etwas wüßte«, wiederholte Sykes unbeirrt, »hätte er es mir gesagt. Und ich würde ihn selbst in den Zeugenstand rufen. Sie wollen nur Unruhe stiften –«

»Keine Rede. Ich versuche nur, für meinen Mandanten das Beste zu tun«, sagte Maitland.

»Sie wissen etwas, wovon ich nichts weiß«, beschuldigte ihn Sykes.

»Selbst wenn es so wäre, würde ich es Ihnen zuletzt sagen. Und wenn das zuträfe, würde ich nicht Briggs rufen«, betonte er. »Aber Sie müssen zugeben, daß das die Dinge viel lebendiger machen wird«, fügte er sanft hinzu.

Das erbrachte am anderen Ende der Leitung nur einen verärgerten Ausruf, dann wurde leise aufgelegt. Antony blieb nur noch die Überlegung, daß zum ersten Mal in ihrer langen Bekanntschaft Sykes bei einem Gespräch keine ausführlichen Erkundigungen zu Gesundheit und Wohlergehen aller Familienangehörigen eingezogen hatte, seine eigene Person eingeschlossen.

Jennys Ansichten zu einem Abend im Theater hatte er richtig eingeschätzt. Sie ging gerne mit, und Roger gesellte sich wenige Minuten nach ihrem Eintreffen dazu. Die Vorstellung war ausverkauft, nach seinen Worten die Regel, und die Plätze, die er bekommen hatte, befanden sich weit seitlich, boten aber trotzdem gute Sicht.

»Ich dachte, das gibt dir Gelegenheit, dir einige der Zeugen anzusehen, mit denen du es vor Gericht zu tun bekommen wirst«, sagte Roger, als er sich setzte.

»Ja, das ist ein guter Gedanke. Jeremy und Anne sehe ich aber nicht«, sagte Antony mit einem Blick auf die leere Loge, wo die beiden bei der Premiere gesessen hatten.

»Nein, ich glaube, er ist jetzt überzeugt davon, daß alles gut läuft. Meg sagt, er steckt mitten in einem neuen Buch.«

»Darüber wird sich vor allem Geoffrey freuen. Woran Jeremy auch immer das Interesse verloren haben mag, der Fall Leonard Buckley ist es nicht. Er ruft jeden zweiten Tag an, um sich zu erkundigen.«

»Der alte Herr scheint es prima verstanden zu haben, sich Freunde zu schaffen. Ich würde mir sehr wünschen, daß du ihn freibekommst, Antony, Meg wäre sonst sehr unglücklich.«

»Wir werden sehen«, sagte Antony leichthin.

»Und ich hoffe auch, daß du ohne sie zurechtkommen wirst«, fuhr Roger fort. »Wir haben über die Sache nicht mehr gesprochen, wenn wir bei dir waren –«

»Nein, ich hielt es für besser, das ruhen zu lassen.«

»– aber ich weiß, daß sie der Gedanke belastet, sie könnte selbst aussagen müssen.«

»Sag ihr, daß sie unlogisch ist«, erklärte Antony und hörte Rogers gedämpftes Lachen, als der Vorhang aufging.

Den ersten Akt kannten sie natürlich schon, aber dieses Mal sah Antony sich die Schauspieler genau an. Meg freilich ... wenn sie wirklich etwas belastete, war davon keine Spur zu bemerken. Sie war eine wunderschöne und witzige Mrs. Carteret und tändelte ja so graziös mit einem Mann, von dem niemand geglaubt hätte, er könne jünger sein als sie. Diesen Mann, gespielt von Gordon Hewitt, hatte Antony schon kennengelernt und sich ausführlich mit ihm unterhalten, so daß ihn auch hier nicht viel interessieren konnte. Bei Andrew Murray dagegen, Megs Ehemann im Stück, dazu bestimmt, am Ende des ersten Akts ein schlimmes Ende zu finden, war er froh über die Gelegenheit, ihn genauer beobachten zu können.

Murray gehörte zu den Männern, die mit fünfundvierzig, ja, oft noch mit fünfzig Jahren beinahe unanständig gut aussehen. Das paßte zu seiner Rolle, einem Mann, der alle Herzen brach, und Meg war der Aufgabe durchaus gewachsen, dem Publikum zu vermitteln, daß trotz ihres Flirts das ihre dazugehören mochte. Im stillen ging Maitland durch, was er über Andrew Murray wußte. Irgend jemand hatte gesagt, er sei ein Mensch, der mit allen Leuten gut auskomme. Das mochte stimmen oder nicht, aber im ganzen sprach keine hohe Wahrscheinlichkeit dafür. Er sah nicht aus wie ein nichtssagender Mensch. Er war auch der erste gewesen, der bei der

Polizei den Bruch zwischen den beiden Buckleys erwähnt hatte; da aber trotz Megs Beharren auf Geheimhaltung jedermann davon gewußt zu haben schien, sprach einiges dafür, daß es vor Abschluß der Ermittlungen ohnehin bekanntgeworden wäre. Meg hatte gesagt, sie kenne Andy seit Jahren, jemand anderer, Andy sei ihn sie verliebt. Das löste einen Gedankengang aus, aber er schob ihn für spätere Berücksichtigung beiseite und nahm den Schauspieler so gründlich ins Visier, als hätte er ihn schon im Zeugenstand vor sich. Murray war mehr als nur gut, entschied Antony, er war hervorragend, durchaus in Megs Klasse. Da dem so war, verwunderte es ein wenig, daß er so früh abtreten mußte, aber Maitland begann zu erkennen, daß die Figur Douglas Carterets, von Jeremy Skelton geschickt gestaltet, ein wichtiges Element der Handlung war und bei der Auflösung des Rätsels vermutlich eine besondere Rolle spielen würde. Genau das, was er seinen Zeugen über Victoria Buckley gesagt hatte. Ob das ein Omen war? Er lächelte bei dem Gedanken vor sich hin, aber ärgerlicherweise konnte er ihn nicht vertreiben.

Dann war noch Ellie Dorman zu berücksichtigen, eine auf ihre Art sehr anziehende Frau; für sein Gefühl Meg nicht ebenbürtig, aber ebenfalls eine gute Schauspielerin, der es mühelos gelang, einen Reiz auszustrahlen, der sehr wohl den Untergang der von Andrew Murray gespielten Figur herbeiführen mochte, selbst wenn er nicht schon vorher klargemacht hätte, daß er seiner Frau bei jeder sich bietenden Gelegenheit untreu war. Aber während er die Schauspieler und das Bühnenbild beobachtete, in dem sie sich bewegten, tauchte ein anderer Gedanke in ihm auf. Etwas, das ihm vielleicht von Nutzen sein mochte, etwas Beiläufiges, das sein Interesse an den weiblichen Mitgliedern der Truppe mäßigte. Er tastete in der Tasche verstohlen nach einem der Briefumschläge, die er mit sich herumtrug, und kritzelte etwas darauf. Onkel Nick hätte vielleicht erneut von einer Wahnsinnsidee gesprochen, aber das störte ihn nicht.

Der Akt ging seinem unausweichlichen Ende entgegen. Jenny umklammerte seinen Arm, als das Licht ausging, und er streichelte ihr tröstend, wenn auch zerstreut, die Hand. Alles ging gut. Als sie wieder etwas sehen konnten, lag nur ein Toter auf der Bühne, und Andrew Murray blieb liegen, wo er war, während die Szene zu Ende gespielt wurde.

In der Pause gingen sie zur Bar, wo Roger in weiser Voraussicht dafür gesorgt hatte, daß ihre Getränke schon auf sie warteten.

»Wie findet ihr die beiden Ersatzleute?« fragte er nebenbei.

»Ich fand es geradezu unheimlich, sie zu sehen«, sagte Jenny. »Sie sind nicht so gut wie die Buckleys, halten sich jetzt aber recht gut, meine ich.« Antony mußte leider zugeben, daß er auf die beiden nicht sonderlich geachtet hatte, so sehr war er mit den anderen beschäftigt gewesen, die mit dem Mord zu tun haben mochten.

»Du hast doch irgendeine Idee?!« sagte Roger scharfsichtig, während er ihm ins Gesicht starrte.

Antony hätte antworten können: »Sogar zwei«, aber er begnügte sich damit, dies zuzugeben.

»Ich habe beschlossen, den Sessel ›vorzuladen‹, in dem Victoria Buckley kurz vor ihrer Ermordung saß«, sagte er.

»Aber ich dachte –«, wandte Jenny ein.

»Nimm mich nicht wörtlich, Schatz. Ich meine natürlich, ich will ihn als Beweisstück einführen.«

»Ich kann nicht einsehen, daß das noch viel Wert haben soll«, sagte Roger. »Schließlich wird er seit Wochen von den Leuten umhergeschoben. Und wenn ihm etwas anzusehen wäre, hätte die Polizei es gefunden.«

»Wenn du Fingerabdrücke meinst – Geoffrey sagt, er sei damit geradezu übersät gewesen. Praktisch alle Bühnenarbeiter hatten ihn schon einmal in der Hand gehabt. Außerdem unterstellen wir, daß der Täter ein Tuch dazu benützte, den Stilettgriff festzuhalten. Das ist nicht der springende Punkt«, orakelte Antony, aber als Roger ihn bedrängte, wollte er dazu nichts weiter sagen.

Im zweiten Akt erwies Claude Aubin sich durchaus als guter Schauspieler, für die kleine Rolle, die er zu spielen hatte, war er vielleicht sogar zu gut. Aber vor allem interessierte sich Antony natürlich für Dominic Eldred. Er hatte gehört, daß Eldred in Victoria Buckleys Alter sei, obschon er eher jünger wirkte. Er hatte eisgraue Haare, ziemlich kurz geschnitten, aber lockig, ein eindrucksvolles Gebaren, und die Rolle gut im Griff. Antony dachte ein bißchen reumütig, daß, wenn jemand genau wußte, wie ein Kriminalinspektor mit einem Verdächtigen umging, es Jeremy Skelton war. Das Buch war, wie er sich erinnerte, vor den unerfreulichen Ereignissen geschrieben worden, die Jeremys Heirat mit Anne vorangegangen waren, aber bei der Umformung in ein Theaterstück hatte er ganz gewiß seine eigenen Erfahrungen mit eingebracht.

Der Abend ging weiter, der Mörder wurde entlarvt, und Meg, die bis zuletzt witzig war, so daß Antony der Gedanke kam, die Rolle sei vielleicht mit Rücksicht auf sie umgeschrieben worden, fiel mit einem Freudensschrei in Gordon Hewitts Arme. Der Applaus war ohrenbetäubend, und es gab mindestens fünf Vorhänge, ehe Roger hinter die Bühne ging, um zu warten, bis Meg sich abgeschminkt hatte und wieder für normale Gesellschaft empfänglich war.

Sie hatten beschlossen, an diesem Abend nach dem Theater zu essen, und Jenny hatte zu Hause ein kaltes Büfett vorbereitet. Als sie den Kempenfeldt Square erreichten, sah es mit dem Parken aber hoffnungslos aus, was nachts ungewöhnlich war, weil an drei Seiten des Platzes jetzt Bürogebäude standen. Roger setzte die zwei Frauen an der Haustür ab, aber Antony blieb im Wagen, bis sie eine Lücke fanden, und war froh über die Gelegenheit, allein mit ihm reden zu können. »Ich glaube nicht«, fing er an, als sie über den Platz gingen, »daß Meg die einzige ist, die versucht hat, mir etwas zu verschweigen.«

Roger antwortete nicht sofort. Sein Schritt stockte zwar nicht, aber er schien doch ein wenig starr geworden zu sein.

»Ich frage mich, was du damit meinst«, sagte er vorsichtig.

»Ein beiläufiger Gedanke, der mir kam, als ich das Stück verfolgte.«

»Ja, ich dachte mir schon, daß da etwas ist«, erwiderte Roger scharf.

»Ach, mit dem Sessel habe ich die Wahrheit gesagt. Aber ich dachte, das andere könnte unter uns bleiben. Es betrifft dich ... und Meg.«

»Was hat Meg mit der Sache zu tun?«

»Roger, du kennst mich lange genug und gut genug, um zu wissen, daß ich alles für sie tun würde«, versicherte Antony. »Ich finde nur, du machst dich ein bißchen lächerlich, das ist alles.«

»Vielleicht erklärst du mir das«, sagte Roger ruhig.

»Genau die Absicht habe ich. Du weißt, man hat uns gesagt, und sogar Meg bestätigt es, daß Victoria Buckley das Altwerden verabscheute. Nein, ich glaube nicht, daß jemand es genau so ausgedrückt hat, aber das ist gemeint gewesen. Vor allem hatte sie etwas gegen jüngere Frauen. Du benimmst dich wie die Katze auf dem heißen Blechdach, seitdem Meg diese Rolle übernommen hat –«

»Das weißt du ja genau, Antony. Du hast mich selbst davor gewarnt.«

»Ich habe dir gesagt, sie wird nie vom Theater lassen, und im Lauf der Jahre hast du das ganz gut bewältigt«, sagte Antony. »Aber diesmal war es anders. Jenny sagte einmal, es sei beinahe so, als wolltest du das innerlich zu einer Probe machen, ob sie die Rolle annimmt oder nicht. War das richtig?«

Eine ziemlich lange Stille trat ein.

»In gewisser Weise schon«, gab Roger widerstrebend zu.

»Aber warum? Wieso solltest du gerade bei dieser Gelegenheit so denken?« Wieder Stille. »Weil Victoria Buckley zu dir etwas gesagt hat, nicht wahr?« drängte Antony.

»Woher weißt du das, zum Teufel?«

»Da Onkel Nick nicht dabei ist, darf ich zugeben, daß ich rate«, sagte Antony. »Aber ich bekomme langsam das Gefühl, daß ich die Dame recht gut gekannt habe. Ich kann sie beinahe zu dir sagen hören: ›Meg und Andy Murray sind mir immer als das ideale Paar erschienen. Sie kennen einander schon so lange, daß man das Gefühl hat, sie wären dazu bestimmt, jetzt Mann und Frau zu spielen.‹« Seine Nachahmung von Tonfall und Gebaren der Toten war unheimlich treffend, so daß Roger, der für den Augenblick die Talente seines Freundes in dieser Beziehung vergessen hatte, ihn ganz betroffen ansah.

»Das hat sie fast genau mit diesen Worten zu mir gesagt«, gab er zu, aber dann seufzte er. »Du hast immer gut raten können, nicht?« meinte er. »Was ich besonders gut wissen muß.«

»Die Sache ist die«, sagte Antony, »du hast über Mrs. Buckley genauso viel erfahren wie ich. Siehst du jetzt nicht, daß es für keine ihrer Behauptungen eine Grundlage gab?«

»Doch, eigentlich schon.« Roger lachte, aber es schien nicht von Herzen zu kommen. »Du meinst, ich sollte aufhören, mir den Kopf zu zerbrechen, und mich darauf konzentrieren, meiner berühmten Frau ein guter Ehemann zu sein«, fügte er hinzu.

»Genau das.« Er wußte sehr genau, daß dieser Aspekt der Dinge Farrell noch nie die geringsten Schwierigkeiten gemacht hatte. »Nicht, daß du für Meg je gut genug wärst«, erklärte Antony ernsthaft und blieb vor den Eingangsstufen stehen. »Aber sie ist für dich auch nicht annähernd gut genug«, fuhr er lächelnd fort, »also würde ich sagen, ihr seid quitt.«

Teil II

Regina gegen Buckley

Sitzungsperiode Ostern 1973

Dienstag, erster Verhandlungstag

1

Richter Bellman war erst vor kurzem zum Richteramt bestimmt worden, und Antony erschien vor ihm zum ersten Mal. Sie gehörten jedoch derselben Juristenvereinigung an und kannten sich daher in oberflächlicher Weise recht gut, obwohl der Richter um einiges älter war. Maitland fuhr an diesem Morgen nicht ohne dunkle Vorahnungen zum Gericht, weil er argwöhnte, der Richter sei ein Mann ohne jeden Humor, und Derek Stringer – ebenfalls in Sir Nicholas' Kanzlei tätig und hier sein juristischer Mitarbeiter – hatte ihm erklärt, der Richter bestehe pedantisch genau auf Einhaltung all der kleinen Förmlichkeiten, auf die man auch einmal verzichten müßte, soll ein Prozeß sich nicht endlos lange hinschleppen. Es sprach wenig dafür, daß er auf Seiten der Verteidigung ein Vorgehen, das seinen Vorstellungen orthodoxen Verhaltens nicht entsprach, oder auch Fragen zulassen würde, deren Sachbezug er selbst nicht sehen konnte. Während Maitland zu der Gestalt in der roten Robe hinaufblickte, fragte er sich doch, was dieser Tag seinem Mandanten einbringen mochte.

Leonard Buckley saß inzwischen auf der Anklagebank und hörte sich die Verlesung der Anklageschrift an. Als Maitland ihn gesehen hatte, war sein erster Gedanke der gewesen, daß er in den letzten Monaten seiner Inhaftierung noch weiter geschrumpft war. Aber dann schien Buckley sich zusammenzunehmen, als wirkten die Augen der Anwesenden belebend; Antony kam zu Bewußtsein, daß sein Mandant eben Schauspieler war. Das ließ seine Erinnerung über die Jahre hinweg zur letzten Gelegenheit zurückgehen, als er einen Angehörigen dieses Berufs in einer ähnlichen Situation gesehen hatte. Den Fall hatte Sir Nicholas übernommen, und er selbst war Zeuge gewesen, aber damals hatte sich deutlich gezeigt, daß es, falls man mit kriminellen Dingen in Berührung kam, wenig empfehlenswert war, im privaten Leben mit der Bühne zu tun zu haben. Sogar die aufrichtigste Äußerung ließ sich mit dem knappen Satz abtun ›Der Mann ist Schauspieler‹, und wenn er nicht sehr gut aufpaßte, würden die Geschworenen das bei Leonard Buckley auch denken. Seine ärgsten Befürchtungen wurden bestätigt, als er einen Zettel sah, den Derek ihm hingeschoben hatte. ›Er braucht Publikum‹, hatte Stringer geschrieben und ein Ausrufezeichen dahintergesetzt. ›War wohl zu erwarten, aber für uns nicht günstig.‹

Maitland las ihn, lächelte dem Verfasser zur Bestätigung kurz zu und schob den Zettel unter seine Akten. Die Präliminarien, auf die er nicht wirklich zu achten brauchte, waren inzwischen vorbei, und sein Gegner, ein Mann namens Lamb, der früher einmal zweiter Ankläger gewesen war, stand auf, um das Eröffnungsplädoyer für die Anklage zu halten. Das war ein Augenblick, den Maitland haßte, vor allem, wenn er, wie hier, seinen Mandanten für unschuldig hielt. Er blieb bei dieser Ansicht und hielt störrisch an ihr fest, obwohl er wußte, daß weder Horton noch Stringer noch seine Familie ihm recht gaben. Ausgenommen natürlich Jenny; aber Jenny war, zum Glück, keine Juristin.

Es zeigte sich bald, daß sein Unbehagen in Bezug auf den Mandanten sehr berechtigt war; für Lamb stand der Ablauf der Tat fest, und er schilderte Leonard Buckleys Beteiligung mit überzeugenden Einzelheiten, deren Darlegung für den Mann auf der Anklagebank nicht erfreulich sein konnte. Maitland rutschte tiefer in seinen Stuhl und schloß die Augen, was kaum merklich auf sein mangelndes Interesse hinwies, nun aber niemanden mehr zu täuschen vermochte; früher hätte Geoffrey, hinter ihm sitzend, einen Rippenstoß gegeben, um dafür zu sorgen, daß ihm nichts entging. Diesmal blieb er ungestört und hörte sich Lambs traurige Schilderung an, die ihn so zu bedrücken schien, daß er sich anhörte, als sei er den Tränen nah.

Sir Gerald Lamb war ein gelehrtenhaft aussehender Mann von mittlerer Größe, mit glatten, noch immer sehr dichten Haaren; auf der aristokratischen Nase saß ein Zwicker. Auch wenn er seine Robe trug, fiel die merkwürdige Schulterhaltung auf; wenn Maitland ihn sah, fühlte er sich jedesmal an einen melancholischen Vogel erinnert, der im kalten Wind den Kopf einzog. Aber er war ein beachtenswerter Gegenspieler, erkannte blitzschnell, worauf ein Kontrahent mit seinen Fragen hinauswollte, und beeilte sich in solchen Fällen, die Attacke mit allen Mitteln abzuwehren. Seine zweite hervorstechende Eigenschaft, besondere Gründlichkeit, zeigte sich zu diesem Zeitpunkt sehr deutlich. Jeder Punkt mußte untermauert werden, es ging nicht an, von den Geschworenen zu verlangen, daß sie etwas als gegeben unterstellten.

Bis er fertig wurde, war der Vormittag weit fortgeschritten, und Maitland begann auf eine Sitzungsunterbrechung zu hoffen. Richter Bellman war aber offenbar aus härterem Holz geschnitzt als manche seiner Kollegen und ließ den ersten Zeugen aufrufen. Maitland raffte sich auf und hörte zu, bezweifelte allerdings, daß in diesem Stadium irgend etwas gesagt werden würde, wogegen er Einspruch zu erheben hatte. Neben ihm glitt Dereks Feder über das Papier und hielt Wesentliches fest. Lamb hatte es für richtig gehalten, mit rein technischen Dingen anzufangen. Ein maßstabgetreues Modell der Bühne einschließlich der unmittelbaren Umgebung wurde als Beweisstück eingeführt, und der Mann, der das Modell hergestellt und die Maße genommen hatte, bezeugte deren Genauigkeit. Als nächster kam der Spezialist für Fingerabdrücke; man hatte nichts Außergewöhnliches gefunden, nichts, was in irgendeiner Weise unerwartet gewesen wäre. Für die Verteidigung war hier nichts zu holen, da die Tatsache, daß es auf der Flasche für die Vitamin A-Tabletten keine Fingerabdrücke gab, feststand. Sonst war nichts strittig, außer daß Maitland eine Frage stellte, nachdem der Zustand des Stiletts als Nachweis dafür angegeben worden war, daß der Mörder Handschuhe getragen hatte.

»Könnte ein um den Griff gewickeltes Tuch denselben Zweck erfüllt haben?«

Das wurde natürlich bejaht, aber bewiesen war damit auch nichts. Danach wurde endlich unterbrochen.

»Wir hätten den Sessel doch nicht gebraucht, Derek«, sagte Antony, als sie gemeinsam den Gerichtssaal verließen. »Das Modell ist für unsere Zwecke ideal geeignet, und da es von der Anklage selbst eingeführt worden ist, kann nicht einmal Briggs mir irgendwelche Manipulationen vorwerfen.« Aber dann sprachen sie von anderen Dingen. Einwände konnte man dann später erheben, wenn die Anklage in Fahrt war.

2

Nach der Mittagspause regte sich im Saal Interesse, als Kriminal-Chefinspektor Marmaduke Sykes, Scotland Yard, in den Zeugenstand trat. Er war ein vierschrötig gebauter Mann, der sehr ruhig wirkte, und während er den Eid ablegte, kam Antony der Gedanke, daß er in all den Jahren, seit sie sich kannten, Sykes niemals in Verwirrung gesehen hatte. Die Hauptbefragung dauerte geraume Zeit. Sykes war nie der Mensch gewesen, sich auf Zitate aus seinem Notizbuch zu stützen, die in gestelzter Amtssprache gehalten waren, und Antony wußte, daß die meisten Richter das vorzogen. Wie sich herausstellte, war Richter Bellman jedoch die Ausnahme; er unterbrach wiederholt, um zu verlangen, daß eine Angabe umformuliert wurde, und man konnte sich nur wundern, daß Sykes sich dadurch nicht aus der Ruhe bringen ließ. Was er aussagte, war zum größten Teil natürlich eine Bestätigung der schon vorgetragenen Dinge, und Sir Gerald Lamb, der immer melancholischer wurde, ließ nicht zu, daß er dem Gericht ihre Wiederholung ersparte. Zusätzlich wurde die erste Aussage des Angeklagten vor der Polizei als Beweisstück eingeführt. Dazu gab es ein kleines Wortgefecht, aber die Anklage setzte sich durch. Schließlich war es aber doch vorbei. Sir Gerald, bei dem man sich darauf verlassen konnte, daß er die Formen der Höflichkeit beachtete, überließ den Zeugen mit einem Wort des Dankes der Verteidigung.

Maitland war schon aufgestanden.

»Ich glaube nicht, Chefinspektor, daß meine Fragen Sie oder das Gericht lange aufhalten werden«, begann er. »Ich möchte Sie aber vor allem eines fragen. Sie haben eine Reihe von Punkten genannt, die auf die Schuld des Herrn hinzuweisen scheinen, der mein Mandant ist, aber die meisten davon waren noch nicht ans Licht gekommen, als man ihn festnahm. Können Sie die Schnelligkeit erklären, mit der Sie zu der Schlußfolgerung kamen, dieser Schritt sei gerechtfertigt?«

Zum ersten Mal glaubte er in Sykes' Ausdruck eine Spur von Unbehagen zu erkennen.

»Im Verlauf der Vernehmungen, die am Tatabend im Theater stattfanden, ergaben sich zwei Dinge«, sagte er. »Wir erfuhren vom Motiv –«

»Ah, ja«, unterbrach Maitland. »Diese Meinung, die Verstorbene hätte sich eines Giftes bedient, um dafür zu sorgen, daß das Opfer ihr Mann sei und nicht sie selbst.«

»Das ist zutreffend, soweit es reicht, Mr. Maitland«, sagte Sykes auf seine bedächtige Art. »Ich weiß nicht, ob Mrs. Buckley versucht hat, ihren Ehemann zu vergiften oder nicht, und so, wie die Dinge liegen, scheint weder das eine noch das andere beweisbar zu sein. Der Angeklagte glaubte jedenfalls fest, daß sie das wollte, oder gab es jedenfalls an. Und das Zerwürfnis zwischen ihnen war anderen Angehörigen der Theatertruppe wohlbekannt.«

»Das ist ein Punkt, Chefinspektor. War das alles, worauf Sie sich gestützt haben?«

»Nein, aber es schien empfehlenswert zu sein, Mr. Buckley noch einmal zu befragen. Wie sich herausstellte, hatte er ein Paar schwarze Stoffhandschuhe in der Tasche. Er gab dazu an, sie gehörten zu den Requisiten des Stücks. Sie sollten im zweiten Akt bei ihm entdeckt werden, und zwar als Beweis dafür, daß er der Mörder war.«

»Haben Sie seiner Erklärung etwa nicht geglaubt?«

»Ich habe später ermittelt und sie bestätigt gefunden.«

»Sie wollen doch nicht sagen, Chefinspektor, die Tatsache, daß die Rolle als Mörder im Stück es wahrscheinlicher mache, daß er seine Frau getötet hat?«

Sykes war unvorsichtig genug, sich ein Lächeln zu gestatten.

»Na, hören Sie, Mr. Maitland«, sagte er gedehnt. »Das sollten Sie doch wissen ...!«

Richter Bellman beugte sich vor. »Sir Gerald«, sagte er.

»Mylord?«

»Ihr Zeuge scheint sich über den Ernst dieser Vorgänge wenig im klaren zu sein.«

»Ich bitte Eure Lordschaft um Verzeihung«, entschuldigte sich Lamb. »Wenn mein gelehrter Freund, Mr. Maitland, sich vielleicht auf Fragen der Beweislage beschränken würde ...« Dort brach er ab, offenbar zu unglucklich, um fortzufahren.

»Wie Euer Lordschaft wünschen«, sagte Maitland schnell. Er hatte nicht den Wunsch, Sykes gerügt zu sehen, weil sie beinahe Freunde waren. »Das sind zwei Beweispunkte oder sogenannte Beweispunkte, die Sie genannt haben, Chefinspektor. War das alles, worauf Sie sich stützen konnten, als Sie zur Festnahme schritten?«

»Es schien auszureichen«, erwiderte Sykes gelassen.

»Ihnen oder einem Ihrer Vorgesetzten, der, soviel ich weiß, an jenem Abend ebenfalls im Theater war?«

»Chief Superintendent Briggs war freilich anwesend, aber es ziemte sich nicht, daß ein Mann seines Ranges die Ermittlungen übernahm«, wich Sykes der Frage geschickt aus.

»Nein, das ist klar. Ich warte aber immer noch auf Ihre Erklärung, wer von Ihnen entschieden hat, daß als nächstes eine Festnahme erfolgen solle.«

»Es war eine gemeinsame Entscheidung«, sagte Sykes.

»Mr. Maitland!« Richter Bellman beugte sich erneut vor. »Soviel ich weiß, werden Sie Chief Superintendent Briggs als einen der Zeugen für die Verteidigung rufen. Haben Sie die Absicht, ihn im voraus unglaubwürdig zu machen?«

»Keineswegs, Mylord. Davon kann keine Rede sein. Ich habe aber früher schon, wie wohl auch Eure Lordschaft, festgestellt, daß die Konsequenzen nicht immer ganz wünschenswert sein mögen, wo auf Seiten der Polizei eine vorgefaßte Meinung besteht.«

»Das ist nicht der Augenblick, die Geschworenen anzusprechen, Mr. Maitland«, wies der Richter ihn kalt ab. »Und ich denke, in dieser Richtung ist genug gefragt worden.«

»Wie Euer Lordschaft wünschen«, sagte Maitland noch einmal. Es klang resigniert, aber er war nicht ganz unzufrieden. »Darf ich den Zeugen aber fragen, ob er diesem Paar schwarzer Stoffhandschuhe irgendeine Bedeutung beimißt?«

Sykes warf einen Blick auf den Richter, antwortete aber, als er von dort kein Zeichen erhielt.

»Unter den Umständen sind sie sogar von sehr großer Bedeutung«, antwortete er entschieden.

»Mit ›Umständen‹ meinen Sie, daß am Dolchgriff keine Fingerabdrücke gefunden wurden?«

»So ist es. Wenn Sie vorher zugehört hätten, Mr. Maitland«, sagte Sykes ernsthaft, obwohl hier, wie Maitland genau wußte, auch Belustigung mitschwang, »hätten Sie erfahren, daß, da im Stück nicht ernsthaft auf Fingerabdrücke untersucht wird, auch kein Grund dazu bestand, im Umgang mit Gegenständen vorsichtig zu sein.«

»Aber der Dolch – ich glaube, wir sollten sagen ›Stilett‹, Chefinspektor – gehörte nicht zu den Requisiten.«

»Nein, aber falls unser Spezialist heute vormittag vor Gericht nicht etwas ganz anderes als mir gegenüber vorgetragen hat, war die Oberfläche von solcher Art, daß, wäre sie ohne Handschuhe berührt worden, ein sehr klarer Abdruck von der Hand des Mörders zurückgeblieben wäre.«

»Verstehe. Danke, Chefinspektor.« Sykes wirkte bei dieser unerwarteten und offenkundigen Dankbarkeit einen Augenblick lang verwirrt. »Wir kehren also zu den anderen Punkten zurück, zu den Dingen, die ans Licht kamen, nachdem Sie zu diesem, wie ich meine, übereilten Entschluß kamen, eine Verhaftung vorzunehmen.« Er bemerkte den Blick des Richters und fügte hastig an: »Gewiß, Mylord, das ist ein Punkt, den die Geschworenen durchaus selbst entscheiden können.« Er hatte von der Kollektivintelligenz bei einer Jury keine bessere Meinung als die meisten seiner Kollegen, aber das durfte man nicht sagen. Die Jury hier schien annehmbarer Durchschnitt zu sein. »Sie haben sich das Bühnenmodell von ›Dolche im Dutzend‹ angesehen«, sagte er mit einem fragenden Unterton. »Heute bei Gericht, und vermutlich auch schon früher.«

»Ich habe es mir sehr genau angesehen«, bestätigte Sykes.

»Könnten Sie mir dann sagen, ob die Möbelstücke genau so stehen, wie Sie sie beim ersten Mal gesehen haben?«

»Ich muß meine Antwort darauf ein bißchen unter Vorbehalt machen«, gab Sykes zurück. »Ich habe die Messsungen nicht selbst vorgenommen. Soviel ich aber sagen kann, und ich habe mir das Bühnenbild genau angesehen, ist das Modell genau richtig.«

»Auch die Position des Sessels, in dem Victoria Buckley saß, bevor das Licht ausging?«

»Selbstverständlich habe ich mir das besonders gründlich angesehen.«

»Und das Modell zeigt ihn so, wie Sie ihn beim ersten Mal gesehen haben?«

»Ja.«

»Dann zu den anderen Beweisstücken, die eingeführt worden sind. Das Stilett, zum Beispiel?«

»Ein Kollege des Angeklagten hatte angegeben, daß es Mrs. Buckley gehörte. Wenn ich mich wiederholen darf –«

»Das ist nicht nötig.«

»– wurde Mr. Buckleys Aussage bei meiner Hauptbefragung als Beweisstück eingeführt. Er hatte damals mit Nachdruck erklärt, den Dolch nie zuvor gesehen zu haben – oder das Stilett, da Sie diese Bezeichnung vorzuziehen scheinen.«

»Ich halte sie für genauer. Als mein Mandant seine Aussage machte, hatte er, soviel ich weiß, noch nicht mit seinem Anwalt gesprochen.«

»Nein, das ist wahr. Allerdings war er darauf hingewiesen worden, es sei ratsam für ihn, das zu tun.«

»Verstehe.« Er gab sich Mühe, das möglichst vielsagend auszusprechen. »Dieser Mr. Eldred –«

»Wenn Sie mich fragen, Mr. Maitland, ob er den Gegenstand eindeutig identifizieren konnte, ist die Antwort ein Ja. Er selbst kaufte das Stilett, schenkte es Mrs. Buckley vor vielen Jahren und hat es seither ständig in ihrem Besitz gesehen. In der Wohnung, die sie mit ihrem Mann teilte«, fügte er hinzu, um keine Zweifel aufkommen zu lassen.

»Danke, Chefinspektor«, sagte Maitland, diesmal durchaus ironisch. »Ich nehme nicht an, daß sie die Gewohnheit hatte, es in ihrem Strumpf mitzuführen. Ein weiterer Punkt von Ihnen ist das Buch über Anatomie, das in der Wohnung der Buckleys gefunden wurde.«

»›Anatomie‹ von Stubbs«, sagte Sykes auf seine exakte Art. »Ich hatte nicht die Gelegenheit, Mr. Buckley dazu zu befragen, wie Sie verstehen können, aber für einen Menschen seiner Art erscheint das eine eigenartige Lektüre.«

»Verzeihen Sie, aber ich glaube, Sie wissen sehr wenig über meinen Mandanten«, sagte Antony mit ein wenig Schärfe. »Zur gegebenen Zeit wird er sich dazu aber selbst äußern. Inzwischen habe ich nicht den Wunsch, mich mit Ihnen auf eine Kontroverse einzulassen, aber ich nehme an, Sie räumen ein, daß beide Punkte nur Indizien sind. So hätte zum Beispiel eine nicht befugte Person, die Zugang zur Wohnung fand, das eine deponieren und das andere mitnehmen können.«

»Das ist natürlich möglich«, sagte Sykes mit unbewegter Miene.

»Und die Flasche mit Vitamin A, von der Sie soviel zu halten scheinen, gilt für sie nicht dasselbe? Sie könnte von einer dritten Person in Mr. Buckleys Garderobe geschmuggelt worden sein.«

»Das könnte sein. Wenn Sie bereit sind, davon auszugehen, daß irgend jemand bewußt Ihren Mandanten belasten wollte.«

Maitland ging nicht darauf ein. »Sie vergeben mir, wenn ich sage, daß ich die Einführung dieser leeren Flasche als Beweisstück ein wenig rätselhaft finde. Heutzutage nehmen viele Menschen Vitamintabletten.«

»Es wird davon ausgegangen –«, begann Sykes.

»Ja, was die Anklage damit bezweckt, weiß ich. Es heißt, eine große Dosis eben dieses Vitamins befähigt die Person, die sie einnimmt, in der Dunkelheit besser zu sehen, oder genauer, den Übergang vom Licht zum Dunkel schneller zu bewältigen. Verzeihen Sie mir, wenn ich sage, daß ich das ein bißchen weit hergeholt finde.« Sykes sagte darauf nichts, auch wenn er der Meinung sein mochte, erstaunlich oft um Verzeihung gebeten zu werden. »So, wie ich es sehe«, fuhr Maitland fort, »würde jeder Schauspieler, der sich darauf vorbereitet, bei völliger Dunkelheit auf die Bühne zu stürzen, sich dadurch vorbereiten, daß er für einige Sekunden die Augen schließt und sie vielleicht auch noch mit den Händen bedeckt, damit die plötzliche Dunkelheit nicht zum Problem wird und er die Leuchtfarbe an den Möbelstücken erkennen kann, die ihm den Weg zeigt.«

»Das trifft natürlich alles zu«, bestätigte Sykes. »Das Vitamin A wäre eine zusätzliche Vorsichtsmaßnahme, verständlich bei einem Menschen, der einen Mord plant.«

»Ja, da gebe ich Ihnen recht. Verschiedener Meinung sind wir, was die Person des Täters angeht. Darf ich Sie fragen, ob Ihnen an der Erscheinung meines Mandanten etwas Ungewöhnliches aufgefallen ist, als Sie ihn kurz nach dem Tod seiner Frau verhörten?«

Sykes zog die Brauen zusammen, als begreife er die Frage nicht ganz.

»Er war nervös und verstört«, sagte er schließlich.

»Nicht unnatürlich, ob er nun schuldig ist oder nicht.«

»Nein, nicht unnatürlich.«

Vielleicht war Antony mit dieser Antwort zufrieden; jedenfalls wechselte er wieder den Kurs.

»Sie kennen die Eigenschaften von Vitamin A, Chefinspektor, da die Anklage es mit zu einer Grundlage ihrer Beschuldigung von Mr. Buckley macht.«

Diesmal griff der Richter ein.

»Mr. Maitland, sind Sie nicht der Ansicht, man sollte sich mit diesen Dingen am besten dann befassen, wenn die Ärzte in den Zeugenstand treten?«

»Allerdings, Mylord. Ich oder mein Freund, Mr. Stringer, werden das Thema bei ihnen natürlich anschneiden. Es gibt aber einen Punkt, den ich hier und jetzt ansprechen möchte. Ob die Polizei der Meinung ist, der Mord sei mit Vorbedacht geplant oder eine impulsive Tat gewesen.«

»Und die Eigenschaften von Vitamin A haben damit etwas zu tun?« fragte der Richter skeptisch.

»Wenn Sie mir gestatten, Mylord –«

»Nun gut, Mr. Maitland, Sie können fortfahren.«

»Ich bin Eurer Lordschaft verbunden. Um es also kurz zu machen, Chefinspektor: Was ich sage, kann bestätigt werden, sobald die medizinischen Sachverständigen aussagen. Eine starke Dosis Vitamin A, von der zu erwarten wäre, daß sie sofortige Wirkung auf die Nachtsichtigkeit hat, könnte ohne Gefahr für die Gesundheit der betreffenden Person nicht wiederholt werden. Sie werden mir ohne Zweifel erklären, daß Leonard Buckley das Mittel regelmäßig eingenommen haben könnte, seitdem er und seine Frau diese Rollen übernommen hatten und er wußte, was im Stück verlangt war. Können Sie Zeugen für die Tatsache beibringen, daß er dieses Vitamin zumindest während der Probenzeit genommen hatte?«

»Soviel ich weiß, hat niemand ihn dabei gesehen.«

»Danke, Chefinspektor.« Maitland verstummte und lächelte den Richter an, der schon hatte eingreifen wollen. »Es bleibt dann noch die Vermutung, daß Leonard Buckley die starke Dosis, von der ich gesprochen habe, in Vorbereitung auf die Ereignisse des Abends genommen hat. Darf ich Sie fragen, warum ausgerechnet er das getan haben sollte, obwohl er in der Seitenkulisse stand und durchaus in der Lage war – man erwartete es von ihm sogar – Vorsichtsmaßnahmen zu ergreifen, durch die er die Leuchtfarbe mühelos sehen konnte, sobald es auf der Bühne dunkel wurde? Bei jeder anderen Person hätte das Bedenken der Augen Aufsehen und sogar Verdacht erregt.«

»Das trifft natürlich zu«, sagte Sykes, wie immer bereit, fair zu sein. »Aber ich halte es kaum für gerechtfertigt, daß ich etwas zum Gemütszustand eines Menschen sage, der einen Mord zu begehen im Begriff steht.«

Einen Augenblick lang blieb es totenstill. Maitland starrte den Zeugen an, als hätte er ihn nie zuvor gesehen und nehme ihn vielleicht gar nicht wahr. Nach einer kurzen Pause sagte der Richter mit scharfer Stimme: »Mr. Maitland!«

Antonys Lider zuckten, und er schaute sich im Saal um, bevor sein Blick wieder auf dem Zeugen haften blieb.

»Ich danke Ihnen von ganzem Herzen, Chefinspektor«, sagte er mit einem Eifer, der übertrieben wirkte. »Ich habe keine Fragen mehr, Mylord«, fügte er hinzu und setzte sich.

Geoffrey rüttelte an seiner Schulter und hatte zum Glück nicht vergessen, die linke zu packen.

»Dir ist etwas eingefallen«, sagte er beinahe vorwurfsvoll.

»Ja, allerdings«, sagte Antony, ohne den Kopf zu drehen. »Haben Sie es nicht auch bemerkt, Derek?«

Stringer schüttelte den Kopf. Maitland drehte sich nun doch herum und grinste Horton aufmunternd an.

»Ich glaube, ich brauche selbst Vitamin A«, sagte er belustigt. »Ich hätte das schon vorher erkennen müssen. Lassen wir das vorerst, ja? Lamb übernimmt noch einmal das Verhör.«

Als das Gericht sich vertagte, hatte Chefinspektor Sykes den ganzen Nachmittag im Zeugenstand verbracht, wirkte aber nach wie vor gelassen.

»Jetzt sagst du es aber«, forderte Geoffrey grimmig, als sich ringsum der Gerichtssaal leerte. »Du bist auf etwas gekommen, das unserem Mandanten helfen wird.«

»Das sagte ich schon«, gab Antony zurück. Er stapelte Bücher und Akten und schob sie mit einem Lächeln seinem Anwaltsgehilfen zu.

»Würde es Ihnen etwas ausmachen, das in die Kanzlei zurückzubringen, Willett?« sagte er. »Ich glaube, ich fahre gleich nach Hause, sobald Mr. Horton mich aus dem Kreuzverhör entläßt.«

Willett beugte sich vor und hob den Stapel auf. »Ihre Sachen auch, Mr. Stringer?« fragte er.

»Wenn Sie so freundlich sein wollen«, sagte Derek. »Und ich wette, er ist genauso neugierig wie ich«, fuhr er fort, als Willett gegangen war.

»Ja, Antony, worum geht es?« fragte Geoffrey ungeduldig.

Maitland schaute sich im ganzen Saal um und vergewisserte sich, daß niemand in Hörweite war.

»Nur darum, daß ich jetzt weiß, wer Victoria Buckley umgebracht hat«, sagte er in aufreizender Weise.

»Wenn du uns nur zum hundertsten Mal mitteilen willst, daß unser Mandant es nicht getan hat –«, begann Horton, wurde aber ohne Umschweife unterbrochen.

»Keine Rede. Außerdem ist wahr, was ich dir dreimal sage«, meinte Antony lächelnd. »Du hättest mir wirklich glauben sollen.«

»Sag uns erst, was du für eine Inspiration gehabt hast, dann werden wir sehen«, erklärte Geoffrey.

»Tun Sie das lieber, Antony«, riet Derek. »Geoffreys Geduld ist erschöpft.«

»Wenn Lamb Sykes nicht so lange festgehalten hätte –«

»Ja, ich weiß, daß du dagegen nichts machen konntest. Aber jetzt spannst du uns bewußt auf die Folter«, sagte Geoffrey. »Heraus damit!«

»Nun, alles, was ich wollte, war, darauf hinzuweisen, daß Mr. Buckley Vitamin A vermutlich weniger brauchte als irgend jemand sonst. Wir haben nicht mit allen Verdächtigen gesprochen, aber jedenfalls mit einer Person aus jeder Gruppe, und wenn irgend jemand die Augen bedeckt hätte, kurz bevor das Licht ausging, wäre das bemerkt und erwähnt worden. So eine Dummheit, aber mir ist bis jetzt nie der Gedanke gekommen, daß es eine Person gibt, für die dieser Einwand nicht gilt.«

»Und?« sagte Geoffrey kalt.

»Denkt einmal kurz an den Mord«, sagte Maitland mit Nachdruck. »Er ist verübt worden von jemand, der einen starken Sinn für das Dramatische hatte ... na ja, die Verdächtigen sind alle Schauspieler, so daß uns das nicht weit bringt. Aber ein Mensch, der durch Erstechen tötet, ist zumeist keiner von ruhiger Überlegung. Ich würde sagen, es war ein plötzlicher Entschluß, gefaßt von einem impulsiven Menschen, der nicht Wochen vorher hätte planen können, was er tun wollte, der sich nicht dadurch vorbereitet hätte, über fünf oder sechs Wochen hinweg in aller Ruhe Vitamin A zu nehmen.«

»Ich bin eigentlich Ihrer Meinung«, sagte Derek. Horton warf ihm einen vorwurfsvollen Blick zu.

»Ich sage nicht, du könntest nicht recht haben«, erklärte Geoffrey, »und die Geschworenen wirst du wohl davon überzeugen können. Aber was bringt das uns?«

»Es gab einen Mann, der die Augen geschlossen halten konnte, ohne aufzufallen.« Er sprach nun schneller, gepackt von seiner Idee, und nahm seine Begleiter kaum wahr. »Erinnerst du dich nicht, Geoffrey? Du hast das Stück nicht gesehen, aber alle Aussagen mitgehört und viel besser darauf geachtet als ich, nehme ich an. Andrew Murray trug in seiner Rolle als Megs Ehemann eine dunkle Brille.«

»Aber er war doch auf der Bühne!« wandte Geoffrey ein. »Der Mann, den Leonard Buckley ›ermorden‹ sollte.«

»Ja, ich weiß«, sagte Antony. »Deswegen sage ich, daß gerade er das Vitamin A gebraucht haben könnte. Er hatte im grellen Rampenlicht gesessen und wäre, wie ich meine, selbst mit der dunklen Brille durch die plötzliche Dunkelheit stärker geblendet gewesen als die anderen.«

»Zu blind, um die Markierungen aus Leuchtfarbe zu sehen, von denen dauernd die Rede ist. Ja, da könntest du recht haben«, sagte Geoffrey. »Aber betrachten wir die anderen Aspekte deiner Theorie. Er war auf der Bühne und gewiß in seinem eigenen Sessel, als Mr. Buckley zu ihm trat, weil dieser den Dolch anbrachte, Murrays Stöhnen hören konnte und sich bewußt war – wie, weiß ich nicht –, daß der andere zu Boden stürzte. Wäre Murray genug Zeit geblieben, das Erforderliche zu tun und wieder an seinem Platz zu sein, bis das Licht anging?«

»Es ist anderthalb Minuten lang dunkel geblieben«, sagte Antony langsam.

»Außerdem ist er auf dem Rückweg zu seinem Sessel mit Mr. Buckley zusammengestoßen.«

»Ja, das berücksichtigen wir auch. Ich nehme nicht an, daß der Mord an – wie heißt er im Stück, Douglas Carteret? – länger dauerte als dreißig Sekunden, und Mr. Buckley hat uns ausdrücklich erklärt, er hätte viel Zeit gehabt, sich also mit dem Abgang von der Bühne nicht beeilt. Es kann keinen Zweifel daran geben, daß Andrew Murray nicht nur unverschämt gut aussieht, sondern auch sehr agil ist, viel beweglicher als unser Mandant, eben auch viel jünger. Er brauchte nicht den ganzen Weg über die Bühne zu machen wie Mr. Buckley, sondern nur die Entfernung zwischen den beiden Sesseln zurückzulegen, was er zunächst im Robben tun konnte. Die Bühne war mit einem Teppich ausgelegt, wenn du dich erinnerst ... entschuldige, Geoffrey, ich vergesse immer wieder, daß du das Stück nicht gesehen hast. Jedenfalls lag da ein dicker Teppich, der die Geräusche stark dämpfte. Meiner Meinung nach, nahm er die Brille ab und setzte sie wieder auf, bevor das Licht anging. Er mußte aufstehen und hinter ihren Sessel treten, um sie zu erstechen, du kennst meine Überlegungen dazu. Und das erklärt die Tatsache, warum er vom Kurs abgekommen war, als er auf unseren Mandanten stieß.«

»Viel Zeit kann ihm nicht geblieben sein«, warf Derek ein. »Trotzdem, das mit der Sonnenbrille und dem Vitamin A hat etwas für sich.«

»Doktor Yarrow ist einer der hervorragendsten Ernährungswissenschaftler des Landes«, erklärte Geoffrey. »Er wird sich zu den Eigenschaften des Vitamins äußern, aber soviel ich weiß, hat er noch niemanden gesehen, der eine wirklich große Dosis genommen hätte.«

Antony wischte das beiseite. »Ich glaube, ehrlich gesagt, nicht, daß es darauf ankommt«, meinte er. »Er ist Lambs Zeuge, aber wir könnten von seiner Aussage mehr profitieren.« Er sah vom einen zum anderen und lächelte schwach. »Ich habe euch Stoff zum Nachdenken geliefert, nicht?«

»Was gedenkst du zu unternehmen?« fragte Geoffrey.

»Ich meine, wir sollten mit unserem Mandanten sprechen. Glaubst du, wir können ihn erreichen, bevor er fortgebracht wird, Geoffrey? Das wäre viel günstiger.«

»Ich vermute schon. Sie warten meistens, bis die Leute fort sind«, gab Geoffrey zurück.

»Dann widersprich nicht, sei brav und stell fest, ob du ihn finden kannst. Und wenn ich erraten darf, was er uns sagen wird, dann hatte Andrew Murray ein Motiv, nicht nur Victoria, sondern auch ihn aus dem Weg zu räumen. Wir dürfen nicht vergessen, daß bewußt versucht worden ist, ihn zum Sündenbock zu machen.«

Geoffrey sah ihn finster an, machte sich aber auf den Weg.

3

Ihr Gespräch mit Leonard Buckley in einem der Zimmer unter dem Gerichtssaal war kurz und sachdienlich, und es wäre noch kürzer gewesen ohne das ursprüngliche Zögern des Angeklagten, Maitlands Fragen zu beantworten, obwohl diese mit einer Direktheit gestellt wurden, die an Unhöflichkeit grenzte. Er begann mit einer unverblümten Feststellung.

»Ich glaube, Sie sind zu uns nicht ganz ehrlich gewesen, Mr. Buckley«, sagte er.

»In welcher Beziehung?« fragte Leonard betroffen.

»Behaupten Sie immer noch, daß Sie niemanden kennen, keinen Menschen, der ein Motiv gehabt hätte, Ihre Frau zu töten?«

»Ich habe Gordon Hewitt erwähnt, der sie zu verabscheuen schien. Aber er ist ein netter, junger Mann, er wäre nie so weit gegangen.«

»Ich rede jetzt nicht von Hewitt. Ich meine Andrew Murray.«

»Aber er war auf der Bühne, ich hatte ihn eben erstochen«, sagte Buckley unschuldig und fügte rasch hinzu: »Im Stück, meine ich.«

»Mr. Buckley, Sie weichen mir aus. Wie lange haben Sie Andrew Murray gekannt?«

»Ach, viele Jahre schon.«

»Wie haben Sie sich kennengelernt?«

»Ein Stück, in dem wir auftraten und das im West End ein großer Erfolg gewesen war, ging auf Tournee. Wir hatten das schon lange nicht mehr gemacht, aber das Angebot war sehr gut. Andy spielte damals noch in der Provinz, und wir lernten ihn bei irgendeiner Party kennen, ich weiß es nicht mehr genau.«

»Und –?«

»Du lieber Himmel, das ist sehr unangenehm.«

»Es wird noch unangenehmer, wenn Sie es mir nicht sagen«, erklärte Maitland grimmig. »Bisher haben Mr. Stringer und ich uns nur im Kreis gedreht.«

»Aber ich habe ihm versprochen ... und außerdem folgt daraus nicht –«

»Sie wissen etwas über Murray, das Sie bisher verschwiegen haben. Vielleicht interessiert Sie die Tatsache, Mr. Buckley«, fügte Maitland bewußt brutal hinzu, »daß er nicht bereit ist, Sie ebenso zu behandeln.«

»Was meinen Sie denn damit?«

»Sie sehen nicht klar, Mr. Buckley. Murray hat bei der Anhörung vor dem Magistratsgericht ausgesagt.«

»Das ist richtig, aber er mußte die Fragen beantworten, die man ihm stellte.«

»Und woher wußte die Anklage, welche Fragen sie stellen sollte?« sagte Antony scharf. »Weil er schon am Abend vorher die ganze traurige Geschichte der Beziehung zwischen Ihnen und Ihrer Frau ausgeplaudert hatte.«

»Das hätte ich von Andy nicht gedacht, wahrhaftig nicht.«

»Das dürfen Sie aber glauben. Mr. Horton kann bestätigen, daß ich die Wahrheit sage.«

»Daran zweifle ich natürlich nicht, Mr. Maitland. Ich finde nur –«

»Sie wissen etwas Nachteiliges über ihn«, sagte Maitland unerbittlich. »Etwas, das auch Mrs. Buckley wußte. Dabei fällt mir ein: Ist es Loyalität ihr oder ihm gegenüber, die Sie stumm bleiben ließ?«

»Victoria war manchmal ... impulsiv«, sagte Leonard mit Bedauern in der Stimme.

»Nach allem, was ich über sie erfahren habe, halte ich sie für die Hauptbedrohung ihm gegenüber, aber ich bin sicher, daß er nichts dagegen einzuwenden hatte, auch Sie gleichzeitig aus dem Weg zu räumen.«

Es blieb still, während Leonard Buckley diese Äußerung verdaute. Vielleicht dachte er an das Beweismaterial, das sich gegen ihn aufgehäuft hatte.

Schließlich sagte er immer noch widerstrebend: »Vielleicht muß ich wirklich ... Da war ein Mädchen, mit dem er zusammengelebt hatte, in Birmingham seinerzeit. Sie versuchte sich selbst auf der Bühne und war ein nettes, kleines Ding, hübsch, aber ohne jede Persönlichkeit. Sie hatte offenkundig keine Aussicht.«

»Eine bekannte Geschichte bis jetzt«, sagte Antony. »Sogar ... wie lange ist das her, sagten Sie?«

»Ungefähr fünfzehn Jahre, meine ich, genau weiß ich es nicht mehr. Und das war natürlich noch nicht alles.«

»Dann erzählen Sie uns den Rest«, forderte ihn Antony auf.

»Das Unvermeidliche geschah, sie bekam ein Baby. Ich glaube nicht, daß in solchen Fällen unbedingt eine Heirat folgen muß, wenn keine echte Liebe da ist, aber er ließ sie einfach sitzen, ohne einen Penny, offenbar ohne Gewissensbisse. Victoria besuchte sie in der Klinik, und das Mädchen zeigte ihr einen Brief. Ich glaube, er war in ganz überflüssiger Weise gemein.«

»In einem Fall wie diesem hätte das Mädchen etwas unternehmen können«, warf Geoffrey ein, in seinem Juristenherzen offenbar getroffen.

»Ja, aber das Kind starb, wissen Sie. Und das Mädchen litt offenbar an Leukämie, das arme Ding, und starb nach ein, zwei Jahren ebenfalls. Zu der Zeit ging Andrew nach Süden, während sie im Krankenhaus lag, so daß man sagen könnte, für ihn sei das der große Umschwung gewesen. Aber Victoria war die einzige, die genau Bescheid wußte – nur mir erzählte sie noch davon –, und diese Art von Aufsehen wäre beruflich für ihn gar nicht gut gewesen. Eine Liebesaffäre ist eine Sache, ein hilfloses Mädchen zu verlassen, eine völlig andere.«

»Das kann ich mir vorstellen. Aber das ist fünfzehn Jahre her, wie Sie sagen. Ist etwas geschehen, das so lange danach die Dinge auf die Spitze trieb?«

»Ich fürchte sehr, daß Victoria sich das selbst zuzuschreiben hatte. Sie war nicht sehr glücklich mit dem Verlauf der Proben, vor allem mit der Szene, die sie zusammen mit Andy spielte, kurz bevor er im Stück umgebracht wird. Sie war der Meinung, er mache es ihr bewußt schwer. Eines Abends kam sie heim und erklärte, sie hätte es ihm gegeben, und von nun an werde es besser gehen.«

»Hat sie Ihnen gesagt, wie sie das bewerkstelligt hatte?«

»Ja«, sagte Leonard und schwieg so lange, daß Antony schon glaubte, er werde nicht weitersprechen, und ihn drängen wollte. Er fügte von selbst hinzu: »Ich fürchte, sie hat ihm eine Lüge erzählt. Sie sagte, sie hätte den Brief in ihrem Besitz und werde mit ihm als Beweis die ganze Geschichte verbreiten, falls er sich nicht anders benehme. Ich habe ihr natürlich Vorwürfe gemacht, aber bei Victoria hatte das keinen Zweck. Sie war störrisch wie ein Maulesel.«

»Verstehe.« Maitland war aufgestanden und ging ein paar Mal in dem engen Zimmer hin und her, bevor er weitersprach. »Und er dachte, er könnte auf Ihr Schweigen vertrauen – beinahe zu recht, wie man sieht – aber trotzdem war es ihm lieber, Sie als Gefahr auszuschalten und im Gefängnis zu wissen.« Dann blieb er stehen, fuhr herum und sagte mit scharfer, nachdrücklicher Stimme: »Ich will nicht, daß das bei unserer direkten Befragung herauskommt, Mr. Buckley. Haben Sie verstanden? Wir beschränken uns darauf, daß Sie bestreiten, was die Anklage gegen Sie vorbringt. Und beim Kreuzverhör wird man Ihnen keine Fragen über Murray stellen, weil Lamb von der ganzen Sache nichts weiß.«

»Aber –«, sagten Derek und Geoffrey gleichzeitig. Antony drehte sich rasch um. »Wenn alles so abläuft, wie ich hoffe, erhalten wir Gelegenheit, Murray noch einmal in den Zeugenstand zu rufen, dann können wir *ihn* fragen.«

»Du gehst ein Risiko ein«, erklärte Geoffrey mißbilligend. »Ich finde, du solltest ihn im Kreuzverhör anpacken, bevor die Anklage abschließt.«

»Nein, das mache ich nicht. Es wird viel wirksamer sein, wenn wir vorher Unterstützung für unser Vorbringen erhalten.«

»Du denkst an Superintendent Briggs und weißt nicht einmal, was er sagen wird«, warf ihm Geoffrey vor.

»Nein, das weiß ich nicht, aber ... hab Geduld, Geoffrey. Ich bin wirklich der Meinung, daß das der richtige Weg ist.«

Geoffrey, dem plötzlich einfiel, wie unpassend es war, solche Streitigkeiten vor ihrem Mandanten auszutragen, sagte nichts mehr. Derek war, wie gewohnt, sofort verstummt, als er die Nutzlosigkeit erkannt hatte, Antony von seiner Meinung abzubringen. Sie ließen Leonard Buckley, einen ziemlich verwirrten alten Mann, kurz danach allein, aber Maitland machte sich, was Geoffrey anging, keine Illusionen darüber, daß die Sache schon überstanden war.

4

Antony kam danach natürlich spät zu Hause an. Sir Nicholas und Vera saßen schon bei Jenny zum traditionellen gemeinsamen Essen am Dienstag abend. Jenny stand auf, als er hereinkam, um noch ein Glas Sherry zu holen, Vera sagte in ihrer knappen Art: »Langer Tag gewesen«, aber Sir Nicholas ließ ihm Zeit, sie alle zu begrüßen, bevor er im sanftesten Ton sagte: »Halloran erzählt mir, daß du dich aus irgendeinem Grund in Vitamin A verbeißt.«

»Woher weiß er denn das?«

»Mr. Halloran weiß alles«, warf Jenny ein.

»Wenn du mitten im Kreuzverhör plötzlich mit Taubstummheit geschlagen bist, mußt du damit rechnen, daß das Aufmerksamkeit erregt«, erklärte sein Onkel. »Wie ich höre, bist du im Begriff gewesen, das Gericht von der Unschuld deines Mandanten mit der Begründung überzeugen zuwollen, er hätte es nicht gebraucht.«

»Das wird gestützt von völlig respektablen medizinischen Aussagen und von ein bißchen Psychologie«, wandte Antony ein, ließ sich sein Glas geben und stellte es, wie gewohnt, auf dem Kaminsims ab. Er war an diesem Abend müde und viel zu ruhelos, um sich gleich hinsetzen zu können. »Außerdem hat mich das auf eine Idee gebracht«, fügte er hinzu und sah die anderen der Reihe nach bewußt aufreizend an.

»Wenn sie auf einer Stufe mit den Ideen steht, die du in dieser Sache bisher gehabt hast, wird sie wohl nicht viel einbringen«, stellte Sir Nicholas mit Deutlichkeit fest.

»Also, ich erzähle es euch.« Er berichtete ausführlich über Leonard Buckleys Aussage.

»Motiv«, sagte Sir Nicholas kritisch, als er fertig war. »Das beweist gar nichts.«

»Das weiß ich, und deshalb will ich die Sache nicht ansprechen, bis wir dem Gericht andere Dinge vorgetragen haben«, sagte Antony. »Geoffrey ist sehr dafür, Murray gleich anzugreifen, wenn wir ihn im Zeugenstand haben, oder vielmehr, sobald Lamb mit ihm fertig ist, aber ich war dagegen.«

»Geoffrey hat sich deiner Meinung also angeschlossen?«

»Vermutlich. Weißt du, Onkel Nick, es ist ja wirklich wahr. Wenn man nachdenkt, ist Murray die einzig mögliche Alternative zu Mr. Buckley.«

»Immer noch offen«, sagte Vera. »Glaub nicht, ich könnte dir nicht nachfühlen, daß du deinen Mandanten freibekommen willst. Aber bist du sicher, daß du es richtig anstellst?«

»Natürlich bin ich mir nicht sicher!« sagte Antony, den bedauerlicherweise zu allen Zeiten unerwünschte Zweifel beschlichen.

»So, wie ich es sehe, gehst du bei zwei deiner Zeugen Risiken ein«, erklärte Sir Nicholas. Aber obwohl sie bis zum Essen das Für und Wider des von ihm vorgesehenen Weges immer wieder erwogen, weigerte Antony sich, von seiner Meinung abzugehen.

Später, als Roger kam, befaßte sich das Gespräch mit allgemeinen Themen, aber irgend etwas an der Art seines Freundes mußte ihn hellhörig gemacht haben, denn als Antony ihn zur Haustür hinunterbegleitete – er ging ein wenig früher als die anderen, weil er Meg vom Theater abholen wollte – blieb er auf der obersten Stufe stehen und sagte rundheraus: »Es ist etwas passiert.«

»Woher willst du das wissen?« fragte Antony ein wenig verblüfft.

»Du bist den ganzen Abend in gedämpfter Aufregung gewesen«, stellte Roger fest. »Ich nehme an, es hat sich heute vor Gericht ergeben.«

»Nicht direkt. Ich hatte eine Eingebung, das ist alles. Und ob ich recht habe oder nicht, weiß ich einfach nicht«, fügte er offen hinzu.

»Erzähl es mir«, forderte ihn Roger auf.

Wenn es etwas gab, worauf er sich verlassen konnte, war es Rogers Verschwiegenheit. Antony berichtete kurz, was er schon Sir Nicholas und Vera mitgeteilt hatte, fast mit denselben Worten.

»Aber es wäre mir lieber, wenn du Meg noch nichts davon sagen würdest«, meinte er abschließend.

»Warum nicht?« Rogers Stimme klang unerwartet scharf. »Antony, hältst du es für möglich, daß das der Grund ist, warum sie nicht aussagen will? Daß sie diese Geschichte von Andrew Murray kennt, meine ich?«

»Nein, bestimmt nicht, und es wäre unvernünftig, dies anzunehmen«, gab Antony unverblümt zurück. »Genau deshalb sollte sie es noch nicht erfahren. Wenn sie es wüßte, wäre es unangenehm für sie, mit ihm auf der Bühne zu stehen.«

»Tja ... ich kann nicht zulassen, daß sie weiter mit dem Kerl auftritt«, wandte Roger ein.

»Ich glaube, du mußt, aber wenn wir Glück haben, nicht mehr länger als zwei Abende.«

»Aber –«

»Bring nicht alles in Gefahr«, drängte Antony.

»Ach gut, meinetwegen! Wie sicher bist du dir überhaupt?«

»Als ich das erste Mal darüber nachdachte, und als ich hörte, was Leonard Buckley zu sagen hatte, war ich fest überzeugt. Seither haben sich einige Zweifel eingeschlichen, aber sie sind nicht stark genug, um zu beeinflussen, was ich machen werde.«

»Du hast mir oft genug erklärt, du greifst einen Zeugen vor Gericht in einer so ernsten Sache nicht an, bis du sicher bist, daß es wirklich berechtigt ist.«

»Richtig. Das ist wohl auch ein Grund, warum ich zu Murray im Kreuzverhör nichts sagen und mich auf die Theorie nicht festlegen will, bis unabhängig davon Indizien vorliegen. Und wie Onkel Nick schon betont hat, ist es sehr zweifelhaft, ob das überhaupt der Fall sein wird. Vergiß nicht, Roger, kein Wort zu Meg!«

»Sie weiß es vielleicht schon«, sagte Roger dumpf und kam damit offenbar auf den ersten Gedanken beim Hören der Geschichte zurück.

»Unsinn! Das hätte sie dir erzählt.«

»O nein, keineswegs. Sie meint das mit ihrem Haß gegen Klatsch wirklich ernst, weißt du.«

»Das weiß ich«, sagte Antony und verzichtete darauf, Roger daran zu erinnern, daß er Meg viel länger kannte. Aber er war sehr nachdenklich, als er wieder zu den anderen hinaufging, und fragte sich zum ersten Mal, wie viel Meg in Wahrheit wußte, ohne es ihm verraten zu haben.

Mittwoch, zweiter Verhandlungstag

1

Der Tag begann zögernd, zumindest von Maitlands Warte aus, weil es Zeugen gab, mit denen nach seiner Meinung Derek besser umgehen konnte als er selbst. Nicht, daß unwichtig gewesen wäre, was sie zu sagen hatten, aber er vermutete, daß Derek mit den medizinischen Seiten des Falles besser vertraut war als er, und falls sich etwas Unvorhergesehenes ergeben sollte . . .

Zur Todesursache gab es natürlich keinen Streit, und anschließend ging es um einen kleinen Klecks Leuchtfarbe an dem Kleid, das Victoria Buckley bei ihrem Tod getragen hatte, vermischt mit ihrem Blut.

»Aber es gab nicht soviel Blut, daß ihr Mörder besudelt worden wäre?« fragte Lamb mit seiner Verzweiflungsstimme.

»Das ist sehr unwahrscheinlich. Das Stilett war außerordentlich scharf und tief hineingestoßen worden. Es kann kein Blut herausgespritzt sein.«

Als Sir Gerald Lamb sich wieder setzte, stand Derek Stringer auf.

»Ich möchte Sie bitten, kurz aus dem Zeugenstand zu treten, Doktor, und sich das Bühnenmodell anzusehen, das zusammen mit den anderen Beweisstücken vorne auf dem Tisch steht. Mit Eurer Lordschaft Erlaubnis«, fügte er an, und Richter Bellman senkte höflich den Kopf.

Es gab eine Pause, während der Zeuge der Bitte des Verteidigers nachkam. Als er vor dem Modell stand, fragte Derek: »Wissen Sie, in welchem Sessel Victoria Buckley gesessen hat, Doktor?«

»Ich habe das Stück nicht gesehen, aber es ist wohl der mit dem Kreidekreuz davor, das wohl ihre Leiche darstellt.«

»Richtig. Von Ihnen aus steht er rechts auf der Bühne, ziemlich weit vorne. Würden Sie uns den Sessel beschreiben?«

»Ich bin kein Möbelfachmann, aber vom Stil her würde ich ihn als viktorianisch bezeichnen.«

»Mr. Stringer«, sagte der Richter. »Falls wir zu diesem Punkt eine Aussage benötigen, wird die Verteidigung zu gegebener Zeit wohl ihren eigenen Fachmann rufen.«

»Es geht nicht um das Alter des Sessels, Mylord, sondern darum, daß die Form von Bedeutung für eine Frage ist, über die uns der Doktor wohl informieren kann. Darf ich fortfahren?«

»Wenn Sie keinen Einwand haben, Sir Gerald?«

»Keinen, Mylord.« Vielleicht war Lamb selbst neugierig. Antony lächelte vor sich hin.

»Es ist die Höhe des Sessels, um die es uns geht, Doktor«, erklärte Stringer dem Zeugen. »Wenn Sie daran denken, daß Victoria Buckley nicht sehr groß gewachsen war, fällt Ihnen dann etwas auf?«

»Allerdings. Wenn sie im Sessel nicht weit vorne saß, wäre es unmöglich gewesen, daß der Stoß sie dort getroffen hat, wo das der Fall war. Für den Mörder wäre es andernfalls auch unmöglich gewesen, die Leuchtfarbe zu sehen. Und selbst wenn sie so gesessen hat«, fügte der Arzt zweifelnd hinzu, so daß Maitland ihm im stillen allen Segen des Himmels wünschte, »bezweifle ich, ob die Hand des Täters weit genug hätte ausholen können, um den sehr heftigen Stoß zu führen, den sie erhalten hat.«

»Danke, Doktor. Würden Sie jetzt, bitte, meinen Klienten ansehen?«

Der Zeuge drehte sich nach Leonard Buckley um.

»Ja?« sagte er.

»Vielleicht wären Sie so freundlich aufzustehen, Mr. Buckley?« Leonard Buckley gehorchte. »Es mag schwierig für Sie sein, das von Ihrem Platz aus zu beurteilen, Doktor, aber ich kann Ihnen versichern, daß mein Mandant von kleinem Wuchs ist, nicht größer als einssechzig. Ich bin überzeugt davon, Sie können das selbst beurteilen, wenn Sie seine Größe mit der seiner Begleitaufseher vergleichen.«

»Er ist gewiß ein kleiner Mann«, bestätigte der Zeuge.

»Nun gut, dann frage ich mit Erlaubnis Seiner Lordschaft erneut nach Ihrer Meinung, Doktor.« Er wartete eine Bemerkung Bellmans aber nicht ab. »Wenn Sie selbst auf die Bühne geschlichen wären, um die Tat zu begehen, wie wären Sie vorgegangen?«

»Die Getötete hat keinen Laut von sich gegeben?« Es war nicht zu übersehen, daß der Arzt von dieser unerwarteten Art der Befragung ganz gefesselt war.

»Keinen.«

»Ich glaube, es wäre notwendig gewesen, das Opfer hochzureißen und festzuhalten, während ich mit dem Messer zustieß«, sagte der Zeuge mit ganz unprofessionellem Genuß.

»Und – wenn wir diesen unwahrscheinlichen Verlauf unterstellen, Doktor – wie würden Sie verhindern, daß sie aufschreit?«

»Indem ich den Arm um ihre Kehle lege.« Er machte es vor. »Wenn ich sie mit der Ellenbeuge festhalte, könnte ich ganz sicher sein, daß sie stumm bleibt, bis das Stilett hineingestoßen ist.«

Diesmal stand Lamb auf. »Mylord«, klagte er.

»Ich glaube, ich muß den Einspruch abweisen, Sir Gerald«, erklärte der Richter. »Sie haben diesen Zeugen als Sachverständigen gerufen, und zumindest in diesem Punkt scheint mir die Verteidigung ein Recht darauf zu haben, ihn als solchen zu nutzen.«

»Wie Euer Lordschaft wünschen«, sagte Lamb und sank wieder auf seinen Platz.

»Danke, Doktor.« Zumindest für Maitland war erkennbar, daß Derek Befriedigung empfand. »Eine Hand auf ihrem Mund hätte dasselbe bewirkt?«

»Aber sie hätte mehr Gelegenheit gehabt, sich zu wehren«, wandte der Arzt ein. »Und wenn er schon genau festgestellt hatte, wo er zustoßen wollte –«

»Ich verstehe. Nur noch ein Punkt, dann belästige ich Sie nicht mehr. Wenn man bedenkt, daß der Angeklagte kaum größer war als seine Frau, daß er ein Mann von siebzig Jahren ist, zwar in guter Verfassung, aber nicht übermäßig kräftig, glauben Sie, er hätte so handeln können, wie Sie es geschildert haben?«

Bevor der Zeuge antwortete, sah er zweifelnd zu Sir Gerald Lamb hinüber.

»Ich glaube nicht, daß die Antwort auf diese Frage in meinen Zuständigkeitsbereich fällt«, sagte er, einem weiteren Einspruch zuvorkommend, den der Richter mit Gewißheit zugelassen hätte.

Lamb stellte erneut Fragen, was zu erwarten gewesen war, und da er trotz seiner Melancholie ein scharfsinniger Mann war, gelang es ihm, die Rekonstruktion erheblichen Zweifeln auszusetzen. Trotzdem bemerkte Maitland, als er über die Schulter blickte, daß Geoffrey verstohlen lächelte, und als er sich seinem fähigen Kollegen zuwandte, wirkte auch Derek triumphierend.

»Ich bin fast überzeugt«, murmelte Stringer, so daß Antony sich fragte, ob die Sache wirklich so klar sei, wie sie ihm vorkam.

Dr. Yarrow, Fachmann für Ernährungsfragen, wurde als nächster in den Zeugenstand gerufen, und als Maitland später darüber nachdachte, konnte er nicht erkennen, daß seine Aussage die Anklage in irgendeiner Beziehung weitergebracht hatte. Bedauerlicherweise hatte auch die Verteidigung nicht profitieren können. Nach den Wirkungen von Vitamin A auf Nachtblindheit befragt, erging er sich gelehrt über die Bildung von Sehpurpur im Auge und die empfindlichen Stäbchen der Netzhaut, die über die Anpassung des Auges auf Dunkelheit bestimmen. Von Lamb wieder auf die Erde zurückgeholt, wiederholte er das Ganze mit weniger Fremdwörtern und äußerte sich dann zu den empfohlenen Tagesmengen; in den Vereinigten Staaten seien sie höher als hier, sagte er. Er selbst wolle nicht mehr als 3000 internationale Einheiten am Tag empfehlen, und manche Fachleute setzten die Dosis noch geringer an.

Von der Verteidigung aufgefordert, sich zur Wirkung einer (mengenmäßig nicht bestimmten) starken Dosis zu äußern, wurde er ein wenig gereizt. Eine einzelne solche Dosis könne schädlich sein oder nicht, auf keinen Fall dürfe sie wiederholt gegeben werden. Selbstverständlich werde er wegen der möglichen toxischen Wirkungen das Vitamin niemals in großer Menge verschreiben und könne deshalb nicht aus Erfahrung sprechen. Aus demselben Grund bezweifle er, daß das irgend jemand anderer könne. Aber – wenn klar sei, daß es sich hier nur um eine persönliche Meinung handele – eine solche Dosis müsse auf jeden Fall die Nachtsichtigkeit dieser Person erheblich gesteigert haben.

Als nächste Zeugin erschien Ellie Dorman, und Maitland brauchte ein paar Sekunden, um die Frau, die er in den Zeugenstand treten sah, mit der Erinnerung an jene zu vereinen, die er auf der Bühne gesehen hatte. Er hätte sie als typische alte Jungfer eingestuft, aber im Stück war sie als Pendant zu Andrew Murray eine lebendige, attraktive Frau gewesen. Lambs Bedrückung schien eher noch zuzunehmen, als er die ersten Fragen stellte.

»Schurken und Vagabunden, die mag er nicht«, sagte Derek Antony ins Ohr.

Alles in allem brachte ihre Aussage sie nicht viel weiter. Sie schilderte, was auf der Bühne vorgegangen war, bevor das Licht abgeschaltet wurde, wo sie sich aufgehalten hatte, während der Verdunkelung, und wie sie der Schock getroffen habe angesichts der unerwarteten Szene, als das Licht wieder angegangen sei. Sie bezeugte offenbar nur widerwillig, daß es überhaupt Reibungen zwischen den Buckleys gegeben hatte, obwohl ganz deutlich wurde, daß sie Victoria nicht hatte leiden können. Sie sagte sogar bissig: »Es klingt sehr unwahrscheinlich, wenn Leonard meint, sie hätte ihn vergiften wollen, aber so etwas hätte ich ihr durchaus zugetraut.«

Damit mußte der Ankläger zufrieden sein, falls das bei ihm jemals vorkam. Er überließ die Zeugin mit einer traurigen Geste der Verteidigung.

Wieder war es Stringer, der zum Kreuzverhör aufstand, und seine ersten Fragen zielten darauf, herauszufinden, ob ihr an der Bühne irgend etwas Ungewöhnliches aufgefallen war, als wieder Licht herrschte. Die Antwort war ein unzweideutiges ›Nein‹. Er glaubte nicht, sie darin erschüttern zu können, und befaßte sich mit anderen Dingen.

»Wie gut haben Sie die Buckley gekannt?« fragte er.

»Sehr gut, und schon sehr lange. Wir vermissen sie im Theater ganz schrecklich, wissen Sie, als Paar waren sie ja ideal.« Sie verstummte kurz, als ihr offenbar einfiel, was sie vorher ausgesagt hatte. »Jedenfalls für die Öffentlichkeit«, fügte sie hinzu.

»Dann sind Sie genau die Person, die wir brauchen«, erklärte Derek erfreut. »Ich bin sicher, das Gericht wird mit Interesse die Ansichten einer Dame von Ihrem Scharfblick erfahren.«

»Augenblick, Mr. Stringer. Woher wissen wir, daß die Dame Scharfblick besitzt?« fragte Richter Bellman offensichtlich mit Genuß.

»Sie ist eine sehr bekannte Schauspielerin, Mylord«, gab Derek schlagfertig zurück. »Das verlangt Einfühlungsvermögen, in hohem Maß die Fähigkeit, anderer Menschen Denkweise zu verstehen. Ich bin sicher, Euer Lordschaft wird mir zustimmen.«

»Vielleicht, vielleicht auch nicht«, sagte Bellman neutral. »Sie können aber fortfahren.«

»Ich bin Euer Lordschaft sehr verbunden. Was ich von Ihnen hören möchte, Miss Dorman«, wandte sich Stringer zur Zeugin, »ist, was Sie über Charakter und Ruf meines Mandanten wissen.«

»Ich glaube, die ganze Welt weiß, was für ein großartiger Schauspieler er ist«, erwiderte Ellie. »Sein Ruf könnte nicht besser sein.«

hat? So war das ganz und gar nicht. Er sagte, er hätte das Recht, zu tun, was er wolle, weil Victoria ihm zuerst untreu geworden sei.«

Wenn Lamb von diesem Eingeständnis befriedigt war, ließ er es sich jedenfalls nicht anmerken. »Das habe ich eigentlich nicht gemeint, Madam«, sagte er, »wiewohl die Jury das vielleicht berücksichtigen mag. Ihre Meinung über einen Mann, den sie, wie Sie sagen, seit Jahren lieben, wird aber kaum eine nachteilige sein.« Er schwieg kurz, aber Ellie hatte nichts hinzuzufügen. »Ich danke Ihnen, Miss Dorman«, sagte er und setzte sich, wohl wissend, daß er den kleinen Vorteil, den die Verteidigung während des Kreuzverhörs erzielt haben mochte, völlig zunichtegemacht hatte.

2

Danach und nicht zu früh, wie Antony fand, kam die Mittagspause. Wieder war von Sir Nicholas nichts zu sehen, als sie ›Astroff‹ betraten, was ganz gut war, wenn man bedachte, was er vom Vorgehen der Verteidigung hielt; andererseits machte es den Weg frei für eine neuerliche Attacke Geoffreys zu eben diesem Punkt.

Als sie in den Gerichtssaal zurückkamen, wurde als nächster Zeuge Dominic Eldred gerufen. Diesmal hatte Maitland keine Schwierigkeiten, seine reale Erscheinung mit dem Eindruck in Einklang zu bringen, den er auf der Bühne erweckte, obwohl seine Persönlichkeit einen tiefgreifenden Wandel erlebt zu haben schien. Er sprach leise und schien dem Gericht hohe Achtung entgegenzubringen, aber Antony kam der Gedanke, daß sein Verhalten ebenso Schauspielerei sein mochte wie seine Darstellung des Inspektor Murchison auf der Bühne.

Lamb überließ das direkte Verhör seinem juristischen Mitarbeiter, einem Mann namens Halburton, der jung war und sich bereits einen Namen zu machen begann, auch wenn zweifelhaft erschien, daß dieser Fall seinen Ruf erheblich fördern würde, weil der Hauptvertreter der Anklage nicht eben bekannt dafür war, Verantwortung gerne zu delegieren. Hier ging es lediglich darum, noch einmal durchzugehen, was während der Verdunkelung geschehen war, und wie die Leute, mit denen Antony und Geoffrey gesprochen hatten, konnte der Zeuge zur Sache nichts beitragen. Er hatte das Stilett als jenes zu identifizieren, das er Victoria vor gut dreißig Jahren geschenkt hatte, und zu erklären, er wisse, daß sie es ganz kurze Zeit vor dem Mord noch in ihrem Besitz gehabt hätte. Daran ließ sich nicht viel ändern, aber Maitland stand trotzdem auf, um das Kreuzverhör zu beginnen. Wenn er ehrlich war, hatte er noch nicht entschieden, ob es zweckvoll sei, den Geschworenen zu verdeutlichen, daß Victoria Buckley vielleicht nicht die perfekte Ehefrau gewesen war, als die sie in der Öffentlichkeit gegolten hatte. Das mußten die Geschworenen schon aus der Behauptung Leonard Buckleys entnommen haben, sie hätte ihn vergiften wollen, und ebenso aus Ellie Dormans Äußerungen. Vielleicht sollte man die Fakten hervorheben, vielleicht aber auch nicht. Er sah sich in einer seltsamen Unschlüssigkeit befangen.

»Was die Verdunkelung auf der Bühne betrifft, während der Victoria Buckley ermordet wurde«, sagte er, wobei er sich bewußt war, daß er immer noch Zeit zu gewinnen versuchte, »gibt es einen Punkt, zu dem mein Freund für die Anklage noch nicht befragt hat. War auf der Bühne etwas verändert, als das Licht wieder anging?«

»Ich . . . glaube nicht. Ich war einen Augenblick lang geblendet, wissen Sie.«

»Ja, das ist mir klar. Aber nur für einen Augenblick«, betonte Maitland. »Danach . . . war beispielsweise bei den Möbelstücken eine Veränderung eingetreten?«

»Nicht, soviel ich mich erinnern kann.«

»Und es gab nichts, was vorher nicht dagewesen wäre, das, zum Beispiel, nicht vorhanden war, als zum gleichen Zeitpunkt bei der Kostümprobe das Licht anging?«

»Ich habe nichts bemerkt. Ich war zu entsetzt von dem, was ich sah.«

»Sie erwarteten, Mr. Andrew Murray zu sehen, der den Toten spielte. Wie deuteten Sie den Umstand, als Sie sahen, daß auch Mrs. Buckley am Boden lag?«

»Einen kurzen Augenblick lang dachte ich, sie sei vielleicht ohnmächtig geworden, dann sah ich den Griff des Stiletts. Ich glaube, Andy erkannte vor mir, was geschehen war, er hob den Kopf, stand dann auf und ging zu ihr hinüber. Leonard stand schon vor ihr. Ich weiß, der Ausdruck ist leider abgegriffen, aber mir fällt kein anderer ein, ich schien auf der Stelle wie festgewurzelt.« Noch jemand anderer hatte etwas ganz Ähnliches gesagt, dachte Antony. Vielleicht gab es das wirklich, wenngleich er sich das als rastloser Mensch in unerwarteten oder belastenden Augenblicken selbst nicht vorstellen konnte.

»Sie haben Mrs. Buckley sehr gern gehabt, ist das richtig?«

»Sehr gern, ja.«

»Wie lange dauerte diese Zuneigung schon?«

»Viele Jahre.«

»Können Sie da nicht ein wenig genauer werden, Mr. Eldred?«

Es gab eine kurze Pause. »Wenn Sie es unbedingt wissen müssen: Ich wollte sie heiraten, bevor sie Leonard Buckley kennenlernte«, sagte Dominic. »Wir waren genau gleich alt, wissen Sie, oder doch fast, und ich glaube, sie war der Meinung, ich sei zu jung für sie. Außerdem hatte er bereits Erfolg und muß bei ihr mehr Eindruck gemacht haben.« Für einen Augenblick irrten seine Augen zu dem Mann auf der Anklagebank ab. »Das war vor dreiundvierzig Jahren«, fügte er hinzu.

»Und danach hielten Sie also – dreiundvierzig Jahre lang, wie Sie sagten – die Rolle eines Freundes der Familie aufrecht?«

»Ja.«

»Hatten Sie die Gewohnheit, Mrs. Buckley teure Geschenke zu machen?«

»Nein, durchaus nicht. Eine Flasche Wein, wenn ich mit ihnen zum Essen ging, vielleicht, solche Dinge. Ein Geschenk für sie beide, nicht für sie allein.«

»Dann frage ich mich, welche Gelegenheit den Anlaß bot, das Stilett zu schenken. Es muß von erheblichem Wert gewesen sein.«

»Heute vielleicht mehr als damals«, meinte Dominic.

»Genau. Aber heute könnten Sie es sich auch eher leisten als damals. Soviel ich weiß, ist es vor dreiunddreißig Jahren geschenkt worden.«

»Ich sagte ... ungefähr vor dreißig.« Er verstummte wieder und sah Maitland an, als versuche er zu ergründen, wieviel er wußte.

»Sie stehen unter Eid, Mr. Eldred«, sagte Antony ruhig.

»Ich glaube nicht, daß Ihnen das irgend etwas nützt«, sagte Dominic sehr zögernd, »aber Victoria und ich waren – waren damals kurze Zeit intim. Das Stilett war eine Erinnerung an etwas, das mir ein großes Glück bedeutet hatte.«

»War einmal die Rede davon, daß sie sich scheiden lassen und Sie heiraten sollte? Sie selbst waren unverheiratet, soviel ich weiß.«

»Ja, ich war unverheiratet und bin es noch. Und natürlich habe ich sie darum gebeten. Aber ihr Bild in der Öffentlichkeit stand schon fest, Leonard und Victoria als das ›vollkommene Ehepaar‹. Ich bin auch Schauspieler, wissen Sie, ich weiß alles über Hoffnungen und Ambitionen ... und über Enttäuschungen dazu. Ich konnte ihren Standpunkt sehr gut verstehen.«

»Blieben Sie ein Liebespaar?«

»Nicht länger als ... ungefähr einen Monat oder fünf Wochen im ganzen, glaube ich.« Seine Stimme klang leiser, und der Richter forderte ihn ziemlich barsch auf, lauter zu sprechen. »Und im Rückblick weiß ich nicht einmal mehr, ob sie oder ich dem ein Ende gemacht hat. Wir waren von der gleichen Generation, verstehen Sie, altmodisch würde man uns heute wohl nennen. Wenn es keine Aussicht darauf gab, daß aus der Affäre eine Ehe werden konnte, hatten wir wohl beide das Gefühl, es sei nicht recht, so weiterzumachen.«

»Wußte mein Mandant, was geschehen war?«

»Ich glaube schon, auch wenn er nie etwas gesagt hat.«

»Sie haben also Ihre alte Rolle als Freund der Familie wieder aufgenommen?«

»Ja.«

»Dann möchte ich Ihnen nur noch eine Frage stellen, Mr. Eldred. Vielleicht sind Sie sogar besser als jeder andere in der Lage, sie zu beantworten. Glauben Sie, daß Victoria Buckley versucht hat, ihren Mann zu vergiften?«

Das führte zu viel längerer Stille als irgendwann vorher.

»Sie haben mich eben daran erinnert, daß ich unter Eid stehe«, sagte Dominic zaghaft. »Ich muß also antworten, daß ich es geglaubt habe, daß ich wußte, wie sie jetzt zu ihm stand, wie sie zueinander standen. Aber ich glaube nicht, daß sie bei Sinnen gewesen sein kann, als sie das tat.«

»Haben Sie besondere Gründe dafür, so etwas zu sagen?«

»Nur, daß ich sie schon so lange kenne, daß es nicht in ihrer Art lag, so etwas zu tun.«

»Und sind Ihre Gründe für die Vermutung, sie hätte Gift benutzt, ebenso vage?«

»Vermutlich«, räumte der Zeuge ein. »Nur fiel mir die eine oder andere merkwürdige Bemerkung ein, die sie mir gegenüber gemacht hatte, etwa, ob ich noch um ihre Hand anhalten würde, wenn sie frei wäre.« Er schüttelte den Kopf, als wolle er klare Gedanken bekommen. »Nichts, was man einen Beweis nennen könnte«, sagte er.

»Vielen Dank, Mr. Eldred, ich habe keine weiteren Fragen.« Am liebsten hätte Antony angefügt: ›Tut mir leid, daß ich das alles an die Öffentlichkeit gezerrt habe‹. Das war aber nicht der Augenblick dafür. Irgend etwas an Dominic Eldreds Würde hatte eine mitfühlende Saite in ihm angerührt. Er setzte sich, Lamb verzichtete auf eine neuerliche Befragung, und als nächster wurde Andrew Murray aufgerufen.

Mit seiner neuen Erkenntnis (oder war Verdacht das bessere Wort?) betrachtete Maitland den Schauspieler jetzt mit größerem Interesse als zuvor auf der Bühne. Wie bei Dominic Eldred gab es äußerlich kaum eine Veränderung zu sehen; daß er so gut aussah, war vorher das Auffallendste an ihm gewesen und auch geblieben. Aber ebenfalls wie bei Eldred war mit ihm eine totale Verwandlung vorgegangen. Aus dem sorglosen Schürzenjäger des Theaterstücks war ein ernsthafter, nachdenklicher Mensch geworden, der sich seiner Aufgabe als Zeuge der Anklage nur zu deutlich bewußt war und sie ebenso offenkundig ganz und gar nicht schätzte.

Was Sir Gerald Lamb anging, entsprach der Zeuge ganz den Erwartungen. Seine Schilderung des Zerwürfnisses zwischen den beiden Buckleys kam widerwillig, war aber gerade deswegen doppelt überzeugend. Er hatte sie beide seit Jahren gekannt, vor den Proben zu diesem Stück aber nicht näher. Maitland fiel auf, daß Buckley bei dieser Bemerkung den Kopf hob und hoffte im stillen, sein Mandant werde sich daran erinnern, daß er zu diesem Thema nichts sagen sollte, sobald er als Zeuge auftrat. Die ganze Zeit über, bis zu ihrer neuerlichen Begegnung, hatte der Zeuge geglaubt, das öffentliche Bild des Paares entspreche der Wirklichkeit, und er gab an, überrascht und tief betroffen gewesen zu sein, als er erkannt habe, wie sie in Wahrheit zueinander standen. Sein letzter Besuch bei ihnen sei am 12. Februar erfolgt, an einem Montag, zwei Tage vor der Premiere. Damals sei ihm das Stilett auf dem Schreibtisch im Wohnzimmer aufgefallen.

Da er Lambs Zeuge war und nach Meinung der Anklage ein sehr wichtiger dazu, mußte das alles nicht nur einmal, sondern mehrmals wiederholt werden, bis keine Gefahr mehr bestand, die Geschworenen hätten irgend etwas nicht erfaßt. Geoffrey Horton, umso eifriger, nachdem er sich zu Maitlands Ansicht bekehrt hatte, benützte diese Zeit dazu, eine Reihe von Bemerkungen zu kritzeln, um darauf zu drängen, daß Leonard Buckleys Schilderung ihrer früheren Bekanntschaft und der nicht lange zurückliegenden Vorgänge zwischen Murray und Victoria Buckley beim Kreuzverhör dem Zeugen vorgehalten werden sollten. Antony hätte auf diesen wiederholten Ratschlag gut verzichten können, weil sein Entschluß aus Instinkt gefaßt war, dem er tief mißtraute. Was Derek anging, war nicht zu erkennen, was er dachte. Er würde ohne Widerspruch sich dem für richtig gehaltenen Vorgehen anschließen, ob er aber zustimmte oder nicht, war eine andere Frage.

Endlich setzte Sir Gerald Lamb sich wieder. Maitland schrieb mit großen Buchstaben NEIN auf Geoffreys letzten Zettel, gab ihn zurück und stand auf. Andrew Murray drehte sich ein wenig zu ihm herum und sah ihn höflich fragend an.

»Ihre Rolle in ›Dolche im Dutzend‹ verlangte von Ihnen das Tragen einer Sonnenbrille?« begann Maitland.

»Ja«, sagte der Zeuge sichtbar überrascht, erholte sich aber und begann ausführlicher zu antworten. »Ich habe mit dem Autor deshalb mehrmals diskutiert, weil man nicht gerade behaupten kann, daß sie gut wirken. Er ließ sich aber nicht davon abbringen. Er vertrat die Meinung, der Mord an mir sei dadurch überzeugender, obwohl die Tat im Dunkeln geschehen sollte, und da Kevin seiner Meinung war, konnte ich mich nicht durchsetzen.«

»Kevin Elliott ist der Regisseur?«

»Ja. Seine Entscheidung war natürlich endgültig.«

»Eine gewöhnliche Sonnenbrille?«

»Aber ja. Ich brauchte kein Brillenrezept dafür, wenn Sie das meinen.«

»Wie oft ist die Szene im Dunkeln geprobt worden?«

»Nur einmal, bei der Kostümprobe.«

»Haben Sie in Erwartung der Dunkelheit Ihre Szene mit Victoria Buckley vielleicht mit geschlossenen Augen hinter der dunklen Brille gespielt?«

»Das war nicht nötig. Bis das Licht wieder anging, mußte ich am Boden liegen und sollte da für den Rest der Szene bleiben. Ich brauchte in der Dunkelheit nichts zu sehen, sondern nur zu warten, bis Leonard mir auf die Schulter tippte, als Signal dafür, daß der Dolch an seinem Platz war, und dann zu Boden zu stürzen.«

»Sie haben meinem geschätzten Freund erklärt, daß die Berührung an der Schulter bei dieser Gelegenheit später gekommen sei als erwartet. Sind Sie da sicher?«

»Ganz sicher.«

»Obwohl die Szene in der Dunkelheit erst einmal geprobt worden war?«

»Das ist natürlich nur eine Schätzung«, sagte Murray ziemlich hastig, »aber beim ersten Mal schien Leonard viel früher bei mir zu sein.«

»Aber wir wissen doch alle – nicht wahr? – wie schwer es ist, die Zeit zu schätzen, ohne auf eine Uhr zu sehen.«

»Ja, sicher, aber ich glaube trotzdem . . . na gut, es spielt wohl keine Rolle.«

»Ich glaube, mein geschätzter Freund für die Anklage ist da nicht ganz Ihrer Meinung«, sagte Antony lächelnd. »Aber gehen wir von diesem Punkt zu einem anderen, der vielleicht von größerem Interesse ist. Als Ihnen bewußt wurde, daß etwas passiert war ... wie kam das eigentlich?«

»Ich hörte Leonard Victorias Namen rufen.«

»Ich würde gern wissen, welchen Eindruck Sie dabei hatten. Klang er ernsthaft besorgt?«

»Ja, damals dachte ich das. Aber schließlich ist er Schauspieler.«

»Wie verschiedene Zeugen in diesem Fall«, sagte Antony wie im Selbstgespräch. »Sie hoben also den Kopf –«

»Leonard stand vor Victoria, ich sah den Dolch im ersten Augenblick nicht und dachte, sie wäre ohnmächtig geworden. Dann raffte ich mich auf und ging zu ihm. Es war natürlich rasch zu sehen, daß wir nichts für sie tun konnten.«

»Das haben Sie beim Hauptverhör erklärt, und die medizinischen Sachverständigen bestätigen es«, sagte Antony. »Was ich Sie fragen wollte, Mr. Murray, ist Folgendes: Ist Ihnen zu diesem Zeitpunkt am Bühnenbild irgendeine Veränderung aufgefallen?«

»Nur das Schreckliche, daß Victoria tot war.«

»Das meine ich nicht. Wir haben vom Arzt Ausführliches darüber gehört. Ich meinte, war das ganze Mobiliar an seinem Platz? Oder war etwas da, das nicht hingehörte?«

»Nein, da war nichts, ganz sicher nicht.« Diesmal gab Andrew Murray sich ganz sicher. »Wir hatten schon geraume Zeit mit komplettem Bühnenbild geprobt, eine Veränderung wäre mir also aufgefallen.«

»Danke, Mr. Murray, das ist alles, was ich Sie zu fragen habe. Aber ich glaube, Sir Gerald –«, fügte er mit einem fragenden Blick zu seinem Gegner an. Lamb war in der Tat bereits aufgestanden.

»Vielleicht könnten wir ein Experiment versuchen, Mr. Murray«, schlug er vor. »Wenn Sie die Augen schließen, blicke ich auf die Uhr, und Sie können mir genau sagen, zu welchem Zeitpunkt innerhalb der eineinhalb Minuten Leonard Buckley Sie an der Schulter berührt hat.«

Der Zeuge gehorchte.

»Es waren«, sagte Lamb, ganz so als hätte er eben schlimme Nachricht erhalten, obwohl er in Wahrheit begeistert sein mußte, »eine Minute und zwanzig Sekunden, bevor das Zeichen kam. Würden Sie nicht sagen, Mr. Murray, das erklärt recht gut die Tatsache, warum der Angeklagte sich noch auf der Bühne befand, als das Licht anging?« fügte er hinzu und wurde unterbrochen von einem heftigen Einspruch Maitlands, dem der Richter stattgab.

Danach durfte Andrew Murray gehen. Antony hoffte schon auf eine Sitzungspause, als Sir Gerald Lamb mitteilte, er habe keine weiteren Zeugen vorgesehen, aber da Richter Bellman kein Zeichen gab, blieb ihm nichts anderes übrig, als aufzustehen und mit seinem eigenen Beweisvortrag zu beginnen.

Wenn er die einleitenden Bemerkungen knapp hielt, war das nicht allein auf das Gefühl zurückzuführen, Bellman werde, sobald er fertig war, vertagen, sondern auch auf seine Gesamtstrategie. In diesem Fall hatte er jedoch mehr denn je den Eindruck, es sei besser, möglichst wenig zu sagen; er übergoß die zum größten Teil auf Indizien beruhende Anklage mit einigem Spott.

»Und was das behauptete Motiv betrifft, meine Damen und Herren Geschworenen, so wäre mehr als dreißig Jahre früher, nachdem er von der Untreue seiner Frau erfahren hatte, der Zeitpunkt gewesen, an dem dieser Mann zur Gewalt gegriffen hätte, wenn das in seiner Natur läge. Nicht jetzt, nicht nach dreiundvierzig Jahren einer erfolgreichen Partnerschaft.« Anschließend befaßte er sich genauer mit Dereks Kreuzverhör des wichtigsten medizinischen Sachverständigen der Anklage. »Der Mörder muß viel Kraft gehabt haben und erheblich größer gewesen sein als der Angeklagte. Gewiß ein Mann, aber ein Mann mit Eigenschaften, über die Leonard Buckley nicht verfügt.« Danach ging es nur noch um das Versprechen, die Beweise widerlegen zu wollen, die bisher vorgelegt worden waren. »Sie werden, was mein Mandant zu sagen hat, aus seinem eigenen Mund hören, meine Damen und Herren Geschworenen, und dazu andere Zeugen, mit deren Hilfe Sie, wie ich überzeugt bin, zu einem gerechten Urteil, daß er nicht schuldig ist, gelangen können.« Aber als er sich wieder setzte, tauschte er mit Derek ein eher klägliches Lächeln.

»Alles nur Worte!« murmelte ihm Geoffrey ins Ohr.

Aber Richter Bellman hatte nun doch genug.

»Wofür wir alle nur dankbar sein können«, sagte Derek beim Aufstehen, als der Richter den Saal verließ. Sie gingen gemeinsam. Auf der Straße bemerkte Geoffrey: »Ich hoffe nur, daß du das Richtige tust.«

Ein aufmunternder Gedanke für den Nachhauseweg.

3

Maitland bekam Sir Nicholas an diesem Abend nicht zu Gesicht, was er sehr begrüßte. Vera hätte, wie er wußte, die Dinge in mitfühlender Weise mit ihm diskutiert, Sir Nicholas dagegen hätte seine Strategie ohne Umschweife verurteilt und ihn noch unsicherer gemacht. Roger dagegen erschien zur gewohnten Zeit, und Antony überraschte ihn, kurz bevor er sich auf den Weg zum Theater machen wollte, mit den Worten: »Darf ich Meg heute abholen, wenn ich ein Taxi nehme?«

»Ja, natürlich, aber es ist einfacher, wenn ich den Wagen nehme. Wieso willst du überhaupt –«

»Ich möchte sie nur noch einmal zu dem schwarzen Tuch befragen, das hinter Victoria Buckleys Sessel auf dem Boden lag«, sagte Antony. »Das hilft mir vielleicht, wenn ich Briggs befrage«, fügte er vage hinzu.

»Hm, das mag sein.« Rogers Tonfall klang zweifelnd, und der Blick, den er seinem Freund zuwarf, war nicht ganz frei von Argwohn. Immerhin sagte er nichts weiter, und Antony verließ einige Minuten später das Haus, damit Roger die rätselhaften Zusammenhänge mit Jenny besprechen konnte, was sie gewiß in seiner Abwesenheit tun würden.

Er überredete den Bühnenpförtner, ihn hereinzulassen und ihm sogar den Weg zu Megs Garderobe zu erklären. Als er klopfte, rief sie »Herein«. Sie war gerade beim Abschminken. Ihr verblüffter Blick begegnete dem seinen im Spiegel.

»Antony?« sagte sie. Das kurze Aufflackern von Angst in ihren Augen war unverkennbar. »Ist mit Roger alles in Ordnung?«

»Absolut. Ich wollte nur mit dir reden, Meg, das ist alles.«

»Ich verstehe nicht –« Aber sie drehte sich zu ihrer Garderobiere herum, die angesichts dieses unerwarteten Besuchers unsicher dabeistand. »Geben Sie mir nur die Papiertücher, mein Schatz«, sagte sie, »dann brauche ich Sie heute abend nicht mehr.« Bis die Tür zufiel und sie allein waren, hatte sie Creme und Schminke von der rechten Gesichtshälfte getupft. »Warum ist er nicht mitgekommen?« fragte sie scharf.

»Vor allem deshalb, weil ich mit dir allein sein wollte.«

»Das klingt unheilvoll –« Die Papiertücher flogen in den Papierkorb. »Ich muß mich umziehen, mein Schatz, weißt du«, sagte sie. »Ich trage darunter noch mein Kostüm.« Sie wies auf ihren Morgenmantel. »Hat das nicht Zeit?«

»Ich möchte es lieber hinter mich bringen«, erwiderte Antony.

»So schlimm?« Meg schien die Sache noch immer nicht ganz ernstzunehmen. »Wenn du so schaust, bedeutet das in der Regel, daß du in einer Onkel-Nick-Stimmung bist und mir einen Vortrag halten willst. Worum geht es diesmal?«

Er sah sie einen langen Augenblick an. Wenn an Victoria Buckleys Behauptungen etwas sein sollte, würde das mehr sein, als er ertragen konnte, dachte er. Meg und Roger waren für ihn mehr als bloße Freunde, und abgesehen von seinen eigenen Empfindungen liebte Jenny die beiden. Alles, was ihr wehtat . . .

»Deine Tricks darfst du nicht bei Roger einsetzen, Meg«, sagte er abrupt. »Dafür ist er zu gut.«

»Ich weiß nicht –« Aber ihr Ehrlichkeitssinn war zu stark, als daß sie weiterhin hätte leugnen können. »Du weißt, daß ich Roger anbete.«

»In deiner Ausdrucksweise kann das alles Mögliche bedeuten, Meg.« Er sah, daß sie rot wurde, und fügte leise hinzu: »Es tut mir leid, wenn ich übers Ziel hinausschieße.«

»Ich glaube dir nicht, daß es dir leid tut.« Meg hob das Kinn. »Aber wenn du es wissen willst . . . ich liebe ihn. Genügt das?«

»Warum stört ihn dann deine Haltung Andrew Murray gegenüber?«

Meg richtete sich steif auf.

»Hat er dir das gesagt?«

»Victoria Buckley hat ihm erzählt, zwischen euch beiden sei etwas, und du weißt, daß ich versucht habe, über die Dame soviel herauszubringen, wie nur möglich. Ich habe erraten, was geschehen war, und fragte ihn danach. Glaubst du, er würde unter normalen Umständen über dich reden, Meg?« Er grinste plötzlich. »Das letzte Mal, als wir uns über dich unterhielten, waren wir auf der ›Susannah‹, und du mußt zugeben, daß das besondere Umstände waren. Ich fragte ihn damals nach seinen Absichten, soviel ich weiß, und hielt ihm einen Vortrag darüber, daß er dir, was deine Kunst angeht, nicht in die Quere kommen dürfte.«

»So war das, mein Schatz?« Ihre Stimme verriet keinen Spott. Sie sah ihn gleichzeitig besorgt und ein wenig verwirrt an.

»Du wirst bestätigen, daß er in diesem Punkt fair gewesen ist. Leicht kann es nicht gewesen sein.«

»Aber er kann doch nicht geglaubt haben . . . im Ernst, Antony, diese Kleiderpuppe!«

»So siehst du ihn? Warum, zum Teufel, hast du das Roger dann nicht klargemacht? Kommst du nie auf den Gedanken –«

»Was Victoria auch gesagt haben mag, er hätte ihr nie glauben dürfen.«

»Begreifst du denn nicht? Er dachte, sie wäre eine nette alte Dame, die ihm etwas erzählte, das sie seinetwegen aus der Ruhe brachte.«

»Hast du ihm nicht gesagt, daß das Unsinn ist?«

»Natürlich, und ich glaubte, ihn überzeugt zu haben. Gestern abend kam er dann mit der Idee daher, du wolltest vielleicht deshalb nicht aussagen, weil das Murray auf irgendeine Weise schaden könnte.«

»Aber das kann doch nicht . . . Antony, du wirst mir nicht erzählen wollen –«

»Ich wollte dir überhaupt nichts erzählen«, warf Antony reumütig ein. »Ich habe Roger sogar dringend gebeten, dir von meinen Schlußfolgerungen nichts zu sagen.«

Meg war noch immer beinahe sprachlos.

»Daß Andy Victoria getötet hat?« fragte sie ungläubig.

»Das ist eine lange Geschichte, Meg, und ich habe nicht die Zeit, darauf einzugehen. Dadurch bin ich aber darauf gekommen, daß Roger immer noch halb glaubte, was Mrs. Buckley ihm erzählt hatte, und da dachte ich, daß vielleicht du –«

»Wenn ich gewußt hätte, daß sie so etwas verbreitet, hätte ich sie selbst niedergestochen«, rief Meg erbost. »Hat sie Andy auch verleumdet?«

»Nein, was sie über ihn wußte, erzählte sie nicht herum, aber Leonard hat mir bestätigt, daß es wahr ist.«

»Etwas, das vor kurzem geschehen ist?«

»Ich sagte schon, Meg, es dauert zu lange, jetzt darauf einzugehen. Im übrigen ist das schon lange her.«

»Warum sollte er ihr dann erst jetzt etwas antun wollen?«

»Sie überlegte sich eine kleine Erpressung.«

Aber sie war mit ihren Gedanken schon wieder anderswo, bei ihren eigenen Angelegenheiten.

»Was soll ich denn jetzt tun, mein Schatz«, fragte sie. »Das Theater aufgeben?«

»Nein!«

»Also, dann –«

»Nur selbst auch fair sein, *mein Schatz*. Laß Roger nicht im dunkeln tappen bei Dingen, die ein simpler Mann einfach nicht wissen kann.«

»Aber ... *du* glaubst mir doch, Antony, oder?«

»Erstens bin ich nicht dein Mann, Meg. Zum zweiten hätte Roger dich nie nach dieser Geschichte gefragt.«

»Das wohl nicht.« Ihre Stimme klang tonlos.

»Ich gehe wohl besser«, sagte er. »Ich muß mich wohl entschuldigen, weil ich mich eingemischt habe, nicht?«

»Das nicht, nie und nimmer.« Sie schwiegen beide und starrten einander an. Sie fröstelte plötzlich. »Wie wird es weitergehen?« fragte sie.

»Das hängt von dir ab, Meg.«

»Nein, ich ... natürlich werde ich alles tun, was du sagst. Du weißt, daß ich Roger anbete.«

»*Ich* weiß es.«

»Gut ... gut. Ich sorge dafür, daß er es auch weiß. Aber ... Antony, das war nicht der einzige Grund für dein Kommen, nicht wahr? Du zerbrichst dir über etwas den Kopf?«

»Ist das so deutlich?« fragte er bitter. »Es könnte sein, daß ich zu einer falschen Schlußfolgerung gekommen bin, Meg, und wenn das stimmt, habe ich meinem Mandanten arg geschadet.«

»Der arme Mr. Buckley. Ihn hatte ich fast vergessen. Aber ich verstehe dich nicht, Antony.«

»Geoffrey wollte, daß ich Murray gleich im Zeugenstand angreife und ihm irgendein Geständnis abpresse. Ich glaube ... jedenfalls dachte ich das ... es wäre sinnvoller, zuerst Beweise gegen ihn zu sammeln.«

»Durch Superintendent Briggs, meinst du?«

»Durch ihn und noch durch einen anderen. Das ist ein Risiko, ich weiß, weil ich nicht die geringste Ahnung habe, was sie beide sagen werden.«

»Und bei Andy bist du dir auch nicht sicher, oder?« sagte sie scharfsinnig. »Du hast immer gesagt, vor Gericht packst du erst zu, wenn du dir ganz sicher bist.«

»Das hat Roger gesagt. Und in drei von vier Fällen *bin* ich mir auch sicher«, gab er zu. »Das andere Viertel – da fangen meine Zweifel an. Deshalb habe ich mir überlegt –«

»Ob ich nicht doch aussage, wenn Briggs das Gewünschte nicht liefert. Ich habe gesagt, ich mache es, mein Schatz.«

»Ja, und ich habe versprochen, dich nicht vorzuladen.«

»Ich komme morgen zur Verhandlung«, sagte Meg. »Ich bin möglicherweise Zeugin, muß also draußen warten, nicht? Aber ich werde dasein, wenn du mich brauchst. Und ich möchte meinen«, fügte sie langsam hinzu, »daß das Roger überzeugen wird, wenn sonst nichts hilft. Ich werde ihn bitten mitzukommen«, entschied sie.

Antony lachte sie plötzlich an. »Meg, mein Schatz«, sagte er, diesmal ganz ohne sarkastische Betonung, »ich glaube, du kannst Roger ohne jede Hilfe ganz leicht überzeugen.«

Sie lächelte zurück und stand entschlossen auf. »Wir werden sehen«, sagte sie. »Ich ziehe mich jetzt um, aber es war mein Ernst, Antony, ich bin morgen da.«

4

Er begleitete sie zurück zum Kempenfeldt Square.

»Ich komme nicht mit rauf«, sagte sie. »Ich warte beim Auto. Roger wird sicher gleich herunterkommen.«

»Das glaube ich auch«, erwiderte Antony; für ihn gab es daran keinen Zweifel. Er holte seinen Freund und blieb noch kurz unten, um sie davonfahren zu sehen. Dann stieg er schwerfällig die Treppe hinauf, müde bis in die Knochen, die innere Sorge kaum gelindert. Jenny erfaßte die Situation mit einem Blick, vermied es aber wie gewohnt, direkt darauf einzugehen.

»Macht Meg Schwierigkeiten?« fragte sie.

»Im Gegenteil, sie wird aussagen, wenn Briggs mir nicht sagt, was ich wissen will.«

»Zu dem schwarzen Tuch auf der Bühne?« fragte Jenny.

»Ja. Trotzdem fürchte ich sehr, daß ich die Dinge verpfuscht habe, Jenny. Wenn Briggs es nicht gesehen hat, warum sollte man Meg glauben?«

»Ich glaube keine Sekunde lang, daß du die falsche Entscheidung getroffen hast. Komm her, setz dich zu mir und erzähl mir davon.«

Er setzte sich also zu ihr aufs Sofa und berichtete über das Gespräch mit Meg, soweit es den Fall betraf.

»Ich dachte schon, sie würde sagen, ich sollte mir keine Sorgen machen, ich hätte mein Bestes getan«, sagte er am Schluß.

Jenny sah ihn an. »Warum haßt du diese Redensart so?« fragte sie.

»Habe ich dir das nie gesagt?«

»Nein.« Sie sah ihn noch schärfer an. »Du meinst, es hat mit einer Sache zu tun, die im Krieg geschehen ist? Von jener Zeit sprichst du nie.«

Antony hätte beinahe gesagt: ›Und ich möchte es auch jetzt nicht tun‹. Das wäre aber zu ungerecht gewesen.

»Bei einer Gelegenheit«, sagte er, mühsam nach Worten suchend, »sind siebenundzwanzig Menschen zu Tode gekommen, weil ich etwas falsch beurteilt hatte. Da sagten dann meine Kameraden zu mir: ›Du hast dein Bestes getan.‹«

»Ja, ich verstehe. Es tut mir leid, daß ich gefragt habe«, sagte Jenny reuevoll. »Das kann ich durchaus begreifen, es muß alles nur noch schlimmer gemacht haben, mein Schatz.«

»Und wie lange ist es her, daß du das zu mir gesagt hast?« fragte Antony, um einen leichteren Ton bemüht. »Mein Schatz?«

»Seit Meg es so freigebig verwendet, nicht mehr«, erwiderte Jenny, die Frage ernsthaft auffassend, wie das manchmal ihre Art war. »Das war die Zeit, als du aus der Spionage-Abwehr ausscheiden wolltest, nicht?«

»Ja. Und wenn ich dann an Leonard Buckley denke . . . in meinen Augen ist er eine rührende Gestalt, und die Tatsache, daß er seine Würde bewahrt hat, macht alles nur noch schlimmer. Wenn ich ihn so im Stich gelassen habe wie damals die anderen . . .«

»Das glaube ich nie und nimmer. Und außerdem gibt es immer noch die Berufungsinstanz«, sagte Jenny weise.

Antony starrte sie einen Augenblick so verblüfft an, als hätte sie ihn in den Knöchel gebissen. Juristisches von Vera war er gewöhnt, schließlich hatte sie dazugehört. Und Jenny hatte im Laufe der Jahre bei den Gesprächen zwischen ihm und Onkel Nick genug gehört, das war richtig. Aber ihm Ratschläge zu geben!

»Ja, Schatz, die gibt es immer noch«, bestätigte er kleinlaut.

Donnerstag, dritter Verhandlungstag

1

Am nächsten Vormittag konnten sie also direkt zu Leonard Buckleys Aussage übergehen, und Geoffrey verzichtete nach einem Blick auf Antony darauf, erneut zu erwähnen, was er am vergangenen Tag als fehlerhaft betrachtete. Chefinspektor Sykes saß gelassen zwischen den Zeugen, die schon ausgesagt hatten, und Andrew Murray befand sich am anderen Ende der Bank, noch immer perfekt in der Rolle des sorgenvollen Außenstehenden. Antony erschrak aber doch gehörig, als sein Blick zu der Stelle abirrte, wo diejenigen seiner Berufskollegen saßen, die mit dem Fall nicht direkt befaßt waren. Sir Nicholas erwiderte seinen ungläubigen Blick mit einem abgeklärten und setzte das Gespräch mit seinem Nebenmann fort.

Das Gericht wartete, der Richter hustete und sagte dann herrisch: »Mr. Maitland!«

Antony stand also auf, sah seinen Mandanten an und dachte bedrückt, daß er bei jeder Begegnung älter wirkte.

Die einleitenden Fragen waren ohne Stocken von Seiten des Angeklagten rasch bewältigt. Geoffrey hatte ihm natürlich gesagt, was er zu erwarten hatte.

»Und Sie sind dreiundvierzig Jahre lang mit Victoria Buckley verheiratet gewesen?« schloß Maitland.

»Etwas länger. Im vergangenen September waren es dreiundvierzig Jahre.«

»Mr. Buckley, bevor Sie den Geschworenen alles berichten, möchte ich Sie etwas fragen. Sie haben eben den Eid abgelegt.«

»Ich habe geschworen, die Wahrheit zu sagen, ja.«

»Wenn die Frage nicht zu anmaßend ist, würden Sie uns genau sagen, was das für Sie bedeutet?«

»Ich habe beim Allmächtigen geschworen. Es wäre eine schwere Sünde, falsch zu schwören. Ich weiß, das gilt heutzutage als altmodisch, aber ich bin ein alter Mann und habe mein Leben lang daran geglaubt.«

So weit, so gut. Und die Geschworenen werden, wie ich bei manchen Zeugen, denken: ›Na ja, der Mann ist Schauspieler!‹

»Ich bin Ihnen dankbar für Ihre offenen Worte, Mr. Buckley«, sagte er. »Wollen Sie mir also sagen, ob Sie Ihre Frau getötet haben?«

»Nein, das habe ich nicht getan. So etwas hätte ich niemals tun können.«

»Bevor wir uns Ihrer Darstellung dessen zuwenden, was an dem Abend, als Mrs. Buckley starb, auf der Bühne geschah, möchte ich der Reihe nach die Punkte durchgehen, die von der Anklage gegen Sie angeführt werden. Erstens die Frage des Motivs.«

»Was ich in meiner Aussage angegeben habe, ist wahr. Zwischen uns gab es Mißstimmung, manchmal dachte ich sogar an Haß. Aber als ich sie dort liegen sah, entdeckte ich, daß ich sie gar nicht haßte. Sie lag so still da, und dann sah ich das Stilett. Ich erkannte es natürlich sofort, obwohl ich es so viele Jahre lang nur als Brieföffner betrachtet hatte. Aber Victoria tot vor mir liegen zu sehen ... alles, woran ich denken konnte, waren meine bösen Gedanken gegen sie, und ich hoffte, sie wußte, daß das nun alles weggeschwemmt war.«

»Mein geschätzter Kollege, der für die Anklage auftritt, hat als gravierend herausgestellt, daß das Stilett aus Ihrer Wohnung kam.«

»Das ist völlig richtig, aber ich kann es nicht erklären.«

»Außerdem wurde ein Buch als Beweismittel vorgelegt, ›Anatomie‹ von Stubbs. Es wurde ebenfalls in der Wohnung gefunden.«

»Victoria gehörte es ganz gewiß nicht«, sagte Leonard mit einem winzigen Anflug von Humor. »Ich glaube nicht, daß sie an dem Thema Interesse hatte, und bei mir war bestimmt keines vorhanden. Aber ich habe mir überlegt, Mr. Maitland, daß das Buch noch nicht lange dagewesen sein kann. Wenn sie angenommen hätte, ich interessierte mich für das Thema, hätte sie das Buch nach meiner festen Überzeugung auf irgendeine Weise verschwinden lassen.«

»Verstehe.« Das war ein Punkt, auf den der Angeklagte selbst gekommen war, sehr scharfsinnig von ihm. »Aber es gibt noch eine einfachere Erklärung, Mr. Buckley. Derjenige, der das Buch in Ihrer Wohnung deponierte, könnte gleichzeitig das Stilett mitgenommen haben.«

Das trug einen Protest von Lamb ein, den die Verschlagenheit seines Gegners traurig zu machen schien, den Geschworenen außerhalb des Schlußplädoyers eine Folgerung vorzutragen. Richter Bellman gab ihm natürlich recht. Maitland hatte nichts anderes erwartet. Als der Richter seine Entscheidung verkündet hatte, sagte Antony förmlich: »Ich bin Eurer Lordschaft verbunden« und wandte sich wieder seinem Zeugen zu.

»Ein weiterer Punkt, den die Anklage stark hervorgehoben hat, ist das Auffinden einer leeren Flasche in Ihrer Garderobe, die Vitamin A-Tabletten enthalten hatte, Mr. Buckley. Haben Sie jemals Vitamin A genommen?«

»Nein, ich nehme eigentlich selten Tabletten.«

»Aber es ist doch sicher richtig, daß es in dem Durcheinander hinter der Bühne nicht schwergefallen wäre, diese Flasche in Ihrem Zimmer zu deponieren?«

»Durcheinander eigentlich nicht«, sagte Buckley ärgerlicherweise, »aber es herrschte ein ständiges Kommen und Gehen, so daß jeder Beliebige in der Lage gewesen wäre, sie hinzustellen.«

»Das dachte ich mir. Und an der Flasche waren keine Fingerabdrücke«, sagte Maitland nachdenklich. Diesmal erhob Lamb keinen

Einwand, vielleicht, weil er seelisch geknickt war. »Bitte, sagen Sie uns jetzt mit Ihren eigenen Worten, Mr. Buckley, wie Sie auf die Idee gekommen sind, daß Mrs. Buckley Sie vergiften wollte, und anschließend, was Sie am Abend ihres Todes während der Dunkelheit auf der Bühne genau gemacht haben.«

Es hatte etwas für sich, einen Mann zum Mandanten zu haben, der an öffentliches Auftreten gewöhnt war. Mr. Buckley erzählte seine Geschichte noch einmal; für die Verteidigung enthielt sie nichts Überraschendes. Trotzdem machten sie sich alle keine Illusionen darüber, daß man es dabei belassen werde. Als Maitland den Zeugen freigab, stand Sir Gerald Lamb auf und sagte in entsetztem Ton: »Mr. Buckley, ich glaube, Sie haben vor der Polizei eine Aussage gemacht.«

»Ja. Das war vor meinem Gespräch mit Mr. Horton, meinem Anwalt«, fügte der Angeklagte unschuldig hinzu.

»Sie wollen uns hoffentlich nicht sagen, niemand hätte Sie darauf hingewiesen, daß es wünschenswert sei, Ihren Anwalt beizuziehen?«

»O nein. Chefinspektor Sykes hat mir ganz deutlich erklärt, daß ich das tun sollte, aber ich kannte keinen Anwalt und hatte nichts Unrechtes getan, so daß ich die Notwendigkeit nicht einsah.«

»Aber später haben Sie Mr. Geoffrey Horton holen lassen.«

»Ja, ich fand seinen Namen und die Rufnummer auf einem Zettel in meiner Tasche.« Unter Eid zu stehen und die Wahrheit sagen zu müssen, hatte also auch seine Nachteile, dachte Antony bedrückt.

Zu seiner Erleichterung und noch größeren Verwunderung ging Lamb darauf aber nicht ein. »Um zu Ihrer Aussage zurückzukehren, Mr. Buckley«, sagte er. »Sie haben die Heiligkeit Ihres Eides sehr betont, aber ich fürchte, der Polizei gegenüber sind Sie nicht so voller Skrupel gewesen.«

»Man hat nicht verlangt, daß ich die Aussage beeide, und ich glaubte nicht, daß diese Frage sich je stellen würde.«

»Sie räumen also ein, daß sie ein oder zwei . . . sagen wir Ungenauigkeiten enthielt?«

»Nicht zu wichtigen Punkten«, betonte der Angeklagte.

»Hören Sie, Mr. Buckley, war die Frage, wem das Stilett gehörte, etwa kein wichtiger Punkt?«

Leonard dachte nach.

»Ich bin grundsätzlich gegen Lügen, selbst wenn kein Eid geschworen wurde«, sagte er schließlich. »Aber in diesem Fall hielt ich es für gerechtfertigt. Vielleicht kam das aus Angst, ich weiß es nicht.

Ich war der Ansicht, die Herkunft des Dolches könne nicht von Interesse sein, da ich ihn nicht benutzt hatte. Mein Anwalt hat mir das inzwischen auch ausgeredet. Kleine Lügen führen zu großen.«

Lamb schien durch diese offenbar ganz aufrichtige Antwort ein wenig aus der Fassung geraten zu sein.

»Sie erwarten wirklich von uns, daß wir glauben –«, begann er, verstummte aber, als er dem unschuldigen Blick des Zeugen begegnete. »Es gibt noch einen Punkt, in dem Sie uns, glaube ich, irregeführt haben, als Sie vor der Polizei aussagten.«

»Ich weiß nicht ... vielleicht helfen Sie mir«, sagte Mr. Buckley höflich.

»Dazu bin ich hier«, sagte Sir Gerald Lamb im Verzweiflungston. Der Gedanke an die menschliche Falschheit, die sie an ihren jeweiligen Platz einander gegenüber im Gerichtssaal geführt hatte, schien ihn einen Augenblick lang beinahe zu überwältigen. »Ich spreche von dem, was Sie an jenem Abend über die Dauer der – sagen wir, Feindseligkeit? – zwischen Ihnen und der Verstorbenen zu Chefinspektor Sykes gesagt haben.«

»Ich schätze es nicht sehr, wenn von Victoria so gesprochen wird«, sagte Leonard Buckley. »Wir liebten uns sehr, als wir heirateten, Sie haben es gehört, als ich das zu Mr. Maitland sagte. Was den Zeitpunkt betrifft, an dem die Flitterwochen vorüber waren –«

»Nicht später, denke ich, als das Datum, an dem Sie erfuhren, daß Mrs. Buckley Ihnen untreu gewesen war«, sagte Lamb mit einer Spur von Schärfe, die ganz untypisch war.

»Man könnte vielleicht sagen, daß da die Enttäuschung einsetzte«, gab Leonard zu. »Aber ich glaube, Mr. Maitland hat es richtig getroffen, als er sagte –«

»Mr. Maitland hatte kein Recht dazu«, unterbrach ihn Lamb.

»Ich wollte eben sagen, daß ich vielleicht damals Mordgedanken gehegt haben könnte, aber nach all diesen Jahren war das abgeklungen. Das werden Sie doch einsehen.«

»Das ist ein sehr weit hergeholtes Argument, Mr. Buckley. Sie haben Glück mit Ihrem Verteidiger«, sagte Lamb, was offensichtlich nicht als Kompliment gedacht war. »Um Ihre Worte ein wenig umzudrehen: Sicherlich können *Sie* einsehen, daß Ihre kürzliche Verdächtigung im Hinblick auf die Verstorbene ein sehr gutes und begründbares Motiv darstellt.«

»Sie meinen, weil sie mich zu vergiften versuchte.«

»Falls sie das tat«, verbesserte Lamb.

»Oh, da bin ich ganz sicher, aber ich traf meine Vorkehrungen und bereitete mir mein Essen selbst zu, so daß hierzu keine unmittelbare Sorge bestand. Und Sie müssen zugeben, Sir Gerald« – Leonard Buckley hatte die ganze Verhandlung mit dem Kinn auf der Brust dagesessen, aber Maitland begriff jetzt, daß er jedes Wort aufgenommen haben mußte – »daß ich das hätte beheben können, wenn ich sie einfach verlassen und nicht Wert darauf gelegt hätte, unsere berufliche Partnerschaft aufrechtzuerhalten. Ihr Tod hat sie viel endgültiger aufgelöst.«

»Ich sehe, Sie sind ein guter Schüler«, sagte Lamb und ließ das Thema zunächst auf sich beruhen. »Ich glaube, Mr. Buckley, Sie sind während der Verhandlung nicht so aufmerksam gewesen, wie man meinen mochte.«

»Glauben Sie, ich wäre nicht interessiert?« fragte Buckley beinahe mit Humor.

»Sie haben allen Grund dazu, es zu sein«, sagte Lamb klagend. »Sie haben die Aussage von Mr. Andrew Murray gehört, nicht wahr?«

»Natürlich.«

»Und beobachtet, wieviel Zeit nach seiner Meinung verging, als das Licht ausging, bis Sie ihm auf die Schulter klopften, um anzuzeigen, daß der Dolch an seinem Platz war. Eine Minute und zwanzig Sekunden sind eine lange Zeit, wenn man nur die Bühne zu überqueren hat. Was haben Sie dazu zu sagen?«

»Daß Andy – daß Mr. Murray sich täuscht.«

»Das halten Sie für wahrscheinlich, Mr. Buckley?«

»Ich kann einfach nicht so lange gebraucht haben, zu ihm zu kommen, und der Dolch war im Nu angebracht.«

»Genau. Aber wenn Ihr erstes Ziel der Sessel war, in dem Ihre Frau saß, und Ihre Absicht, sie zu ermorden, wäre dann der Zeitunterschied nicht vollkommen erklärt?«

Leonard dachte eine Weile darüber nach. Maitland begann zu erkennen, daß er trotz seiner Verschwommenheit in manchen Punkten einen logischen Verstand hatte. »Das wohl«, gab der Angeklagte schließlich zu. »Da es aber nicht so gewesen ist, kommt es darauf nicht an.«

»Wie erklären Sie dann –?«

Maitland sah ein, daß es lange so gehen würde. Sein Mandant hielt sich gut, aber ob er noch so zuversichtlich sein würde, bis Lamb mit ihm fertig war, mußte sich erst noch zeigen. Er sah das völlig richtig, denn Leonard Buckley wurde zusehends müde, als das Verhör sich den ganzen Vormittag hinzog und die Fragen immer bohrender wurden. Als Lamb sich endlich setzte, schien Buckley seine ganze innere Sicherheit verloren zu haben. Antony stand auf, um einige beruhigende Fragen zu stellen und jene Punkte hervorzuheben, die der Zeuge zu seinen Gunsten vorgebracht hatte. Der Richter ließ sich aber nicht darauf ein, Sir Gerald Lamb stand fast dauernd auf den Beinen, und jeder Einspruch wurde anerkannt. Als die Mittagspause verkündet wurde, war die ganze Verteidigung sehr niedergeschlagen. Geoffrey verzichtete in auffallend nobler Weise auf die Bemerkung, er hätte es ja gleich gewußt.

2

Aus diesem Grund saßen sie ziemlich schweigsam beim Essen, drei Männer, die einander gut kannten und demzufolge Gesprächsstoff genug hatten. Sie waren pünktlich im Gerichtssaal zurück, und sofort, als der Richter seinen feierlichen Einzug gehalten hatte und der Angeklagte aus der Zelle im Untergeschoß heraufgebracht worden war, rief man Jeremy Skelton in den Zeugenstand. Antony bemerkte, daß sein Onkel, der es abgelehnt hatte, sie zu ›Astroff‹ zu begleiten, wieder auf seinem Platz saß.

Jeremy, der zusammen mit den anderen noch nicht aufgerufenen Zeugen bis jetzt natürlich nicht im Saal gewesen war, schaute sich mit Interesse um, als er den Eid ablegte. Antony fragte sich, ob er überhaupt schon einmal in einem Gerichtssaal gewesen war, obwohl er seit vielen Jahren Kriminalromane zur Unterhaltung der Leser schrieb. Außer bei seinem eigenen Prozeß, natürlich, wo er nicht über den Dingen hatte stehen können. Seine Aussage war kurz und sachlich. Die Handschuhe in Leonard Buckleys Tasche seien vorhanden gewesen, damit Inspektor Murchison sie im zweiten Akt auf dramatische Weise entdecken konnte. Skelton wäre offenkundig gern bereit gewesen, die gesamte Handlung zu schildern und Hinweise auf falsche Spuren zu geben, aber Maitland konnte ihn daran hindern. Statt dessen ließ er den Zeugen vor das Bühnenmodell führen und stellte wieder einmal die Frage, ob etwas verändert gewesen sei.

Jeremy betrachtete das Modell gründlich.

»Das ist sehr gut gemacht«, sagte er. »Und alles genau so, wie ich es haben wollte, außer, daß der Sessel, in dem Victoria saß, ein bißchen zurückgeschoben worden ist.«

»Gerade nach hinten?«

»Nein, nicht ganz. Vom Publikum aus betrachtet, würde ich sagen, daß er ein wenig nach rechts verschoben wurde.«

Nach dem schwarzen Tuch brauchte Maitland nicht zu fragen, die Antwort darauf wußte er schon.

»Danke, Mr. Skelton, das ist alles, was ich Sie zu fragen habe«, sagte er. Lamb verzichtete sogar auf ein Kreuzverhör.

Auch der nächste Zeuge war rasch befragt, der Hausverwalter des Apartmentgebäudes, wo die Buckleys gewohnt hatten, Mr. Moffat, mit Vornamen Alexander, wie sich herausstellte. Er bezeugte die Lieferung der Blumen für Victoria Buckley am Tag der Premiere und auch ihres Todes, mit fast genau denselben Worten, die er Antony und Geoffrey gegenüber gebraucht hatte. Offenkundig war er sie seither immer wieder durchgegangen.

Da Maitland wußte, daß seine Kurzsichtigkeit ihn zur leichten Beute für die Anklage machen würde, fragte er ihn nicht, ob er den Mann identifizieren könne, aber Lamb machte das Versäumnis natürlich zumindest zum Teil gleich wieder wett.

»Dieser geheimnisvolle Bote«, sagte er. »Trug er etwas, als er erschien?«

»Einen Strauß Blumen. Das habe ich *ihm* schon gesagt.«

»So ist es, Mr. Moffat, wenn Sie mit ›ihm‹ meinen geschätzten Freund ansprechen. Ich meinte, hatte der Bote noch etwas anderes bei sich?«

»Ist mir nicht aufgefallen. Aber ich sehe nicht mehr so gut«, fügte er hinzu, was Antony mit stummen Segenswünschen vergalt. »Ein Riesenstrauß Blumen, den konnte ich ja nicht gut übersehen. Aber sonst –«

»Sie tragen eine Brille, Mr. Moffat. Hatten Sie sie an jenem Tag nicht auf?«

»O doch, die hatte ich auf. Sie stammt von meinem Schwager, ich hab' sie übernommen, als er starb. Aber viel scheint sie nicht zu nützen.« Danach brauchte nichts mehr nachgefragt zu werden.

Maitland hatte sich auf seinem Stuhl herumgedreht und beobachtete das Gesicht seines Onkels, als der nächste Zeuge aufgerufen wurde. Sir Nicholas wirkte streng. Seine Meinung über Antonys Kühnheit, Chief Superintendent Briggs für die Verteidigung zu rufen, hatte sich offensichtlich um kein Jota geändert. Und wenn er erfuhr, daß Meg sozusagen in den Kulissen wartete, falls die Dinge für die Verteidigung nicht den gewünschten Verlauf nehmen sollten, hätte er seine Abneigung gegen den ganzen Vorgang wohl noch deutlicher zum Ausdruck gebracht.

Chief Superintendent Briggs war ein großer, breitgebauter Mann von cholerischem Temperament. Er marschierte mit schwerem Tritt in den Zeugenstand und leistete den Eid mit fester, aber ein wenig verächtlich klingender Stimme, wie Antony fand, ohne sich deshalb Sorgen zu machen. Er konnte Briggs so wenig leiden wie nur irgendeinen Menschen auf der Welt – manche Leute hätten das damit erklärt, daß sich in ihnen chemisch einfach etwas nicht miteinander vertrug –, aber obwohl er ihn privat manchmal einen starrsinnigen alten Kerl genannt hatte, unterstellte er ihm doch keine Heimtücke. Die Meinung des Kriminalbeamten über den Verteidiger war noch schlichter. Er konnte ihn nicht leiden und mißtraute ihm. Als er sich Maitland zudrehte, um die Anfangsfragen zu beantworten, war die normale Rötung seiner Gesichtshaut beinahe dunkelrot geworden.

Maitland begann vorsichtig.

»Ich glaube, Chief Superintendent, Sie haben sich am Abend des 14. Februar im Theater aufgehalten, um die Premiere von ›Dolche im Dutzend‹ von Jeremy Skelton zu erleben.«

»Ja.«

»Waren Sie allein?«

»Ja. Meine Frau schätzt Detektivgeschichten nicht.«

»Sind Sie vielleicht ein Anhänger von Mr. Skelton?« Es war unbestreitbar, daß Maitland diese Frage rein aus Bosheit stellte.

»Ganz gewiß nicht!« fauchte Briggs. »Aber das Stück interessierte mich doch«, räumte er ein.

»Eine Art Berufsinteresse, offenbar. Wo saßen Sie, Chief Superintendent?«

»Hinter den Logen.«

»Ich bin sicher, weder Sie noch das Gericht wünschen eine Wiederholung dessen, was bereits Chefinspektor Sykes gesagt hat. Kommen wir gleich zur Verdunkelung. Offenkundig haben Sie während dieser Zeit nichts gesehen, aber was haben Sie gehört, was für Eindrücke hatten Sie?«

»Ich nahm deutlich Bewegung wahr. Ich hörte, was ich für das Stöhnen eines tödlich Verletzten hielt.« Nach einer kurzen Pause fügte er angriffslustig hinzu: »Mr. Maitland, jeder Zuschauer im Theater hätte hier Ihren Absichten entsprochen.«

»Ich glaube nicht, Chief Superintendent. Die Anklage hatte ihre sachverständigen Zeugen, und in einem ähnlichen Sinn biete ich Sie auf. Sie werden nicht bestreiten wollen, daß Sie ein erfahrener Beobachter sind?«

»Natürlich bin ich das!«

»Mir ist klar, daß ich Sie ernstlich belästigt habe, als ich Sie vorlud«, sagte Antony sanft. »Sie werden mir aber wohl zugestehen, daß mein Mandant hier seine eigene Ansicht hat.«

»Das hat mit meinem Einwand nichts zu tun«, sagte Briggs. »Wenn ich etwas gewußt hätte, das den Angeklagten entlastet, hätte ich es dem Ermittlungsbeamten mitgeteilt, und eine Festnahme wäre unterblieben.«

»Das zeigt, daß man sich irren kann. Ich stand unter dem Eindruck, daß mein Mandant festgenommen wurde, bevor die meisten Indizien bekannt waren.«

»Aus sehr zureichenden Gründen!«

»Kommen Sie, Chief Superintendent, Sie sind mein Zeuge, und wir dürfen nicht streiten.« Briggs funkelte ihn böse an. »Mir steht, wie Sie wissen, die Möglichkeit offen, das Gericht um Erlaubnis zu bitten, Sie als feindselig einzustufen, aber das möchte ich nicht tun.«

»Sie können es gerne tun. Wenn das hier –«

Maitland hob die Hand und brachte ihn zum Schweigen.

»Sie wollten sagen, ›wenn das hier wieder einer Ihrer Tricks ist‹, nicht wahr?« sagte er. »Bitte, verstehen Sie meine Gründe für die Vorladung an Sie. Ich bin weit davon entfernt, zu unterstellen, es sei Beweismaterial unterdrückt worden, aber ich glaube, daß gerade Sie in der Lage gewesen sein könnten, etwas zu sehen, ohne zu begreifen, wie sehr es der Verteidigung helfen könnte.«

»Ich habe mich nie für begriffsstutzig gehalten«, sagte Briggs, ohne sich beschwichtigen zu lassen.

»Gewiß nicht.« Wäre Antony nicht so nervös gewesen, hätte er das Geplänkel vielleicht genießen können, aber er *war* nervös und hatte das unangenehme Gefühl, daß der Zeuge es wußte. »Würden Sie uns Ihren Eindruck von der abgelaufenen Zeit zwischen dem Eintreten der Dunkelheit und dem Stöhnen geben, das Sie gehört haben, Chief Superintendent?«

Das erforderte einiges Nachdenken. »Ich glaube, die Antwort darauf muß sein, daß ich es nicht weiß«, sagte Briggs schließlich. »Da man im Dunkeln saß, schien es eine Ewigkeit zu sein, aber –«

»Dann versuchen wir es auf eine andere Weise«, sagte Maitland hastig. »Könnten Sie die Zeit zwischen dem Stöhnen und dem Aufflammen der Beleuchtung angeben?«

»Ich fürchte, ich kann Ihnen auch da nicht helfen.« ›Nicht einmal, wenn ich wollte‹, verriet der Tonfall.

»Nun gut. Das Licht ging an, Sie sahen auf der Bühne nicht nur eine Leiche, sondern zwei. Ich bin sicher, daß Sie im ersten Augenblick –«

»Mylord!« wandte Lamb ein, tief bedrückt von dieser unzulässigen Bemerkung.

»Sie haben völlig recht, Sir Gerald. Mr. Maitland, Sie dürfen keine Suggestivfragen stellen.«

»Wie Euer Lordschaft wünschen. Würden Sie uns sagen, Chief Superintendent, was Sie gesehen haben, als es wieder hell wurde?«

»Ich sah die beiden Personen am Boden. Wie Sie vorhin wohl andeuten wollten, Mr. Maitland, dachte ich zuerst, das gehöre zum Stück. Ihre Schlußfolgerung war also nicht sehr schwer zu erraten«, fügte er gehässig hinzu. »Ich sah den Angeklagten mitten auf der Bühne stehen. Ich bemerkte zum ersten Mal, daß etwas nicht in Ordnung war, als er den Namen seiner Frau rief und zu ihr ging. Im Stück hieß sie Gladys, aber er nannte sie Victoria. Dann erkannte ich an seiner Miene, daß etwas Schwerwiegendes geschehen sein mußte. Und ich sage noch einmal« – er drehte sich ein wenig herum und sah den Richter an – »und möchte, daß das festgehalten wird, Euer Lordschaft, daß jeder Zuschauer Ihnen dasselbe hätte sagen können.«

»Aber mit viel weniger Wirkung auf die Geschworenen«, sagte Maitland. »Vielleicht unterschätzen Sie Ihre eigene Bedeutung, Chief Superintendent? Würden Sie uns sagen, was Sie dann getan haben?«

»Sofort, als mir klar wurde, daß etwas nicht stimmte, ging ich hinter die Bühne. An der linken Seite des Saales befindet sich eine Tür. Sie führt zu den Seitenkulissen, wo sich fast die ganze Besetzung aufhielt. Dann ging ich auf die Bühne, um festzustellen, ob für Mrs. Buckley etwas getan werden konnte.«

»Um das klarzustellen, Chief Superintendent, im Theater befand sich auch Chefinspektor Sykes, wenn auch auf einem anderen Platz. Er ging Ihnen nach und traf wenig später ein. Sie überließen, wie Sie es zweifellos für angemessen hielten, die Ermittlungen ihm.«

»Das ist richtig.«

»Sonst wären Sie selbst für die Anklage aufgetreten, und ich hätte nicht die Möglichkeit gehabt, Sie vorzuladen.«

»Auch das ist zutreffend.« Seine Stimme klang jetzt eiskalt.

»Dann darf ich – auch im Interesse der Genauigkeit, Chief Superintendent – unterstellen, daß Sie in den Seitenkulissen kurz stehenblieben, bevor Sie zu Mr. Murray und Mr. Buckley auf die Bühne gingen?«

»Das mag sein. Mir war die ganze Umgebung fremd, und ich habe ohne Zweifel ein paar Augenblicke gezögert, um mich zurechtzufinden.«

»Aber Ihr Hauptaugenmerk galt der Bühne?«

»Wie ich schon sagte.«

»Was haben Sie in diesen Augenblicken, bevor Sie die Bühne betraten, gesehen?«

»Ich sah Mr. Murray und Mr. Buckley am Leben und Victoria Buckley tot, wie ich wenige Minuten später feststellte.«

»Mr. Murray war also schon auf den Beinen?«

»Er stand gerade auf.« Er machte eine Pause und fügte gereizt hinzu: »Ich sehe wirklich nicht ein, was das alles soll.«

»Es ist sicherlich Sache meines Freundes, der die Anklage vertritt, wenn er Einwände gegen Ihre Aussage hat.« Sir Gerald Lamb war aber sehr zufrieden, die Verteidigung sich selbst den Strick drehen zu sehen. Für ihn war überwältigend, was die Polizei zusammengetragen hatte, und von einem hohen Polizeibeamten war nicht zu erwarten, daß er es widerlegen würde.

Nach kurzem Schweigen fuhr Maitland fort. »Ich muß Sie bitten, sich mit der Frage zu befassen, was Sie gesehen haben, Chief Superintendent. Haben Sie als Junge nie Kim gespielt?«

»Ich bin nicht hier zum Spielen«, sagte Briggs aufgebracht.

»Ich frage in allem Ernst. Wenn Sie sich in die Lage des Jungen in der Geschichte versetzen könnten, dem man ein Tablett voller Gegenstände zeigte und der dann gefragt wurde, an welche er sich erinnern konnte . . .«

»Mylord!« Dieser Einspruch kam von Briggs selbst. Lamb war jedoch nur Sekundenbruchteile zurück. »Darf ich die Meinung vertreten, Mylord, daß das keine angemessene Befragung ist.«

»Ich kann natürlich nichts zulassen, was gegen die Würde des Gerichts verstößt«, sagte Richter Bellman zweifelnd. »Ich meine, Mr. Maitland, Sie müssen Ihren Zeugen ohne weitere – ähm – Verspieltheit befragen.«

»Obwohl es ihm um seine eigene Würde geht, nicht um die des Gerichts?« fragte Antony rebellisch.

»Ich hoffe, es wird nicht nötig sein, Ihnen Mißachtung des Gerichts zu unterstellen, Mr. Maitland«, erklärte der Richter eisig.

Antony nahm sich zusammen. »Darf ich mich bei Eurer Lordschaft entschuldigen?« Bellman sah ihn einen Augenblick schweigend an. »Und darf ich mit der Befragung meines Zeugen fortfahren?« fügte er hoffnungsvoll hinzu.

»Gut, Mr. Maitland. Aber nichts mehr von Spielen.«

»Keinesfalls, Mylord. Ich habe Sie gefragt, Chief Superintendent, was Sie gesehen haben, als Sie von der Seitenkulisse auf die Bühne blickten.«

»Genau das, was ich sagte.«

»Denken Sie nach«, sagte Antony mit Nachdruck. Seine Stimme klang drängend, verriet aber nichts von der plötzlichen Panik, die er empfand. Im Hintergrund blieb immer noch Megs Aussage, aber sie würde nicht annähernd so überzeugend sein wie die eines hohen Polizeibeamten. Und wenn dies hier schiefging – während der Gedanke sich einstellte, wurde ihm schon klar, daß das eine Art Aberglauben war – wie konnte er dann vom nächsten und noch wichtigeren Zeugen irgend etwas erwarten?

»Ich habe nachgedacht!« Briggs konnte sich kaum noch beherrschen.

»Dann tun Sie es noch einmal«, forderte ihn Maitland auf. »Das Gericht ist nämlich durchaus bereit, solange zu warten, bis Sie das getan haben«, fügte er an und konnte nur hoffen, daß dem auch so war.

Briggs schaute sich im ganzen Saal um. Antony hatte noch nie einen Stierkampf gesehen und auch nicht den Wunsch danach, aber er konnte sich der Empfindung nicht erwehren, daß das gereizte Tier vielleicht genau so aussah, wenn sich die erste Pfeilspitze hineinbohrte.

»Die Bühne war als Wohnsalon eingerichtet«, sagte der Kriminalbeamte. »Wenn ich mich recht erinnere, stand im Programmheft ›Mrs. Carterets Salon‹. Da waren die beiden Sessel –«

»Augenblick, Chief Superintendent«, unterbrach Maitland. »Mit Eurer Erlaubnis, Mylord, möchte ich den Zeugen bitten, an das Modell zu treten, das die Anklage als Beweismittel eingeführt hat.«

»Wenn Sie darauf bestehen, Mr. Maitland«, gestattete Richter Bellman achselzuckend.

»Ich halte es für äußerst wichtig, Mylord.«

»Nun gut. Bitte tun Sie, was der Herr Verteidiger wünscht, Chief Superintendent.«

Der Gerichtsdiener wartete schon. Kurz danach stand Briggs vor dem Modell. »Ich sehe nichts, was dem tatsächlichen Bühnenbild nicht entspräche«, erklärte er.

»Wenn ich Sie nur dazu bewegen könnte, sich – sich in der Zeit zurückzuversetzen«, sagte Maitland. »Sie sehen die Kreidemarkierung, wo Victoria Buckleys Leiche lag. Ihr Mann stand neben ihr, Mr. Murray raffte sich eben vom Boden auf. Was konnten Sie außer den Dingen, die Sie vor sich haben, noch sehen?«

»Nichts, außer ... nichts, was von Bedeutung sein könnte.«

»Sagen Sie es mir«, drängte Maitland. Es war eigentlich keine Frage, aber weder der Richter noch Lamb unterbrachen ihn.

»Es kann nicht von Wichtigkeit gewesen sein«, sagte Briggs. Seine Worte klangen schleppender, so, als versuche er sich von der Wahrheit seiner Behauptung zu überzeugen. »Ich hatte seit damals nicht mehr daran gedacht. Ein schwarzes Tuch, das hinter dem Sessel Victoria Buckleys lag. Ich nahm damals an, es hätte eine Beziehung zur Handlung des Stücks. Mr. Murray hob es auf und steckte es in die Tasche, auch ein völlig natürliches Verhalten.«

»Ein Tuch also - wiederhole ich da Ihren Gedanken richtig, Chief Superintendent? - wie der Mörder es dazu verwendet haben könnte, es um den Dolchgriff zu wickeln?«

»Ja, genau das, und deshalb -«

»Aber die Verhaftung meines Mandanten wurde mit zwei Überlegungen begründet. Erstens vom Motiv her, und zweitens damit, daß man in seiner Tasche ein Paar schwarze Stoffhandschuhe fand. Hätte er dann zusätzlich auch noch das Tuch gebraucht?«

»Nein, aber ... woher wußten Sie von dem Tuch, Mr. Maitland?«

»Sie dürfen dem Verteidiger keine Fragen stellen, Chief Superintendent«, wies Richter Bellman ihn automatisch zurecht.

Mit diesem unerwarteten Rückhalt ließ Antony die Frage fallen.

»Es gibt nur noch einen Punkt, den ich dem Zeugen vorlegen möchte. Es ist hier vor Gericht davon gesprochen worden, daß der Sessel, in dem Victoria Buckley saß, bevor sie getötet wurde, ein bißchen verschoben worden ist, vom Zuschauerraum aus nach rückwärts und rechts. Würden Sie sich das Modell noch einmal ansehen und prüfen, ob Sie das bestätigen können?«

»Ja, das ist der Fall«, sagte Briggs diesmal ohne Zögern. »Aber das läßt sich ganz leicht erklären.«

»Tatsächlich? Die Erklärung möchte ich hören.«

»Ich sah Mr. Murray über die Bühne gehen. Als er sich bückte, um das Tuch aufzuheben, stieß er gegen den Sessel, ziemlich ungeschickt, wie ich fand. Er stand ihm eigentlich nicht im Weg.«

»Fanden Sie das nicht eigenartig?«

»Nein, durchaus nicht. Er trug in seiner Rolle eine dunkle Brille, und als ich genauer hinsah, konnte ich erkennen, daß die Gläser sehr dunkel waren. Man konnte sich durchaus vorstellen, daß er deshalb Entfernungen schlecht abzuschätzen vermochte.«

»Verstehe. Ich bin sicher, Sie haben in diesem Punkt recht, Chief Superintendent, aber Sie werden mir verzeihen, wenn ich nicht ganz Ihrer Meinung bin, es sei nichts Merkwürdiges daran, daß er sich eine Brille ausgesucht hatte – es handelte sich ja nur um ein Requisit – die so dunkel war, daß er fast nichts sehen konnte.«

»Alles andere sollte mich wundern!« sagte Briggs, in dem es wieder zu brodeln begann.

»Dann will ich Sie nicht länger aufhalten«, sagte Maitland und setzte sich mit geraffter Robe.

»So weit, so gut«, sagte Derek neben ihm.

Sir Gerald Lamb, zu dessen gewohnter Melancholie nun Verwirrung getreten war, verzichtete auf eine neuerliche Befragung. Richter Bellman beugte sich vor.

»Wollen Sie Mr. Andrew Murray in den Zeugenstand zurückrufen, Mr. Maitland?« fragte er. »Ich bin durchaus einverstanden, wenn Sie das wünschen.«

Antony stand wieder auf.

»Na, jetzt los!« sagte Geoffrey hinter ihm halblaut.

»Ich bin Eurer Lordschaft verbunden, aber vorher habe ich noch einen weiteren Zeugen«, sagte Antony klar und deutlich.

»Hm. Sie wissen wohl selbst am besten, was Sie tun«, erklärte der Richter eingeschnappt. Maitland setzte sich; in seinem ganzen Leben war er in diesem Punkt noch nicht so unsicher gewesen.

»John Cruickshank«, rief der Gerichtsdiener.

Wieder befragte Maitland den Zeugen selbst. Wenn es zu einem Fiasko kommen sollte, weil er darauf bestanden hatte, so und nicht anders zu verfahren, sollte nur sein Name betroffen sein; die Leute würden sich an Dereks geschickter Befragung des Arztes erinnern, das Scheitern würde man Antony anrechnen. Was nur gerecht wäre, dachte Antony, beinahe so bedrückt, wie Sir Gerald Lamb das wohl getan hätte.

Der Zeuge war ein hochgewachsener Mann, grauhaarig, gebeugte Schultern, mit ungewöhnlich breiter Stirn und sanften, blauen Augen. Diesmal waren auch die ersten Fragen wichtig, und Maitland ging langsam vor. Sein Name, seine Anschrift, die Adresse des kleinen Buchladens, den er besaß, nicht weit von der Charing Cross Road, aber doch abgelegen genug, um nicht weithin bekannt zu sein.

»Ich glaube, ich darf mit Recht sagen, Mr. Cruickshank, daß Ihr

Hauptinteresse antiquarischen Büchern gilt?«

»Ich gebe mich nicht mit Modernem ab, nein.« Wie Jeremy Skelton hatte der Zeuge sich interessiert umgesehen, schien aber in keiner Weise davon verschreckt zu sein. »Ich habe natürlich wertvolle Stücke, aber meine Interessen reichen weit, so daß praktisch jedes antiquarische Buch bei mir Aufnahme finden kann. Im Norden, als ich jung war«, sagte er vertraulich und lächelte Maitland an, »nannten wir das ›Ramschladen‹. Das würde auf meine Buchhandlung ganz gut passen.«

Maitland konnte Geoffreys Anspannung hinter sich beinahe mit Händen greifen; neben ihm glitt Dereks Hand weiterhin ruhig übers Papier, und er beneidete den anderen um seine Gelassenheit.

»Ich glaube, ich darf auch behaupten«, sagte Antony und erwiderte das Lächeln des Zeugen, »daß Ihre Arbeit gleichzeitig Ihr Hobby ist.«

»O ja, in der Tat, das ist völlig richtig. Durch meine Tür kommt kein Buch herein, das nicht zu einem persönlichen Freund wird. Es fällt mir manchmal sogar schwer, mich von ihnen zu trennen, und ich würde sie gar nicht verkaufen, wenn man nicht Geld verdienen müßte.«

»Ich weiß«, sagte Maitland mitfühlend. »Mit Ihrer Erlaubnis, Mylord, möchte ich, daß dem Zeugen das Exemplar des Bandes gezeigt wird, den die Anklage vorgelegt hat.« Einen Augenblick später hatte Mr. Cruickshank ›Anatomie‹, verfaßt von Stubbs, in den Händen. Er betrachtete das Buch strahlend und streichelte den abgenutzten Einband mit den langen Fingern.

»O ja, an dich erinnere ich mich«, sagte er.

»Alte Bücher sind sich doch sehr ähnlich«, begann Maitland, aber der Zeuge unterbrach ihn eifrig.

»O nein, da täuschen Sie sich gründlich. Ich würde diesen Band jederzeit wiedererkennen. Am Buchrücken hatte sich Schimmel angesetzt. Ich habe ihn natürlich gesäubert, aber der Stockfleck ist geblieben, wie man hier sieht.«

»Sie sind also sicher, daß das der Band war, den Sie zum Verkauf anboten?«

»Ja. Um ehrlich zu sein, ich hatte ihn schon fünf Jahre oder länger, er stand in seinem Regal immer am selben Platz. Ich war sehr erstaunt, als eines Tages ein Mann hereinkam, ein wenig herumschaute, ihn dann herausnahm und kaufen wollte. Das Buch ist alt, jeder Medizinstudent würde es für überholt halten, aber ich glaube, daß es zu seiner Zeit als sehr zuverlässig galt.«

»Sie haben das Buch also verkauft?«

»Ich bin nicht sehr präzise, wie? Ja, das meinte ich. Es tat mir sehr leid, es wegzugeben, und ich konnte guten Gewissens nicht viel dafür verlangen. Bei dem Geschäft kam für mich also nicht viel mehr heraus als der Verlust eines alten Freundes.«

»Wann war das, Mr. Cruickshank?«

»Ich habe mein Kassenbuch dabei, darf ich nachschlagen?«

Im Gerichtssaal war es ganz still. Maitland sah fragend zum Richter hinüber, der ihm knapp zunickte. »Mylord«, sagte er, »die Verteidigung möchte dieses Kassenbuch als Beweismittel vorlegen.« Als die Formalitäten abgeschlossen waren, fuhr er fort: »Sie können sich das Buch jetzt ansehen, Mr. Cruickshank. Ich vermute, daß anschließend Seine Lordschaft und die Geschworenen es auch sehen wollen, um Bestätigung für Ihre Worte zu erhalten.«

»Ja, natürlich.« Der Zeuge schien seiner Sache nicht mehr ganz so sicher zu sein. »Im Buch steht nur ›Freitag, 2. Februar‹«, sagte er, »aber ich erinnere mich, daß es am Nachmittag war.«

Eine weitere Pause trat ein, erneut unbehagliches Schweigen, als der Gerichtsdiener das Kassenbuch zuerst dem Richter vorlegte und dann zur Jury trug.

»Ich frage mich«, sagte Maitland mit klarer Stimme, während er sich vollauf bewußt war, daß er in einem bestimmten Sinn das Leben seines Mandanten in seine Hände nahm, »ob Sie wohl in der Lage wären, diesen Mann wiederzuerkennen?«

»Da bin ich ganz sicher. Ich habe ein gutes Gedächtnis für Gesichter. Sie sind fast so interessant wie Bücher«, erklärte der Zeuge in seiner vertraulichen Art.

»Würden Sie sich dann im Saal hier umsehen«, forderte ihn Antony auf, »und uns sagen, ob Sie ihn hier sehen?«

Dieses Mal hörte Maitland in der Stille, daß Geoffreys Atem stockte, bevor sein Kollege ihm zuflüsterte: »Um Gottes willen, er kann alles Mögliche sagen!« John Cruickshanks Blick ging geruhsam durch den Saal, verweilte kurz auf der regungslosen Gestalt des Angeklagten – Leonard Buckley heuchelte keinen Mangel an Interesse mehr – und erreichte die Bank der Zeugen, die schon ausgesagt hatten. Antony sah, daß seine Lippen sich bewegten, und glaubte einen grauenhaften Augenblick lang, er werde Chefinspektor Sykes benennen, aber dann drehte er den Kopf ein wenig und sagte erfreut: »Ja, er ist hier.«

»Dann eine letzte Bitte, Mr. Cruickshank. Würden Sie ihn uns zeigen?« Der Zeuge hob die Hand. Eigenartigerweise schien er noch immer nichts von der Dramatik in der Situation zu spüren, obwohl er der einzige Mensch im ganzen Saal sein mußte, dem es so ging.

»Dort«, sagte er, »am Ende der Reihe, an der Wand.«

»Danke«, sagte Antony, und es klang inbrünstiger, als er vorgehabt hatte. »Würden Sie, bitte, aufstehen, Mr. Murray, damit es keinen Zweifel geben kann?« Er wartete einen Augenblick, während Andrew Murray sich in die Höhe schob; seine geschmeidige Beweglichkeit war ihm vorübergehend abhanden gekommen. »Ich möchte hier in keinem Zweifel bleiben, Mr. Cruickshank«, fuhr Maitland fort. »Ist das der Mann, dem Sie das Buch verkauft haben, von dem die Rede war?«

»Aber ja, gewiß«, sagte der Buchhändler ohne jeden Zweifel in der Stimme. »So gutaussehend, dachte ich damals, daß er ein Filmstar sein muß.«

3

»Du hast es also wieder geschafft«, sagte Sir Nicholas an diesem Abend in ätzendem Ton. Als Antony ihn fragend ansah, erläuterte sein Onkel: »Den Fall gewonnen, aber mit möglichst großem Aufsehen.«

Sie saßen alle im Arbeitszimmer beisammen, und da diese Abendvorstellung von ›Dolche im Dutzend‹ abgesagt worden war – zu spät, um jemand einspringen zu lassen, hatte Meg erklärt – war auch Meg dabei. Antony sah erfreut, daß Roger beruhigter wirkte; Meg zeigte Zuneigung nie in der Öffentlichkeit, sah man von dem Kosewort ›mein Schatz‹ ab, das ihm manchmal auf die Nerven ging. So blieb es Sache der beiden, wie sie ihm Abbitte geleistet hatte; auf jeden Fall hatte er das Gefühl, daß wieder alles im Lot war.

Vera hob den Kopf. »Erscheint sehr ungerecht, Nicholas«, meinte sie, »wenn man bedenkt, daß das Urteil für Antonys Mandanten günstig ausfiel.«

»Und ich weiß immer noch nicht«, klagte Jenny, »was eigentlich weiter geschehen ist, nachdem der Buchhändler Andrew Murray wiedererkannt hatte.« Sie fügte nicht hinzu, daß sie ihren Mann nicht hatte drängen wollen, obwohl das wohl allen Anwesenden klar war. Solche Vorfälle verstörten ihn jedesmal; er freute sich, daß Leonard Buckley frei war, bedauerte aber trotzdem, zum Untergang eines anderen Menschen beigetragen zu haben. »Und Meg und Roger waren dort, wenn auch nicht im Saal, so daß sie ebenfalls nichts wissen. Du solltest es uns wirklich erzählen.«

»Ich kann es ganz kurz darstellen«, sagte Sir Nicholas. »Ohne Zweifel werden die Zeitungen darüber mit Schlagzeile ›Sensation‹ berichten.«

»Aber danach«, sagte Jenny beharrlich.

»Lamb fragte den Zeugen, ob er das Theater liebe, was ihn zu beleidigen schien. Nein, er habe ›Dolche im Dutzend‹ nicht gesehen und wolle das Stück auch nicht sehen. Ob man ihm denn dann Fotografien der in den Fall verwickelten Personen gezeigt habe. Nein, das sei nicht der Fall gewesen . . . ich bin nur froh, daß du zumindest diese Fallgrube gemieden hast, Antony. Daraufhin griff Bellman ein und wies Lamb an, erneut Andrew Murray in den Zeugenstand zu rufen, obwohl ich meine, sie glaubten beide noch daran, es könnte irgendeine Erklärung gegeben werden.«

»Und hat Antony ihn ins Kreuzverhör genommen?«

»Wie sich zeigte, war das nicht nötig. Er leistete ein wenig Widerstand, erzählte aber unter Lambs sanftem Druck nach fünf Minuten die ganze Geschichte. Nicht sehr viel Rückgrat, der Mann«, schloß Sir Nicholas.

»Na, das hätte ich dir sagen können«, erklärte Meg.

»Aber was für eine Geschichte?«

»Victoria Buckley war kein netter Mensch«, sagte Antony, der endlich in das Gespräch eingriff. »Sie hat sogar eine gehässige Bemerkung über dich zu mir gemacht, Jenny, obwohl ich natürlich nicht darauf einging.«

»Bist du meiner so sicher?« fragte Jenny. Sie und Meg lächelten sich an.

»Keineswegs, Liebes, aber damit kann ich dir am besten klarmachen, was für ein Mensch sie war. Sie wußte etwas Peinliches über Murray: er hatte vor Jahren ein Mädchen geschwängert und sie, als sie ernsthaft Hilfe brauchte, im Stich gelassen. Und nun redete sie ihm ein, sie hätte einen Brief in ihrem Besitz, den er geschrieben hatte, offenbar einen sehr herzlosen Brief, weil sie ihn zu etwas zwingen wollte. Es hatte mit der Szene zu tun, die sie gemeinsam spielten, Meg, du verstehst das besser als ich. Jedenfalls ist das Ironische an der Sache, daß sie gar nichts in der Hand hatte, die Lüge brachte ihr den Tod ein.«

»Wirkt alles so armselig«, sagte Vera. Antony und Jenny wechselten einen belustigten Blick. Hätte einer von ihnen oder hätten Meg oder Roger eine solche Meinung geäußert, wäre ihnen ein Vortrag über die Heiligkeit des Familienlebens gehalten worden. Sogar Sir Nicholas fühlte sich zum Widerspruch gefordert. »Das solltest du nicht sagen, meine Liebe.« Aber Vera war schon bei einem anderen Gedanken.

»Erpressung«, sagte sie streng. »Möchte meinen, daß man das berücksichtigt, wenn Murray vor Gericht kommt.«

»Ja, das glaube ich auch«, meinte Jenny zustimmend. »Aber war das alles, was Andrew Murray gesagt hat . . . nur etwas zum Motiv?«

»Nicht viel, was wir nicht schon wußten. Na ja, vermutet hatten, wenn dir das lieber ist, Onkel Nick. Er hatte die besonders dunkle Brille getragen – das war übrigens eine unerwartete Zugabe von Briggs' Aussage –, weil niemand bemerken sollte, daß er mit fest geschlossenen Augen das Gespräch mit Mrs. Buckley führte. Das Stilett hatte er in seinem Sessel versteckt, was ja naheliegt. Und das schwarze Tuch war eigentlich eine Art Fäustling, mit dem andere Leute Kohlen aufs Feuer legen. Damit war der Fall erledigt. Du glaubst trotzdem immer noch, ich hätte auf Sicherheit gehen sollen, Onkel Nick?«

»Es wundert mich, daß Geoffrey dich nicht vor den Gefahren gewarnt hat«, sagte Sir Nicholas unverblümt.

»Oh, das hat er getan. Er sagte, ich wüßte überhaupt nicht, was Briggs von sich geben würde, oder ob Mr. Cruickshank überhaupt jemanden erkennen könnte oder vielleicht sogar die falsche Person. Aber wie sich herausgestellt hat, war das viel wirksamer, findest du nicht? Briggs war so offenkundig ein Herz und eine Seele mit der Anklage, daß seine Aussage zu dem schwarzen Tuch umso zwingender ausfiel.«

»Finde, du hast recht«, sagte Vera mit einem Nicken.

»Ich behaupte nach wie vor –«, begann Sir Nicholas, aber Roger unterbrach ihn mit einer Frage.

»Was denkt Briggs wohl jetzt?«

Sir Nicholas richtete sich kerzengerade auf.

»Das bringt mich zu einer Frage, die ich dir stellen wollte, Antony. Was hat dich der Chief Superintendent gefragt, als du den Gerichtssaal verlassen hast?«

»Ich hatte gehofft, das wäre dir nicht aufgefallen«, wich Antony aus.

»Was hat er gesagt?« wiederholte sein Onkel.

»Nicht viel, Onkel Nick.« Maitlands Widerstreben war sehr deutlich. »Er wollte nur wissen, wieviel ich dem Buchhändler für seine

Aussage bezahlt hätte.«

Das führte zu allgemeiner Empörung, wobei ein ›Ich wußte es!‹ von Sir Nicholas am lautesten klang.

»Aber das hätte er so und so gedacht, Onkel Nick«, protestierte Antony. »Ich meine, du mißbilligst, daß ich ihn als Zeugen vorgeladen habe, aber ich kann nicht einsehen, daß es eine Rolle spielt, ob ihn das geärgert hat oder nicht. Auf lange Sicht spielt das für die Meinung, die er von mir hat, keine Rolle.«

»Ich weiß überhaupt nicht, wieso du das gewagt hast«, meinte Meg.

»Wenn du denkst, er hätte gelogen, um mir zu schaden, siehst du ihn ganz falsch«, erwiderte Antony. »Obwohl ich das Gefühl habe, daß mir Onkel Nick da nicht recht gibt.«

»Er stand ja unter Eid«, sagte Jenny.

»Ich weiß nicht, ob das für ihn eine Rolle spielt oder nicht, aber ich glaube, er würde immer die Wahrheit sagen, so, wie er sie sieht. Und das bedeutet«, fügte er nachdenklich hinzu, »daß ich von ihm eine bessere Meinung habe als er von mir, aber das läßt sich nicht ändern.«

Zumindest Jenny war klar, daß ein guter Streit mit seinem Onkel genau das war, was er an diesem Abend brauchte, um nicht an unerfreulichere Dinge denken zu müssen. Sie goß ein wenig Öl ins Feuer. »Ich kann nicht verstehen, warum du auf jeden Polizeibeamten eine so merkwürdige Wirkung hast, Antony«, sagte sie. »Sogar Inspektor Sykes –«

»Chefinspektor«, verbesserte Antony automatisch. Aber dann sah er sie an, bemerkte den Ausdruck unglaublicher Unschuld und kam zu dem Schluß, daß die Welt doch nicht so übel war. Jenny kannte ihn besser, als er sich selbst, was er bei jedem anderen verabscheut hätte, und wenn sie ihn damit aufheitern wollte, mußte er auch mittun. »Sykes hat mir nie Schlimmeres unterstellt als die Geheimhaltung von Beweisen«, sagte er. »Und Conway kann mich nicht leiden, aber ich glaube, er traut mir. Inspektor Watkins dagegen ... tja, was ich zu Watkins sagen soll, weiß ich wirklich nicht. Manchmal glaube ich, er mag mich. Das Komische ist, daß ich mit ihren Untergebenen immer gut ausgekommen bin.«

Sir Nicholas war in seinen Sessel zurückgesunken und griff gemächlich nach einer Zigarre. »Vielleicht deshalb, weil sie noch nicht soviel Lebenserfahrung haben«, sagte er mit sanfter Stimme.

Epilog

Als sie später darüber sprachen, kamen die Maitlands und die Farrells zu dem Schluß, daß noch ein Rätsel ungelöst war. Hatte Victoria Buckley wirklich versucht, ihren Mann zu vergiften, oder nicht? Nach einigen Tagen übernahm Leonard unauffällig wieder seine Rolle im Stück, was bis auf seinen Ersatzmann jeden freute, und Meg ließ ihren ganzen Charme spielen, um ihn dazu zu bewegen, daß er seinen Arzt aufsuchte. Die Untersuchungen nahmen Zeit in Anspruch, aber am Ende stellte sich heraus, daß er eine Allergie gegen Fische, Krebse, Muscheln etc. entwickelt hatte.

»Obwohl ich glaube, daß Leonard nicht ganz mit dieser Erklärung einverstanden ist«, sagte Meg am darauffolgenden Sonntag. »Er sagt: ›Was war dann das mit dem Mineralwasser?‹ Man muß zugeben, daß das auch nicht ganz falsch ist.«

»Vermutlich hatte er zu Mittag Sardinen auf Toast gegessen und es vergessen«, meinte Roger beiläufig. Aber später gab Antony Jenny gegenüber zu, daß er in dieser Beziehung immer noch seine Zweifel habe.

Inzwischen wurde der Erfolg von ›Dolche im Dutzend‹ immer größer. Roger murrte, wie zu erwarten gewesen war, das verdammte Stück werde ewig laufen, aber er meinte es nur halb ernst. Jeremy Skelton hatte längst das Interesse verloren – soweit nicht die finanzielle Seite des Unternehmens betroffen war – und arbeitete angestrengt an einem neuen Roman; inzwischen wies alles darauf hin, daß Leonards Laufbahn durch das Fehlen Victorias in keiner Beziehung beeinträchtigt werden würde. Meg behauptete in einem weiteren ›Frontbericht‹, seine Selbstsicherheit nehme zu, und er und Ellie Dorman seien unzertrennlich.

»Also doch ein Happy-End, meine Lieben«, strahlte sie, und wenn Antony und Jenny beide insgeheim daran dachten, daß bei der nächsten Sitzungsperiode Andrew Murray wegen Mordes vor Gericht stehen würde, so behielten sie das dennoch für sich.

Auftritt einer Dame

Enter a Gentlewoman

Aus dem Englischen übertragen
von Tony Westermayr

Die Hauptpersonen

Antony Maitland	Anwalt. Übernimmt die Vertretung in einer Verleumdungsklage, ohne zu ahnen, daß sich daraus ein Mordfall entwickelt
Jenny Maitland	seine Frau
Sir Nicholas Harding	Ebenfalls Anwalt und Antonys Onkel
Lady Vera Harding	seine Frau. Ehemalige Rechtsanwältin und Strafverteidigerin
Edward Coke	Solicitor. Gerät durch die Aussage seiner Frau in eine zwielichtige Situation
Elizabeth Coke	seine Frau
Primrose Ross	eine wohlmeinende Freundin von Elizabeth
David Barrie	ein guter Freund der Cokes
Owen Barrie	sein Vater
Joanna und Terence Stowe	ein befreundetes Ehepaar der Cokes
Chefinspektor Sykes	Kriminalbeamter
Inspektor Mayhew	Kriminalbeamter

Der Roman spielt in London.

Jede Erzählung, deren handelnde Figuren alle gleich vortrefflich wären, würde schon allein aus diesem Grund als unfaßbar langweilig verdammt werden. Deshalb kann keine Entschuldigung für die Niederträchtigkeit oder Torheit der in diesem Buch vorkommenden Menschen notwendig sein. Es dürfte überaus unwahrscheinlich sein, daß irgendeiner von ihnen Ähnlichkeit mit einer echten Person besitzt, sei sie tot oder lebendig. Jede solche Ähnlichkeit ist völlig unbeabsichtigt und ohne jede böse Absicht zustande gekommen. S.W.

TEIL I

Sitzungsperiode Frühjahr 1973

Prolog

»Das glaube ich einfach nicht«, protestierte Antony Maitland entschieden. Er stand in seiner Lieblingshaltung mit dem Rücken zum Kamin in dem großen, behaglich mit alten Möbeln eingerichteten Wohnzimmer. Die Wohnung, die er mit seiner Frau bewohnte, lag im obersten Stockwerk des Hauses am Kempenfeldt Square, das Antonys Onkel gehörte. Er wirkte fassungslos. Sir Nicholas Harding erklärte mit ebensolcher Heftigkeit, das sei bei einem Mann seiner Profession unsinnig; nach so vielen Jahren juristischer Tätigkeit müsse er eigentlich auf alles gefaßt sein, was menschliche Torheit zustandebringe.

»Aber ... Scheidung«, sagte Antony dumpf. »Du hast in deinem ganzen Leben keine Scheidungssache angerührt und immer erklärt ...«

»Die Umstände«, meinte sein Onkel, lehnte sich im Sessel zurück und war mit der Wirkung seiner Neuigkeit offenbar sehr zufrieden. »Sie setzen selbst die strengsten Regeln außer Kraft.«

»Aber das ist doch einfach nicht dein Gebiet«, protestierte Antony erneut. »Was verstehst du überhaupt von Scheidung?«

»Genug, um sie zu mißbilligen«, stellte Sir Nicholas in aller Ruhe fest und warf einen Blick auf seine Frau, mit der er inzwischen fast zwei Jahre verheiratet war; bei einem Mann von geringerer Würde hätte er beinahe als schwärmerisch-verliebt gelten können. Lady Harding, die bis zu ihrer Heirat Miss Vera Langhorne gewesen war, Rechtsanwältin und Strafverteidigerin, quittierte den Blick mit ihrem fast grimmigen Lächeln und wandte sich dann ihrem Neffen zu, um die Worte ihres Mannes zu bekräftigen.

»Laß dir das von mir sagen, Antony – kein gewöhnlicher Fall.«

»Nein, natürlich nicht«, pflichtete Antony ungeduldig bei. »Aber das ist keiner.« In diesem Augenblick unterbrach ihn zur Verwunderung aller seine Frau.

Jenny Maitland hatte es sich ebenfalls an ihrem Lieblingsplatz, zusammengerollt in einer Sofaecke, bequem gemacht. Das Abendessen war vorüber, Kaffee und Kognak serviert – ein Dienstagabend, an dem die Maitlands wie gewöhnlich die Hardings zu Gast hatten – und seit mindestens sechs Wochen war das Leben glatt verlaufen. Sie war schon immer eine bessere Zuhörerin als Rednerin gewesen und hatte sich vor dem Kaminfeuer behaglich gefühlt wie eine Katze, aber nun richtete sie sich auf, um ihre Einwände vorzubringen.

»Das ist nicht vernünftig, Onkel Nick«, warf sie ein, »und außerdem auch nicht fair. Jahrelang hast du uns Vorträge über eheliche Treue und häusliche Harmonie gehalten, obwohl dafür von uns aus nicht der geringste Anlaß bestand. Und jetzt läßt du dich auf anderer Leute Probleme ein.«

»Es gibt Dinge«, erklärte Sir Nicholas bestimmt, »die kein Mensch zu ertragen gezwungen ist. Die Dame, meine Mandantin ...«

»Ah, eine Frau, wie?« Antony und Jenny tauschten einen verständnisvollen Blick. Sie wußten, daß es, auch als er noch überzeugter Junggeselle war, keine Frau auf der Welt gab, die Sir Nicholas nicht um ihren kleinen Finger wickeln konnte, wenn ihr der Sinn danach stand. Jedenfalls so lange, bis er vor Gericht auf sie traf; dann sah die Sache schon wieder anders aus.

In das Schweigen hinein sagte Vera barsch: »Solltet Nicholas Gelegenheit geben, das zu erklären.« Sie hatte die Angewohnheit, stark verkürzt zu sprechen, was sich noch steigerte, wenn sie emotional betroffen war; obwohl sie seit zwei Jahren in demselben Haushalt lebte und vorher während vieler Jahre beruflicher Zusammenarbeit an die häufigen, heftigen Diskussionen zwischen Onkel und Neffe gewöhnt war, betätigte sie sich doch manchmal als Vermittlerin.

»Natürlich will ich es wissen«, verlangte Antony. »Und zwar *alles*«, fügte er hinzu, um alle Mißverständnisse auszuschließen. »Zunächst noch einmal die Frage, die ich vorhin schon gestellt habe, Onkel Nick. Was verstehst du von Scheidung?«

»Wenn du die Theorie meinst, sehr wenig«, gab Sir Nicholas zurück. »Mein beauftragender Solicitor jedoch –«

»Ja, wer hat dir denn das eingebrockt?«

»Unser Freund Mr. Bellerby.«

»Aber du weißt doch, was der einem alles einredet«, rief Maitland erschrocken. »Wenn er dir vorgemacht hat –«

»Ich kenne Bellerby so gut wie du«, erwiderte sein Onkel. »Eher noch besser und auf jeden Fall länger. Meine berufliche Neugier ist immerhin stark genug, um mich veranlaßt zu haben, mit meiner Mandantin selbst zu sprechen. Und das, was sie mir erzählt hat, machte mir klar, daß dies ein Fall ist, wo eine Trennung herbeigeführt werden *muß*. Ich habe sogar versucht, sie davon zu überzeugen, daß es ausreicht, wenn es rechtlich abgesichert werde, aber sie befürchtete, sie werde sich nie mehr sicher fühlen, wenn kein endgültiger Bruch stattfinde.«

»Ich sehe immer noch nicht ein, wozu sie dich brauchen«, murrte Antony. »Heutzutage läßt sich so etwas doch in ein paar Minuten erledigen, oder?«

»Ein Antrag auf Scheidung wird erst nach dreijähriger Ehe behandelt«, betonte sein Onkel. »Das ist hier nicht der Fall. Außerdem wird der Klage heftigst widersprochen.«

»Augenblick!« Maitland wurde argwöhnisch. »Wie heißt denn das arme geknechtete Wesen?«

»Diese Bezeichnung finde ich wenig angebracht«, mißbilligte Sir Nicholas streng. »Sie ist eine junge Frau. Ende Zwanzig, würde ich sagen.«

»Schön und gut, aber wie heißt sie?«

»Elizabeth Coke.«

»Ach du lieber Himmel!« Antony verließ seinen Platz vor dem Kamin und sank in den Lehnstuhl auf der anderen Seite. »Das hat gerade noch gefehlt.«

»Mein lieber Junge, wenn du glaubst, dich so ausdrücken zu müssen …«

»Laß das jetzt mal beiseite. Mallory hat mir heute mitgeteilt, daß er ein Mandat für mich angenommen hat, das eine Verleumdungsklage betrifft.«

»Und?«

Diesmal waren es Jenny und Vera, die sich ansahen, Jenny leicht verwirrt, Vera dagegen entschieden belustigt.

»Verrätst du uns den Namen deiner Mandantin?« fragte sie. Sie war eine hochgewachsene Frau mit einer Vorliebe für Sackkleider, in denen sie noch größer wirkte; seit ihrer Verheiratung hatte sie jedoch ein gutes Gefühl für Farben entwickelt, von dem früher nichts zu bemerken gewesen war. Neben ihr wirkte Jenny geradezu zierlich; man hätte meinen mögen, daß nichts sie miteinander verband, aber sie hatten sich eng verbündet.

»Natürlich«, sagte Maitland. »Ein Solicitor namens Edward Coke. Er verklagt seine Frau Elizabeth.«

»Man möchte fast meinen, Mallory entwickele Sinn für Humor«, sagte Sir Nicholas nachdenklich. »Worin besteht die behauptete Verleumdung?«

»Die Einzelheiten kenne ich noch nicht, aber nach meinem ersten Eindruck ergibt sie sich aus dem, was sie angibt, um vom Gericht eine Entscheidung zu erhalten, bevor die drei Jahre um sind. Sie muß – wie heißt das? – ungewöhnliche Verderbtheit nachweisen. Da er, soviel ich weiß, Familienanwalt ist, würde ihm das nicht zum Guten gereichen.«

»Von wem hast du den Auftrag?« fragte Sir Nicholas.

»Von einem Desmond Barleycorn. Er ist Cokes Sozius und vertritt ihn.«

»Ich nehme an, euch beiden ist klar, daß alle Mitteilungen, die Mrs. Coke ihren Anwälten oder dem Gericht macht, vertraulich sind«, stellte Sir Nicholas fest.

»Freilich weiß ich das«, gab Antony zurück, wieder voller Ungeduld. »Du hast mich oft genug dafür gerügt, daß ich zu voreilig sei, und jetzt machst du es genauso.«

»Was soll das heißen?«

»Nur, daß die Klage auf einem Brief beruht, den Elizabeth an eine Freundin geschrieben hat. Aber, wie gesagt, Einzelheiten sind mir noch nicht bekannt.«

»Aber was die Scheidung anbetrifft, werden wir uns vor Gericht doch wohl kaum begegnen.«

»Das nicht, aber –«

»Von Verleumdung hat zu mir kein Mensch etwas gesagt«, erklärte Sir Nicholas. Er war groß und breiter gebaut als sein Neffe und hatte so hellblonde Haare, daß man kaum zu erkennen vermochte, wie weiß sie schon wurden. Er strahlte eine Autorität aus, die ihm selbst nicht bewußt zu sein schien.

»Das kommt aber noch«, sagte Antony. »Muß ganz neu sein, die Sache.«

»Amüsante Situation«, meinte Vera. »Werde mir das bei Gericht wohl anhören.«

»Sollte mir leid tun, wenn ich dich enttäuschen muß, meine Liebe«, bemerkte Sir Nicholas, »aber ich bin ganz und gar nicht sicher, ob Antony das Mandat annehmen soll.« Er blickte seinen Neffen an. »Da es sich um einen Zivilprozeß handelt, kannst du jederzeit ablehnen.«

»Und warum sollte ich das tun?«

»Weil ich, offen gesagt, glaube, daß dein künftiger Mandant all das, was er wird einstecken müssen, auch verdient, und es mir lieber wäre, wenn du dich mit einem Mann seines Schlages nicht einlassen würdest.«

»Ich werde bestimmt keinen Schaden davontragen«, sagte Maitland, nun ebenfalls belustigt. »Im übrigen möchte ich mir die letzte Entscheidung schon selbst vorbehalten.«

»Du hast ihn also noch nicht gesprochen?«

»Nein, er kommt morgen mit Barleycorn in die Kanzlei. Gegen elf Uhr, wenn ich mich recht erinnere.«

»Tja, ich hoffe, du berücksichtigst das, was ich gesagt habe. Wenn man Mrs. Coke glauben kann – und ich glaube ihr voll und ganz –, ist er durch und durch schlecht.«

»Mag sein, Onkel Nick, aber sie sagt vielleicht nicht die volle Wahrheit.«

»Das war keine Sache, die sie gern erzählt hat, keine erbauliche Geschichte«, betonte sein Onkel. »Die Tatsache, daß sie sich dazu überwunden hat, sie mitzuteilen, zuerst Bellerby und dann mir, beweist hinreichend, daß sie völlig verzweifelt war.«

»Dafür kann es auch andere Gründe geben.«

»Und wer urteilt jetzt vorschnell?« fragte Vera plötzlich. »Ich finde, du solltest auf deinen Onkel hören, Antony.«

»Natürlich mache ich das, wie immer«, fügte er mit dem ungezwungenen Lächeln hinzu, das den für ihn typischen belustigten Ausdruck noch verstärkte, »weil ich gar keine andere Wahl habe, aber am Ende muß ich doch selbst entscheiden.«

»Halsstarriger Narr«, meinte sie.

»Ja, vielleicht. Willst du mir verraten, was sie gesagt hat, um dich davon zu überzeugen, daß sie deine Hilfe verdient, Onkel Nick? Oder hältst du es unter den gegebenen Umständen für unzulässig, daß wir darüber reden?«

»Es gibt keinen Grund, den ich sehen kann, warum ich dir nicht in Umrissen mitteilen könnte, worum es geht«, erklärte Sir Nicholas. »Sollten wir uns allerdings vor Gericht begegnen, werden wir es wohl beide vorziehen, die Einzelheiten unserer Prozeßführung für uns zu behalten.«

»Ja, gewiß. Wie Vera schon sagte, es müßte amüsant werden.« Antony verspürte leichtes Unbehagen und gab sich große Mühe, es nicht zu zeigen. »Was ist das für eine ungewöhnliche Verdorbenheit, die den unwiderruflichen Bruch ihrer Ehe bedeutet?«

Zum erstenmal zögerte Sir Nicholas.

»Das ist keine hübsche Geschichte«, sagte er.

»Wie wir schon gehört haben«, gab Antony ungerührt zurück.

»Hm –« Er blickte zweifelnd auf Jenny. »Ich glaube, es wäre vielleicht angebrachter, wenn wir die Angelegenheit in der Kanzlei besprechen würden, Antony.«

»Also wirklich, Onkel Nick«, protestierte Jenny aufgebracht. »Ich bin schließlich kein Kind mehr.«

»Nein, meine Liebe, aber mit den Vorgängen auf der Welt vielleicht doch nicht so vertraut wie wir anderen, Vera eingeschlossen, wenn man an ihren Beruf denkt.«

»Ich habe nicht die ganzen Jahre hier im Haus verbracht und bin ein Unschuldslamm geblieben«, erklärte Jenny. Dann lächelte sie ihn an. »Man könnte das vielleicht auch anders ausdrücken, aber du weißt schon, was ich meine.«

»Ich denke schon«, meinte Sir Nicholas und erwiderte ihr Lächeln. Jenny gehörte zu den Menschen, bei denen es schwerfällt, sie nicht anzulächeln. »Hast du schon einmal etwas von Adelaide Bartlett gehört?«

»Natürlich, Onkel Nick. Ich habe alles über sie gelesen.«

»Dann wird dich die Geschichte vielleicht nicht so entsetzen.«

»Aber wir reden doch nicht von einem Mord, oder«, wandte Jenny ein.

»Nein, meine Liebe, ich spreche vom Leben der Bartletts, bevor der Ehemann umgebracht wurde. Du erinnerst dich vielleicht, daß ein junger Geistlicher Beziehungen zu Adelaide aufgenommen hatte. Aus der Lektüre ist mir nie ganz klar geworden, wie weit das Verhältnis ging, aber fest steht auf jeden Fall, daß Bartlett die Sache ganz und gar billigte, von dem jungen Mann als dem künftigen Ehegatten seiner Frau sprach und ihn in jeder Beziehung ermutigte.«

»Ja, das weiß ich alles«, erwiderte Jenny. »Machst du deshalb ein solches Aufhebens davon? Dieser Mr. Coke soll seine Frau ermutigt haben, sich mit einem anderen Mann einzulassen?«

»Nicht direkt«, sagte Sir Nicholas. Trotz ihres heftigen Widerspruchs war Jenny beinahe kindlich unschuldig geblieben. »Wenn ich mich eines Ausdrucks der modernen Umgangssprache bediene, mußt du mir verzeihen, weil ich wirklich nicht weiß, wie ich es anders formulieren soll. Es gibt einen jungen Mann, einen Freund der Familie, der Mrs. Coke liebt, obschon sie seine Gefühle nicht erwidert. Dem Ehemann hat es gefallen, seine Frau gegen ihren Willen zu einer Beziehung mit diesem Mann zu zwingen.«

»Schön und gut, aber wo bleibt der Ausdruck aus der modernen Umgangssprache?« fragte Antony.

»Wenn es denn sein muß: Coke geilt sich daran auf – heißt das so? – wenn er zusieht, wie das Paar in seiner Gegenwart – äh – miteinander bumst, wiewohl er selbst es nie für angebracht gehalten hat, seine Ehe zu vollziehen. Was sagst du dazu?«

»Dazu sage ich, daß der junge Mann, von dem du gesprochen hast, also der Dritte im Bunde, ein ganz merkwürdiger Kerl sein muß«, erklärte Antony unverblümt.

»Sehr wahrscheinlich, aber darauf kommt es nicht an. Mein verbaler Ausrutscher rechtfertigt auch nicht, daß du dich ständig eines Slangs bedienst. Aber lassen wir das einmal beiseite«, fügte er großzügig hinzu. »Die Sache ist die: Meine Mandantin fand dies perverse Verhältnis auf die Dauer unerträglich und will das einzige

Mittel nutzen, welches ihr zur Verfügung steht. Ich darf betonen, daß sie mir als eine wahrheitsliebende und offene Frau erschien, die ganz verzweifelt war.«

»Ja, das kann ich mir vorstellen.«

»Wenn du sarkastisch werden willst –«

»Das war kein Sarkasmus, Onkel Nick, sondern die pure Wahrheit. Trotzdem –«

»Kannst ihm die Gelegenheit nicht verweigern, mit dem Mann zu reden«, warf Vera ein, als ihr Mann unterbrechen wollte. »Einzige Möglichkeit, seine Meinung zu hören.«

»Mag wohl sein«, gab Sir Nicholas widerstrebend zu, lächelte diesmal aber. »Ist dir an dem Namen deines Mandanten nichts aufgefallen, Antony?«

»Durchaus nichts Negatives«, erwiderte Antony. »Er hat ja einen berühmten Vorgänger, aber das wird ihn jetzt kaum trösten.«

»Das nehme ich auch nicht an«, meinte Sir Nicholas und ergriff sein Kognakglas. »Tja, du wirst ja morgen mit ihm reden, Antony. Ich wünsche dir viel Vergnügen. Ich muß allerdings auch ein gewisses Bedauern eingestehen.«

»Warum, wenn die Dame so hübsch ist?«

»Das hat mit der Sache überhaupt nichts zu tun«, erwiderte sein Onkel mit Würde. »Die Anwaltspraxis ist eine sehr alte – Coke, Coke & Barleycorn.«

»Nie gehört.«

»Das liegt nahe, es ist eine reine Familienpraxis. Dieser Coke ist der zweite, glaube ich. Ich kannte seinen Vater recht gut, aber er ist vor einigen Jahren verstorben. Jetzt tut es mir leid, daß ich nie auf den Gedanken gekommen bin, ihn zu fragen, warum er seinem Sohn –, ob er seinem Sohn den Vornamen bewußt gegeben hat.«

»Ist Edward wie Adelaide Bartletts Ehegatte ein älterer Mann?«

»Ich glaube, sie sagte, er sei zehn Jahre älter. Demnach müßte er Ende Dreißig sein. Kein allzu großer Unterschied.«

»Verstehe.« Er erhob sich, wieder ruhelos geworden, und ging zum Tisch, wo die Karaffen standen. »Man lernt, solange man lebt«, meinte er beiläufig. »Morgen abend um diese Zeit sind wir beide vielleicht schon klüger.«

Mittwoch, 9. Mai

1

Desmond Barleycorn und Edward Coke trafen etwa zehn Minuten vor der vereinbarten Zeit in Sir Nicholas Hardings Kanzlei im Inner Temple ein. Antony, der mit Akten über die Erschleichung von Vermögensvorteilen durch betrügerische Machenschaften rang und der allgemeinen Ansicht, hier handele es sich um einen juristischen Alptraum, ohne Vorbehalt zustimmte, war froh, die Unterlagen beiseiteschieben und Willett bitten zu können, die Besucher sofort hereinzuführen. Sein Zimmer war lang und schmal und selbst an sonnigen Tagen ziemlich dunkel. An diesem Vormittag hatte die Sonne sich überhaupt nicht hervorgewagt, und er ging zur Tür, um das Licht seiner Schreibtischlampe durch das der Deckenbeleuchtung zu verstärken, bevor seine Besucher eintrafen.

Trotz der Mitteilung seines Onkels hatte er einen älteren Mann erwartet. Edward Coke, der vor seinem Sozius und anwaltschaftlichen Vertreter den Raum betrat, war ein hochgewachsener Mann, der höchstens Mitte Dreißig zu sein schien. Dunkelhaarig und mit regelmäßig geschnittenen Zügen, beinahe gutaussehend. Ein äußerlich konservativer Mann, auch und vor allem in der Kleidung. Man konnte leicht begreifen, daß die Unterstellung perverser Neigungen ihn beruflich wie persönlich schwer schädigen würde. Seine Erscheinung war, wie Maitland fand, ein Punkt zu seinen Gunsten; was er sonst noch vorzubringen hatte, würde man sehen müssen.

Desmond Barleycorn war unverkennbar mehrere Jahre jünger und ahmte seinen Partner offenkundig nach, wenn auch ohne allzugroßen Erfolg. Er hatte eine nervös eifrige Art an sich, seine Haare waren rötlichblond und verrieten eine deutliche Neigung, sich in natürliche Wellen zu legen. Im großen und ganzen machte er den Eindruck, als hätte er sich in rustikaler Kleidung wohler gefühlt als in dem konventionellen Anzug, den seine Stadtpraxis von ihm verlangte. Er ging mit ausgestreckter Hand an Coke vorbei.

»Mr. Maitland«, begann er. »Ich freue mich sehr, Ihre Bekanntschaft zu machen. Das ist mein Partner Edward Coke.«

Antony ergriff notgedrungen die Hand – Coke bot ihm die seine nicht an – und deutete auf zwei Stühle. Durch die Deckenbeleuchtung konnte er die beiden Männer genau in Augenschein nehmen, ohne den Eindruck zu erwecken, er gedenke sie einem Verhör zu unterziehen.

»Sie haben das Wort, Mr. Barleycorn«, sagte er und reichte damit die Verantwortung für das Gespräch dorthin zurück, wo sie nach seiner Meinung hingehörte.

Der Solicitor, der ihn nur allzu offensichtlich einer genauen Prüfung unterzogen hatte – ein breitschultriger Mann von lässiger Art, mit dunklen Haaren, grauen Augen und schmalem, intelligentem Gesicht – sah seinen Partner an.

»Ja, ja, natürlich«, sagte Barleycorn. »Könnten Sie nicht Desmond zu mir sagen? Der Name ist ja wirklich albern, ich nehme mir manchmal vor, ihn zu ändern, aber das ist so kompliziert und keiner weiß mehr, wer du bist.«

»Ja, die Schwierigkeiten kann ich mir vorstellen. Ich hatte leider noch keine Gelegenheit, mir die Unterlagen anzusehen« – tatsächlich hatte er sie noch gar nicht in die Hand genommen – »aber ich habe außerdem eine Schwäche dafür, alles aus erster Hand zu erfahren. Soviel ich weiß, können wir uns mit der Sache aber nicht befassen, ohne auch die Scheidungsklage zu berücksichtigen, die Ihre Frau gegen Sie erhebt.«

»Das ist richtig.« Edward Coke ergriff zum erstenmal das Wort, wenn man von der gemurmelten Begrüßung absah. Seine Stimme klang unerwartet tief und angenehm. Mit etwas mehr Lebendigkeit hätte man ihn für einen Schauspieler statt für einen Juristen halten können.

»Mein Bürovorstand sagt mir aber, daß Sie meine Dienste nur im Zusammenhang mit der Verleumdungsklage in Anspruch nehmen wollen.«

»Es hat sich einiges getan«, erklärte Desmond.

»Dinge, die ich auch erfahren sollte?«

»An den Fakten ändert das nichts, aber wir hatten gedacht, die Scheidungsklage würde zuerst verhandelt werden. Da es sich um eine strittige Sache handelt, scheint sich das aber hinzuziehen. Die Verleumdungsklage dürfte vorher zur Verhandlung anstehen. Mit dem Urteil dürfte praktisch auch über die Scheidungsklage entschieden werden.«

»Verstehe. Ich glaube, ich sollte Ihnen mitteilen, daß mein Onkel, Sir Nicholas Harding, von Mrs. Cokes Solicitor beauftragt worden ist. Das galt lediglich für die Scheidung, aber man dürfte seine Hilfe wohl auch in der anderen Sache in Anspruch nehmen.«

»Das mag für Sie ein wenig peinlich werden«, erklärte Barleycorn, »auch wenn ich nicht erkennen kann, welchen Unterschied das für uns macht. Es gibt keine Einwände dagegen, daß Angehörige derselben Kanzlei oder sogar derselben Familie vor Gericht auf verschiedenen Seiten auftreten.«

»Nein, das ist wahr, aber ich hatte das Gefühl, das erwähnen zu müssen. Das bringt uns aber zu einer anderen Frage, die, wie ich meine, unser Mandant nur sich selbst beantworten kann. Wenn die Scheidung nicht strittig wäre, Mr. Coke, gäbe es keinen Anlaß dafür, diese Behauptungen, die Sie so tief treffen, publik zu machen. Mrs. Coke könnte warten, bis die drei Jahre um sind, und dann auf die übliche Weise die Auflösung der Ehe beantragen.«

»Ich halte nichts von Scheidung«, sagte Edward Coke nur.

»Hat das religiöse Gründe?«

»Ich bin Katholik. Elizabeth trat in die Kirche ein, bevor wir heirateten, so daß vom religiösen, nicht vom weltlichen Standpunkt her, die Gültigkeit unserer Ehe nicht im Zweifel sein kann, und darum geht es mir.«

»Haben Sie sich überlegt – wenn meine Bemerkung fehl am Platz ist, müssen Sie verzeihen, Mr. Coke – aber es ist meine Pflicht, Sie auf etwas hinzuweisen. Sie könnten einen Dispens erwirken, um Ihrer Frau die Scheidung zu ermöglichen. Die Konsequenzen Ihres Widerspruchs können für Sie ja sehr schwerwiegend sein.«

»Damit habe ich mich nicht befaßt.«

»Ich kann durchaus verstehen, daß Sie für sich die Möglichkeit einer Wiederverheiratung nicht ins Auge fassen würden, aber –«

»Das verstieße gegen alles, woran ich glaube. Ich werde nie kampflos zustimmen, Elizabeth hier ihren Willen zu lassen.«

»Und Sie glauben, wenn Sie nachweisen können, daß Sie verleumdet worden sind –«

»Würde dem Scheidungsbegehren der Boden entzogen werden.

Das kann nicht im Zweifel sein.«

»Das bringt uns zu der Frage: Sind Sie davon überzeugt, sich durchsetzen zu können?« Er blickte dabei Desmond Barleycorn an, und dieser gab ihm auch die Antwort.

»Was diese Frage nach konkreten Schäden angeht, ist die Sache ganz klar. Ebenso der Beweis, daß die nachteiligen Behauptungen schriftlich niedergelegt und im juristischen Sinn der Öffentlichkeit zugänglich gemacht wurden. Dagegen –« Er zögerte.

»Mrs. Coke könnte sich durch Berufung auf die Wahrheit verteidigen«, sagte Maitland. »Meinen Sie das?«

»Genau das meine ich.« Barleycorn wirkte erleichtert. »Das ist der Grund –« Er zögerte wieder. Sein Eifer schien ein wenig nachgelassen zu haben. »Deshalb habe ich Edward erklärt, daß wir Sie brauchen«, fuhr er dann fort, wobei er offenbar seinen ganzen Mut zusammennahm.

»Warum?« fragte Maitland ohne Bereitschaft zu einem Kompromiß.

»Weil ich Ihrem Ruf vertraue, versteht sich.«

Das war eine Feststellung, die Maitland schon oft gehört hatte, und über die er sich immer wieder ärgerte. Neben einer berufsbedingten Abneigung gegen Aufsehen in der Öffentlichkeit haßte er das auch aus persönlichen Gründen in höchstem Maß, und es mißfiel ihm besonders, an die Aufmerksamkeit erinnert zu werden, die ihm in der Presse manchmal zuteil geworden war.

»Im Zusammenhang mit Strafsachen«, erwiderte er scharf. »Sie können keinesfalls davon gehört haben, daß ich mich jemals mit Dingen wie diesen abgegeben hätte.«

»Dann vergessen wir diese Seite, wenn Ihnen das lieber ist«, meinte Desmond entgegenkommend. »Sie waren schon früher an Verleumdungsprozessen beteiligt, erzählen Sie mir nichts. Die Sache hier ist wie jede andere, wenn Sie außer acht lassen, daß die Gegner Mann und Frau sind.«

»Leider scheint aber genau das der Kern der Sache zu sein«, sagte Maitland düster. »Soll ich aber Ihren Worten entnehmen, daß, wenn Mrs. Coke ihre Behauptung als Wahrheit unterstellt, wir nichts Gegenteiliges beweisen können?«

»So, wie die Dinge zur Zeit stehen«, gab Desmond zurück.

»Aber sehen Sie, Mr. Maitland, die Leute sagen, daß Sie tiefer hinter die Dinge sehen als die meisten von uns, und da hoffte ich –«

»Daß ich mich dazu in der Lage sehen würde, in meinem Einsatz etwas weiter zu gehen, als die Annahme des Mandats mich verpflichtet«, ergänzte Maitland. Er schwieg eine Zeitlang und dachte nach. »Hm... von Ihrem Standpunkt aus ja wohl zu verstehen, aber den meinen wird man wohl auch berücksichtigen müssen.«

»Sie denken an die Zeit, die das kosten wird.«

»Nicht unbedingt.«

»Er meint«, warf Edward mit seiner tiefen Stimme ein, »daß er mir meine Geschichte vielleicht nicht abnimmt, wenn er sie gehört hat.«

»Na, ich muß schon sagen!« Desmond schien durch diese offene Redeweise ein wenig aus dem Konzept zu geraten, bemerkte dann aber, daß Maitlands Miene sich aufgehellt hatte.

»Genau daran habe ich gedacht, Mr. Coke«, erklärte Antony verbindlich. »Sie sollten also lieber zum Anlaß Ihres Besuches kommen. Wollen Sie mir sagen... oder möchten Sie lieber, daß Mr. Barleycorn für Sie spricht?«

»Desmond weiß von der Sache natürlich ebensoviel wie ich«, sagte Edward Coke, »aber ich kenne die juristische Seite auch so gut wie er, kann es also ruhig selbst sagen. Haben Sie aus den Unterlagen, die Desmond zur Verfügung stellte, die Art der Beschuldigung ersehen, die Elizabeth vorbringt?«

»Ich weiß in Umrissen davon, ja«, gab Antony zurück und blieb damit bei der Wahrheit, so gut er konnte, ohne das Gespräch mit seinem Onkel zu erwähnen.

»Dann brauchen wir im Augenblick vielleicht nicht näher darauf einzugehen.«

»Nein, aber es geht um die Frage, ob die Verleumdung öffentlich gemacht wurde.«

»Das müssen Sie sich freilich fragen. Elizabeth ging zu ihrem Solicitor, der Ihnen vielleicht bekannt ist –«

»Mr. Bellerby? Ja, sogar sehr gut bekannt.«

»Tja, über den Verlauf dieses ersten Gesprächs kann ich nur Vermutungen anstellen. Ich nehme an, er wies sie auf die Schwierigkeiten hin, eine Scheidung durchzusetzen, da wir erst zweieinhalb

Jahre verheiratet sind. Ich weiß natürlich nicht, wie sie es ausgedrückt hat, aber sie erklärte ihm, sie könne gute Gründe dafür anführen, das Begehren schon jetzt einzureichen. Sie ging ein zweites Mal zu ihm und nahm David Barrie mit. Das ist der Mann, den ich angeblich ... mit dem sie angeblich ... nun, auf jeden Fall bestätigte er alles, was sie behauptete. Und sie muß diesen Mr. Bellerby völlig eingewickelt haben, weil er ihr offenbar erklärte, der Fall sei ganz eindeutig. Ich gebe zu: Wenn das zuträfe, wäre er auch unangreifbar. Elizabeth war töricht genug, einer Busenfreundin von ihr zu schreiben, Primrose Ross, die selbst eine sehr törichte Frau ist, wenn auch im übrigen gar keine schlechte Person, und sich händereibend über die ganze Geschichte auszulassen. ›Wir haben ihn, wo wir ihn brauchen‹, in dieser Art, und prompt alles ausgebreitet.«

»Und diese Mrs. – Miss? – Ross kam mit dem Brief zu Ihnen?«

»Miss Ross. Nein, so war es nicht. Sie sprach vielmehr mit mindestens zwei Ehepaaren darüber, die wir kennen, Roland und Frances Walpole und Terence und Joanna Stowe. Wer mir davon erzählte, war Roland. Er und Fran glaubten kein Wort davon. Jedenfalls behauptete er das, und ich denke, daß er die Wahrheit gesagt hat. Terence und Joanna dagegen gingen mir offenkundig aus dem Weg, so daß ich ihn zur Rede stellte. Nach einiger Zeit gab er zu, daß Primrose mit ihnen gesprochen hätte. Sie hatten ihrerseits bei anderen Leuten von der Sache etwas erwähnt. Ich weiß nicht, wie viele das waren, aber vielleicht erfahren Sie es, wenn Sie mit ihnen reden. Beide Ehepaare könnten vor Gericht aussagen, obwohl ich das Gefühl habe, daß Terence und Joanna es nur widerstrebend tun würden. Die Fabel würde mich beruflich ganz gewiß schädigen, ganz abgesehen von meinen persönlichen Empfindungen. Auf mein Gespräch mit Terence folgte ein knapp gehaltener Brief, der bei unserem Gespräch schon unterwegs gewesen sein muß. Er enthielt die Bitte, seine Rechtsangelegenheiten einer anderen Kanzlei zu übertragen. Aber wie ich schon sagte, habe ich auch mit Primrose gesprochen.«

»Und sie gab zu, den Brief erhalten zu haben?«

»Mehr noch, sie gab ihn mir sogar. Ich sprach schon davon, daß sie eine sehr törichte Frau ist. Ich glaube nicht, daß sie auch nur von fern die Absicht hatte, Elizabeth damit zu schaden.« Er verstummte kurz und lächelte. »Ich fange an, Ihnen zu glauben, wenn Sie sagen, Sie hätten die Unterlagen noch nicht studiert, Mr. Maitland. Sie enthalten eine Abschrift des Briefes.«

»Gut, aber Sie sehen –«

»Sie sind sich noch nicht einmal jetzt sicher, ob Sie den Fall übernehmen. Das verstehe ich vollkommen. Und Sie werden mich noch auf etwas anderes hinweisen: Wenn wir nicht beweisen können, daß Elizabeth lügt, wird ihr das, was Primrose getan hat, in keiner Weise schaden, außer, daß sie vor Gericht erscheinen muß, was wohl niemand sonderlich schätzt. Aber wenn sie im Verleumdungsprozeß positiv abschneidet, hat sie die Scheidung so gut wie in der Tasche.«

»Ja, und das ist der nächste Punkt, der mir Kopfzerbrechen bereitet. Warum will sie die Scheidung, wenn ihre Behauptung gar nicht der Wahrheit entspricht, Mr. Coke? Sie sagten, Sie wären erst, wieviel? – zweieinhalb Jahre verheiratet?«

»So ungefähr. Dezember 1970, um genau zu sein. Und warum sie die Scheidung will... Ich glaube, die Ehe ist ihr zuwider, wir haben seit der Anfangszeit nicht mehr miteinander geschlafen. Ich sehe aber keinen Grund dafür, daß sie so weit geht.«

»Hat Sie die Sache mit Ihnen besprochen, bevor sie zu Mr. Bellerby ging?«

»Ja, sie verlangte direkt die Scheidung von mir. Ich erklärte ihr natürlich, was sie schon ganz genau wußte, daß uns als Katholiken dieser Weg nicht freisteht. Sie erwiderte darauf nur, ich solle nicht so spießig sein. Ich bot ihr die Trennung an und wollte weiterhin für ihren Unterhalt aufkommen, so, als lebten wir noch zusammen, aber damit war sie ganz und gar nicht einverstanden. Wir stritten eine ganze Weile darüber, vor allem sie, dann ging sie und stieß Drohungen aus, packte ihren Koffer und zog in ein Hotel. Bevor ich mich versah, wurde mir die Scheidungsklage zugestellt. Angesichts der kurzen Zeit, die wir verheiratet sind, wußte ich natürlich, daß sie irgendwelche extremen Dinge angeben mußte, aber ich hatte keine Ahnung, worum es eigentlich ging, bis mich Roland besuchte. Ich räume ein, daß mich das alles tief erschüttert hat.«

»Und an ihren Behauptungen ist kein Wort wahr?«

»Nicht die Spur. Überlegen Sie doch, Mr. Maitland –«

»Das tue ich«, sagte Antony reumütig.

»– wenn ich so ein Mensch wäre, ein so perverser Lüstling, wie sie behauptet, glauben Sie dann, ich würde trotz meiner religiösen Einstellung nicht einer Scheidung ohne Skandal zustimmen?«

»Ein Punkt, der etwas für sich hat.«

»Er überzeugt aber nicht ganz«, fuhr Edward Coke fort. »Wenn die Menschen immer logisch wären... wir sind es nicht, und ich weiß das so gut wie Sie. Ich kann Ihnen nur versichern –«

»Er sagt die Wahrheit, wissen Sie«, erklärte Desmond Barleycorn, unerwartet wieder ins Gespräch eingreifend.

»Erzählen Sie mir von David Barrie«, sagte Maitland unvermittelt.

»David?« Cokes Stimme klang erstaunt.

»Ich denke, es ist doch naheliegend, daß ich über ihn etwas wissen muß. Sie sagen, Sie können mir keine Erklärung dafür geben, weshalb Mrs. Coke so entschieden auf einer Scheidung besteht. Vielleicht können Sie mir aber erklären, warum dieser junge Mann ihr bei einer Lügengeschichte Deckung gibt?«

»Das kann ich Ihnen auch nicht sagen«, gab Edward Coke eher verzweifelt zurück.

»Kommen Sie, Sie können es wenigstens versuchen«, ermunterte Maitland. »Ist er ein Freund der Familie? Hat er Sie öfter besucht?«

»Man kann wohl behaupten, daß er und sein Vater Freunde von uns sind, obwohl er im Verhältnis zu mir ein noch jüngerer Mann ist, so wie Owen, sein Vater, älter ist als ich. Mrs. Barrie ist vor einigen Jahren gestorben.«

»Freunde von Ihnen, oder Freunde von Mrs. Coke?«

»Von uns beiden wohl. Früher luden wir sie öfter zum Abendessen ein und wurden ebenso regelmäßig von ihnen eingeladen, aber in den letzten sechs Monaten oder vielleicht ein bißchen länger, gewöhnte David sich an, unangemeldet bei uns zu erscheinen und mitzuessen, was es gerade gab. Mir machte das nichts aus, Elizabeth schien ihn gerne um sich zu haben, und um die Wahrheit zu sagen, unser Verhältnis war so getrübt, daß die Anwesenheit eines Dritten gewissermaßen als Erleichterung empfunden wurde.«

»Das erste Mal kam er ...?«

»Auf Elizabeths Einladung. Ich glaube jedenfalls, daß sie zu ihm sagte, er sei jederzeit willkommen. Sie erklärte, Owen mache sich wegen seines – Owens – Lebensstils Sorgen, und sie meinte, die Besuche bei uns könnten ihn in eine andere Richtung lenken. Wenn sie es so ausdrückte, konnte ich mich natürlich nicht weigern, ihn dabeizuhaben, und wenn ich das noch so gerne getan hätte.«

»Sie können aber nicht bestreiten, daß Sie zu dritt allein waren.«

»Nein, und wir haben auch kein Personal, das im Haus wohnt, so daß in dieser Beziehung keine Aussagen einzuholen sind.«

»Wie alt ist David Barrie? Was für einen Beruf übt er aus?«

»Ich würde sagen, um die Dreißig, nicht viel älter als Elizabeth. Und Owen ist ein sehr wohlhabender Mann. Ich glaube nicht, daß David in seinem Leben schon einmal etwas gearbeitet hat. Ein Kunstliebhaber. Ist bei allen Premieren dabei, besucht sämtliche Kunstausstellungen...«

»Und soll diesen sonderbaren Vorgängen zugestimmt haben, weil er in Ihre Frau verliebt ist.«

»Ich nehme an, daß er das ist. Ich wäre ja offenkundig der letzte, der das erfahren würde.«

»Eine seltsame Leidenschaft. Und Mrs. Cokes Gefühle in diesem Zusammenhang?«

»Sie sagt, sie hätte Angst vor mir gehabt«, stellte Edward bitter fest, »und deshalb hätte sie mitgemacht.«

»Haben Sie sie jemals geschlagen, nur als Beispiel?«

»Nein.«

»Das habe ich eigentlich auch nicht gemeint, sondern: Was können Sie mir über ihre Empfindungen David Barrie gegenüber sagen?«

»Auch das hätte ich wohl als letzter erfahren. Wenn sie in ihn verliebt ist, meine ich. Aber ganz ehrlich, Mr. Maitland: Ich halte das für sehr unwahrscheinlich. An der Oberfläche scheint sie eine gefühlvolle, liebesfähige Frau zu sein, aber in Wirklichkeit halte ich sie für frigide.«

»Verstehe. Aber ich muß Sie darauf hinweisen, Mr. Coke, daß sie, wenn Sie mir die Wahrheit sagen, nicht nur Mr. Bellerby angeführt hat, der ganz und gar kein Dummkopf ist, sondern auch meinen Onkel, der einer der scharfsinnigsten Menschen ist, die ich kenne.«

»Dann glauben Sie mir also nicht?« Edward Coke wollte aufstehen, aber Maitland winkte ungeduldig ab.

»Nicht so schnell«, klagte er. »Davon habe ich kein Wort gesagt, wissen Sie.« Und er lächelte vor sich hin, als ihm Geoffrey Hortons Worte einfielen, wonach er zu seinen Mandanten erst dann grob werde, wenn er anfange, ihnen zu glauben. In diesem Fall stellte er fest, daß seine inneren Empfindungen im Streit lagen mit dem Respekt vor dem Urteil seines Onkels, aber der Standpunkt seines künftigen Mandanten mußte ebenfalls Berücksichtigung finden. Wenn er der rechtschaffene Mann war, als der er erschien, und die Behauptungen seiner Frau eine gemeine Erfindung, würde er Schweres durchmachen müssen, falls die Sache allgemein Glauben fand, und das nicht allein in seinem Berufsleben.

»Erzählen Sie mir von Anfang an über Ihre Beziehung zu Mrs. Coke«, forderte Antony sein Gegenüber auf.

Edward hatte wieder Platz genommen, legte aber eine zweifelnde Miene an den Tag.

»Sie war fünfundzwanzig, als wir heirateten. Jetzt ist sie achtundzwanzig. Vorige Woche hat sie übrigens Geburtstag gehabt«, sagte er. »Und ich war fünfunddreißig. Zu alt für Sie, werden Sie vielleicht sagen. Aber bevor ich sie kennenlernte, kannte ich keine Frau, mit der ich mein ganzes Leben hätte verbringen mögen. Wie Sie schon gemerkt haben werden, Mr. Maitland, war das für mich eine Entscheidung auf Lebenszeit.«

»Ja, das ist mir klargeworden«, sagte Antony ernsthaft.

»Sie war Gesellschaftsdame und Pflegerin einer alten Tante von mir, als ich sie kennenlernte«, fuhr Edward fort. »Ich hing an Tante Harriet, wußte aber, daß sie sehr schwierig sein konnte. Elizabeth ging so sanft mit ihr um. Das war wohl das erste an ihr, was mich anzog. Sie ist... Ich glaube, man kann sie eine Schönheit nennen, Mr. Maitland. Ich begreife wirklich nicht, warum sie so lange ledig geblieben ist. Jedenfalls heirateten wir nach etwa vier Monaten.«

»Was hielt Ihre Tante davon?«

»Ach, sie schien sich sehr zu freuen. Deshalb war ich so überrascht... aber das gehört nicht zur Sache.«

»Was wollten Sie sagen, Mr. Coke?«

»Nur, daß sie im vorigen Jahr gestorben ist, Ende November,

glaube ich, und ihr ganzes Geld Zwecken der Wohltätigkeit vermachte. Sie dachte wohl, ich brauche es nicht, was in einer Beziehung völlig richtig ist, obschon ich nicht wohlhabend bin. Sie war es«, fügte er ein wenig wehmütig hinzu. »Wohlhabend, meine ich.«

»Erzählen Sie weiter über Ihre Ehe.«

»Ich habe schon alles berichtet. In den ersten Wochen ... aber jetzt glaube ich, daß Elizabeth mir nur entgegenkommen wollte. Dann erfand sie Ausreden, zog schließlich ganz in ein anderes Zimmer und ließ mich einfach nicht mehr an sich heran. Unser Alltagsleben ging so weiter wie vorher, aber Sie werden sich vielleicht vorstellen können, daß das, was ich für unsere gegenseitige Zuneigung gehalten hatte, mit der Zeit verblaßte. Unsere Beziehung wurde immer gespannter. Ich wunderte mich nicht, als sie eine Trennung wollte, aber der Gedanke an eine Scheidung war mir nie in den Sinn gekommen.«

»Das erinnert mich an etwas, das Sie ausgelassen haben, Mr. Coke. Sie sagen, Mrs. Coke sei nicht katholisch gewesen, als Sie sie kennenlernten.«

»Nein, aber ich glaube – damals glaubte ich – sie sei ein gläubiger Mensch. Jedenfalls war sie sofort bereit, sich unterweisen zu lassen. Unsere Hochzeit verzögerte sich dadurch ein bißchen, wenn auch nicht sehr lange.«

»Nach allem, was Sie mir erzählt haben, war die Verzögerung kaum der Rede wert«, meinte Antony lächelnd.

»Nein, das ging wohl alles ziemlich schnell«, bestätigte Edward.

»Und nach Ihrer Hochzeit?«

»Zuerst gingen wir gemeinsam zur Kirche, dann beschloß sie, lieber eine spätere Messe zu besuchen. Ich habe mich seither gefragt, ob sie überhaupt hingegangen ist und statt dessen nicht eine Freundin besucht hat.«

»Diese Primrose Ross, etwa.«

»Hm, ja, die so gut wie irgendeine andere. Aber wenn Sie glauben, Mr. Maitland, ihre Einstellung zum Sex sei gefärbt gewesen von ... von, sagen wir, lesbischen Neigungen, kann ich Ihnen, glaube ich, versichern, daß davon keine Rede sein konnte.«

»Sie sagen, David Barrie hat Geld?«

»Das könnte man sagen, aber es ist eigentlich nicht das seine.

Einen ordentlichen Monatswechsel von seinem Vater, denke ich, der alle verurteilt, die nicht arbeiten, für seinen Sohn aber trotzdem ein weiches Herz hat.«

»Gibt es Brüder oder Schwestern? Oder kann David damit rechnen, der einzige Erbe zu sein?«

»Er hat keine Geschwister, aber, Herrgott noch mal, Owen ist erst Mitte Fünfzig.«

»Verstehe.« Er wandte den Kopf und lächelte Desmond Barleycorn an. »Und wenn ich mir die Akten ansehe, finde ich die Namen und Adressen all dieser Leute«, meinte er.

»Heißt das, Sie gehen zu ihnen?«

»Ich denke, das scheint notwendig zu werden, nicht?«

»Ja, aber was es nützen soll, weiß ich nicht«, gab Desmond ehrlich zu.

»Ein Anfang, das ist alles, außer Sie haben einen anderen Vorschlag, wo ich hingehen soll.«

»Nein ... nein. Mit David Barrie können Sie wohl nicht reden.«

»Aber mit seinem Vater. Und an Ihrer Stelle, Mr. Barleycorn – Desmond – würde ich Miss Primrose sofort eine Vorladung schikken.«

»Daran habe ich zwar schon gedacht, aber es scheint mir keine große Rolle zu spielen, von welcher Seite sie als Zeugin benannt wird. Was den Empfang des Briefes angeht, ist sie unsere Zeugin, aber sie versteht sich mit Elizabeth so gut, daß ich wetten möchte, sie würde alles bestätigen, was von Mrs. Coke kommt. Und ihre Aussage zu der von David ist genau das, was wir nicht brauchen.«

»Nein, aber der Vorteil, wenn ich sie vor der Verhandlung aufsuche, könnte das alles aufwiegen. Wie Sie schon sagten: Sie wird auf jeden Fall Gelegenheit bekommen, Mrs. Cokes Sicht der Dinge vorzutragen.«

»Also gut, das mache ich. Möchten Sie, daß ich die Vereinbarungen treffe?«

Maitland überlegte.

»Ja, wir könnten diese Expedition Hand in Hand unternehmen«, sagte er schließlich leichthin, obwohl ihn alles dazu drängte, seine Gespräche allein zu führen. »Wenn es Ihnen nichts ausmacht, sich mit Willett im Büro abzustimmen, bevor Sie gehen ... Unser Bürovorstand ist Mallory, wissen Sie, aber Willett ist mehr oder weniger der zweite Mann und nimmt ihm inzwischen viel Arbeit ab. Jedenfalls kennt er meine Termine. Würden Sie das tun?«

»Mit dem größten Vergnügen.« Die beiden Männer waren aufgestanden. Antony folgte ihrem Beispiel.

»Ich bin ein bißchen verwirrt«, sagte Edward mit gerunzelter Stirn. »Da alle Beweismittel fehlen, dachte ich, Sie würden mich ohne alle Umstände abweisen.«

»Meine Familie würde Ihnen sagen, daß ich ein eigensinniger Mensch bin«, meinte Antony leichthin und dachte belustigt an Jenny, die so etwas niemals gesagt hätte. »Aber es ist Ihnen natürlich klar, daß ich nicht verspreche, Ihnen helfen zu können. Nur, daß ich es versuchen will.«

»Für den Augenblick ist das wohl gut genug«, antwortete Edward mit mehr Wärme als bislang. »Sie haben es mir sehr leicht gemacht, Mr. Maitland, leichter, als ich es für möglich gehalten hätte. Lassen Sie mich wenigstens dafür dankbar sein.«

Maitland blieb noch einen Augenblick stehen, nachdem die Tür sich geschlossen hatte, und starrte sie mit eher leerem Blick an. Er fragte sich ein wenig reumütig, was ihn dazu bewogen hatte, sich auf die ziemlich triste Geschichte einzulassen; allerdings ließ sich nicht bestreiten, daß in einem Winkel seines Gehirns auch die Frage lauerte, wie sein Onkel es aufnehmen würde, daß er auf die gegnerische Seite getreten war. Entweder Edward Coke oder seine Frau Elizabeth, einer war der Lügner des Jahrhunderts, und in diesem Augenblick hätte er nicht die kleinste Wette auf die Lösung dieses Rätsels eingehen wollen.

2

»Aber bist du denn sicher, Antony?« fragte Jenny an diesem Abend, als er ihr von seinem Gespräch mit Desmond Barleycorn und seinem Mandanten berichtet hatte. »Ich meine, Onkel Nick ist ja wirklich ein guter Menschenkenner.«

»Das weiß ich, und natürlich bin ich mir nicht sicher«, gab Antony zurück. »Aber wenn Edward Coke doch die Wahrheit sagt ... das kann man doch nicht riskieren, oder?«

»Du wohl nicht«, meinte Jenny. »Aber mich beunruhigen da zwei Dinge ganz besonders.«

»Das eine ist wohl, was Onkel Nick dazu sagen wird«, murmelte Antony. »Ich habe heute beim Mittagessen mit ihm gesprochen, und er hat sich sehr ätzend über meine Leichtgläubigkeit ausgelassen, aber im übrigen spielt das gar keine Rolle. Er weiß ganz genau, daß ich das Recht habe, mir meine Mandanten selbst auszusuchen.«

»Ja, sicher«, sagte Jenny zweifelnd. »Und wenn er recht hat, fällt das ja alles nicht ins Gewicht. Du hast dann deine Zeit verschwendet, und die Sache hat sich. Aber was ist, wenn *du* recht hast?«

»Ich glaube, du bist nicht gerecht zu ihm, Jenny. Du weißt so gut wie ich, daß es im Leben eines Barristers dauernd auf und ab geht. Keiner kann immer recht haben. Und der zweite Punkt, der dich bedrückt?«

»Wenn dieser Mr. Coke dir die Wahrheit sagt, wie, um alles in der Welt, willst du das beweisen? Die Dinge, die nach der Behauptung seiner Frau vorgegangen sein sollen, finden ja nicht gerade in der Öffentlichkeit statt, und wenn sie und David Barrie bei ihren Aussagen bleiben, kannst du überhaupt nichts dagegen machen.«

»Wohl kaum, aber ich kann wenigstens die Befriedigung haben, es zu versuchen.«

»Wenn es nur das wäre«, meinte Jenny.

»Was meinst du denn *damit*, Liebes?«

»Nur, daß ich dich kenne, Antony, und zwar viel zu gut. Du wirst dir vorwerfen, daß du keinen Erfolg gehabt hast, und keinen Augenblick Frieden finden«, sagte Jenny mit tragisch umflorter Stimme.

»Na komm, Schatz, so schlimm ist es doch wirklich nicht.«

Aber Jenny ließ sich von ihrem Gedankengang nicht abbringen.

»Wenn Onkel Nick im Irrtum ist«, sagte sie, »was kann der Grund dafür sein, daß er sich so hat täuschen lassen?«

»Nach allem, was man hört, ist Elizabeth Coke ein ganz tolles Mädchen«, erwiderte Antony. »Edward Coke ist – wenn man einmal unterstellen will, daß er die Wahrheit sagt – selbst getäuscht worden, und bei ihm stand viel mehr auf dem Spiel als bei Onkel Nick. Er ließ sich auf ein ganzes Leben mit dieser Frau ein.«

»Und wenn sie ihre Scheidung schließlich durchsetzt, wird er trotzdem nicht wieder heiraten?«

»Ich weiß nicht, ob er das will, aber er wird es für mein Gefühl nicht tun. Das ist wohl auch der wahre Grund, der mich auf seine Seite gebracht hat, Jenny. Wenn er da die Wahrheit sagt, und das glaube ich, wird ihm die Scheidung nicht das geringste nützen. Er weiß auch nicht, was Elizabeth sich davon verspricht, aber ich werde das Gefühl nicht los, daß da etwas dahintersteckt.«

»Um aus einer unerträglichen Situation herauszukommen, glaubt Onkel Nick«, sagte Jenny, aber nun waren auch Antonys Gedanken in eine andere Richtung gegangen.

»Ich weiß, das Ganze ist unerquicklich«, gab er zu, »aber eben auch faszinierend.«

»Wirklich?« fragte Jenny zweifelnd.

»Aber natürlich, Liebes. Denk nur einmal an David Barrie. Gleichgültig, wer die Wahrheit sagt: Was für ein Mann ist das?«

»Ein gräßlicher Mensch, für mein Gefühl«, sagte Jenny. »Und du sagst, die Verleumdungsklage wird vor der Scheidung verhandelt?«

»Ja. Das hat mich ein bißchen überrascht, aber so scheint es zu sein. Noch etwas habe ich dir nicht gesagt, Jenny. Onkel Nick erwähnte beim Mittagessen, daß Bellerby ihn gebeten hat, auch in dieser Sache tätig zu werden.«

»Vera wird sich freuen!« sagte Jenny.

»So? Warum denn?«

»Ich glaube, es macht ihr grimmigen Spaß, euch als Gegner zu sehen«, sagte Jenny. »Vielleicht gehe ich mit.«

»Nein, das würde ich nicht tun, Schatz. Das gefällt dir bestimmt nicht.«

Jenny lächelte ihn an.

»Na gut, dann nicht«, versprach sie. »Aber reden wir jetzt von etwas anderem. Ich habe satt, was Onkel eheliche Zwistigkeiten zu nennen pflegt, und der Ausdruck, mit dem ihr gestern abend dauernd um euch geworfen habt – diese extreme Verdorbenheit – hängt mir zum Hals heraus«, erklärte sie entschieden.

Samstag, 12. Mai

1

Es wurde Samstag, bis Maitland über seinen getreuen Schatten Willett einen der Terminvorschläge Desmond Barleycorns für die gewünschten Gespräche annehmen konnte.

»Ich habe alles in die Wege geleitet«, sagte der junge Solicitor abschließend, »möchte aber zuerst mit Ihnen reden, wenn das geht.«

»Ja, natürlich«, sagte Antony vage, obwohl er sich fragte, was zwischen ihnen noch zu besprechen sein mochte. »Wann haben wir unseren ersten Termin?«

»Um elf Uhr, bei Owen Barrie. Er wohnt nicht sehr weit von Ihnen.«

»Nein? Es gibt nicht mehr viele von diesen Häusern in privater Hand. Dann schlage ich vor, daß Sie gegen zehn Uhr herkommen. Wir können dann unser Gespräch so lang oder so kurz gestalten, wie wir wollen.«

Wie bei der Besprechung in der Kanzlei kam Desmond ein bißchen früher als zur vereinbarten Stunde. Jenny servierte Kaffee und zog sich diskret zurück. Die beiden Männer saßen einander vor dem Kamin gegenüber.

»Wenn Ihnen etwas Stärkeres lieber ist«, meinte Antony, als der andere zu zögern schien, bevor er das Gespräch aufnahm.

»Nicht jetzt, danke.« Desmond lächelte ihn unsicher an. »Obwohl ich zugebe, daß das Räderwerk ein bißchen Öl vertragen könnte, wenn Sie das gemeint haben. Sehen Sie, als Edwards Sozius weiß ich einiges mehr über ihn als bei der üblichen Beziehung zwischen Solicitor und Mandant. Ich rede nur nicht gern hinter seinem Rücken.«

»Durchaus begreiflich.«

»Trotzdem gibt es Dinge, von denen ich meine, daß Sie sie erfahren sollten. Schließlich vertrauen wir ja auf Sie, daß Sie uns aus diesem Schlamassel heraushelfen, nicht?«

»Sie können sich darauf verlassen, daß ich es versuchen werde«, erklärte Antony mit Entschiedenheit. »Was das übrige betrifft –«

»Ja. Ich weiß, daß Sie keine Garantien geben können«, sagte Desmond ein wenig ungeduldig. »Und wenn ich ganz ehrlich sein soll, glaube ich, daß Elizabeth uns in die Tasche steckt. Immerhin, wir müssen unser Bestes tun, und ich möchte, daß Sie ein paar Dinge über Edward erfahren, die Sie mir vielleicht abnehmen, während Sie bei ihm möglicherweise Zweifel hätten.«

»Ich bin ganz Ohr«, sagte Antony beiläufig, während er seinen Kaffee umrührte.

»Ja, mir ist aufgefallen, daß Sie die Gabe zu besitzen scheinen, aufmerksam zuhören zu können, auch wenn Sie gar nicht den Eindruck machen. Also, diese Sache, daß er nichts von Scheidung hält... er meint das ganz ernst. Er gehört zu den Seltenheiten heutzutage, weil er wirklich tief gläubig ist. Was die sogenannte duldsame Gesellschaft sich alles leistet, ist ihm ein Greuel. Ich hatte ihn schon auf das hingewiesen, was Sie auch angesprochen haben, nämlich, daß er einen Dispens erlangen könnte, und er sich nicht mehr als verheiratet betrachten müßte. Aber es hat keinen Zweck, er ist da halsstarrig, es verstößt gegen seinen Glauben, aus.«

»Ich bin natürlich froh über Ihre Bestätigung«, erklärte Maitland. »Ich nehme an, Sie kennen die Cokes auch privat und sind nicht bloß sein Sozius.«

»Ja, natürlich. Der alte Mr. Coke lebte noch, als ich in die Kanzlei eintrat. Bei ihm habe ich sogar meine Referendarzeit hinter mich gebracht. Edward war zu mir aber stets gut und hilfreich, und ich glaube sogar, es wäre besser für ihn gewesen, in dieser Sache jetzt einen erfahreneren Mann zu beauftragen, aber davon wollte er nichts wissen«, schloß Desmond ein wenig außer Atem.

»Ich bin sicher, Sie werden sich gut halten.«

»Das hoffe ich auch, aber nur dann, wenn Sie mich bei jedem Schritt führen«, gab Desmond offen zu. »Sie wollen wissen, was ich von Elizabeth halte, nicht wahr?

Nun, ich kann natürlich nur nach meinen eigenen Beobachtungen berichten. Edward sprach nie von ihr, außer am Anfang einmal zu erwähnen, er werde heiraten. Später sagte er vielleicht einmal: ›Wir fanden das nett, gestern abend‹, oder so ähnlich. Ich lernte sie erst bei der Hochzeit kennen. Sie blieb bis zum letzten Augenblick bei der alten Dame und heiratete von dort aus, um die neue Pflegerin noch einweisen zu können. Es war eine weiße Hochzeit mit allem Drum und Dran, und sie sah einfach hinreißend aus. Mich wunderte kein bißchen, daß Edward sich Hals über Kopf in sie verliebt hatte. Sie hat eine sanfte Art an sich, die ihm ebenfalls gefallen haben muß. Und ich hatte, bis das zum Platzen kam, überhaupt keine Ahnung, daß zwischen ihnen wirklich etwas nicht stimmte, auch wenn das schwer zu glauben sein mag.«

»Sie sagen, ›daß *wirklich* etwas nicht stimmte‹. Sie haben offenbar also gespürt, daß etwas nicht in Ordnung war, dachten aber an nichts Ernstes.«

»Es ist schwer zu erklären. Sehen Sie, Edward ist ein Mann, der eine Frau auf gleicher geistiger Ebene hätte heiraten sollen.«

»Und Elizabeth ist ihm nicht ganz gewachsen?«

»Vielleicht habe ich mich falsch ausgedrückt. Sie ist ganz sicher nicht auf den Kopf gefallen, wenn sie sich diese Geschichte selbst ausgedacht hat, und ich gehe davon aus, daß ihr Solicitor nichts damit zu tun hatte.«

Antony konnte ein Lächeln nicht unterdrücken.

»Mr. Bellerby ist die Achtbarkeit in Person«, versicherte er. »Wenn ein Betrug im Gange ist, kann ich die Hand dafür ins Feuer legen, daß er ebenso getäuscht wird wie alle anderen.«

»Das dachte ich mir. Außerdem ist das nicht so sehr eine Frage des Intellekts, der Schlauheit, oder wie immer Sie das nennen wollen, als die gleichen Interessen zu haben«, erläuterte Desmond. »Edward ist ein Mensch, den alles interessiert –«

»Das sollte von Nutzen sein.«

»Nein, ich meine Dinge wie Geschichte und Politik und Wirtschaft... alles, bis auf jene Dinge, die Elizabeth gefallen. Sie hat etwas übrig für Mode, und zur richtigen Zeit am richtigen Ort in der richtigen Kleidung zu erscheinen. Verstehen Sie, was ich meine?«

»Ja, ich denke schon. Zwei, die nicht zusammenpassen, aber es ist schon bei gegensätzlicheren Naturen gutgegangen.«

»Ja, und das dachte ich bei den beiden eben auch. Sie war katholisch geworden, wissen Sie, und ich hatte keinen Grund, anzunehmen, sie nähme das nicht ebenso ernst wie Edward. Es war ein kleiner Schock, als ich erfuhr, daß sie ihn verlassen hatte; das war noch, bevor Edward selbst es mir sagte. Er sprach kein Wort davon, bis die Scheidungsklage eingereicht war. Und jetzt das alles!«

»Haben Sie jemals den Eindruck gewonnen, die sexuelle körperliche Komponente der Ehe sei ihr zuwider?«

»Bis vor kurzem nicht.«

»Warum, glauben Sie, will sie die Scheidung?«

»Keine Ahnung«, sagte Desmond kopfschüttelnd. »Wenn sie nur von ihm weg will, hätte eine Trennung doch auch genügt.«

»Vielleicht will sie wieder heiraten.«

»David Barrie, meinen Sie?«

»Wenn er bereit ist, für sie einen Meineid zu schwören, muß sie doch keinen geringen Einfluß auf ihn haben.«

»Darüber habe ich nachgedacht«, gestand Desmond. »Es könnte sein, daß ein kleiner Teil der Geschichte stimmt. Daß er in sie verliebt ist, meine ich, sie aber nichts für ihn übrig hat.«

»Das macht die Sache noch verworrener«, meinte Maitland nachdenklich. »Die einzige Erklärung, die mir einleuchtet, ist die, daß sie ihm versprochen hat, ihn zu heiraten, wenn sie frei wäre.«

»Das ergäbe wohl eher Sinn.«

»Glauben Sie, daß sie einer solchen Sache fähig wäre?«

»Ich muß es glauben, nicht wahr, wenn man bedenkt, was sie verbreitet? Aber ich kann nicht verstehen, warum sie David gegen Edward eintauschen wollte.«

»Sie hat es vielleicht nicht ernst gemeint. Sie braucht ihr Versprechen ja nicht zu halten, sobald die Scheidung ausgesprochen ist.«

»Und riskiert, daß David recht üble Andeutungen macht.«

»Das könnte ihr egal sein. Sie geht vielleicht davon aus, daß ihm niemand glauben wird. Ach, ich weiß nicht«, sagte Antony gereizt. »Das alles ist mir ein Rätsel.«

»Das ist das Ärgste, was sie gegen uns in der Hand haben, nicht? Die Unwahrscheinlichkeit, daß irgend jemand, schon gar eine sanfte Frau mit guter Kinderstube, eine solche Geschichte vor aller Öffentlichkeit ausbreiten würde, wenn sie nicht wahr wäre.«

»Ja, da haben Sie wohl recht. Können Sie mir etwas über die anderen Leute sagen, die in die Geschichte verwickelt sind? Über David Barrie, zum Beispiel?«

»Ich mag ihn nicht«, gestand Desmond unverblümt, »und obwohl ich nicht glaube, was er über Edward erzählt, muß ich einräumen, daß David nach meiner Meinung zu dem fähig wäre, was er getan haben soll.«

»Was für einen Eindruck wird er nach Ihrer Ansicht vor Gericht machen?«

»Man wird ihn für einen üblen Burschen halten und ihm jedes Wort glauben«, gab Barleycorn zurück.

»Das ist schade. Ich nehme an, Sie kennen auch alle anderen Beteiligten.«

»Ja. Ich habe sie bei den Cokes irgendwann alle kennengelernt, weiß aber eigentlich nichts Näheres über sie, außer, daß Primrose Ross wirklich so einfältig ist, wie Edward sagt. Die beiden anderen Ehepaare scheinen auf ihre Weise ganz nett zu sein, aber –«

»Ja?« sagte Antony nach einer kurzen Pause aufmunternd. »Sie sind doch nicht nur deshalb hergekommen, um mir zu erzählen, daß Sie Ihrem Mandanten glauben, oder?«

»Nein, ich bin hergekommen, weil ich meine, Sie sollten vielleicht noch mit jemandem sprechen. Mit Mary Jerrold.«

»Das ist ein neuer Name«, sagte Maitland beiläufig, aber seine Augen hatten sich ein wenig verengt.

»Ja«, bestätigte Desmond schlicht.

Antony wartete eine Weile.

»Und weshalb sollte ich mit ihr reden wollen?« fragte er.

»Weil sie Edward sehr liebt, und ich fürchte, daß Elizabeth auch sie mit hineinziehen wird, wenn sie in Schwierigkeiten geraten sollte.«

»Verstehe«, sagte Antony gedehnt. »Erzählen Sie weiter.«

»Mary arbeitet in der Kanzlei. Sie ist selbst Solicitor, gehört aber nicht der Sozietät an.«

»Und woran denken Sie bei ihr, Desmond?«

»Nur daran, daß sie ein grundguter Mensch ist, und ich nicht will, daß sie unter der Sache leiden muß. Ich will auch nicht, daß Edward über sie zu Schaden kommt.«

»Aha. Hat Mr. Coke sich Ihnen in diesem Punkt anvertraut?«

»Ich weiß nicht einmal, ob es da etwas anzuvertrauen gibt. Mary hat mit mir gesprochen, wir arbeiten viel zusammen und sind gute Freunde, und obwohl ich vermute, daß Edward ihre Gefühle vielleicht erwidert, kann ich da nichts Konkretes sagen. Er hat nie ein Wort davon gesprochen.«

»Wenn Miss Jerrold ihre Zuneigung zu ihm so unverhohlen zeigt –«

»Ich glaube nicht, daß sie zu irgendeinem anderen Menschen als mir darüber gesprochen hat«, sagte Desmond hastig. »Allerdings muß ich zugeben, daß es nicht gerade ein Geheimnis ist, wie sie empfindet. Sie ist sehr leicht zu durchschauen.«

»Und Sie halten es für möglich, daß Mrs. Coke davon weiß?«

»Das gehört zu den Dingen, die sie blitzschnell erfassen würde«, erwiderte Desmond entschieden.

»Das ist bedauerlich. Trotzdem könnte es mehr schaden als nützen, in diesem Stadium mit Miss Jerrold zu sprechen. Warum genau wollen Sie, daß ich mit ihr rede?«

»Um sie aufzufordern, sie möge vorsichtig sein. Auf mich hört sie nicht«, erklärte Desmond reumütig.

»Verstehe. Es könnte aber sein, daß sie sehr erfreut wäre, wenn die Scheidung ausgesprochen werden würde.«

»Sie weiß ganz genau, wie Edward zu einer Wiederverheiratung steht. Sie haben vorhin von Selbstaufopferung gesprochen. Dazu wäre Mary fähig, ihn um seiner selbst willen zu lieben«, sagte Desmond ganz so, als zitiere er aus einem literarischen Werk, was er vielleicht auch tat. »Ohne jede Aussicht auf Erwiderung und Erfüllung.«

»Das möchte ich gerne einmal sehen«, sagte Antony und stand auf. »Nein, bleiben Sie nur, wir müssen noch nicht gehen. Ich wollte Jenny nur bitten, den Kaffee aufzuwärmen; meiner ist kalt geworden. Und ist das die einzige Überraschung, die Sie für mich haben, oder können Sie noch mit mehr aufwarten?«

»Sonst ist nichts«, sagte Desmond und schüttelte den Kopf, was offenbar eine Eigenheit von ihm war. »Ich glaube, wir haben schon genug am Hals.«

»Coke sagte, es gäbe kein Personal, das im Haus wohnt. Sollten wir mit der ›Zugehfrau‹ sprechen?«

»Das habe ich schon getan. Sie nützt uns nichts. Abends war sie schon einmal grundsätzlich nicht da. Und sie muß aus meinen Fragen entnommen haben, daß da etwas ganz und gar nicht stimmte, noch über die Tatsache hinaus, daß Elizabeth in ein Hotel gezogen war. Aber alles, was ich aus ihr herausbringen konnte, war die Feststellung, alle Männer seien gemein ... unter den gegebenen Umständen nicht gerade nützlich, wie?«

2

Owen Barries Haus stand in einer Straße nicht weit vom Kempenfeldt Square und hatte von außen Ähnlichkeit mit Sir Nicholas' Villa. Im Inneren wurden die Unterschiede aber sofort deutlich. Hier gab es nichts von der behaglichen Verschlissenheit wie in Nummer 5, alles war modern, ganz im Gegensatz zum Alter des Gebäudes, und nicht nur modern, sondern ziemlich neu. Eine auffällige Darstellung von Reichtum, dachte Maitland, als er Desmond Barleycorn in einen Raum folgte, den die überaus selbstsicher wirkende Haushälterin als ›das Studio‹ bezeichnete. Er revidierte seine Meinung allerdings ein wenig, als ihr Gastgeber sich aus einem der Ledersessel beim Kamin erhob. Owen Barrie hatte eine Art an sich, die von jeder Protzerei weit entfernt war, und verbreitete eine Freundlichkeit, bei der die beiden jüngeren Männer sich trotz des eher peinlichen Anlasses ihres Besuches rasch wie zu Hause fühlten. Antony fühlte sich sofort an seinen Freund Sykes, den Kriminal-Chefinspektor erinnert; die gleiche nordenglische Aussprache, durch jahrelanges Leben in London abgeschliffen, die gleiche zugleich offene und freundliche Art. Und gleichzeitig fiel ihm ein, daß der Kühlschrank in seiner eigenen Küche ein Barrie war. Er war schon eine Reihe von Jahren alt; offenbar war der Umschlag durch Ersatzgeräte nicht hoch. Dafür war es wohl der Verkaufsgewinn gewesen; auf jeden Fall sprach alles dafür, daß die Herstellung von Küchengeräten seinen Mann gut ernährte.

»Also, dann«, begann Barrie und lud sie zum Sitzen ein. Antony selbst hätte viel dafür gegeben, frei im Zimmer umhergehen zu dürfen, während sie sich unterhielten, aber bei solch kurzer Bekanntschaft war das tunlichst nicht ratsam. Er nahm deshalb Platz und sah Owen an. »Das ist eine scheußliche Geschichte, in der Sie da zu mir kommen«, sagte Barrie ohne Umschweife, »und Sie beide stehen auch noch auf der falschen Seite des Zauns.«

»Es geht nicht darum, Sie als Zeugen aufzurufen«, erwiderte Desmond hastig. »Jedenfalls, soweit ich das beurteilen kann«, fügte er vorsichtig hinzu. »Aber sowohl Mr. Maitland als auch ich waren der Meinung, ein Gespräch könne nützlich sein.«

»Das ist Mr. Maitland, ja?« Es konnte keinen Zweifel daran geben, wem Barries Hauptinteresse galt. »Von Ihnen habe ich gehört«, fuhr er fort, und das klang in Antonys Ohren wie eine Anklage. »Aber ich war immer der Meinung, Sie wären einer, den ich gern in meiner Ecke hätte. Wieso lassen Sie sich mit einem Kerl wie Coke ein?«

»Er ist mein Mandant«, gab Antony in mildem Ton zurück.

»Mag sein, aber –«

»Beim letztenmal, als von ihm die Rede war, hieß er noch Edward«, unterbrach Desmond erneut; Antony erkannte daran zum erstenmal, in welchem Maß er sich Sorgen um seinen Partner machte. »Können Sie die Geschichte, die über ihn im Umlauf ist, wirklich glauben?«

»Ich kann glauben, was mein eigener Sohn mir erzählt, nicht? Außerdem ist da noch Elizabeth. Ein Engel ist das, kein Mensch, der Lügen erzählt, und was es sie gekostet haben muß, das alles auszusprechen, kann ich mir unschwer vorstellen.«

»Qualvoll, gewiß«, sagte Maitland, um das Gespräch wieder an sich zu ziehen. Er war nicht ganz sicher, wo sie durch Desmonds offenkundige Parteinahme landen würden. »Aber darf ich Sie daran erinnern, Mr. Barrie, daß die Sache rechtlich noch nicht entschieden ist. Aus bestimmten Gründen wird die Verleumdungsklage sehr rasch verhandelt werden, aber bis das Gericht zu einer Entscheidung gelangt ist...«

»Vor der Scheidung?« Barrie schien verblüfft zu sein. »Ich war der Meinung, Eheleute könnten einander nicht verklagen«, gestand er, »und der Kerl könne Elizabeth nur deshalb vor Gericht ziehen, weil sie bis dahin geschieden sein würden.«

»Das ist nicht mehr der Fall. Die Gerichte haben da zwar immer noch eine gewisse Entscheidungsfreiheit – ›wenn es den Anschein hat, daß beiden Parteien kein wesentlicher Vorteil zufallen würde‹, heißt es im Text, nicht wahr, Desmond? – aber in einer so ernsten

Sache wie dieser kann nach meiner Meinung keine Rede davon sein, daß hier etwas beeinträchtigt wird.«

»Ah, ich verstehe. Unter den Umständen kann ich nämlich beim besten Willen nicht begreifen, warum Coke hier streiten möchte«, fuhr Barrie in vertraulichem Ton fort. »Wenn er das nicht getan hätte –«

»Mrs. Coke müßte trotzdem warten, bis sie drei Jahre verheiratet sind, bevor sie ihren Antrag stellen kann.«

»Ja, das weiß ich alles. Ich habe selbst zu ihr gesagt, sechs Monate sind doch keine so lange Zeit, aber ich glaube, sie war ganz verzweifelt, und sie konnte einfach nicht mehr länger warten.«

»Mein Mandant erklärt, er habe ihr eine sofortige Trennung und Unterhaltszahlung angeboten.«

»Das mag stimmen«, räumte Owen widerstrebend ein, »aber es war nicht das, was sie wollte. Er ist halsstarrig, was eine Scheidung angeht, nach den sechs Monaten wäre sie immer noch soweit wie heute.«

»Sie finden ihr Verhalten also richtig?«

»Sie muß ihre Freiheit haben«, erklärte Owen mit Bestimmtheit. »Das arme Kind, als sie mir erzählte –«

»Sie hat es Ihnen erzählt?« fragte Maitland. Einen Augenblick lang vergaß er die professionelle Gelassenheit.

»Natürlich hat sie das, hier in diesem Raum. Es war eine Qual für uns beide, das können Sie sich gewiß denken, aber als sie es mir erklärte, sah ich ein, daß das wirklich der einzige Weg war, wenn sie endlich frei sein wollte. Und das Warten hat, wie gesagt, keinen Sinn, weil Coke sich weigert, in eine Scheidung einzuwilligen.«

»Laut Mrs. Cokes Erzählung hat er Vorstellungen, die viel ausgefallener sind.«

»Für solche Dinge gibt es keine Erklärung. Und ich sage Ihnen ganz offen: Wenn Elizabeth nicht wäre, empfände ich fast so etwas wie Mitgefühl für ihn. Alles auf normale Art, das ist mein Wahlspruch, aber manche Leute haben eben die seltsamsten Dinge im Kopf und können vielleicht nichts dafür.«

»Und nach Ihrem Gespräch mit Mrs. Coke haben Sie mit Ihrem Sohn über die Sache geredet?« fragte Maitland.

»Was denken Sie? Natürlich habe ich mit ihm darüber gesprochen. Und wohlgemerkt, ich sage nicht, daß David in jeder Beziehung dem entspricht, was ich mir wünschen würde. Wenn Sie wissen wollen, was ich glaube«, sagte Owen Barrie mit einemmal vertraulich, »geht das in drei Generationen wieder dahin, wo's hergekommen ist, wie es bei uns daheim heißt. Hat Zeit seines Lebens keine Arbeit angerührt und lauter Flausen im Kopf.« Er verstummte und sah seine beiden Besucher zweifelnd an. »Aber Ihnen werden sie nicht so ausgefallen vorkommen, denke ich.«

»Was mich mehr interessiert, ist, wie sich seine Rolle bei der ganzen Geschichte begreifen läßt«, sagte Maitland offen.

»Liebe, sagt er«, gab Owen sofort zurück. »Aber wenn Sie wissen wollen, wie ich das nenne, Mr. Maitland: Für mich ist das schlicht und einfach Geilheit. Er wollte sie haben und sie ihn nicht, jedenfalls nicht so, obwohl sie sagt, daß sie ihn mag. Und das war der einzige Weg, wie er sie kriegen konnte. Deshalb ist er auf Cokes perverse Idee eingegangen.«

»Es hat in der Tat den Anschein, daß ›Liebe‹ nicht ganz das richtige Wort ist«, meinte Maitland trocken. »Hat Mrs. Coke Ihnen erklärt, warum sie sich darauf einließ?«

»Weil sie Angst hatte vor ihrem Mann, das war der Grund. Und immer noch hat. Was ihn angeht: Wenn das die Art ist, wie er sich sein Vergnügen verschafft, braucht er freilich keine Scheidung, was? Was er will, kriegt er dadurch, daß er dafür bezahlt, so ist das doch heute! Außer, der Kitzel ist größer, wenn seine Frau beteiligt ist«, fügte er nachdenklich hinzu.

»Das könnte der Fall sein.«

Irgend etwas an Antonys Ton ließ Barrie aufmerken.

»Sie glauben mir also nicht?« fragte er angriffslustig.

»Ich bin sicher, daß Sie die Geschichte glauben, Mr. Barrie«, sagte Maitland beschwichtigend.

»Das tut nichts zur Sache. Elizabeth würde nicht lügen«, wiederholte er, »und was David angeht ... tja, ich habe mein Bestes getan, um ihn richtig aufzuziehen, aber irgendwo scheint es schiefgegangen zu sein. Der Tod seiner Mutter, das wird es wohl gewesen sein. Ich möchte meinen, daß er so viel Moral hat wie ein Geißbock, aber wegen einer solchen Geschichte würde er nicht lügen. Was hätte er denn davon?«

»Das habe ich mich auch gefragt.«

»Die Antwort ist ganz klar: Nichts, absolut nichts.«

»Sie sagten, Mrs. Coke müsse frei sein, Mr. Barrie. Was meinten Sie damit?«

»Genau das, was ich gesagt habe, junger Mann.«

Maitland amüsierte sich im stillen über die Anrede. Jeden Augenblick würde der andere in seinen Heimatdialekt verfallen.

»Ich habe mich nämlich gefragt, ob ihm vielleicht irgendein Anreiz geboten worden ist, ob Mrs. Coke ihm beispielsweise versprochen hat, ihn zu heiraten, sobald die Scheidung ausgesprochen sei.«

Die freundliche Atmosphäre, in der das Gespräch begonnen hatte, war schon seit einiger Zeit merklich abgekühlt, und Antony rechnete eigentlich mit einem baldigen Wutausbruch. Zu seiner Überraschung starrte Barrie ihn aber sekundenlang mit offenem Mund an und brach dann in Gelächter aus. Die Echtheit seiner Belustigung litt keinen Zweifel.

»Das ist ehrlich gut«, sagte er.

»Wollen Sie das erklären, Mr. Barrie?«

Owen zögerte kurz.

»Elizabeth hat mir zwar das Versprechen abgenommen, nichts zu verraten«, sagte er dann zweifelnd, »aber gemeint hat sie ihre Freunde. Ich glaube, sie wird einsehen, daß Sie es erfahren sollten, weil Sie dann an Davids Worten vielleicht nicht mehr zweifeln. Es ist überhaupt keine Rede davon, daß sie ihn heiratet. Sobald sie geschieden ist, wenn sie mit dem Kerl und übrigens auch Ihnen beiden den Boden aufgewischt hat, obwohl ich nichts gegen Sie habe, wird sie mich heiraten. Das hat sie versprochen.«

3

Samstags aßen die Maitlands gewohnheitsmäßig unten im Haus zu Mittag, und Jenny hatte den Auftrag, Antony zu entschuldigen. Sie hatte aber versprochen, Suppe und belegte Brote für ihren Mann bereitzustellen. Nachdem sie Owen Barries Haus verlassen hatten, gingen sie deshalb zu Fuß zum Kempenfeldt Square zurück. Desmond war sehr schweigsam, und erst als die Suppe zum Aufwärmen auf den Herd gestellt war und sie sich bei einem Aperitif erholten, brachte er seine Meinung zum Ausdruck.

»Sie haben die ganze Zeit auf dieses Eingeständnis hingearbeitet, nicht?« fragte er.

»Daß er mit Elizabeth Coke verlobt ist, soweit man mit jemandem verlobt sein kann, der noch verheiratet ist? Ja, die Möglichkeit war mir durch den Kopf gegangen.«

»Ich kann Ihren Überlegungen dazu leider nicht folgen.«

»Wenn Ihnen das ein Trost ist – es hat viel dazu getan, mich zu überzeugen, daß Sie recht haben, was unseren Mandanten angeht«, teilte ihm Antony mit.

»Ja, darüber bin ich froh, aber ich möchte trotzdem wissen ...«

»Das ist gar nicht so leicht zu erklären.« Antony fand sich aber damit ab, es versuchen zu müssen. »Das erste war Tante Harriet ... hat Elizabeth Coke übrigens eigene Angehörige?«

»Keine Menschenseele, soviel ich weiß. Die alte Dame war Edwards Tante, jedenfalls angeheiratet, weil sie auch Coke hieß.«

»Ja, aber ich dachte da schon, und was Sie mir seither über Elizabeth erzählt haben, bestätigt den Gedanken, daß das eine merkwürdige Beschäftigung für sie war. Sie scheint nicht der Typ des helfenden Engels zu sein. Da die alte Dame aber so begütert war, kam mir der Gedanke, ob sie sich vielleicht etwas ausgerechnet hatte. Man hat schon gehört, daß alte Damen ihre Pfleger reichlich bedachten. Und wenn ich damit recht hatte, muß ihr das Auftauchen Edward Cokes wie ein Wink des Schicksals erschienen sein. Sie mag nicht viel von einer Ehe gehalten haben, aber das wäre immer noch unendlich besser gewesen, als einer alten Frau tagein, tagaus zur Verfügung stehen zu müssen, und sie dachte wahrscheinlich – wie Coke es wohl auch getan hat – Tante Harriet werde ihn als ihren Erben einsetzen.«

»Erscheint trotzdem ein wenig weit hergeholt«, zweifelte Desmond gedehnt.

»Schon, aber warten Sie noch. Tante Harriet starb – wann war das, laut Coke? – vergangenen November, glaube ich. Und es ist gerade sechs Monate her, daß David Barrie die Gewohnheit annahm, die Cokes zu besuchen, ohne auf eine Einladung zu warten, die seinen Vater einschloß. Sie sprachen doch davon, er sage möglicherweise die Wahrheit, wenn er behaupte, in Elizabeth verliebt zu sein, nicht wahr? Mein Gedanke ist der: Sie bewog ihn dazu, ihre Erzählung zu bestätigen, indem sie versprach, ihn zu heiraten.«

»Aber sein Vater sagt –«

»Ja, und er glaubt es wohl auch. Er sagte, Elizabeth hätte ihn zu Stillschweigen verpflichtet, nicht? Sie wird ihm dafür einen guten Grund genannt haben, daß es nicht recht sei, über eine Wiederverheiratung zu sprechen, bevor die Scheidung endgültig ist. Wenn sie David etwas vormachen kann, bis er so ausgesagt hat, wie sie es braucht, kann ihr nichts passieren.«

»Ja, ich verstehe, was Sie meinen. Was Owen Barrie dazu sagte, daß sie in Wirklichkeit versprochen hat, ihn zu heiraten, scheint ja auch den ersten Teil dieses Gedankens zu bestätigen, nicht? Sie hat Edward geheiratet, weil sie sich ein Vermögen erhoffte, aber als Tante Harriets Geld anderswo hinging, dachte sie, ein reicher Fabrikant sei ihrem mäßig wohlhabenden Solicitor immer noch vorzuziehen.«

»Ja, darauf wollte ich hinaus, Desmond. Sehen Sie jetzt, warum mich das in meiner Meinung bestärkt?«

»Ja, doch. Und ich verdenke Ihnen nicht, daß Sie an ihm gezweifelt haben«, fügte er großzügig hinzu. »Schließlich kennen Sie Edward ja nicht so gut wie ich.«

»Das Dumme ist nur, daß ich mir nicht klar bin, wie es weitergehen soll. Halten Sie es für möglich, daß irgend jemand von den Leuten, die wir besuchen wollen, uns Hilfestellung geben kann?«

»Ich weiß es nicht, aber ich habe gehört, daß Sie ein großes Talent dafür haben, zwei und zwei zusammenzuaddieren«, sagte Desmond zurückhaltend. Er hatte schon begriffen, daß es Themen gab, bei denen Maitland empfindlich reagierte. »Jedenfalls werden wir das Gefühl haben können, daß wir unser Bestes getan haben«, fügte er hinzu und legte damit ahnungslos den Finger auf eine andere wunde Stelle.

»Allerdings«, meinte Maitland und erhob sich. Er versagte sich edelmütig eine barsche Antwort. »Trinken Sie aus«, fuhr er fort, »während ich nach der Suppe sehe. Bei wem treten wir heute nachmittag übrigens zuerst an?«

»Bei Primrose Ross, und wenn Sie wissen wollen, warum«, sagte Desmond, zu seinem Gastgeber hinauflächelnd, »dann deshalb, weil ich das hinter mich bringen möchte. Sie gehört nicht zu meinen Lieblingspersonen.«

4

Diesmal fuhren sie mit Desmonds Auto, das seit seiner Ankunft am Morgen vor Nummer 5 Kempenfeldt Square geparkt war.

»Wenn wir einen Parkplatz finden«, sagte Desmond, als sie vom Randstein wegfuhren, »können wir von Primroses Wohnung zu Fuß zu den Walpoles und den Stowes gehen. Sie wohnen alle mehr oder weniger in der Gegend von Bayswater. Wenn es dann noch nicht zu spät ist, können wir Mary Jerrold anrufen und sie fragen, ob sie sich mit uns irgendwo auf ein Glas trifft. Sie gehört zu den absonderlichen Menschen, die gerne in der Großstadt wohnen, also wäre das für sie ganz leicht zu machen.«

»Scheint ein ausgezeichnetes Programm zu werden«, meinte Antony und lehnte sich bequemer zurück. Wie immer, wenn er einen anderen am Steuer sitzen sah, wurde er an seine Schulterverletzung erinnert, die ihn daran hinderte, selbst Auto zu fahren. Das brachte ihm auch die stets gegenwärtigen Schmerzen wieder zum Bewußtsein, die er manchmal für eine oder zwei Stunden zu vergessen vermochte. Aber davon wurde nie gesprochen, auch Jenny gegenüber nicht. Jemand hatte einmal die Kühnheit besessen, ihm ein Fahrzeug mit Steuerhilfen vorzuschlagen, und die entsprechende Quittung einstecken müssen, weil derjenige begriffen hatte, daß die ärgste Qual von den Umständen herrührte, denen er die Verletzung verdankte, und nicht von der Verletzung selbst. Um sich abzulenken, fragte er jetzt beiläufig: »Was ist eigentlich mit Miss Ross nicht in Ordnung? Warum mögen Sie sie nicht so besonders?«

»Sie ist eine trübe Tasse«, erwiderte Desmond unschmeichelhaft. »Um Ihnen die Wahrheit zu sagen: Ich habe ihre Freundschaft mit Elizabeth nie begreifen können. Nein, das stimmt nicht ganz... Ich konnte verstehen, daß Primrose an ihrer Freundin hing, aber nicht umgekehrt.«

»Warum, glauben Sie, hat Mrs. Coke diesen Brief geschrieben?«

»Rechtsunkenntnis, zum einen«, gab Desmond recht streng zurück. »Ich glaube – das ist aber nur eine Vermutung, wie ich zugebe –, daß sie etwas von vertraulich zu behandelnden Mitteilungen gehört hatte und dachte, das Vorrecht gelte auch dafür, weil der Brief mit ihrem Fall zusammenhing. Und ich nehme an, sie freute sich so darüber, Edward eins auswischen zu können, daß sie es einfach jemandem sagen mußte.«

»Und weshalb hat Miss Ross den Inhalt preisgegeben? Sind Sie sicher, daß darin nicht Bosheit lag?«

»Warten Sie nur, bis Sie sie sehen«, prophezeite Desmond. »Dann verstehen Sie schon, was ich meine.«

Miss Ross bewohnte eine winzige Wohnung in einem teuren Wohnblock, so daß Antony nicht entscheiden konnte, ob der Zuschnitt ihrem Wunsch oder wirtschaftlicher Notwendigkeit entsprach. Primrose Ross war zu groß und zu dünn geraten, sah aber dennoch nicht schlecht aus und begrüßte sie mit der Bemerkung, sie habe nicht die leiseste Ahnung, weshalb man sie zu sprechen wünsche.

»Nicht, daß es nicht sehr nett von Ihnen wäre, mich zu besuchen und Mr. Maitland mitzubringen, Desmond«, sagte sie. »Ich bin aber Elizabeths Freundin, wie Sie wissen. Es spricht kaum etwas dafür, daß ich Ihnen in irgendeiner Beziehung helfen würde, wenn ich bedenke, welche ... welche Qualen dieser schreckliche Mann ihr zugefügt hat.«

»Was mich interessiert, Miss Ross«, erklärte Antony, »ist, daß ich sicher bin, Sie können uns helfen, eben weil Sie Mrs. Coke so gut kennen.«

»Aber ich will Ihnen doch gar nicht helfen«, protestierte sie schmollend.

»Das ist auch gar nicht der Punkt.« Er warf einen Blick auf Desmond, der mit allzu hervorgekehrter Geduld die Erklärung übernahm.

»Sie haben, glaube ich, eine Vorladung erhalten, um im Verleumdungsprozeß Coke gegen Coke auszusagen.«

»Wenn Sie den Wisch meinen, ja, den habe ich gestern erhalten.«

»Ein sehr wichtiger ›Wisch‹«, betonte Desmond. »Wir müssen

beweisen, daß die Verleumdung öffentlich gemacht worden ist...«

»Es war ein privater Brief!«

»Ich fürchte, rechtlich ist das eine Veröffentlichung, zumal da der Inhalt anderen Personen zugänglich gemacht worden ist. Außerdem geht es darum, einen Schaden zu beweisen.«

»Ich verstehe nichts von diesen juristischen Dingen. Was meinen Sie mit ›Schaden beweisen‹?«

»Beweisen, daß Edward durch die Behauptung, die über ihn in Umlauf gesetzt worden ist, einen Schaden erlitten hat, sowohl beruflich als auch in seinem Leumund.«

»Soll das heißen, daß er von Elizabeth Geld will? Geht es im Grunde darum, daß er sich nur rächen will?«

»Nein, das will er ganz und gar nicht. Er hat die Klage aus reiner Notwehr eingereicht. Elizabeth ließ ihm praktisch keine andere Wahl. Ohne den Schadensnachweis, von dem ich gesprochen habe, würde eine Klage aber nicht zulässig sein.«

»Das ist einfach zuviel!« Primrose mochte nicht Desmonds Lieblingsfrau sein, aber er war offenkundig auch nicht ihr Lieblingsmann. »Ich möchte nicht ungastlich erscheinen, Mr. Maitland, wäre aber sehr froh, wenn Sie beide gehen und mich in Ruhe lassen würden.«

»Das tun wir natürlich, wenn Sie das wünschen«, sagte Antony. Sein vernünftiger Tonfall lehnte sich eng an den von Desmond an. »Ist Ihnen aber klar, daß wir Ihre Aussage vor Gericht brauchen, und es leichter für Sie werden könnte, wenn wir Sie auf die Art der Fragen, die man Ihnen stellen wird, ein bißchen vorbereiten?«

»Ist das auch Recht?« Antony kam der Gedanke, daß sie gleich hinzufügen würde, das Recht sei himmelschreiend, aber sie begnügte sich damit, auf sein Nicken hin widerstrebend zu antworten: »Na, meinetwegen, dann rede ich eben mit Ihnen. Am besten setzen wir uns alle.«

In dem kleinen Zimmer war es zum Ersticken überheizt und so eng, daß sie sich zusammenquetschen zu müssen schienen. Antony dachte resigniert, daß er selbst dann, wenn ihn Bewegungslust angewandelt hätte, ihr nicht hätte nachgeben können, weil er mit Primrose Ross beinahe Knie an Knie saß.

»Als erstes möchte ich wissen, wie lange Sie Elizabeth Coke

schon kennen«, begann er einleitend.

»Erst seit ihrer Heirat. Sie kennen sie nicht, Mr. Maitland, sonst würden Sie nicht versuchen, ihr das anzutun. Ich wußte vom ersten Augenblick an, als ich sie sah, daß wir Freundinnen werden würden. Sie – sie ist eine echte Dame.«

»Ja, gewiß. Alles, was ich gehört habe, bestätigt das«, pflichtete Antony bei, fügte jedoch nicht hinzu: ›Jedenfalls an der Oberfläche.‹ »Sie haben Edward Coke also schon vorher gekannt?«

»Unsere Eltern waren befreundet, aber erst nach seiner Heirat mit Elizabeth habe ich sie regelmäßig besucht. Vorher, als mein Vater noch lebte, gab es ab und zu Einladungen zum Abendessen. Aber ich wurde zur Hochzeit eingeladen, und Elizabeth und ich verstanden uns auf Anhieb.«

»Und danach waren Sie ihre Vertraute?«

»Wir haben über alles gesprochen.«

»Auch über ihre Beziehungen zu ihrem Mann?«

»Darüber natürlich nicht.« Sie empfand die Frage offenbar als beleidigend. »Über solche Dinge spricht man nicht, egal, was die Männer unter sich tun mögen.«

»Kein Hinweis auf irgendwelche Probleme zwischen ihnen?«

»Sie hat einmal erwähnt, daß Edward ein sehr gefühlskalter Mensch sei«, gab Primrose widerwillig preis.

»Hat sie sich deutlicher ausgedrückt?«

»Natürlich nicht, und ich habe auch nicht gefragt.«

»Dann muß der berühmte Brief, als er Sie erreichte, ein kleiner Schock für Sie gewesen sein.«

»Oh, das war er!«

»Vielleicht etwas von der Art, das nach Ihrer Vorstellung eine Dame nicht an eine andere schreibt«, meinte Maitland.

»Nicht, normalerweise, nein«, bestätigte Primrose. »Aber unter den Umständen ... es war der Aufschrei einer gepeinigten Seele«, fügte sie mit Würde hinzu.

»Ja, ich verstehe.« Er war sich bewußt, daß Desmond seinen Blick zu erhaschen suchte, aber das war das letzte, was er wollte. »Wir haben den Brief beide gelesen, Miss Ross, und ich möchte Sie jetzt nicht erregen, indem ich auf Einzelheiten eingehe, muß aber darauf hinweisen, daß er vor Gericht verlesen werden wird. Sowohl ich als auch der Anwalt von Elizabeth Coke werden Ihnen Fragen dazu stellen.«

»Wenn das Recht es verlangt, daß ich antworten muß, werde ich das tun, so gut ich kann. Um genau zu sein, Mr. Maitland: Ich lege den allergrößten Wert darauf, daß alle erfahren, wie verkommen Edward ist.«

»Zu dieser Meinung sind Sie gelangt, als Sie den Brief gelesen haben?«

»Wie konnte ich etwas anderes denken?«

»Es hat Sie überhaupt nicht betroffen gemacht, daß Mrs. Coke Sie, eine unverheiratete Dame, auf eine solche Weise ins Vertrauen gezogen hat?«

»Keineswegs. Ich sagte schon, daß bei vielen Gelegenheiten die Konventionen in den Hintergrund treten, und das war eine solche. Es wäre viel unschicklicher gewesen, wenn Elizabeth über diese gräßliche Sache etwa ... mit einem Mann gesprochen hätte.«

Erneut widerstand Antony der Versuchung, den Blick seines Kollegen zu erwidern.

»Sie haben den Inhalt des Briefes aber selbst weitergegeben.«

»Weil es nur gerecht war, daß jedermann genau erfahren sollte, wie Edward in Wirklichkeit ist. Da lief er die ganzen Jahre in die Kirche und tat so, als sei er etwas Besseres. Und ich war auch der Meinung, Elizabeth verdiene Mitgefühl. Ihre Freunde sollten wissen, was sie gelitten hatte.«

»Aha.« Desmond hat recht, dachte er, hier war keine Bosheit im Spiel, außer der gegen Edward gerichteten. »Aber Sie geben zu, Miss Ross, daß Sie vorher von keinen Schwierigkeiten zwischen Elizabeth Coke und ihrem Ehemann wußten.«

»Das ist ganz richtig.«

»Es waren zwei Ehepaare, glaube ich, denen sie von diesem Brief erzählt haben?«

»Ja, die Walpoles und die Stowes. Ich hielt das nur für angemessen –«, begann sie erneut.

»Ja, ganz recht. Sie haben beispielsweise zu keinem der Barries etwas gesagt?«

»Zu David Barrie gewiß nicht. Ich halte ihn für ebenso schuldig wie Edward. Was das arme Mädchen gelitten haben muß!«

»Vielleicht nicht zu David Barrie, aber seinen Vater kennen Sie ja auch.«

»Allerdings kenne ich ihn, aber eine Sache, die einen derart engen Verwandten betrifft... selbst wenn ich es für schicklich gehalten hätte, mit einem Mann darüber zu sprechen...«

»Sie halten nicht viel von unserer Gattung, wie?« Auch jetzt sah Maitland sie belustigt an, ohne Erfolg damit zu haben. »Die beiden Ehepaare, von denen Sie sprachen, da war doch auch immer ein Mann beteiligt.«

»Das war ganz anders. Ich habe mit Fran am Nachmittag allein bei einer Tasse Tee gesprochen. Und mit Joanna traf ich mich auswärts; ich hätte Terence nicht ins Gesicht sehen können. Aber ich habe beiden ausdrücklich aufgetragen, das an ihre Männer weiterzugeben, weil ich der Meinung war, sie sollten Bescheid wissen über Edward, den sie als einen Freund zu betrachten schienen.«

»Wie Sie selbst, Miss Ross, wenn ich mich nicht sehr täusche.«

»Als Ehemann einer Freundin«, verbesserte sie. »Er war nicht gut genug für sie, obschon ich meine, daß keiner es wäre, aber ich wußte nicht, daß er ein solcher Heuchler ist.«

»Und das«, sagte Antony, als sie fünf Minuten später das Haus verließen, »ist noch das Freundlichste, was über unseren Mandanten gesagt werden wird, wenn wir der Geschichte nicht auf irgendeine Weise Einhalt gebieten können.«

»Glauben Sie, daß wir das schaffen können?«

»Ich würde im Augenblick keine Wetten darauf annehmen. Und ich will Ihnen etwas sagen, Desmond: Ich halte nicht viel von unseren Chancen, wenn mein Onkel mit dieser Dame eben fertig ist. Sie ist inzwischen so fest davon überzeugt, Coke sei ein Schuft, daß ihr bis zum Gerichtstermin hundert Sachen einfallen werden, die ihre Einschätzung bestätigen.«

Er blieb plötzlich stehen.

»Sagten Sie, wir lassen das Auto hier stehen?« fragte er. »Ich kenne die Gegend hier nicht so gut und würde keinen Heller dafür geben, daß ich es wiederfinden könnte.«

»Ich denke, das schaffe ich schon«, gab Desmond zurück. »Zu den Walpoles brauchen wir nur zehn Minuten.«

5

Die Wohnung der Walpoles mußte nach Antonys Meinung in die gräßliche Kategorie fallen, die Immobilienmakler als ›Maisonette‹ bezeichnen. Es war die obere Hälfte eines alten Hauses, aufgeteilt, damit die Mieter möglichst für sich sein konnten, und eine besonders gute Adresse, weil die Fenster des großen Zimmers, in das sie geführt wurden, auf den Park hinausgingen. Mrs. Walpole hatte sie eingelassen, eine kleine, zierliche Frau, deren schwarze Haare zugleich ungewellt und flauschig waren. Das entsprach in gewisser Weise ihrem Gebaren. Sie war sich der Ernsthaftigkeit des Themas nur allzu deutlich bewußt, von Natur aus aber ein heiterer Mensch, und konnte das nicht völlig verbergen. Als sie ihren Mann vorstellte, entpuppte er sich als ein zweites Exemplar dieser Sorte. Erheblich größer als seine Frau, schien er keine Gefühllosigkeit zeigen zu wollen, war sich der grundlegenden Richtigkeit der Dinge aber stets bewußt. Er war Steuerberater – Antony hatte die Akten inzwischen gelesen – und Frances, von der Antony sich gut vorstellen konnte, daß sie tüchtig war, half manchmal in seinem Büro aus.

»Aber nur weil ich das mag«, versicherte sie ihm, »weil wir gerne zusammen sind. Wir sind seit acht Jahren verheiratet, von Kindern ist immer noch nichts zu sehen, also werden wohl auch keine mehr kommen.«

Antony gestattete sich den beiläufigen, aber nicht nur belustigenden Gedanken, daß er seit der Übernahme dieses Falles mehr vertrauliche Mitteilungen erhalten hatte als in den letzten fünf Jahren zusammen. Obwohl das nicht ganz stimmte, empfand er die Angelegenheiten Edward Cokes als noch unerfreulicher. Immerhin schienen die Walpoles ein nettes Paar zu sein, und wenn das Gespräch etwas Interessantes bringen sollte...

Roland hatte vielleicht sein Mienenspiel beobachtet. Er sagte freundlich: »Mr. Maitland will nichts über uns hören, Fran. Er und Desmond wollen über Edwards Angelegenheiten sprechen.«

»Das weiß ich ja«, gab sie zurück. »Und ich möchte Ihnen gleich sagen, daß das alles Unsinn ist. Wir glauben kein Wort davon.«

»Das müssen Sie uns näher erläutern, Mrs. Walpole. Kein Wort – wovon?«

»Setzen Sie sich mal erst«, sagte Roland, der einen vernünftigen Sinn für das Nächstliegende zu besitzen schien. Dann fuhr er fort: »Ich habe mich mit dieser Verleumdungsgeschichte befaßt und versucht, sie Fran zu erklären, aber ich glaube nicht, daß Frauen einen Sinn fürs Juristische haben, ja?«

»Meine Tante würde Ihnen nicht recht geben«, erwiderte Maitland. »Sie war Strafverteidigerin im West Midland, bis sie vor zwei Jahren meinen Onkel heiratete.« Er lächelte Frances an. »Immerhin will ich zugeben, daß sie eine Ausnahme sein könnte.«

»Also ich finde das alles ganz blöd«, sagte Frances unverblümt. »Sie müssen einen Schaden nachweisen, obwohl es Edward darauf gar nicht ankommt. Er möchte nur seinen guten Ruf wiederherstellen.«

»Und wenn er dazu nicht in der Lage ist?«

»Das bricht ihm beruflich das Genick, aber seine Freunde hat er dann noch immer«, meinte Roland.

»Sie sind also beide davon überzeugt, daß eine Verleumdung öffentlich gemacht worden ist –«

»Aber natürlich, ich habe das gesehen«, sagte Fran entschieden.

»– und mit der Wahrheitsbehauptung nicht durchzukommen wäre?«

»Ja.« Roland lächelte seine Frau kurz an und wandte sich wieder an Maitland. »Und ich muß Ihnen noch einmal sagen, daß Sie vor Gericht in Schwierigkeiten kommen, wenn Sie aus Fran logische Gründe herauszuholen versuchen. Bei ihr ist alles Instinkt. Wir kennen Edward schon lange, und obwohl wir beide nichts gegen Elizabeth haben, wenn ihre Behauptungen sich total widersprechen ... sie könnte so etwas von ihm einfach nicht glauben.«

»Aber bei Ihnen ist es anders, Mr. Walpole?«

»Wenn ich ganz ehrlich sein soll, nicht unbedingt. Als Fran mir von dem Brief erzählte, den Primrose ihr gezeigt hatte, glaubte ich zunächst instinktiv kein Wort. Wenn ich es mir recht überlege, kann ich das aber mit ein bißchen Logik untermauern. Edwards Haltung stimmt mit allem zusammen, was wir über ihn wissen. Er hat nichts zu gewinnen, außer das Gefühl, daß er das Richtige tut, wenn er ihr die Scheidung verweigert. Elizabeth scheint die Freiheit zu wollen, also könnte man sagen, daß ein Motiv dafür vorhanden ist, ihn auf diese Weise zu beschuldigen.«

»Ich habe das Gefühl, daß hier irgendwo ein logischer Fehler steckt«, meinte Antony nachdenklich. »Das ist aber eine Sicht der Dinge, die ich ganz dringend glaubhaft machen möchte, und ich bin Ihnen für Ihre Hilfe sehr dankbar. Haben Sie Mrs. Coke vor ihrer Heirat gekannt?«

»Gekannt wäre übertrieben. Wir haben die alte Mrs. Coke ab und zu besucht und sie dort gesehen.«

»Welchen Eindruck hatten Sie von ihr?«

»Sie war sehr zurückhaltend. Findest du nicht auch, Fran?«

»Sie hat die alte Dame förmlich erdrückt«, sagte Fran rebellisch.

»Na komm, Kleines, das sagst du, weil du aus dem Rathaus kommst. Und du kannst nicht bestreiten, daß wir uns beide gefreut haben, als wir erfuhren, daß sie heiraten wollten. Edward ist so ein feiner Kerl, und es macht gar keinen Spaß, allein älter zu werden.«

»Hat einer von den beiden nach der Verheiratung jemals über ihr persönliches Verhältnis gesprochen?«

»Nein, natürlich nicht. Edward würde so etwas unter keinen Umständen tun, und obwohl ich glaube, daß Frauen in persönlichen Dingen manchmal offener reden, wenigstens untereinander, sind Fran und Elizabeth in dieser Beziehung nie eng verbunden gewesen.«

»Ist das richtig, Mrs. Walpole?«

»Durchaus. Edward ist ein ganz lieber Mensch, vielleicht ein bißchen puritanisch –«

»Das ist nun etwas, was man falsch beurteilen könnte«, erklärte Antony. »Jeder Hinweis auf unterdrückte Emotionen würde genau den entgegengesetzten Eindruck zu dem erwecken, den wir erreichen wollen.«

»Ja, natürlich, das sehe ich ein. Aber eigentlich habe ich das gar nicht gemeint.«

»Erzählen Sie«, sagte Antony aufmunternd.

»Es geht um das Gläubigsein, um das echte. Ich wollte aber nicht andeuten, er sei in dem Sinn puritanisch, daß er keinen Spaß verstehen konnte. Er hat wirklich Humor.«

»Vielleicht betrachten die Geschworenen das als mildernden Umstand«, sagte Maitland leichthin, fing Rolands Blick auf und tauschte ein Lächeln mit ihm. »Sie können uns beweisen helfen, daß die Verleumdung öffentlich gemacht worden ist, aber zumindest in Ihren Augen hat das meinem Mandanten nicht geschadet. Würden Sie mir, bitte, genau berichten, was geschehen ist, als Miss Ross mit Mrs. Cokes Brief zu Ihnen kam?«

»Ich habe sie nicht gesehen«, erwiderte Roland. »Das erzählt besser Fran.«

»Ich war an diesem Tag nicht im Büro, und sie kam zum Tee«, berichtete Fran. »Das tut sie oft, wenn ich einen freien Nachmittag habe, und ich wäre natürlich genauso gern allein, aber ich weiß nicht, woher sie weiß, daß ich hier bin. Roland und ich behaupten im Spaß, sie hätte hellseherische Fähigkeiten. Jedenfalls kam sie und ging mit mir in die Küche, als ich das Teewasser aufsetzte. Unverkennbar hatte sie etwas ganz Wichtiges auf dem Herzen. Ich trug das Tablett also gar nicht hinüber, sondern setzte mich, als alles fertig war, zu ihr an den Tisch. ›Was hältst du davon?‹ fragte sie und schob mir den gräßlichen Brief hin.«

»Und was hielten Sie nun davon, Mrs. Walpole?«

»Das habe ich Ihnen schon gesagt. Ein Lügengespinst vom Anfang bis zum Ende.«

Nicht nur in Gänsefüßchen reden, nein, auch noch Klischees, dachte Maitland resigniert. Aber er mochte die beiden, und daß er zu schätzen wußte, wie sie ihren Freund verteidigten, hing nicht nur mit seiner beruflichen Aufgabe zusammen.

»Haben Sie Miss Ross das gesagt?« wollte er wissen.

»Aber natürlich. Und um die Wahrheit zu sagen – ich weiß, es ist albern – aber ich schob ihr den Brief wieder hin und ging an den Wasserhahn, um mir die Hände zu waschen. Ich hatte das Gefühl, mich schmutzig gemacht zu haben. Und Primrose stopfte die Briefbögen wieder in ihre Handtasche und sagte ganz gelassen: ›Ich war der Meinung, das müßtest du erfahren.‹«

»Und am Abend haben Sie es Ihrem Mann erzählt?«

»Beinahe nicht«, sagte sie. »Ich konnte mich kaum dazu überwinden. Nur war ganz deutlich, daß Primrose sich nicht damit zufriedengeben würde, den Brief nur mir gezeigt zu haben. Ich hielt es für besser, wenn Roland das von mir erfuhr, bevor ihm das jemand anderer beibrachte. Und er war genauso entsetzt und ungläubig wie ich, und ich glaube, er wäre zu Primrose viel barscher gewesen als ich, wenn sie in diesem Augenblick da gewesen wäre.«

»Leicht möglich, ja«, bestätigte Roland. »Wir haben das natürlich miteinander besprochen und uns dann darauf geeinigt, die ganze Sache zu vergessen. Elizabeth hatte Edward verlassen, und ob sie die Scheidung nun durchsetzte oder nicht, so, wie wir ihn kannten, würde er den Rest seines Lebens wohl allein verbringen. Je weniger darüber geredet wurde, desto besser, schien es uns.«

»Wenn nur mehr Leute so über die Angelegenheiten ihrer Mitmenschen denken würden«, meinte Maitland. »Aber was mich beschäftigt, ist folgendes ... Kennen Sie die Barries?«

»O ja, recht gut sogar.«

»Dann sagen Sie mir, was Sie von David Barrie halten.«

»Das ist ein bißchen peinlich. Owen Barrie war ein Freund meines Vaters, wenn auch erheblich jünger als er. Ich möchte nicht –«

»Das bleibt unter uns, wenn Sie wollen.«

Roland sah ihn einen langen Augenblick an.

»Heißt das, Sie fragen mich vor Gericht nicht danach?«

»Ja. Allerdings kann ich nicht dafür garantieren, was Mrs. Cokes Prozeßvertreter Sie fragen oder auch nicht fragen wird«, sagte Antony aufrichtig.

»Dann will ich mich äußern. Er ist in jeder Beziehung ein merkwürdiges Huhn, und was ihn betrifft, klingt Elizabeths Behauptung nicht unglaubwürdig.«

»Hatten Sie Hinweise darauf, daß er in sie verliebt sein könnte?«

»Nein, aber soviel könnte stimmen. Was meinst du, Fran?«

»Ich habe mir ein paarmal Gedanken gemacht, dachte dann aber, ich hätte mir das eingebildet. Elizabeth erscheint immer so – so zurückhaltend«, meinte sie.

»Und trotzdem sagen Sie, Sie hätten ihr von Anfang an nicht geglaubt.«

»Wir kannten Edward, wissen Sie«, gab Fran zurück, als genüge das als Antwort.

»Zu ihrer Beziehung – zwischen Edward und Elizabeth Coke. Haben Sie jemals bemerkt, daß sie Angst vor ihm hätte?«

»Nein, und das glaube ich keine Sekunde lang. Das ist einfach lächerlich.«

»Um auf David zurückzukommen: Jemand hat gesagt, er habe die Moral eines Ziegenbocks.«

»Das würde gut auf ihn passen, meine ich«, sagte Roland bedächtig, lächelte aber dann. »Sehr gut sogar«, ergänzte er.

»Was mir da durch den Kopf geht, wissen Sie... Daß diese Geschichte an die Öffentlichkeit kommt, würde ihn nicht maßlos stören?«

»Um die Wahrheit zu sagen, ich habe das Gefühl, er würde sie als Mordsspaß auffassen«, erklärte Roland angewidert.

»Das wäre dann alles, denke ich.« Maitland erhob sich ein wenig widerstrebend. »Ich werde mein Versprechen Ihnen gegenüber nicht vergessen, Mr. Walpole, und auch Mrs. Walpole keine peinlichen Fragen über David Barrie stellen.«

»Wenn ich nur erkennen könnte, wie unsere Aussage Edward helfen kann«, meinte Roland.

»In erster Linie zugunsten seines Leumunds. Ihr Vertrauen in ihn beeindruckt das Gericht vielleicht.«

»Das reicht aber nicht«, sagte er resigniert zu Desmond, als sie auf die Straße traten. »Die Geschworenen werden eben meinen, sie wären zu nette Menschen, um von irgend jemandem Böses zu denken.«

»Jetzt sind Sie selbst unlogisch«, betonte Desmond. »Gleichgültig, auf welche Seite man sich in dem Fall stellt, einem muß man Böses zutrauen.«

»Auch wahr«, sagte Antony seufzend. Er bewegte sich ein wenig steif, wie oft, wenn er müde war, und Desmond warf ihm einen prüfenden Blick zu, versagte sich aber klugerweise eine Bemerkung.

»Vielleicht haben wir bei Terence und Joanna mehr Glück«, ermunterte er hoffnungsvoll.

6

Die Stowes waren ein hochgewachsenes Paar, und Antony fühlte sich, als er den Ehemann sah, sofort an seinen Mandanten erinnert; allerdings fand er hier die Lebendigkeit, die er bei Edward Coke vermißte. Er sah aber ebenso gut aus, und als er sich Joanna Stowe zuwandte, spürte er innerlich Überraschung. Sie wirkte in dem Kreis, in dem Edward Coke und seine Frau zu Hause gewesen zu sein schienen, eigentlich fehl am Platz. Nicht, daß sie unschön gewesen wäre – sie hatte ein ziemlich schmales Gesicht, aber eine helle, klare Haut. Ihr Haar dagegen war glatt und strähnig und war auf altmodische Weise zu einem Knoten gebunden; sie unternahm offenkundig nichts, um der Natur nachzuhelfen. Und sie trug ein ziemlich ausgewaschenes, gemustertes Kleid, das passend gewesen wäre, wenn sie gerade ihren Haushalt hätte angehen wollen; an einem Samstagnachmittag in London, in einer Wohnung, die zwar nicht so üppig eingerichtet war wie bei Barrie, offensichtlich aber nicht einem armen Mann gehörte, wirkte es ganz und gar fehl am Platze. Terence Stowe war, wie er aus den Unterlagen wußte, Chirurg an einem der großen Krankenhäuser in London, seine Frau betätigte sich ehrenamtlich in einem Kindergarten und mußte dazu ziemlich weit hinaus an den Stadtrand fahren.

Sie wurden durchaus freundlich empfangen, von Joanna ein wenig geschäftig, aber die Atmosphäre wirkte kalt, und Antony wunderte sich nicht, als Terence Stowe unvermittelt und in beinahe anklagendem Ton sagte: »Sie stehen auf Edwards Seite?«

»Er ist auf jeden Fall unser Mandant«, gab Antony gelassen zurück.

»Tja, Desmond kann ich noch verstehen, er ist Edwards Sozius und muß tun, was er verlangt. Ich war aber stets der Ansicht, ein Barrister könne sich Zivilsachen aussuchen. Ich kann nicht behaupten, daß ich Ihre Urteilskraft bewundere, Mr. Maitland.«

»Das dürfte wohl Ansichtssache sein.«

»Wenn Sie Elizabeth kennen würden –« begann Joanna.

»Mr. Barleycorn kennt sie«, betonte Antony. »Dürfen wir gleich zur Sache kommen? Ich möchte gerne wissen, was vorgegangen ist, als Miss Primrose Ross Ihnen Mrs. Cokes Brief zeigte.«

»Das ist deine Geschichte, Liebling«, sagte Terence und lehnte sich im Sessel zurück.

Joanna verzog den Mund, als sei ihr das Thema widerwärtig, aber sie begann doch bereitwillig zu berichten.

»Sie rief mich an. Primrose, meine ich. Sie sagte, Elizabeth und Edward seien auseinandergegangen, an allem sei Edward schuld, und sie vertrete die Ansicht, alle ihre Freunde sollten Bescheid wissen, um der Gerechtigkeit willen Elizabeth gegenüber. Ich bin untertags nicht zu Hause – sie rief während der Frühstückszeit an –, und ich sagte, sie solle am Abend vorbeikommen. Als sie erschien und ich sie hereinließ, wollte sie mich nicht wieder zu Terence hineingehen lassen. ›So etwas kann ich vor ihm nicht aussprechen‹, erklärte sie. Wir gingen also in die Küche, und sie zeigte mir den Brief. Ich war natürlich entsetzt, sagte aber sofort, daß Terence das erfahren müsse. Sie wollte nicht so recht, aber er ging mit ihr hier herein und las den Brief ebenfalls. Und ich konnte sehen, daß er genauso reagierte wie ich, weil er sofort sagte: ›Wo ist Elizabeth untergekommen?‹«

»Das war eine dumme Frage, weil oben auf dem Brief der Name des Hotels stand«, entschuldigte sich Terence. »Primrose sagte, sie hätte dort angerufen und Elizabeth angeboten, sie bei sich unterzubringen, Elizabeth hätte jedoch erklärt, sie wolle lieber allein sein. Wenn Sie die Wohnung von Primrose gesehen haben, werden Sie sich darüber nicht wundern. Sie hätten sich nicht aus dem Weg gehen können. Ganz unerträglich. Ich bat Joanna deshalb, sie später anzurufen – das sagte ich nachher zu ihr, als Primrose wieder fort war, versteht sich – und zu fragen, ob sie bei uns wohnen wolle. Sie behauptete aber, sie käme gut zurecht, und wiederholte, daß sie in Ruhe nachdenken wolle.«

»Wie lange kennen Sie Mrs. Coke schon?«

»Seit der Hochzeit«, sagte Joanna und sah Terence an, der ihr zunickte. »Sie ist ein wunderbarer Mensch.«

»Und wie lange Edward Coke?«

»Terence kennt ihn fast sein ganzes Leben lang, ich, seit wir verheiratet sind. Das sind zehn Jahre.«

»Haben Sie ihn je als einen Menschen eingeschätzt, der seine Frau so behandeln würde?«

Es war Terence, der ihm antwortete.

»Natürlich nicht, an so etwas denkt man bei seinen Freunden ja nicht. Aber Sie müssen in Ihrem Beruf ebensogut wissen, wie ich in meinem eines deutlich sehen muß, Mr. Maitland: Es lag viel näher, daß Edward zumindest in dieser einen Beziehung abnorm war, als daß Elizabeth eine solche Geschichte erfunden hatte. Außerdem stand in ihrem Brief ganz deutlich, daß David Barrie alles bestätige. Dabei kommt er hier durchaus schlecht weg.«

»Man hat mir erzählt, daß das Aufsehen ihn nicht stören würde«, sagte Antony. »Daß er das alles eher als Witz auffassen würde.«

»Jeder würde sich wegen solcher Dinge Sorgen machen«, erklärte Joanna mit Nachdruck. »Er ist ein – ein Lebemann.« Es klang so, als sei sie stolz auf dieses Wort. »Ich glaube aber, daß nicht einmal er einer solchen Geschichte zustimmen würde, wenn sie nicht der Wahrheit entspräche.«

»Trotzdem haben Sie Ihr Urteil darüber auf Mrs. Cokes Charakter gestützt, nicht auf den seinen?« Er beobachtete dabei Terence Stowe und bemerkte, wie er kurz die Brauen zusammenzog. Einen Augenblick später lächelte er.

»David setzt sich über alle Konventionen hinweg«, erklärte er. »Sie werden damit etwas anfangen können, wenn auch meine Frau vielleicht nicht.«

»Ich weiß nicht, wie du dazu kommst, so etwas zu sagen«, zürnte sie und, so schien es jedenfalls Antony, sträubte zornig das Gefieder. Ich werde noch so schlimm wie diese Leute, dachte er, behielt seine Belustigung aber für sich.

»Weil du eine Frau bist, meine Liebe«, sagte Terence gelassen. »Aber da er nun einmal so ist, wie er ist, glaube ich nicht, daß seine Rolle in der ganzen Geschichte so schwer zu erklären ist. David ging auf Edwards reichlich bizarre Bitte ein, weil er sich in Elizabeth verliebt hatte und sie nur auf diese Weise haben konnte. Aus demselben Grund erklärte er sich bereit, ihre Angaben zu bestätigen.«

»Für mich klingt es gar nicht sehr nach Liebe, sich einer Frau aufzudrängen, die dazu gar nicht willens ist«, meinte Antony.

Terence runzelte wieder die Stirn, aber Joanna kam seiner Antwort rasch zuvor.

»Wir müssen David gegenüber gerecht sein«, sagte sie. »Ich

nehme nicht an, daß er sich über ihre innere Ablehnung im klaren war. Sie hatte solche Angst vor Edward –«

»Angst genug, um eine Bereitwilligkeit vorzutäuschen, die sie gar nicht empfand?«

»So muß es wohl gewesen sein, nicht wahr?«

»Das ist nicht die Antwort, die Mr. Maitland hören will, Joanna«, unterbrach ihr Mann. »Sag ihm, was Elizabeth dir erzählt hat, als du sie im Hotel angerufen hast.«

»Na ja, sie sagte, die Ehe sei nie vollzogen worden, aber Edward habe sie von Anfang an behandelt wie sein Eigentum, wie ein bloßes *Ding*«, erklärte Joanna nachdrücklich. »Ich glaube, er hat sie auch geschlagen, aber das würde sie natürlich nie zugeben.«

»Also da, glaube ich, tust du unserem Freund unrecht«, warf Terence ein.

»Mein Freund ist er nicht«, stellte Joanna mit Entschiedenheit fest.

»Meiner auch nicht mehr. Trotzdem, es gibt subtilere Methoden, jemanden zu terrorisieren, den man in seiner Gewalt hat, als körperliche Mißhandlung. Sogar Sie werden zugeben, Desmond, daß Edward kein schlichtes Gemüt ist.«

»Wer von uns ist das schon?« sagte Maitland leichthin, bevor sein Begleiter antworten konnte. Er war sich Barleycorns zunehmender Unbehaglichkeit im Verlauf des Gesprächs immer deutlicher bewußt geworden. »Im Brief war davon keine Rede, aber heißt das jetzt, Mrs. Coke behaupte, sie sei bis zu ihren Begegnungen mit David Barrie Jungfrau gewesen?«

»Sie sagt, sie sei Jungfrau gewesen, als sie Coke heiratete, was unter diesen Umständen auf dasselbe hinausläuft. Und Beweise kann es so und so nicht geben, Desmond«, sagte er und ließ seine Belustigung kurz erkennen. »Wenn sie vorher *Virgo intacta* gewesen ist, war sie es nach den Begegnungen mit David gewiß nicht mehr.«

»An die ich nicht glaube«, sagte Desmond hitzig, weil er sich nicht mehr zurückhalten konnte.

»Das ist, wie Ihr Kollege vorhin betont hat, Ansichtssache«, gab Terence zurück. »Ihre Einstellung wird, wie ich meine, von der Beziehung beeinflußt, in der Sie beruflich zu Edward stehen. Unsere Meinung ist da doch gewiß etwas weniger voreingenommen.«

»Und da Sie die Geschichte geglaubt haben, gaben Sie sie an einige Ihrer anderen Freunde weiter«, warf Maitland hastig ein.

»An ein, zwei Personen. Ich habe Desmond ihre Namen und Adressen schon gegeben.«

»Ja, wir suchen sie auf, falls das notwendig werden sollte«, versicherte Maitland. »Aber wir scheinen in diesem Zusammenhang schon alles erfahren zu haben, was wir brauchen.«

»Haß, Spott und Verachtung«, sagte Stowe nachdenklich. »Aber, wissen Sie, ich glaube nicht, daß Sie die geringsten Aussichten haben, wenn Sie beweisen wollen, es sei nicht wahr, was Elizabeth sagt. Und ich muß gestehen, daß ich für meine Person froh darüber bin. Wenn je eine Frau Anspruch auf Scheidung hatte, dann sie.«

»Wenn wir genau sein müssen«, sagte Joanna, die während dieses Wortwechsels im Hintergrund still vor sich hingebrodelt hatte, »war ich es, die das weitergegeben hat. Ich hielt das Elizabeth gegenüber nur für fair.«

»Ja, ich verstehe. Das scheint dann alles zu sein, was wir hier tun können«, fügte er hinzu, warf einen Blick auf Desmond und stand auf.

»Augenblick noch«, bat Terence Stowe hastig. »Da ist noch etwas, das Sie wissen sollten. Desmond hat vielleicht versäumt, es Ihnen mitzuteilen.«

»Ja?«

»Wenn Elizabeth nicht verzweifelt gewesen wäre, wenn sie sich imstande gefühlt hätte, noch sechs Monate auf ihre Scheidung zu warten, hätte sie sich auf diese höchst unerfreuliche Geschichte überhaupt nicht einzulassen brauchen.«

»Jetzt setzen Sie mich aber in Erstaunen, Mr. Stowe.«

»Sie hätte den unwiderruflichen Bruch der Ehe dadurch belegen können, daß sie Edwards Ehebruch mit einer Mitarbeiterin nachgewiesen hätte.«

Maitland stand schon, und Desmond hatte sich ebenfalls erhoben. Ohne sich umzudrehen, streckte er die Hand aus und legte sie auf den Arm seines Kollegen, weil er das Gefühl hatte, daß der junge Mann von einer Explosion nicht weit entfernt war.

»Also, wissen Sie, Mr. Stowe«, sagte er sachlich, »Sie können doch nicht beides haben. Entweder ist Edward Coke ein gefühlskalter Mensch, von dem man nicht einmal erwarten kann, daß er mit seiner eigenen Frau schläft, oder – oder er ist es nicht«, schloß er lahm.

Der Einwand mochte nicht gefällig ausgedrückt sein, aber den Sinn vermittelte er durchaus.

»Daran hatte ich nicht gedacht«, erwiderte Terence schleppend. »Trotzdem wird Joanna Ihnen sagen, daß Elizabeth ihre Zweifel an seiner Beziehung zu dieser Mary Jerrold hatte, und für mein Gefühl beweist das, wie verzweifelt die arme Elizabeth gewesen ist.« Er sprach in entschiedenem Tonfall, aber, wie Antony meinte, im Augenblick geradezu ins Blaue hinein.

Danach verabschiedeten sie sich unter angemessenen Höflichkeitsbezeugungen auf beiden Seiten und gingen zu Fuß zu der Stelle zurück, wo Desmonds Auto abgestellt war.

»Ich weiß, das war eine Qual für Sie, Desmond«, sagte Antony mitfühlend, als sie nebeneinander hergingen, »aber eine Zeitlang haben sie mich fast genauso geärgert.«

»Nur eine Zeitlang?«

»Na ja, um die Wahrheit zu sagen, ich bekam Zweifel daran, wieviel sie von dem, was sie erzählen, selbst glauben. Wahrscheinlich ist alles Einbildung«, fügte er achselzuckend hinzu, bevor er einen Blick auf seine Armbanduhr warf. »Ist es zu spät, um noch mit Miss Jerrold zu sprechen?«

»Auf der anderen Straßenseite steht eine Telefonzelle. Ich rufe sie von dort aus an«, erwiderte Desmond. »Und wenn Sie wissen wollen, was ich glaube: Ein ordentlicher Schluck ist genau das, was wir brauchen.«

7

Miss Jerrold war einverstanden und traf nur wenige Minuten nach den beiden Männern zur vereinbarten Zeit in dem Pub ein, das Maitland als Treffpunkt vorgeschlagen hatte. Das Lokal war noch nicht lange geöffnet, und eine Weile hatten sie es für sich.

Mary war ein hübsches Mädchen mit einer Mähne brauner Haare

und der sanften Art, die Antony so oft beschrieben gehört hatte, wenn von Elizabeth Coke die Rede gewesen war. Möglich, daß Edward sich von ihr angezogen fühlte, daß sie sein Typ war, aber im Verlauf des Gesprächs gelangte er zu der Meinung, daß in diesem Fall wenigstens nichts vorgetäuscht wurde. Sie war wirklich zurückhaltend – für seinen Geschmack vielleicht ein bißchen zu sehr – und an ihrer echten Zuneigung zu ihrem Arbeitgeber konnte es keinen Zweifel geben.

Sie wartete nur, bis die Vorstellung erfolgt war, um Maitland höflich mit den Worten zu begrüßen: »Ich bin so froh darüber, daß Sie Desmond helfen«, bevor sie sich Desmond zuwandte und eifrig fragte: »Haben Sie etwas herausfinden können, wie stehen seine Chancen?«

Desmond zeigte einen gehetzten Ausdruck und warf seinem Begleiter einen verzweifelten Blick zu.

»Wir ... ermitteln noch«, sagte er vorsichtig.

»Ach, seien Sie nicht albern, Desmond. Sie drücken sich aus wie ein Polizeibeamter. Ich möchte wirklich wissen –«

»Nehmen Sie es ihm nicht übel, Miss Jerrold. Obwohl Sie in derselben Kanzlei arbeiten, muß er diskret vorgehen, wie Sie wissen. Ich kann Ihnen nur sagen, daß wir viele Meinungen und sehr wenige Fakten gehört haben. Aber auf lange Sicht könnte manches von Nutzen sein.« Er hatte in dieser Beziehung eigentlich nicht viel Hoffnung, aber das auszusprechen, schien doch zu unfreundlich zu sein.

»Ich weiß genau, was Sie meinen«, erwiderte Mary. »Es hat alles nichts geholfen.« Er sollte, als er sie näher kennenlernte, dahinterkommen, daß sie zwei Persönlichkeiten in sich vereinigte: die Juristin, die so viel Durchblick hatte wie nur irgendein Mann, und eine sehr weibliche.

»Ich fürchte, das ist wahr«, gab er reumütig zu. »Auf alle Fälle –«

»Es gab sonst nichts, was er tun konnte, Mr. Maitland, das verstehen Sie doch«, sagte sie ernsthaft. »Als diese schreckliche Anschuldigung aufgestellt wurde, mußte er die Verleumdungsklage erheben, weil es sonst so ausgesehen hätte, als gäbe er alles zu. Und wenigstens wird er sich vor Gericht äußern und sie bestreiten können. Ich nehme an, wenigstens ein paar Leute werden ihm glauben«, fügte sie traurig hinzu.

»Sie glauben ihm, nehme ich an, Miss Jerrold?« fragte Antony lächelnd.

»O ja, natürlich, aber bei mir ist das etwas anderes –, denn ich liebe ihn«, sagte sie schlicht. »Und Sie brauchen mich nicht daran zu erinnern, daß es hoffnungslos ist, Desmond, selbst wenn es dieser Frau gelingt, sich von ihm scheiden zu lassen. Seine Prinzipien würden nicht zulassen, daß er mich heiratet, und ich mag ihn genauso, wie er ist, ich möchte ihn nicht anders haben.«

»Er hat ein paar gute Freunde«, meinte Maitland bewußt vage.

»Und manche nicht so gute. Mr. Stowe hat schon eine andere Kanzlei bevollmächtigt, und ich bin sicher, sobald Mr. Marrie die Zeit findet... aber weshalb wollten Sie mich eigentlich sprechen? Ich weiß nichts, außer, daß er das, was sie behauptet, nie und nimmer getan haben kann.«

Zum erstenmal ging Antony auf, daß sein Begleiter ihn in eine peinliche Situation gebracht hatte.

»Miss Jerrold«, begann er und verstummte sogleich wieder. »Es geht mir nicht um Ihre gerichtliche Aussage«, fuhr er nach einer Weile fort.

»Ich habe auch nichts zu sagen. Ich meine, Elizabeth habe ich nie gemocht, aber die Leute würden natürlich behaupten, das sei nur Eifersucht.«

»Das fürchte ich auch. Und da Sie mir die Ehre erwiesen haben, aufrichtig zu sein, Miss Jerrold, verübeln Sie es mir vielleicht nicht, wenn ich ein warnendes Wort ausspreche. Sollte die Verteidigung im Verleumdungsverfahren in irgendwelche Schwierigkeiten geraten, würde man möglicherweise versuchen, Ihren Namen mit hineinzuziehen.«

»Ich wüßte nicht, wie das möglich sein sollte. Zwischen uns ist nie etwas gewesen. Ich weiß nicht einmal, ob Edward mich überhaupt mag.«

»Sie kennen ihn aber nicht nur beruflich, sondern auch privat?«

»Ja, in der Kanzlei ging es immer sehr freundschaftlich zu, und ich bin jetzt drei Jahre dort, seit kurz vor seiner Heirat.«

»Haben Sie Elizabeth Coke schon vor dieser Zeit gekannt?«

»Nein. Ich war natürlich bei der Hochzeit, und sie war sehr lieb zu mir, wenn auch ziemlich von oben herab. Ich habe das noch zu keinem Menschen gesagt, weil es so gehässig klingt«, fügte sie mit einem Lächeln an. »Alle Männer waren von ihr hingerissen, sie ist ja auch sehr charmant, und die meisten Frauen, die sie dort erst kennenlernten, schienen sie so zu nehmen, wie sie sich gab. Wenn ich das zu Ihnen gesagt hätte, wäre Ihre Reaktion dieselbe gewesen, Desmond, nicht?«

»Keineswegs«, erklärte Desmond mannhaft. »Außerdem wußte ich damals noch nicht –«

»Ich auch nicht. Erst im vergangenen Jahr –« Sie zögerte und fuhr dann mit fester Stimme fort: »Da ich bisher so offen zu Ihnen gewesen bin, Mr. Maitland, sage ich lieber gleich alles. Es mag ja seltsam klingen, das von einem verheirateten Mann zu behaupten, aber ich begann zu spüren, daß er sehr einsam war. Wir sprachen viel mehr miteinander. Das fing natürlich mit dienstlichen Dingen an und dehnte sich dann aus. Nach einiger Zeit veranlaßte mich das dazu, meine eigenen Empfindungen zu überprüfen, und dabei wurde mir klar, wie ich zu ihm stand. Ich bin wohl keine gute Schauspielerin«, fügte sie traurig hinzu. »Alle haben es gemerkt, genau wie Desmond auch.«

»Sie haben es mir selbst erzählt«, erinnerte Desmond.

»Ja, aber erst, als für mich feststand, daß Sie es ohnehin schon wußten.«

»Das spielt keine Rolle«, erklärte Maitland. »Es könnte nur Mutmaßung sein, Meinungssache, für das Gericht ohne Belang. Aber könnte beispielsweise behauptet werden, daß Sie länger mit ihm allein waren, als die erwähnten dienstlichen Dinge es rechtfertigen würden?«

»Nun ja, wir verbrachten gewiß mehr Zeit miteinander als vorher. Manchmal holte er mich zum Vormittagskaffee oder zum Tee am Nachmittag in sein Büro, und wir unterhielten uns über alles mögliche. Den Kollegen mag das aufgefallen sein, vor allem Miss Bagley, Edwards Sekretärin, die schon bei seinem Vater arbeitete, als der noch lebte. Ich glaube, sie mag mich, und an Edward hängt sie ganz gewiß, so daß sie nicht mehr angeben würde, als der Wahrheit entspricht. Aber unter Eid würde sie sich vielleicht verpflichtet fühlen, zuzugeben, daß sie den Unterschied bemerkt hat.«

»Ja, das ist mir klar. Und haben diese Begegnungen im Büro ... zu mehr geführt, Miss Jerrold?«

»Ich habe schon gesagt, daß von dieser Art Beziehung zwischen uns nie etwas gewesen ist.«

Er lächelte sie unvermittelt an.

»Sie vergessen, daß ich Mr. Edward Coke kennengelernt habe«, wandte er ein.

»Sie meinen, er ist – sehr ehrlich«, sagte sie mit einem leichten Zögern. »Das ist völlig richtig, aber ich versichere Ihnen noch einmal, daß ich keine Ahnung habe, ob er mich wirklich mochte. Sie wollten wissen –«

»Ich meinte nur: Hat es Treffen zwischen ihnen außerhalb der Kanzlei gegeben, von denen jemand erfahren haben könnte?«

»Wir haben zweimal zusammen zu Abend gegessen, als wir viel Arbeit hatten und Elizabeth fort war.«

»Das klingt nicht sehr verworfen. Ich glaube nicht, daß wir uns vom Standpunkt unseres Mandanten aus in dieser Hinsicht große Sorgen machen müssen«, fügte er hinzu und sah Desmond an. »Jedenfalls nicht im Rahmen der Verleumdungsklage. Mrs. Coke versucht ja schließlich den Eindruck zu erwecken, ihr Ehemann habe kein ausgeprägtes Interesse an sexuellen Dingen. Sie würde keine Veränderung an diesem Bild wünschen.«

»Sie sagten, was die Verleumdungsklage angeht«, gab Desmond zurück. »Und wenn wir obsiegen?«

»In diesem unwahrscheinlichen Fall könnte es anders aussehen, wenn die Scheidung verhandelt wird.«

»Was würde Elizabeth Ihrer Meinung nach tun?«

»Ich halte es durchaus für möglich, daß sie den Antrag zurückzieht, wartet, bis die drei Jahre vorüber sind, und inzwischen versucht, Beweise für Edwards eheliche Untreue zu erbringen. Ich freue mich, Gelegenheit gehabt zu haben, mit Ihnen zu reden, Miss Jerrold, weil ich glaube, daß sogar diese unschuldigen Zusammenkünfte zwischen Ihnen vorübergehend aufhören müssen. Wollen Sie in diesem Punkt meinen Rat annehmen?«

»Ja, natürlich. Ich würde nichts tun, was Edward schaden könnte, und selbst wenn ich eine ganz eigensüchtige Person wäre, würde das nichts nützen«, meinte sie ergänzend. »Scheidung oder

»Du dich auch«, erklärte Vera unverblümt.

»Das glaube ich nicht, weil ich auf eine Theorie gekommen bin, die Mrs. Cokes Verhalten erklären könnte. Aber Edward Coke hat nichts zu gewinnen als die Befriedigung, an seinen Grundsätzen festzuhalten.«

»Und dieser andere Zeuge, der ihre Behauptung bestätigt?«

»Er ist eher ein Rätsel, aber meine Theorie erklärt auch sein Verhalten zum größten Teil. Ich glaube, Elizabeth Coke war gezielt auf der Jagd nach Geld, sie nahm die Stelle bei Edward Cokes Tante Harriet nur an, weil sie hoffte, im Testament bedacht zu werden, wenn nicht schon vorher finanzielle Vorteile zu erwarten waren.« Er erläuterte seine Vorstellungen ganz so, wie er sie Desmond Barleycorn dargelegt hatte. »Das würde alles erklären, Vera«, sagte er abschließend. »Findest du nicht?«

»Gefällt mir nicht«, meinte Vera.

»Aber hältst du es für möglich, daß etwas dran ist?« drängte er.

»Leider ja.«

»Vera, es tut mir leid. Ich weiß, du möchtest, daß Onkel Nick recht behält.«

»Nicht so heftig, daß ein falsches Urteil herauskommen soll«, widersprach Vera. »Und nach all dem, was du sagst, hast du keine konkreten Anhaltspunkte; nur Vermutungen, die man vor Gericht kaum vorbringen kann. Keinerlei Beweise.«

»Richtig. Das ist es, was mir Sorgen bereitet. Ich habe nichts vorzuweisen und kann nichts anderes tun, als vor Gericht gehen und beim Kreuzverhör mein Möglichstes tun. Du weißt, wie aussichtslos das sein kann. Mich persönlich schert es keinen Deut, ob ich gewinne oder verliere –«

»Wirklich nicht, Antony?« fragte Vera in einem Tonfall, der bei ihr sanft zu nennen war.

Er gab nicht vor, sie mißzuverstehen.

»Na ja ... vielleicht. Ich gebe zu, daß die meisten meiner Mandanten ausgesprochene Halunken sind, aber viele haben auch liebenswerte Züge an sich. Wenn sie schuldig sind, kann ich mich wenigstens mit dieser Überlegung trösten, während ich mir bei Edward Coke völlig sicher bin ... und das, was man ihm vorwirft, ist noch dazu so gemein.«

»In diesem speziellen Fall –« sagte Vera, die es wörtlich nahm.

»Ich weiß, ich weiß, der Kläger ist er. Aber du weißt ganz genau, was ich meine, Vera.«

»Allerdings«, gab sie zu. »Könntest du ihn nicht dazu überreden, das Scheidungsbegehren unwidersprochen zu lassen, sobald die drei Jahre vorüber sind? Auch wenn er das tut, braucht er selbst seine Grundsätze nicht aufzugeben.«

»Das habe ich anfangs versucht, aber er gab keinen Millimeter nach. Außerdem hat sich die Geschichte jetzt im ganzen Freundeskreis verbreitet, er hat mindestens einen Mandanten verloren, und es wird sicher nicht mehr lange dauern, bis alle anderen auch Bescheid wissen.«

»Ja, eine ganz schlimme Situation. Gibt es irgend etwas, was ich tun könnte, Antony?«

»Überhaupt nichts, außer mir zu helfen, das Thema im Gespräch zu meiden, wenn wir alle zusammen sind«, sagte Antony kleinlaut.

»Es ist das erste Mal, daß ich einen Fall nicht mit Onkel Nick besprechen kann, Liebes«, bedauerte er später, als sie allein waren, gegenüber Jenny, »und ich könnte nicht behaupten, daß mir das auch nur im entferntesten behagt.«

TEIL II

Coke gegen Coke

Mittwoch, erster Verhandlungstag

I

Sir Nicholas schien den Stand der Dinge, der seinen Neffen so bedrückte, allerdings gleichmütig aufzunehmen. Die Osterpause kam und ging vorüber, neue Akten trafen in der Kanzlei ein und wurden, je nach Laune des alten Mr. Mallory, angenommen oder zurückgewiesen. In Maitlands Arbeitszimmer fanden mehrere Besprechungen mit Desmond Barleycorn und Edward Coke statt, und Antony zog seinen Freund und Kollegen Derek Stringer, der ebenfalls in Sir Nicholas' Kanzlei tätig war, als Mitarbeiter bei der Verhandlung hinzu. Derek reagierte belustigt, als er erfuhr, daß Sir Nicholas als Verteidiger auftreten würde, aber Antony war keineswegs davon überzeugt, daß er Edward Cokes Beteuerungen für bare Münze nahm. »Zu gut, um wahr zu sein«, sagte er einmal und schüttelte bedauernd den Kopf, als die beiden Solicitors gegangen waren. Sie hatten jedoch schon oft zusammengearbeitet und waren fast jedesmal uneins über Schuld oder Unschuld ihrer Mandanten gewesen. Für Maitland bestand kein Zweifel daran, daß Derek, ohne Rücksicht auf seine private Meinung, ihn voll und ganz unterstützen würde.

Bei seinem letzten Auftreten in einem Verleumdungsprozeß hatte Bruce Halloran die Klägerseite vertreten und er zusammen mit Derek verteidigt. Es war sonderbar, Sir Nicholas als Widerpart zu haben; als sein Stellvertreter fungierte Mr. Hawthorne, ein junger Mann ohne große Erfahrung, aber durchaus tüchtig. Als Maitland sie betrachtete, kam ihm zum erstenmal der Gedanke – später schalt er sich wegen seiner Begriffsstutzigkeit naiv – daß Mallory nicht so darauf gedrungen hätte, seinen Chef zur Annahme des Mandats zu bewegen, wenn nicht ein hohes Honorar zu erwarten gewesen wäre. Freilich hatte Sir Nicholas oft auch für wenig oder gar kein Entgelt seine Dienste zur Verfügung gestellt, aber nie ohne Zustimmung seines Bürovorstands. Irgend jemand mußte für die Kosten aufkommen, Elizabeth Coke selbst konnte nicht viel Geld haben; Antony glaubte, im Hintergrund Owen Barries Hand zu erkennen.

Aber eines hatte sich gegenüber seinem letzten Auftritt in einer Verleumdungssache nicht geändert. Den Vorsitz führte Richter Lovejoy. Nach Maitlands sicherem Wissen sprach er schon seit mindestens fünf Jahren davon, in den Ruhestand treten zu wollen, aber wenn man ihn so sah – einen hochgewachsenen Mann, in seiner Robe überaus eindrucksvoll – ließ er nicht erkennen, daß das bald bevorstand oder auch nur zu wünschen gewesen wäre. Es hieß manchmal von ihm, er begreife schwer, eine Erfindung jener Anwälte, die vor ihm aufgetreten waren und seine endlosen Fragen scheuten. An diesem Vormittag sagte Maitland sich nur, daß es für die Kläger besser sein mochte, wenn sich das bewahrheitete.

Er war durchaus daran gewöhnt, im Gerichtssaal zuversichtlich aufzutreten, sogar dann, wenn er innerlich von der Aussichtslosigkeit seiner Sache überzeugt war, aber an diesem Tag fiel ihm das bei seinem Eröffnungsplädoyer schwerer als sonst. Das lag vielleicht an seiner Erkenntnis, Sir Nicholas wisse ebensogut wie er, daß die Klägerseite ihr Vorbringen nicht würde beweisen können. Es gab für ihn keinen Zweifel, daß Vera sich an die Abmachung gehalten und darauf verzichtet hatte, seine Sicht des Falles mit ihrem Mann zu besprechen, aber Onkel Nick kannte ihn so gut, viel zu gut, als daß das noch angenehm gewesen wäre.

»Es handelt sich hier um einen besonders bedrückenden Fall, Mylord«, begann er, »nicht nur deshalb, weil die gegen meinen Mandanten erhobene Beschuldigung so unerquicklich ist, sondern weil er eine eheliche Zwistigkeit betrifft, eine Entzweiung von zwei Menschen, die eigentlich besonders eng verbunden sein sollten. Ich muß mich daher, bevor ich beginne, dafür entschuldigen, daß die Fakten, auf die ich abheben muß, so widerwärtig sind, nicht nur für Eure Lordschaft, sondern auch für die Geschworenen, zumal Damen sich unter ihnen befinden. Es hat den Anschein ...«

Das war reine Routine, er wußte auswendig, was er vorzubringen hatte, und zumindest mit halber Aufmerksamkeit konnte er sich auf ungeordnete Weise mit anderen Dingen beschäftigen. Er fand, daß die drei weiblichen Mitglieder der Jury besonders hartgesotten aussahen und von dem, was sie hörten, vermutlich weniger schokkiert sein würden als er, obwohl er von sich glaubte, es könne ihn nichts mehr überraschen. Außerdem erinnerte er sich verschwommen an einen früheren Fall von Verleumdung, bei dem der Richter den weiblichen Zuhörern im Saal geraten hatte, sich zurückzuziehen, damit ihre Empfindsamkeit nicht zu sehr in Mitleidenschaft gezogen werde. Nicht eine einzige war dem Rat gefolgt. Und war es heutzutage überhaupt noch möglich, Mitgefühl für einen verleumdeten Mann zu erwecken, gleichgültig, wie widernatürlich die Dinge waren, deren man ihn beschuldigte? Er tat bei den Fakten jedoch sein Bestes, obwohl sie mehr Zeit beanspruchten, als er ihnen hatte widmen wollen. Am Ende sah er sich dazu gezwungen, Derek Stringers rechte Hand zu beobachten, die ruhig mitschrieb. Er wußte, daß sein Mitarbeiter ihm ein Zeichen geben würde, wenn er der Meinung war, es sei nun genug gesagt worden. Da, jetzt kam es... Derek ließ den Kugelschreiber fallen und rieb sich die Hand, als seien die Finger steif geworden.

»Mrs. Coke, Mylord«, sagte Maitland hastig zum Abschluß, »verteidigt sich den Anträgen zufolge mit der Wahrnehmung berechtigter Interessen. Ich hoffe, daß wir Ihnen und den Angehörigen der Jury beweisen können, wie unwahrscheinlich das ist. Ich brauche mich nicht bei der Tatsache aufzuhalten, daß der alte Spruch, je ärger die Wahrheit, desto größer die Verleumdung, nicht mehr gültig ist. Ich bin sicher, Euer Lordschaft wird sich Mühe geben, sie von solchen Überlegungen abzubringen, wenn der Zeitpunkt gekommen ist, die Argumente zusammenzufassen.«

»Ich bin Ihnen für Ihr Vertrauen in mich verbunden, Mr. Maitland«, sagte Richter Lovejoy trocken, als der Vertreter der Klage wieder seinen Platz einnahm. »Obwohl ich eher der Meinung gewesen wäre, es sei Sache der Verteidigung... nun gut.« Er blickte auf die Uhr. »Wir haben etwas verspätet angefangen, und da Ihre

Ausführungen einige Zeit in Anspruch genommen haben, unterbrechen wir die Sitzung vielleicht ohne weitere Umstände zur Mittagspause.«

»Gar nicht schlecht«, murmelte Sir Nicholas, als sein Neffe beim Hinausgehen an ihm vorbeikam, »da wir beide uns doch klar darüber sind, daß du überhaupt nichts hast, worauf du diesen Optimismus gründen könntest.«

Maitland lächelte ihn an und setzte eine rätselhafte Miene auf. Es hatte aber gar keinen Zweck; wie ihm schon durch den Kopf gegangen war, als er mit seiner Rede begonnen hatte, kannte Sir Nicholas ihn viel zu gut.

Gleich nach der Mittagspause wurde Primrose Ross in den Zeugenstand gerufen. Sie neigte heute zum Piepsen, wie Maitland das für sich wenig freundlich nannte, aber vom Standpunkt des Klägers aus war ihr Bericht über den Erhalt des Briefes – der gleichzeitig als Beweisstück Aufnahme fand – völlig klar. Es war unübersehbar, daß sie ihren Eid ernst nahm. Was sie auf direkte Befragung sonst noch zu sagen hatte, hielt sich eng an die Antworten, die sie Maitland in ihrer Wohnung gegeben hatte, aber trotzdem verspürte Antony einen Stich der Besorgnis, als Sir Nicholas sich zum Kreuzverhör erhob. Er hatte das Gefühl, daß Miss Ross als Zeugin eher eine Belastung als ein Aktivposten sein würde.

»Also, Madam, mein gelehrter Freund, Mr. Maitland«, begann Sir Nicholas und hatte offenkundig Mühe, nicht ›mein Neffe‹ anzufügen, »hat es schicklicherweise vermieden, Sie über den Inhalt des Briefes näher zu befragen. Ich möchte eine Dame von Ihrer Empfindsamkeit nicht quälen, aber es gibt ein, zwei Dinge, die ich Sie dennoch fragen muß. Zum Beispiel: Ich bilde mir ein, nicht nur ich allein finde es ein wenig seltsam, daß Sie diese Mitteilung Mr. Edward Coke gezeigt haben.«

»Ich konnte mich nicht beherrschen!« antwortete Primrose. »Sie haben ganz recht mit Ihrer Annahme, daß das für mich ein schwerer Schock gewesen ist« – dabei handelte es sich um eine recht freie Auslegung dessen, was Sir Nicholas gesagt hatte, aber er versuchte nicht zu widersprechen – »meine Freundin Elizabeth ist, wie Sie selbst wissen müssen, da Sie sie vertreten, eine so liebe Person, daß ich den Gedanken nicht ertragen konnte, sie einer solchen Behandlung ausgesetzt zu sehen, und zwar nicht nur einmal, sondern offenbar des öfteren.«

»Sie zögerten also nicht, das, was sie in dem Brief schrieb, zu akzeptieren?«

»Keine Sekunde. Sie würde niemals die Unwahrheit sagen, und bei solchen Dingen –«

»Gewiß, gewiß. Sie haben meinem – meinem gelehrten Freund erklärt, ganz ähnliche Empfindungen hätten Mrs. Coke dazu veranlaßt, Ihnen zu schreiben. Sie hätte ihren Zorn über die Geschehnisse nicht unterdrücken können.«

»Ganz richtig. Sie ertrug es, solange sie konnte, dann verließ sie ihn, und da alles an den Tag kommen mußte, nehme ich jetzt an, daß sie dachte, es sei keine Schande, wenn sie sich mir anvertraute. Ich glaube behaupten zu dürfen, daß ich ihre engste Freundin bin.«

»Mein Freund hat Sie auch darauf hingewiesen, daß der Brief eine gewisse Schadenfreude verriet.«

»Das hat er gesagt, aber ich bin ganz und gar nicht seiner Meinung. Selbstverständlich war sie froh darüber, einem solchen Ungeheuer entronnen zu sein.«

»Danke, Miss Ross.« Sir Nicholas sagte es beinahe schnurrend vor Zufriedenheit, wie sein Neffe unbehaglich dachte. »Habe ich das richtig verstanden? Ihr erster Gedanke war, sofort zu Mr. Coke zu gehen?«

»O nein, durchaus nicht. Als erstes rief ich Elizabeth an. Sie war in ein Hotel gezogen und hatte mir auf dem Briefpapier dieses Hauses geschrieben.«

»Verstehe. Und sie bestätigte, was sie Ihnen geschrieben hatte?«

»Das war keineswegs der Grund meines Anrufs. Ich wollte wissen, ob sie zurechtkam. Ich hätte sie gern bei mir aufgenommen, wenn ihr der Sinn nach Gesellschaft gestanden hätte, aber sie sagte, sie wolle lieber allein sein.«

Auch das hatte sich als Sackgasse erwiesen, dachte Maitland betrübt. Desmond Barleycorn hatte eine bekannte Detektei beauftragt, aber Mrs. Cokes Verhalten seit dem Verlassen ihres Mannes war ohne jeden Makel gewesen.

»Dann haben Sie Mr. Coke aufgesucht?« fuhr Sir Nicholas fort.

»Nein … nein. Zuerst habe ich mit zwei Freundinnen gesprochen, Fran Walpole und Joanna Stowe. Nur, wissen Sie« – ihr Tonfall wurde vertraulich, und in Antony keimte der Verdacht auf, daß sie die Vorstellung genoß – »durch die Gespräche mit ihnen wurde mir die Sache erst richtig klar. Ich war einfach wütend, und als Edward mich besuchte … so war das, nicht anders herum.«

»In der Tat?« sagte Sir Nicholas, ganz so, als habe er das nicht schon die ganze Zeit gewußt. Aus irgendeinem Grund, vermutlich einem hinterhältigen, dachte Maitland gereizt, mußte er das Gefühl gehabt haben, aus dem Mund der Zeugin klinge das eindrucksvoller.

»Ja, und er begann alles zu bestreiten, also drückte ich ihm den Brief in die Hand. Und er behielt ihn einfach!«

»Gegen Ihren Wunsch?«

»Na ja – nicht direkt. Um die Wahrheit zu sagen, ich vergaß, ihn zurückzuverlangen.«

»Ja, das ist mir jetzt klar, Miss Ross. Danke. Ich glaube, das ist alles, was ich Sie fragen wollte.«

Maitland war wieder auf den Beinen, noch bevor sein Onkel sich wieder gesetzt hatte.

»Nur zwei Punkte, Miss Ross«, sagte er.

»Ja, bitte?«

»Kam, als Sie mit Mrs. Coke sprachen, die Rede darauf, daß Sie die Absicht hatten, ihre Angelegenheiten anderen Menschen mitzuteilen?«

»Ich hielt es einfach für richtig, daß ihre Freunde davon erfahren sollten.«

»Gut, aber das war nicht meine Frage. War die Rede davon, als Sie mit Mrs. Coke sprachen?«

»Nicht ausdrücklich, aber ich glaube, sie wußte, was ich vorhatte. Ich sagte ungefähr: ›Das ist so gemein, daß alle es erfahren müssen‹, und sie widersprach mir nicht.«

»Verstehe. Und Sie haben an ihrem Brief nichts überraschend gefunden?«

»Schockierend, ja. Nicht überraschend.«

»Ich habe die Überlegung angestellt, Miss Ross –«

»Zwei Fragen, sagten Sie, Mr. Maitland«, warf der Richter ein.

»Ich bitte Euer Lordschaft um Vergebung. Mir ist das eben eingefallen ... darf ich um die Erlaubnis Eurer Lordschaft bitten, noch eine Frage zu stellen?«

Richter Lovejoy neigte den Kopf. Er gehörte nicht zu Maitlands Anhängern, er hielt dessen Art für unorthodox und die Möglichkeit für gegeben, daß er durchaus fähig sei, im Gerichtssaal unpassende Aufregung zu stiften.

»Wenn Sie das wünschen, Mr. Maitland«, sagte er mit einem Anflug von Kälte. »Vielleicht klärt das den Punkt auf, den ich der Zeugin eben selbst vortragen wollte.«

Maitland wandte sich wieder an Primrose.

»Versetzen Sie sich einen Augenblick in die Lage Ihrer Freundin, in die von Elizabeth Coke«, bat er. »Wenn man die Ereignisse bedenkt, die sie beschreibt, sind Sie dann nicht der Meinung, Sie hätten Ihren Mann nach den ersten Vorfällen dieser Art verlassen?«

»Ich schon.« Sie lächelte ihn unvermittelt an, und zum erstenmal begriff er, daß sie manchen Leuten durchaus als attraktive Frau erscheinen mußte. »Aber Elizabeth ist anders, wissen Sie. Sie ist so gut. Ich bin sicher, sie dachte ungefähr, er wird das wieder ablegen, oder vielleicht kann ich ihn dazu bringen, daß er mich richtig liebt. Nur sah sie plötzlich ein, daß das nie eintreten würde.«

»Danke, Miss Ross, das ist alles.« Wenn Maitlands Dank ein wenig hohl klang, war das kein Wunder. Mit dieser Frage hatte er sich böse vergalloppiert. Sir Nicholas warf einen spöttischen Blick in seine Richtung, Richter Lovejoy nickte, als sei das in der Tat die Frage gewesen, die auch ihn bewegt hatte. Miss Primrose Ross zögerte einen Augenblick, dann verließ sie den Zeugenstand.

2

Frances Walpole wurde als nächste Zeugin aufgerufen, und auch ihre Aussagen ergaben keine Überraschungen. Während Maitland sie befragte, kam ihm der Gedanke, daß es gar nicht in Ordnung war, wenn er so mit ihr redete, nicht in Gegenwart ihres Mannes, weil ihm die beiden ein echtes Paar zu sein schienen, so als sei einer ohne den anderen nicht komplett. Sie gingen also die Geschichte von Primroses Besuch durch, Fran bestätigte den Brief als jenen, der ihr gezeigt worden war, und berichtete erneut von dem abendlichen Gespräch mit ihrem Mann. Und wieder sah Antony mit einem gewissen Unbehagen seinen Onkel zum Kreuzverhör aufstehen. Er selbst war nicht gerade erfolgreich gewesen, wenn man die letzte katastrophale Frage an Primrose Ross bedachte, rechnete aber ganz und gar nicht damit, daß Sir Nicholas ein ähnlicher Fehler unterlaufen würde.

»Ich kann Ihre Abneigung verstehen, heute hier aussagen zu müssen, Madam«, begann Sir Nicholas, als ihn die Zeugin ohne Rücksicht auf die Etikette im Gerichtssaal unterbrach.

»O nein, ich bin überhaupt nicht widerwillig gekommen.«

»Sie finden das Thema, das wir hier besprechen müssen, nicht eine Spur – sagen wir, peinlich?«

»Es gefällt mir nicht«, räumte Fran ein. »Auf der anderen Seite weiß jeder, daß es solche Männer gibt, man braucht sich da nichts vorzumachen. Aber ich meinte etwas anderes. Ich wollte allen sagen, daß Edward mit solchen Dingen nie und nimmer etwas zu tun haben kann.«

»Vielleicht können Sie uns den Grund für Ihre Meinung nennen, Mrs. Walpole.«

»Wenn Sie meinen, ob ich das beweisen kann, natürlich nicht. Die Meinung beruht auf meiner Kenntnis seines Charakters«, fügte sie mit Würde hinzu.

»Und diese ist sehr gründlich.«

»Sie verspotten mich«, rügte sie ohne Feindseligkeit.

»Das fiele mir nicht im Traum ein, Madam«, sagte Sir Nicholas hastig, bevor der Richter eingreifen konnte. »Mich würde aber interessieren, wie lange Sie Mr. Edward Coke schon kennen.«

»Seit ich meinen Mann geheiratet habe. Acht Jahre«, ergänzte sie. »Lange genug, um zu erkennen –«

»Ich frage mich, ob Sie, Mrs. Walpole, den Satz kennen, den jeder Barrister vor allen anderen zu hören fürchtet.«

Sie zog die Brauen ein wenig zusammen.

»Sie meinen wohl, wenn Sie zu hören bekommen, Ihr Mandant sei schuldig«, sagte sie zögernd und fuhr fort: »Der Fall ist eigenartig, nicht, weil Edward die Klage erhoben hat, in Wirklichkeit er aber der Angeklagte ist?«

»Ja, aber was ich meinte, haben Sie nicht ganz erfaßt. Ich habe den Satz gemeint, den so viele Zeugen über einen Menschen aussprechen, mit dem sie befreundet sind.«

»Den kenne ich natürlich nicht. Woher auch?«

»Wir hören ihn immer wieder. Der Zeuge sagt: ›Er – oder auch sie, versteht sich – würde so etwas nie tun.‹ Aber wissen Sie, Madam« – Sir Nicholas wurde onkelhaft in der Art, wie dieses Wort in der Regel gemeint ist, obwohl Maitland das jederzeit bestritten hätte – »je länger ich lebe, um so deutlicher wird mir klar, daß man das von keinem Menschen sagen kann. Man weiß es nie.«

Sie lächelte ihn entwaffnend an.

»Sie werden wohl recht haben«, meinte sie. »Ich weiß, ich würde von keinem Menschen, nicht einmal von Roland, zu behaupten wagen, daß ich ihn durch und durch kenne. Aber es gibt Dinge... und wissen Sie, wenn ich nicht sagen kann, ich sei davon überzeugt, daß Edward im Grunde gut ist, wie können Sie es von Elizabeth behaupten? Denn das tun Sie doch, nicht wahr? Einer von den beiden muß lügen.«

Es ließ sich nicht bestreiten, daß Sir Nicholas über die Attacke ein wenig bestürzt war. Er mied sorgfältig den Blick seines Neffen. Seine Lordschaft schien etwas äußern zu wollen, vermutlich eine schneidende Rüge.

»Wir dürfen uns nicht streiten«, lenkte Sir Nicholas ein wenig lahm ein. »Könnten Sie mir sagen, Mrs. Walpole, ob Sie mit jemandem über diese Angelegenheit gesprochen haben?«

»Nur mit Roland. Das habe ich Ihnen eben gesagt. Wir hielten es beide für besser, nicht darüber zu sprechen. Andere Leute hätten die Anschuldigungen vielleicht geglaubt.«

»Sie meinen wohl, andere Leute wären möglicherweise nicht so vertrauensvoll wie Sie. Miss Ross, zum Beispiel, hat den Brief ernstgenommen.«

»Ja, das hat sie getan. Aber sie ist für Elizabeths Fehler völlig blind.«

»Und Sie nicht?«

»O je, das habe ich mir selbst eingebrockt, nicht?« Ihr Blick wanderte hilfeheischend durch den Gerichtssaal, aber Antony fürchtete, daß der Schaden schon angerichtet war. Sir Nicholas lächelte die Zeugin liebenswürdig an, was man ihm nicht verdenken konnte.

»Ich glaube, dabei belassen wir es besser, Madam«, murmelte er leise.

Sein gelehrter Freund, Mr. Maitland, verzichtete auf eine neuerliche Befragung.

Nach Fran Walpole erschien ihr Ehemann im Zeugenstand, dem es nach der Eidesleistung gelang, mit seiner Frau, die jetzt wieder unten im Saal saß, einen Blick zu tauschen. Antony hatte plötzlich das Gefühl, daß sie ihm eine Warnung zuschickte. Aber vielleicht hieß das nur, er möge vorsichtig sein, um Edward Coke keinen Schaden zuzufügen.

Wie auch immer, weder Befragung noch Kreuzverhör erbrachten Unerwartetes. Sir Nicholas kam nicht einmal zum Kreuzverhör, weil Richter Lovejoy selbst eingriff, allerdings, ohne etwas zutage zu fördern, was für eine der beiden Seiten von Nutzen gewesen wäre. Es dauerte nicht lange, bis Roland Walpole den Zeugenstand verlassen durfte und neben seiner Frau Platz nahm. Antony beobachtete, wie er ihre Hand ergriff und sie drückte, während sie drängend auf ihn einflüsterte. Er fragte sich beiläufig, was zwischen ihnen vorgehen mochte, fand aber nicht die Zeit, sich mit dem Gedanken näher zu beschäftigen, weil Joanna Stowe aufgerufen wurde.

Diesmal dauerte die Befragung länger. Es galt nicht nur zu beweisen, daß die Verleumdung öffentlich gemacht worden war, sondern auch den Schaden, den Cokes Ruf zumindest bei den Stowes erlitten hatte. Außerdem mußten die Namen derjenigen festgestellt werden, die von der Sache noch erfahren hatten. Richter Lovejoy beugte sich vor.

»Beabsichtigen Sie, *alle* diese Leute laden zu lassen, Mr. Maitland.«

»Durchaus nicht, Mylord. Wir werden von dem Ehemann dieser Dame, Mr. Terence Stowe hören, und ich glaube, daß die Frage besonderer Schäden, die eigentlich nicht strittig ist, dann ausreichend bewiesen sein wird.«

»Ich bin erleichtert, das zu hören«, meinte der Richter und lehnte sich zurück.

Joanna war eine mürrische Zeugin, und die Befragung nahm einige Zeit in Anspruch. Endlich erhob sich Sir Nicholas und blickte sie wachsam an.

»Sie sagten, Sie hätten den Brief auf der Stelle ernstgenommen, Mrs. Stowe. Hatten Sie dafür einen besonderen Grund?«

»Ich wußte nicht, daß Edward die Behauptungen bestritt, aber selbst wenn er das tat, gab es für die Richtigkeit zwei Zeugen.«

»Beides Personen, auf deren Wahrheitsliebe Sie sich verlassen konnten?«

»Was hätten sie zu gewinnen?« entgegnete sie.

»Sie dürfen keine Fragen stellen«, ermahnte der Richter, aber fast im gleichen Augenblick antwortete Sir Nicholas.

»Allerdings.« Er drehte sich ein wenig zur Seite und fuhr rhetorisch fort. »Wir sind uns, glaube ich, darin einig, daß dieser Fall nach der Beweislage entschieden werden muß, nicht nach vermeintlicher Kenntnis von Charakteren«, sagte er und setzte sich rasch, bevor der Richter eingreifen konnte.

Maitland nahm das hin, weil ihm kaum etwas anderes übrigblieb, und ließ sich gleich darauf mit Terence Stowe auf dieselben Einzelheiten ein.

Die Tatsache, daß der Chirurg Edward Coke nach Kenntnis des Briefes die Vertretungsvollmacht entzogen hatte, war natürlich von großer Bedeutung, aber als es um die Beurteilung des Charakters ging, erwies er sich als unerwartet zurückhaltend. Weder Antony noch Sir Nicholas, als dieser an der Reihe war, hielten ihn ungebuhrlich lange auf.

Nachdem Stowe den Zeugenstand verlassen hatte, vertagte Richter Lovejoy die Sitzung auf den nächsten Vormittag.

3

Maitland ging mit seinem Onkel zu Fuß zur Kanzlei zurück. Nachdem sie sich vergewissert hatten, daß nichts Unaufschiebbares vorlag, nahmen sie ein Taxi und fuhren nach Hause.

»Damit ist dein Beweisvortrag also abgeschlossen«, sagte Sir Nicholas nachdenklich.

»Bis auf meinen Mandanten. Edward Coke wird morgen als Zeuge vernommen.«

»Seine Aussage steht gegen die seiner Frau, und die ihre wird von einem unabhängigen Zeugen bestätigt. Wenn du beim Kreuzverhör der beiden mit verblüffenden Offenbarungen rechnest, wirst du enttäuscht werden, mein Lieber.« Er machte eine Pause, aber sein Neffe hatte darauf nichts zu erwidern, so daß er fortfuhr. »Es tut mir leid, daß ich in dieser Sache mit dir nicht konform gehe, Antony. Um ganz ehrlich zu sein, unter normalen Umständen würde ich die Gelegenheit genießen, mit dir die Klingen zu kreuzen, aber ich habe das ungute Gefühl, daß die Angelegenheit dir inzwischen sehr viel bedeutet. Das ist ein Fehler, den du bekämpfen solltest, dich vom Gefühl her zu engagieren.«

»Wenn einem nichts mehr wichtig ist, kann man ebensogut tot sein«, sagte Antony, ohne jedes Bewußtsein dafür, daß er diese Bemerkung schon sehr oft gemacht hatte, und sein Onkel sie gut kannte.

»Ja, wahrscheinlich hast du recht. Aber ich habe mich daran gewöhnt, auf dein Urteil zu hören –« Er verstummte und setzte ein beleidigtes Gesicht auf, als Antony in Gelächter ausbrach.

»Darf ich sagen, Sir, daß das nicht immer sehr deutlich war«, meinte er. »Ich bin neugierig, was du denkst, wenn du morgen meinen Mandanten gehört hast.« Aber noch während er das sagte, beschlich ihn die düstere Vorahnung, daß Edward Coke sich als ein sehr schlechter Zeuge erweisen würde.

Donnerstag, zweiter Verhandlungstag

I

Und am nächsten Morgen mußte er feststellen, daß seine Vorahnung nicht getrogen hatte. Man hatte erwarten dürfen, daß Edward Coke als Solicitor vor Gericht weniger nervös sein würde als die meisten Menschen. Er wirkte in der Tat durchaus ruhig, beinahe zu ruhig. Und obwohl er Elizabeths Behauptungen vehement bestritt, erschien er als starrsinniger Puritaner, den, wie sein Prozeßvertreter dachte, jedermann verdächtigen mußte, so gehemmt zu sein, daß er irgendwo und irgendwann auf unerquickliche Art und Weise aus diesem Zwang würde ausbrechen müssen. Auf Maitlands Fragen hin schilderte er den Schaden, den er erlitten hatte, den Verlust von Freunden und Mandanten.

»Aber das war nicht der Grund für Sie, diese Klage zu erheben«, stellte Antony fest.

»In gewisser Weise doch«, erwiderte Coke zu seiner Verärgerung.

»Vielleicht könnten Sie dem Gericht erklären, was genau Sie damit meinen, Mr. Coke«, sagte Antony. Vielleicht wäre es besser gewesen, dem Zeugen von Anfang an freien Lauf zu lassen. Seine Antworten waren nicht immer dazu angetan, die Dinge im besten Licht erscheinen zu lassen.

»Oh ... ja. Ich meine, ich möchte nicht, daß die Leute so etwas von mir denken, und natürlich soll meine Kanzlei nicht darunter leiden, aber es geht mir nicht um Geld. Ich will von meiner Frau keinen Schadenersatz.«

»Ich bin sicher, die Jury wird Ihre Haltung sehr begreiflich finden«, sagte Maitland und verbarg seine Überzeugung, daß das eine Lüge war. »Ich glaube, das ist alles, was ich Sie im Augenblick fragen muß, Mr. Coke.« Er setzte sich und beobachtete – diesmal mit größter Sorge – wie Sir Nicholas auf seine bedächtige Art und Weise das Wort ergriff.

»Mr. Coke«, sagte er. »Sie haben die Verlesung des Briefes gehört, den Ihre Frau an ihre Freundin, Miss Primrose Ross, geschrieben hat, gewiß in großer Erregung. Wollen Sie behaupten, er enthalte kein wahres Wort?«

»Ich dachte, das hätte ich klargemacht. Er ist von A bis Z erlogen.«

»Ich frage mich, ob Ihnen bewußt ist, daß Mr. David Barrie es auf seinen Eid genommen hat, die Aussage Ihrer Ehefrau zu bestätigen.«

»Davon habe ich gehört. Aber einer wie der –«

»Was meinen Sie damit, Mr. Coke?«

»Ich glaube, er hat überhaupt keine Moral«, sagte Edward trotzig.

»Das ist eine sehr ernste Beschuldigung. Die Geschworenen werden jedoch ihre eigenen Schlüsse ziehen. Gehen wir der Sache ein bißchen mehr auf den Grund. Mein gelehrter Freund, Mr. Maitland, hat keine Zeugen geladen, die Ihre Angaben bestätigen würden. Keine Fakten, Mr. Coke, nur Meinungen.«

»Durchaus richtig, aber ein Negativum zu beweisen, ist nahezu unmöglich«, erwiderte Edward, womit er zum erstenmal seit seinem Erscheinen im Zeugenstand das Richtige sagte.

»Es wäre aber nützlich gewesen«, bekräftigte Sir Nicholas nachdenklich, »wenn sich für Ihre Behauptungen irgendeine Bestätigung hätte finden lassen. Können Sie sich einen Grund vorstellen, warum Mrs. Coke die Unwahrheit sagen sollte?«

»Weil sie die Scheidung sofort will, und so, wie es rechtlich zur Zeit steht –«

»Ah, ja. Aber das unterstellt eine merkwürdige Art von Ungeduld, wenn es keinen tieferen Grund dafür gibt. Ich setze dagegen, Mr. Coke, daß der Grund ein ganz simpler ist: Das Zusammenleben mit Ihnen war unerträglich geworden.«

»Ich habe ihr eine Trennung und Unterhaltszahlungen angeboten.«

»Sie selbst betrachten den Ehebund als etwas Heiliges.«

»Allerdings.«

»Wollen Sie Mrs. Coke dann nicht zubilligen, daß sie vielleicht ähnliche Empfindungen hegt?«

»Die Ehe bedeutet ihr überhaupt nichts. Ich dachte zuerst, es sei anders, aber jetzt habe ich feststellen müssen, daß das ein Irrtum war.«

»Sie sieht das vielleicht nicht in demselben Licht wie Sie, aber eine bloße Trennung könnte für eine verängstigte Frau als Beruhigung nicht ausreichend sein. Ein endgültiges Auseinandergehen wäre das einzige, was sie zufriedenstellen könnte.«

»Ich habe Elizabeth in meinem ganzen Leben nicht angerührt.«

»Das ist eine unglückliche Formulierung, Mr. Coke, weil das einer der Vorwürfe ist, die sie gegen Sie erhebt. Daß Ihre Ehe niemals vollzogen worden ist.«

»Auch das ist eine Lüge. Wir haben drei oder vier Monate nach der Heirat auf normale Weise wie Mann und Frau miteinander verkehrt. Dann weigerte sie sich, die Beziehung in dieser Hinsicht fortzusetzen, und bestand schließlich auf getrennten Schlafzimmern.«

»Und Sie stimmten zu?«

»Mir blieb nichts anderes übrig.«

»Jedenfalls werden Sie, denke ich, mit mir darin einer Meinung sein, daß es noch andere Methoden der Einschüchterung gibt als physische. Sie haben kein Personal, das im Haus wohnt, glaube ich.«

»Nur eine Tageshilfe. Sie war immer schon wieder gegangen, wenn ich abends aus dem Büro kam.«

»Bestreiten Sie, daß in den letzten sechs Monaten oder so David Barrie in Ihrem Haus oft zu Gast gewesen ist?«

»Nein, das bestreite ich nicht. Es ist wahr.«

»Nur während der letzten sechs Monate?« drängte Sir Nicholas.

»Vorher kam er auf Einladung, in der Regel mit seinem Vater, und meistens luden wir auch noch andere Freunde dazu ein. Ich war überrascht, als er am ersten Abend unerwartet allein erschien.«

»Unerwartet, Mr. Coke?«

»Unerwartet von mir. Elizabeth sagte mir später, sie vermute, er fühle sich einsam, und das war schon das halbe Problem.«

Der Richter beugte sich vor.

»Ich denke, diese Bemerkung sollten Sie näher erläutern, Mr. Coke«, forderte er.

»Ja, Mylord. Elizabeth sagte, Davids Vater mache sich seinetwegen Sorge, Owen Barrie, meine ich. Wegen seines Lebenswandels. Sie sagte –«

»Ja, danke, das genügt schon, Mr. Coke. Mr. Maitland, vielleicht hätten Sie Ihren Zeugen deutlicher darauf hinweisen sollen, ob Hörensagen als Beweis zulässig ist oder nicht«, wies Lovejoy ihn ungerechterweise zurecht.

»Ich muß mich bei Eurer Lordschaft entschuldigen«, sagte Antony. Edelmütig unterdrückte er das Verlangen, hinzuzufügen: ›Es war Ihre Frage, die das ausgelöst hat‹, und fragte sich gleichzeitig, ob wenigstens einige der Geschworenen in der Lage waren oder Phantasie genug besaßen, die Lücken in Edwards Antwort selbst auszufüllen. »Vielleicht darf ich die Frage Eurer Lordschaft selbst beantworten. Als Folge dessen, was seine Frau ihm mitteilte, gewann mein Mandant den Eindruck, daß ihr Wunsch, Mr. David Barrie häufig zu Gast zu haben, nicht unvernünftig sei.«

»Damit müssen wir uns wohl zufriedengeben«, schloß der Richter ab mit einem Blick auf den Zeugen, der alles, nur keine Zufriedenheit, verriet. »Sir Nicholas?«

»Ich muß mich bei Ihnen dafür bedanken, Mylord, daß Sie diese Frage für mich geklärt haben«, begann Sir Nicholas und gestattete sich damit den Anfang von Sarkasmus, auf den sein Neffe verzichtet hatte. Er wandte sich wieder an Edward Coke.

»David Barrie kam also regelmäßig zu Besuch. Wie regelmäßig?«

»Er wird ein-, zweimal in der Woche mit uns zu Abend gegessen haben.«

»Hat es Ihnen nichts ausgemacht, daß das abendliche Essen zu zweit auf diese Weise gestört wurde?«

»Nein, dafür war unsere Entfremdung schon zu weit gediehen. In gewisser Beziehung war es erträglicher, wenn eine dritte Person anwesend war.«

»Sie können also nicht bestreiten, Mr. Coke, daß die Gelegenheit für die Episoden, die Mrs. Coke erwähnt, gegeben war.«

»Nein, aber ich kann bestreiten, daß sie jemals stattgefunden haben.«

»Warum haben Sie der Scheidung widersprochen, Mr. Coke?«

»Das habe ich meinem Prozeßvertreter erklärt. Es war eine Frage des Prinzips.«

»Ein recht strenges Prinzip, da es Sie in diese prekäre Lage gebracht hat.«

»Darf ich Sie daran erinnern, Sir Nicholas, daß in diesem Fall ich der Kläger bin?«

»Das ist mir durchaus klar. Es bleibt aber dabei: Der einzige Grund für Mrs. Coke, ein Scheidungsbegehren auf ungewöhnliche Verdorbenheit und extreme Härten zu stützen, muß der sein, daß das Gefühl irgendeiner Bindung zwischen ihnen völlig unerträglich geworden war.«

Maitland war aufgestanden.

»Mylord«, sagte er.

»Ja, Mr. Maitland?«

»Mein gelehrter Freund hat mehrmals auf das anhängige Scheidungsbegehren verwiesen. Es hat mit dieser Sache jedoch nichts zu tun. Die im Antrag angesprochene Sache ist vertraulich, diese Klage wurde eingereicht wegen der Veröffentlichung einer Verleumdung mittels eines Briefes, der an eine Freundin der Beklagten gerichtet war.«

»Ich glaube, in dieser Beziehung haben Sie recht, Mr. Maitland«, gab Richter Lovejoy eher widerstrebend zu. »Ich räume allerdings ein, daß mir die Haltung Ihres Herrn Mandanten selbst ein wenig Rätsel aufgibt. Die ganze unangenehme Geschichte hätte doch vermieden werden können, wenn er der Scheidung zugestimmt hätte.«

»Wäre das wirklich der Fall gewesen, Mylord? Ich hege da meine Zweifel. Ich glaube, daß Mrs. Coke aus irgendeinem Grund ihre Freiheit jetzt haben will, auf der Stelle.«

»Mr. Maitland! Das ist nicht der Augenblick für eine Rede an die Geschworenen. Und ich sollte Sie jetzt schon darauf hinweisen, daß ich in stärkstem Maße Anstoß nehmen werde, sollten Sie versuchen, bei Ihrem Plädoyer in dieser Richtung vorzugehen.«

»Wie Euer Lordschaft belieben.« Maitland nahm seinen Platz wieder ein, ohne ein rebellisches Gefühl ganz unterdrücken zu können, aber die Unterbrechung hatte die gewünschte Wirkung erzielt.

»Ich glaube, Sir Nicholas«, erklärte der Richter, »es ist genug gesagt über die Motive, ohnehin etwas, das stets Sache der Mutmaßung bleiben muß. Beschränken wir uns auf die Fakten des Briefes, den Mr. Maitland erwähnt hat.«

»Gewiß, Mylord. Dann bleibt mir nur noch eine Frage zu stellen«, sagte Sir Nicholas, wirkte dabei aber wenig bedrückt. Für ihn steht schon fest, daß er die Sache in der Tasche hat, dachte Antony grollend. »Sie haben diesen Brief gelesen, Mr. Coke, den Brief, den Ihre Frau an ihre Freundin, Miss Primrose Ross, geschrieben hat. In diesem Zusammenhang war von ›Schadenfreude‹ die Rede. Wie ist Ihre Meinung dazu?«

Edward Coke dachte stirnrunzelnd eine Weile nach, dann hellte sich seine Miene auf.

»Das ist einer der Fälle, wo man immer dran ist, ob man Nein sagt oder Ja«, erklärte er beinahe heiter. Vielleicht hatte der Hinweis auf die letzte Frage zu dem Stimmungswandel beigetragen.

»Also, Mr. Maitland«, mischte sich Richter Lovejoy erneut ein. »Ich muß Ihnen zum zweitenmal sagen, daß Sie Ihren Zeugen wirklich besser zügeln müssen.«

»Ich entschuldige mich bei Eurer Lordschaft«, sagte Maitland ernsthaft, aber Edward Coke sprach schon weiter.

»Ich kann also ebensogut die Wahrheit sagen«, erklärte er. »Ich fürchte, es ist offenkundig, daß sie die Scheidung wirklich unbedingt sofort haben wollte, und ihr Brief machte ganz deutlich, daß sie der Meinung war, sie jetzt in der Tasche zu haben. Schadenfreude scheint mir kein zu starker Ausdruck zu sein.«

»Danke, Mr. Coke, das ist alles, was ich Sie zu fragen habe. Es sei denn, mein gelehrter Freund –«

Maitland schüttelte den Kopf. Es war Schaden genug angerichtet, dachte er, und er wollte unbedingt hören, was Elizabeth Coke zu sagen hatte.

2

Aber vorher hielt Sir Nicholas noch sein Eröffnungsplädoyer; es beschäftigte das Gericht bis zum Mittag. Nicht übermäßig lange, weil Edward Cokes Aussage einen beträchtlichen Teil der Vormittagssitzung beansprucht hatte, aber trotzdem abscheulich wirksam. Was nicht anders zu erwarten gewesen war; sein Onkel war ein Veteran des Gerichtssaals und dachte nicht daran, sich irgendeine günstige Gelegenheit entgehen zu lassen, vor allem dann nicht, wenn er von ganzem Herzen an die Schädigung seiner Mandantin glaubte. Antony hörte ohne jede Begeisterung zu und mußte sich anstrengen, um am Mittagstisch Gleichmut zu zeigen. Die Neugier blieb jedoch, und er kehrte mit einigem Eifer in den Gerichtssaal zurück.

Elizabeth Coke war eine zartgliedrige, zerbrechlich wirkende Frau. Sie trug dezent zurückhaltende Kleidung, obwohl in Antony der Verdacht aufstieg, Jenny hätte zum perfekten Maßschnitt ihres dunkelgrauen Kostüms dies und jenes zu sagen gewußt. Ihre Haare waren blond und lagen vermutlich in einer Naturwelle. Obschon er argwöhnte, als habe sie die Blässe ihres Gesichts durch übermäßigen Gebrauch von Puder allzu stark betont, hätte doch nichts wirksamer sein können. Es sei denn, die sanfte Ehrerbietigkeit, die sie dem Gericht gegenüber an den Tag legte. Er beobachtete sie und mußte zugeben, daß das, falls Schauspielerei, von erstem Rang war.

Was sie vorzutragen hatte, quälte sie unverkennbar. Sir Nicholas ging mit ihr die ganze Ehe von Anfang an durch, ja, er holte sogar noch ein wenig weiter aus, um zu betonen, was Antony respektlos die Rolle des helfenden Engels in bezug auf Edwards Tante Harriet genannt hatte.

»Er ist ein gutaussehender Mann«, sagte sie und achtete darauf, nicht dorthin zu blicken, wo ihr Mann jetzt im Saal Platz genommen hatte, »und vielleicht redete ich mir zu schnell ein, ich sei verliebt. Jedenfalls heirateten wir schon nach wenigen Monaten. Erst danach entdeckte ich, welchen Fehler ich gemacht hatte.«

»Ich quäle Sie ungern mit diesen Einzelheiten, Mrs. Coke, aber das Gericht muß wissen, was Sie damit meinen.«

»Daß ich mit einem normalen Eheleben gerechnet hatte, mit dem, wovon jedes junge Mädchen träumt«, sagte Elizabeth ernsthaft. »Statt dessen ... wir hatten zunächst ein gemeinsames Schlafzimmer, ›schliefen‹ aber nie miteinander in dem Sinne, den die meisten Leute meinen, wenn sie diesen Ausdruck gebrauchen, und nach einiger Zeit schlug er vor, ich möge in das Gästezimmer ziehen. Ich war inzwischen froh darüber, das tun zu können. Ich glaube nicht, daß zu dieser Zeit unsere Freunde schon etwas bemerkt hatten, aber das Gefühl der Verbundenheit, das uns geeint hatte – oder von dem ich geglaubt hatte, es sei vorhanden –, war natürlich endgültig dahin. Und im Laufe der Zeit schien die Empfindung des Fremdseins, ich meine, füreinander Fremde zu sein, nur noch stärker zu werden.«

»Ich muß Sie noch etwas fragen, Mrs. Coke. Sind Sie unberührt gewesen, als Sie die Ehe schlossen?«

»Ja.«

»Ist zwischen Ihnen und Ihrem Mann die Frage der ehelichen Beziehung jemals zur Sprache gekommen?«

»Natürlich. Freilich nicht gleich am Anfang. Ich dachte, das sei für uns beide etwas Neues, wir müßten uns erst daran gewöhnen. Aber ich wollte Kinder haben, das habe ich ihm gesagt.«

»Und was erwiderte er darauf?«

»Gar nichts. Er sah mich nur lange an, verließ dann das Zimmer und schloß die Tür. Danach hatte ich nicht das Gefühl, ich könnte das Thema jemals wieder anschneiden.«

»Wie lange hielt dieser Zustand an?«

»Ungefähr zwei Jahre, soviel ich noch weiß. Ich sollte vielleicht erwähnen, daß Edward abends manchmal wegzugehen pflegte und dann erst spät nachts nach Hause kam. Ich dachte, andere Frauen gefielen ihm vielleicht besser als ich, aber jetzt glaube ich –«

Maitland war aufgestanden. Sir Nicholas unterbrach sie gewandt.

»Wir begeben uns wieder auf das Gebiet bloßer Vermutungen, Mrs. Coke, und falls Sie keine Beweise anzubieten haben, wird Seine Lordschaft solche Spekulationen gewiß nicht zulassen.«

»Oh, ich bitte um Verzeihung. Ich dachte, Sie wollten alles hören.«

»Alles, was Sie aus eigener Kenntnis wissen. Und alles, was Sie dadurch beweisen können, daß Sie einen Zeugen benennen. Ich bin mir klar darüber, daß dieses alles für Sie sehr qualvoll sein muß«, betonte Sir Nicholas erneut, unnötigerweise, wie sein Neffe befand.

»O ja, so ist es!«

»Sie haben uns erklärt, daß die Beziehung zu Ihrem Mann während der beiden ersten Jahre Ihrer Ehe zunehmend verfiel. Haben Sie erwogen, ihn zu verlassen?«

»Natürlich habe ich darüber nachgedacht. Ich hatte aber ein

Versprechen gegeben, wissen Sie, im Guten wie im Bösen, und hoffte nach wie vor ... Es war wohl töricht von mir, aber ich dachte, er hätte mich am Anfang geliebt und würde es vielleicht wieder tun.«

»Haben Sie einen Solicitor aufgesucht?«

»O nein!«

»Was geschah nach den zwei Jahren, also vor einem halben Jahr, das die Dinge veränderte?«

»Edward schien sich mit David Barrie enger anzufreunden. Die Barries waren Freunde von ihm und besuchten uns ziemlich oft. Ich glaube sogar, daß Mr. Owen Barrie – Davids Vater – ein Freund von Edwards Vater gewesen ist. Aber auf einmal erschien David allein zum Abendessen, oft sogar zweimal in der Woche. Anfangs war ich überrascht, um so mehr, als Edward uns nach dem Essen allein ließ, um dann plötzlich wieder aufzutauchen, so, als erwarte er, daß irgend etwas vorgehe.«

»Hatten Sie ihm Grund zu diesem Argwohn gegeben, Mrs. Coke?«

»Nicht den geringsten. Ich mag beide Barries und glaube, daß die Menschen zu David manchmal ungerecht sind. In ihm steckt viel mehr, als man oberflächlich erkennen kann. Ich meine, er ist ein viel tiefgründigerer, lauterer Mensch. Aber ich liebe ihn nicht und habe ihn nie geliebt.«

Richter Lovejoy beugte sich erneut vor.

»Ich hoffe, Mr. Maitland wird nichts dagegen haben, wenn ich Sie frage, wie Sie dieses Verhalten beurteilten«, sagte er.

»Es kam mir nicht gleich in den Sinn, Mylord, aber ich glaube jetzt, er hoffte, zwischen uns würde ein Funke überspringen, und er könne Zeuge sein bei ... muß ich weitersprechen?«

»Ich glaube, das Gericht erfaßt, was Sie meinen, Mrs. Coke. Sie versuchen uns zu sagen, die sexuellen Neigungen Ihres Ehemannes seien solcher Art, daß er es vorzieht, lieber Zuschauer zu sein als aktiv Beteiligter.«

»Ja, Mylord, so ist es.«

»Es kam Ihnen nicht gleich in den Sinn, aber später –« bot Sir Nicholas als Stichwort an.

»Später bestand er darauf, daß wir ... daß wir uns ... lieben sollten«, hauchte sie. »Ich sollte in diesem Zusammenhang nicht von Liebe sprechen, davon konnte keine Rede sein, aber ich weiß nicht, wie ich es sonst ausdrücken und von meiner Würde noch etwas bewahren soll.«

Sie war inzwischen den Tränen nahe, und Sir Nicholas beeilte sich, sie zu beschwichtigen.

»Ich glaube, Seine Lordschaft hat die Situation sehr gut dargestellt, und die Jury wird Ihr Widerstreben verstehen«, erklärte er. »Es gibt jedoch noch eine Frage, die mein gelehrter Freund Ihnen sicherlich stellen wird, wenn das Kreuzverhör stattfindet. Warum haben Sie diesen – diesen Vorführungen zugestimmt?«

»Zum Teil deshalb, weil ich mich nicht abzulehnen traute.«

»Ihr Mann hat Sie körperlich mißhandelt?«

»Nein, geschlagen hat er mich nie. Verletzend war wohl sein Sarkasmus, glaube ich. Ich weiß nicht, ob Sie als Mann begreifen können, wie sich das auf mich auswirkte. Außerdem behandelte er mich als Besitztum, als etwas, das völlig seinem Willen unterworfen war. Und dann wußte ich angesichts einer offenkundigen Perversion – ich hätte mir nie träumen lassen, daß mir so etwas zustoßen würde – nicht, wie weit er gehen würde, falls ich seine Absichten vereiteln sollte. Ich glaubte, das hätte eine ganz furchtbare Wut hervorgerufen. Jedenfalls bekam er einen ausgesprochen wilden Blick, den ich an ihm überhaupt nicht kannte, und wie ich schon sagte, dachte ich, es könnte uns schlecht ergehen, wenn wir nicht taten, was er verlangte.«

»Sie glaubten also, er könnte vor Wut zum Berserker werden?«

»Ich dachte, er würde David oder mich oder uns alle beide umbringen«, erwiderte sie. Antony hätte schwören mögen, daß sie nur widerstrebend antwortete, und zum erstenmal, seit er seine eigenen Schlußfolgerungen in der Sache gezogen hatte, machten sich leise Zweifel in ihm breit, und das war gewiß das letzte, was er im Augenblick brauchen konnte.

»Ich verstehe. Und wie reagierte David, als der Vorschlag zum erstenmal gemacht wurde, bei seinem vierten Besuch, soviel Sie sich erinnern? Ich möchte nicht, daß Sie uns sagen, was er darüber dachte, Mrs. Coke«, fügte er hastig hinzu, »das hören wir besser von ihm selbst. Aber das, was Sie an Reaktion beobachtet haben, und was er sagte.«

»Tja, ich glaube, er empfand ganz ähnlich wie ich«, antwortete Elizabeth, ohne den Rat ihres Anwalts zu beachten. »Er stand da und starrte Edward an, als traue er seinen Ohren nicht, dann sah er mich und schließlich wieder Edward an. Und schließlich ging er auf mich zu, wir waren im Wohnzimmer, wissen Sie, und ich stand am Sofa. Er legte mir die Hände auf die Schultern und sagte ganz leise: ›Wir geben ihm besser nach.‹ Und fügte hinzu: ›Keine Sorge, Schatz, ich liebe dich und tue nichts, was dir wehtun könnte.‹ Da fand ich die Worte nicht, um ihm zu sagen, daß ich ihn eben nicht liebte.«

»Und danach –«

»Es war die erste von vielen Nächten, in denen wir uns in Edwards Beisein liebten. Hinterher wirkte er ruhiger, war freundlich zu uns, der gute Partner, für den ich ihn anfangs, vor unserer Heirat, gehalten hatte. Aber ich wußte natürlich, daß das, was wir taten, verwerflich war, wir konnten nicht ewig so weitermachen, nur war das eine so schreckliche Geschichte, so daß man sie keinem Menschen erzählen konnte. Schließlich nahm ich aber doch meinen Mut zusammen und ging zu Mr. Bellerby.«

»Mr. Bellerby, Mylord, ist der Solicitor, der mir das Mandat übertragen hat«, erläuterte Sir Nicholas, bevor die naheliegende Frage, die dem Richter auf der Zunge lag, ausgesprochen werden konnte. »Haben Sie zu David Barrie von Ihren Absichten etwas gesagt, Mrs. Coke?«

»Ich hatte keine Gelegenheit, viel zu ihm zu sagen. Nur einmal flüsterte ich ihm ins Ohr: ›Ich mache der Sache ein Ende.‹ Und ich habe auch nichts zu ihm davon gesagt, daß er aussagen sollte, das tat Mr. Bellerby und erklärte mir hinterher, David bestätige meine Angaben in vollem Umfang. Da wußte ich, daß ich richtig gehandelt hatte, und ich mußte es einfach jemandem sagen, also schrieb ich an meine Freundin Primrose.«

»In der Meinung, der Brief würde nur ihr vor die Augen kommen«, legte Sir Nicholas nahe. Maitland warf seinem Onkel einen spöttischen Blick zu, unterbrach aber nicht.

»Ja, natürlich, das dachte ich. Ich hätte mir nicht träumen lassen, daß sie ihn anderen Personen zeigen würde. Und selbstverständlich glaubte ich nicht, daß es unrecht sein könnte, die Wahrheit zu schreiben.«

»Da hatten Sie ganz recht, Mrs. Coke«, versicherte Sir Nicholas. »Ich selbst habe keine Fragen mehr an Sie, muß Sie aber bitten, an Ihrem Platz zu bleiben, bis wir wissen, ob der Vertreter Ihres Mannes Ihnen noch etwas zu sagen hat. Sie brauchen sich keine Sorgen zu machen, wir sind uns alle über Ihre schwierige Lage im klaren, und ich bin sicher, daß er mit Ihnen so einfühlsam umgehen wird, wie ich es versucht habe.«

Was Maitland anging, traf das nur deshalb zu, weil es nicht empfehlenswert gewesen wäre, sie grob anzufassen. Nach einer Reihe von Jahren bekommt selbst der empfindungsärmste Barrister ein Gefühl für die Atmosphäre. Maitland war zu seinem Unglück sensibler als die meisten, und es gab für ihn keinen Zweifel daran, daß die Stimmung im Gerichtssaal an diesem Nachmittag stark zugunsten der Beklagten ausfiel. Trotzdem konnte er das, was sie gesagt hatte, nicht ganz unwidersprochen lassen. Es ging um eine Gratwanderung, die er heil zu überstehen hoffte.

»Mein gelehrter Freund hat recht«, sagte er, »das ist wirklich eine schreckliche Geschichte, wenn eine Dame sie vor einem Gericht offen aussprechen muß. Ich kann mir nur die Frage stellen, warum Sie sich dieser Peinlichkeit ausgesetzt haben.«

»Aber ich habe den Brief in aller Unschuld geschrieben, ich war mir nicht klar –«

»Verzeihen Sie, Mrs. Coke, aber das habe ich nicht gemeint.«

»Aber ich muß es sagen, Mr. Bellerby hat erklärt, ich muß es sagen. Er meinte, die Verleumdung könnten Sie ganz leicht beweisen, obwohl ich es überhaupt nicht für gerecht halte, daß ein privater Brief so an die Öffentlichkeit gezerrt wird. Und er sagte, die einzig mögliche Verteidigung sei – sei die Wahrnehmung berechtigter Interessen.«

»Mr. Bellerby hatte völlig recht«, erwiderte Maitland verbindlich. »Und Sie brauchen mich nicht daran zu erinnern, daß Sie heute hier sind, weil mein Mandant, Ihr Ehemann, Klage gegen Sie erhoben hat. Ich habe mich darauf bezogen, daß Sie offenbar bereit gewesen sind, diese Geschichte im Verlauf des Scheidungsverfahrens vorzubringen.«

»Das mußte ich ja. Mr. Bellerby hat mir auch das genau erklärt. Daß man außer unter besonderen Umständen kein Scheidungsbegehren einreichen kann, bevor man nicht drei Jahre verheiratet ist.«

»Sechs Monate sind doch aber keine lange Wartezeit.«

»Es wäre aber nicht anders geworden. Edward hätte niemals zugestimmt.«

»Ich glaube dagegen, daß Sie das Gericht von der endgültigen Zerrüttung Ihrer Ehe auch dann hätten überzeugen können, wenn Sie sich nicht auf derart verwerfliche Einzelheiten eingelassen hätten.«

»Mag sein, aber sechs Monate waren zu lang. Ich konnte so nicht mehr weiterleben, es war ganz und gar unrecht.«

»Mein Mandant hat uns mitgeteilt, daß er Ihnen eine Trennung angeboten hatte.«

»Ja, das hat er getan, aber ich fand das Angebot nicht ausreichend. Ich kenne seine Ansichten über die Ehe, wissen Sie, und ich weiß, daß es lächerlich erscheint, in einer Beziehung so streng und in einer anderen so lax zu sein, aber so ist er eben. Ich glaubte nicht daran, daß er mich jemals freigeben würde, solange ich rechtlich noch mit ihm verheiratet war. Ich dachte, auf irgendeine Weise könnte das alles sich noch einmal wiederholen.«

Diesmal war es Sir Nicholas, der spöttisch dreinblickte. Seinen Neffen nahm es nicht wunder.

»Ich will dem Rat Ihres Anwalts so weit folgen, Mrs. Coke, daß ich sage, nach meiner Meinung brauchen wir nicht weiter auf die Einzelheiten der unerfreulichen Unterstellung einzugehen, die mein Mandant klipp und klar bestritten hat. Ich hoffe aber, daß Sie mich nicht für unbarmherzig halten, wenn ich Ihnen sage, daß es einen oder zwei Punkte gibt, die ich noch geklärt haben möchte. Beispielsweise beschreiben Sie David Barrie als einen tiefgründigeren und empfindsameren Menschen, als er sonst gesehen wird. Können Sie angesichts der Rolle, die er bei diesen Vorgängen gespielt hat, diese Bemerkung erläutern?«

»Aber das ist er! Ich billige das, was er getan hat, so wenig wie mein eigenes Verhalten«, sagte sie tapfer, »aber er ging sehr zart mit mir um, und nur der Himmel weiß, was passiert wäre, wenn er sich Edwards Wünschen nicht gefügt hätte.«

»Das bringt mich zu einem anderen Punkt. Sie haben angedeutet, daß Sie Angst gehabt hätten, Ihr Mann würde Ihnen in hemmungsloser Wut etwas antun, wenn Sie sich geweigert hätten. Gleichzeitig geben Sie aber zu, daß er Sie im Zorn nie angerührt hat.«

»Ich hatte gehofft, ich hätte klargestellt, daß das ein Thema war, bei dem man nicht vernünftig mit ihm reden konnte.«

»Ich verstehe. Sie sagen, Sie bedauerten sehr, daß Ihre Ehe nie vollzogen worden sei ... eine Tatsache, die, wie ich Sie erinnern darf, mein Mandant ebenfalls bestreitet.«

»Ich habe gesagt, daß ich Kinder wollte.« Und genau in diesem Augenblick festigte sich in Maitland die Überzeugung, daß sie die Unwahrheit sagte. Er unterdrückte jede Regung des Mitgefühls.

»Kehren wir zur Scheidungsfrage zurück«, nahm er den Faden wieder auf. »Sie sind Katholikin geworden, nicht wahr, bevor Sie meinen Mandanten geheiratet haben?«

»Ja, das ist richtig. Ich bin in die Kirche aufgenommen worden.«

»Und trotzdem sind Sie der Meinung, es sei nichts Unrechtes daran, die Auflösung der Ehe anzustreben?«

»Unter bestimmten Umständen –«

»Da die Ehe, wie Sie behaupten, nicht vollzogen wurde, hätten Sie eine Annullierung beantragen können.«

»Aber Edward wäre niemals einverstanden gewesen, und wie hätte ich beweisen sollen –«

»Sie hätten wenigstens einen Dispens beantragen können, gestützt auf ungewöhnliche Härten.«

»Nein, die Mühe habe ich mir nicht gemacht. Ich gehe nicht mehr zur Kirche. Wenn Sie es ganz genau wissen wollen: Ich habe nie wirklich den Glauben angenommen, aber Edward wollte das, und mir war es im Grunde gleichgültig.«

»Dann wundert mich, daß man Sie aufgenommen hat.«

»Ach, das habe ich sonst zu keinem Menschen gesagt. Edward hätte einen Anfall bekommen, und ich war wohl töricht genug, zu glauben, was ihm so wichtig sei, müsse auch richtig sein. Ich war wohl dumm, aber sehr verliebt.«

Wird immer schlimmer, dachte Maitland.

»Aber Sie wußten, denke ich, ja, Sie haben sogar schon eingeräumt, daß Ihr Mann widersprechen würde, daß selbst dann, wenn

Sie sechs Monate lang gewartet und auf den sekundären Grund einer unwiderruflichen Zerrüttung der Ehe abgestellt hätten, der Spruch geraume Zeit auf sich hätte warten lassen.«

»Ja, natürlich wußte ich das. Edward hat aus seinen Vorurteilen nie einen Hehl gemacht.«

»Darf ich dann mit allem Respekt unterstellen, daß Sie irgendeinen Grund hatten, rasch eine Scheidung zu erreichen, Mrs. Coke. Ich nehme an, Sie selbst haben keinen Einwand gegen eine Wiederverheiratung.« Er verstummte erwartungsvoll, und sie antwortete nach einer kurzen Pause: »Nein, überhaupt keinen.«

»Dann sollten Sie zugeben, daß Ihr Grund, die Scheidung herbeizuführen der war, daß Sie wieder heiraten wollten, und es war Eile deshalb geboten, weil Sie befürchteten, der Mann, mit dem Sie sich wiederverheiraten wollten, könnte es sich anders überlegen.«

»Das ist eine Unterstellung. Auf einen solchen Gedanken bin ich nie gekommen.«

»Darf ich Ihnen dann, bevor ich meine Befragung beende, noch zwei Dinge zu bedenken geben, Mrs. Coke, auf die ich näher eingehen will, wenn ich mich an die Geschworenen zu wenden habe? Sie haben, als Sie Edward Coke kennenlernten, bei seiner Tante, Mrs. Harriet Coke, als Krankenpflegerin gearbeitet. Sie war eine wohlhabende alte Dame. Ich glaube, er hatte in dieser Richtung einige Erwartungen, die enttäuscht wurden, als sie vor sechs Monaten starb. Es sind fast genau sechs Monate, seitdem diese Besuche David Barries in Ihrem Haus begannen. Geht meine Phantasie mit mir durch, wenn ich vermute, daß da ein Zusammenhang bestehen könnte?«

Sie wurde leichenblaß, aber obwohl sie nichts antwortete, lagen in dem Blick, den sie ihm zuwarf, Trotz und unverhüllter Haß.

»Das ist alles, Mrs. Coke«, murmelte er leise.

Als er Platz nahm, fühlte er den Blick des Richters auf sich ruhen und fragte sich, ob er aufgefordert werden würde, auch diese Bemerkungen zu erläutern. Aber Richter Lovejoy überlegte es sich offenkundig anders. Er lehnte sich in seinem Stuhl zurück, beobachtete geduldig, wie Elizabeth Coke den Zeugenstand verließ, und schien sich schon für den jungen Mann zu interessieren, der ihr folgte.

Maitland erwartete ihn selbst mit Neugier und fragte sich dabei, ob seine Taktik sich als gerechtfertigt herausstellen würde. Es hatte ihm freigestanden, bei Elizabeth Coke viel direkter auf ihren Wunsch einzugehen, sich wieder zu verheiraten; ebenso hätte er Owen Barrie zu dem Zweck vorladen können, um das nachzuweisen: Ob richtig oder falsch, er war der Ansicht gewesen, daß das nicht der vernünftige Weg sei, aber jetzt, da die Sache sich zuspitzte, fragte er sich, wie es seine Gewohnheit war, ob er die richtige Entscheidung gefällt hatte.

Er sah David Barrie an – einen recht feinen jungen Mann, obschon er in keiner Beziehung unmännlich wirkte. Antony konnte sich jedenfalls gut vorstellen, daß er Erfolg vor allem bei jungen Mädchen hatte. Er war nicht sehr groß und ziemlich schmal, die Welle in seinen Haaren hatte offenbar Nachhilfe bekommen, aber obwohl er sie recht lang wachsen ließ, waren sie doch gepflegt. Überhaupt war ›adrett‹ ein Wort, das ihn gut beschrieb, wenn man außer acht ließ, daß er offenkundig einen sehr teuren Schneider bevorzugte. Sir Nicholas stellte seine einführenden Fragen mit umständlicher Höflichkeit, so daß Maitland trotz des Ernstes der Lage eine innere Belustigung nicht unterdrücken konnte. In den Augen seines Onkels war Elizabeth Coke, wie er wußte, ein unschuldiges Opfer; David Barrie als Zeuge für das an ihr begangene Unrecht mußte mit Rücksicht behandelt werden, aber das änderte nichts daran, daß Sir Nicholas ihn und seine Art nicht leiden konnte.

Sir Nicholas spitzte den Mund, als er die lässige Antwort ›finanziell unabhängig‹ hörte, nachdem er die Frage nach dem Beruf des Zeugen gestellt hatte, ging aber nicht weiter darauf ein. Statt dessen fragte er: »Sie kennen, soviel ich weiß, sowohl den Kläger als auch die Beklagte in diesem unerquicklichen Fall.«

»Ja, Edward kenne ich schon, seit ich denken kann, und Elizabeth seit der Hochzeit, zu der ich eingeladen war. Edwards Vater und der meine waren befreundet.«

»Würden Sie uns mit Ihren eigenen Worten schildern, Mr. Barrie, wie Ihr Verhältnis zu den Cokes nach ihrer Verheiratung sich entwickelt hat?«

»Deshalb bin ich hier, oder?« plauderte David heiter. »Als Edward noch Junggeselle war, aß er manchmal bei uns zu Abend. Ich war manchmal dabei, gelegentlich auch nicht. Alle paar Monate lud er in irgendein Restaurant ein. Nach seiner Heirat mit Elizabeth ging es mit den Einladungen etwas förmlicher zu. Ich wurde immer zusammen mit meinem Vater eingeladen, dazu hin und wieder Primrose Ross und die Jerrold aus Edwards Kanzlei und oft noch ein anderes Ehepaar aus ihrer Bekanntschaft. Eigentlich recht langweilig. Ich ging nur hin, um meinem Vater einen Gefallen zu erweisen. Aber nach einer Weile –«

»Ja, Mr. Barrie?«

»Na ja, Sie haben Elizabeth gesehen«, sagte David. Er schaute sich kurz im Gerichtssaal um, als suche er nach Verständnis. »Sie ist bezaubernd, finden Sie nicht? Ich entwickelte große Zuneigung zu ihr, nur da war eben Edward, und ich kannte ihn gut genug, um zu wissen, daß er sich nie auf eine Scheidung einlassen würde, gleichgültig, was geschehen würde.«

»Aber nach einiger Zeit begannen Sie die Cokes häufiger zu besuchen. Können Sie mir sagen, wie es dazu kam?«

»Ich wollte mich Edward gefällig zeigen.«

»Sie meinen, er sprach ganz offen zu Ihnen –«

»Nein, das meine ich keineswegs«, unterbrach ihn der Zeuge hastig. »Es begann damit, daß er mir erzählte, wie sehr er Elizabeth liebe, was für eine gute Ehefrau sie sei, und dergleichen mehr. Und dann sagte er, ungeachtet dessen hätten sie sehr unterschiedliche Interessen, Theater und Kunst und Ballett. Auch Bücher. Er sagte, er sei durchaus bereit, sie gelegentlich in eine Theateraufführung zu begleiten – so drückte er sich aus –, könne aber mit ihr nicht auf intelligente Art darüber reden und habe das Gefühl, daß ihr etwas fehle, das er nicht bieten könne. Wenn ich also ziemlich regelmäßig käme und sie besuchen wolle, wäre das eine Freundlichkeit, die sie zu schätzen wisse.«

»Und Sie stimmten zu.«

»Sofort«, gestand David offen. »Versteht sich ja wohl. Und ich wunderte mich bei den ersten Besuchen nicht darüber, daß er uns allein ließ, weil ich dachte, damit wolle er uns auf diese Gesprächsthemen bringen. Aber für mich war es natürlich nicht leicht, weil ich mich immer mehr in sie verliebte.«

»Und nach diesen ersten Besuchen, von denen Sie sprachen?«

»Edward schlug dann vor, wir sollten intimere Beziehungen aufnehmen«, antwortete David. Antony glaubte, darin Bellerbys Stimme zu hören, weil der junge Mann, sich selbst überlassen, wohl viel deutlicher geworden wäre. »Es war recht überraschend, das kann ich Ihnen sagen. Ich war völlig – na ja, einen Augenblick lang völlig fassungslos.«

»Und dann, Mr. Barrie?«

»Ich glaube, ich protestierte ein bißchen, aber Edward ließ nicht locker. Er sagte, es gäbe Beispiele für so etwas, und er wolle Elizabeth die fleischlichen Freuden nicht vorenthalten. Ich zitiere ihn wieder. Ganz offen gesagt, ich hielt ihn im Augenblick zu allem fähig, was Gewalttätigkeit anging, und begab mich zu Elizabeth hinüber, die in der Nähe des Sofas stand. Sie war vor Entsetzen ganz starr geworden, und ich sagte etwas zu ihr, um sie zu beruhigen. Ich weiß nicht mehr genau, was. Und wissen Sie, Sir, der Vorschlag entsprach meinen eigenen Wünschen voll und ganz, nur eben nicht dort und zu dem Zeitpunkt. Und ich hätte sie auch nicht gezwungen, aber ich konnte sehen, daß sie Angst vor dem hatte, was Edward tun könnte. Und ich hatte Angst um sie. Und so kam das.«

»Sie besuchten die Cokes wieder, Mr. Barrie, obwohl Sie wußten, daß sich das alles wiederholen würde?« fragte der Richter plötzlich.

»Hm, ja, Mylord. Aber vorher versuchte ich Elizabeth dazu zu bewegen, daß sie ihn verließ. Das schien das einzig Richtige zu sein.«

»Und dazu war sie nicht bereit?«

»Nein, Mylord. Sie sagte, sie seien erst zweieinhalb Jahre verheiratet, und vielleicht werde Edward jetzt vernünftiger werden. Als ich sie drängte, brach sie in Tränen aus und klagte: ›Wenn ich ihn verlasse, wird er uns beide umbringen.‹ Und unter den Umständen dachte ich, er würde einen anderen suchen, der vielleicht grob zu ihr sein würde, wenn ich nicht tat, was er wollte. Ich liebte sie immerhin, auch wenn sie meine Liebe nicht erwiderte.«

»Aber trotz ihrer Angst hat sie dann doch beschlossen, ihren Mann zu verlassen?« sagte Sir Nicholas, als Richter Lovejoy sich offenbar zufrieden in seinem Sitz zurücklehnte.

»Ja, aber davon wußte ich nichts, bis Mr. Bellerby sich mit mir in Verbindung setzte. Ich gebe zu, daß er viel Mühe aufwenden mußte, um die Geschichte aus mir herauszuholen, ich war nicht wild darauf, sie auszuplaudern. Aber als ich einsah, daß es um Elizabeths Wohl ging, gestand ich natürlich alles ein.«

»Danke, Mr. Barrie. Bevor ich Sie entlasse, muß ich Sie noch bitten, den Brief zu lesen, auf dem diese Klage beruht.« Es entstand eine Pause, als das bewußte Dokument dem Zeugen überreicht wurde, und er Sir Nicholas' Bitte entsprach. »Ich muß Sie bitten, ganz ernsthaft nachzudenken«, sagte der Anwalt schließlich. »Entsprechen die in diesem Brief erwähnten Fakten exakt der Wahrheit, soweit Sie das beurteilen können, oder weichen sie in irgendeiner Beziehung von den wirklichen Geschehnissen ab?«

»Sie stimmen bis in die letzte Einzelheit«, bestätigte Barrie entschieden. Als Sir Nicholas sich setzte, drehte er sich ein wenig herum und sah Maitland schon aufrecht dastehen.

»Das ist eine sehr bestechende Geschichte, Mr. Barrie«, sagte Antony liebenswürdig. »Alles erklärt. Jede Handlung von Ihnen und Mrs. Coke vollständig und vernünftig erklärt.«

»Es ist alles wahr«, sagte Barrie trotzig.

»Auch die Tatsache, daß Sie keinen Beruf haben? Ein Ausdruck, der viele Sünden einschließt. Nein, Mylord«, sagte er, als Richter Lovejoy etwas einwenden wollte, »das war metaphorisch gemeint, nicht im Wortsinn. Ich wollte von dem Zeugen nur erfahren, ob er untertags, wenn die meisten Leuten ihrer Arbeit nachgehen, nicht sehr viel freie Zeit hatte.«

»Sie dürfen die Frage beantworten«, erlaubte der Richter mürrisch.

»Ich kann nicht sagen, daß ich meine Zeit totschlagen muß«, erklärte David mit schwachem Lächeln. »Aber nein, ich halte keine festen Bürostunden ein.«

»Dann hatten Sie also selbst während der Zeit, als sie bei ihrem Mann wohnte, genügend Gelegenheit, mit Mrs. Elizabeth untertags zu reden und sie auch zu besuchen, wenn Sie das wollten.«

»Ich weiß nicht recht, was Sie unterstellen wollen, aber wir haben uns nicht auf diese Weise getroffen. Ich hätte es gerne getan, das gebe ich ehrlich zu, aber Elizabeth hätte niemals zugestimmt.«

»Und seit sie das schützende Haus ihres Mannes verlassen hat, hätten sich solche Zusammenkünfte noch leichter arrangieren lassen«, sagte Maitland, ohne auf die letzte Antwort einzugehen.

»Hätten, wurden aber nicht.«

»Nicht einmal ein Treffen, um die Einzelheiten der Geschichte abzusprechen, die Sie uns hier erzählen?«

»Wir brauchten uns nicht abzusprechen. Wir mußten nur die Wahrheit sagen.«

»Tatsächlich? Wie rührend! Sagen Sie mir nur noch eines, Mr. Barrie« – die Worte klangen wie Peitschenhiebe, während die Aufmerksamkeit des Zeugen offensichtlich abgelenkt war – »wußten Sie, daß Mrs. Elizabeth Coke sich bereiterklärt hat, Ihren *Vater* zu heiraten, sobald die Scheidung ausgesprochen ist?«

»Das ist nicht wahr!«

»Ich gehe davon aus, daß Sie mit Nein antworten.«

»Es ist nicht wahr«, wiederholte der Zeuge störrisch. Die weltmännische Maske war ganz und gar von ihm abgefallen.

»Sie können ihn heute abend selbst befragen. Noch besser, Sie fragen Mrs. Coke, aber natürlich erst, wenn Ihre Lordschaft die Sitzung auf morgen vertagt hat.«

»Ich brauche niemanden zu fragen.« Aber sein Blick richtete sich auf Elizabeth und hatte einen flehenden Ausdruck angenommen. »Ich weiß, daß es nicht wahr ist«, sagte er mit einem Anflug von Stocken in der Stimme, »weil sie *mich* heiraten wird.«

3

»Das war ein hübsches Kaninchen, das du da aus dem Zylinder gezaubert hast«, sagte Sir Nicholas anerkennend. Er hatte auf dem ganzen Heimweg geschwiegen, so daß Antony sich schon unruhig gefragt hatte, wie er zu den Dingen stehen mochte, aber zu Hause war er von seinem Onkel sofort ins Arbeitszimmer gebeten worden und hatte diesen Satz vernommen. »Aber bist du dir ganz sicher, daß es nicht wirksamer gewesen wäre, wenn du durch die Mitte gegangen wärst?«

»Du mußt tief berührt sein, Onkel Nick«, konstatierte Antony.

Er setzte sich und sah zu, wie sein Onkel Sherry einschenkte. »Ich habe von dir noch nie gehört, daß du Metaphern durcheinanderbringst oder den umgangssprachlichen Wendungen, die du so verabscheust, derart nahekommst.«

»Deine Tante scheint mich zu verderben«, sagte Sir Nicholas ernsthaft. Für Antony war es ein kleines Ärgernis, daß Umgangssprache bei Vera geduldet wurde, die auf seinen eigenen Kopf ein heiliges Donnerwetter herabgezogen hätte. »Wo ist sie übrigens?« fragte Sir Nicholas und schaute sich um, als könne seine Frau sich in irgendeiner Zimmerecke versteckt halten. »Oben bei Jenny?«

»Jenny sprach von einer weiteren Fahrstunde.«

»Gott behüte!« sagte sein Onkel erbleichend.

»Es wäre gut, wenn der dreinfahren würde, weil es wohl keinen Zweck hat, wenn einer von uns etwas einwendet«, meinte Antony und ließ sich ein Glas geben. »Aber wenigstens ist sie nicht im Gerichtssaal aufgetaucht. Aus irgendeinem Grund habe ich keinen Wert darauf gelegt, daß sie miterlebte, wie du mit mir den Boden aufwischst.« Aber seine Neugier gewann dann doch die Oberhand. »Was hätte ich nach deiner Meinung anders machen sollen?«

»Du hättest Owen Barrie vorladen lassen sollen, damit er aussagen muß. Ich nehme an, daß du dein Wissen von ihm bezogen hast.«

»Ja. Dürfen wir uns überhaupt in dieser Weise unterhalten?« fragte Maitland.

»Warum denn nicht? Beweise werden keine mehr vorgetragen, es wird kein Kreuzverhör mehr durch einen von uns geben, das die Meinung des anderen beeinflussen könnte.«

»Nur unsere Schlußpladoyers.«

»Die schon geschrieben sind. Das heißt, ich hoffe, du bist nicht so nachlässig gewesen –«

»Nein, ist schon geschehen, obwohl ich mir vorstelle, daß das deine noch ein bißchen abgeändert werden muß.« Sir Nicholas sah ihn scharf an, aber zu seinem Erstaunen konnte er kein Anzeichen dafür entdecken, daß sein Neffe ihn bewußt ärgern wollte. »Gut, Onkel Nick«, fuhr Antony fort. »Ich sehe das so. Wenn ich Owen Barrie geladen hätte, wäre nachgewiesen worden, daß Elizabeth ein Motiv dafür hatte, die Scheidung zu begehren. Auf meine Weise habe ich dieselbe Wirkung erzielt und noch dazu die Aussage eines deiner Hauptzeugen in Zweifel ziehen können. Ohne einen anständigen Menschen mehr zu schädigen, als nötig war.«

»Du meinst Owen Barrie?«

»Freilich, ja. Ich habe dir von meinem Gespräch mit ihm nichts erzählt, aber insgesamt sind wir großartig miteinander ausgekommen. Er wird verletzt sein, wenn er von Davids Ausbruch hört, aber nicht so, als hätte ich ihn selbst vor Gericht geschleppt.«

»Alles schön und gut, aber hast du den Eindruck, du hättest meine Mandantin total unglaubwürdig gemacht? Denn –«

»Ich weiß, du bist mir schön in die Parade gefahren, als du sie in den Zeugenstand zurückgeholt hast. Mich wundert«, fügte er neidisch hinzu, »daß du den Nerv dazu hattest.«

»Ja, ich weiß, was du denkst. Man sollte vor Gericht nie eine Frage stellen, wenn man sich der Antwort darauf nicht völlig sicher ist. In diesem Fall glaubte ich mir sicher zu sein, Antony, und habe genau das gehört, was ich hören wollte.«

»Ja, eine hübsche Geschichte«, gab Maitland zu. »Sie hat die Wahrheit gesagt, als sie erklärte, sie liebe David Barrie nicht, aber er sei wenigstens nett und ganz normal, und nach allem, was geschehen sei, halte sie es für ihre Pflicht, ihn zu heiraten. Ich sehe das zwar nicht so ganz ein, aber es klang durchaus überzeugend. Und Owen Barrie sei selbstverständlich nur ein Freund, sie könne sich gar nicht denken, woher ich das hätte –«

»Mir ist aufgefallen, daß du sie nicht mehr ins Kreuzverhör genommen hast.«

»Ich weiß, wann ich geschlagen bin. Aber um auf ihre Gründe für den Entschluß zurückzukommen, David Barrie zu heiraten –«

»In Fragen moralischer Grundsätze könnte man die moderne Welt in drei Teile zerlegen«, sagte Sir Nicholas (ganz so, als wüßte er, wovon er redet, dachte Antony respektlos). »Es gibt solche, die – ist keusch ein zu altmodisches Wort für dich?«

»Es geht.«

»Dann diejenigen, die wahllos Geschlechtsbeziehungen eingehen«, fuhr Sir Nicholas fort, nun ganz in seinem Fahrwasser. »Und die dritte Klasse liegt irgendwo zwischen diesen beiden, jene, die glauben, es gäbe keinen moralischen Einwand gegen sexuelle Beziehungen, wenn ihr Ziel letztlich die Ehe ist. Mrs. Coke hat trotz der Tatsache, daß sie unter Zwang ihres Ehemannes handelte, das Gefühl, etwas Unrechtes getan zu haben, und will das nun gutmachen.«

»Ja, ich gebe zu, diesen Eindruck hat sie geschickt vermitteln können. Ich bin sicher, die Geschworenen waren beeindruckt. Was wird deiner Meinung nach morgen passieren?«

»Ich denke, sie werden ein Urteil zugunsten meiner Mandantin fällen, und wenn ich etwas weiter vorausblicke, glaube ich, daß ihrem Scheidungsbegehren stattgegeben werden wird, sobald die Verhandlung stattfindet.«

»Und dann könnten wir eine Privatklage wegen Meineids erheben.«

»Da würdet ihr gewiß gewinnen. Gegen Elizabeth Coke ebenso wie gegen David Barrie. Aber was sollte das deinem Mandanten nützen?«

»Überhaupt nichts. Ich habe das auch gar nicht ernst gemeint. Eines will ich dir zugeben, Onkel Nick: Elizabeth Coke ist außergewöhnlich beeindruckend. Es wundert mich überhaupt nicht, daß sie dich eingewickelt hat.«

»Eingewickelt?« sagte Sir Nicholas empört. »Ich war in meinem ganzen Leben der Wahrheit nie sicherer.«

»Sogar dann noch, als sie unter Eid bei mindestens einer Lüge ertappt worden ist?«

»Du kennst meine Ansichten zu diesem Thema«, erklärte sein Onkel, und das traf zu. Sie waren in der Tat sehr streng. »Aber nicht jeder teilt sie, und es ist kaum gerecht, andere Menschen nach den eigenen Grundsätzen zu beurteilen.«

»Na gut, du sollst recht haben.«

»Mich wundert nur, daß du deine Meinung nicht geändert hast, nachdem du sie gesehen und ihre eigenen Worte gehört hast.«

»Einen Augenblick lang ging es mir so«, gab Antony zu. »Na ja ... beinahe.«

»Aber dann schlug es wieder um?«

»Es war nur ein Gedanke.«

»Erklär mir das«, forderte ihn sein Onkel auf.

Antony ergriff sein Glas und schwenkte es auf gefährliche Weise.

»Ich kannt' ein Mädchen, das so rein, dem fiel das Wörtchen Mist nicht ein«, meinte er vage.

Sein Onkel starrte ihn an.

»Was, um alles in der Welt, meinst du damit?« fragte er scharf, aber zu Antonys Erleichterung ging, bevor er sich erneut der Forderung ausgesetzt sah, das Unerklärbare zu erklären, die Tür auf, und Vera stürzte ins Zimmer, gefolgt von Jenny.

»Der Stoßverkehr ist gräßlich«, verkündete sie theatralisch, »aber Jenny sagt, ich bewältige ihn wie eine routinierte Autofahrerin. Solltest stolz sein auf mich, Nicholas.«

In dem allgemeinen Geplapper, das nun folgte, ging das Thema von Edward Cokes Verleumdungsklage gegen seine Frau vorübergehend unter.

4

Später an diesem Abend, als Antony und Jenny, wieder in der eigenen Wohnung, ans Zubettgehen dachten, läutete das Telefon. Antony stemmte sich aus seinem Sessel hoch, um den Hörer abzunehmen, und war erstaunt, Desmond Barleycorns Stimme zu vernehmen.

»Ich dachte, wir hätten alles gesagt, was zu der Sache zu sagen ist, wenigstens für heute«, begrüßte er den Solicitor ein wenig unwirsch.

»Da ist etwas Neues, das Sie erfahren müssen. Chefinspektor Sykes hat angerufen und mich ausdrücklich gebeten, Ihnen Bescheid zu sagen.« Maitland erstarrte. »Sie kennen diesen David Barrie?«

»Natürlich kenne ich ihn.«

»Er besuchte heute abend das Theater und wurde auf dem Heimweg erstochen, als er durch die Avery Mews ging. Ich nehme an, Sie wissen, wo das ist.«

Maitland blieb einen Augenblick stumm.

»Nicht weit von hier«, meinte er schließlich. »Und nicht weit vom Haus seines Vaters. Was ich nicht begreife, Desmond, ist, wer um alles in der Welt seinen Tod wünschen konnte.«

»Das weiß ich nicht, aber Sykes bestand darauf, daß ich Sie sofort verständige. Sagen Sie Sir Nicholas Bescheid? Ich weiß nicht, wie sich das morgen auswirken wird.«

»Ich nehme an, Sykes hat Bellerby direkt angerufen, und Onkel Nick hat es schon erfahren. Es ist ein bißchen spät, ich rede morgen beim Frühstück mit ihm. Wir holen vielleicht eine Vertagung heraus, wenn er einverstanden ist.«

Und erst am nächsten Morgen, als das Telefon läutete, während sie darauf warteten, daß das Kaffeewasser kochte, erfuhr er – diesmal von Kriminal-Chefinspektor Sykes selbst – daß auch Elizabeth Coke tot war.

TEIL III

Sitzungsperiode Sommer 1973

Freitag, 22. Juni

I

Diese Neuigkeit führte ihn nach einem kurzen Wort zu Jenny hinunter, um seinen Onkel bei der ersten Tasse Kaffee zu einem Zeitpunkt zu stören, in dem Sir Nicholas das ganz und gar nicht schätzte. Es folgten zahlreiche Telefongespräche nach hierhin und dorthin, eine Besprechung bei Gericht, die ausführliche Erläuterungen notwendig machte, weil Richter Lovejoy ein Mann war, der sich nicht so ohne weiteres überzeugen ließ. Sie mußten sogar den Chefinspektor persönlich hinzuziehen, bevor Seine Lordschaft einer Einstellung des Verfahrens zustimmen wollte. Sir Nicholas fuhr in die Kanzlei zurück, und Antony wollte seinem Beispiel folgen, als Desmond ihn zurückhielt. Er packte seinen Arm, wie ein Ertrinkender angeblich einen Strohhalm.

»Die Polizei will Edward verhören«, berichtete er.

»Ich nehme an, er kennt seine Rechte so gut wie Sie oder ich. Sie sollten natürlich dabei sein. Peinliche Fragen darf er eben nicht beantworten. Aber es könnte sein, daß es sich um eine reine Formalität handelt. Unter den Umständen –« Seine Geste umfaßte den ganzen Gerichtssaal und alles, was dort vorgegangen war.

»Das weiß ich alles, aber das ist ganz und gar nicht mein Gebiet«, sagte Desmond unsicher. »Das andere war es auch nicht, Sie wissen gar nicht, wie ich mich die ganze Zeit auf Sie verlassen habe. Ich wäre Ihnen sehr dankbar, wenn Sie mit uns zum Büro fahren und bei dem Gespräch dabei sein würden.«

»Ich nehme an, es ist Chefinspektor Sykes selbst, der mit ihm reden will.«

»Ja, und ein Inspektor Mayhew, glaube ich. Ich wäre wirklich überaus dankbar –«

»Schon gut, ich komme mit.« Maitland war der Gedanke gekommen, daß es von Interesse sein konnte, über die beiden Todesfälle etwas mehr zu erfahren. Offensichtlich hatte man es hier mit einem Rätsel zu tun, einem auffallenden Mantel an Motiven, wie es ihm in diesem Augenblick erschien.

»Schon in Ordnung, Edward«, sagte Desmond und drehte sich nach seinem älteren Kollegen um, der ein wenig abseits gestanden hatte. »Er kommt mit.«

Die Kanzlei der Anwaltsfirma Coke, Coke & Barleycorn, Solicitors und Notare, war altmodischer Art, wenngleich von den Vorbildern doch so weit unterschieden, daß man die Fenster hatte putzen lassen, und zumindest Edward Cokes Zimmer war überaus behaglich eingerichtet.

»Wann wollte Sykes hier sein?« fragte Maitland, als Edward Coke ihn mit einer Handbewegung zum Sitzen einlud.

»Gegen elf Uhr«, sagte Edward. »In zehn Minuten«, fügte er überflüssigerweise hinzu, als er auf die Uhr schaute. »Sie müssen jeden Augenblick hier sein. Er war ja auch im Gericht.«

»Wahrscheinlich wird er eine Tasse Tee trinken wollen, bevor er herkommt«, meinte Antony grinsend. »Sykes ist ein großer Teetrinker vor dem Herrn und kennt jedes Lokal in London, wo man ihn ohne Rücksicht auf die Tageszeit serviert bekommt.«

»Sie scheinen ihn gut zu kennen«

»Ja, ich glaube, das kann man sagen. Wir sind fast Freunde. Aber wenn Sie glauben«, fügte er hastig hinzu, »daß ihn das für Sie einnehmen würde, möchte ich das gleich richtigstellen. Sein Vorgesetzter ist Chef-Superindendent Briggs, und Briggs kann mich überhaupt nicht leiden.«

»Ich kann so und so keinen Unterschied sehen«, erklärte Edward. »Aber solange wir noch allein sind, etwas anderes. Elizabeth starb, bevor im Verleumdungsprozeß ein Urteil ergehen konnte. Wir haben einen Streit, der privat hätte bleiben sollen, so öffentlich wie nur möglich ausgefochten. Glauben Sie, die Polizei könnte daraus ein Motiv für mich konstruieren, daß ich sie getötet haben könnte?«

»Wollen Sie meine ehrliche Meinung hören?«

»Natürlich, sonst hätte ich Sie nicht darum gebeten.«

»Ja, dann bin ich der Meinung, daß ein guter Ankläger, etwa Bruce Halloran, die Dinge äußerst düster würde darstellen können. Wir hätten den Prozeß verloren, wissen Sie.«

»Schon, aber von meinem Standpunkt aus ist doch nichts gebessert. Das bedeutet nur, daß die Beschuldigung bestehen bleibt und ich niemals Gelegenheit bekomme, sie zu widerlegen. Außerdem gestehe ich zu meiner Schande zwar ein, daß ich nahe daran war, Elizabeth zu hassen, aber ihren Tod habe ich nicht gewünscht.«

»Und David Barrie?«

»Den habe ich nur verachtet.«

»Trotzdem, wenn ich die Anklage zu vertreten hätte, würde ich auf zwei Dinge verweisen. Ein mögliches Motiv wäre Rache; gemeinsam haben die beiden doch beinahe bewirkt, daß Ihr weiteres Leben ruiniert ist, nicht? Dazu kommt: Sie haben sich große Mühe gegeben, immer wieder zu betonen, daß Sie eine Scheidung rundweg ablehnen. Von diesem Standpunkt aus gesehen löst Elizabeths Tod das Problem für Sie, nicht wahr?«

»Und das glauben Sie *wirklich*?«

»Das habe ich nicht gesagt. Ich habe nur erklärt, wie man eine Anklage aufbauen könnte.«

»Tja, ich kann nur sagen – wie schon zu dieser Behauptung, ich sei pervers – es hätte nicht viel Sinn, die kirchlichen Gesetze in der Scheidungsfrage zu beachten und dann hinzugehen und eine viel schwerere Sünde zu begehen.«

»Der Haken dabei ist nur, daß die Mehrheit der Menschen nicht in vernünftigen Kategorien denkt. Warum sollten Sie eine Ausnahme sein?«

»Das glauben Sie?« fragte Edward noch einmal.

»Ich bin hier, um Ihnen zu helfen ... erinnern Sie sich noch?« sagte Antony. »Was haben Sie gestern abend gemacht?«

»Ich bin vom Gericht direkt nach Hause gefahren. Desmond begleitete mich und blieb noch auf ein Gläschen, eine halbe Stunde vielleicht, und danach war ich allein.«

»Keine Besuche? Keine Telefongespräche?«

»Überhaupt nichts.«

»Na ja, sehr nützlich ist das nicht. Möchte wissen, wo Elizabeth gestorben ist, und auch wann. Das haben Sie nicht erfahren, Desmond, wie?«

»Nein, nur über David, daß er auf dem Heimweg vom Theater getötet wurde, als er den Weg durch die Avery Mews abkürzte. Ich nehme an, da ist es zu dieser Nachtzeit sehr einsam.«

»Allerdings. Ich glaube, ich habe schon erwähnt, daß in unserer Gegend viele Häuser zu Büros umgebaut worden sind. Wir müssen abwarten, was wir von Sykes erfahren können.«

Wie aufs Stichwort läutete in diesem Augenblick das Telefon, um die Ankunft des Chefinspektors mitzuteilen. Sykes war ein vierschrötiger Mann, der stets den Eindruck zu erwecken verstand, er fühle sich auf dem Land wohler als in der Stadt. Er hatte eine Gelassenheit an sich, die Maitland nur sehr selten in Verwirrung erlebt hatte. Kriminalinspektor Mayhew, der hinter ihm das Büro betrat, war etwas größer und schwarzhaarig, ein Mann, den Antony schätzte und dessen kürzliche Beförderung er für vollauf gerechtfertigt hielt.

»Sie hier, Mr. Maitland?« sagte Sykes, nachdem er die beiden anderen Männer auf seine bedächtige Art begrüßt hatte. »Ich kann verstehen, daß Mr. Coke die Anwesenheit seines Solicitors wünscht –«

»Unter den gegebenen Umständen ...« unterbrach Edward ihn, aber Antony ging sofort dazwischen.

»Reine Neugier auf meiner Seite, Chefinspektor«, erklärte er gelassen. »Immerhin hatte ich mit beiden Toten in den letzten Tagen zu tun.«

»Sie wollen mich aushorchen«, sagte Sykes gutmütig. »Ich weiß nicht, ob ich Ihnen etwas mitzuteilen habe.«

»Na, hören Sie, damit kommen Sie doch nicht davon. Wie du mir, so ich dir, oder?«

»Damit meinen Sie wohl, daß Ihr Mandant meine Fragen nicht beantwortet, wenn ich mich auf die Ihren nicht äußern will«, gab Sykes zurück.

»So ungefähr.«

»Das läuft nicht, Mr. Maitland, das läuft nicht. Jeder Staatsbürger hat die Pflicht ... außer, Sie wollen damit andeuten, es könnte für

Mr. Coke von Nachteil sein, meine Fragen zu beantworten.«

»Keine Rede. Er wird Ihnen natürlich alles sagen, was Sie wissen wollen«, versicherte Antony ihm. »Gleichzeitig bin ich aber sicher, daß wir Ihre Ermittlungen noch besser fördern könnten, wenn wir ein wenig mehr darüber wüßten, was geschehen ist.«

In diesem Augenblick gab Inspektor Mayhew das grollende Geräusch von sich, das Antony stets an eine Standuhr kurz vor dem Schlag erinnerte. Es hatte zu bedeuten, daß Mayhew etwas zu sagen wünschte.

»Was Mr. Maitland da äußert, könnte seine Berechtigung haben«, erklärte er. »Und schließlich –«

»Stehen die Einzelheiten in den Abendblättern«, ergänzte Sykes. »Also gut, Mr. Maitland, was wollen Sie wissen?«

»Wir haben erfahren, daß David Barrie in der Avery Mews erstochen wurde, als er vom Theater heimging. Sogar das ist nicht sehr informativ.«

»Dann will ich versuchen, dem abzuhelfen.« Maitland war nun ganz sicher, daß Sykes von allem Anfang an beabsichtigt hatte, ihm die Einzelheiten mitzuteilen, die er wissen wollte. Im übrigen stand für ihn fest, daß der Kriminalbeamte seine eigenen Gründe dafür hatte. »Mr. Barrie fuhr vom Gericht direkt nach Hause, und von der Haushälterin haben wir erfahren, daß er anschließend längere Zeit bei seinem Vater saß. Dann verließ er das Haus, mit Krach und Türenknallen, wie sie sagte, und das ist alles, was wir über sein Tun wissen, bis er um halb elf Uhr tot aufgefunden wurde. Offenbar stach jemand mehrmals von hinten zu, aber seltsam ist, daß er von der Richtung seines Hauses abgewandt war, als er hinstürzte, aber für eine Obduktion ist natürlich noch keine Zeit gewesen.«

»Es muß ein sehr kurzes Stück gewesen sein.«

»Da sind Sie einer Fehlinformation aufgesessen. Es war die Haushälterin, die behauptete, er sei ins Theater gegangen. Er hatte eine Eintrittskarte für Jeremy Skeltons Stück ›Von Dolchen durchbohrt‹ in der Tasche, aber sie war nicht benützt worden.«

»Tja, ich kann verstehen, daß er nach den gestrigen Ereignissen im Gerichtssaal keine große Lust aufs Theater hatte. Aber dazu kommen wir noch. Und Mrs. Coke?«

»Genauso seltsam ist, daß man sie nicht weit von dem Tatort

entfernt gefunden hat, am Crocker Place.«

»Aber das –«

»Genau. Da wohnen die Barries. Noch eine Merkwürdigkeit ist die, daß sie erst in den frühen Morgenstunden gefunden wurde, obwohl es dort nicht so einsam ist wie in der Avery Mews. Auch sie hatte mehrere Stichwunden und war in den Schatten der Außentreppe vor Haus 23 gefallen, so daß alle möglichen Leute vorbeigegangen sein können, ohne sie bemerkt zu haben. Haus 23 liegt am anderen Straßenende vom Haus der Barries.«

»Und sie war ebenfalls von hinten erstochen worden?«

»Nein, offenbar hatte ihr der Täter gegenübergestanden. Auch hier liegt natürlich noch kein Obduktionsergebnis vor. Wir wissen nicht, wer von den beiden als erster gestorben ist. Und ich brauche Ihnen nicht zu sagen, Mr. Maitland, daß wir vielleicht nie erfahren werden ...«

»Verstehe. Also, Chefinspektor. Nachdem Sie unsere Neugier befriedigt haben, was können wir Ihnen sagen?«

Sykes lächelte ihn an.

»Mr. Coke kann damit beginnen, daß er mir erzählt, was er vom Verlauf des Verleumdungsprozesses gehalten hat«, sagte er.

»Ich fand, daß er trotz der Bemühungen von Mr. Maitland schlecht stand«, erklärte Edward. »Und ich gebe ihm nicht die Schuld daran. Er hatte nichts in der Hand.«

»Ich habe schon früher erlebt, daß er aus nichts etwas macht«, meinte Sykes. Ganz so, als sei ich gar nicht dabei, dachte Antony verärgert.

»Bis zu einem gewissen Punkt hat er das auch getan«, erwiderte Edward. »Er hat herausbekommen, daß Elizabeth wieder heiraten wollte, etwas, das zu verheimlichen sie sich große Mühe gegeben hatte.«

»Aber Sie sind der Meinung, daß das keine Wirkung auf das Urteil gehabt hätte?«

»Überhaupt keine. Sie hatte eine Erklärung parat und ist – ich sollte sagen, war – eine höchst überzeugende Lügnerin.«

»Warum haben Sie die Verleumdungsklage erhoben, Mr. Coke?«

»Mir blieb keine andere Wahl. Mein Ruf – privat und beruflich – stand auf dem Spiel.«

»Und warum haben Sie Mrs. Cokes Wunsch nach einer Scheidung widersprochen?«

»Der Richter selbst hat eingeräumt, daß das mit der Verleumdungsklage nichts zu tun hatte«, warf Maitland ein.

»Nein, Mr. Maitland, darum geht es uns jetzt nicht. Wir haben zwei Morde aufzuklären«, erinnerte ihn Sykes.

»Ich war dagegen«, sagte Edward, offenkundig geradezu voll Eifer, seine Ansichten zu dem Thema bekanntzugeben, »weil ich unter allen Umständen gegen Scheidung bin und mich selbst im Unrecht gefühlt hätte, wenn ich einverstanden gewesen wäre.«

»Und wenn es Mrs. Coke trotz Ihres Widerstandes gelungen wäre, geschieden zu werden?«

»Ich hätte mich trotzdem nach wie vor gebunden gefühlt.«

»Würden Sie sich als normalen Mann mit normalem Triebverhalten einschätzen, Mr. Coke?«

Antony wollte etwas einwerfen, aber Edward brachte ihn mit einer Geste zum Schweigen.

»Das wollte ich nachweisen«, sagte er. »Wenn Sie von sexuellen Begierden sprechen.«

»Genau das habe ich gemeint. Wie dachten Sie über die Zukunft?«

»Ich wollte sie nicht allein durchstehen müssen«, gab Edward zu.

»Und jetzt sind Sie frei. Haben Sie jemanden im Sinn, der sie mit Ihnen teilen könnte?«

»Ich hatte nicht das Recht, über solche Dinge nachzudenken.«

»Bis heute früh.«

»Ich muß wiederholen, was ich zu Mr. Maitland gesagt habe. Ich betrachte Scheidung als eine Sünde, aber Mord ist eine noch viel größere.«

»Und was halten Sie von Rache?«

Edward lächelte plötzlich.

»Sie sind ein beharrlicher Mensch, Chefinspektor«, sagte er. »Ich würde lügen, wenn ich behaupten würde, daß ich besonders liebevoll über Elizabeth und David Barrie dachte, aber ich versichere Ihnen, meine Gefühle haben mich nicht dazu gebracht, sie zu töten.«

»Wo sind Sie gestern abend gewesen, Mr. Coke?«

»Zu Hause, allein. Ich habe kein Alibi.«

»Gut, dann lassen wir Ihre Angelegenheit zunächst einmal auf sich beruhen.«

»Wollen Sie denn nicht wissen, was gestern im Gericht geschehen ist?« fragte Edward erstaunt.

»Nein, ich habe einen sehr ausführlichen Bericht von jemandem, der dabei war. Sie können mir aber eines sagen, und da Sie hier sind, Mr. Maitland, beziehe ich Sie in die Frage gleich mit ein. Was war die Wahrheit – daß Mrs. Coke David Barrie heiraten wollte oder daß sie sich mit seinem Vater zu verbinden gedachte?«

»Ich dachte, es wäre David«, erwiderte Edward Coke zögernd, »und zwar deshalb, weil ich annahm, sie hätte ihn so dazu gebracht, daß er ihre Behauptungen bestätigte. Sie haben mich nicht gefragt, ob sie stimmen oder nicht, Chefinspektor –«

»Das ist im Grunde nicht von Belang.«

»Für mich schon.«

»Ja, das sehe ich ein, aber Sie haben meine Frage nicht beantwortet, Mr. Maitland«, fügte er hinzu und wandte sich an Antony.

»Ich glaube, sie versprach David die Ehe als Preis für seine Mitwirkung«, sagte Antony, »aber ich bin auch überzeugt davon, daß sie Owen Barrie versprochen hat, ihn zu heiraten, weil er mir das selbst erzählt hat. Und meine Theorie war von Anfang an die, Chefinspektor, daß sie bei allem, was sie tat, von der Gier nach Geld bewegt wurde. David konnte ja ungefährdet abgehalftert werden; sobald die Lüge beschworen war, konnte er Elizabeth nicht widersprechen, ohne sich einem Meineidsverfahren auszusetzen.«

»Sehr interessant«, sagte Sykes ernsthaft. Mayhew nickte dazu, sagte aber nichts. »Ich glaube nun, daß Sie mir in zwei Punkten recht geben werden, Mr. Coke. Erstens, daß die beiden Morde zusammenhängen müssen –«

»Das ist naheliegend, nicht?«

»Ja, das fürchte ich. Beim zweiten Punkt werden Sie mir aber vielleicht nicht so ohne weiteres zustimmen. Sie müssen auch auf irgendeine Weise mit der Situation zwischen Ihnen und Ihrer Frau zusammenhängen.«

Edward warf einen Blick zu Maitland hinüber, sah Desmond Barleycorn an und wandte sich wieder dem Chefinspektor zu.

»Ich muß zugeben, daß mir das so augenfällig erscheint wie Ihnen«, gestand er.

»Dann können Sie mir vielleicht sagen, wer ein Motiv gehabt haben könnte, nicht nur für den Mord an Mrs. Coke, sondern auch für den an David Barrie.«

»Da würde ich Ihnen gerne helfen, wenn ich könnte«, sagte Edward aufrichtig. »Ich sehe deutlich, daß Sie mich für den naheliegenden Kandidaten halten –«

»Der Chefinspektor hat Ihnen gegenüber nicht die erforderliche Warnung ausgesprochen, Mr. Coke«, warf Antony ein.

»Nein, hat er nicht, wie?« Edwards Stimme klang eher erstaunt als erfreut.

»Meine Ermittlungen stehen erst am Anfang«, erklärte Sykes, »und sind stark behindert worden, weil ich heute vormittag zum Gericht mußte. Ich bin sicher, meine Herren, Sie werden alle einsehen«, fügte er hinzu und schaute sich um, »daß die Befragung von Mr. Coke der naheliegende Anfang war. Ich hoffe, Sir, daß Sie mir etwas über Mrs. Cokes Affären und darüber erzählen können, wer ein Motiv gehabt haben könnte, sie zu töten.«

»Wenn Sie mit Affären Liebesaffären meinen, Chefinspektor, nehme ich an, daß Sie darüber inzwischen ebensoviel wissen wie ich. Aber ich gebe zu, daß ich die ganze Sache als rätselhaft empfinde. Ich kann mir einfach nicht vorstellen, wer so etwas Schreckliches getan haben könnte.«

»Die Freunde, die im Verleumdungsprozeß ausgesagt haben, zum Beispiel.«

»Warum sollte von ihnen jemand Elizabeth töten wollen, geschweige denn auch noch David Barrie?«

»Enttäuschung«, warf Inspektor Mayhew plötzlich ein.

»Das ergibt keinen Sinn. Primrose hat ihr geglaubt, die Stowes haben ihr geglaubt. Die Walpoles nicht, aber sie haben nicht vor Gericht zum erstenmal davon erfahren. Weshalb sollten sie plötzlich von Haß erfüllt sein?«

»Und sonst fällt Ihnen niemand ein?«

»Kein Mensch.«

»Nun gut, Mr. Coke, lassen wir es dabei bewenden. Sie werden einsehen, daß ich vielleicht noch einmal mit Ihnen sprechen muß;

wie gesagt, die Ermittlungen stehen erst am Anfang. Müssen Sie in unsere Richtung, Mr. Maitland?«

»Nicht bis Scotland Yard, wenn Sie das meinen«, antwortete Antony, der seine eigenen Gründe dafür hatte, den Komplex zu verabscheuen. »Aber wenn Mr. Coke mich nicht mehr braucht –«

»Ich bin Ihnen dankbar für Ihre Hilfe«, sagte Edward, »und wenn ich wiederholen darf, was Chefinspektor Sykes gesagt hat: Es wird Ihnen sicher klar sein, daß ich Ihren Rat vielleicht noch einmal brauche.«

Desmond führte sie hinaus.

»Nein, Chefinspektor«, sagte Antony entschieden, als sie auf der Straße standen. »Es ist viel zu nah an Mittag, als daß ich eine Tasse Tee möchte.«

»Ich kenne ein kleines Lokal gleich um die Ecke –«, beharrte Sykes im Überredungston.

»Ja, da bin ich sicher. Dieses eine Mal muß ich auf das Vergnügen Ihrer Gesellschaft leider verzichten, Chefinspektor.« Er lächelte die beiden Kriminalbeamten an. »Lassen Sie sich sagen, daß es für mich höchst unangemessen wäre, einen Fall zu besprechen, in den ein Mandant von mir verwickelt sein könnte.«

»Tja, sehen Sie, Mr. Maitland, das war eine merkwürdige Situation«, meinte Mayhew. »Sie und Sir Nicholas als Gegner. Und da wir Sie kennen, der Chefinspektor und ich, dachten wir –«

»Was Sie gedacht haben, ist mir völlig klar, nach all den Jahren. Sie dachten, ich verfüge über eine private Informationsquelle, die Ihnen vielleicht von Nutzen sein könnte.«

»So wie ich Sie kenne, Mr. Maitland –«, begann Sykes, aber Antony unterbrach ihn unbarmherzig.

»Sie erklärten, Sie hätten Ihren eigenen Informanten zur Verleumdungsklage«, sagte er. »Ich gehe also davon aus, daß Sie von mir keine Fakten hören wollen, sondern Meinungen.«

»Ich will nicht behaupten, daß das falsch ist. Ganz offen gestanden, Mr. Maitland, ich kann mir nicht vorstellen, daß Sie einen Fall wie diesen übernehmen, wenn nicht irgend etwas Sie davon überzeugt hätte, daß Ihr Mandant die Wahrheit sagte.«

»Haben Sie schon einmal gehört, daß Onkel Nick eine Scheidungssache übernimmt, wenn wir schon mal bei dem Thema sind?«

»Nein, das kann ich nicht behaupten.«

»Nun, dann hatte ihn etwas davon überzeugt, daß seine Mandantin im Recht war. Können wir es in meinem Fall nicht einfach auch dabei belassen?«

»Da ich Sie kenne, Mr. Maitland –«

»Das haben Sie schon einmal gesagt«, erinnerte ihn Antony. »Ich habe meine eigenen Vorstellungen von Edward und Elizabeth Coke... und übrigens auch von David Barrie. Aber die gehen Sie nichts an.«

»Einen Punkt haben wir mit Ihrem Mandanten nicht besprochen«, fuhr Sykes fort, der nicht sonderlich niedergeschlagen wirkte. »Er ist Katholik, nicht wahr?«

»Das hat Ihnen Ihr Informant im Hinblick auf das Verleumdungsverfahren gewiß mitgeteilt.«

»Hm – Sie werden mich berichtigen, wenn ich mich da irre, Mr. Maitland – aber ich habe den Eindruck, daß das Argument, das er über den Unterschied in seinen Augen zwischen Wiederverheiratung und Mord vorbrachte, nicht ganz stimmig war.«

Zur Abwechslung war es ihm gelungen, Maitland völlig zu überraschen.

»Was, um alles in der Welt, meinen Sie damit?«

»Nun ja, soviel ich weiß, könnte er zur Beichte gehen und den Mord gewissermaßen löschen lassen. Während er bei einer Wiederverheiratung seine zweite Frau aufgeben müßte, um den Geboten seines Glaubens zu entsprechen.« Er verstummte und riß erstaunt die Augen auf, als Maitland zu lachen anfing.

»Ich kann Ihnen versichern, daß es nicht ganz so einfach ist«, sagte er. »Im zweiten Punkt haben Sie recht, aber wenn Sie glauben, ein Katholik könne alles tun, was ihm beliebt, solange er anschließend zur Beichte geht, sind Sie im Irrtum.«

»Ich hatte schon das Gefühl, daß da irgendwo ein Haken ist«, meinte Sykes nüchtern. »Angenommen. Sie würden ihn jetzt gegen eine Beschuldigung, seine Frau ermordet zu haben, verteidigen, hätten Sie Einwände gegen Geschworene, die keine Katholiken sind, so wie man das in Amerika macht?«

»Darf ich Sie daran erinnern, Chefinspektor, daß Sie selbst gesagt haben, Ihre Ermittlungen stünden erst am Anfang? Die Frage, ob ich Edward Coke verteidige, ergibt sich wohl kaum.«

»Noch nicht«, sagte Sykes. Es war möglich, daß seine Stimme ein leises Bedauern verriet.

»Wenn Sie so denken, hätten Sie die Warnung bei ihm aussprechen sollen«, gab Antony zurück. »Ich glaube jedenfalls, daß man der Jury die Sache durchaus ganz einfach erklären könnte, ohne zu einer solchen Taktik greifen zu müssen.« Aber als er sich verabschiedet hatte, dachte er bei sich, daß er keine zwei Pennystücke für die Kollektivintelligenz irgendeiner Jury gegeben hätte, und darin unterschied er sich bedauerlicherweise von der Mehrheit seiner Kollegen nicht.

2

Sir Nicholas schien von den Aktenstößen in der Kanzlei verschluckt worden zu sein, und erst als er und Vera an diesem Abend nach dem Essen heraufkamen, ergab sich wieder die Möglichkeit zu einem Gespräch.

»Gott sei Dank ist es jetzt nicht mehr unzulässig, offen über die Sache zu reden«, begann er, als er sich in seinen Lieblingssessel fallen ließ. »Die beiden letzten Wochen waren sehr beschwerlich für mich, Antony.«

»Ich dachte, ich hätte als einziger gelitten«, meinte Antony, während er für seine Gäste Kognak eingoß. (Seit ihrer Heirat hatte Vera eine gentlemanartige Vorliebe bei Getränken entwickelt.)

»Keineswegs«, widersprach sein Onkel, als er sich das Glas geben ließ. Er sah seinen Neffen scharf an und fügte hinzu: »Wohin bist du verschwunden, als die Verhandlung abgebrochen wurde?«

»Desmond Barleycorn wollte mich dabei haben, als die Polizei Edward Coke vernahm.«

»Das gehörte aber nicht zu eurer Vereinbarung.«

»Natürlich nicht. Sykes zog die Brauen hoch, als er mich sah, aber du weißt so gut wie ich, Onkel Nick, daß die beiden zwar Solicitors sein mögen, aber nur mit Zivilrecht zu tun haben. In Strafsachen sind sie ahnungslos.«

»Deinen Mandanten hätte ich aber anders eingeschätzt«, erwiderte sein Onkel kalt. »Es scheint mir kaum angemessen zu sein, Edward Coke als Laien zu behandeln.«

»Da sind wir eben verschiedener Meinung. Um ganz ehrlich zu sein, Onkel Nick, gleichgültig, was du von seinem Charakter hältst, ich kann nicht den leisesten Grund dafür sehen, daß er den anderen Sünden, die du ihm anlastest, noch Mord hinzugefügt haben soll.«

»Rache«, warf Vera mit ihrer tiefen Stimme ein.

»Ja, das ist wohl das naheliegendste Motiv, aber ich persönlich glaube, daß er sich noch immer an die Hoffnung klammerte, im Verlauf des Scheidungsprozesses werde die Wahrheit ans Licht kommen, obwohl wir alle ziemlich sicher waren, daß wir mit der Verleumdungsklage unterliegen würden.«

»Halsstarrig bis zum letzten«, erklärte Sir Nicholas. »Was hatte er Sykes zu sagen?«

»Daß er kein Alibi besitze und niemanden kenne, der für einen der Morde oder gar beide ein Motiv hätte«, sagte Antony. »Warnung wurde keine ausgesprochen. Sykes betonte ausdrücklich, daß die Ermittlungen erst im Anfangsstadium stehen.«

»Aber wenn er schließlich angeklagt wird, verteidigst du ihn wohl?«

»Ich denke schon. Das heißt aber nicht, daß ich mir schon sicher wäre –«

»Nein?«

»Nein. Sykes stellte auf zwei Punkte ab. Die Morde hingen offensichtlich zusammen, und ebenso deutlich sei ein Zusammenhang mit der Verleumdungsklage gegeben. Dadurch steckt Edward Coke mittendrin, fürchte ich, aber ich bin mir weder so noch so im klaren.«

»Ich glaube, daß nicht einmal dir jemand einfällt, der die Morde begangen haben könnte.«

»Da irrst du dich aber, Onkel Nick«, mischte Jenny sich ein, die vor dem Abendessen mit ihrem Mann gesprochen hatte. »Antony glaubt –«

»Wenn ich durch seine Ansichten Erbauung finden soll«, spottete Sir Nicholas, der durchaus in der Absicht heraufgekommen war, sie zu erfahren, »ziehe ich es vor, sie aus seinem eigenen Mund zu hören.«

Jenny verstummte mit einem Lächeln zu Vera hinüber. Antony sagte beiläufig: »Wie wäre es mit Primrose Ross?«

»Ich kann mir kaum vorstellen, daß es ihre Art wäre, einen Mann zu erstechen – und übrigens auch eine Frau.«

»Ich habe dir noch nicht erzählt, was Sykes über die Morde zu berichten hatte«, bedauerte Antony und holte es nach.

»Weshalb macht das Miss Ross' Schuld wahrscheinlicher?« fragte Sir Nicholas, als sein Neffe geendet hatte.

»Vielleicht nicht wahrscheinlicher, aber immerhin möglich«, erwiderte Antony. »So, wie ich das sehe, war David Barrie durch das, was er bei Gericht erfahren hatte, aufgewühlt –«

»Ich glaube, Mrs. Coke hat die Lage sehr überzeugend geschildert und, wenn du dich erinnerst, rundheraus bestritten, daß zwischen ihr und Mr. Owen Barrie etwas sei.«

»Ja, ich entsinne mich. Ich weiß aber auch, was er mir erzählt hat. Ich glaube, David ging nach Hause und setzte sich mit seinem Vater auseinander. Was er erfuhr, regte ihn so auf, daß er in den Straßen umherlief, statt sich wie ein vernünftiger Mensch ins Theater zu setzen. Und wo er auch hinging, durch die Avery Mews wurde der Weg abgekürzt, und dort traf er, wie ich meine, auf seinen Mörder.«

»Soviel scheint festzustehen.«

»Ja, aber – ich habe dir das schon erzählt, Onkel Nick – als er hinstürzte, war er von seiner Wegrichtung nach Hause abgewandt. Der Mörder kann ihn bedroht haben, so daß er sich umdrehte und flüchten wollte, worauf er von hinten erstochen wurde, oder er oder sie erfand irgendeine Geschichte, um ihn zu veranlassen, daß er umkehrte, wobei dasselbe herauskam. Was Elizabeth betrifft, so stand ihr der Mörder offenbar gegenüber, aber das wäre nur von Frau zu Frau gewesen, nichts Unmögliches.«

»Und woher hätte Miss Ross wissen wollen, wo die beiden sich aufhielten?«

»Das ist ein Problem, egal, wer es gewesen ist. Im Augenblick könnten wir unterstellen, daß der Mörder Elizabeth folgte und nur zufällig auf David stieß, als er den Tatort verließ.«

»Und das Motiv für die ganze Geschichte, wenn wir Miss Ross annehmen?«

»Enttäuschung«, warf Vera ein, noch bevor Antony etwas antworten konnte. »Ist doch ganz klar.«

»Du unterstellst hoffentlich keine – äh – lesbische Beziehung zwischen den beiden Frauen«, erklärte Sir Nicholas. »Das halte ich für ausgeschlossen, meine Liebe.«

»Ja, das denke ich auch«, pflichtete Antony bei, bevor Vera etwas sagen konnte. »Ich glaube aber, daß Primrose in sie vernarrt war, so wie eine Schülerin in eine Lieblingslehrerin. Das könnte eine ganz ähnliche Wirkung haben, nicht, Jenny?«

»Könnte ich mir vorstellen«, sagte Jenny langsam. »Ich habe diese Miss Ross natürlich nicht gesehen, aber es wäre schon eine sehr heftige Reaktion, wenn sie deshalb zwei Menschen umgebracht hätte.«

»Ja, das finde ich auch. Aber sie ist nicht meine einzige Kandidatin, Onkel Nick.«

»Wer kommt noch in Frage?« fragte sein Onkel in resigniertem Tonfall.

»Mein Auftraggeber, Desmond Barleycorn.«

»Ach du liebe Güte! Also im Ernst, Antony, das geht zu weit! War der etwa auch enttäuscht?«

»Keine Spur. Ganz im Gegenteil. Er steht mit großem Engagement auf Edwards Seite, und es könnte möglich sein, daß die Aussicht, den Prozeß zu verlieren, zusammen mit dem Beweis für Davids und Elizabeths Falschheit ihn zur Gewalt getrieben hat.«

»Das glaubst du doch nicht im Ernst?« fragte Vera tadelnd.

»Nein, weil ich ihn mag. Aber wir haben über Möglichkeiten spekuliert«, entschuldigte sich Antony.

»Na«, sagte Sir Nicholas murrend, »du hast uns erzählt, wie deiner Meinung nach David Barrie in die Avery Mews kam, als er erstochen wurde. Und Mrs. Coke? Was trieb sie in diese Gegend? Ihr Hotel liegt auf der anderen Seite des Parks.«

»Das bringt mich zu meiner dritten Möglichkeit«, offenbarte Antony, »und mit der befasse ich mich auch nicht gern. Ich glaube, sie hat Owen Barrie besucht.«

»Das mußt du erklären.«

»Ja, das wollte ich ohnehin tun. Ich glaube, sie hoffte als erste mit ihrer Version der Vorgänge vor Gericht zur Stelle zu sein, also vor David. Er hatte, wie wir wissen, mit seinem Vater bereits gesprochen, und ich stelle mir vor, daß sie aneinandergeraten sind, weil meine Frage an David im Gerichtssaal ihn völlig entgeisterte, wie du dich entsinnen wirst, Onkel Nick.«

»Warte mal! Wenn Mrs. Coke ein zweites Mal gelogen hat, als sie bestritt, Owen Barrie die Ehe versprochen zu haben, aber bestätigte, daß sie David heiraten wolle, um die Sache in Ordnung zu bringen, wie sie das nannte –«

Er verstummte plötzlich, und Antony sagte aufmunternd: »Ganz recht, Onkel Nick. Um so mehr spricht dafür, daß sie die ganze Zeit gelogen hat, und das bestätigt meine Theorie, daß ihr alleiniges Motiv Gewinnsucht war, findest du nicht?«

»Kann sein«, gab sein Onkel zu. »Ich nehme auch an, daß ihr Gespräch mit Owen Barrie kaum erfreulich gewesen sein kann. Willst du darauf hinaus? Daß Barrie ihr folgte, als sie das Haus verließ, und sie umbrachte?«

»Ich habe dir gesagt, daß ich mir noch keine feste Meinung gebildet habe, was Schuld oder Unschuld von Edward Coke angeht«, erklärte Antony. »Hier bin ich mir noch weniger sicher, aber ich halte es doch für eine Möglichkeit, und vielleicht sogar für mehr als eine Möglichkeit, daß Edward seine Frau umgebracht hat.«

Seinen Ausführungen folgte ein verblüfftes Schweigen. Jenny erhob sich und schenkte noch ein wenig Kognak in Sir Nicholas' Glas nach, da er es in seiner Zerstreutheit schon fast geleert hatte.

»Dir ist klar, was er uns da erzählt, meine Liebe«, gab Sir Nicholas nach einer Pause seiner Frau zu bedenken. »Er sagt, wenn Edward Coke festgenommen wird und er die Verteidigung übernimmt, wird er sich in seiner gewohnten Weise in die Ermittlungen einschalten. Über jedes Maß an Pflicht hinaus«, fügte er bitter hinzu.

»Aber wenn du glaubst, daß Mr. Coke schuldig ist, sollte das doch keine Rolle spielen, Onkel Nick«, meinte Jenny. »Das heißt dann wenigstens nicht, daß jemand es auf Antony abmurksen will.«

Sir Nicholas schloß die Augen und schien in Ohnmacht fallen zu wollen.

»Gerade von dir hätte ich mehr Achtung vor der englischen

Sprache erwartet, Jenny«, sagte er. Er fügte aber nicht hinzu, was sowohl er als auch Vera dachten, nämlich, daß Maitland bei dieser oder jener Gelegenheit recht behalten hatte. Vera allerdings, die von seiner Hilfe profitiert hatte, als sie noch Rechtsanwältin gewesen war, hätte Neigung gezeigt, sich deutlicher auszudrücken.

Sie waren sich aber einig in einem tieferen, wenngleich bisher verschwommenen Unbehagen darüber, wohin die unkonventionelle Art ihres Neffens ihn noch zu führen vermochte.

Dienstag, 26. Juni

1

Im Anschluß an diese Unterhaltung wurde die Sache durch stillschweigende Übereinkunft als Gesprächsthema in dem Haus am Kempenfeldt Square ausgeklammert, obschon Antony nicht verhindern konnte, ab und zu immer wieder über das Problem von Edward Cokes Schuld oder Unschuld nachzudenken und sich zu fragen, wie Chefinspektor Sykes und Inspektor Mayhew mit ihren Ermittlungen vorankamen. Er war daher am folgenden Dienstag vormittag nicht sonderlich überrascht, als sein Studium eines besonders komplizierten Vertrags durch das Telefon unterbrochen wurde, und er, als er den Hörer abnahm, Hills Stimme bedauernd sagen hörte: »Mr. Barleycorn möchte Sie sprechen, Mr. Maitland. Soll ich ihn hineinschicken?«

»Ja, gewiß, Hill.« Niemand hatte ja das volle Ausmaß von Hills Empfindsamkeit zu erahnen vermocht, weil man in der Kanzlei allgemein der Ansicht war, er sei schon mit einer Entschuldigung auf den Lippen zur Welt gekommen, worauf niemals mehr jemand es gewagt hatte, etwas von sich zu geben, was auch nur entfernt als Mißbilligung ausgelegt werden konnte. Ein paar Augenblicke später führte Willett auf seine gewohnt lebhafte Art den Besucher in Maitlands Zimmer. John Willett, nichtamtlicher Stellvertreter des alten Mr. Mallory im Hauptbüro, hatte stets ein besonderes und einfühlsames Interesse für Maitlands Angelegenheiten bewiesen. Er zeigte ihm über die Schulter des Besuchers hinweg eine Grimasse, als Desmond an ihm vorbei zum Schreibtisch ging; komplizierte Mimik, die Antony nicht zu ergründen vermochte. Aber vielleicht war sie als eine Art Warnung gemeint.

»Ich nehme an, Sie sind erstaunt über mein Kommen«, sagte Desmond nach der Begrüßung, als er sich setzte. Willett war gegangen und hatte leise die Tür hinter sich geschlossen. »Es hat sich etwas sehr Unangenehmes ergeben.«

Es wäre vielleicht nicht sehr taktvoll gewesen, einzugestehen, daß er den Besuch halb erwartet hatte. Antony schloß insoweit einen Kompromiß, als er murmelte, er freue sich immer, seinen Besucher zu sehen, und wartete darauf, daß der andere zur Sache kam, was ihn einige Mühe zu kosten schien.

»Ich weiß, ich hätte mich vorher mit Ihrem Bürovorstand verständigen sollen«, entschuldigte sich Desmond, »aber unter den besonderen Umständen ... tja, Sie werden ja sehen, was ich meine, wenn ich es Ihnen erkläre. Sie wissen, daß die Polizei – dieser Sykes, mit dem Sie befreundet zu sein scheinen – davon sprach, die Ermittlungen stünden erst am Anfang. Nun, über das Wochenende scheint man sehr fleißig gewesen zu sein.«

»Verstehe«, sagte Maitland und hatte sich in seinem Leben selten so geirrt.

»Man hat zweimal mit Owen Barrie gesprochen«, fuhr Desmond fort, »und beim zweitenmal die Warnung für nötig erachtet. Anschließend rief er mich an.«

»Versteht sich«, brummte Antony, seine Überraschung verbergend.

»Ja, mag sein ... aber das ist nun gar nicht unser Gebiet, so wenig wie vorher die Verleumdungssache. Und ich dachte, wir hätten Owen als Mandanten wegen dieser Geschichte ganz verloren. Da er aber zu uns gekommen ist, fiel mir nichts anderes ein, als Sie um Ihre Hilfe zu bitten.«

»Ich nehme an, wir reden von den Morden an Mrs. Coke und David Barrie.«

»Ja, natürlich.«

»Sie müssen entschuldigen, daß ich das erwähne, aber in dieser Beziehung fühle ich mich bis zu einem gewissen Grad den Interessen von Edward Coke verpflichtet.«

»Aber Edward braucht Ihre Hilfe jetzt nicht«, wehrte Desmond beinahe verzweifelt ab.

»Freut mich, das zu hören.«

»Hatten Sie das gedacht, als Ihr Angestellter mich angemeldet hat? Daß es um Edward ginge?«

»Das ist doch ganz begreiflich«, erwiderte Antony ungeduldig. »Etwas anderes ... weiß Owen Barrie, daß Sie hier sind?«

»Ja, gerade er hat dringend empfohlen, daß ich mich mit Ihnen in Verbindung setze.«

»Das wundert mich. Ich konnte ihn gut leiden, wissen Sie, als wir uns miteinander unterhielten, aber wir waren uns durchaus nicht in allem einig. Hören Sie, am besten erzählen Sie mir, wie das alles gekommen ist.«

»Owen rief Edward an, und Edward rief mich sofort herein, weil er in einer Sache, bei der jemand angeklagt wird, seine eigene Frau ermordet zu haben, nicht gut selbst auftreten kann. Wir waren allerdings immer Mr. Barries Solicitors, jedenfalls Edwards Vater. Wir besprachen die Sache und kamen zu dem Schluß, daß nichts dagegenspräche, wenn ich den Fall übernehme. Ich gebe zu, daß ich nicht zugestimmt hätte, weil ich mich im Strafrecht nicht zu Hause fühle, wenn Owen nicht empfohlen hätte, Sie einzuschalten. Ich weiß, daß Sie mich den rechten Weg führen werden«, fügte er unschuldig hinzu.

»Alles schön und gut, und Sie sagen, Sie hätten mit Mr. Coke die Möglichkeit besprochen, den Fall zu übernehmen, womit er einverstanden war. Weiß er, daß Sie an mich herantreten?«

»Ja. Er hielt das für eine sehr gute Idee. Wenn er nichts einzuwenden hat, wüßte ich nicht, was Sie dagegen haben sollten.«

»Möglicherweise Interessenkonflikt«, erwiderte Antony.

Desmond zuckte zusammen.

»Soll das heißen, daß Sie Edward für den Schuldigen halten?« fragte er scharf.

»Durchaus nicht.« Es erübrigte sich, seine Zweifel in der Sache auszusprechen. »Aber als Mr. Cokes Solicitor sollten Sie alle Möglichkeiten kennen, Desmond. Angenommen, wir verteidigen Owen Barrie – immer vorausgesetzt, daß er wirklich verhaftet wird – und erzielen einen Freispruch. Dann gibt es zwei Möglichkeiten.

Die Polizei bleibt bei der Überzeugung, daß sie recht hatte, und gibt auf, oder sie bekommt Zweifel und fängt nach einem anderen Verdächtigen zu suchen an. Das könnte sie am Ende wieder zu Edward Coke führen.«

»Er ist es nicht gewesen.«

»Das ist nicht der Punkt.«

Desmond dachte eine Weile nach.

»Wenn es dazu käme, könnten Sie ja Edwards Verteidigung übernehmen«, erklärte er schließlich.

»Richtig, aber –«

»Mr. Maitland, ich habe die Berichte über die meisten Ihrer Fälle gelesen«, sagte Desmond mit Eifer. »Sie glauben, die beste Verteidigung bestehe darin, zu beweisen, daß ein anderer die Tat begangen hat, nicht wahr?«

Maitland zog ein wenig die Brauen zusammen, aber dann hellte sich seine Miene auf.

»So etwa«, gab er zu.

»Und Sie denken, daß Sie bei der Übernahme von Owen Barries Verteidigung entdecken könnten, der wahre Schuldige heißt Edward Coke? Nein, darauf brauchen Sie nicht zu antworten, ich sehe schon, daß das eine peinliche Frage ist, aber jetzt hilft nur noch Offenheit. Ich vertraue Edward absolut und bin ganz sicher, daß es dazu niemals kommen kann. Trotz Ihrer Zweifel bitte ich Sie, den Fall zu übernehmen.«

»Das ist eine recht gute Empfehlung«, sagte Antony lächelnd. »Wären Sie bereit, mein Widerstreben Mr. Coke zu erläutern und festzustellen, was er dazu meint?«

»Ja, wenn Sie das wünschen.«

»Ich möchte den Fall übernehmen«, entschied Maitland langsam. »Zum einen, weil ich neugierig bin, und zum anderen, weil ich halbe Sachen nicht mag.«

»Was meinen Sie damit?«

»Daß meine Bemühungen in der Verleumdungssache Edward Coke überhaupt nichts eingebracht haben. Er steht genau dort, wo er vorher war, sein Ruf ist arg lädiert. Wenn ich Mr. Barrie vertrete, und wenn er wirklich verhaftet wird, gilt meine erste Sorge natürlich ihm, und ich würde für ihn alles tun, was mir möglich ist. Aber es besteht immer die Möglichkeit, daß sich etwas ergibt, wodurch bewiesen wird, daß Mr. Cokes Angaben über seine Ehe richtig waren. Und daran glaube ich wirklich«, fügte er hinzu und lächelte sein Gegenüber an.

»Das ist in der Tat eine gute Nachricht.«

»Nur die Ruhe. Ich verspreche gar nichts, wissen Sie, nur, daß eine Möglichkeit besteht. Und wenn wir uns schon unterhalten, Desmond, darf ich fragen, wie Sie zu Schuld oder Unschuld von Owen Barrie stehen?«

»Ich habe noch nicht mit ihm gesprochen, sondern wollte das gemeinsam mit Ihnen machen, falls Sie einverstanden sind. Wenn ich es mir überlege, sehe ich ein, daß Owen der nächste Verdächtige ist, falls Edward ausscheidet, weil die Morde, wie wir schon sagten, auf irgendeine Weise mit der Verleumdungsklage zusammenhängen müssen. Ich kann also noch nichts sagen, aber wenn er es getan hat, kann ich ihm mein Mitgefühl nicht versagen, und möchte für ihn tun, was ich kann.«

»Gut. Fahren Sie zu Ihrem Büro zurück, Desmond, sprechen Sie mit Ihrem Partner und übergehen Sie nichts von dem, was ich gesagt habe. Wenn Mr. Coke einverstanden ist, können Sie sich mit Mallory in Verbindung setzen, dann vereinbaren wir ein Gespräch mit Owen Barrie.«

»Ich bin ganz sicher, daß Edward einverstanden sein wird, und finde, wir sollten möglichst bald mit Owen sprechen«, gab Desmond zurück. »Könnten Sie vielleicht gleich heute nachmittag?«

Maitland warf einen Blick auf seine Akten.

»Sagen wir, nach vier Uhr, und ich bin einverstanden«, erklärte er, bemüht, keine Resignation anklingen zu lassen. »Es kommt vor allem darauf an, die Sache Edward Coke begreiflich zu machen.«

»Ja, das sehe ich ein. Vertrauen Sie auf mich«, eiferte Desmond und verschwand so rasch, daß er sich nicht einmal verabschiedete.

2

Maitland hatte das Glück, sich fast immer auf entscheidende Vorgänge konzentrieren zu können. Nachdem Desmond gegangen war, verdrängte er alle Gedanken an die Morde und beschäftigte sich wieder mit der Vertragsverletzung, eines der Probleme, die er besonders verabscheute. Vermutlich hatte irgendein Kollege das Ding verfaßt, auf dem Aktendeckel stand sogar ein Name, denn sonst hätte er, wie er seinem Onkel beim Mittagstisch erklärte, an Eingriffe des Teufels glauben müssen. Er erzählte Sir Nicholas auch von Owen Barries unerwarteter Bitte und schilderte das Gespräch mit Desmond Barleycorn.

»Sehr vernünftig«, lobte Sir Nicholas. »Wenn ich vom Wetten etwas hielte, Antony, würde ich einen kleinen Betrag darauf setzen, daß du von der Sache nichts mehr hörst. Mit Rücksicht auf das, was du gesagt hast, wird Edward Coke nicht zustimmen.«

Aber da irrte er sich. Als Maitland in die Kanzlei zurückkehrte, erwartete ihn dort die Mitteilung, Mr. Barleycorn und Mr. Barrie würden ihn zwischen Viertel nach drei und halb vier Uhr aufsuchen.

»Sei auf der Hut«, sagte Sir Nicholas in düsterem Ton und ging so weit, seinem Neffen im Korridor bis zu dessen Tür zu folgen, um die Warnung zu wiederholen. »Der Bursche führt etwas im Schilde.«

»Wie kommst du darauf, Onkel Nick?«

»Ich hätte gedacht, es müßte sogar dir klar sein, daß es nur einer von ihnen gewesen sein kann«, erklärte Sir Nicholas entschieden.

»Ich weiß noch nicht einmal, wie Barrie sich vor Gericht äußern will«, wandte Antony ein. »Es mag naheliegend sein, daß er der Täter ist, du weißt, daß wir über die Möglichkeit schon gesprochen haben, und dann bleibt nur übrig, die Sache in einem möglichst günstigen Licht darzustellen.«

»Stell sie aber nicht in einem so günstigen dar, daß die Polizei anderswo zu suchen anfängt«, mahnte sein Onkel. »Alles spricht dafür, daß Edward Coke das Kriegsbeil ausgräbt, wenn du das tust.«

»Na komm, Onkel Nick, so arg ist es auch wieder nicht. Ich

habe ihm jede Chance gegeben, die Sache einem anderen zu übertragen, das gibst du selbst zu.«

»Wir werden sehen, wer recht behält«, sagte sein Onkel in unheilvollem Ton und ging zu seinem eigenen Zimmer zurück, während er, wie sein Neffe unehrerbietig dachte, unheilvolle Prophezeiungen murmelte.

Da Antony mit Desmonds Art nun schon einigermaßen vertraut war, schob er seine Akten beiseite und legte Punkt halb vier Uhr einen neuen Schreibblock bereit. Seinen Erwartungen gemäß läutete das Telefon, das seine Besucher ankündigte, keine drei Sekunden nach Abschluß der Vorbereitungen. Diesmal sah er Willett nur eine Sekunde lang, als die Besucher an ihm vorbeieilten, Desmond in seiner gewohnt eifrigen Art, Owen Barrie schwerfälliger.

»Ich denke, ich sollte mich dafür bedanken, daß Sie uns anhören, Mr. Maitland«, sagte Barrie, als er vor dem Schreibtisch stehenblieb. »Bei unserer letzten Begegnung gab es Dinge, wo wir nicht übereingestimmt haben, aber ich bin seither gezwungen gewesen, meine Meinung zu ändern.«

»Setzen Sie sich, Mr. Barrie, und denken Sie nicht mehr daran.« Er war entsetzt darüber, wie der Mann aussah. Die Haut war fahl geworden, er schien zusammengeschrumpft zu sein. Desmond zog einen Besucherstuhl hinter seinem Mandanten heran, was nur gut war, weil Barries Beine in diesem Augenblick einzuknicken schienen und er sich hart niederließ. Der Solicitor nahm ebenfalls in einem Sessel Platz und blickte Maitland erwartungsvoll an, offenbar erwartete er, daß Maitland die Sache in die Hand nahm. Und das ist die Folge seiner Erfahrungen mit mir, dachte Antony; brauche mich also nicht zu wundern.

»Willett wird uns gleich Tee bringen«, sagte er. »Aber wenn Sie lieber etwas Stärkeres wünschen, Mr. Barrie, kann ich das auch anbieten. Sie sehen ein bißchen mitgenommen aus.«

»Tee ist mir recht«, erwiderte Owen Barrie. »Und wenn ich mitgenommen aussehe, wie Sie es auszudrücken belieben, Mr. Maitland, sind bis zu einem gewissen Grad Sie daran schuld.«

»Ich?« sagte Antony verblüfft.

»Weil Sie vor Gericht die Frage gestellt haben, die das ganze Unheil ausgelöst hat«, erklärte Barrie.

»Wenn Sie das so sehen, halte ich Ihr Hiersein für überaus großzügig«, entgegnete Antony, bemüht, durch seinen Tonfall eine leichtere Note ins Spiel zu bringen.

»Im Gegenteil, ich fühle mich Ihnen verpflichtet. Das hat mir die Augen geöffnet, Mr. Maitland, und es ist besser, klar zu sehen als mit einer Binde vor den Augen durchs Leben zu gehen ... so schmerzlich das auch sein mag. Als David mir sagte –«

»Augenblick! Bevor wir anfangen, sollten wir ein paar Dinge klarstellen.«

In diesem Augenblick brachte Willett den Tee, so daß das Gespräch vorübergehend unterbrochen wurde. Als er wieder gegangen war, fragte Barrie: »Welcher Art sind diese Dinge, die Sie klarstellen wollen, Mr. Maitland?«

»Zum ersten, was genau Sie von mir wollen.«

»Ich dachte, das hätte Desmond schon klargemacht.«

»Das schon, aber es gibt da die eine oder andere Frage, auf die er die Antwort wohl nicht weiß. Er sagte beispielsweise, die Polizei sei bei Ihnen gewesen.«

»Ja, das erstemal natürlich am Freitag. Routinesache, hieß es, und das konnte ich durchaus glauben. Aber gestern abend kamen sie wieder, und bevor sie anfingen Fragen zu stellen, sprachen sie aus, was man die übliche Warnung nennt, soviel ich weiß. Und im Verlauf des Gesprächs konnte ich erkennen, daß meine Antworten sie nicht zufriedenstellten. Ich begann mir Sorgen zu machen und rief deshalb heute früh als erstes Edward an.«

»Nachdem Sie, wie ich annehme, alle Fragen beantwortet hatten, die von der Polizei bei den beiden Besuchen gestellt worden sind.«

»Ja, natürlich. Es war meine Pflicht, sie zu unterstützen, oder nicht? Weshalb hätte ich die Fragen nicht beantworten sollen?«

»Weil Sie den Brunnen zugedeckt haben könnten, nachdem das Kind hineingefallen war, als Sie das taten und erst anschließend Ihren Solicitor anriefen. Das führt uns aber zum Kern der Sache, Mr. Barrie. Sie haben die Befürchtung, dieser letzten Vernehmung könnte Ihre Verhaftung wegen Mordes folgen?«

»Nach Chefinspektor Sykes' Einstellung erscheint das logisch ... Ich habe keinen Grund zur Klage, wissen Sie, sie waren beide überaus höflich. Ich finde sogar, daß der Chefinspektor ein sehr freundlicher Mann ist.«

Maitland lächelte beinahe anzüglich.

»Finden Sie? Das muß ich ihm einmal erzählen. Sie wollen also, daß ich Sie vertrete, Mr. Barrie, falls die Sache vor Gericht kommt. Ginge es nur um weitere Vernehmungen, wäre Mr. Barleycorns Anwesenheit allerdings Beistand genug.«

»Sie wissen ganz genau –«, begann Desmond Barleycorn.

»Unter den Umständen, die Mr. Barrie uns geschildert hat, Desmond, gehe ich davon aus, daß er der Polizei schon alles mitgeteilt hat, was er weiß. Die nächste Frage wäre dann, Mr. Barrie, wie Sie sich vor Gericht auslassen wollen.«

Es herrschte für eine Weile Schweigen.

»Ich habe Elizabeth nicht getötet und auch meinen Sohn nicht getötet«, sagte Owen Barrie beherrscht. »Ich würde mich natürlich für nicht schuldig erklären.«

»Ich habe den Eindruck, daß die Frage des Motivs bei den Verdächtigungen der Polizei eine große Rolle spielt . . . falls Sie in dieser Beziehung recht haben.«

»Das ist auch mein Eindruck.«

»Dann würde ich meine Pflicht nicht erfüllen, wenn ich nicht darauf hinweisen würde, daß das Gericht manchmal ein eingeschränktes Schuldbekenntnis akzeptiert, wenn eine Tat unter unerträglicher Belastung begangen worden ist.«

Owen wartete mit sichtlicher Ungeduld, bis er geendet hatte.

»Ich bekenne mich keiner Tat schuldig, die ich nicht begangen habe, Mr. Maitland. Ich verstehe Ihre Beweggründe, aber ich wäre froh, wenn Sie meine Antwort als endgültig ansehen würden«, sagte er dann mit einem Anflug von Kälte.

»Danke, das ist alles, was ich wissen wollte.«

»Alles?« sagte Owen stirnrunzelnd.

»Bevor wir anfangen, meine ich, Mr. Barrie. Mord ist etwas höchst unerfreuliches, und unter den Fragen, die ich Ihnen vorlege, werden viele sein, die Ihnen nicht behagen.«

»Ich sehe ein, daß ich mich damit abfinden muß.«

»Ich wäre für Ihre Nachsicht dankbar«, sagte Maitland förmlich. »Am besten wäre es wohl, wenn Sie uns erzählen würden, was sich zugetragen hat, und zwar von dem Augenblick an, als Ihr Sohn David am Donnerstag nachmittag vom Gericht zurückkam.«

»Er kam wutentbrannt daher. Ich war schon zu Hause. Wie Sie aus unserem damaligen Gespräch wissen, Mr. Maitland, war der Ausgang des Verleumdungsprozesses für mich von besonderem Interesse. Ich saß jedenfalls in meinem Arbeitszimmer. Ich wunderte mich nicht, als David hereinkam, weil er mein Interesse kannte, aber was mich überraschte, war sein Aussehen. Beinahe so, als hasse er mich. Aber er machte zuerst die Tür hinter sich zu und sagte dann beinahe bösartig: ›Dieser gottverdammte Maitland‹ – entschuldigen Sie, ich zitiere – ›sagt, Elizabeth hätte versprochen, dich zu heiraten.‹«

»Aha«, sagte Maitland. »Was haben Sie darauf getan?«

»Ich überredete ihn, sich zu beruhigen und gab ihm ein Glas Whisky. Er schien ihn zu brauchen. Und dann erklärte ich ihm, daß Elizabeth und ich in der Tat heiraten würden, sobald die Scheidung ausgesprochen sei, und daß ich ihm das nur verschwiegen hatte, weil ich ihr das hatte versprechen müssen. Ich wählte meine Worte mit großer Sorgfalt, weil er sich in einer schrecklichen Verfassung befand. Elizabeth habe es für unangemessen gehalten, die Sache zu erwähnen – Sie wissen das alles ja schon, Mr. Maitland –, bis sie frei sei. Und er hörte mir ganz ruhig zu, trank seinen Whisky, stellte das Glas plötzlich hinter sich auf den Tisch und sah mich an, wobei wieder der blanke Haß in seinen Augen stand. ›Warum, glaubst du, habe ich mich bei dieser absurden Geschichte hinter sie gestellt?‹ fragte er.«

Owen Barrie verstummte, aber das war nicht der richtige Zeitpunkt für einen Einwurf. Desmond schien sogar den Atem anzuhalten, weil er ihn anschließend in einem lauten Seufzer ausstieß.

»Ich konnte nicht einmal das glauben, was er mir erzählte«, fuhr Owen fort. »Ich sagte zu ihm: ›Weil sie wahr ist, natürlich. Elizabeth hat mir das alles erklärt, wie das passiert ist, daß sie nichts dagegen machen konnte. Ich habe es ihr nicht verübelt.‹ ›Nein, nur mir allein‹, gab David zurück, ›und deshalb will ich dir jetzt sagen, daß an dem, was deine Geliebte dir erzählt hat, kein Wort wahr ist. Sie hat meine Unterstützung bekommen, weil sie versprach, mich zu heiraten, ich bin schon seit Monaten in sie verliebt, wie du weißt, aber wenn ich jetzt aussteige und die Wahrheit sage, wird man mich wohl wegen Meineids vor Gericht stellen.‹«

»Hat er Ihnen gesagt – ich habe schon darauf hingewiesen, daß manche meiner Fragen unerquicklich sein werden, Mr. Barrie – hat er erklärt, ob er in der Zeit, als er in Mrs. Coke verliebt gewesen sei, geschlechtlichen Verkehr mit ihr gehabt hat?«

»Ja. Es war ganz merkwürdig, Mr. Maitland. Er prahlte damit und schämte sich gleichzeitig.«

»Und wann war – ich kann das nur Verschwörung nennen –, wann war sie entstanden?«

»Vor vollen sechs Monaten, soviel ich erkennen konnte. Sogar damals hatten sie sich schon einige Monate lang getroffen. Als Elizabeth ihm erklärte, sie wünsche eine rasche Scheidung, fiel es ihm natürlich nicht schwer, ihr abzunehmen, daß sie den Wunsch deshalb hatte, um ihn heiraten zu können.«

»Wer hat die Methode vorgeschlagen, eine Scheidung zu erzwingen?«

»Das sei Elizabeth selbst gewesen, sagte er. Sie hätte das Komplott im Kopf gehabt und vorher irgendwo ein paar juristische Bücher gelesen. Wo, das wußte er nicht.«

»Ich nehme an, ihr Ehemann hatte in seinem Arbeitszimmer eine Anzahl davon stehen.«

»Ja, das wird es wohl sein. Jedenfalls fing David nun damit an, Elizabeth und Edward zu besuchen, wenn die beiden allein waren. Das sollte die Geschichte glaubhaft machen, die sie später vor Gericht erzählen sollten. Ich glaube nicht, daß David mit der Verleumdungsklage gerechnet hatte, aber er sagte, Elizabeth habe ihm erklärt, das gehöre mit dazu. Wenn sie obsiegten – sie meinte wohl, wenn sie gewinnen würden –, wäre die Scheidung praktisch schon gesichert und werde keine Mühe mehr machen.«

»Verstehe. Und wie haben Sie darauf reagiert, Mr. Barrie?«

»Mit Entsetzen und Ungläubigkeit, aber schließlich sah ich ein, daß es wirklich so sein mußte.«

»Obwohl Sie wußten, daß David einen Meineid geleistet hatte, sowohl bei den Äußerungen über Edward Coke, wie darin, daß Mrs. Coke nicht in ihn verliebt sei?«

»Im letzten Punkt hat er vielleicht die Wahrheit gesagt, ohne es zu wissen«, erwiderte Barrie traurig. »Aber ich kann nicht bestreiten, daß die Absicht vorhanden war. Nur behaupte ich nach wie vor, daß er mich nicht belogen hätte. Das hätte er nicht getan – nach seiner Meinung hätte sich das nicht gelohnt.«

»Verstehe«, sagte Antony noch einmal. Es gab keinen Zweifel daran, daß das Eingeständnis Owen viel Pein bereitete. »Es tut mir leid«, fügte Maitland lahm hinzu. »Sie glauben also, was David Ihnen an jenem Abend erzählt hat?«

»Es bleibt mir keine andere Wahl.«

»Und was geschah dann?«

»Ich versuchte ihn auf die einzige Weise zu beruhigen, die mir zu Gebote stand. Ich erklärte ihm, daß ich genauso getäuscht worden sei. Ich glaube nicht, daß ihm die Erkenntnis geholfen hat, wir seien beide zum Narren gehalten worden, so wenig wie mir.«

»Sie hatten also keinerlei Illusionen mehr über Mrs. Coke?«

»Natürlich nicht. Ich begriff, wie bitter man Edward Unrecht getan hatte, und die Frau, die so etwas fertigbringt... Ich dachte, ich sei unsterblich verliebt, Mr. Maitland, ich glaube, das wissen Sie, aber Davids Mitteilung machte dem klipp und klar ein Ende.«

»Ja, das kann ich verstehen. Und weiter?«

»Ich begann mir wegen des Meineids Sorgen zu machen, um Davids willen, meine ich. Ich fragte ihn deshalb, wie die Reaktion im Gerichtssaal gewesen sei, als Sie Ihre Frage gestellt hatten. Er hatte mir schon erzählt, daß ihm herausgerutscht war, er sei selbst mit ihr verlobt. Und er erklärte mir, es bestehe kein Grund zur Sorge, jedenfalls nicht in dieser Beziehung. Sie habe dem Gericht ihre Gründe für das Stillschweigen über ihre Verlobung erläutert, und diese Gründe gälten auch für ihn. Gefahr bestünde nur dadurch, daß sie beide bestritten hätten, sie liebe ihn, und er sei der Meinung, sie bringe es durchaus fertig, jede Jury diesem Standpunkt geneigt zu machen. Und dann sagte er: ›Willst du uns denn hinhängen?‹ Er meinte wohl, ob ich sie denunzieren würde, der Dinge wegen, die er mir erzählt hatte. Ich wußte, daß das eigentlich meine Pflicht war, konnte es aber nicht offen aussprechen. Ich sagte lediglich, ich müsse darüber nachdenken. Aber einige Zeit später, als ich wirklich nachdachte, konnte ich Edwards mißliche Lage nur allzu deutlich erkennen und begriff, daß ich nicht schweigen durfte.«

»Demnach –?«

»Ich bat David, an diesem Abend bei mir im Haus zu bleiben. Er war nicht in der geeigneten Verfassung herumzulaufen, und ich hatte, ganz offen gesagt, Angst vor dem, was er tun könnte.«

»Elizabeth, meinen Sie?«

»Ja, genau. Er war außer sich vor Wut darüber, so getäuscht worden zu sein, und noch zorniger deshalb, weil sie nie die Absicht gehegt hatte, ihr Wort zu halten. Ich glaube, daß er sie sehr geliebt hatte.«

»Aber dann ging er doch fort?«

»Ja. Ich wußte, daß er eine Karte für das Kriminalstück hatte, von dem alle Leute reden, und sich dort mit Freunden treffen wollte, aber er ging schon viel zu früh aus dem Haus. Ich tröstete mich mit dem Gedanken, daß er sich vielleicht beruhigen werde, wenn er herumlief, und die Dinge unter Umständen sogar in einem klareren Licht sehen könnte. Wenn ich ehrlich sein soll, war ich auch froh darüber, eine Weile allein sein zu können, weil ich auch viel Stoff zum Nachdenken hatte.«

»Wohnt Ihre Haushälterin im Haus?«

»Nein. Sie serviert das Abendessen, dann geht sie. Nach der Abmachung soll sie am Morgen abräumen, aber wenn ich allein bin oder nur David da ist, mache ich das meistens selbst. Ich setzte mich also um acht Uhr an den Tisch, und fünf Minuten später hörte ich die Tür zufallen, wußte also, daß ich allein war. Nach dem Essen ging ich in mein Zimmer und versuchte zu lesen. Um halb neun Uhr hörte ich die Türglocke.« Er verstummte und sah Maitland scharf an. »Das haben Sie erwartet, Mr. Maitland«, sagte er beinahe vorwurfsvoll.

»Sagen wir, ich war nicht überrascht. Was hatte Mrs. Coke an diesem Abend in Ihrer Straße sonst zu suchen? Und außerdem konnte ich mir nicht vorstellen, daß sie nicht versucht hätte, Ihnen alles erklären zu wollen, um eine Versöhnung herbeizuführen.«

»Tja, der erste Punkt ist genau derjenige, der die Polizei nach meiner Meinung ein zweites Mal zu mir geführt hat«, sagte Owen. »Es lag wohl nahe, daß sie entweder auf dem Weg zu oder von mir war. Ich wollte sie eigentlich nicht hereinlassen, aber sie sagte ungefähr: ›Nach allem, was wir einander bedeutet haben, Owen‹, und ich fürchtete, sie werde an der Tür eine Szene machen. Ich ließ sie also ins Haus.«

»Ich glaube, Sie werden verstehen, daß Ihre Schilderung von jetzt an für uns besonders interessant wird, Mr. Barrie. Habe ich recht mit der Annahme, daß Sie das alles der Polizei mitgeteilt haben?«

»Ich pflege nicht zu lügen, Mr. Maitland.«

»Das habe ich auch nicht unterstellt. Es ist aber nicht immer klug oder auch nur notwendig, die ganze Wahrheit preiszugeben.«

»Ich sah keinen Anlaß, der Polizei etwas vorzuenthalten. Sie können sich meine Empfindungen vorstellen, als sie zum erstenmal kam, Mr. Maitland. Selbst wenn ich der Meinung gewesen wäre, Elizabeth hätte nur das bekommen, was sie verdiente, war da ja immer noch David. Ein Fremder mag bei ihm ähnlich denken, aber er war mein Sohn. Alles, was ich tun konnte, um zu helfen, gleichgültig, was... obwohl ich zugebe, daß ich nicht erkannte, wohin mich das brachte.«

»Und beim zweiten Besuch der Beamten?«

»Wir gingen alles noch einmal bis ins Detail durch. Ich will nicht behaupten, daß sie mich der Unwahrheit überführen wollten, aber die wiederholten Fragen hätten diese Wirkung gehabt, wenn ich nicht bei der Wahrheit geblieben wäre.«

»Hm. Wie gesagt, wie Mr. Barleycorn klar sein dürfte, muß ich bis ins einzelne erfahren, was Sie ihnen erzählt haben. Vielleicht denken Sie daran, wenn Sie fortfahren.«

»Ich gebe mein Bestes«, protestierte Owen. »Und das ist... sogar noch peinlicher als das Vorherige.«

Antony lächelte ihn an.

»Genau deshalb lege ich solchen Wert darauf, Mr. Barrie«, sagte er. »Es kann gar nicht anders gewesen sein.«

»Eben. Jedenfalls kam sie herein. Wir gingen ins Arbeitszimmer, wo ich gesessen hatte. Seit dem Tod meiner Frau fühle ich mich im Salon sonderbar einsam, und vor Davids Tod ist er abends nicht oft bei mir gewesen. Elizabeth hatte wohl gehofft, David sei noch nicht zu Hause gewesen, denn sie sagte als erstes: ›Owen, bei Gericht ist heute etwas Schreckliches passiert, von dem ich fürchte, daß du es mißverstehen wirst, wenn du davon erfährst.‹«

»Was haben Sie darauf erwidert?«

»Ich erklärte ihr, David sei vom Gericht sofort nach Hause gekommen und habe mir alles erzählt. Sie begriff zunächst nicht oder tat jedenfalls so und sagte, sie habe nur um unserer Liebe willen geschwiegen, weil sie mich hätte schützen und aus der ganzen Sache heraushalten wollen. Ich erklärte ihr noch einmal rundheraus, daß David mir alles erzählt habe. Über die Lügen, die sie alle beide verbreitet hatten, und die Tatsache, daß sie versprochen habe, ihn später zu heiraten, wenn er um ihretwillen einen Meineid schwöre.«

»Das wird sie aber getroffen haben, nicht?« fragte Maitland nicht ohne Befriedigung.

»Allerdings, ganz deutlich sogar. Trotzdem versuchte sie es mit einer Erklärung. Sie sagte, alles, was sie dem Gericht mitgeteilt hätten, sei die Wahrheit, Edward sei wirklich so pervers, wie sie mir erzählt habe. Um aber Davids Unterstützung zu erhalten, habe sie ihm dieses Versprechen geben müssen. Sie sagte, das sei unseretwegen geschehen. Ich glaube, das war das Allerschlimmste. Ich sagte ihr rundheraus, daß ich ihr nicht glaubte. Sie weinte ein bißchen, fiel sogar auf die Knie und sagte noch einmal: ›Nach allem, was wir einander bedeutet haben.‹ Aber ich konnte jetzt sehen, daß das offensichtlich unaufrichtig war. Ich schämte mich nur dafür, daß ich mich jemals von ihr hatte umgarnen lassen.«

»Und was *haben* Sie einander bedeutet, Mr. Barrie?«

»Wir hatten uns die Ehe versprochen, sobald sie frei war. Sie vertraute mir, wie ich glaubte, Dinge an, die sie keinem anderen Menschen erzählen konnte. Aber ich nehme an, Sie meinen eine sexuelle Beziehung. Ich bin auch nicht besser als irgendein anderer Mann, wenn sie mich auch nur ein bißchen ermutigt hätte ... aber sie sagte immer, unsere Liebe sei zu rein, als daß wir einander weitere Beweise der Aufrichtigkeit geben müßten.«

»Ich wußte es!« sagte Maitland. »Es war diese verdammte Scheinheiligkeit, die mich in meiner Überzeugung bestärkt hat«, erklärte er zu Desmond gewandt. »Und wenn ich sage überzeugt, so hatte ich doch manchmal Zweifel, obwohl ich Edward Coke schon vorher geglaubt hatte.«

»Aber sogar Mr. Barrie glaubt Edward jetzt«, sagte Desmond, »und seine Aussage wird ihn völlig reinwaschen, nicht wahr? Ich meine –«

»Was Sie meinen, ist nur allzu deutlich«, sagte Maitland ein wenig trocken. »Mr. Barrie, Sie glauben, daß Sie festgenommen werden, sonst wären Sie nicht zu mir gekommen.«

»Richtig.«

»Wie bald rechnen Sie damit?«

»Es sollte mich wundern, wenn man noch lange wartet.«

»Ja, gut, damit befassen wir uns gleich. Wenn Sie einstweilen daran denken, Desmond, daß unser Mandant eine Erklärung vor der Presse abgeben könnte, die Edward entlastet, so hat das keinen Sinn. Wenn Mr. Barrie verhaftet wird, wagt man das aus Angst vor einem Verfahren wegen Mißachtung des Gerichts nicht zu drucken, und außerdem wirkt das viel besser, wenn er den Geschworenen alles mit seinen eigenen Worten und auf seine Art mitteilt.«

»Ja, das sehe ich natürlich ein, entschuldigen Sie«, pflichtete Desmond ein wenig niedergeschlagen bei. »Trotzdem –«

»Im Augenblick geht es für uns zunächst um Mr. Barrie ... Ja? Bringen wir zuerst Elizabeths Besuch bei Ihnen zu Ende, Mr. Barrie. Wie lange ist sie geblieben?«

»Es muß mindestens eine halbe Stunde gewesen sein, wenn nicht länger. Ich war aufgeregt, das können Sie sich vorstellen, und habe nicht auf die Uhr gesehen.«

»Sagen wir, sie verließ ihr Haus zehn Minuten nach zehn Uhr. Haben Sie sie zur Tür begleitet?«

»Ja. Offen gesagt, ich wollte mich vergewissern, daß sie wirklich ging. Das alles widerte mich an, und ich wollte es einfach hinter mir haben.«

»War zu der Zeit jemand auf der Straße?«

»Ich habe keinen Menschen gesehen. Die meisten Häuser sind jetzt Geschäftsgebäude, wissen Sie.«

»Aber trotzdem könnte jemand sich dort aufgehalten haben, wenn er darauf geachtet hätte, nicht bemerkt zu werden?«

»Durchaus, ja. An jedem Haus führen sechs Eingangsstufen zur Tür hinauf, die Schatten werfen. Aus diesem Grund ist Elizabeth erst in den frühen Morgenstunden entdeckt worden.«

»Hat die Polizei vom Zeitpunkt des Todes gesprochen?«

»Nein, aber man scheint davon auszugehen, daß es gleich passiert ist, nachdem sie mich verlassen hatte.«

»Wie lange standen Sie an der Tür?«

»Ein paar Sekunden, nicht länger.«

»Und es hätte jemand auf der Straße sein können, vielleicht sogar im Schatten der Eingangstreppe am Haus gegenüber?«

»Gewiß. Ich habe darauf nicht geachtet.«

»Verstehe. Vor Gericht soll das Motiv eigentlich keine Rolle spielen, vielleicht wissen Sie das sogar, Mr. Barrie, aber die traurige Wahrheit ist die: Eines der wirksamsten Argumente, das die Anklage vorbringen kann, hängt damit zusammen, und selbst der unerfahrenste Mann könnte die Geschworenen davon überzeugen, daß Sie ein Motiv besaßen, und ein gewichtiges noch obendrein. *Und* die Gelegenheit zur Tat. Wenn Sie verhaftet werden, dann wegen Verdacht des Mordes an Elizabeth Coke, nehme ich an. Woher konnte außer Ihnen irgend jemand wissen, daß sie da war, noch dazu gerade in diesem Augenblick? Das bringt uns zu der Frage, die nicht ganz außer acht gelassen werden darf: Ist David gewohnheitsmäßig durch die Avery Mews gegangen?«

»So ist es, und ich kann leider nicht bestreiten, daß ich das wußte. Er hat das unseren Nachbarn dauernd als Abkürzung empfohlen.«

Maitland lächelte ihn wieder an.

»Sie machen uns die Sache nicht gerade leichter, wie, Mr. Barrie?« fragte er. »Haben Sie Ihren Unvorsichtigkeiten auch noch die Krone aufgesetzt und zugelassen, daß die Polizei über das ›Gespräch‹ ein Protokoll anfertigte, das Sie dann unterschrieben?«

Zum erstenmal wirkte Barrie ein wenig verlegen.

»Leider, ja«, gab er zu.

»Vor oder nach der Warnung?«

»Nachher. Ich wollte nach wie vor helfen und alles tun, um Davids Mörder zu entlarven. Leider war ich so naiv, davon auszugehen, daß es nicht schaden konnte, weil ich die Wahrheit sagte.«

»Aber nachdem die Polizei fort war, haben Sie doch gleich Edward angerufen.«

»Ich habe zuerst eine Nacht darüber geschlafen, wenn ich auch zugebe, daß ich heute sehr früh angerufen habe.«

»Wie stehen Sie jetzt zu ihm?«

»Sie haben alles erfunden, Elizabeth und David, meine ich. Es tut mir leid, daß ich ihn so falsch eingeschätzt habe.«

»War das der einzige Grund für Ihren Anruf, also eine Art Entschuldigung?«

»Durchaus nicht. Ich habe stets Ihre Kanzlei beauftragt, Desmond, wenn auch in der Hauptsache Edwards Vater, als er noch lebte.«

»Mit Strafrecht beschäftigen sie sich aber nicht.«

»Nein, das weiß ich, aber ich dachte an Sie, Mr. Maitland. Desmond wird mir das bestätigen. Sie haben mich sehr beeindruckt, als Sie bei mir waren, obwohl ich damals mit Ihnen nicht einer Meinung war. Wenn irgend jemand mir helfen kann, dann sind es Sie, davon bin ich überzeugt.«

»Tja, bis eine Verhaftung erfolgt und wir im Magistratsgericht die Anschuldigung hören, wissen wir im einzelnen nicht, was man Ihnen vorwirft, außer die beiden Punkte und Gelegenheit zur Tat, die ich erwähnt habe. Wenn Sie über Ihr letztes Gespräch mit Chefinspektor Sykes und Inspektor Mayhew nachdenken, fällt Ihnen dann noch etwas ein, das man vielleicht gegen Sie vorbringen wird. War die Rede von weiteren Beweisen?«

»Sie haben viele Fragen über Messer gestellt.«

»Guter Gott«, sagte Antony betroffen. »Was ist damit?«

»Sie sagten, bei beiden Gelegenheiten sei dasselbe Messer benutzt worden«, erwiderte Owen gepreßt. »Sie sprachen von einer im Querschnitt dreieckigen Klinge, sehr spitz, wie man sie in jeder Küche finden könne, und wollten wissen, ob wir in der unsrigen so etwas auch hätten.«

»Ja, ich weiß«, sagte Maitland grimmig. »In aller Unschuld.«

»Na ja, ich argwöhnte nichts dabei, sie nachsehen zu lassen. Ich wußte übrigens, daß ein Satz Messer in einem Gestell vorhanden war, unterschiedlich groß, aber alle von einer Garnitur, und daß ich keines davon genommen hatte, wußte ich auch, also ... na gut! Ich führte Sykes und Mayhew zur Küche hinunter.«

»Das war gestern abend, sagten Sie. Die Haushälterin war schon fort?«

»Ja, aber heute beim Mittagessen erzählte sie mir, daß sie wiedergekommen seien, um mit ihr zu reden. Die Sache war nämlich die, daß eines der Messer aus der Garnitur fehlte, das mittlere, und auch nicht auftauchte, obwohl sie die ganze Besteckschublade durchsuchen durften. Sie kamen also wieder, um Mrs. Hill zu fragen, ob sie es aus irgendeinem Grund anderswo verwahrt hätte.«

»Und?«

»Das hatte sie nicht getan, sagte aber, sie hätte es gestern benützt, um Steakfleisch zu schneiden. Sie erzählte, sie habe von dem Messer eine Zeichnung angefertigt, und der jüngere Kriminalbeamte habe scharf den Atem eingesogen, als er das gesehen habe. Sie konnte sich nicht erinnern, es weggehängt zu haben, weil das bei ihr so zur Gewohnheit geworden sei, daß sie das ganz unbewußt getan haben könne. Oder auch nicht, versteht sich.«

»War das ihre ganze Aussage?«

»Sie sagte, man habe ihr ein Blatt Papier gezeigt, das sie als Durchsuchungsbefehl bezeichnet hätten – eine Menge juristisches Zeug, sagte sie, das sie nicht gelesen habe –, und zwei Polizisten geholt, um das Haus von oben bis unten zu durchsuchen.«

»Sie waren zu der Zeit außer Haus?«

»Ja. Sie verstehen von diesen Dingen mehr als ich, Mr. Maitland. Hat es irgendeinen Sinn, wenn ich hingehe und noch einmal nachsehe?«

»Ich würde auf Anhieb verneinen, aber schaden kann es nicht. Wenn die Polizei eine Durchsuchung anstellt, dann tut sie das gründlich. Mir gefällt das nicht, Mr. Barrie, ganz und gar nicht. Ich nehme an, die restlichen Messer der Garnitur sind beschlagnahmt worden.«

»Ja, Mrs. Hill war ganz empört darüber. Sie sind mitgenommen worden.«

»Dann ist es ein Kinderspiel, den Hersteller ausfindig zu machen, die genauen Maße des fehlenden Messers festzustellen und zu klären, ob es zu den Wunden passen würde. Wo sind diese Messer aufbewahrt worden, Mr. Barrie, daß sofort auffiel, wenn eines fehlte?«

»Eigens in einem Wandgestell über dem Hackbrett.«

»Und Sie vertrauen Mrs. Hill?«

»Sie hat mich versorgt, seitdem meine Frau vor fünfzehn Jahren gestorben ist. Vielleicht wäre David anders geworden, wenn Nellie noch am Leben wäre«, sagte Owen, der trotz ihrer Bedeutung nicht ganz bei der Sache zu sein schien.

»Ja, vielleicht.« Man konnte nicht bestreiten, daß Maitlands Bestätigung ein wenig zerstreut klang. »Wir sprechen aber von Mrs. Hill. Ich nehme an, Sie vertrauen ihr also.«

»Ja, natürlich, nach der langen Zeit. Übrigens ist sie sehr aufgebracht über die Ermittlungen der Polizei im Haus.«

»Das war wohl zu erwarten. Sie haben aber mit ihr gesprochen, Mr. Barrie. Wann will sie die Messer zuletzt gesehen haben?«

»Um vier Uhr nachmittags. Sie hatte schon alles für den Herd fertig und spülte das benutzte Geschirr ab, während sie kochte. Man kann sich durchaus vorstellen, daß sie sich nicht genau erinnert, es weggeräumt zu haben. Ich bin allerdings sicher, daß sie es an den gewohnten Platz getan hätte, weil sie derselbe Gewohnheitsmensch ist wie wir alle.«

»Und danach hat sie nicht mehr darauf geachtet?«

»Nein.«

»Sie selbst sind früh nach Hause gekommen, Mr. Barrie?«

»Das sagte ich schon, und den Grund habe ich auch genannt.«

»Ja, aber das ist ein wichtiger Punkt. Haben Sie zu diesem Zeitpunkt Mrs. Hill gesehen?«

»Nein, bis Davids Weggang nicht. Sie kam herein und fragte, ob er zum Abendessen bleiben würde, und ich mußte ihr sagen, daß ich allein essen würde.«

»Was hat sie nach Ihrem Wissen während dieser Zeit gemacht?«

»Sie wird in der Küche gewesen sein oder in dem kleinen Wohnzimmer nebenan, das wir für sie eingerichtet haben. Außer, wenn sie herüberkam, um den Tisch zu decken, aber da lief sie hin und her, und niemand hätte Gelegenheit haben können, unbemerkt hereinzukommen.«

»Haben Sie sie das ausdrücklich gefragt?«

»Allerdings, ja. Sie ist ganz sicher, daß niemand das Messer ohne ihr Wissen hätte stehlen können.«

»Dann sind wir bei fünf Minuten nach acht Uhr, habe ich recht?« Er schien seiner Sache plötzlich nicht mehr sicher zu sein.

»Ja, da ging sie. Ich aß zu Abend.«

»Wie lange hat das etwa gedauert, Mr. Barrie?«

»Ach, nicht länger als zwanzig Minuten, würde ich sagen. Es macht keinen großen Spaß, allein zu essen. Anschließend ging ich zwischen Eßzimmer und Küche hin und her und ließ das Geschirr säuberlich gestapelt neben der Spüle stehen. Ich bin da ein bißchen pedantisch, fürchte ich.«

»Und es ist Ihnen wohl auch nicht aufgefallen, ob das Messer an seinem gewohnten Platz war.«

Der ironische Unterton schien Owen Barrie zu beunruhigen. Er wurde ein bißchen rot und sagte eher scharf: »Nein, allerdings nicht!«

»Wie lange haben Sie zum Aufräumen gebraucht?«

»Zehn, fünfzehn Minuten, genau weiß ich es nicht.«

»Mr. Barleycorn wird natürlich mit Mrs. Hill sprechen müssen –«

»Wenn Owen festgenommen wird«, sagte Desmond, »lädt die Anklage sie bestimmt als Zeugin vor.«

»Ja, genau. Aus diesem Grund schlage ich vor, mein lieber Desmond, daß Sie mit Mr. Barrie jetzt nach Hause fahren und mit ihr reden, bevor uns jemand vorwerfen kann, wir hätten versucht, die Zeugin zu beeinflussen. Aber wie ich vorhin schon sagen wollte: Ich glaube nicht, daß wir aus ihr noch etwas herausholen können. Dann bleibt uns die Zeit zwischen, sagen wir, fünf nach halb acht Uhr und dem Augenblick, als das Messer in der Tat verwendet wurde –, in der es entwendet worden sein kann. Gibt es irgendeine Möglichkeit für eine fremde Person, in die Küche zu gelangen?«

»Tja ... Sie werden das nicht glauben«, sagte Owen.

»Nur heraus damit.«

»Hm. Ich trage keinen Schlüssel zur Hintertür mit mir herum, und David hat das, glaube ich, auch nicht getan. Mrs. Hill hat mir aber erzählt, daß es einen Ersatzschlüssel gibt, und da sie ziemlich vergeßlich ist, hängt sie ihn immer im Eingang auf.«

»Himmel Herrgott!« schimpfte Maitland. »Wo jeder Mensch dran kann.«

»Ja. Ich sagte ja, Sie glauben mir das nicht«, erklärte Owen beinahe mit Befriedigung. »Sie sagt, niemand hätte ihn sehen können, und zeigte mir die Stelle, um das zu beweisen. Wir sperren aber die Außentür meistens auch nicht ab, also brauchte jemand nur nach oben zu greifen, ohne zu wissen, daß der Schlüssel da war, so sehr lag das nahe.«

»Verstehe. Na, ich kann mir vorstellen, wie der Ankläger sich damit verlustiert«, sagte Maitland. »Gibt es noch etwas, was Sie uns noch nicht gesagt haben, Mr. Barrie?«

»Ich glaube nicht.«

»Hoffen wir, daß Sie recht haben.«

»Sie glauben, man wird beweisen, daß es eben dieses Messer war, wenn der Hersteller gefunden ist?«

»Auf normale Weise sollte es in einem geordneten Haushalt nicht verschwinden können«, meinte Maitland. »Ich fürchte sehr –« Er verstummte und starrte ins Leere, nahm sich aber wieder zusammen und wechselte geschickt das Thema. »Als Sie sagten, Sie wünschten meine Hilfe, Mr. Barrie, haben Sie, wie ich vermute, noch an etwas anderes gedacht als an die bloße Vertretung vor Gericht.«

»Sie haben den Ruf, daß Sie in solchen Fällen die Wahrheit herausfinden«, gab Owen zurück.

»Mein Onkel hat einen weniger schmeichelhaften Namen dafür. Wenn ich Ihnen aber helfen soll, müssen Sie zuerst mir helfen. Fällt Ihnen irgend jemand mit einem Motiv für diese beiden Morde ein? Ich sollte noch einmal betonen: Wenn eine Verhaftung vorgenommen wird, dann nur wegen eines Mordes, den die Anklage am ehesten beweisen zu können glaubt. Sie werden mir aber sicher rechtgeben, wenn ich sage, daß es nicht vernünftig wäre, sie getrennt zu betrachten.«

»Das ist mir natürlich klar, aber mir fällt dennoch niemand ein.«

»Kein gemeinsamer Freund oder Bekannter, der möglicherweise einen Grund gehabt haben mag, sie beide zu töten?«

»Nur ich, Mr. Maitland, nur ich!«

»Tja, ich kann nur eines sagen: Wiederholen Sie das bei keinem außer bei uns. Und wenn Sie vor Gericht kommen, dann … aber darüber unterhalten wir uns später, wenn das Schlimmste wirklich eingetreten ist. Wenn Ihnen inzwischen irgendeine Antwort auf meine Frage einfällt, wäre ich froh, sie zu erfahren. Im Augenblick habe ich keine Ahnung, wo ich anfangen soll.«

»Heißt das, daß Sie mir nicht glauben?«

»Es heißt genau das, was ich gesagt habe, nicht mehr und nicht weniger, Mr. Barrie. Wenn Sie mich jetzt entschuldigen ... Desmond fährt mit Ihnen nach Hause – nicht wahr, Desmond? – um mit Mrs. Hill zu sprechen, solange das noch möglich ist. Vergessen Sie aber nicht: Wenn die Polizei wiederkommt, entweder mit Fragen oder mit einem Haftbefehl, sagen Sie kein Wort.« Aber als er die beiden Männer einen Augenblick später gehen sah, dachte er bei sich: In dieser Richtung hast du schon Schaden genug angerichtet.

3

»Bißchen überraschend«, sagte Vera am Abend. Da Dienstag war, aßen sie und ihr Mann oben zu Abend und saßen in diesem Augenblick noch beim Sherry. Es war ein warmer Abend, sogar für den Juni, aber das Zimmer lag hoch genug, um vom leichten Wind erfaßt zu werden, so daß die Vorhänge sich ein wenig bauschten. »Bist du nicht überrascht gewesen, Nicholas?« fragte sie betont.

»Ich«, sagte Sir Nicholas, »bin nie überrascht. Obwohl ich bei diesem Anlaß zugeben muß, das vage Gefühl gehabt zu haben, wenn Antony sich blamieren würde, dann in einer anderen Beziehung. Vielleicht würdest du uns genau erklären, worauf du dich eingelassen hast, mein Lieber.«

Antony trank einen Schluck Sherry, bevor er antwortete.

»Die Verteidigung von Owen Barrie zu übernehmen, falls er verhaftet wird«, sagte er freundlich. Und fügte hinzu: »Ich mag ihn, weißt du, und er tut mir leid.«

»Wenn du behaupten willst, es sei gerechtfertigt gewesen, daß er zwei Morde begangen hat –«

»Keine Rede, obwohl das übrigens Desmond Barleycorn gemeint hat, als ich ihn fragte, wie er sich dazu stelle, die Verteidigung zu übernehmen.«

»Das ist jedenfalls eine Sache, auf die du dich nicht zu tief einlassen solltest«, meinte sein Onkel.

»Warum denn nicht? Das ist doch ein ganz normaler Fall.«

»Nichts, was du in die Hand nimmst, bleibt normal«, erwiderte Sir Nicholas vernichtend. »Aber wenn du genau wissen willst, was ich meine, will ich es dir sagen. Ich habe seit unserer Unterhaltung beim Mittagessen nachgedacht –«

»Nein!«

»– und ich glaube die Erklärung für Owen Barries doch sehr merkwürdige Entscheidung gefunden zu haben, Edward Coke mit seiner Vertretung zu beauftragen.«

»Ein Rätsel ist das ja eigentlich nicht, Onkel Nick. Die Kanzlei hat seine Interessen schon vertreten, als Edwards Vater noch lebte, und außerdem bereut er es offenbar, den Mann so verkannt zu haben.«

»Das ist wenigstens eine positive Seite, die dabei herausgekommen ist«, erklärte Jenny. »Edward Coke ist rehabilitiert worden.«

»Wenn du jedes Wort glaubst, das man dir erzählt –«, begann Sir Nicholas und verstummte kurz. »Ich gebe dir aber recht, meine Liebe, er hätte diese Geschichte nicht erzählt, wenn sie nicht wahr wäre. Sie ist viel zu belastend.«

»Das ist nicht der Grund, warum ich sie glaube«, erwiderte Jenny.

»Nein, du glaubst sie, weil sie beweist, daß dein Mann von Anfang an recht hatte. Na gut, ich entschuldige mich, wenn dir dann wohler ist«, lenkte Sir Nicholas ein, der nicht die Torheit beging, das Unhaltbare aufrechtzuerhalten. »Ich habe mich täuschen lassen, wie man es sich ärger nicht denken kann.«

»Aber sie war eine sehr hübsche Frau«, meinte Antony. Er und Vera lächelten sich an.

»Das hatte überhaupt nichts damit zu tun, wie du sehr wohl weißt. Aber wie ich gerade ausführen wollte, als du mich unterbrochen hast: Ich bin der Meinung, ich kann dir Barries Grund dafür nennen, warum er seine Strafverteidigung einer Kanzlei ohne Erfahrung im Strafrecht übertragen hat.«

»Wenn du glaubst, daran sei etwas merkwürdig –«

»Selbstverständlich ist es merkwürdig«, knurrte sein Onkel. »Du denkst nicht nach, Antony. Du hast selbst darauf hingewiesen, daß die beiden Morde im Zusammenhang gesehen werden müssen. Nun gut: Wenn Barrie unschuldig ist, wer wäre dann der einzig andere denkbare Verdächtige?«

»Du meinst Edward Coke, nicht wahr?«

»Ich hatte gehofft, mich klar genug ausgedrückt zu haben.«

»Owen Barrie hat also ... nun, Edward Coke würde naheliegenderweise die Verteidigung nicht selbst übernehmen, aber du unterstellst, Barrie sei zu seiner Kanzlei gegangen, um ihm die Hände zu binden.«

»So ungefähr. Siehst du jetzt ein, warum ich sage, du solltest dich nicht zu tief darauf einlassen?«

»Jennys Gesicht spiegelte ihre sorgenvollen Gedanken wider.

»Aber, Onkel Nick –«

»Ich sage nur, meine Liebe: Wenn Antony hier herumpfuscht, stößt er vielleicht auf Dinge, die ihm gar nicht schmecken werden. Entweder, daß sein Mandant der Täter ist, wodurch er in seiner Stellung als Verteidiger erhebliche Schwierigkeiten bekäme –«

»Du hast mir oft genug erklärt, daß das nur seine Meinung sei, Onkel Nick«, gab Jenny mit Nachdruck zurück. »Er würde es nicht *wissen* und wäre nicht verpflichtet, sich so zu verhalten, als wüßte er es.«

»Das ist völlig richtig«, gab Sir Nicholas in einem seiner plötzlichen Stimmungswechsel zu. »Ich rede aber nicht von seiner beruflichen Pflicht, sondern von seiner persönlichen Gemütsruhe. Kommt er andererseits dahinter, daß Edward Coke der Schuldige ist ... was dann? Dieser junge Mann, Desmond Barleycorn, verfaßt zwar den Schriftsatz zur Beauftragung, aber darauf steht der Name der Anwaltskanzlei. Willst du mir weismachen, daß er seinen eigenen Solicitor vor Gericht entlarven wird?«

»Hat er schon getan«, sagte Vera. »Hab' dir das erzählt, Nicholas.«

Sir Nicholas schauderte.

»Ich kann nur dankbar dafür sein, daß es sich um eine Sache handelte, an der ich nicht beteiligt war. Außerdem waren die Umstände anderer Art, und das wurde anders bewältigt.« Er wandte sich an seinen Neffen. »Begreifst du jetzt, Antony, warum ich dich bitte, ja, anflehe, diesen Fall genau wie irgendeinen beliebigen zu behandeln? Gib bei der Beweislage vor Gericht dein Bestes, und vergiß alles andere.«

»Ja, Onkel Nick«, sagte Antony, »und für deine Meinungen bin ich dir natürlich dankbar.«

»Du stimmst nur nicht damit überein.« Sir Nicholas' Stimmung schlug rasch wieder zu der tadelsüchtigen von vorher um. »Welche Lösung schwebt dir dann vor?«

»Ich habe keine, Sir, aber doch den Anflug einer Idee«, gab Antony zu.

»Ich habe bei dir noch nie etwas anderes erlebt. Allerdings würde ich sie gerne hören.«

»Ich fürchte, dafür ist sie noch zu verschwommen. Ich kann dir aber sagen: Ich glaube eigentlich nicht, daß Owen Barrie die Morde begangen hat. Was das angeht, hätte wohl Elizabeth eher ihn umgebracht als umgekehrt, weil er beschlossen hatte, die Wahrheit zu sagen, wie David sie ihm gegenüber zugegeben hatte.«

»So kann man es auch sehen«, meinte sein Onkel. »Aber ein älterer Mann, sehr verliebt in eine viel jüngere Frau, plötzlich aller Illusionen über ihre Gefühle ihm gegenüber beraubt. Das ist ein starkes Motiv.«

»Den Mord an David darfst du nicht übersehen.«

»Aber er war derjenige, mit dem sie ihn betrogen hat. Nein, Antony, ich halte nicht viel von deinem Grund, deinen Mandanten freizusprechen.«

»Na gut, aber vergiß nicht, daß ich eben an seine Unschuld glaube. Weiter zu Edward Coke. Ich glaube nicht, daß er es getan hat.«

»Dafür wirst du wohl auch einen bestechenden Grund haben.«

»Allerdings, ja. Wenn er seine Frau und den Mann, den er als ihren Liebhaber verdächtigen mußte, hätte umbringen wollen, hätte er dazu schon früher Gelegenheit gehabt. Du wirst mir erwidern, das sei auch wieder nur meine Meinung, Onkel Nick, und ich gebe das offen zu, aber es ist meine innere Überzeugung.«

»Du wirst auf meinen Rat also nicht hören?«

»Wenn Owen Barrie verhaftet wird, nein.«

»Aber ich sehe keinen einzigen Weg, der dir offenstünde«, klagte sein Onkel.

»Ich habe im Verlauf des Verleumdungsverfahrens ein paar Freunde der Barries und Cokes kennengelernt. Bei denen fange ich an. Vielleicht können sie mir mehr erzählen. Aber erst, wenn Sykes wirklich soweit geht, Owen Barrie zu verhaften«, fügte er hastig hinzu, als er den Blick seines Onkels sah. »Wenn mein Mandant nicht angeklagt wird, habe ich überhaupt kein Interesse an der Sache.«

Seine Zweifel wurden rasch zerstreut. Noch am Abend rief Desmond Barleycorn an, bevor Sir Nicholas und Vera hinuntergegangen waren, und teilte mit, daß Owen Barrie wegen Verdachts des Mordes an Elizabeth Coke verhaftet worden sei. Am nächsten Morgen sollte er dem Magistratsgericht vorgeführt werden.

»Wir werden nichts einwenden, also kann ich das übernehmen, wenn Sie keine Zeit haben.« Aber Maitland, der aus dem Augenwinkel die Reaktion seines Onkels beobachtete, versicherte sofort, er werde da sein.

Mittwoch, 27. Juni

I

In schweren Fällen ist die Anhörung vor dem Magistratsgericht kaum mehr als eine Formalität. Für die Verteidigung hat sie aber den Vorteil, daß sie die erste Gelegenheit bietet, die Hauptpunkte der Anklage kennenzulernen. Dabei ist es nicht notwendig, daß sie alle ausnahmslos aufgeführt werden, nur so viel, daß die Berechtigung für einen Strafprozeß nachgewiesen wird. Später erhält der Solicitor des Angeklagten natürlich eine genaue Schilderung der Punkte, die man seinem Mandanten vorwirft, aber für Maitland zumindest konnte die damit verbundene Verzögerung unangenehm werden.

An diesem Vormittag hatte die Verteidigung allerdings Glück, wenn man es als Glück bezeichnen durfte, daß sich die schlimmsten Befürchtungen bestätigten. Eine Garnitur Messer von derselben Art wie im Haus der Barries war gefunden worden – wie Desmond bei seinem Gespräch am Abend zuvor mit Mrs. Hill erfahren hatte, wußte sie noch ganz genau, wo sie gekauft worden waren – und das Gegenstück zu dem verschwundenen Messer hatte, wie geprüft worden war, genau in die eigenartig geformten Wunden Elizabeth Cokes gepaßt. Nach dem Gespräch mit der Haushälterin hatte die Polizei, wie Antony ein wenig zynisch dachte, großen Eifer an den Tag gelegt. Alles sprach dafür, daß das den Entschluß, Owen Barrie zu verhaften, besiegelt hatte.

Im übrigen ging die Anklage auf das Motiv nicht ein und erwähnte nur, zwischen dem Angeklagten und der Toten habe ein Eheversprechen bestanden und Mr. Barrie habe in Schriftform zugegeben, daß zwischen ihnen unmittelbar vor Elizabeth Cokes Tod eine schwere Auseinandersetzung stattgefunden habe. Zeit und Ort des Mordes ebenso wie die mutmaßliche Tatwaffe sprachen eindringlich gegen den Verhafteten. Maitland hielt sich zurück und protestierte nur einmal ohne sonderlichen Nachdruck, als die Anklage die, wie sie das nannte, ›nicht unmittelbar sachdienlichen‹ Teile von Barries Aussage bis zur Verhandlung zurückzuhalten wünschte, und der Ausgang entsprach durchaus den Erwartungen.

»Ich kann mir nicht helfen, es wäre doch am besten gewesen, er hätte auf Ihren Rat gehört und sich zu Totschlag bekannt«, meinte Desmond düster, als sie das Gebäude verließen. »Wenn alles ausgesprochen wird, glaube ich, daß wir damit gut durchgekommen wären.«

»Das glaube ich auch, aber man muß ihn dafür bewundern, daß er so fest bleibt. Ich hatte ganz vergessen, daß Sie ihn ja für den Täter halten, Desmond, nicht?«

»Ja, sehen Sie, ich weiß, daß Edward es nicht gewesen ist«, sagte Desmond schlicht.

»Und Sie glauben nach wie vor, Mr. Barrie sei die einzige Alternative? Ich habe gestern abend ausführlich mit meinem Onkel diskutiert und sehe noch eine andere Möglichkeit.«

»Wer?« fuhr Desmond auf.

»Wer, weiß ich nicht«, gab Antony geduldig zurück. »Ich habe nur den Hauch einer Idee über ein mögliches Motiv. Und ich denke nicht daran, mich damit zu blamieren, daß ich Ihnen das jetzt auseinandersetze, denn es könnte sehr wohl sein, daß ich mich irre.«

»Das halte ich aber gar nicht für fair«, murrte Desmond. »Und außerdem«, fügte er ganz im Stil von Sir Nicholas hinzu, »was wollten Sie da unternehmen?«

»Ich krieche jedenfalls nicht auf Händen und Knien herum und begucke mir alles durch ein Mikroskop«, sagte Antony leichthin und sah belustigt, daß Desmond, wie halb erwartet, ein langes Gesicht machte. In mancher Beziehung war der Solicitor noch sehr jung, jünger als es seine Jahre auswiesen. »Ich möchte noch einmal mit den Leuten reden, die im Verleumdungsprozeß ausgesagt haben.«

»Aber sie sind an der Sache doch nur ganz – ganz von fern beteiligt gewesen«, wandte Desmond ein.

»Schon wahr, aber sie gehörten alle zu demselben Kreis wie die Barries und die Cokes, wenn ich es so ausdrücken darf. Vielleicht ergibt sich etwas.«

»Das halte ich für sehr unwahrscheinlich«, meinte Desmond unverblümt.

»Wahrscheinlich haben Sie recht, aber irgendwo muß ich anfangen. Und Spuren, wie der kleine Moritz sie sich vorstellt, Desmond, überlasse ich der Polizei, die durchaus fähig ist, sie selbst zu finden. Zwar kann sie nicht immer etwas Richtiges damit anfangen«, fügte er hinzu, »aber das läßt sich nicht ändern. Mir geht es um die Menschen.«

»Das hört sich aber recht zufällig an«, gab Desmond zu bedenken.

»Schon wieder eine Illusion weniger«, sagte Antony belustigt. »Ich enttäusche Sie ungern, aber ich kann nur so und nicht anders arbeiten. Und mit Mary Jerrold möchte ich auch noch einmal reden.«

Desmond blieb schlagartig stehen, was die Leute, die hinter ihm waren, einigermaßen behinderte. Er starrte Maitland vorwurfsvoll an.

»Wenn Sie mich nicht anlügen und in Wirklichkeit glauben, Edward hätte es doch getan, sehe ich nicht ein, was Sie noch von ihr wollen«, meinte er.

»Ich lüge Sie nicht an«, erwiderte Antony ruhig. Er konnte Desmonds heftigen Einsatz für seinen Freund und Partner verstehen und nachfühlen und bewunderte ihn sogar dafür. »Wenn mir jemand etwas über Elizabeth Coke sagen kann, dann ist es Mary Jerrold. Ich weiß, daß sie Cokes Ansicht, selbst nach einer Scheidung nicht wieder heiraten zu können, akzeptiert hat, aber in ihrem Innersten muß sie Elizabeth doch als Rivalin betrachtet haben. Ich möchte deshalb wetten, daß sie die andere Frau durch und durch kannte.«

»Ach, wenn das alles ist, was Sie wollen –« Desmond verstummte und lächelte verlegen. »Wann wollen Sie alle diese Leute sprechen?« fragte er resigniert.

»Wenn Ihnen das beiden recht ist, bringen Sie Miss Jerrold heute abend mit zum Kempenfeldt Square«, schlug Antony vor. »Ich glaube, mein Onkel und meine Tante sind heute abend nicht zu Hause, also könnten wir uns ins Arbeitszimmer setzen. Aber ich will Sie bei *dem* Gespräch nur dabei haben, damit Sie sehen, daß alles mit rechten Dingen zugeht, Desmond, für den Fall, daß Sie mir immer noch nicht trauen. Ich habe das Gefühl, daß ich aus den anderen mehr herausbekomme, wenn ich allein mit ihnen spreche.«

»Aber –«

»Ich weiß, daß das nicht üblich ist. Ich bin aber bekannt dafür, daß ich unkonventionell vorgehe, und möchte den Ruf nutzen«, erklärte Antony. »Es ist nicht so, daß ich Sie nicht dabei haben möchte«, fuhr er fort, »sondern ich habe einfach das Gefühl, die Menschen gehen eher aus sich heraus, wenn sie es mit nur einer Person zu tun haben, statt daß ihnen zwei Leute gegenübersitzen.«

»Ja, das kann ich verstehen. Und um das logisch fortzuspinnen ... heißt das, Sie wollen die Walpoles und die Stowes getrennt sprechen?«

»Das sollte nicht so schwierig sein, oder? Walpole und Stowe werden an ihren Arbeitsplätzen sein – bei Terence Stowe dürfte ich das nicht sagen, wie? Er wäre vielleicht beleidigt. Aber wenn ich Walpole in seinem Büro und Stowe im Krankenhaus erwische, um dann die Ehefrauen zu Hause zu besuchen –«

»Es könnte schwierig sein, Joanna Stowe untertags zu erreichen. Sie ist mit ihrem Ehrenamt sehr beschäftigt.«

»Ja, den Eindruck hatte ich. Und Mrs. Walpole ist ja manchmal bei ihrem Mann im Büro. Das hatte ich vergessen. Wird schwierig werden.«

»Überlassen Sie das mir.« Desmond schien wieder schwungvoll zu werden. »Ich kenne sie ja, wissen Sie, und da können wir uns unterhalten, bevor ich einen festen Termin vereinbare und eine Zeit vorschlagen kann, sobald ich dahintergekommen bin, wann Sie mit jedem einzelnen reden könnten.«

»Danke, das wäre wirklich sehr nützlich. Kümmern Sie sich auch um Miss Ross?«

»Ja. Da gibt es keine Schwierigkeiten. Sie gehört zu den begüterten Müßiggängern. Das heißt, beim Geld weiß ich es nicht so genau, aber auf jeden Fall tut sie nichts.«

Antony schaute auf die Uhr.

»Wenn Sie mit mir in die Kanzlei gehen, können wir meinen Onkel abholen und gemeinsam essen«, schlug er vor. »Er beklagt meine Methoden nicht weniger als Sie – welches Zitat gebraucht er immer wieder? ›Unter Gentlemen sind Fragen als Gesprächsform nicht üblich –‹, also können Sie sich gegenseitig trösten. Aber wenn Sie keinen öffentlichen Aufruhr im Restaurant wünschen, sagen Sie ihm nicht, daß Sie mich bei den vorgesehenen Besuchen nicht begleiten. Er würde sich nur aufregen.«

»Ich kann mir nicht denken, daß Sie das beeinflussen würde«, meinte Desmond.

»Das nicht, aber was tut man nicht alles um des lieben Friedens willen?« gab Antony zur Antwort. »Gehen wir zu Fuß oder suchen wir uns ein Taxi?«

2

Da es noch recht früh war, entschied sich Desmond für einen Spaziergang. Sie trafen Sir Nicholas in seinem Arbeitszimmer an, den Schreibtisch übersät mit Papieren, einen Aktenstapel neben sich auf dem Boden. Er starrte die Unterlagen vor sich finster an, schob aber die Brille auf die Stirn, als die beiden Männer eintraten, und ließ nach der Vorstellung große Bereitschaft erkennen, seine Arbeit sofort im Stich zu lassen. Sie gingen deshalb zu ›Astroff's‹, wo Sir Nicholas' Lieblingstisch auf sie wartete. Die Mahlzeit verlief angenehm, bis auf eine bewußte Provokation durch Maitland. Als sein Onkel den jungen Solicitor wohlwollend ansah und freundlich sagte: »Sie sind also der junge Mann, der mit Antonys Unterstützung in seiner neuesten Sache belastet ist«, unterbrach Maitland die eher gestammelte Antwort Desmonds mit den Worten: »Wir sind über unseren Mandanten nicht so ganz einer Ansicht, Onkel Nick. Wie ich dir schon erklärt habe, halte ich ihn für unschuldig, aber Desmond ist anderer Meinung. Er glaubt, daß er es getan hat, entschuldigt sein Verhalten aber eher. Entschuldbarer Totschlag wäre die richtige Kategorie.« Das führt natürlich, wie er schon erwartet hatte, zu einer kurzen Belehrung über die Unversehrtheit menschlichen Lebens, aber da sie an ihn gerichtet war, statt an den jüngsten Tischgenossen, beeinträchtigte sie Desmonds Vergnügen an der Zusammenkunft nicht ernsthaft.

Danach verabschiedeten sie sich, und Onkel und Neffe schlenderten gemeinsam zum Inner Temple zurück. Alles wäre gut gewesen, hätte der alte Mr. Mallory sich nicht augenblicklich eingestellt, als er die Tür aufgehen hörte.

»Guten Tag, Sir Nicholas«, sagte er. »Mr. Maitland, Chefinspektor Sykes wartet auf Sie. Ich habe mir erlaubt, ihn von Willett in Ihr Zimmer führen zu lassen.«

»Danke, Mallory«, sagte Antony, und in diesem Augenblick ging ihm sogar diese kleine Höflichkeit sehr wider den Strich. Er wußte ganz genau: Mallory war sich im selben Maß wie er selbst bewußt, daß Sir Nicholas' Einwände gegen manche Kontakte Antonys mit der Polizei hatte, es ihm also wesentlich lieber gewesen wäre, die Nachricht unter vier Augen zu erfahren. Es ließ sich aber nichts mehr ändern. Er drehte sich herum und begegnete dem vorwurfsvollen Blick seines Onkels.

»Er führt die Ermittlungen im Fall Barrie, Onkel Nick. In diesem Zusammenhang wird er mich sprechen wollen.«

»Das nehme ich an.« Sir Nicholas hatte die Tür zu seinem eigenen Zimmer erreicht und sagte über die Schulter: »Ich bin in die Papierflut, mit der Collingwood mich überfallen hat, aber nicht so vertieft, daß ich nicht gleich von dir etwas hören wollte, sobald dein Besucher sich verabschiedet hat.«

Antony sagte so beiläufig, wie es ihm möglich war: »Ja, natürlich«, aber in Wahrheit verspürte er ein wenig Verwunderung und Unbehagen über den Besuch.

Chefinspektor Sykes war der einzige Mensch, von dem Maitland jemals erlebt hatte, daß er es sich in einem der Besuchersessel offenkundig bequem machen konnte.

»Ich hoffe, Sie haben nicht zu lange warten müssen«, begrüßte Antony ihn, als er hereinkam.

»Meine eigene Schuld, Mr. Maitland, ich hätte vorher anrufen sollen. Aber nach dem Essen kam ich mehr oder weniger zufällig hier vorbei und wollte es versuchen. Ich habe heute früh vor Gericht mich bemerkbar machen wollen, aber das ist mir nicht gelungen.«

»Ich habe Sie dort gesehen, als Sie aussagten«, gab Antony zu. »Hinterher schienen Sie verschwunden zu sein.«

»Sie haben also die Verteidigung von Owen Barrie gegen die Beschuldigung übernommen, Elizabeth Coke ermordet zu haben«, stellte Sykes nachdenklich fest.

»Ich hätte gedacht, das versteht sich von selbst. Der Grund für Ihren Besuch kann das nicht sein, Chefinspektor. Sie wissen, daß wir darüber gar nicht diskutieren dürften.«

»Nicht über den Fall«, erklärte Sykes bedächtig, »aber im Hinblick darauf, wenn Sie mich recht verstehen...«

»Leider nicht.«

»Sie haben nicht vergessen, Mr. Maitland, daß es kaum acht Wochen her ist, seit Sie Chef-Superintendent Briggs als Zeugen für die Verteidigung in einem Mordprozeß in den Zeugenstand beriefen.«

»Natürlich habe ich das nicht vergessen, aber das war eine ganz andere Sache. Ich habe nicht die Absicht, ihn diesmal vorzuladen, wenn Sie das meinen.«

»Das meine ich auch nicht, und Sie wissen das genau«, mahnte ihn Sykes. »Ich versuche Ihnen nur nahezubringen, daß er Ihnen das nicht verziehen hat, ganz und gar nicht.«

»Wenn das eine Warnung ist, Chefinspektor, bin ich Ihnen dafür sehr verbunden.« Das war in aller Aufrichtigkeit gesagt; Sykes' Mitteilung verriet sein absolutes Vertrauen in die Diskretion Antonys, da Chef-Superintendent Briggs sein direkter Vorgesetzter war. »Es besteht kein Anlaß zur Sorge, wissen Sie. Ich glaube zwar, daß er darüber nie hinwegkommen wird, aber auf seine Einstellung mir gegenüber wird sich das nicht auswirken. Wir haben uns nie verstanden.«

Sykes lächelte auf seine stille Weise bei dieser Untertreibung.
»Ich weiß, er hat Ihnen immer mißtraut«, sagte er.
»Wie Sie bei Gelegenheit auch, Chefinspektor.«
»Ich dachte ein-, zweimal, Sie seien nicht ganz offen uns gegenüber bei Dingen, die Sie wußten«, erklärte Sykes präzise. »Aber das ist etwas ganz anderes. Ich bin entschieden von Ihrer Integrität überzeugt.«
»Und Briggs nicht? Das ist bedauerlich, aber da ich das Gesetz nicht übertreten und das auch weiterhin nicht im Sinn habe, kann es mir wohl kaum zum Schaden gereichen.«
»Da wäre ich mir nicht so sicher, mein Freund«, meinte Sykes ernsthaft. »Was ich Ihnen beizubringen versuche, ist, daß sich seine Einstellung verhärtet.«
»Trotzdem –«
»Er setzt sich etwas in den Kopf, wissen Sie«, fuhr Sykes fort, »und dann kann nichts auf der ganzen Welt ihn mehr davon abbringen.«
»Sie sollten mit meinem Onkel sprechen. Er hat mir das auch schon erklärt.«
»Hm, wenn ich nur erreichen könnte, daß Sie das glauben. Diese Verleumdungsklage, zum Beispiel... Ich nehme an, Sie haben nichts dagegen einzuwenden, daß ich darüber spreche, Mr. Maitland.«
»Es könnte schwierig werden, das zu tun, ohne auf die Mordanklage zu kommen.«
»Genau, aber ich finde, Sie sollten wissen, was der Chef-Superindendent davon hält, wie Sie David Barrie befragt haben.«
»Ich verstehe immer noch nicht.«
»Er behauptet, Sie hätten diese Morde provoziert, weil Sie den jungen Mann fragten, ob er wisse, daß Elizabeth Coke seinen Vater heiraten wolle.«
Einen Augenblick lang herrschte Stille. Maitland hob die Hand, um seine Augen zu bedecken, ließ sie wieder sinken und sah seinem Besucher ins Gesicht.
»Glauben Sie nicht, daß ich mir dessen sehr bewußt bin?« fragte er.
»Es tut mir leid, wenn ich mich schlecht ausgedrückt habe. Ich

wollte darauf hinaus: Briggs glaubt, Sie hätten das ganz bewußt getan. Noch schlimmer, er meint, die Frage habe jeder Grundlage entbehrt.«

»Na, da irrt er sich. Owen Barrie hatte mir das selbst mitgeteilt ... und ich hätte mir natürlich nie träumen lassen, daß das solche Folgen haben würde.«

»Schon, Mr. Maitland, aber da ist ein Punkt. Ich weiß, daß ich mir hier etwas herausnehme, aber ich hoffe, wir können einander inzwischen vertrauen.« Er verstummte kurz und lächelte. »Mit der Einschränkung, die ich vorhin gemacht habe, versteht sich.«

»Gewiß«, bestätigte Antony ernsthaft.

»Dann kann ich Ihnen sagen, die Anklage wird Owen Barries Aussage als krasse Lüge hinstellen, jedenfalls, soweit sie Elizabeths Versprechen betrifft, ihn zu heiraten. Wenn es darüber Streit gibt, könnte Ihre eigene Erklärung während des Verleumdungsverfahrens in Zweifel gezogen werden.«

»Lassen wir das einmal beiseite. Wenn sie Barries Aussage bestreiten, beseitigen sie das Motiv, auf das man sich meiner Meinung nach sehr stark stützt.«

»Man hat die Tatgelegenheit und die mutmaßliche Tatwaffe«, gab Sykes zurück. »Dem Gericht aber wird vorgetragen werden, daß dieses Verlöbnis oder Einverständnis, oder wie Sie das nennen wollen, eine reine Erfindung von Barrie war, gewissermaßen ein Wunschgedanke, und daß, als David nach Hause kam und ihn zur Rede stellte, ein heftiger Streit entbrannte – den er ja einräumt, wie Sie wissen –, so daß der Mord aus Eifersucht begangen worden sein kann.«

»Er wird nicht des Mordes an David angeklagt.«

»Das ist mir völlig klar, Mr. Maitland, aber lassen Sie mich ausreden. Man meint also, Elizabeth Coke sei aus reiner Rücksichtnahme auf Owen Barries Gemütszustand zu ihm gekommen, in der Meinung, er müsse ihre Worte mißverstanden haben. Sie wollte das demnach richtigstellen. Erneut Eifersucht ... verstehen Sie? Das würde erklären, warum wiederholt zugestochen wurde, obwohl der erste Stoß schon tödlich war.«

»Der erste Stoß?« wiederholte Maitland scharf.

»Ja, so ist es.«

»Bei der Anhörung war davon aber keine Rede.«

»Nein. Wenn Sie sich erinnern –«

»Ja, die Anklage hielt sich sehr zurück. Aber was ist mit David Barrie?«

»Keinesfalls der erste Stoß. Das ist ziemlich leicht festzustellen, wissen Sie. Aber mindestens drei Wunden wären tödlich gewesen. Um aber auf Elizabeth Coke zurückzukommen: Sie sehen, wie die Theorie nahtlos zu den Fakten paßt, nicht wahr?«

»Im anderen Fall wäre ich ein Narr. Man zielt offenbar darauf ab, befürchtet aber offenbar, wir könnten auf etwas weniger Schwerwiegendes abstellen.«

»So sieht das der Ankläger meinem Eindruck nach«, erklärte Sykes. »Und ich kann mich nicht erinnern, daß ich schon einmal auf so unschickliche Weise mit einem Strafverteidiger gesprochen hätte«, fügte er bitter hinzu. »Aber es geht mir um Ihre Position. Könnten wir darauf zurückkommen?«

»Wenn Sie wollen. Ich nehme an, Sie meinen, was geschehen würde, wenn Owen Barrie schuldig gesprochen werden sollte.«

»Genau das. Man könnte behaupten, Sie hätten diese Frage in den Verleumdungsprozeß eingeführt, obwohl es dafür keinerlei Grundlage gegeben hat, und dieser Teil von Barries Aussage, der von der Anklage bestritten wird, sei auf Ihre Anregung hin zustandegekommen.«

»Immerhin noch besser als der Vorwurf, die Zeugen beeinflußt zu haben«, meinte Antony mit einem Versuch zur Lockerheit. »Das war es beim letztenmal, nicht?«

»Zum Lachen gibt es da nichts«, rügte Sykes. »Es wäre trotzdem Anstiftung zum Meineid, jedenfalls dann, wenn Barrie das vor Gericht sinngemäß wiederholt, und nicht erfreulich, wenn sich das herumspräche.«

»Nein, das ist mir durchaus klar. Und wenn es mir gelingt, einen oder mehrere Zeugen zu finden, die bestätigen, was ich meine –«

»Niemand kann wissen, was dann passiert«, sagte Sykes entschieden.

»Aber es ist doch so –« Er verstummte, als ihm etwas einfiel. »Hören Sie, Sykes, wollen Sie sagen, daß Briggs den Verstand verliert?«

»Auf keinen Fall, Mr. Maitland.« Sykes' vorsichtige Seele war bis ins tiefste erschüttert. »Aber ich will nicht bestreiten«, fügte er zögernd hinzu, »daß in dieser Frage allein –«

»Sie meinen, er hat sich, was mich betrifft, in eine fixe Idee verrannt? Tja, ich kann nur sagen, daß ich die Absicht habe, ganz auf dem Pfade der Rechtschaffenheit zu wandeln, Chefinspektor. Damit müßte die Sache doch ihr Bewenden haben, oder?«

»Ich rede nicht von einem Beweis dafür, daß etwas Unrechtes geschehen ist, Mr. Maitland, sondern nur von Gerüchten, davon, was getuschelt werden könnte.« Er erhob sich. »Ich habe mich nicht nach dem Befinden von Mrs. Maitland oder Lady Harding oder Ihres Onkels erkundigt«, meinte er entschuldigend und schuldbewußt.

Antony lächelte ihn an.

»Nein, und das ist das erste Mal, daß ich erlebe, wie Sie ein Gespräch ohne diese Einleitung begonnen haben«, sagte er. »Es geht ihnen allen gut, danke, und ich bin Ihnen für die Warnung sehr verpflichtet. Ich brauche Ihnen nicht eigens zu versichern, daß der Verlauf unseres Gesprächs streng unter uns bleibt.«

»Sir Nicholas wird Sie bestimmt fragen –«

»Ja, ich weiß. Ich werde ihm sagen müssen, daß Sie mich aufgefordert haben, vor Briggs auf der Hut zu sein. Und wenn Mallory uns nicht mit der Nachricht begrüßt hätte, daß Sie hier sind, als wir vom Essen kamen«, fügte er hinzu, »würde ich Ihren Besuch überhaupt nicht erwähnen. Er ist in diesem Punkt selbst sehr eigen, und das wird seine schlimmsten Befürchtungen nur bestätigen.«

Es hatte aber keinen Sinn, die Dinge noch mehr zu verschlimmern, als sie es ohnehin schon waren. Maitland suchte daher sofort seinen Onkel auf, nachdem er Sykes zur Tür geleitet und ihm kurz nachgesehen hatte, als der Kriminalbeamte die recht dunkle Treppe hinuntergestiegen war.

»Nun?« fragte Sir Nicholas, als er hereinkam.

»Er ist genauso schlimm wie du, Onkel Nick. Eine düstere Warnung vor Chef-Superintendent Briggs.«

Sir Nicholas zog die Brauen zusammen.

»Ich vermag nicht zu erkennen, worauf er in dieser Sache Unterstellungen gegen dich stützen könnte«, sagte er.

»Ich auch nicht.« Er ließ einen scharfen Blick seines Onkels über sich ergehen und fuhr hastig fort: »Die Sache ist die, weißt du. Ich glaube, nach all den Jahren hat Sykes eine gewisse Zuneigung zu mir entwickelt. Er sieht Probleme, wo keine sind.«

»Ich nehme an«, erklärte Sir Nicholas kalt, »was du mir mitteilen – oder vielmehr nicht mitteilen – willst, ist, daß du ganz unschicklicherweise alle Aspekte des Falles mit ihm besprochen hast. Nun gut«, sagte er nach einer Pause, als Antony schwieg, »ich will dich da nicht drängen, aber du solltest bedenken, daß sowohl Vera als auch ich früher ganz Ähnliches über Superintendent Briggs zu dir gesagt haben, obschon mit mehr Gehalt, wie wir beide meinen, als die düstere Warnung, von der du eben spöttisch gesprochen hast.«

»Ich bin es müde, immer neu betonen zu müssen, daß ich nichts zu unternehmen beabsichtige, was Probleme schaffen könnte.«

Sir Nicholas' Stimmungswechsel waren manchmal verwirrend. Auch jetzt fand ein solcher statt, und er lächelte seinen Neffen beinahe gütig an.

»Es hat keinen Sinn, darüber zu streiten, oder? Darf ich mir einen klugen Satz von dir zu eigen machen und sagen, man lernt nie aus, Antony?«

3

Es war Maitlands Gewohnheit schon seit dem Beginn seiner beruflichen Laufbahn, Sir Nicholas' Arbeitszimmer zu nutzen, wenn sich die Gelegenheit für ihn ergab, ein Gespräch zu Hause zu führen, stets vorausgesetzt natürlich, der Eigentümer war anderweitig beschäftigt. Er hatte an diesem Abend die Bestätigung erhalten, daß Onkel und Tante auswärts essen würden und nichts dagegen hatten, wenn er ihr Lieblingszimmer benutzte. Mit Desmond hatte er vereinbart, daß er Mary Jerrold nach dem Abendessen mitbringen sollte, und zur Abwechslung einmal führte der Eifer des jungen Mannes sie nicht zu früh ins Haus. Vielleicht war es auch Marys Einfluß, der ihn bremste. Auf jeden Fall war es kurz nach neun Uhr, als Gibbs über das Haustelefon mitteilte, zwei Besucher für Mr. Maitland seien zur Stelle. Bis Vera eingezogen war, hatte er sich auf seine halsstarrige Weise rundweg geweigert, den Apparat zu nutzen, der seinetwegen installiert worden war, sondern darauf bestanden, bei allen dadurch Schuldgefühle zu erregen, daß er mit Mitteilungen die Treppen hinaufstapfte. Antony lächelte, als er den Hörer auflegte und sich zu Jenny umwandte.

»Ich rechne immer damit, daß Gibbs in die Art zurückfällt, die er hatte, bevor Onkel Nick Vera heiratete«, sagte er, »aber jetzt sind wir, glaube ich, ziemlich sicher, nicht? Er hat nichts davon merken lassen.«

»Sie bringt ihn eines Tages vielleicht sogar dazu, daß er in den Ruhestand geht«, meinte Jenny hoffnungsvoll. Aber ihr Mann schüttelte dazu nur den Kopf; diese Hoffnung hatte er längst aufgegeben.

Mary Jerrold und Desmond Barleycorn erwarteten ihn im Arbeitszimmer. Sein erster Gedanke war der, daß Mary sich unbehaglich fühlte, sein zweiter, daß das unter den Umständen nicht verwunderlich sein konnte. Er tat sein Bestes, um es ihr bequem zu machen und die Atmosphäre dadurch aufzulockern, daß sie sich kurze Zeit ganz allgemein miteinander unterhielten, bevor er seine Fragen stellte. Er nahm sogar auf dem Sofa Platz, wo er beide Besucher mühelos im Auge behalten konnte, obwohl er, selbst von innerer Unruhe erfaßt, am liebsten im Zimmer umhergegangen wäre. Seine gutmütige Absicht wurde zum Teil aber von Mary Jerrold durchkreuzt, die steif auf der Vorderkante von Sir Nicholas' Lieblingssessel saß und eine Bemerkung Antonys über das warme Wetter mit den hervorgestoßenen Worten unterbrach: »Ich weiß wirklich nicht, warum Sie mich noch einmal sprechen wollen.«

»Ich dachte, das hätte Desmond Ihnen vielleicht schon klargemacht«, erwiderte Antony. Desmond warf ihm einen vorwurfsvollen Blick zu, da er ebenso im dunkeln tappte wie das Mädchen. Er hatte Maitlands Erklärung beim erstenmal so wenig geglaubt, wie er es jetzt tat. »Sehen Sie, Miss Jerrold«, begann Antony, »bei jeder Untersuchung von Mordfällen ist es ungeheuer wichtig, etwas über den Charakter des Opfers zu erfahren. Ich dachte, Sie könnten aus Ihren besonderen Umständen heraus mir mehr als jeder andere Mensch über Elizabeth Coke erzählen.«

»Außer Edward«, widersprach Mary, nachdem sie kurz über den

Satz nachgedacht hatte. »Er müßte sie besser kennen als jeder andere.«

»Da bin ich nicht Ihrer Meinung. Anfangs war er in sie verliebt, und es heißt, die Liebe mache blind, nicht wahr? Und danach ... Ich glaube, er würde dazu neigen, ihr Verhalten nach seinem eigenen Standpunkt zu beurteilen, weil er so direkt betroffen war.«

»Tja, ich will mein Bestes tun, aber über David Barrie weiß ich überhaupt nichts.«

»Sie hatten ihn aber kennengelernt.«

»Ja, das sagte ich beim letztenmal, oder? Ich hielt ihn für ziemlich affektiert, als Mensch eher unbedeutend«, fuhr Mary fort. »Und Owen Barrie mochte ich sehr, nur war er Elizabeths Fehlern gegenüber genauso blind wie alle anderen. In dieser Beziehung haben Sie völlig recht, Mr. Maitland, manchmal dachte ich, ich sei die einzige, die sie durchschaute, und ich wäre sehr froh, wenn Sie für Mr. Barrie etwas tun könnten, obwohl ich das Gefühl habe, daß Desmond ihm die beiden Morde wirklich zutraut. Freilich nicht auf Edwards Kosten ... Owen Barrie freizubekommen, meine ich.«

»Ich bin sicher, Desmond hat Ihnen zumindest das klargemacht. Daran denke ich zu allerletzt.«

Das brachte endlich die Beruhigung, die er so lange vergeblich hatte herbeiführen wollen. Sie lächelte ihn herzlich an und sagte: »Dann will ich alles tun, was ich kann, um Ihnen zu helfen. Was möchten Sie wissen?«

»Es ist schwer, Ihnen das deutlich zu machen, ohne Suggestivfragen zu stellen«, sagte Maitland. In einem Kleid aus seidigem Material in zartem Blau sah sie einer Rechtsanwältin so unähnlich, wie man sich das nur denken konnte, und er mußte sich unterbrechen, als er diesen Punkt erläutern wollte. »Wenn ich Ihnen sage, was Edward über seine Frau mitgeteilt hat, können Sie mir vielleicht erklären, ob Sie zustimmen.«

»Edward würde Sie nicht belügen.«

»Meine liebe Miss Jerrold, Sie dürfen mir nichts unterstellen. Ich habe eine solche Andeutung nicht gemacht. Nur bin ich eben der Meinung, seine Einstellung könnte durch ihre Beziehung gefärbt worden sein.«

»Es tut mir leid«, sagte sie zerknirscht. »Was hat Edward Ihnen über Elizabeth erzählt?«

»Daß sie frigide war«, antwortete Antony kurz. Und fragte sich dabei, ob es jemals dazu kommen würde, daß Edward Coke und dieses Mädchen, das ihn so inbrünstig liebte, ganz offen miteinander sein konnten und die ganze Wahrheit über seine katastrophale Ehe ans Tageslicht kommen würde.

Seine Bemerkung hatte den Erfolg, daß Mary sich wieder steif aufrichtete.

»Aber das ist doch Unsinn«, protestierte sie. »Sie war – ich kann es nicht anders ausdrücken, Mr. Maitland – sie war eine der sinnlichsten Frauen, die ich je gekannt habe.«

»War sie das wirklich?«

»Aber Edward hat doch –«

»Ich glaube nicht, daß ich auf seine Gründe für diesen Irrtum eingehen kann, Miss Jerrold, obwohl ich sie zu verstehen glaube. Würden Sie mir die Gründe für Ihre Meinung verraten?«

»Sie halten mich für voreingenommen«, beschuldigte sie ihn.

»Genau deshalb, weil ich das nicht glaube, wollte ich noch einmal mit Ihnen reden«, gab er zurück, und zum erstenmal begann Desmond ihm zu glauben. »Ich denke, Ihre juristische Ausbildung hat bei Ihnen dazu geführt, Indizien sehr genau zu prüfen, obwohl ich Sie natürlich nicht gut kenne und mich da auch irren kann. Aber seien Sie lieb und erzählen Sie mir –«

»Sie wissen, daß ich ziemlich oft bei ihnen zum Essen eingeladen war, meistens dann, wenn auch Desmond dabei war. Und häufig waren noch ein, zwei andere Paare eingeladen, und es war ganz auffällig – Sie werden das wohl nicht als Beweis gelten lassen – daß sie sich um jeden anwesenden Mann bemühte und kein einziger ihr widerstehen konnte. Ich glaube, sie hätte jeden Mann um ihren kleinen Finger wickeln können. Es wundert mich, daß Desmond Ihnen davon nichts erzählt hat.«

»Ist mir nie aufgefallen«, sagte Desmond nur. »Und wenn Sie wissen wollen, warum«, fügte er plötzlich hinzu, »dann deshalb, weil ich Augen nur für Sie hatte.«

Mary starrte ihn kurz an.

»Ach, Desmond!« sagte sie, offenkundig zwischen Reue und Verärgerung hin und her gerissen. »Ich dachte... und die ganze

Zeit erzähle ich Ihnen von meinen Gefühlen für Edward. Ich wollte Ihnen nicht wehtun.«

»Das haben Sie auch nicht getan«, beschwichtigte Desmond. Antony konnte allerdings nicht entscheiden, ob das stimmte oder nicht. »Und wenn Sie wissen wollen, was ich bei Elizabeths Tod empfunden habe«, sagte er trotzig, »ich bin froh, daß Edward frei ist. Sie hätten sich nie entschließen können, solange er sich ihr verbunden fühlte, aber so haben wir beide die gleichen Chancen. Und wenn Sie glauben«, fuhr er Maitland an, »daß mir das ein Motiv für den Mord an ihr verleiht, haben Sie ganz recht. Nur habe ich ihn nicht begangen.«

»Motive scheinen nur so herumzuschwirren«, meinte Maitland gelassen. »Über das Ihre habe ich noch gar nicht nachgedacht.« Sein Blick kehrte dabei wieder zu dem Mädchen zurück, und Desmond fuhr sofort auf, als hätte er offen eine Anschuldigung erhoben.

»Wenn Sie glauben, daß Mary –«

»Der Gedanke ist mir durch den Kopf gegangen«, räumte Antony ein. Soviel er erkennen konnte, hatte er aus dem Gespräch herausgeholt, was möglich war, und interessierte sich jetzt dafür, wie es hier weitergehen würde.

»Dann darf ich Sie daran erinnern, daß auch David Barrie umgebracht worden ist«, fauchte Desmond. »Sie können nicht behaupten, daß sie dafür auch ein Motiv gehabt hätte.«

»Mir fiele eines ein«, sagte Mary. Sie schien beinahe belustigt und von Maitlands Offenheit keineswegs beleidigt zu sein.

»Wirklich? Heraus damit«, sagte Antony.

»Die Verleumdungsklage hatte David und Elizabeth in den Augen aller miteinander verbunden, und als sie beide an demselben Abend umgebracht wurden, lag nahe, daß das etwas damit zu tun hatte. Davids Tod hätte das wahre Motiv verschleiert.« Sie schwieg einen Augenblick und lachte dann laut. »Es tut mir leid, Desmond, aber für Sie gilt das auch.«

»Vielleicht, aber von *Ihnen* würde das niemand glauben«, gab Desmond verärgert zurück. »So – so heimtückisch könnten Sie gar nicht sein.«

»Man könnte behaupten, es gehört eine Frau dazu, auf solche

Dinge zu kommen«, betonte Mary. »Obwohl ich übrigens nicht glaube, daß ich jemandem ein Messer in den Leib stoßen könnte«, fügte sie in ernsterem Ton hinzu. »Ich glaube, ich brächte es nicht fertig.«

»Das denke ich auch«, meinte Maitland. »Aber ich wäre froh, wenn alle Leute so offen reden würden wie Sie, Miss Jerrold. Sie hatten mir erzählt, daß die Barries manchmal am selben Abend zum Essen bei den Cokes eingeladen waren wie Sie und daß Elizabeth mit beiden geflirtet hat. Jedem wird sie dann hinterher erklärt haben, das hätte sie nur deshalb getan, damit ihre Beziehung zueinander nicht auffiel«, fügte er nachdenklich an.

»Ja, ich bin sicher, daß es so gewesen ist. Ich glaube, ich habe das nicht sehr gut erklärt. Ihr Verhalten war bei jedem Mann, mit dem sie in Berührung kam, anders. Owen Barrie etwa halte ich für einen ziemlich altmodischen Mann, und ich bin sicher, daß er sie für makellos rein gehalten hat.«

»Ja, ich verstehe. Das ist ein sehr wichtiger Punkt. Wen haben Sie bei den Cokes noch getroffen?«

»Manchmal Primrose Ross, die Walpoles und die Stowes. Ein-, zweimal war noch ein anderes Paar dabei – jedesmal andere, meine ich – aber das waren nur zufällige Bekanntschaften. Ich erinnere mich nicht einmal mehr an ihre Namen.«

»Sie, Desmond?«

»Leider nicht. Die Leute, die Mary erwähnte, waren ihre besonderen Freunde.«

»Gut. Miss Jerrold, hat sie es bei Mr. Walpole und Mr. Stowe genauso gemacht wie bei den Barries?«

»O ja.«

»Sind sie darauf eingegangen?«

»Jeder auf seine Art. Roland Walpole ließ ihr gutmütig den Willen, wie ich fand, so als hätte er es mit einem Kind zu tun, Terence Stowe bewies ein wenig mehr Zurückhaltung. Als Arzt muß man wohl besonders vorsichtig sein.«

Antony lächelte sie an. Das Gespräch bereitete ihm unerwartetes Vergnügen.

»Wissen Sie, Miss Jerrold, das ist das erstemal, daß eine Bemerkung ein bißchen gehässig klingt«, sagte er.

»Außer bei Elizabeth, versteht sich«, erwiderte Mary ernsthaft.

»Ja, abgesehen von ihr. Sie sind sehr offen zu mir gewesen, und dafür bin ich Ihnen wirklich dankbar. Und Ihnen natürlich auch, Desmond.« Sie unterhielten sich noch eine Weile, aber es kam nichts weiter mehr dabei heraus, so daß er sie verabschiedete – Gibbs hatte sich schon zurückgezogen, weil es nach zehn Uhr war – und hinaufging, um Jenny zu berichten.

»Aber ich verstehe so wenig wie Mary Jerrold, warum Edward Coke sich in seiner Frau so getäuscht hat«, meinte Jenny. »Ich kann durchaus verstehen, warum du ihr das nicht erklärt hast, aber bei mir ist das anders, da bist du immer indiskret.«

»Nur, weil du die Diskretion in Person bist, Schatz. Manchmal frage ich mich ... langweilt dich denn die ganze Fachsimpelei nicht? Seit Vera Onkel Nick geheiratet hat, ist es eher noch schlimmer geworden.«

»Du weißt, daß es nicht so ist. Manchmal habe ich sogar das Gefühl, ich verstehe davon so viel wie ihr«, erklärte Jenny.

»Nur, daß du keinen logischen Verstand besitzt, Liebste«, betonte Antony lachend. »Gott sei Dank nicht. Wenn du anfangen würdest, vernünftig zu werden –«

Jenny lachte ebenfalls, ließ sich aber nicht abbringen.

»Du wolltest mir erzählen –«

»Ach ja, über Edward Coke. Nun, zunächst verliebte er sich Hals über Kopf in Elizabeth, und er muß damals schon Mitte Dreißig gewesen sein, wohlgemerkt.«

»Wie der Mann in dem Lied«, sagte Jenny.

»Was für ein Lied?« fragte Antony verständnislos.

»Wenn er denkt, die Liebe sei vorbei, kommt die große Liebe, nicht die Liebelei«, sagte Jenny, zu Recht der Meinung, das sei Erklärung genug.

»Ach so, verstehe. Aber ich glaube nicht, daß es bei Edward Coke so war«, widersprach Antony. »Ich kann mir überhaupt nicht vorstellen, daß er mit mehreren gleichzeitig Liebschaften unterhielt. Wenn er heiratete, dann sollte das für ihn endgültig sein. Vielleicht springt er auch nicht so rasch auf eine Frau an, ich weiß nicht, oder er dachte, mit fünfunddreißig Jahren wisse er ja nun, was er wolle. Jedenfalls war er sehr verliebt in sie und sah die pure

Vollkommenheit. Und ihre Ehe scheint einige Monate lang ganz normal verlaufen zu sein, dann zog sie sich aus einer engen Beziehung zurück und bestand schließlich sogar auf getrennten Schlafzimmern. Ich glaube, wie du weißt, daß sie ihn wegen des Geldes, also der erwarteten Erbschaft von Tante Harriet, geheiratet hat. Es kann also gut sein, daß sie seine Avancen nicht mehr ertragen wollte. Aber so würde er das nicht sehen, oder? Ich nehme an, er hat für sich nach einer Erklärung gesucht und sich für die entschieden, daß sie eben von Natur aus allen Männern gegenüber kalt sei. Anschließend verschloß er die Augen vor ihrer Einstellung zu anderen Männern oder hielt das nur für Spielerei.«

»Ja, das klingt ganz logisch«, meinte Jenny. »Antony, wäre es nicht schrecklich –«

»Doch, aber da dem nicht so ist, brauchen wir uns den Kopf darüber nicht zu zerbrechen«, erklärte Antony entschieden. »Ich finde, daß wir uns doch etwas von dem Kognak verdient haben, den wir für Onkel Nick bereithalten, du nicht? Es strengt doch an, so offen zu sein.«

»Ja, mir gefällt Mary Jerrold«, sagte Jenny und ging damit auf den Sinn mehr als auf die Worte ein. Sie suchte im Schrank, aber da die Hardings erst am vergangenen Abend bei ihnen gewesen waren, fiel es nicht schwer, die Flasche zu entdecken. »Aber ich möchte wissen, wen von den beiden sie am Ende nehmen wird«, fuhr sie fort, als sie sich aufrichtete, »Edward Coke oder deinen Freund Desmond.«

»Das weiß ich nicht, und im Augenblick ist mir das auch egal«, gab Antony zurück und griff nach dem Glas. »Außerdem kann ich nicht beurteilen, ob Desmond mich nach meiner Unverblümtheit heute abend noch als Freund betrachtet.«

»Aber sicher, sonst hätte er nicht vor dir praktisch einen Heiratsantrag gemacht.«

»So siehst du das?«

»Natürlich.«

»Du könntest recht haben. Aber mich beschäftigt der bevorstehende Prozeß gegen Owen Barrie, und wie ich ihn da heraushauen soll.«

Erst später, als sie im Bett lagen, fiel ihm der Besuch von Chefinspektor Sykes mit seinen warnenden Worten wieder ein. Er hatte Jenny nichts davon gesagt und auch nicht die Absicht dazu, aber Onkel Nick würde ebenfalls nichts erzählen, also ging das in Ordnung. Trotzdem dauerte es sehr lange, bis er einschlafen konnte.

Freitag, 29. Juni

I

Trotz der Bedenken Antonys klang Desmonds Stimme durchaus freundlich, als er am Freitag vormittag anrief.

»Tut mir leid, daß es so lange gedauert hat«, begann er.

»Ist mir nicht lange vorgekommen«, sagte Antony aufrichtig. Der Vertrag erschien komplizierter denn je, und die Tage waren nicht lang genug für die Enträtselung. »Soll das heißen, daß Sie Termine für mich vereinbart haben?«

»Richtig. Für heute, wenn das nicht zu knapp wird.«

»Keine Spur. Mir ist es lieber, wenn es rasch geht, wie ich schon sagte. Mallory teilte mir mit, daß ich die nächste Woche fast dauernd bei Gericht bin.«

»Dann ist es ja gut. Ich habe selbst ein bißchen herumgeschnüffelt und herausgebracht, wann Sie Roland und Frances, Terence und Joanna getrennt sprechen können.«

»Fein.«

»Frances ist heute im Büro, aber da bin ich recht raffiniert gewesen«, erzählte Desmond zufrieden. »Ich sagte, Sie wollten Roland sprechen, und vereinbarte einen Termin für halb elf Uhr mit ihm. Er sagte, länger als eine halbe Stunde könne er Ihnen nicht widmen, weil er dann zu einem Kunden müsse. Ich dachte mir, Sie könnten dann noch bleiben und mit Frances reden.«

»Sehr geschickt gemacht! Das müßte gehen.«

»Bei Terence und Joanna war es ein bißchen schwieriger. Er operiert heute vormittag, und außerdem scheint er nicht so begierig darauf zu sein, daß Sie im Krankenhaus auftauchen.«

»Ja, das könnte man mißverstehen«, bestätigte Antony.

»Er sagte aber, bis Mittag sei er fertig, dann fahre er heim und könne dort mit Ihnen sprechen. Ich glaube aber nicht, daß er sehr begeistert darüber ist, weil er sagte, dadurch müsse er länger arbeiten. Und da kommt das Gespräch mit Joanna zustande. Sie ist gegen vier Uhr zu Hause, während Terence mindestens zwei Stunden länger ausbleiben dürfte. Wenn Sie es also ermöglichen könnten, zu der Zeit mit ihr –«

»Wird immer besser. Dann bleibt nur noch Primrose Ross.«

»Mit ihr habe ich nichts vereinbart, weil ich nicht wußte, wie lange Sie bei den anderen brauchen würden. Es sollte aber nicht schwierig sein, sie zu erreichen, wann Ihnen das paßt. Wenn es beim erstenmal nichts wird, können Sie es ein zweites Mal versuchen.«

»Ja, natürlich, das mache ich.«

»Und Sie sind ganz sicher, daß ich nicht mitkommen soll?«

»Ganz sicher, Desmond. Es geht nur darum, daß sie wohl eher aus sich herausgehen, wenn wir allein sind«, erläuterte er noch einmal. »Sind Sie und Miss Jerrold gestern abend gut nach Hause gekommen?«

»Ich glaube, eine gewisse Verlegenheit war schon vorhanden, der Dinge wegen, die gestern besprochen wurden«, räumte Desmond ein, klang aber nicht sehr niedergeschlagen. »Sie sind sicher der Meinung, daß es dumm von mir war, so offen zu reden, aber bis dahin sah das alles so hoffnungslos aus.«

»Ihrem Gedankengang kann ich da nicht ganz folgen, fürchte ich.«

»Ach, das Unerreichbare ist immer viel reizvoller«, meinte Desmond. »Jedenfalls war Mary ziemlich nachdenklich. Ich halte das für ein gutes Zeichen, Sie nicht?«

»Ich weiß nicht, ob ich das richtig beurteilen kann, aber Sie könnten recht haben.«

»Fein. Und Sie sagen mir, was bei den Gesprächen herausgekommen ist«, fügte er besorgt hinzu.

»Versteht sich. Erwarten Sie aber nichts Besonderes, Desmond. Das ist eher ein Verzweiflungsschritt.« Und so war es mehr oder weniger auch, dachte er, als er auflegte.

Immerhin hatte er den kleinen Trost, den vertrackten und inzwischen verhaßten Vertrag jetzt im Stich lassen zu können.

Roland Walpole empfing ihn freundlich und verriet keine Überraschung bei seinem Alleinauftritt.

»Ganz begreiflich«, meinte er, als Antony zu einer Erklärung ansetzte. »Manchmal ist es peinlich, wenn die Damen anwesend sind.«

»Genau das ist es«, sagte Maitland erleichtert. »Es sind zwei Punkte, über die ich mit Ihnen reden möchte, Mr. Walpole, und das mache ich, offen gesagt, als eine Art letzter Zuflucht.«

»Sie können gerne alles hören, was ich weiß, aber ich kann mir beim besten Willen nicht vorstellen, wie ich Ihnen helfen könnte.«

»Der eine Punkt ist der, daß ich gern wissen möchte, was Sie von Elizabeth Coke gehalten haben. Und eben dachte ich, Sie würden offener reden können, wenn Mrs. Walpole nicht dabei ist«, fügte er lächelnd hinzu.

»Da liegen Sie völlig richtig. Nicht, daß ich mir etwas dabei gedacht hätte, bis ich den Brief von Primrose sah. Ich glaubte, das sei eben Elizabeths Art.«

»Was genau –?«

»Sie gab jedem Mann, dem sie begegnete, deutliche Signale. Höchst peinlich, wenn Edward dabei war, von Fran nicht zu reden, aber zum Glück ist sie eine verständnisvolle Frau. Und offen gesagt, ich dachte, das sei eben Elizabeths Art, wie ich schon sagte, und hätte nichts Besonderes zu bedeuten.«

»Sie hat bei Ihnen keine Saite zum Klingen gebracht?« fragte Antony vorsichtig.

»Ich bin auch nur ein Mensch«, gab Walpole zurück. »Sie war eine sehr hübsche, wenn nicht sogar schöne Frau. Aber ich bin glücklich verheiratet, um es deutlich zu sagen. Fran ist sehr lieb, also war ich zwar geschmeichelt, kam aber nie auf den Gedanken, das weiterzuspinnen.«

»Denken Sie, Mrs. Coke wäre einverstanden gewesen, wenn Sie einen solchen Vorschlag gemacht hätten?«

»Das werden wir nie wissen.«

»Sie sagen, bis Sie den verleumderischen Brief gelesen haben, hätten Sie das nur für ihre Art gehalten.«

»Ich habe ihr wohl etwas nachgesehen. Edward ist schließlich ein alter Freund, und als seine Ehefrau hatte sie Anspruch auf meine

Rücksichtnahme. Aber als ich sah, was sie geschrieben hatte, zögerte ich keinen Augenblick zwischen den beiden. Soviel ich weiß, hat David Barrie vor Gericht zugegeben, daß zwischen ihm und Elizabeth doch etwas gewesen ist, aber ich wünsche mir, daß Sie beweisen könnten, alles sei eine Lüge gewesen.«

»Ich glaube, auf dem Weg dazu sind wir.« Roland sah ihn interessiert an, aber Antony ging nicht weiter darauf ein. Das wäre nicht nur eine unberechtigte Indiskretion gewesen, sondern er fragte sich plötzlich auch, ob das angesichts der Eröffnungen durch Chefinspektor Sykes am Vortag überhaupt noch zutraf.

»Ja, es geht mich wohl nichts an«, meinte Roland heiter. »Ich bin neugierig, ob Edward jetzt die kleine Jerrold heiraten wird.«

»Hat er Ihnen gegenüber schon einmal von ihr gesprochen?«

Rolands Augen verengten sich.

»Ich dachte nicht, daß Sie hier sind, um über Edward zu sprechen«, sagte er. »Aber nein, er ist ein vorsichtiger Knabe und hat nie ein Wort darüber fallen lassen. Aber ich habe sie zusammen gesehen. Ihre Gefühle für ihn waren nur zu deutlich sichtbar.«

»Verstehe. Um auf Elizabeth Coke zurückzukommen: Wissen Sie, wenn wir Mr. Coke einmal beiseite lassen, etwas über ihre Beziehungen zu anderen Männern?«

»Nur mit Owen Barrie, und nach dem, was er mir erzählt hat, mit David«, antwortete Roland. »Was die anderen anging, so könnten sie so uninteressiert gewesen sein, wie ich es war. Und ich würde von Owen auch nichts sagen, wenn ich mir nicht ganz sicher wäre, daß Sie schon genau gewußt haben, was er mir gesagt hat. Er rief mich an dem Abend an, am Donnerstag, an dem Elizabeth und David umgebracht wurden.«

Maitland, der tief in den Sessel gerutscht war, setzte sich kerzengerade auf.

»*Das* mir anzuvertrauen, hat mein Mandant nicht für nötig gehalten«, rügte er. Er kramte währenddessen nach einem der zerfledderten Briefumschläge, auf denen er sich seine Notizen zu machen pflegte, zumeist leserliche. »Das interessiert mich aber ganz besonders.«

»Na ja, er mag Ihnen nicht berichtet haben, daß er es mir gesagt hat, was ein bißchen kompliziert klingt«, fuhr Roland fort, »aber ich weiß nicht, wie ich es sonst ausdrücken soll: Ich bin jedenfalls sicher, daß er Ihnen dasselbe erzählt hat. Er ist ein hochintelligenter Mann, wissen Sie, und ich bilde mir ein, daß ihm klar ist, was ihm als einzige Hoffnung bleibt, nämlich, mit Totschlag davonzukommen.«

Es war vielleicht zweckmäßig, darauf in diesem Augenblick nicht einzugehen.

»Weiter, Mr. Walpole«, ermunterte Antony ausdruckslos.

»Er sagte, David sei sehr aufgeregt vom Gericht nach Hause gekommen und hätte barsch zu wissen verlangt, ob es zutreffe, daß etwas zwischen seinem Vater und Elizabeth sei. Owen antwortete darauf, sobald sie frei sei, wollten sie ihre Verlobung bekanntgeben, und im Verlauf des folgenden Gesprächs gab David in seiner Aufregung Owen gegenüber zu, daß die ganze Geschichte über Edward von A bis Z erlogen sei und Elizabeth auch ihm die Ehe versprochen habe, der Grund für ihn, ihre Aussage zu unterstützen.«

»Wann hat dieses Gespräch stattgefunden?«

»Ich habe nicht genau darauf geachtet, aber als wir uns am nächsten Morgen darüber unterhielten, sagte Fran, es sei fast genau neun Uhr gewesen.«

»Hatten Sie vorher eine Ahnung davon gehabt, daß zwischen ihr und einem der Barries etwas war?«

»Eigentlich nicht. Ich bin auch ganz sicher, daß Owen mit ihr sich nie auf eine Affäre eingelassen hat. Das wäre ganz und gar nicht sein Stil. Was David angeht, hielt ich ihn für ein Leichtgewicht und konnte mir nicht vorstellen, daß sie sich für ihn interessieren würde. Vielleicht entspricht das auch der Wahrheit.«

»Kann ich Ihren Worten demnach entnehmen, daß Sie Owen Barrie für den Täter halten, Mr. Walpole?«

»Strenggenommen muß die Antwort Ja lauten. Aber ich glaube, die Offenbarungen müssen ihm so zugesetzt haben, daß er nicht wußte, was er tat. Ich kann natürlich nicht beurteilen, was nun am besten geschieht, das ist Ihr Fach. Entweder Totschlag, wie ich schon sagte, oder vorübergehende Unzurechnungsfähigkeit.«

»Haben Sie den Bericht über die Anhörung im Magistratsgericht gelesen?«

»Ja.«

»Dann ist Ihnen vielleicht aufgefallen, daß Mr. Barrie sich als nicht schuldig bezeichnet hat.«

»Aber Sie werden ihm doch empfohlen haben –«

»Ich konnte ihm nicht vorschreiben, ob er sich schuldig oder nicht schuldig bekennen sollte, Mr. Walpole, aber ich habe auf die Vorteile – die möglichen Vorteile – hingewiesen, die damit verbunden sein können, wenn man sich zu einer weniger schweren Schuld bekennt. Er besteht aber fest darauf, daß er es nicht getan hat.«

»Was ich nicht begreife – es ist nicht so, daß ich ihn schuldig wissen möchte, das wird Ihnen klar sein, Mr. Maitland, aber ich sehe nicht, wer sonst ein Motiv gehabt haben könnte.«

»Ja, das ist ein Problem.«

»Wenn es nur David oder nur Elizabeth gewesen wäre –«

»Genau, aber es waren beide. In dem zweiten Punkt, von dem ich dachte, daß Sie mir helfen könnten, Mr. Walpole, geht es darum, sich zu seinem Charakter zu äußern. Ich gehe davon aus, daß Sie von Owen Barrie eine hohe Meinung haben.«

»Die höchste. Und ich würde natürlich nur zu gern tun, was ich kann, aber wie, wenn die Anklage mir die Frage stellt, was meiner Meinung nach geschehen ist?«

»Ich würde Einspruch dagegen erheben, daß Sie um eine Meinung gefragt werden sollen, weil Sie kein Sachverständiger sind, und bin ziemlich sicher, daß der Richter ihm stattgeben würde.« Er blickte auf die Uhr. »Übrigens ist mir eben eingefallen, daß Mrs. Walpole mir auf diese Weise ebenfalls helfen könnte. Ich weiß, Sie müssen zu einem Termin, aber wenn ich kurz mit ihr sprechen könnte, bevor ich gehe –«

»Aber ja, natürlich, das ist eine sehr gute Idee. Ich glaube aber, sie wird ganz ähnlich denken wie ich, allenfalls noch stärker für Owen eintreten.« Er stand auf und begann zerstreut in seinen Unterlagen zu blättern; es war ihm deutlich anzumerken, daß er mit seinen Gedanken sehr weit weg war. »Wenn Sie mich dann entschuldigen«, sagte er. »Ich bitte Fran, zu Ihnen hier hereinzukommen, ja? Und meiner Sekretärin trage ich auf, daß man Sie nicht stören soll.«

Antony bedankte sich und sah ihm nach. Als Fran Walpole eintrat, stand er am Fenster und blickte auf den Verkehr in der schmalen Straße hinunter. Das Büro lag in einem der moderneren Gebäude, aber die Einrichtung stammte offensichtlich aus einem älteren Büro und verbreitete eine Atmosphäre der Behaglichkeit, die er genoß.

Fran Walpole überraschte ihn dadurch, daß sie ihm beide Hände reichte wie einem alten Freund.

»Ich dachte, ich sollte aus der Besprechung ferngehalten werden«, meinte sie.

»Ich wollte Sie beide nur getrennt sprechen, Mrs. Walpole. Manchmal fühlen die Menschen sich dann weniger – beengt bei ihren Äußerungen.«

Sie lächelte.

»Sie wollten Roland fragen, was er von Elizabeth Coke gehalten hat, ohne daß ich als Hemmschuh dabei war«, behauptete sie. »Sie war mannstoll, wissen Sie, und hätte ihn mit Haut und Haar verschlungen, wenn er sich darauf eingelassen hätte. Aber ich glaube nicht, daß sie je Gelegenheit dazu bekommen hat.«

»Als ich das letzte Mal mit Ihnen sprach, sagten Sie –«

»Da war Elizabeth noch am Leben«, erklärte Frances, so als sei das Erklärung genug, was vielleicht auch zutraf.

»Sie haben von großer Zurückhaltung gesprochen.«

»An der Oberfläche, ja, wenn sie wollte.«

»Aber darunter –«

»Ich bin gerne ganz offen zu Ihnen, Mr. Maitland, wenn Ihnen die Kenntnis der Wahrheit wirklich die Möglichkeit gibt, Owen zu helfen. Aber alles, was ich bieten kann, sind Meinungen, keine Beweise, und das ist wohl der Grund, warum ich vorher nicht deutlicher geworden bin. Setzen wir uns da drüben hin und machen wir es uns bequem, Mr. Maitland. Ich habe nicht sonderlich viel zu tun und kann Ihnen so viel Zeit widmen, wie Sie wünschen.«

»Ich glaube nicht, daß das, was ich Sie fragen möchte, sehr viel Zeit in Anspruch nehmen wird.«

»Das glaube ich, aber ich möchte Sie auch etwas fragen«, gab sie zurück. »Hat Roland Ihnen erzählt, daß Elizabeth ein ziemlich arges Miststück war?«

»Ganz so hat er sich nicht ausgedrückt. Und ich hatte den Eindruck, er hielt ihre Art für recht harmlos, bis Sie ihm den Brief gezeigt haben. Und selbst dann scheint er es noch nicht ganz geglaubt zu haben, bis Owen Barrie in der Nacht bei ihm anrief, als sie ums Leben kam.«

»So sind die Männer. Sie sehen nie, was direkt vor ihrer Nase vorgeht«, murrte Fran. »Ich hatte keinen Anlaß, eifersüchtig zu sein, Mr. Maitland, und deshalb glaube ich, daß meine Meinung so viel wert ist wie irgendeine andere, die Sie noch zu hören bekommen werden. Wenn ich dem Gericht mitteilen soll, daß das Geschehene mehr ihre eigene Schuld war als die irgendeiner anderen Person, will ich das gerne tun.«

»Ich fürchte, ganz so einfach wird es nicht sein, Mr. Walpole.«

»Aber Roland sagte –«

»Ja, mir hat er seine Meinung auch kundgetan. Aber Mr. Barrie erklärt sich für *nicht* schuldig.«

»Das habe ich in der Zeitung gelesen, aber ich dachte, das bedeutet nur aus Gründen der Unzurechnungsfähigkeit oder etwas in dieser Art. Ich verstehe von diesen Dingen nichts, aber mir schien das sehr naheliegend zu sein.«

»Ja, ich fürchte –« Er verstummte und starrte sie an.

»Sie fürchten was, Mr. Maitland?« sagte sie nach einer Pause.

»Ich fürchte, das werden alle denken.«

»Aber wäre denn das nicht der beste Ausweg?«

»Doch nicht, wenn er es nicht gewesen ist.«

»Aber Sie können den einen Mord nicht von dem anderen trennen, und niemand sonst hatte für beide ein Motiv. Bitte, mißverstehen Sie mich nicht, ich habe Owen gern, ich halte die Situation für völlig verfahren, aber ich wüßte nicht, wie irgend jemand von uns heraus kann, ohne daß er geschädigt wird.«

»Hm, eine der Fragen, die ich Ihnen stellen wollte, betrifft Ihre Meinung über Elizabeth Coke, und die haben Sie mir deutlich genug gesagt. Der andere Punkt: Ich wollte Sie fragen, ob Sie bereit seien, über den Charakter von Mr. Barrie auszusagen, und das war der Grund, den ich bei Ihrem Mann nannte, um Sie sprechen zu können, so als sei mir das jetzt erst eingefallen. Und wenn Sie immer noch glauben, Barrie sei schuldig, und Angst davor haben, die Anklage könnte peinliche Fragen an Sie richten, möchte ich Ihnen gleich das erwidern, was ich auch Ihrem Mann erklärt habe – ich werde das nicht zulassen.«

»Mir wäre das egal«, behauptete Fran.

»Ich meine, peinlich für die Verteidigung, Mrs. Walpole, nicht peinlich für Sie. Ich bin sicher, daß Sie es mit dem gefürchtetsten Ankläger aufnehmen könnten.«

»Das weiß ich nicht, aber ich weiß, daß ich Owen helfen möchte«, sagte sie. »Wenn er vor Gericht kommt, werden außerdem endlich diese schrecklichen Behauptungen über Edward aufgeklärt. Und dafür muß man auf jeden Fall dankbar sein.«

Es hatte keinen Sinn, ihr die möglichen Schwierigkeiten darzulegen, aber Barries Anruf bei ihrem Mann mochte zur Vorbereitung auf das Bevorstehende sorgfältig überlegt gewesen sein.

»Mrs. Walpole, Sie sprachen vorhin davon, daß Elizabeth mannstoll gewesen sei. Wir wissen jetzt, daß sie Owen Barrie in den Klauen hatte, wenn ich es mal so ausdrücken darf –«

»Ja, aber da war sie eben sehr raffiniert. Owen ist noch ein Gentleman der alten Schule, wissen Sie, mit altmodischen Ansichten darüber, was richtig ist. Sie spielte vor ihm die mißverstandene Märtyrerin, ein Wesen, das für diese böse Welt eigentlich zu gut ist, und wickelte ihn damit ein.«

»Ja, das wäre denkbar. Außerdem war da noch David Barrie. Jemand sagte, sie habe ihn als Nebensache betrachtet.«

»Eine andere Frau«, sagte Fran sofort. »Das mag sein, aber Sie machen mir nicht weis, daß sie ihn dazu überredet hat, diese Lügen zu erzählen, ohne mit ihm zu schlafen.«

»Nein, ich verstehe Sie schon. Die Frage ist nun, da Sie meine beste Informationsquelle auf diesem Gebiet sind, ob Ihnen noch jemand einfällt, den sie in ihren Bann gezogen hatte.«

Sie zog die Brauen zusammen und schwieg so lange, daß es fast peinlich wurde.

»Ich rede nicht gern über meine Freunde«, begann sie dann langsam und lächelte ihn beinahe beschwichtigend an. »Aber was mache ich anderes, seitdem Sie hier sind?« fragte sie rhetorisch. »Aber das geschieht nur deshalb, weil ich Owen helfen will. Ich glaube aber wirklich, daß er es war, wissen Sie, und sehe nicht ein, warum ich jemand anderen mit hineinziehen sollte.«

»Dann muß ich mich dafür entschuldigen, daß ich so viel von

Ihrer Zeit in Anspruch genommen habe«, meinte Antony, als er sich erhob. Sie war sofort bei ihm und legte die Hand auf seinen Arm.

»Habe ich Sie sehr enttäuscht, Mr. Maitland?« fragte sie. »Das tut mir aufrichtig leid.«

Er hätte sagen können: Ich glaube, Sie haben mir genau das geliefert, was ich brauche, war aber überzeugt davon, daß sie das nur erschrecken würde. Außerdem blieb das unbehagliche Gefühl, daß der Besitz der notwendigen Information noch lange nicht bedeutete, er wüßte auch schon, was damit anzufangen sei.

»Versuchen Sie, sich keine Sorgen zu machen, Mrs. Walpole«, beruhigte er sie. Und fügte impulsiv hinzu: »Ein Trost bei meiner unerfreulichen Aufgabe ist der, daß ich manchmal Menschen wie Sie und Ihren Mann kennenlerne.«

Sie lächelte wieder, als er ging, aber er fragte sich, ob sie seine Worte als wirklich beruhigend empfand.

2

Terence Stowe sollte laut Desmond um die Mittagszeit zu Hause sein, was vage genug war. Er hatte aber Glück. Als er ankam, stellte sich heraus, daß der Gesuchte schon vor ihm eingetroffen war.

Terence Stowe wirkte gelöster als beim letztenmal. Er bot seinem Besucher etwas zu trinken an, beschränkte sich für seine Person aber auf schwarzen Kaffee, mit dem auch Antony zufrieden war.

»Sie werden jetzt das Gefühl haben, Edward sei ganz und gar gerechtfertigt«, begann Stowe. »Ich hoffe, Sie verlangen nicht von mir, daß ich mich dafür entschuldigen soll, das Schlimmste von ihm gedacht zu haben.«

»Nein, durchaus nicht. Mir geht es jetzt um Mr. Barries Verteidigung. Hat Owen Barrie Sie auch angerufen? In der Zeitung standen keine Einzelheiten.«

»Nein? Ich habe nichts gesehen. Ich war am Donnerstag, also vor einer Woche, im Gericht – und darf ich sagen, daß ich Ihren Auftritt sehr bewundert habe?«

»Ah, ich verstehe. Ich dachte, Sie hätten wegen Ihrer Berufspflichten gehen dürfen. Aber ich glaube, Sie haben recht; von jetzt an können wir Edward Cokes Angelegenheiten auf sich beruhen lassen. Wie ich schon sagte –«

»Ja, ich habe gehört. Eine recht undankbare Aufgabe, möchte ich meinen. Nicht, daß ich Ihnen nicht von Herzen Glück wünsche.«

»Ich wäre Ihnen dankbar, wenn Sie mir Ihre Meinung über die Sache verraten würden, Mr. Stowe.«

»Na, die naheliegende, hätte ich doch gedacht. Heutzutage kann man mit einer milderen Strafe davonkommen, wenn die Provokation sehr groß war, nicht?«

»Ja. Aber Mr. Barrie bezeichnet sich als *nicht* schuldig, ohne jeden Vorbehalt.«

»Sie meinen, von mildernden Umständen wird keine Rede sein?«

»Genau so ist es«, antwortete Antony und hörte in seinem eigenen Tonfall ein Echo der Worte seines Onkels.

»Das ist ja ganz erstaunlich«, meinte Terence. »Und Sie möchten mit mir darüber reden? Was, um alles in der Welt, könnte ich für Sie tun?«

»Sie kennen die Barries gut?«

»Gewiß, und ich schätze Owen sehr.«

»Wenn wir also beschließen sollten, den guten Leumund nachzuweisen –?«

»Das ist eine letzte Zuflucht, nicht wahr? Abgesehen davon würde ich sehr gerne behilflich sein, aber ich könnte höchstens sagen, daß er so etwas bei vollem Verstand nicht getan hätte.«

»Dann streichen wir sie lieber von der Liste, wie? Aber Sie könnten uns noch in einem anderen Punkt helfen. Sie wissen vielleicht, daß die Verteidigung in Fällen solcher Art auf den Charakter des Opfers ebenso eingehen muß wie auf den des Angeklagten.«

»Das erscheint mir begreiflich. Nun hätte ich David für einen naturgeborenen Mörder gehalten, einen bedenkenlosen Burschen, der keinerlei Moralbegriffe kannte. Er mußte früher oder später in arge Schwierigkeiten geraten.«

»Das ist natürlich interessant, aber mir geht es mehr um Elizabeth Coke.«

»Ja, das kann ich mir denken«, sagte Terence gedehnt. »Owen wird nur der Mord an ihr vorgeworfen, nicht?«

»Das ist das übliche Verfahren.«

»Und hier wird man wohl davon ausgehen, daß diese Tat leichter zu beweisen ist«, meinte Terence nachdenklich. »Das sollte nicht allzu schwierig sein. Wenn Owen sie ernstgenommen hat –«

»Sie glauben nicht, daß sie ihr Versprechen, ihn zu heiraten, ernstgemeint hat?« fragte Antony.

»Ach, das kann ich mir nicht vorstellen.«

»Nicht einmal um seines Vermögens willen?«

»Tja ... vielleicht.« Er schien das Eingeständnis nur zögernd zu machen. »Mein eigener Eindruck war der, daß es ihr mehr darauf ankam, sich zu vergnügen.«

»Ja, ich habe seit ihrer Ermordung dies und das über Mrs. Coke erfahren«, sagte Antony. »Erstaunlich, wie sich ihr gewaltsamer Tod auf die Bereitschaft der Menschen ausgewirkt hat, offen zu sprechen.«

»Das wundert Sie? Und ich habe Ihnen die Wahrheit gesagt, als wir das erste Gespräch führten – als Sie mit mir und Joanna sprachen – wir glaubten Elizabeth alle beide. Ich hätte aber keinesfalls in Gegenwart meiner Frau einräumen mögen, daß sie ... nun ... eine sinnliche Frau war.«

»Diese Erkenntnis könnte uns zu einem anderen Verdächtigen führen«, erklärte Maitland.

»Das halte ich für sehr unwahrscheinlich. Ich kenne niemanden, der so töricht gewesen wäre, sie ernstzunehmen, ausgenommen Owen, fürchte ich.«

»Sie scheinen viel über sie zu wissen, Mr. Stowe.«

»Nicht mehr als jeder andere.«

Maitland ging nicht darauf ein.

»Könnte das daran liegen, daß Sie selbst einmal etwas mit ihr gehabt haben?« fragte er.

Terence sah ihn einen Augenblick lang ausdruckslos an.

»Ganz unter uns, und Sie brauchen nicht zu glauben, daß Sie mich vor Gericht zu diesem Eingeständnis bewegen könnten, wir hatten in der Tat eine kurze Affäre. Aber das war schon seit geraumer Zeit vorbei, ohne daß wir einander etwas nachgetragen hätten.«

»Verstehe. Hat Sie das nicht ein wenig daran gehindert, ihre Geschichte über das Verhalten ihres Mannes zu glauben?«

»Keine Spur. Ich war nicht der Meinung, das eine hinge mit dem anderen zusammen. Ich weiß jetzt zwar, daß ich Edward falsch eingeschätzt habe, aber ich sehe nicht ein, wie Sie von mir hätten erwarten können, daß ich das schon zu dem Zeitpunkt hätte wissen wollen, als er die Verleumdungsklage erhob.«

»Nein, wohl nicht. Tja«, sagte Antony und stand auf, »ich bin Ihnen dankbar für Ihren Zeitaufwand und bedaure nur, daß Sie mir nicht helfen können.«

»Ich fahre sofort in die Klinik zurück. Ich bin nur deshalb nach Hause gefahren, weil Desmond so darauf bestand und Ihr Besuch dort, ganz offen gesagt, zu Gerede unter meinen Kollegen hätte führen können. Sie sind ziemlich bekannt, aber das werden Sie ja wissen.«

»Zu meinem Leidwesen«, erklärte Antony und verbarg seine Verärgerung gut.

»Dann gehen wir gemeinsam zur Bushaltestelle, außer Sie möchten, daß ich Ihnen ein Taxi rufe.«

Maitland schüttelte den Kopf.

»Joanna wollen Sie doch nicht sprechen, oder?« fügte Terence ziemlich scharf hinzu. »Sie kann Ihnen eigentlich nichts sagen.«

»Ich vermute, daß ihre Ansichten den Ihrigen zum großen Teil entsprechen«, sagte Antony und wich der Antwort damit, wie er hoffte, geschickt genug aus.

»Ja, so ist es. Und selbst wenn sie uneingeschränkt an Owen glauben würde, wäre sie keine gute Zeugin, wissen Sie. Man kann sie zu leicht aus der Fassung bringen.«

Antony ging nicht darauf ein. Sie machten sich stumm auf den Weg. Der Omnibus, der ihn in die Stadt zurückbrachte, kam als erster. Er verabschiedete sich zerstreut von seinem Begleiter und stieg ein.

Sir Nicholas würde vermutlich schon bei ›Astroff's‹ sein, wenn er nicht anderweitig verabredet war, und Antony verspürte Lust, sich dort mit ihm zu treffen, wußte aber nur zu gut, welchem Kreuzverhör er sich damit aussetzen würde; auf eindringliche Fragen war er aber noch nicht vorbereitet. Außerdem würde er, wenn er die Mittagszeit nicht vertrödelte, noch die Zeit haben, Primrose Ross einzufügen, bevor er um vier Uhr zur Wohnung der Stowes zurückkehrte, um mit Joanna zu sprechen. Der einzige Haken: Man konnte seiner Sache innerlich so sicher sein, wie man wollte, es blieb immer noch die Kleinigkeit, sie auch konkret zu beweisen. Er lächelte eher säuerlich über diese Formulierung. Der Beweis war das einzige, worauf es ankam, und genau den hatte er nicht.

Er aß deshalb in einem Lokal, das er als zweitklassig ansah; dafür lag es in der Nähe der Bushaltestelle. An diesem Tag spielte es wirklich keine Rolle, wie das Essen war; er dachte viel zu angestrengt nach, um zu beachten, was er aß. Er verlangte gleich die Rechnung und kehrte nach Bayswater zurück. Wieder hatte er Glück: Die Tür von Primrose Ross' Wohnung wurde sofort aufgerissen, als er klopfte.

»Mr. Maitland!« Sie zuckte ein wenig zurück, als sie ihn sah. »Was machen Sie denn hier?«

»Haben Sie jemand anderen erwartet?« fragte er.

»Nein, ich wundere mich nur darüber, daß Sie es sind.«

»Darf ich reinkommen?«

»Ja, natürlich. Freilich dürfen Sie.« Sie wich von der Tür zurück. »Ich möchte nicht ungastlich sein, Mr. Maitland, aber ich weiß, Sie glauben, an dem Verleumdungsprozeß trüge nur ich die Schuld. Und jetzt die arme, liebe Elizabeth – ich verstehe das überhaupt nicht.«

»Der Verleumdungsprozeß hat sich erledigt, als Mrs. Coke ermordet wurde«, sagte er leise. »Ich bin jetzt mit einer ganz anderen Sache befaßt, mit der Verteidigung von Mr. Barrie.«

»Oh, dann helfe ich Ihnen gern. Ich finde nicht, daß der schreckliche Mann ungeschoren davonkommen sollte.«

Das schien reichlich widersprüchlich zu klingen.

»Was für ein schrecklicher Mann?«

»Na, Edward natürlich. Wer sollte es sonst gewesen sein?«

»Welches Motiv würden Sie da unterstellen, Miss Ross?«

»Rache, natürlich. Es waren ihre Aussagen, die ihn entlarvt haben, und wir wissen, daß er nicht – nicht normal war. Ich fürchte, das, was er getan hat, war ganz unausweichlich die Folge.«

»Sind Sie am Donnerstag bei Gericht gewesen, Miss Ross – am

Donnerstag vergangener Woche, meine ich? Ich weiß, daß Sie gehen durften, nachdem Sie ausgesagt hatten.«

»Nein, ich bin nicht mehr hingegangen. Ich wußte ganz genau, was die beiden sagen würden, weil Elizabeth mir das in dem Brief mitgeteilt hatte. Ich konnte es nicht ertragen, das alles noch einmal hören zu müssen.«

»Ja, das ist sicher ganz natürlich, aber am nächsten Tag stand ein kurzer Bericht in den Zeitungen. Ich beziehe mich auf meine Frage an David Barrie am Schluß seiner Aussage.«

Sie zog die Brauen zusammen und schien nachzudenken.

»Daß Elizabeth versprochen haben soll, Owen Barrie zu heiraten«, sagte sie schließlich. »Und David erwiderte, das sei nicht wahr. Kann es auch nicht gewesen sein, oder? Sie war ja noch mit Edward verheiratet. Aber ich bin sicher, er wollte das Mädchen in seinem Büro heiraten, Elizabeth hat mir alles über sie erzählt, also war das ein zusätzliches Motiv.«

»Ich sagte, ich verteidige Owen Barrie, Miss Ross, und nicht, ich wollte die Schuld meines früheren Mandanten beweisen. Übrigens hätte ich ihn weiter als meinen Mandanten betrachtet. Nur auf seine Versicherung hin, er brauche meine Dienste nicht, war ich damit einverstanden, Mr. Barrie zu vertreten.«

»Das ist wieder so ein juristischer Winkelzug«, meinte sie, und ausnahmsweise hätte er ihr beinahe rechtgeben mögen. »Wer sonst sollte es gewesen sein?« fragte sie noch einmal.

»Das versuche ich eben herauszufinden.«

»Tja, ich kann Ihnen da nicht helfen.«

»Erzählen Sie mir noch einmal, was Sie von Elizabeth Coke hielten.«

»Den Sinn sehe ich nicht ein. Sie war die perfekte Dame, ein sehr sanftes, gütiges Wesen.«

»Durchaus nicht sinnlich?« Er wählte bewußt das Wort, das Terence Stowe gebraucht hatte, in der Hoffnung, sie werde es noch am erträglichsten finden.

»Wo, um alles in der Welt, haben Sie das her? Ich bin sicher, daß Elizabeth über alledem stand. Ihr inneres Wesen war – war geistiger Natur«, sagte Primrose.

»Und trotzdem hat sie Edward Coke geheiratet?«

»Ich bin überzeugt davon, daß sie glaubte, er sei ein Mensch wie sie und werde sie achten.«

»Aha. Sie kennen Owen Barrie, nicht wahr, und kannten auch David?«

»Gewiß.«

»Und Sie hatten nicht das Gefühl, zwischen Mr. Owen Barrie und Mrs. Coke hätte sich eine besondere Beziehung entwickelt?«

»Wenn Sie meinen, was ich vermute, Mr. Maitland, ist die Antwort Nein. Aber wenn Sie meinen, ob eine besondere Freundschaft zwischen ihnen herrschte, dann ist das völlig richtig. Owen ist ein achtbarer Mann, bei ihm hätte Elizabeth sich sicher gefühlt. Und über David wissen wir ja alle Bescheid. Er war wirklich kein anständiger junger Mann, aber was passiert ist, war Edwards Schuld.« Sie verstummte einen Augenblick und fuhr dann schärfer fort, als er erwartet hatte: »Ich begreife immer noch nicht, was Sie hierher geführt hat, Mr. Maitland.«

»Der Wunsch nach Information«, entgegnete er ziemlich müde. Und ihr Gespräch war auf seine Weise aufschlußreich gewesen, dachte er, obwohl es ihn dem so dringend nötigen Beweis nicht nähergebracht hatte. »Es tut mir nur leid, daß ich Ihre Zeit vergeudet habe, Miss Ross«, fügte er hinzu. »Ich hätte mein Mitgefühl zum Tod Ihrer Freundin äußern sollen.«

Diese Worte schienen sie milder zu stimmen.

»Ja, ich werde sie vermissen«, gab sie zu. »Man findet nicht jeden Tag einen Menschen, der einem so gemäß ist. Und Sie sollten wirklich auf mich hören, Mr. Maitland, was die Frage angeht, wie es wirklich gewesen ist. Für jemanden, der sie beide kannte, Edward und Elizabeth, ist das alles klar.«

Als er die Treppe hinunterstieg, dachte er: Ebenso klar ist, daß nichts sie je davon überzeugen wird, Elizabeth Coke sei etwas anderes gewesen als eine vollkommene Dame.

Er mußte immer noch einige Zeit warten, bis er sich mit Joanna Stowe treffen konnte. Er ging langsam zu ihrer Wohnung und trank unterwegs eine Tasse Tee, bei der er so lange sitzenblieb, bis die Kellnerin ungeduldig wurde. Das brachte ihn auf Chefinspektor Sykes und seine warnenden Worte; er war der einzige, der sie nicht beachten wollte; dabei waren weder der Chefinspektor noch gar

Sir Nicholas unvernünftige Menschen. Vielleicht hatten sie doch recht. Der Gedanke heiterte ihn nicht auf, weil er keine Möglichkeit sah, die Sache vor Prozeßbeginn aufzuklären, und dann mußte er ohne Rücksichten auf sich selbst für seinen Mandanten tun, was er konnte. Der Gedanke war aber nicht nutzvoll. Er bezahlte die Rechnung und hinterließ mehr Trinkgeld, als gerechtfertigt war, bevor er sich wieder auf den Weg machte.

Als er sein Ziel erreichte, öffnete jedoch niemand die Tür, obwohl er mehrmals klopfte. Er wartete länger als eine Viertelstunde, glaubte einmal im Inneren etwas zu hören und klopfte wieder. Aber das nützte alles nichts, niemand öffnete ihm die Wohnungstür.

3

Als Antony zum Kempenfeldt Square zurückkehrte, stand die Tür des Arbeitszimmers einladend offen, so daß Gibbs mißbilligende Bemerkung, Sir Nicholas erwarte ihn (und Sie haben ihn reichlich lange warten lassen, deutete der Tonfall des Butlers an), in Wirklichkeit überflüssig war.

Er wunderte sich nicht, bei Onkel und Tante auch seine Frau vorzufinden. Alle sahen ihn erwartungsvoll an, aber er war müde, und seine Schulter schmerzte, so daß seiner Begrüßung etwas von der gewohnten ausgesuchten Höflichkeit mangelte, die er sonst vor allem Vera gegenüber an den Tag legte.

»Wo das Aas liegt, sammeln sich die Geier«, bemerkte er lustlos.

»Aber, Antony!« entfuhr es Jenny in vorwurfsvollem Tonfall. Vera zeigte ihr grimmiges Lächeln. Sir Nicholas, in seinem Lieblingssessel ganz Behaglichkeit, stellte nur fest: »Du bist nach einem Anruf von Mr. Barleycorn heute schon sehr früh aus der Kanzlei weggegangen.« Er war kein so guter Imitator wie sein Neffe, aber es gab für Antony keinen Zweifel daran, daß sein Onkel Mr. Mallory zitierte. »Wir haben uns natürlich eine eigene Meinung zu dem gebildet, was du unternommen hast, und sind ganz begierig darauf, das Ergebnis deiner Bemühungen zu erfahren.«

»Gleich Null«, sagte Antony kurz, ließ sich aber dann erweichen und fügte hinzu: »Ich bin eigentlich ganz froh, daß ich euch alle beieinander finde, weil ich dringend auf einen Kriegsrat angewiesen bin.«

Sir Nicholas blickte ihn prüfend an.

»Ein bißchen früh am Tag«, entschied er, »aber ich glaube, du könntest einen Schluck vertragen.«

Vera war auf den Beinen, bevor er aufstehen konnte.

»Mache ich«, sagte sie.

»Danke, meine Liebe. Soll ich davon ausgehen, Antony, daß die Idee, von der du gesprochen hast, diese Idee, die zu verschwommen war, als daß man sie darlegen konnte, Früchte getragen hat?«

»Du bringst wieder deine Metaphern durcheinander, Onkel Nick«, tadelte Antony. »Und im übrigen hängt alles davon ab, was du mit ›Früchte‹ meinst.«

»Keine Haarspaltereien, mein Lieber.«

Antony sank neben Jenny auf das Sofa und schwieg, bis er sein Glas Sherry bekommen hatte. Dann sagte er: »Ich meine, ich glaube, ich weiß, wer Elizabeth Coke und David Barrie umgebracht hat, habe aber nicht die geringste Aussicht, es zu beweisen.«

»Nicht Owen Barrie?« sagte Sir Nicholas scharf.

»Wer dann?«

»Terence Stowe.«

»Der Chirurg? Das mußt du uns erklären, Antony.«

»Das beabsichtige ich auch zu tun, aber erwartet bitte nicht, ich könnte irgendwelche Beweise vorlegen. Das ist leider nicht der Fall. Es ist nur eine Meinung. Ich nenne das zwar lieber Deduktion, aber damit bist du vielleicht nicht einverstanden, Onkel Nick.«

»Erzähl deine Geschichte«, bat Sir Nicholas ungeduldig, »dann sehen wir weiter.«

»Na gut.« Er nahm einen Schluck Sherry, stellte das Glas ab und ergriff Jennys Hand. »Ihr wißt noch nicht, Vera, Jenny, daß neulich Chefinspektor Sykes bei mir gewesen ist.« Er bemerkte, daß Vera Sir Nicholas scharf ansah, und fügte hastig hinzu: »Wir konnten natürlich nicht über den Fall sprechen, jedenfalls nicht über Strategie, aber eines, was er sagte, war – und ich hoffe, ich verstoße nicht gegen mein Versprechen, wenn ich euch das mitteile – jedenfalls war die Rede davon, ich hätte die tragischen Vorgänge durch die Frage ausgelöst, die ich an jenem Donnerstag nachmittag

David Barrie vor Gericht stellte.«

»Blanker Unsinn«, sagte Vera barsch.

»Nicht genau. Man kann das unterschiedlich verstehen; daß es bedeutet, entweder Owen Barrie oder Edward Coke seien so eifersüchtig gewesen, daß die Morde ganz zwangsläufig folgten. Aber wenn es die Eifersucht wirklich gegeben hat, muß sie nicht auf diese beiden beschränkt gewesen sein.«

»Interessante Überlegung«, meinte Sir Nicholas verbindlich.

»Tja, ich fragte mich, ob Edward Coke möglicherweise im Irrtum gewesen war, als er seine Frau für frigide gehalten hatte, weißt du. Nach allem, was ich heute erfahren habe, bin ich ziemlich sicher, daß sie genau das Gegenteil gewesen ist. Ich habe verschiedene Beschreibungen von ihr gehört, sinnlich provozierend, auf jeden Mann losgehend, den sie sah, geradezu mannstoll.«

»Du verzeihst mir die Unterbrechung«, mischte Sir Nicholas sich ein, »aber für deine Schlußfolgerung mußt du irgendeinen Anlaß gehabt haben.«

»Ich dachte nur, keine ganz gefühllose Frau könne solche Zuneigung bewirkt haben, wie das bei ihr der Fall gewesen zu sein scheint. Oder – du mußt mir hier vergeben, Onkel Nick – sogar ihren welterfahrenen Verteidiger einwickeln konnte.«

»*Touché*«, murmelte sein Onkel.

»Das ist ja nun vergossene Milch, aber darf ich dich daran erinnern, daß ich durch meine eigenen Beobachtungen und alles, was ich von Owen Barrie gehört hatte, zu der Ansicht gelangt war, er sei ein Mann alter Schule mit altmodischen Moralvorstellungen und keineswegs unschuldig, aber auch ihn hat sie täuschen können. Sie spielte die Rolle einer zarten, femininen Frau immer dann, wenn sie das für wirksam hielt.«

»Wie bei mir«, bestätigte Sir Nicholas.

»Ich will darauf gar nicht herumreiten«, wandte Antony ein, »aber in diesem Fall hatte ich recht und du unrecht. Ich will auf folgendes hinaus: Ich habe mir den Kopf darüber zerbrochen, wie sie nun wirklich war.«

»Wir glauben Edward Coke aber, wenn er sagt, sie hätte sich nach den ersten Monaten ihrer Ehe geweigert, das Bett mit ihm zu teilen.«

»Ja, ich glaube, sie fand gar nichts an ihm. Ihr Motiv, ihn zu heiraten, war wohl allein vom Geld bestimmt, und als sie erfuhr, daß Tante Harriet ihn nicht zu ihrem Erben gemacht hatte, suchte sie nach der besten Möglichkeit, ihn loszuwerden. Wenn nicht die Aussicht bestanden hätte, Owen Barrie zu angeln, hätte sie vielleicht noch gewartet, aber er war reich, eine zu gute Partie für sie, als daß sie einen Sinneswandel bei ihm riskieren wollte. Aus diesem Grund befaßte sie sich eingehend mit der Frage einer Scheidung. Sie ging vielleicht sogar zu einem Rechtsanwalt – nicht zu Bellerby – aber das werden wir wohl nie erfahren. Jedenfalls kam sie auf die Idee mit der extremen Verworfenheit, und David Barrie erklärte sich bereit, ihr dabei zu helfen. Wir wissen, wie sein Lohn aussehen sollte oder was sie ihm vormachte. Als ich Terence Stowe zum erstenmal sprach, verriet er für jemanden, der nicht von der Branche ist, erstaunliche Kenntnisse des Scheidungsrechts. Im übrigen darf ich daran erinnern, daß es erst in letzter Zeit geändert worden ist.«

»Das habe sogar ich gewußt«, murmelte sein Onkel. Antony lächelte, war aber schon wieder in seine Geschichte vertieft.

»Das war der erste Punkt, der bei ihm meine Wachsamkeit erregte«, fuhr er fort. »Das war vor den Morden, und ich habe ihm nichts weiter unterstellt, als daß er eine Affäre mit ihr gehabt haben könnte. Als ich aber mit Sykes sprach, ließ er etwas anderes einfließen. Elizabeth Coke sei zwar durch mehrere Stiche getötet worden, aber schon der erste Stoß sei tödlich gewesen. Das ist, wie ich sehr genau weiß, gar nicht leicht zu bewerkstelligen.«

»Wir müssen uns natürlich deinem überlegenen Wissen beugen«, sagte Sir Nicholas trocken und nicht ohne Ironie.

»In diesem Fall schon, Sir. Das bedeutete also, daß sie praktisch augenblicklich tot war, sonst wäre die Arbeit der Ärzte schwieriger gewesen.«

»Und David Barrie ist auch auf diese meisterhafte Weise ums Leben gebracht worden?«

»Nein.«

»Ich begreife nicht, wie man das feststellen kann«, klagte Jenny.

»Elizabeth wurde erstochen und starb fast auf der Stelle, so daß aus den anderen Wunden wenig oder gar kein Blut mehr austrat. Bei David ließ sich nicht erkennen, welche von mehreren Wunden tödlich gewesen war. Es hatte Blutungen gegeben –«

»Ja, ich glaube, wir haben dich alle verstanden«, meinte Sir Nicholas, der Jennys Gesicht beobachtet hatte.

»Ich wollte nur ... na ja, wie ich schon sagte, das war der Punkt, an dem ich heute früh stand. Ich bin aber inzwischen sowohl bei Terence Stowe als auch bei den Walpoles gewesen ... und bei Primrose Ross auch – da tauchte ein kleiner Punkt auf, von dem ich später spreche. Die Walpoles, mit denen ich getrennt sprach, waren nun eher bereit, sich über Elizabeths Charakter zu äußern.«

»Angst vor einem Verleumdungsprozeß?« fragte Vera.

»Ich glaube nicht einmal, daß es das war. Von Roland erfuhr ich jedenfalls, was ich euch schon berichtet habe, daß nämlich Elizabeth ganz und gar keine Heilige gewesen ist. Fran Walpole bestätigte das, sagte aber auch, sie sei meine beste Informantin, weil sie keinen Grund zur Eifersucht gehabt hätte. Sie wollte keine Fragen dazu beantworten, wer noch mit Elizabeth liiert gewesen sein könnte, aber die Stowes und die Walpoles scheinen die engsten Freunde der Cokes gewesen zu sein, also mußte ich ihre Bemerkung so verstehen, daß vielleicht Joanna Stowe Anlaß gehabt habe, der Toten etwas nachzutragen.«

»Könnte sich geirrt haben«, warf Vera ein.

»Ja, schon, aber das hat eben bestätigt, was ich mir schon dachte.«

»Es ist stets gefährlich, eine vorgefaßte Meinung zu haben, Antony«, mißbilligte Sir Nicholas.

»Scheint aber einen Grund gehabt zu haben«, sagte Vera und wechselte sofort die Seite. »Daß Mr. Stowe sich mit dem Scheidungsrecht so gut auskannte, Antony. Ich nehme an, du gehst davon aus, daß er mit Elizabeth darüber diskutiert hat.«

»Ja, genau das glaube ich. Wenn er selbst eine Scheidung wollte, brauchte er ja nicht soweit zu gehen. Es ist alles ganz einfach, wenn die drei Jahre vorüber sind.«

»Was war, als du mit Stowe gesprochen hast?« fragte Sir Nicholas.

»Er gab zu, daß er mit Elizabeth vor einiger Zeit eine Affäre gehabt hat. Es sei schon lange vorbei, und sie hätten sich gegenseitig nichts nachgetragen.«

»Warum hat er dir das auf die Nase gebunden?«

»Er ist mit seinen Reden nicht immer sehr vorsichtig und manövriert sich manchmal in eine Ecke hinein, ohne es zu merken. Das passierte auch noch auf eine andere Weise.«

»Nämlich?«

»Roland Walpole und Terence Stowe vertraten dieselbe Ansicht, was die Anklage gegen Owen angeht, jedenfalls nach außen hin. Er sei offenbar schuldig, könne aber mit einer milderen Strafe davonkommen, weil er auf ärgste Weise provoziert worden sei. Verständlicherweise drückten sie sich da vage aus.«

»Aber –« begann Sir Nicholas.

»Ja, ich weiß, Onkel Nick, darauf komme ich gerade. Ich habe Walpole gefragt, woher er Barries Motiv kenne. Er sagte, Owen habe ihn an jenem Abend um neun Uhr angerufen, um von der Auseinandersetzung mit David zu berichten. Ich muß zugeben, daß Owen Barrie das bei mir nie erwähnt hat, aber ich kann das leicht nachprüfen und glaube nicht, daß Roland gelogen hat.«

»Wäre auch unwahrscheinlich, unter den Umständen«, erklärte Vera.

»Das meine ich auch. Und das habe ich gemeint, als ich sagte, Terence habe sich in eine Ecke manövriert. Er machte über Owens Motiv die gleiche Bemerkung und sagte, er sei an jenem Donnerstag wieder ins Gericht gekommen, obwohl er wegen seiner dienstlichen Pflichten habe gehen dürfen, und da habe er meine Frage und Davids Reaktion darauf gehört. Das stand ohne Kommentar am nächsten Tag in den Zeitungen. Primrose Ross hatte es auch gesehen, wußte aber damit nicht das geringste anzufangen.«

»Deiner Beschreibung entnehme ich, daß Terence Stowe wohl viel intelligenter ist als diese Miss Ross, mein lieber Neffe.«

»Ohne Zweifel, aber denk mal nach, Onkel Nick. Das meiste, was man aus Frage und Antwort und Elizabeths Leugnen entnehmen konnte, war, daß die beiden über ihre künftigen Absichten nicht die Wahrheit gesagt hatten. Elizabeth machte daraus sogar eine sehr rührende Geschichte. Niemand konnte aus allem so viel geschlossen haben, wie Terence es getan zu haben schien, aber wenn ihn ein besonderes Interesse mit Elizabeth verband, mochte ihn das argwöhnisch gemacht haben.«

»Ich glaube, jetzt verstehe ich, worauf du hinaus willst. Du glaubst, Stowe habe die ganze Zeit über von der Vereinbarung mit David gewußt, sie aber nicht weiter ernst genommen.«

»Irgend jemand hat gesagt, Elizabeth habe David als unwichtig angesehen. Das könnte auch die Ansicht von Terence Stowe gewesen sein.«

»Du behauptest also, er hätte die Sache für ernster gehalten, wenn sie sich mit Owen Barrie eingelassen hatte.«

»Ja, genau das.«

»Aber Terence Stowe ist doch verheiratet, soviel ich weiß.«

»Schon, aber ich glaube, er wollte die Beziehung fortsetzen. Ich vermute, sie hat ihm erklärt, sie wolle ihre Freiheit, aber er sei der einzige, der ihr wirklich etwas bedeute.«

»Das sind Mutmaßungen, Antony.«

»Gewiß, ich weiß, und es tut mir leid, weil mir klar ist, daß dich das stört. Aber an diesem Punkt kann ich nicht anders.«

»Nun gut, für den Augenblick wollen wir dir das nachsehen«, sagte Sir Nicholas großzügig. Vera lächelte zu ihrem Neffen hinüber.

»Heißt, daß er neugierig ist«, stellte sie fest, was Antony und Jenny natürlich auch wußten.

»Also gut. Terence glaubte, die Affäre mit David werde beendet sein, sobald die Scheidung ausgesprochen war, aber eine mögliche Ehe mit Owen Barrie stellte sich wieder völlig anders dar. Sie hätte Stowes Beziehung zu Elizabeth entschieden unterbunden. Ich glaube, er versetzte sich an ihre Stelle und kam zu dem Schluß, wenn das zutreffe, werde sie sich noch am selben Abend vor Owen rechtfertigen wollen. Er ging hin und beobachtete das Haus. Er sah sie kommen und gehen und stellte sie zur Rede. Vielleicht haben sie länger miteinander gesprochen, vielleicht versuchte sie ihn davon zu überzeugen, daß seine Befürchtungen grundlos seien, aber erfolgreich kann sie nicht gewesen sein. Er erstach sie und stieß die Leiche in den Schatten, damit man sie nicht gleich finden würde.«

»Aber warum auch David umbringen?« fragte Jenny. Sie hatte mit ihrer gewohnten Aufmerksamkeit zugehört, aber es kam nicht oft vor, daß sie solche Gespräche unterbrach.

»Elizabeth hatte ihn getäuscht. Sie mochte Liebe suchen, aber Geld war ihr noch wichtiger. Ich nehme an, Terence Stowe konnte sich David als Beteiligten an diesem Täuschungsmanöver vorstellen, konnte in seiner Phantasie hören, wie sie gemeinsam über seine Einfalt lachten. Es könnte purer Zufall gewesen sein, daß er David in der Avery Mews begegnete, oder er ging bewußt hin, weil er ihn von dieser Abkürzung hatte reden hören. Meine Vermutungen gehen nicht soweit, Onkel Nick, was du vielleicht dankbar vermerken wirst.«

»Durchaus«, erwiderte sein Onkel. »Aber wenn du mit alledem recht hast, warum sollte ein so geschickter Mörder wie Terence Stowe mehr als einen Messerstich brauchen, um sein zweites Opfer zu töten?«

»Elizabeth stand ihm gegenüber. David hatte sich abgewandt, und als einzigen Grund dafür kann ich mir vorstellen, daß er erkannte, was kam, und zu fliehen versuchte. Ein Ziel in Bewegung ... die Frage ist, was hältst du von meiner Konstruktion?«

»Mehr scheint es nicht zu sein. Wenn etwas der Vernunft widerspricht, hat es keine Gesetzeskraft, wenn ich dich erinnern darf.«

»Lassen wir den berühmteren Coke aus dem Spiel«, meinte Antony. »Ich habe dir gleich zu Anfang gesagt, daß ich nichts beweisen kann. Aber was haltet ihr von meinen Überlegungen?« Er blickte abwechselnd Vera und Sir Nicholas an.

»In deinen Augen stellen sie zweifellos eine Grundlage dar, mit der du arbeiten kannst«, bemerkte sein Onkel gefühllos. »Die Frage ist: Was willst du tun?«

»Deshalb wollte ich mit dir reden, Onkel Nick.« Antonys Stimme hatte einen Anflug von Verzweiflung. »Was *kann* ich tun?«

»Das Messer finden«, sagte sein Onkel. »Ich nehme an, deine Vermutungen erstrecken sich auch darauf, daß Mr. Terence Stowe die Tatwaffe bewußt aus der Küche der Barries entwendet hatte.«

»Tut mir leid, den Punkt hatte ich vergessen. Ja, natürlich glaube ich das, sonst wären die Zufälligkeiten zu groß. Außerdem würde das zum Mord an David passen ... findest du nicht? Wenn Terences Argwohn berechtigt war, würde Elizabeth bestraft werden und David deshalb, weil er nach seiner Sicht mit ihr zusammen gewirkt hatte, und das mit dem Messer war die Strafe für Owen, weil er der Mann war, den sie hatte heiraten wollen.«

»Ja, das hat eine gewisse sonderbare Logik«, erklärte sein Onkel nachdenklich. »Mein Rat bleibt derselbe. Du brauchst das Messer.«

»Wie soll das gehen? Er wird es längst beseitigt haben.«

»Ich hoffe, du versuchst nicht –« Aber in diesem Augenblick wurde er von einem Klopfen an der Tür unterbrochen, Gibbs schaute herein.

»Eine junge Dame für Mr. Maitland«, meldete er, vorwurfsvoller denn je. »Ich habe ihr gesagt, er sei beschäftigt, aber sie ließ sich nicht abweisen. Ich könnte beinahe sagen, daß sie aufgewühlt wirkt, Sir Nicholas.«

Wenn man Gibbs kannte, reichte die Bezeichnung ›junge Dame‹ von einem sechsjährigen Kind bis zu jeder Frau unter fünfzig Jahren. Trotzdem hatte Antony, der an die nicht geöffnete Tür an diesem Nachmittag dachte, eine plötzliche Vorahnung.

»Hat sie ihren Namen genannt, Gibbs?« fragte er so scharf, daß der alte Mann noch steifer wurde.

»Andernfalls hätte ich Sie nicht belästigt, Mr. Maitland. Eine Mrs. Joanna Stowe. Mrs. Terènce Stowe, wie ich ihren Reden entnehmen konnte.«

Antony stand schon.

»Wenn du die Dame sprechen willst, mein Junge«, sagte Sir Nicholas, »schlage ich vor, daß du das hier tust. Vera und ich gehen mit Jenny hinauf.«

»Nein, tut das nicht. Verstehst du nicht, Onkel Nick? Wenn ich recht habe, wenn ich auch nur annähernd recht habe, brauche ich für das, was sie sagt, Zeugen.«

»Uns alle?« fragte Sir Nicholas und schaute sich im Zimmer um, als rechne er halb damit, in den Ecken eine Horde von Freunden und Bekannten lauern zu sehen. »Ich glaube, ich muß dich daran erinnern, Antony – wenn du recht hast –«

»Ich weiß, nicht der rechte Ort für Damen. Aber Vera war zu viele Jahre im Beruf, um nicht schon alles gehört zu haben, und Jenny hat neulich nicht zu Unrecht verlangt, man möge sie nicht immer im dunkeln tappen lassen. Aber wenn du lieber hinaufgehst, Schatz –«

»Kommt nicht in Frage«, protestierte Jenny und zeigte ihm ein besonderes Lächeln, wie er es sonst nur zu sehen gewohnt war, wenn sie allein waren. »Denkst du, ich könnte da oben allein sitzen und mir den Kopf zerbrechen? Ich bleibe.«

»Na gut. Außer sie redet offener, wenn weniger Leute dabei sind, versteht sich.«

»Dann ziehen Jenny und ich uns zurück«, erklärte Vera. »Keine Sorge.«

»Na gut«, sagte Antony noch einmal. »Würden Sie Mrs. Stowe hereinführen, Gibbs?«

Gibbs, der das alles begierig aufgenommen hatte, gewiß mit den ärgsten Vorstellungen im Kopf, drehte sich wortlos um und ging in die Halle hinaus. Einen Augenblick später kam er zurück.

»Mrs. Stowe, Sir Nicholas«, verkündete er und zog sich zurück, die Tür fest hinter sich schließend.

Aber er hatte recht gehabt; Joanna sah in der Tat aufgewühlt aus, ganz anders, als Antony sie in Erinnerung hatte. Sie trug ein ziemlich zerknittertes, rosarotes Kleid, ihre Haare waren strähnig und glanzlos, sie atmete schwer und war offenkundig sehr erregt.

»Mr. Maitland!« sagte sie und kam auf ihn zu, als sei niemand sonst im Zimmer.

»Guten Tag, Mrs. Stowe.« Er wäre am liebsten sofort zur Sache gekommen, um aus ihr herauszuholen, was sie mitzuteilen hatte, aber es gab Dinge, zu denen er sich überwinden konnte, und andere, bei denen das ganz und gar nicht ging. In diesem Falle...

»Das ist meine Frau Jenny, Mrs. Stowe. Meine Tante, Lady Harding, und mein Onkel Sir Nicholas Harding.«

Sie stutzte einen Augenblick. Die beiden Frauen blieben unbeachtet, aber sie starrte Sir Nicholas scharf an.

»Sie haben Elizabeths Partei ergriffen«, warf sie ihm vor.

»Ja, Mrs. Stowe, wir sind uns vor Gericht schon einmal begegnet«, bestätigte Sir Nicholas.

»Das spielt jetzt keine Rolle mehr, nichts mehr ist wichtig!«

»Ich glaube, es wäre trotzdem gut, wenn Sie sich setzen würden, Mrs. Stowe«, sagte Sir Nicholas, der es offenbar für angebracht hielt, eine Spur von Vernunft zur Durchsetzung zu bringen. »Auf dem Sofa neben Mrs. Maitland können Sie es sich bequem machen. Und wenn Sie meinen Neffen allein sprechen wollen –«

»Spielt keine Rolle«, wiederholte sie, setzte sich aber gehorsam, so daß auch Sir Nicholas wieder in seinen Sessel sinken konnte.

Antony blieb stehen, mit dem Rücken zum Kamin.

»Ich habe heute nachmittag versucht, Sie zu erreichen, Mrs. Stowe«, erklärte Maitland.

»Ja, ich weiß. Das heißt, ich wußte, Sie würden kommen. Ich hörte auch jemanden an der Tür. Ich war aber noch nicht imstande, mit Ihnen zu reden. Ich fürchte, ich habe geweint. Ich wußte die ganze Zeit über, daß Terence mir untreu gewesen war, wissen Sie, aber ich hätte nie geglaubt, daß er es ausdrücklich zugeben würde. Und es macht einen Unterschied, wenn andere Leute es wissen. Das können Sie doch verstehen, oder?«

»Sie sagen, Ihr Mann habe Ihnen gegenüber eingeräumt –?«

»Nein, das meine ich ganz und gar nicht. Ich war in der Wohnung, als Sie mit ihm sprachen, Mr. Maitland – er verließ mit Ihnen das Haus, sonst hätte er mich nach Ihrem Weggang gefunden – und ich ging auf Zehenspitzen in den Flur hinaus. Die Tür war nur angelehnt.«

»Verstehe. Sie hörten also ungewollt –«

»Ich habe ganz bewußt gelauscht«, behauptete sie mit fester Stimme. »Ich glaube, ich hatte ein Recht, es zu wissen. Nicht, daß ich nicht schon fast alles gewußt hätte«, fügte sie traurig hinzu.

»Ich bin mir nicht ganz sicher, was Sie mir sagen wollen, Mrs. Stowe, glaube aber, Sie darauf hinweisen zu sollen, daß wir nicht allein sind. Ich kann also nichts vertraulich behandeln, was Sie mir mitteilen. Eine Frau kann nicht gezwungen werden, gegen ihren Mann auszusagen, aber selbst wenn Sie Ihre Meinung ändern sollten, bei vier Anwesenden –«

»Dann wissen Sie es schon«, sagte sie.

»Nicht so viel, wie nötig wäre«, antwortete Antony.

»Deshalb bin ich hier – um es Ihnen zu sagen. Terence ging an diesem Nachmittag, am Donnerstag, als Elizabeth abends starb, wieder ins Gericht. Wir mußten nicht, aber er sagte, es interessiere ihn. Und als er heimkam, war er in einer schrecklichen Verfassung, wollte mir aber nicht sagen, was los sei. Nach dem Abendessen ging er gleich wieder fort, und ich sah ihn erst nach elf Uhr wieder. Ich machte mir inzwischen furchtbare Sorgen, wie Sie sich denken können, und als er hereinkam ... hatte er Blut am Hemd!«

»Was geschah dann, Mrs. Stowe?«

»Ich fragte ihn, was geschehen sei, und das bereue ich jetzt, denn er... erzählte mir alles«, sagte sie. »Daß Sie David vor Gericht gefragt hatten, ob er wisse, daß sein Vater Elizabeth heiraten werde, sobald sie frei sei. Daraufhin habe er ihre Motive in Zweifel gezogen. Er war ganz offen zu mir. Er wird wohl gewußt haben, daß ich mir schon so etwas gedacht hatte. Er sagte, sie sei schon sehr lange Zeit seine Geliebte gewesen. Sie habe ihm versprochen, alles werde so weitergehen wie bisher. Aber wenn sie Owen wirklich heiraten wollte... Sie können verstehen, daß er das Gefühl hatte, das herausfinden zu müssen.«

»Und das leitete er in die Wege?«

»Ja, er ging hin und beobachtete das Haus, Owens Haus. Er dachte, wenn Elizabeth an diesem Abend dort erschiene, wären seine Befürchtungen bestätigt. Und sie ging wirklich hin. Als sie wieder herausgekommen war, stellte er sie zur Rede. Sie versuchte ihm einzureden, zwischen ihnen sei alles wie vorher, aber den Besuch bei Owen konnte sie natürlich nicht erklären. Als sie endlich einsah, daß sie bei ihm nichts erreichte, erzählte sie ihm alles, wie sie mit David zusammengewirkt hatte. Nach der Scheidung wolle sie ihn aber loswerden, sagte sie, und Owen müsse sie deshalb heiraten, weil er Geld habe, nur scheine er mit ihr jetzt nichts mehr zu tun haben zu wollen. Mit Terence könne also alles so weitergehen wie bisher. Ich glaube, das hat ihn tiefer getroffen als alles andere.«

»Könnten Sie uns das erklären, Mrs. Stowe?«

»Er fragte sie ganz offen: ›Und wenn du Owen geheiratet hättest?‹ Und sie erwiderte unverblümt: ›Ich fürchte, dann wäre es zwischen uns aus gewesen, Terence. Ich hätte nicht das Risiko eingehen können, daß er dahintergekommen wäre.‹ Und da hat er sie umgebracht.«

Antony sah sich kurz um. Jenny saß hochaufgerichtet da, die Hände im Schoß gefaltet, und war ein wenig blasser als sonst, im übrigen aber gefaßt. Vera hörte, wie es einer erfahrenen Juristin zustand, gebannt und ohne jede Gefühlsregung zu. Sir Nicholas beantwortete den Blick seines Neffen auf eine Weise, die man auf hunderterlei Art hätte auslegen können, wie Antony bitter dachte. Als Verärgerung, weil vor Jenny und Vera eine unerfreuliche Szene ablief, oder sogar als Glückwunsch, weil einige seiner Vermutungen der Wahrheit so nahe gekommen waren.

»Hat Ihr Mann Ihnen das alles zu diesem Zeitpunkt erzählt, Mrs. Stowe?« fragte er seine Besucherin leise.

»O ja, natürlich. Ich sagte schon, er war ganz offen zu mir. Und die Sache mit David. Das war reiner Zufall. Die Avery Mews war für ihn der kürzeste Weg zur Bushaltestelle. Er war nicht mit dem Auto gefahren. Als er David sah, wurde ihm bewußt, daß man ihn zum Narren gehalten hatte, und wie er zu mir sagte – ›Beim zweitenmal ist es viel leichter.‹«

Wenn Antony der Gedanke beschlich, es könnte ein zusätzliches Motiv gegeben haben, weil David hätte bezeugen können, daß Terence zu dieser Zeit in dieser Gegend gewesen war, hielt er den Zeitpunkt, das auszusprechen und den Fluß ihrer Geschichte zu stören, nicht für geeignet.

»Er hat die Waffe beide Male mitgenommen. Brachte er sie mit nach Hause?«

»Ja. Er sagte, wenn er sie in der Nähe der Tatorte weggeworfen hätte, wäre sie der Polizei in die Hände gefallen. Er hatte zwar seinen Schal um den Griff gewickelt, aber keine Handschuhe dabei, so daß Fingerabdrücke vorhanden sein konnten.«

»Augenblick, der Abend war warm.«

»Das habe ich Ihnen nicht gesagt, wie? Als er fortging, erklärte er, daß er zu einem Bankett müsse, eine Einladung von einer der ärztlichen Vereinigungen. Er trug seinen Abendanzug. Es war ein Seidenschal, und er wickelte das Messer anschließend hinein, damit er es in die Tasche schieben konnte. Und in der Nacht spülte er es stundenlang.«

»Ist das Messer noch in Ihrer Wohnung?«

»Nein, ich glaube, er hat es mit in die Klinik genommen. Er sagte, wenn er es in den Fluß werfe, würde ihn sicher jemand dabei beobachten, aber in der kleinen Stationsküche könne er es zu den anderen Messern legen, ohne daß jemand dahinterkäme.«

»So scheint es gewesen zu sein«, meinte Sir Nicholas. »Darf ich Ihnen eine Frage stellen, Madam? War es ein Messer aus Barries Haus?«

»O ja, so war es.«

»Mit der Absicht, Owen Barrie zu belasten?«

»Nein, daran dachte er damals nicht. Er sagte, er habe Elizabeth mit den Händen erdrosseln wollen, wenn er dahinterkommen sollte, daß sie schuldig sei, wie er sich ausdrückte. Aber dann fiel ihm ein, daß es mit einem Messer noch schneller und unauffälliger gehen würde, und erinnerte sich daran, daß sie eines Abends, als er mit Owen ausgegangen war, nicht ins Haus gekonnt hatten. Owen hatte den Schlüssel im anderen Anzug vergessen, also betraten sie das Haus durch den Hintereingang, wo Terence den Schlüssel sah. Hinterher freute er sich natürlich, weil nach der Verhaftung von Owen die Polizei die Suche nach einem anderen Täter einstellen würde.«

»Fast richtig«, sagte Vera. Antony nickte bedrückt; er freute sich nicht über seinen Triumph. Und plötzlich überraschte Jenny sie alle, als sie leise sagte: »Mrs. Stowe, Sie erzählen uns, daß Ihr Mann Ihnen alles gebeichtet hat. Sie haben bis jetzt aber geschwiegen.«

Joanna Stowe drehte den Kopf und sah sie an, mit einem langen Blick, der, wie Jenny später sagte, durch und durch zu gehen schien.

»Ich denke, das können Sie verstehen«, sagte sie schließlich. »Er ist mein Mann. Ich konnte ihn nicht ans Messer liefern.«

»Aber jetzt –«

»Jetzt steht es anders.«

»Weil Sie wissen, daß er Elizabeth Coke geliebt hat?«

»Nicht nur das. Ich wußte schon lange davon und hatte mich wohl damit abgefunden. Aber es war anders, als niemand davon wußte, ich konnte es nicht ertragen, daß andere Menschen es wußten, das müssen Sie einsehen. Als er heute Nachmittag mit Ihrem Mann so offen sprach, entschied ich mich.« Sie verstummte und sah die anderen der Reihe nach an. »Ich bin mir über meine Lage im klaren«, fuhr sie fort, »und ich weiß durchaus, daß ich nicht auszusagen brauche, wenn ich nicht will. Und jetzt möchte ich mit der Polizei sprechen und meine Aussage zu Protokoll geben.«

Epilog

»Die einzige Frage, die noch bleibt«, sagte Sir Nicholas am Sonntag beim Tee, nachdem er sich vergewissert hatte, daß der Teller mit gebuttertem Toast leer war, »ist die, warum sie zu dir gekommen ist, Antony, statt direkt zu Sykes zu gehen.« Wie üblich tranken sie den Tee im Wohnzimmer der Maitlands, und Antony, der gehofft hatte, wenigstens über das Wochenende die ganze Sache vergessen zu können, freute sich nicht gerade über die Frage.

Die Antwort gab Jenny.

»Das ist doch ganz naheliegend, Onkel Nick«, meinte sie. »Antony hat großen Eindruck auf sie gemacht, als er sie wegen der Verleumdungsgeschichte befragte, deshalb ist sie zu ihm gekommen.«

»Du könntest recht haben, meine Liebe. Vielleicht ist die Dame leicht zu beeindrucken«, erklärte Sir Nicholas. »Aber ich persönlich glaube –«

»Jedenfalls kam das auf eines heraus«, sagte Vera, ihren Mann im Interesse des Friedens unterbrechend. Sie hatte Antony schon früher in der Depression erlebt, die dem erfolgreichen Abschluß eines Falles unausweichlich zu folgen schien, und obwohl sie wußten, daß das eine logisch nicht begründbare Reaktion war, konnte er sich daraus nur schwer lösen. »Owen Barrie wird morgen freigelassen, Terence Stowe ist festgenommen und wird verhört, und Antony sagt, Chefinspektor Sykes habe angerufen und mitgeteilt, das Messer sei genau dort gefunden worden, wo es sich laut Mrs. Stowe befand. Das scheint mir sehr befriedigend zu sein.«

»Du könntest hinzufügen«, sagte Sir Nicholas gedehnt, »daß Edward Cokes Ruf praktisch wiederhergestellt ist. Das scheint mir einer der erfreulichsten Aspekte des Falles zu sein.« Wenn Vera die Gefühle ihres Neffen schonen wollte, gedachte er ihr nichts in den Weg zu legen.

»Jetzt wird er wohl das Mädchen heiraten, wie heißt sie gleich, Mary Jerrold?« meinte Vera.

»Das hat Antony dir noch nicht erzählt«, sagte Jenny. »Desmond Barleycorn scheint ebenfalls in sie verliebt zu sein. Er glaubt jetzt, vielleicht doch eine Chance zu haben, weil Edward Coke nicht mehr völlig unerreichbar sei – so hat er sich ausgedrückt, nicht, Antony?«

»Wußte ich nicht«, bemerkte Vera. »Hat Hand und Fuß.«

»Wenn wir von Psychologischem sprechen wollen«, begann Sir Nicholas wieder, zur Abwechslung einmal ohne große Rücksicht auf die Logik, »müssen wir uns alle darüber freuen, daß zumindest in diesem Fall Superintendent Briggs Antony nichts Nachteiliges vorwerfen kann.«

»Natürlich kann er das nicht, Onkel Nick«, sagte Jenny empört.

»Ich glaube, er hätte es versucht«, stellte Sir Nicholas fest, unberührt von dem Widerspruch. »Aber alles ist gut. Da Vera und ich anwesend waren, würde wohl nicht einmal der Superintendent auf den Gedanken kommen, behaupten zu wollen, Antony hätte – wie sagst du dazu, Vera? – an der Sache gedreht.«

Jenny wollte empört sagen: »Ich war auch dabei«, als sie den Blick ihres Mannes auffing. Antony lachte und schien nicht mehr aufhören zu können.

»Du hast wirklich recht, Onkel Nick«, meinte er. »Tante Vera verdirbt dich wirklich.« Und sah belustigt zu, als sein Onkel sich seiner Frau zuwandte, um die Anschuldigung zurückzuweisen, auch wenn das mit mehr Entrüstung als Überzeugungskraft geschah.

Ein Dieb oder zwei

A Thief or Two

Aus dem Englischen übertragen
von Anita Peters

Die Hauptpersonen

Justice Conroy	Richter
Paul Garfield	Staatsanwalt
Antony Maitland	Verteidiger
Malcolm Harte	Angeklagter (Verkäufer in einem Juweliergeschäft)
Henry DeLisle	Juwelier, dessen Bruder George ermordet wurde
Leonard Bowling	Zeitungsherausgeber, der seine Ehe mit Geld retten will
Sarah Bowling	seine Frau, gegen die ein Seidenschal zur tödlichen Waffe wird
Laurence Blake	Reporter, ein Mann, von dem Backfische und reife Frauen träumen – nicht zu ihrem Vorteil
Eleanor Wyatt	seine Verlobte
Nicholas Harding	Kammergerichtspräsident

und 12 englische Bürger als Geschworene

Der Roman spielt in einem englischen Gerichtssaal.

... Leugnen will ich nicht:
In dem Gerichte, das auf Tod erkennt,
Ist unter zwölf Geschwornen oft ein Dieb,
Wohl zwei, noch schuld'ger als der Angeklagte.

Maß für Maß, 2. Akt, 1. Szene
(in der Übertragung von Schlegel/Tieck)

Die Zeugen der Anklage

Donnerstag,
der erste Tag der Schwurgerichtsverhandlung

Der Staatsanwalt hatte seine Eröffnungsrede beendet, raffte den Talar und setzte sich mit sichtlicher Genugtuung. Die Zuschauer im Gerichtssaal gerieten in Bewegung. Mr. Justice Conroy, dem nichts entging, blickte kurz in diese Richtung, gelangte aber offensichtlich zu dem Schluß, daß die Grenzen des Erlaubten nicht überschritten wurden. Er setzte sich bequem zurecht und überblickte aus langjähriger Erfahrung seinen Machtbereich.

Der Richter versprach sich bei diesem Prozeß eine angenehme Unterhaltung, und sei es auch nur wegen der in ihrer Art einander völlig entgegengesetzten beiden Anwälte. Der eine, Paul Garfield, vertrat die Krone. Er arbeitete gewissenhaft und sorgfältig. Trotz seiner spitzen Nase, die aus dem Gesicht herausragte, war er beinahe hübsch. Seiner Gesinnung nach war er ein Puritaner reinsten Wassers. Der andere, Antony Maitland, verteidigte den Angeklagten. Er war größer als sein Opponent, nachlässig gekleidet und hatte eine lässige Art. Seinen Augen sah man an, daß er Humor besaß. Auch er erfreute sich eines besonderen Rufes, der freilich alles andere als orthodox war. Der Richter war sicher, daß dies während der Hauptverhandlung zutage treten werde. – Damals vor acht Jahren...

Es hatte damals zu Recht mit einem Sieg für die Verteidigung geendet. Garfield hatte ein wenig widerwillig zugeben müssen, daß jener Fall gar nicht vor das Schwurgericht gehörte. Diesmal vielleicht... Garfield hatte die Anklage so scharf formuliert, daß man den Eindruck gewann, es handle sich um ein schweres Verbrechen; aber wer weiß, welche Überraschungen die Gegenseite bereithielt. Der Angeklagte in diesem Prozeß – irgendein kleiner Angestellter, dachte Mr. Justice Conroy mit unbewußter Arroganz. Oder... Nein, das war nicht ganz korrekt, der Angeklagte arbeitete ja in einem Juweliergeschäft als Verkäufer. Vor Gericht stand er wegen Mordes und Diebstahls. Er sah weiß Gott nicht so aus, als ob er solcher Delikte fähig wäre. Aber die langjährige richterliche Tätigkeit hatte Conroy gelehrt, daß man nie nach dem äußeren Schein urteilen durfte. Der Angeklagte war von kleiner Statur, hatte rotblondes Haar und regelmäßige Gesichtszüge. Sein Äußeres wirkte ansprechend, doch schien es ihm an Vitalität zu fehlen. Nun ja, man würde ja sehen... Jetzt trat der erste Zeuge vor und nahm die Aufmerksamkeit des Richters in Anspruch.

Dieser Zeuge war mittelgroß, gutgenährt, ohne fettleibig zu sein, besaß ein rundes, freundliches Gesicht mit einem stark vorspringenden Kinn und trug eine Brille. Er hatte schwarze Haare und einen dunklen Teint. Er gab seinen Namen mit Henry DeLisle an und erwiderte auf Garfields Frage, daß er der Bruder des Verstorbenen sei.

»Jetzt, Mr. DeLisle, möchte ich Sie bitten, den dreizehnten Juni dieses Jahres, einen Samstag, in Ihr Gedächtnis zurückzurufen.« Maitland, der während der routinemäßigen Eröffnung der Hauptverhandlung zu schlafen schien, wurde aufmerksamer. Garfield wählte seine Worte mit offenkundiger Sorgfalt. »Sind Sie an diesem Tag morgens ins Geschäft gegangen?«

»In meine – Firma«, verbesserte ihn der Zeuge. »Aber ich war für den Geschäftsablauf nicht zuständig. Mein Bruder George – der Himmel schenke seiner Seele Frieden – kümmerte sich um diese Dinge.«

»Der Verstorbene war also für den geschäftlichen Teil des

Unternehmens zuständig –«, begann Garfield, aber Henry DeLisle fiel ihm ins Wort: »Gebrüder DeLisle, Juweliere. Für eventuelle künstlerische Entwürfe in unserem Angebot bin ich verantwortlich.«

Maitland tauschte ein Lächeln mit Derek Stringer, seinem Juniorpartner. Vielleicht war der Zeuge tatsächlich ein Künstler; auf alle Fälle verstand er es, für sich Reklame zu machen.

»Das ist vollkommen richtig«, stimmte ihm Garfield beifällig zu. Wahrscheinlich hatte er nicht erwartet, daß sich künstlerisches Temperament und eine klare Aussage vereinen ließen. »Der Verstorbene –«

»Mein Bruder George«, fiel der Zeuge mit trauriger Stimme ein. »Ich kann mir nicht vorstellen, wie ich ohne ihn zurechtkommen soll.«

Wahrscheinlich liegt es nicht in seiner Absicht, den Strafverfolger zu provozieren, aber wenn er so weitermacht... Dieser Gedanke drängte sich Maitland auf.

»Nein, an jenem Samstagvormittag fuhr ich nicht in die Stadt. Unsere Angestellten waren in der Lage« – ein flüchtiger Blick streifte den Mann auf der Anklagebank – »... wir hielten sie für zuverlässig und glaubten, daß es nicht nötig sei –« Er breitete die Arme aus und ließ den Satz in der Luft hängen.

»Selbstverständlich. Doch bevor wir dieses Thema weiter erörtern, beschreiben Sie uns doch bitte Ihre häuslichen Verhältnisse. Wir haben Ihre Anschrift. Sie bewohnen eines der großen Häuser unweit der Wimbledon Common, nicht wahr?«

»Das ist richtig. Das Haus gehörte George und mir. Als er starb, erbte ich seine Hälfte. Er war Junggeselle. Ich bin verheiratet und bewohne das Haus gemeinsam mit meiner Frau. Unsere beiden Kinder sind ebenfalls verheiratet und leben nicht mehr bei uns.«

»So wohnten dort Ihre Frau, Mrs. Grace DeLisle, Sie selbst und Mr. George DeLisle?«

»Außerdem unser Butler Canning; das Dienstmädchen

Maud und die Köchin, Mrs. Canning.«

»Danke. An diesem Wochenende, um das es sich hier dreht, wollten Sie doch Gäste einladen, nicht wahr?«

»Ja, eine ziemlich gemischte Gesellschaft.«

»Würden Sie uns berichten –?« Diesmal war es Garfield, der seinen Satz unvollendet in der Luft hängen ließ.

»Unser Ehrengast, wie ich ihn nennen darf, war Sir Leonard Bowling. Natürlich auch Lady Bowling. Aber wegen Sir Leonard Bowling veranstalteten wir diese Ausstellung unserer schönsten Stücke an jenem Abend.«

»Und die übrigen Gäste?«

»Dazu gehörten Mr. und Mrs. William Wyatt, Freunde der Familie. Sie brachten ihre Tochter Eleanor mit. Ihr zuliebe luden wir zwei Junggesellen ein, die aber nur zum Dinner kamen – Laurence Blake und Godfrey Thrulow. Laurence ist mit Eleanor verlobt, und Godfrey handelt mit Antiquitäten. Miss Wyatt ist seine Angestellte.«

»Sie haben uns noch nicht mitgeteilt, warum der Angeklagte an der Party teilnahm, Mr. DeLisle.«

»Harte – Malcolm Harte, der Angeklagte«, antwortete der Zeuge, »war in unserer Firma als Verkäufer angestellt. George hatte ihm aufgetragen, er solle die Juwelen in unser Privathaus bringen. Und Grace, meine Frau, hat ihn dann irrtümlich, wie ich jetzt glaube, aufgefordert, über das Wochenende bei uns zu bleiben.«

»Warum denn?«

»Er sieht nicht übel aus«, erwiderte der Zeuge ärgerlich.

»Aber aus welchem triftigem Grund, Mr. DeLisle?« fragte Garfield.

»Aus Sympathie«, erwiderte DeLisle mißbilligend. »Meine Frau hat auch Mary Reynolds, meine Sekretärin und die Verlobte des Angeklagten eingeladen. – Jedenfalls waren sie verlobt. – Grace sagte, das arme Ding habe so wenig Gelegenheit, mit ihm allein zu sein.«

Garfield lächelte kühl. »Das war die ganze Gesellschaft, Mr. DeLisle?«

»So ist es.«

»Dann beschreiben Sie uns jetzt die einzelnen Vorkommnisse dieses Tages. Sagen wir, von dem Augenblick an, als der Angeklagte bei Ihnen eintraf.«

»Ich will mein Bestes tun. Harte kam gegen zwei Uhr an. Die Lunchzeit war vorbei, und wir tranken noch unseren Kaffee. Die Etuis mit den Juwelen trug er in einem Handkoffer bei sich. Ich nahm ihm den Koffer ab und brachte diesen sofort ins Herrenzimmer, wo ich die einzelnen Behältnisse samt Inhalt in den Safe legte.«

»Schlossen Sie den Safe wieder ab?«

»Selbstverständlich.«

»Und den Handkoffer?«

»Den ließ ich in der Nähe an der Wand stehen.«

»Brachte der Angeklagte nur die Juwelen nach Wimbledon mit?«

»Nein. Dazu muß ich ausführen, daß die Fassungen zwar nicht vollkommen veraltet waren, aber doch schon ein bißchen altmodisch. Sir Leonard hatte geäußert, daß er etwas moderneren Schmuck vorziehen würde. Deshalb befanden sich auch ein paar von meinen neuen Entwürfen im Koffer, die ich gleichfalls in den Safe gab.«

»Waren es die Originale – und deshalb von Wert?«

»Natürlich.«

»Und nachdem Sie den Schmuck und Ihre neuen Designs untergebracht hatten –?«

»– ging ich zu den anderen in die Lounge. Miss Reynolds war zusammen mit Harte angekommen, und meine Frau schlug ihnen vor, ein bißchen auf der Common spazierenzugehen. Sie befolgten ihren Rat, waren aber rechtzeitig zum Tee um fünf Uhr wieder zurück. Sir Leonard und Lady Bowling trafen etwa zur selben Zeit ein. Die Wyatts kamen gegen halb sieben. Mr. Thurlow und Mr. Blake, die, wie ich Ihnen schon sagte, nur zum Dinner eingeladen waren, erschienen kurz nacheinander, etwa ein viertel vor acht.«

»Damit waren nun wohl alle Gäste versammelt?«

»Ja, in der Lounge. Das Dinner war für halb neun angesetzt. Wir ließen uns dabei Zeit. Um zehn kehrten wir in die Lounge zurück. George ging, den Schmuck zu holen.«

»War die ganze Gesellschaft bei der Besichtigung dabei?«

»Ja, obgleich Harte und Miss Reynolds, die die Stücke schon kannten, nicht viel Interesse zeigten.«

»Bei dieser Gelegenheit können Sie uns die einzelnen Schmuckgegenstände gleich einmal näher beschreiben und dazu deren Schätzwert nennen, Mr. DeLisle.«

»Es war eine Tiara dabei. Wenn ich Lady Bowling richtig verstanden habe, hatte sie in dieser Form für das Stück keine Verwendung, fand aber die Steine wundervoll.«

»Die Steine?«

»Diamanten.«

»Und außerdem?«

»Zwei Pendants. Das eine war nur mit Diamanten besetzt, die wie tropfende Tränen aussahen, wobei sich um einen großen Stein zwölf kleine, aber vollkommene Diamanten reihten. Das andere war mit Diamanten und Smaragden geschmückt. In meinen neuen Entwürfen sollten diese Juwelen Verwendung finden. Allerdings gefiel mir dieser Schmuck so gut, daß ich ihn am liebsten in seiner alten Fassung gelassen hätte. Da sind Fotos –«

»Darauf kommen wir gleich zurück, Mr. DeLisle.«

»Dann können Sie es selbst sehen, obgleich ein Foto die Schönheit und den Wert der Steine natürlich nur unvollkommen wiedergibt.«

»Sie haben uns eine Liste mit den Juwelen überreicht, die der Angeklagte am dreizehnten Juni zu Ihnen gebracht hat«, erinnerte Garfield den Zeugen.

»Ja. Dazu gehörten auch zwei Armbänder mit Smaragden und Diamanten, ferner eine Smaragdbrosche in einer Filigranfassung. Sir Leonard war nämlich vor allem an Smaragden interessiert; Lady Bowling hat wundervolles rotes Haar, eine echte Tizianfarbe.«

Garfield hustete. Er legte bemerkenswerte Zurückhaltung

an den Tag, wie Maitland fand, der aus dem Augenwinkel heraus beobachtete, daß Stringer ihm zulächelte. Anscheinend hatte dieser denselben Gedanken.

»Denken Sie an die Liste, Mr. DeLisle«, mahnte der Anklagevertreter freundlich.

»Sie ist gleich zu Ende. Eine *Fourche* in –«

»Eine *Fourche*?« fragte der Richter, wobei er den Kopf hob und den Zeugen über den Rand seiner Brille hinweg ansah.

»Das bedeutet Gabel, Mylord«, erläuterte Garfield. »Eine Art Kamm, mit dem man das Haar aufsteckt, wenn ich richtig informiert bin.«

»Ein Schmuckstück?« fragte Conroy.

»Ja, Mylord.«

»Danke, Mr. Garfield. Sie können fortfahren.«

»Mr. DeLisle. Eine *Fourche*, sagten Sie.«

»Eine Emaillearbeit mit Smaragden. Das Emaille war so fein, daß das Licht hindurchschimmerte. Aber Sie werden sicher verstehen, daß Lady Bowling keine Verwendung dafür hatte, in dieser Form –«

»Darum geht es jetzt nicht«, sagte Garfield mit einem ersten Anzeichen von Ungeduld.

»Genauso erging es den übrigen auf der Liste aufgeführten Schmuckstücken.« Der Zeuge ließ sich nicht beirren. »Es war noch ein Bolero dabei, mit Diamanten und anderen Edelsteinen besetzt. Ich könnte sie in meinen Entwürfen verwenden. Um genau zu sein –«

»Danke, Mr. DeLisle. Sie haben mich daran erinnert, daß es dazu Fotos gibt. Darf ich sie als Beweismaterial in den Prozeß einführen, Mylord?«

Es folgte eine kurze Pause, in der die Fotos hervorgeholt und geprüft wurden.

Maitland wandte seine Aufmerksamkeit den Geschworenen zu. An der Stirnseite saß eine junge Frau, an der die Smaragden bestimmt gut ausgesehen hätten. Er fragte sich, ob sie wohl den gleichen Gedanken hatte, während sie sich über die eindrucksvollen Vergrößerungen beugte. Die dicke Frau neben ihr warf nur einen flüchtigen Blick darauf und gab sie dann weiter.

Der Zeuge wartete gelassen. Ein ungewöhnlicher Mensch, dachte Maitland, aber ermüdend. DeLisle selbst schien nicht zu bemerken, daß er anderen auf die Nerven ging.

»Jetzt, Mr. DeLisle«, meinte Garfield schließlich, »wollen wir uns mit dem Wert der von Ihnen beschriebenen Stücke befassen.«

»In ihrem ursprünglichen Zustand – ich meine, so, wie sie waren, als sie gestohlen wurden; die Diebe würden den Schmuck natürlich nicht so lassen – könnte man sie für 70000 Pfund verkaufen. Für die Steine allein habe ich Sir Leonard einen Preis von 50000 Pfund genannt.«

»Eine wertvolle Beute also.«

»Eine niederträchtige Gemeinheit«, erwiderte Henry De-Lisle mit dem ersten Anzeichen einer Gemütsbewegung.

Garfield hüstelte und blickte zum Richter, der aber nicht reagierte. »Wir kehren wieder zu den Ereignissen des Samstagabends zurück«, sagte daraufhin Garfield. »Samstag, der dreizehnte Juni.« Er schaute zu den Geschworenen, um festzustellen, ob der eine oder andere diese Tatsache registriere. Es schien nicht so.

Maitland fand, daß sein Gegner allzu gründlich vorging und sich mehr als nötig wiederholte. Dabei hielt er alle Trümpfe in der Hand. Bis jetzt hatte die Verteidigung nur einen einzigen Zeugen an der Hand, den Angeklagten selbst, der seine Schuld bestritt. Damit konnte Maitland keinen Sieg für seinen Mandanten erzielen. Garfield wußte das natürlich. Aber es änderte nichts an seinem Vorgehen. Seine Eröffnung war ein Muster an geistiger Klarheit. Das Teuflische an der Sache war, daß es so schien, als sei die Anklage berechtigt. Malcolm Harte war ein netter Junge, aber das war leider keine Garantie für seine Unschuld. Vielleicht könnte ein Besuch bei ihm nützlich sein...

»Es war gerade zehn Uhr abends, Mr. DeLisle«, sagte Garfield aufmunternd. »Die Gäste befanden sich im Salon, und Ihr

Bruder war dabei, die Juwelen zu holen.«

»Die Juwelen und die Entwürfe. Etwa eine halbe Stunde später.«

»Und was geschah in der halben Stunde?«

»Zunächst fand eine Besichtigung des Schmucks statt, wobei die einzelnen Stücke von Hand zu Hand gingen. Harte und Miss Reynolds standen unterdessen am Fenster und unterhielten sich.«

»Aber der Angeklagte kannte die vorgezeigten Schmuckgegenstände sicher genau?«

»Gewiß.«

»Und er kannte auch ihren Wert?«

»Aber ja.«

»Danke, Mr. DeLisle. Es tut mir leid, daß ich Sie unterbrochen habe.« Garfield war mit der Antwort offensichtlich zufrieden. DeLisle fuhr fort: »Nachdem alle Gelegenheit hatten, die Steine zu betrachten und ihre Schönheit zu bewundern, zeigte ich meine Skizzen vor. Sir Leonard und Lady Bowling sahen sie sich sehr genau an und waren hocherfreut.«

»Davon bin ich überzeugt.« Garfields Stimme klang etwas schroffer als zuvor. »Und am Ende der halben Stunde –«

»George brachte alles ins Herrenzimmer zurück.«

»Und blieb selbst dort?«

»Ja.«

»Warum?«

»Er sagte, er habe Briefe zu schreiben, aber ich vermute, er hatte keine Lust, den Schlummertrunk mit uns einzunehmen. Er war zwar kein Abstinenzler, aber er sagte immer, wenn er spät abends noch etwas trinke, könne er nicht einschlafen.«

»Das war gegen halb elf?«

»Nahezu auf die Minute. Mr. Thurlow schaute zur selben Zeit auf seine Armbanduhr und teilte uns die Zeit mit. Er und Mr. Blake verabschiedeten sich innerhalb der nächsten fünf Minuten.«

»Und was geschah dann?«

»Die Damen zogen sich zurück.«

»Das waren Mrs. Grace DeLisle, Mady Bowling, Mrs. Rose Wyatt und ihre Tochter Eleanor sowie Miss Mary Reynolds?«

»Ja. Auch Harte ging nach oben. Und ich muß sagen, daß ich darüber erleichtert war, denn er schien sich nicht recht wohl zu fühlen.«

»Danach gingen Sie, Mr. Wyatt und Sir Leonard in den Salon hinüber?«

»Ja. Wie George vermutet hatte, läutete ich nach Canning, und er brachte die Weinkaraffe.«

»Und danach?«

»Wir plauderten noch etwa eine Stunde lang miteinander.«

»Könnten Sie die Zeit genauer angeben, Mr. DeLisle?«

»Ich glaube, wir gingen gegen zweiundzwanzig Uhr dreißig nach oben, aber beschwören kann ich es nicht.«

»Schön, das muß uns genügen. Beschreiben Sie uns doch bitte genau, was Sie anschließend getan haben.«

»Meine Frau schlief schon. Ich zog mich so leise wie möglich aus. Als ich fertig –«

»Geben Sie die Zeit bitte genau an.«

»Ich habe elf Uhr fünfundfünfzig die Polizei angerufen. Demnach war es etwa fünf Minuten zuvor, als ich meinen Hausmantel anzog und in das Zimmer meines Bruders ging.«

»Also elf Uhr fünfzig?«

»Ja. Ich nahm an, daß er dort sei, weil mir kein Anlaß bekannt war, der ihn davon hätte abhalten können, schlafenzugehen. Aber das Bett war noch so, wie das Dienstmädchen es für die Nacht hergerichtet hatte.«

»Was dachten Sie sich dabei?«

»Ich nahm an, er sei im Herrenzimmer eingenickt. Da ich noch mit ihm sprechen wollte, ging ich ins Erdgeschoß und fand ihn – tot.«

»Das muß schmerzlich für Sie gewesen sein, Mr. DeLisle.« Garfields Stimme war ohne jedes Mitgefühl. »Trotzdem möchte ich gern genau wissen, wie Sie das Herrenzimmer vorgefunden haben.«

»Mein Bruder saß in seinem Sessel am Kamin. Die rechte Schläfe, d. h. die gesamte rechte Gesichtshälfte war eingeschlagen. Auf dem Fußboden neben ihm lag ein großer Kristall, ein ungeschliffener Amethyst. Gewöhnlich befand sich dieser auf dem Schreibtisch und diente als Briefbeschwerer. Es sah aus, als ob Harte hastig danach gegriffen und wild um sich geschlagen habe.«

»Mylord!« Maitland war aufgesprungen. »Mein Kollege muß zugeben, daß dies eine unzulässige Wertung ist.«

»Gewiß, Mylord«, erwiderte Garfield, ohne Conroys Entscheidung abzuwarten. »Mr. DeLisle, Hartes Schuld ist noch nicht erwiesen.«

Der Zeuge reagierte nicht auf den Verweis, nur sein Mienenspiel ließ erkennen, daß er die Rüge als reine Formsache betrachtete. Er wußte es besser. Maitland setzte sich und blickte zu seinem Mandanten. Seltsam, daß eine so nichtssagende Person diese beinah klassich schönen Gesichtszüge besaß. Doch gerade in diesem Augenblick überzog eine leichte Röte seine Wangen. Malcolms Augen blitzten zornig, während er zu dem Zeugen hinüberschaute. Jetzt wirkte er nicht mehr langweilig. Aber dieser Funke erlosch gleich wieder, nur Ängstlichkeit drückte sich in seinem Wesen aus.

»Lassen wir die Ansichten beiseite«, wandte sich Garfield wieder dem Zeugen zu. »Würden Sie uns erzählen, was Sie sonst noch im Herrenzimmer gesehen haben?«

»Im ersten Moment konnte ich einfach nicht glauben, daß George tot sei«, berichtete Henry DeLisle ruhig. »Als ich mich umschaute, entdeckte ich, wie ich schon sagte, den Briefbeschwerer. Meine Entwürfe waren über den Schreibtisch verstreut. Der Safe stand offen – leer. Ich rief die Polizei und unseren Hausarzt an, obgleich nicht zu übersehen war, daß hier jede Hilfe zu spät kam. Dann durchsuchte ich flüchtig den Raum. Doch die Juwelen, die wir unseren Gästen gezeigt hatten, waren nirgends zu finden.«

»Eine Sache noch, Mr. DeLisle. Der Angeklagte hat eine Erklärung abgegeben –«

»Einen Moment, Mr. Garfield.« Der Richter blickte von seinen Notizen auf. »Mr. Maitland, erheben Sie Einspruch dagegen, daß die vor der Polizei abgegebene Erklärung Ihres Mandanten zum Gegenstand der Beweisaufnahme gemacht wird?«

»Kein Einspruch. Es ist die simple Wahrheit.« (Ich habe zwar gewisse Zweifel, bin aber an meine Instruktionen gebunden.)

»Der Angeklagte hat zugegeben«, sagte Garfield, »daß er sich zehn Minuten im Herrenzimmer aufhielt. Danach will er sich von George DeLisle verabschiedet haben –«

»Mylord!«

»Ja, Mr. Maitland?«

»Ich kann die Unterstellung nicht unbeanstandet passieren lassen, daß auch nur der leiseste Hauch von betrügerischer Absicht im Verhalten meines Mandanten gelegen habe. Er hatte sich schon für die Nacht umgezogen, ging dann aber, einem Impuls folgend, nochmals in das Erdgeschoß hinab.«

»Sie haben recht, Mr. Maitland. Formulieren Sie Ihre Frage anders, Mr. Garfield.«

»Wie es Eure Lordschaft beliebt.« Wenn es dem Anklagevertreter auch lästig war, sich zu wiederholen, so durfte er sich das doch nicht anmerken lassen. »Der Angeklagte hat ausgesagt, daß er zehn Minuten zusammen mit Ihren Bruder im Arbeitszimmer gewesen ist, etwa zwischen zweiundzwanzig Uhr vierzig und zweiundzwanzig Uhr fünfzig. Kurz bevor er das Zimmer verlassen haben will, habe ihn Mr. George DeLisle gebeten, die Schmucketuis in den Safe zu legen. Sind Sie jetzt zufrieden?«

»Einspruch, Mylord!« rief Maitland und stand rasch auf. Aber diesmal war es zu spät. Der Zeuge erwiderte bereits: »Wie ich meinen Bruder kenne, wäre das ein für ihn ganz ungewöhnliches Verhalten gewesen.«

Die Antwort durfte nicht ins Protokoll aufgenommen werden. Aber was half das schon? Die Geschworenen hatten sie gehört. Garfield stellte bereits die nächste Frage: »Kannte der Angeklagte die Kombination des Safes, Mr. DeLisle?«

»Dazu bestand kein Anlaß. Aber ich kann die Möglichkeit nicht ausschließen.«

»Weshalb, Mr. DeLisle?«

»Ich bewahre eine Niederschrift der Kombination in meinem Schreibtisch auf.«

»Im Schreibtisch Ihrer Firma in Bourne Lane?«

»Ja. Ich benötige sie zwar kaum, weil ich meistens am Reißbrett stehe. Aber es ist nicht ausgeschlossen, daß Harte sie entdeckt hat. Da er die Kombination des Tressors im Geschäft kennt, konnte ihm der Sinn dieser Zahlen nicht verborgen bleiben.«

Von der Wendung, die das Gespräch nahm, überrascht, blickte Stringer zu seinem Chef. Maitland schüttelte den Kopf und flüsterte: »Was für ein Kreuzverhör!«

»Es scheint nicht ausgeschlossen, daß Ihre geschäftlichen Beziehungen nach Amsterdam in diesem Fall eine Rolle spielen, Mr. DeLisle?«

»Wir haben dort ein weitgespanntes Netz von Kunden, Händlern, die uns Steine abkaufen und verkaufen«, erwiderte Henry selbstgefällig.

»Ist es richtig, daß sich der Angeklagte im Geschäft auskannte?«

»Selbstverständlich. Er war bei uns – bei mir – nahezu sieben Jahre angestellt.«

»Und er könnte auf eigene Rechnung über die Juwelen verfügt haben, wenn auch mit Verlust, nicht wahr?«

»Mylord«, protestierte Maitland, »der Zeuge wird unzulässig beeinflußt.«

»Ja, Mr. Garfield«, bestätigte Conroy, der, wie es schien, nur ungern eingriff. »In diesem Fall muß ich der Verteidigung rechtgeben.«

Vielleicht hätte ich nicht intervenieren sollen, sagte sich Maitland, während er sich setzte. Sicher hatten die Geschworenen von allein bemerkt, daß sich der Anklagevertreter nicht korrekt verhielt.

Garfield ging zum nächsten Punkt über: »Ich beziehe mich nochmals auf die Aussage des Angeklagten, Mylord. Mr. DeLisle, hat Ihr Bruder mit Ihnen darüber gesprochen, daß er Malcolm Hartes Urlaub verschieben wollte?«

»Nein«, erwiderte der Zeuge verwirrt.

»Haben Sie eine Ahnung, warum der Angeklagte das getan haben könnte?«

»Nicht die geringste.«

»Dann möchte ich Sie fragen... Entschuldigen Sie, Mr. DeLisle, ich weiß, daß es schmerzlich für Sie ist –« Seine Stimme strahlte die gleiche unsympathische Kälte aus wie zuvor. Machte ihn diese scheinbare Gefühllosigkeit zu dem gefährlichen Gegner, der er war? »– Aber ich fürchte, wir müssen auf ein paar Begebenheiten zurückkommen, um sie den Geschworenen wirklich begreiflich zu machen...«

Der Obmann der Geschworenen war ein hagerer Typ mit scharf geschnittenen Gesichtszügen, der aussah wie ein Lehrer und in Wirklichkeit Eigentümer einer kleinen Ladenkette war.

Er hatte den formellen Ablauf der Hauptverhandlung, mit dem er nicht vertraut war, bisher aufmerksam verfolgt. Gafields Eröffnung schien den Verteidiger sehr beeindruckt zu haben. Jetzt war der erste Zeuge an der Reihe. Er selbst hatte einen guten Gedanken, was sich tatsächlich am dreizehnten Juni abgespielt haben dürfte... Unmerklich schweiften seine Gedanken vom Geschehen in diesem muffigen Gerichtssaal ab. Der Richter schien eine krankhafte Furcht vor Zugluft zu haben. Nun ja, an diesem trüben Novembertag war das vielleicht verzeihlich – aber auf keinen Fall hätte er sich Henry DeLisles Zeugenaussagen noch einmal anhören wollen. Der Angeklagte, der krank und zum Erbarmen aussah, war sicher unschuldig. Was hätte er sonst hier zu suchen?

War das gestern wieder eine häßliche Szene gewesen und völlig überflüssig in Anbetracht dessen, was Belkle danach gesagt hatte. Annie spielte immer wieder verrückt wegen eines

Mädchens, das er gekannt hatte. Kannte er es wirklich, als er seine Entscheidung traf? Aber was er getan hatte, war in Ordnung. Strikt legal und in Übereinstimmung mit dem Grundstücksrecht. Wenn Cousin Bert wünschte, daß Anne von seinem Tod einen Nutzen haben sollte, hätte er sich das vorher überlegen müssen und seine Absicht nicht dem Hausmeister mitteilen dürfen (nur ein Beweis vom Hörensagen). Schön, es war ein hübsches Vermächtnis für Anne, 5000 Pfund, und der (schuldenfreie) Nachlaß gehörte ihm. Das war durchaus gerecht. Er hatte schließlich Frau und Kinder zu ernähren und brauchte die Güter dieser Welt dringender, als seine unverheiratete Schwester sie nötig hatte.

So stand also Cousin Berts Hab und Gut zu seiner Verfügung. Er war sehr zufrieden, obgleich er für einige Stücke einen hohen Verkaufspreis erzielt hätte. Vielleicht würde er sie später durch etwas Moderneres ersetzen. Anne hätte gern den Küchentisch gehabt, aber er hatte ihr ganz deutlich gesagt, daß sie ihn aus ihrem Nachlaß bezahlen müsse. Voller Zorn war sie gegangen. Sie erwähnte das Teeservice erst später, nachdem der Hausmeister mit ihr gesprochen hatte. Woher nahm sie eigentlich das Recht, ihm wie beim jüngsten Gericht entgegenzuschleudern, was Cousin Bert ihr auf dem Totenbett gesagt hatte? Konnte man dieser Person Glauben schenken? Natürlich wies er sie auch das nächste Mal zurück. »Das kannst du nicht beweisen«, hatte er gesagt, »daß Cousin Bert das Erbe dir hinterlassen wollte.« »Nur das Wort des Hausmeisters«, erwiderte sie. »Und warum sollte er lügen?« »Aus Bosheit, das würde mich jedenfalls nicht wundern«, entgegnete er. Und das war das Ende ihrer Auseinandersetzung gewesen. Tausend Pfund oder mehr, das war es wert, dieses besonders feine Chinaporzellan, das vor mehr als hundert Jahren hergestellt worden war. Ein erlesenes Service. Es war noch vollständig und hatte keine Sprünge. Jedes Set bestand aus zwölf Teilen. Belle war begeistert. In einen modernen Haushalt paßte es allerdings nicht, aber niemand sollte ihm nachsagen, er sei ein unduldsamer Ehegatte gewesen und hätte aus dem Nachlaß von Cousin Bert nicht ganz schön was herausgeholt. Danke! Auf jeden Fall ließ sich das Porzellan in ein oder zwei Jahren immer noch verkaufen, falls es Belle dann nicht mehr sehen konnte.

Aber deshalb brauchte Anne nicht in seine Wohnung zu kommen und eine solche Szene zu machen, wie sie es gestern getan hatte. Was hatte sie schon davon, eine unverheiratete Frau mit ein paar Freunden. Ihrer ewigen Klagen überdrüssig, hatte er ihr deutlich die Meinung gesagt und sie damit auf die Palme gebracht. »Ihr habt kein Recht darauf!« schrie sie. »Eure Freunde kommen nur zum Trinken! Wenn sie Tee bekämen, erschienen sie nie wieder!« Eines Tages würde er ihr das heimzahlen, beruhigte er sich selbst. Etwas fraß allerdings an ihm, »Geizhals« hatte sie ihn genannt und war sehr zufrieden darüber. »Ich hätte nie gedacht, daß einer meiner Brüder so geizig ist.« Sie hatte unrecht, weil Bert seinen Letzten Willen klar formuliert und beim Gericht hinterlegt hatte. Er hatte versucht, ihr das klarzumachen, aber sie war vollkommen außer sich und hörte gar nicht hin. Sie stürmte aus dem Zimmer, während er noch sprach. Sie würde auch so schnell nicht wiederkommen, obwohl Belle ihr ja ein bißchen Mitgefühl entgegenbrachte. »Wenn sie es wirklich haben möchte«, meinte sie. Aber er wies sie darauf hin, daß es Anne gar nicht um die Schönheit des Services zu tun war, sondern allein darum, wieviel Geld sie dafür bekommen könnte.« Aber Cousin Bert hat es so gewollt«, erwiderte Belle. Doch er hatte unverblümt erwidert, daß es dafür keinen Beweis gäbe.

Zurück zu Harte. Es war leicht zu erkennen, welcher Versuchung er ausgesetzt gewesen war. Wenn man Tag für Tag mit solchen Wertgegenständen zu tun hatte ... Das war sicher zu verlockend für manche Personen. Und Harte gehörte wahrscheinlich zu dieser Kategorie. Er wollte heiraten, wie der Staatsanwalt gesagt hatte, und das bei einem lächerlich niedrigen Gehalt. Er selbst hätte sich das nicht erlaubt, als er noch so jung war. Aber heute wollen die Leute gleich alles, und zwar sofort. Verglichen mit den Gebrüdern DeLisle, ih-

rem schönen Haus und alldem, hatte der junge Harte guten Grund, sich selbst ein bißchen etwas Gutes zu tun. Aber sieh mal an, wohin ihn das geführt hatte. Raub und Mord, dafür gab es keine Entschuldigung.

Der Zeuge hatte etwas von einem vornehmen Wichtigtuer an sich, absolut von sich selbst überzeugt, und von seiner Bedeutung. Belle schaute manchmal die Anzeigen in der Zeitung durch – Juweliere, Gold- und Silberschmiede –, *sie würde sich zweifellos gern schmücken, obwohl sie es nie deutlich ausgesprochen hatte. Aber selbst wenn sie es getan hätte, bei der Inflation ...*

Garfield setzte sich soeben, und dieser andere Typ – Maitland hatte ihn der Richter genannt – sprang auf. Seine Zuversicht war sicher nur Bluff. Er hatte mehrere harte Brocken schlucken müssen. Er wurde manchmal sogar ›der Mann, der nie einen Prozeß verlor‹ genannt. Aber das konnte unmöglich wahr sein. Nun ja, diesmal mußte er sich ein paar Tricks einfallen lassen, wenn er siegen wollte, denn der Angeklagte war ganz eindeutig schuldig, und das Motiv war absolut klar. Aber zunächst einmal war es interessant, ihn bei der Zeugenvernehmung zu beobachten.

Donnerstag
erster Tag (Fortsetzung)

Maitland, der sich zum Kreuzverhör erhoben hatte, war sich bewußt, daß die Stimmung im Gerichtssaal ihm gegenüber umgeschlagen hatte, als ob Zuschauer und Gericht sich zu einem gemeinsamen Lied wie der Chor in *Trial by Jury* zusammengefunden hätten. Er konnte sich nicht erklären, wie ihm das in den Sinn gekommen war:

Und folglich steht uns unser Mitgefühl mit dem Angeklagten nicht im Wege.

Aber das war ein sehr unpassender Gedanke, und er verdrängte ihn, wie es sein Amt erforderte. Der Zeuge betrachtete ihn selbstgefällig. Maitland hätte dessen Selbstsicherheit gern wie eine Seifenblase zerplatzen lassen. Aber das war ebenso unpassend, wenn nicht gar hartherzig. Wenn er sich nicht zusammenreißen konnte, wäre es besser, wenn Derek an seiner Stelle den Zeugen ins Kreuzverhör nahm.

»Ich möchte Sie nicht lange aufhalten, Mr. DeLisle. Ich habe nur ein paar Fragen.« Er blickte auf seine Notizen, aber sie waren selbst für ihn nahezu unleserlich. »Sie haben gesagt, daß mein Mandant nicht viel Interesse zeigte, als Sie die Juwelen präsentierten, die Sie verkaufen wollten.«

»Er wußte besser als jeder andere, was es da zu sehen gab, weil er die Steine selbst aus dem Tresor holte.«

»Befindet sich der Tresor in Ihrem Geschäft?«

»Ja.«

»Aber die übrige Gesellschaft widmete dem Schmuck mehr Aufmerksamkeit. Können Sie sich erinnern, ob jemand besonders interessiert schien?«

»Ich glaube nicht... nun, das war ja natürlich. Sir Leonard und Lady Bowling waren schließlich Kunden. Auch Mr. Thurlow gefielen die Edelsteine in ihrer bisherigen Fassung. Es entging ihm anscheinend, daß sie viel besser zur Geltung gekommen wären, wenn sie nach meinen Entwürfen verarbeitet worden wären.«

»Sonst noch jemand?«

Henry DeLisle lächelte. »Meine Frau«, sagte er. Ein leises Lachen ertönte hinten im Zuschauerraum. Mr. Justice Conroy blickte stirnrunzelnd auf.

»Aha.« Maitland enthielt sich eines Kommentars. »Außerdem hätte ich gern gewußt, warum Sie an jenem Abend in das Zimmer Ihres Bruders gegangen sind.«

»In... nun ja, vermutlich, weil ich über die Aussicht, einige Juwelen verkaufen zu können, erfreut war und ihm dazu gratulieren wollte. Wie ich schon sagte, befaßte er sich mit allen geschäftichen Dingen.«

»Aber sicher haben Ihre neuen Designs dabei eine wichtige Rolle gespielt –«

»In der Tat. Darüber wollte ich ja gerade mit ihm sprechen.«

»War das Geschäft perfekt?«

»Der Verkauf an Sir Leonard? Nein. Aber er deutete an, daß er kaufen wolle. Und ich denke, er hätte es auch getan, denn unser Preis war akzeptabel.«

»Tatsächlich? Aber lassen Sie mich noch einmal auf die Safekombination im Herrenzimmer zurückkommen.«

»Bitte.«

»Sie deuteten an, daß mein Mandant sie kennen könnte.«

»Gewiß.«

»Dazu hätte er aber in Ihr Büro gehen und die Papiere in Ihrem Schreibtisch durchwühlen müssen.«

»Das ist so –«

»Die Aussicht, dort eine Niederschrift der Kombination zu finden, war gering. Haben Sie einmal etwas geäußert, das ihn auf einen solchen Gedanken hätte bringen können?«

»Er weiß, daß ich ein sehr schlechtes Gedächtnis für Zahlen habe.«

»Beantworten Sie bitte meine Frage, Mr. DeLisle. Haben Sie jemals etwas gesagt, das ihn auf den Gedanken gebracht haben könnte, er werde die Kombination auf einem Stück Papier in Ihrem Schreibtisch schriftlich vorfinden?«

»Nun ja, wenn Sie es so ausdrücken, nein, natürlich nicht. Er brauchte sie nicht.«

»Und haben Sie Grund zur der Annahme, daß Ihre Papiere irgendwann durchsucht worden sind?«

»Es ist möglich –«

»Einen bestimmten Grund?«

»Nein.«

»Dann wollen wir uns einem weiteren Punkt zuwenden, der den Anklagevertreter zu Spekulationen angeregt hat: der Frage, ob mein Mandant mit den Firmen in Amsterdam Geschäfte auf eigene Rechnung tätigt.«

»Es wurde mir nicht gestattet, darauf näher einzugehen, Mylord«, warf Garfield ein.

»Trotzdem scheint es angemessen, der Verteidigung einen kleinen Spielraum zu gewähren, Mr. Garfield«, entschied der Richter.

»Danke, Eure Lordschaft.« (Sie wissen ja nicht, daß ich mir vielleicht mein eigenes Grab schaufeln werde.)

Maitland wandte sich wieder an den Zeugen: »Ich bin sicher, Mr. DeLisle, daß die fraglichen Geschäfte, die Sie mit Firmen im In- und Ausland abgeschlossen haben, vollkommen legal waren.«

»Selbstverständlich.«

»Dann ist es unwahrscheinlich, nicht wahr, daß mein Mandant durch seine Beziehung zu Ihrer Firma davon erfahren haben könnte, daß er vielleicht am Verkauf gestohlener Juwelen beteiligt war?«

Der Zeuge verhielt sich unschlüssig. (Er hält Harte wirklich für schuldig und möchte nichts sagen, was ihn entlasten könnte. Dennoch...) »Ich muß Ihnen zustimmen, daß dies unwahrscheinlich ist«, räumte Henry DeLisle ein. Er wirkte nicht mehr so sicher wie zuvor.

»Danke.« Vielleicht hatte es geholfen, vielleicht auch nicht. Und jetzt rasch den Gegenstand wechseln, bevor der Zeuge etwas hinzufügen konnte, das die Wirkung des Gesagten wieder abschwächte. »Mr. DeLisle, Sie haben schon erwähnt, daß Ihr Bruder sich mit den geschäftlichen Angelegenheiten des Unternehmens befaßte. Gehörten auch Personalfragen dazu?«

»Ja.«

»Dann kann es Sie nicht überraschen, daß er Ihnen nicht mitgeteilt hat, daß er meinen Mandanten bitten wollte, seinen Urlaub zu verschieben.«

»Nein, eigentlich nicht.«

»Eine simple Routineangelegenheit.«

»Das nehme ich an. Aber ich verstehe nicht, warum –«

»Darauf kommen wir später. Wir wollen uns jetzt wieder

der Nacht, in der die Tragödie geschah, zuwenden. Sie sagten, Mr. George DeLisle hatte keinen besonderen Grund, sich im Herrenzimmer aufzuhalten. Und was ist mit den Briefen, die er schreiben wollte?«

»Ich dachte, daß sei eine höfliche Ausrede. Wahrscheinlich blieb ihm nicht einmal genug Zeit, damit zu beginnen. Meine Entwürfe waren über den Schreibtisch verstreut. Aber es gab kein Zeichen, daß er etwas geschrieben hatte.«

»Ich verstehe. Und der Safe stand offen – leer?«

»Wie ich schon sagte.«

»Sie dachten sofort an einen Diebstahl?«

»Ja.«

»Eine letzte Frage. Sie hielten sich an jenem Abend etwa zwischen zweiundzwanzig Uhr dreißig und dreiundzwanzig Uhr dreißig im Salon auf. Oder wie sie es ausgedrückt haben: ›In der Lounge‹. Sie haben doch den Salon gemeint, nicht wahr?«

»Sicher. Meine Frau bevorzugt diesen Ausdruck.«

»Hörten Sie im Salon irgendwelche Geräusche aus dem Herrenzimmer?«

»Absulut nichts. Beide Räume sind durch die Diele voneinander getrennt.«

»Ohne Zweifel hält die Anklage einen Plan des Hauses bereit.«

»Ist dem so?« fragte der Richter.

»Der nächste Zeuge wird ihn vorlegen, Mylord.«

»Wunderbar. Sie sind sicher damit einverstanden, Mr. Maitland, das Verhör einstweilen ohne den Plan fortzusetzen.«

»Wie es Eurer Lordschaft beliebt. Sie glauben also, daß Sie nichts gehört hätten, wenn im Herrenzimmer etwas vorgefallen wäre, Mr. DeLisle?«

»Es hätte mich sehr überrascht.«

»Irgendein Geräusch von der Diele her... Schritte... eine Tür, die geschlossen wurde?«

»Nichts.« Der Zeuge schwieg eine Weile und fügte dann

unbedacht hinzu: »Das Haus ist stabil gebaut, und ich kann mir nicht denken, daß Harte Angst hatte, seine Anwesenheit zu verraten.«

»Mylord«, sagte Maitland, eher bedauernd als erzürnt. Aber Garfield war auf den Beinen, bevor der Richter etwas sagen konnte: »Mr. DeLisle, ich habe Sie schon darauf hingewiesen, daß die Frage, ob der Angeklagte schuldig ist oder nicht, von den Geschworenen beantwortet wird. Soweit –«

»Aber wenn er selbst zugibt –«

»Sie sollen nicht mit dem Anklagevertreter streiten, Mr. DeLisle«, mahnte der Richter kopfschüttelnd.

»Nein, Eure Lordschaft«, erwiderte der Zeuge unbeeindruckt.

»Mr. Maitland, fahren Sie fort...«

»Danke, Mylord.« Der Verteidiger wandte sich wieder dem Zeugen zu. »Haben Sie den Salon – Verzeihung, die Lounge – einmal in der Stunde verlassen, die Sie mit Sir Leonard Bowling und Mr. William Wyatt gemeinsam dort verbrachten?«

»Ich kann mich nicht erinnern... Ich bin ziemlich sicher, daß ich es nicht tat.«

»Oder jemand von Ihren Gästen?«

»Ja, beide. Aber ich begreife nicht –«

»Das braucht Sie nicht zu beunruhigen.«

»Nein?« fragte Henry DeLisle zweifelnd.

»Wissen Sie noch, wie lange sich die beiden draußen aufhielten?«

»Bestimmt nicht.« Das hört sich an, als ob er eine solche Unterstellung für ungehörig hält, dachte Maitland amüsiert. »Dann können Sie wohl auch nicht sagen, ob einer der beiden Herren die Zeit hatte, das Herrenzimmer zu betreten?«

»Ich nehme an, daß sie die Toilette im Erdgeschoß aufgesucht haben«, erwiderte der Zeuge indigniert. »Aber jetzt glaube ich mich zu erinnern, daß Sir Leonard als erster den Salon verließ, und Mr. Wyatt kurz bevor wir alle nach oben gingen.«

»Aber Sie können sich nicht erinnern, wie lange... Natürlich ist es möglich, daß Sie selbst die Treppe wieder hinabgestiegen sind, nachdem Sie zu Bett gegangen waren?«

»Mylord!« Garfiel schien entrüstet.

»Mr. Maitland, ich halte es wirklich nicht für angemessen –«

»Ich habe viel aus der Eröffnung meines Kollegen gelernt«, entgegnete Maitland schlagfertig. »Wie man gesehen hat, versteht er es ausgezeichnet, seinen Vorteil wahrzunehmen. Wenn ich feststellen darf –«

»Sehr gut, Mr. Maitland, sehr gut. Aber ich glaube, Sie haben Ihr Ziel schon erreicht. Es besteht keinen Grund, das Verhör in dieser Weise fortzusetzen.«

»Wie es Eurer Lordschaft beliebt.« Der Tonfall strafte die Worte Lügen. Wenn Conroy schon jetzt so heikel war, würde es bei den anderen Zeugen erst recht Schwierigkeiten geben... »Ich habe keine weiteren Fragen«, sagte Maitland und setzte sich, wobei die Robe einen Strudel um ihn bildete.

»Haben Sie noch Fragen an den Zeugen, Mr. Garfield?«

»Nein, Mylord. Danke, Mr. DeLisle.« Der Zeuge blickte etwas hilflos auf den Richter und ließ sich dann vom Clerk ins Schlepptau nehmen.

»Die Sitzung wird bis zwei Uhr unterbrochen«, verkündete der Richter heiter.

Maitland ging mit seinen Kollegen Derek Stringer und Geoffrey Horton zum Lunch ins Astroff, wo man, wie er wußte, rasch bedient wurde, wenn es nötig war. »Garfield«, sagte Derek, während er die Speisekarte weglegte und sich seinem Drink zuwandte, »war verdammt überzeugend.«

»Müssen Sie mich daran erinnern?«

»Wir haben im Grunde genommen keinen Fall, wie Sie wissen.«

»Ich habe Ihnen alle Unterlagen gegeben«, verteidigte sich Geoffrey. Er war etwas jünger als die beiden anderen, die schon eine Anzahl von Jahren vorweisen konnten, sah aber älter aus. Er war rothaarig. Er hatte ein nettes Wesen und nicht mehr Verstand, als für einen Mann in seiner Position nötig war. Aber diesmal hatte er sein Gehirn strapaziert und blieb hartnäckig bei seiner Meinung, daß ihr Mandant die Wahrheit sage.

»Natürlich haben Sie das. Aber ich begreife wirklich nicht, warum Sie darauf bestehen, daß ich mich für den Fall erwärme«, erwiderte Maitland.

»Ich habe Ihnen schon gesagt, daß ich ihn für unschuldig halte, Antony. Wenn Sie nur zuhören würden –« »Ich habe Ihnen zugehört, lange genug. Ich habe auch die Anklageschrift studiert und Garfields Worte heute vormittag genau verfolgt. Es gibt keinen Anhaltspunkt – nicht einen einzigen, Geoffrey –, der Ihre Überzeugung stützt.«

»Nur Hartes Aussage.«

»Jetzt reicht's aber! Kurz vor dem Schuldspruch wird er vielleicht eine Erklärung abgeben müssen. Er hat uns nicht einmal mitgeteilt, daran möchte ich Sie erinnern, warum er noch mal ins Herrenzimmer hinabgegangen ist.«

»Er sagt, daß er mit George DeLisle sprechen wollte, wegen seiner Hochzeitsreise.«

»Ja, aber warum bloß? In meinen Ohren klingt das wie eine Ausrede. Was meinen Sie, Derek?«

»Ich glaube, wir sollten unseren Lunch genießen. Es ist besser, wenn wir den Prozeß einstweilen vergessen«, meinte Derek friedfertig, obgleich er wohl wußte, daß er die Sprache auf dieses Thema gebracht hatte. Aber keiner der beiden anderen erinnerte ihn daran, und der restliche Teil der Mahlzeit verlief harmonisch.

Nach der Lunchpause wurde eine Reihe von Zeugen vernommen, zunächst der Mann, der, wie versprochen, den Plan vom Erdgeschoß des Hauses in Wimbledon vorlegte. Die Verteidigung verursachte an dieser Stelle eine kleine Verzögerung, weil sie darauf bestand, daß auch der Plan vom Obergeschoß gezeigt wurde. Garfield sah nicht ein, warum. Nachdem der Richter die Argumente Maitlands angehört hatte, stimmte er ihm zu. Der Plan war bereits angefertigt worden. Der Zeuge liebte es, seine Arbeit gründlich zu erledigen, aber er hatte dieses Zusatzpapier nicht zur Verhandlung mitgebracht. Man ging zum nächsten Punkt über und würde den Zeugen später vernehmen, wenn er die Skizze bei sich hatte.

»Aber ich verstehe nicht ganz, warum Sie den Plan sehen wollen«, sagte Derek, als sich sein Chef wieder setzte. Maitland lächelte.

»Das weiß ich selbst noch nicht genau, aber ich tue es trotzdem«, erwiderte er. »Geoffrey wird es als eine Art Gnadenfrist ansehen, die ich gewinnen möchte.«

»Und wie kommen Sie zurecht mit seiner Denkweise?« fragte Stringer unverblümt, aber der nächste Zeuge stand schon vorn. Maitland schüttelte den Kopf und blickte auf die Gerichtsszene.

Das Kreuzverhör des Fingerabdruck-Experten lohnte sich kaum. Stringer hatte nur eine Frage: »Sie sagen, Mr. Brown, daß Sie Mr. Hartes Fingerabdrücke an der Safetür gefunden haben. Bemerkten Sie auch Spuren, die nicht dadurch zu erklären sind, daß er die Safetür öffnete und die Juwelenetuis hineinlegte?«

»Nein«, entgegnete der Zeuge bestimmt. »Aber –«

»Danke, Mr. Brown. Sie haben meine Frage beantwortet. Das ist alles.« Aber Garfield konnte nicht umhin, diesen Punkt zu unterstreichen.

Gewissenhaft ergänzte er das Gesagte: »Die Fingerabdrücke wären auch entstanden, wenn bei geöffnetem Safe etwas herausgenommen wurde.« (Schön, das war klar genug. Man brauchte nicht weiter auf das Thema einzugehen.)

»Ja, natürlich«, bekräftigte der Zeuge. Er durfte gehen.

Dann folgten rasch hintereinander die Zeugen der Polizei... die Ermittlungen... der Arrest. Es folgte der Pathologe, dessen Aussage überflüssig war. Ein Limit ergab sich aus der Tatsache, daß George DeLisle um halb elf von den Gästen noch lebendig und gesund gesehen worden war. Aber er könnte kurz vor halb zwölf oder auch später ermordet worden sein. Danach verfiel der Pathologe in seinen Fachjargon...

...und der zweite Geschworene, der links neben dem Obmann saß und sich bei den medizinischen Details ekelte, fand die ganze Angelegenheit widerlich und dumm. Er war jünger als sein Nachbar, netter angezogen und bei einer der großen Versicherungsgesellschaften als Kontrolleur tätig. Deshalb fühlte er sich der Polizei bis zu einem gewissen Grade verbunden. Er glaubte, ihre Probleme zu kennen. Aber hier schien es sich um einen Bagatellfall zu handeln. Soweit er die Sache überblickte, war alles Wesentliche bereits in Garfields Eröffnungsrede enthalten. Es war nicht mehr nötig, aufmerksam zuzuhören...

Es war Pech, deswegen als Geschworener tätig werden zu müssen. Es hätte ihn mehr interessiert, wenn der Vermögensschaden durch ein großes Feuer verursacht worden oder der Dieb mit der Beute geflüchtet wäre. Was für eine Dummheit, sich so bald nach der Tat verhaften zu lassen! Er hätte eben die Unterstützung eines Profis gebraucht; das war wirklich Pech. Sie würden ihm schwerlich seinen Anteil aufheben, bis er aus dem Gefängnis kam. Wenn er cleverer gewesen wäre,... aber das war er nun einmal nicht, und das war dabei herausgekommen. Man sollte seine Sympathie nicht an einen Erfolglosen verschwenden.

Dieser Anspruch, er hätte etwas daraus machen können. Bei wem waren die Gebrüder DeLisle eigentlich versichert? Wenn sich der Beweis erbringen ließe, daß ein Betrug vorlag, war das natürlich umso besser. Leicht erzielte zweifelhafte Nebeneinkünfte. Aber auch so konnte der Schaden jederzeit reguliert werden. Henry DeLisle war ein geschickter Taktiker, er würde tausend oder zweitausend mehr herausholen.

Während er seiner Pflicht als Geschworener nachkam, verlor er nur Zeit. Das mußte anders werden. Aber Freddy brauchte nicht beinahe hysterisch zu werden, als er ihm sagte, daß sie ein bißchen vorsichtiger sein müßten, da sie von sei-

nem Gehalt lebten, das nicht gerade üppig war. Wenn Freddy das Cottage nicht gekauft hätte, wäre die Kasse voll. Aber nun war es passiert. Freddy hatte das Haus ungedingt haben wollen, aber dann hätte er es am liebsten ihm angedreht. Es ließ sich nicht leugnen, mit Freddy war es schwierig. Er war zu sehr von sich eingenommen, sich seiner Macht über ihn zu sicher, und des Geldes, das ihm von Zeit zu Zeit zufloß. Aber es war ein Fehler, ihm zu sagen, woher es kam. Dadurch wurde es schwierig, die Beziehung gegebenenfalls abzubrechen. Er hatte das zwar nicht vor, denn Freddy paßte zu ihm. Doch mußte man immer mit allen Möglichkeiten rechnen.

Das war der Fehler, den der Angeklagte begangen hatte. Man konnte direkt Mitgefühl mit dem Burschen haben, aber Mord ging etwas zu weit. Hätte er besser auf seine Fingerabdrücke geachtet; es gab allerdings eine Menge Verdachtsmomente, aber doch keinen wirklichen Beweis. Gott, war das langweilig. Vielleicht würde der Richter, wenn dieser armselige Doktor fertig war, die Sitzung für heute beenden.

Aber da war noch ein Zeuge, der zuvor vernommen werden mußte. Der Architekt war mit dem Plan vom ersten Stock des DeLisleschen Hauses zurückgekommen. Das Verhör dauerte nicht lange. Maitland erklärte sich zufriedengestellt, und Mr. Justice Conroy beendete die Sitzung.

Antony Maitland und seine Frau wohnten im oberen Geschoß eines Hauses in Kempenfeldt Square, das seinem Onkel Sir Nicholas Harding gehörte. Dieses Arrangement war ursprünglich als Provisorium gedacht gewesen, mittlerweile jedoch zur festen Einrichtung geworden. Obgleich das auch seine Nachteile hatte, überwogen die Vorzüge bei weitem. Sir Nicholas war Kammergerichtspräsident in Inner Temple. Zwar neigte er dazu, seine Meinung bei jeder passenden Gelegenheit laut zu äußern, aber dennoch brachte es mancherlei Annehmlichkeiten mit sich, unter einem Dach mit ihm zu leben. Das war nicht zu leugnen.

Maitland sah kurz nach seinem Onkel im Amtsgebäude. Aber alles ging seinen geregelten Gang. Sir Nicholas war nicht mehr hier. So kam Antony etwas zeitiger als sonst nach Hause. Es überraschte ihn nicht, daß sich Gibbs am Ende der Halle herumtrieb. Gibbs war ein verdrießlicher alter Mann, der darauf bestand, als Sir Nicholas' Butler zu gelten, ungeachtet der gemeinsamen Bemühungen der Familie, ihn in den Ruhestand zu versetzen. Seine Pflichten waren allmählich beschnitten worden – auf Antwortgeben an der Tür und Servieren des Dinners, sofern er sich wohlfühlte. Zur allgemeinen Erleichterung zog er sich stets Punkt zehn Uhr zurück. Aber irgendwie schaffte er es, nahezu jedesmal in der Halle zu sein, wenn Antony hereinkam, und ihn seine Mißbilligung spüren zu lassen. Im mißfiel beinahe alles, aber am meisten der Neffe seines Dienstherrn, dessen Einfluß er für schädlich hielt. Die vielen Jahre, die vergangen waren, seit Antony bald nach seinem dreizehnten Geburtstag in die Familie aufgenommen worden war, hatten den alten Mann nicht versöhnlicher gestimmt. So sagte er jetzt: »Sir Nicholas speist mit Ihnen zu Abend, Mr. Maitland.« Es klang, als ob er dadurch persönlich benachteiligt werde.

»Es ist gut«, erwiderte Antony gleichgültig und fügte »Gute Nacht, Gibbs« hinzu, während er die Treppe hinaufstieg.

Da heute kein Dienstag war, an dem Sir Nicholas regelmäßig mit ihnen das Dinner einnahm, um dem kalten Imbiß seiner Haushälterin zu entfliehen, den sie ihm hinstellte, bevor sie ins Kino ging, mußte etwas Besonderes vorliegen. Jenny kam aus der Tür, sobald sie ihn hörte, und klärte ihn auf. »Er macht sich Gedanken über den Mordprozeß, Antony«, sagte sie, während er seinen Mantel hastig auszog und sich in den nächsten Sessel warf. »Deshalb hielt ich es für besser, ihn zu bitten, bei uns zu bleiben.«

»Gott verhüte, daß wir ihn unzufrieden wegschicken«, erwiderte Antony fromm. »Ich begreife nicht, warum du dich dafür interessierst, Onkel Nick«, fügte er hinzu, als sie zusammen das Wohnzimmer betraten. »Es ist eine triste Angelegenheit.«

Sir Nicholas hob sein Sherryglas und betrachtete seinen Neffen über den Rand des Glases hinweg. Die beiden Männer waren hochgewachsen, wobei der Ältere eine kräftigere Statur besaß. Da Sir Nicholas' helles Haar hatte, fielen die grauen Strähnen darin kaum auf. Er strahlte eine Autorität aus, der er sich selbst gar nicht bewußt war. »Ach geh«, sagte er aufmunternd. »Eine echte Tragödie der Presse zufolge. Außerdem –«

»Was ist außerden?« fragte Antony, während er zum Schreibisch ging, auf dem das Tablett mit der Karaffe stand.

»Deine Konfrontation mit Garfield«, erklärte Sir Nicholas milde. Er nippte an seinem Glas und stellte es dann weg. *Die Worte des Merkur sind rauh«*, fuhr er fort, *»nach den Gesängen des Apollo.«*

»Nein, wirklich, Onkel Nick« – einen Moment war Maitland ernstlich verärgert – »es ist nicht nötig, das wieder aufs Tapet zu bringen.«

»Der *Clarion* hat es getan.«

»Verdammt.«

»Ich habe es gelesen«, sagte Jenny mit glockenheller Stimme, aber ich kann mich nicht mehr genau daran erinnern.«

»Dieser Harland kann keinen Satz formulieren, ohne ein Zitat zu gebrauchen«, meinte Antony. »Er war ein Mandant, so fragte ich ihn natürlich ein paar Dinge, die zu klären waren. Aber als Garfield mit dem Kreuzverhör begann, nahm Harland keine Rücksicht. Der Richter – auch damals war es Conroy – sah sich veranlaßt, ihn zu tadeln, weil er eine von Garfields Fragen nicht beantwortet hatte. Und das war die Antwort, die er bekam.«

Jenny lachte. Sie hatte sich wieder in ihre Lieblingsecke auf dem Sofa gesetzt und räkelte sich in einer Weise, die Sir Nicholas, wenn er ungehalten war, gelegentlich als würdelos bezeichnete. Ihre braunen Locken glänzten im Lampenlicht golden. Und als ihre klaren, grauen Augen denen ihres Ehemannes begegneten, funkelten sie spöttisch. »Dieser Satz ist geistreich, und man kann sich darüber amüsieren. Du kannst es ihm nicht verargen, daß er sich daran erinnert«, meinte sie.

»Kann ich das nicht?« murrte Antony. Aber Jennys Lachen wirkte ansteckend. Er mußte selbst auch lachen, als er zum Kamin hinüberging, auf dessen Sims er sein Glas abstellte und der gerade die richtige Höhe hatte, daß man sich bequem mit den Schultern dagegen lehnen konnte. »Aber abgesehen von meinem Wunsch, diese Sache auf sich beruhen zu lassen, Onkel Nick, was interessiert dich denn an dem Fall so stark?«

»Du hast mir erzählt, daß Horton glaubt, dein Mandant sei unschuldig.«

»Ja. Und ich bin anderer Ansicht. Das ist allerdings nur meine private Meinung, Jenny«, fügte er rasch hinzu. »Er behauptet, er habe weder den Mord noch den Diebstahl begangen, und ich bin verpflichtet, im Zweifel auf Seiten des Angeklagten zu stehen.«

Jenny, die ihn bei solchen Anlässen gern in ein Gespräch über die ethischen Grundlagen seines Berufes verwickelte, zeigte diesmal keine solchen Ambitionen. Sir Nicholas sagte nachdenklich: »Du mußt zugeben, daß hier eine seltsame Umkehrung des Normalen vorliegt. Von euch beiden ist sonst Horton der größere Skeptiker.«

»Aber ich bin nicht leichtgläubig, Onkel Nick.«

»Nicht?« fragte sein Onkel sanft und lächelte.

»Ich habe nicht *immer* unrecht«, verteidigte sich Maitland. »Jedenfalls in diesem Prozeß –«

»Da ich Horton kenne, bin ich neugierig, wie lange du der Versuchung widerstehen kannst, dich darauf einzulassen.«

»Es ist ein bißchen spät dafür, nicht wahr? Die Hauptverhandlung hat schon begonnen.«

»Bei früheren Gelegenheiten hast du dich dadurch nicht abschrecken lassen.«

»Sag mal, Onkel Nick, willst du mich er- oder entmutigen?«

»Weder noch. Ich habe nur –«

»– deinen Spaß an der Situation. So sagtest du.« Antony nahm sein Glas und setzte sich seinem Onkel gegenüber in einen Sessel. »Natürlich ist Geoffrey kein Dummkopf.«

»Ich habe mich schon gefragt, wie lange es dauern würde, bis du dich daran erinnerst«, erwiderte Sir Nicholas ruhig.

»Der Fall ist ziemlich einfach gelagert.«

»Und Garfield ist dabei, den Prozeß zu gewinnen.«

»Ich wüßte nicht, was ich dagegen tun könnte. Wir haben nur einen Zeugen, den Angeklagten.«

»Und wenn er schon dich nicht überzeugen konnte, wird ihm dies bei den Geschworenen erst recht nicht gelingen.«

»Das ist wahr, aber –«

»Ich weiß aus guter Quelle, daß es Garfield nach deinem Blut dürstet, Antony«, unterbrach ihn Sir Nicholas, ohne sich dafür zu entschuldigen. »Er hat den Harland-Fall ebenso wenig vergessen, wie ihn die Zeitungen vergessen haben, oder du selbst, vermute ich.«

»Aber damals war alles vollkommen klar. Garfield selbst war einverstanden.«

»Ja. Er hat einen ausgeprägten Gerechtigkeitssinn. Das macht ihn so gefährlich. Er verabscheut die begangenen Verbrechen zutiefst und will, daß sie bestraft werden. Wenn er je das Richteramt erlangen sollte, wird er, wie ich glaube, nur selten jemandem mildernde Umstände zubilligen.«

»Wir sprechen nicht über mildernde Umstände, sondern über Hartes Schuld oder Unschuld.«

»Das war nur eine Randbemerkung. Die Sache ist die, daß Garfield über den Harland-Fall sehr empört war. Das Drama –«

»Auch mir gefiel dieser Prozeß nicht. Aber was meinst du mit ›aus guter Quelle‹, Onkel Nick?«

»Halloran hat es von Appleby, der Garfields Juniorpartner in diesem Fall ist«, erklärte Sir Nicholas zu Jenny gewandt, die an ihrem Sherry nippte und still zuhörte.

»Nun ja, selbst wenn das wahr ist, wüßte ich nicht, was ich

dagegen tun könnte. Er wird den Prozeß gewinnen, damit rechne ich. Ich habe schon früher Prozesse verloren, deshalb geht die Welt nicht unter«, erwiderte Antony.

»Das ist zweifellos richtig. Garfield wird diesen Prozeß gewinnen, aber außerdem wird er, wie ich fürchte, dich vor Gericht lächerlich machen.«

»Aber –« Antony brach ab und dachte nach. »Du warnst mich davor, mich zu engagieren, Onkel Nick, weil du davon überzeugt bist, daß der Fall aussichtslos ist.«

»Richtig.«

»Und wenn ich das Kreuzverhör im Hinblick darauf führe, den Täter zu entlarven?«

»Ist das dein Ernst?«

»Absolut.« Er dachte aber gerade an den Plan vom oberen Stockwerk , deshalb klangen seine Worte schwach.

»Du warst mit deinen Gedanken woanders«, beschwerte sich Nicholas.

»Eigentlich nicht.« Allmählich begriff er, worauf sein Onkel hinauswollte. »Ich habe dir schon gesagt«, protestierte er, »daß ich nicht die leiseste Absicht habe –«

»Das hast du gesagt, zweifellos. Doch ich bin davon überzeugt, daß du deine Meinung ändern wirst. Und wenn du –«

»Die Zigeunerin warnt«, erwiderte Antony respektlos. »Möchtest du noch einen Drink, Onkel Nick? Und laß uns Garfield für eine Weile vergessen.«

Donnerstag,
der erste Tag (Fortsetzung)

Es war kurz nach neun, als Jenny den Tisch abdeckte und Antony zu seinem Schrank ging, um zu sehen, ob etwas Brandy übriggeblieben sei. Da kam Gibbs mühselig die Treppe herauf und überbrachte die Neuigkeit, daß eine Miss Wyatt angerufen habe und Mr. Maitland sehen wolle. (Natürlich war das nicht seine Aufgabe, aber Gibbs hatte sich des Haustelefons bemächtigt, seit es installiert worden war.) »Ich habe mir erlaubt, sie ins Herrenzimmer zu bitten, Sir Nicholas, da sie sagte, es handle sich um eine geschäftliche Angelegenheit.«

»Wyatt... Wyatt?« fragte Sir Nicholas. »Kennst du jemand namens Wyatt, Antony?«

»Nein, aber sagten Sie Miss oder Mrs. Wyatt, Gibbs?«

»*Miss* Wyatt, Mr. Maitland.« Die Frage schien den alten Mann gekränkt zu haben. »Eine junge Frau«, fügte er ärgerlich hinzu.

»Eleanor Wyatt also. Verflixt.«

»Eine Zeugin?« fragte Sir Nicholas und setzte sich gerade.

»Nein. Sie war an dem Wochenende, als der Mord geschah, dabei, aber ich glaube nicht, daß sie uns etwas Wichtiges mitzuteilen hat. Was meinst du, weshalb sie kommt?«

»Um dich zu verwirren, nehme ich an«, erwiderte Sir Nicholas mißtrauisch.

»Aber Geoffrey sagte mir, daß sie bei einem der Gäste beschäftigt war, bei Laurence Blake. Mit Malcolm Harte hat das sicher nichts zu tun.«

»Willst du mit ihr sprechen?«

»Mir bleibt wohl nichts anderes übrig.«

»Sonst würdest du vor Neugier sterben«, erwiderte sein Onkel boshaft.

»Darf ich das Herrenzimmer benutzen, Onkel Nick?«

»Nicht nur du, ich werde mich anschließen«, sagte Sir Nicholas und erhob sich mit jugendlichem Schwung. »Wenn du uns entschuldigen würdest, Jenny –«

»Ich werde den Kaffee warmhalten, bis ihr zurückkommt«, versprach Jenny, ein wenig beunruhigt.

Das Herrenzimmer war ein komfortabler Raum, in dem sich Sir Nicholas am liebsten aufhielt. Hier empfing er auch gelegentliche Besucher. Antony war froh, daß Gibbs das Kaminfeuer wieder in Gang gebracht hatte. Demnach hatte die junge

Frau die – wenn auch widerwillige – Anerkennung von Gibbs gefunden. Sie sollte nicht frieren.

Eleanor stand in der Mitte des Raumes und schien ganz in die Betrachtung des Bildes über dem Kamin, das Antonys Großvater darstellte, versunken zu sein. Antony hatte ihn nicht persönlich gekannt, aber er fühlte, daß sein Vorfahre die Ursache dafür war, daß Gibbs seine Anwesenheit im Hause insgeheim mißbilligte. Miss Wyatt war groß, hatte langes, blondes Haar, das ihr glatt auf die Schultern fiel, eine reine Haut und – einen verstörten Gesichtsausdruck. Antony bemerkte nicht sofort, welche Farbe ihre Augen hatten, aber später entdeckte er, daß sie graugelb waren. (Jenny meinte dazu: »Das klingt nicht sehr charmant.« Doch er hatte ihr entgegnet: »Aber sehr attraktiv.« Das war, als er ihr später von dem Gespräch mit Eleanor erzählte.)

»Sind Sie –?« Sie blickte von Antony zu seinem Onkel und dann wieder zu Antony. »Sie müssen Mr. Maitland sein.«

»Ja, der bin ich.«

»Mein Name ist Eleanor Wyatt. Ist es... Stört es Sie sehr, daß ich gekommen bin?«

Tatsächlich liebte er diese unkonventionelle Art der Annäherung nicht, aber das konnte er ihr nicht gut sagen. Deshalb lächelte er und sagte zerstreut: »Überhaupt nicht.« Dann fügte er hinzu: »Das ist mein Onkel, Sir Nicholas Harding.«

Eleanor wandte sich dem Älteren zu und rief erschrocken: »O Gott!«

Antony lächelte stärker und sagte freundlich: »Er wird Sie nicht beißen.«

»Wenn Sie lieber mit Mr. Maitland allein sprechen möchten...«, bot Sir Nicholas höflich an. Das war natürlich reiner Bluff. Wenn seine Neugier geweckt war, ließ er sich auch durch eine Atombombe nicht abhalten.

»Nein, natürlich... Es ist so schwierig«, meinte Eleanor hilflos.

»Das macht nichts. Setzen Sie sich, Miss Wyatt... dorthin, an den Kamin. Und lassen Sie sich Zeit«, redete ihr Antony gut zu. Dafür verdiente er Anerkennung, denn er besaß überhaupt keine Geduld. Sie setze sich in den Sessel, den er ihr angeboten hatt. Sir Nicholas nahm in einem stattlichen Ledersessel Platz, möglichst weit entfernt. Antony, der lieber stehengeblieben wäre und sich gern frei im Raum bewegt hätte, zögerte und zog sich dann den Sessel mit der hohen Lehne, der in der Nähe der Tür stand, heran. Das Mädchen war nervös. Vielleicht würde es gleich die Fassung verlieren. Zweifellos hatte Eleanor wenig Lust, zur Sache zu kommen. Sie schaute sich interessiert um, betrachtete den prachtvollen, auf Hochglanz polierten Schreibtisch und die Bücherregale. Sie schaute zum Fenster, an dem Vorhänge aus schwerem moosgrünem Stoff angebracht waren. Vielleicht würde sie ihre Fassung in diesem behaglichen Raum zurückgewinnen, der mit dem ungestümen Charakter seines Besitzers kontrastierte. Allerdings machte Sir Nicholas gerade in diesem Moment den Eindruck eines Menschen, mit dem jedes Kind fertig werden würde. So schien es jedenfalls seinem Neffen.

»Miss Wyatt«, sagte Maitland schließlich, beugte sich ein wenig vor und versuchte, ihr in die Augen zu sehen. »Es würde uns weiterhelfen, wenn Sie mir sagen könnten, warum Sie gekommen sind.«

Sie betrachtete ihn prüfend. »Ich habe gehört, daß Sie auf schwierige Fragen eine Antwort wissen, Mr. Maitland.«

Antony ließ sich nicht gern unter Druck setzen. »Ich sehe nicht ganz, worauf Sie hinauswollen«, erwiderte er vorsichtig. Er hoffte, daß sie seine Verwirrung nicht bemerken werde.

»Schön – ich habe Ihnen gesagt, daß es schwierig war –, werden Sie Malcolm freibekommen?« fragte sie.

Die unverblümte Frage überraschte ihn. »Über Dinge, die meinen Mandanten betreffen, darf ich mit niemandem sprechen«, entgegnete er und hatte das Gefühl, daß er schon origineller war.

»Ich habe gefürchtet, daß Sie das sagen würden«, meinte sie und seufzte. »Sie scheinen den Prozeß für aussichtslos zu halten. Vielleicht glauben Sie nicht einmal Ihrem Mandanten.«

Das kam der Wahrheit so nahe, daß Maitland betroffen schwieg.

Sir Nicholas sagte aus der Tiefe seines Sessels: »Ich glaube, es ist das Beste, Miss Wyatt, wenn Sie uns sagen, warum Sie gekommen sind, ohne irgendwelche Fragen zu stellen oder Behauptungen vorzubringen, von denen Sie wissen müßten, daß mein Neffe darauf nicht antworten kann.«

Eine leichte Röte stieg ihr ins Gesicht. »In Ordnung«, erwiderte sie. »Wenn Sie mich anhören wollen. Wenn Sie beide mich anhören wollen«, fügte sie hinzu und blickte wieder zu Antony.

Es gab nichts, wozu er weniger Lust gehabt hätte. »Ich höre«, versicherte er, »aber –«

»Urteilen Sie noch nicht!« Sie machte eine Pause, um sich zu sammeln. »Ich weiß... Ich begreife, daß Sie sich nur am Schriftsatz zu orientieren brauchen und nicht verpflichtet sind, mehr zu tun. Aber manchmal könnten Sie von sich aus –«

»Zur Sache«, verlangte Sir Nicholas kurz und bündig.

»Sie könnten herausfinden, was wirklich passiert ist. Ich möchte, daß Sie es tun. Denn Sie müssen wissen, Malcolm hat nichts Unrechtes getan.«

»Einen Moment!« Er liebte es nicht, an die Publicity erinnert zu werden, die er genoß. Aber nachdem er schon so weit gegangen war, konnte er Eleanor auch zu Ende anhören. »Wollen Sie mir damit sagen, daß Sie das genau wissen?«

»Ja, ich *weiß* es. Sie sprach mit verzweifeltem Ernst. »Er würde so etwas niemals tun.«

Nichts konnte ihn schneller ernüchtern als diese Antwort. Eine schlichte Behauptung, der jede Grundlage fehlte, wie er sie schon hundertmal gehört hatte. »Ich fürchte, damit würde ich bei Gericht nicht viel erreichen«, sagte er scharf.

»Ich weiß das, aber –«

»Außerdem wissen solche Dinge nicht einmal die nächsten Angehörigen, Miss Wyatt. Es läßt sich nicht von voraus sagen, wozu ein Mensch fähig ist.«

»Ich weiß, ich habe kein Recht, für ihn zu sprechen.« Sie suchte offensichtlich nach Gründen. »Ich hatte gehofft, Mary werde zu Ihnen kommen, aber wenn ich sie gestern gefragt hätte –«

»Ich gerate völlig durcheinander«, beklagte sich Sir Nicholas. Eleanor war zornig, schien aber den Tränen nahe. Antony wandte sich höflich ab und blickte zu seinem Onkel.

»Malcolm ist Malcolm Harte, mein Mandant«, erklärte er. »Und mit Mary ist, wenn ich mich nicht irre, Mary Reynolds gemeint, seine Verlobte.«

»Nicht mehr«, entgegnete Eleanor. »Sie hat sich abscheulich benommen. Sie sagte, sie denke nicht im Traum daran, der Gerechtigkeit in den Arm zu fallen. Als ob es etwas mit Gerechtigkeit zu tun habe, jemanden schuldig zu sprechen, der es nicht ist.«

»Sie hat die Verlobung gelöst?«

»Ja.«

»Aha. Aber bei aller Sympathie, mit Ihrer Erzählung kann ich wenig anfangen.«

»Ich dachte, Sie hätten mich verstanden. Ich möchte ja gerade, daß Sie den noch fehlenden Beweis seiner Unschuld erbringen.«

»Das ist ein ziemlich schwieriger Auftrag.«

Die Unterhaltung drehte sich im Kreise, und er fühlte sich hilflos, weil er nicht wußte, was er mit der Besucherin anfangen sollte.

»Hören Sie, ich werde mir die größte Mühe geben, darauf dürfen Sie sich verlassen«, sagte er.

»Davon bin ich überzeugt«, erwiderte sie rasch, um ihn nicht zu verletzen. In Wirklichkeit war sie jedoch keineswegs überzeugt. »Ich verlange viel von Ihnen, ich weiß. Aber wenn Sie Malcolm kennen würden –«

»Ich habe mit ihm gesprochen.«

»Ja, aber... nur einmal, vermutlich im Gefängnis.«

»Das ist wahr. Kennen Sie ihn gut, Miss Wyatt?«

Wieder errötete sie. Vermutlich war ihr das peinlich, aber

sie wirkte dadurch noch attraktiver. »Weniger gut, als ich gewünscht hätte«, erwiderte sie zurückhaltend, »aber gut genug, um zu wissen –«

»So kommen wir nicht weiter«, sagte Antony.

Sie gab sich den Anschein, als habe sie ihn mißverstanden. »Lachen Sie mich ruhig aus, wenn Ihnen danach zumute ist«, erwiderte sie unbeschwert. Er versuchte, ernst zu bleiben, aber vielleicht sah man es seinen Augen an, daß er sich amüsierte. »Und was halten Sie von ihm, Mr. Maitland?«

Die Antwort war nicht leicht. »Ein angenehmer Mensch«, meinte Antony vorsichtig. – Dabei hat er mich belogen oder jedenfalls nicht die volle Wahrheit gesagt. Aber es hat keinen Zweck, ihr das entgegenzuhalten. »Ich hatte allerdings bisher kaum Gelegenheit, mir ein Urteil zu bilden.«

»Und Sie glauben nicht, daß Sie sich diese Gelegenheit verschaffen könnten?« Er bewunderte ihr rasches Reaktionsvermögen. Sie war jetzt nicht mehr so nervös. Aber einfacher wurde ihr Gespräch dadurch nicht.

»Wie Sie schon sagten, Miss Wyatt, ich halte mich an meinen Schriftsatz. Ich bin verpflichtet, davon auszugehen, daß Harte unschuldig ist –«

»Aber Sie glauben nicht daran?«

Sir Nicholas mischte sich wieder ein: »Sie steigern sich zu sehr in diese Angelegenheit hinein. Für meinen Neffen wäre es leichter, meine Liebe, wenn Sie ihm alles erklären würden.«

»Ja, aber... wenn ich ihn nicht überzeugen kann –« Sie brach ab und schaute hilflos von einem zum anderen. Sir Nicholas, dessen Geduld heute unendlich zu sein schien, meinte freundlich: »Wir könnten wenigstens die Gründe erörtern, derentwegen Sie Ihren Freund für unschuldig halten.«

Sie dachte einen Moment nach und wurde wieder nervös, weil sie an den Zweck ihres Besuches erinnert wurde und nicht nochmals Zuflucht zu einem Ausweichmanöver nehmen konnte. »Schön, zunächst einmal Malcolms Charakter. Aber Sie sagen, das zähle nicht.«

»Wenn Sie uns etwas Bestimmtes –«

»Er ist absolut ehrlich. Ich weiß, das ist kein besonderes Verdienst, aber wenn jemand so sehr darauf bedacht ist, nicht zuviel Wechselgeld einzubehalten – das läßt sich schwer mit einem Juwelenraum in Einklang bringen. Außerdem ist Malcolm sehr zurückhaltend –«

»Welcher Mensch ist unfähig, einen Mord zu begehen?« fragte Antony. Er hatte das Empfinden, daß die Unterhaltung lange genug gedauert hatte. Beim Sprechen spürte er plötzlich wieder den Schmerz in der Schulter. Er rührte von einer Verletzung her, die er sich im Krieg zugezogen hatte. Maitland achtete stärker darauf, wenn er müde war.

Im Zimmer war es still. »Nein«, widersprach Eleanor schließlich. »So generell gilt das wohl nicht.«

»Die Anklagevertretung geht offenbar davon aus, daß der Mord im Affekt geschah, da der Täter anscheinend keine andere Waffe als das Stück Amethyst zur Hand hatte.«

»Aber wenn er den Diebstahl gar nicht begangen hat –«

»Wir drehen uns schon wieder im Kreise. Beschreiben Sie uns bitte Hartes Charakter etwas näher.«

»Ich bin dafür eigentlich nicht zuständig, aber über eines bin ich mir im klaren: Wenn er die beiden Straftaten begangen hätte – Mord und Diebstahl –, so hätte er das bei der Festnahme nicht geleugnet. Auch seinem Anwalt hätte er das nicht verschwiegen, und er würde niemals einen Meineid leisten.«

»Sie haben mein Intersse geweckt, Miss Wyatt. Können Sie mir etwas über seinen Glauben sagen?«

»Nichts Bestimmtes, ich weiß nur, daß er in die Kirche geht. Meines Wissens ist er Katholik. Würde denn jemand, der an all das glaubt, einen Eid auf die Bibel schwören und danach lügen?«

»Ich muß Sie leider enttäuschen. Das kommt oft genug vor, wie allgemein bekannt ist.«

»Aber Sie könnten Malcolm wenigstens fragen, nicht wahr?«

»Ja, natürlich.« – Worauf ließ er sich da wieder ein? Er

blickte zu Sir Nicholas, dessen strenge Miene ihm keine Hilfe war.

»Seit wann kennen Sie Harte, Miss Wyatt?«

»Seit März. Insgesamt nur drei Monate, denn seit er verhaftet wurde, habe ich ihn nicht mehr gesehen. Aber das ist lange genug, um … ein paar Dinge über einen zu wissen, oder nicht?«

»Das hängt davon ab, wie vertraut Sie mit ihm waren.«

»Ich habe ihn ein- bis zweimal in der Woche gesehen.«

»Und wie lernten Sie sich kennen?«

»Mary und ich sind Freundinnen. Allerdings hätte ich nie gedacht, daß sie so hartherzig sein könnte und so – selbstgerecht. Wir sind zusammen in die Schule gegangen. Ich dachte, Malcolm sei katholisch, weil Mary es ist. Ich bin keine Katholikin. Wir blieben befreundet, auch als wir die Klosterschule hinter uns hatten, und verlobten uns fast zur gleichen Zeit, im März. Natürlich haben wir die Verlobung gemeinsam gefeiert. Und danach verstanden wir vier uns so gut, daß wir uns weiter regelmäßig trafen.«

»Haben Sie die Absicht zu heiraten?« fragte Sir Nicholas.

»Ja.« Antony glaubte schon, dies sei ihre ganze Aussage zu diesem Thema, aber plötzlich fügte sie hinzu: »Laurence Blake; er ist Kriminalberichterstatter beim *Courier.*«

»Ich kenne ihn«, erwiderte Antony. »Wie denkt er über den Fall?«

»Er denkt, daß ich mich lächerlich mache«, antwortete Eleanor. »Er hat gesagt –«

»Nachdem wir nun schon so weit gekommen sind, können Sie uns ruhig auch noch seine Ansicht über den Prozeß mitteilen«, warf Sir Nicholas ein.

»Er will nichts mehr mit Harte zu tun haben, weil dieser sich selbst so erniedrigt habe«, bekannte Eleanor und prüfte dabei ihre Nägel.

»Aber Sie sind trotzdem zu uns gekommen?«

»Das war meine Pflicht, oder etwa nicht? Ich denke, wenn man das Empfinden hat, es sei richtig –«

»Ich verstehe.« Antony warf seinem Onkel einen Blick zu. Doch dessen Gesicht war immer noch ausdruckslos. Maitland hätte gern gesagt: ›Das war anständig von Ihnen.‹ Aber er fürchtete, das könne zu herablassend klingen. So knüpfte er wieder an den vorangegangenen Punkt des Gesprächs an. »Können Sie uns von Hartes Unschuld noch mit anderen Argumenten als durch eine Schilderung seines Charakters überzeugen?«

»Nun ja, ich weiß ... Jemand lügt.«

»Das klingt interessant.« Vielleicht wußte sie etwas, das sich verwerten ließ, so daß man nicht aus blindem Vertrauen heraus zu handeln brauchte, wie *sie* das tat.

»Es ist nur ein geringfügiger Anhaltspunkt«, räumte Eleanor widerwillig ein.

»Berichten Sie!«

»Nur, daß Sarah – Lady Bowling – sagte, sie habe Malcolm die Treppe hinabgehen sehen, nachdem alle zu Bett gegangen waren.«

»Sie glauben wahrscheinlich, daß sie ihn gar nicht gesehen hat.«

»Ja. Uns hat sie nämlich erzählt, und ich nehme an, daß sie bei der Polizei dasselbe ausgesagt hat, daß sie auf dem Weg ins Bad war. Das ist aber nicht gut möglich, denn ich habe sie auf halber Höhe der Treppe stehen sehen. Erst danach kann sie Malcolm bemerkt haben.«

»Wie kamen sie zu dieser Beobachtung, Miss Wyatt?«

»Mir fiel ein, daß sich die Schlaftabletten meiner Mutter noch in meiner Handtasche befanden. Weder meine Mutter noch ich hatten vorher daran gedacht. Kurz vor dem Zubettgehen bat sie mich, sie ihr zu bringen. Ich war im Ostflügel untergebracht, wie Sarah und Sir Leonard. Mutter und Daddy schliefen im Westflügel. So mußte ich an der Haupttreppe vorbei und den oberen Treppenabsatz überqueren, um von einem Ende des Stockwerks in das andere zu gelangen.«

»Wo schlief Harte?«

»Im Westflügel.«

»In diesem Fall ist es unwahrscheinlich, daß Lady Bowling ihn gesehen hat, wie sie behauptet, jedenfalls, wenn man davon ausgeht, daß sich auf jeder Seite des Stockwerks ein Bad befindet.«

»Im Ostflügel waren zwei, und ich vermute, daß es auf der anderen Seite auch so war. Aber ich weiß es nicht.«

»So konnte sie Harte nur sehen, wenn sie zur Haupttreppe vorging. Ich wußte ja, daß wir den Plan brauchen würden«, wandte sich Antony an seinen Onkel, der aber nichts begriff, weil er bei der Hauptverhandlung nicht dabeigewesen war. »Aber es ist nur ein kleiner Anhaltspunkt, wie Sie richtig erkannt haben«, fügte er, wieder zu Miss Wyatt gewandt, hinzu.

»Sie verhielt sich ganz ruhig. Es schien, als wolle sie von niemandem gesehen werden«, sagte Eleanor.

»War das Ihr erster Eindruck, oder haben Sie es sich nachträglich eingeredet?«

»Nun ja... vermutlich erst später«, entgegnete sie widerstrebend. »All diese –«

»Wollen Sie andeuten, daß Lady Bowling George DeLisle getötet haben könnte?«

»Nein, ich... Ich dachte eben, es sei ein Hinweis, mehr nicht.«

»Vorausgesetzt, ich benötige einen solchen«, erwiderte Antony. Aber er sagte sich, wie es bei ihm unvermeidlich war, daß sie Hartes Charakter wahrscheinlich richtig beurteilte. – Ich sollte mir wenigstens etwas mehr Gewißheit verschaffen, denn die Aussicht, daß ein Unschuldiger im Gefängnis sitzt –. Er schüttelte diesen beklemmenden Gedanken ab und wandte sich wieder an seinen Onkel. Sir Nicholas war heute abend ungewöhnlich zurückhaltend, zumindest, seit sie hier unten waren. Offensichtlich gefiel ihm Eleanor Wyatt. Aber das hieß nicht, daß er über ›Aufdringlichkeit‹ in irgendeiner Form hinwegsah. In der Tat war das die eigentliche Erklärung für seine Anwesenheit. Er hatte verhüten wollen, was aber nun doch eingetreten war. Ganz gleich... »Ich kann Ihnen nichts versprechen«, sagte Maitland, wieder zu dem Mädchen gewandt. »Doch ich glaube, dies wird den Ausgang des Prozesses in irgendeiner Form beeinflussen. Machen Sie sich aber keine zu großen Hoffnungen.«

»Sie werden uns helfen?« sagte Eleanor freudig.

»Ich weiß nicht, ob es möglich ist.«

»Brauchen Sie mich als Zeugin?«

»Das kann ich noch nicht mit Bestimmtheit sagen, aber wahrscheinlich nicht.« Er lächelte sie an. »Ich verspreche mir nicht allzuviel von Ihrer Aussage. Es sei denn, Sie wüßten noch ein paar nähere Einzelheiten über jenen Abend. Aber gehen wir jetzt zu mir ins Arbeitszimmer. Je deutlicher ich die Sache vor Augen habe –«

Eine halbe Stunde später – er hatte sich von Eleanor verabschiedet – kehrte er ins Herrenzimmer zurück. Sir Nicholas war noch auf. »Ich würde es nicht für möglich halten, hätte ich es nicht mit eigenen Augen gesehen«, empfing ihn sein Onkel. »Sie ist ein nettes Mädchen, und du hast kein Recht, sie in ihrem Irrtum zu bestärken.«

»Ich habe ihr ziemlich deutlich erklärt, Onkel Nick –«

»So? Aber glaubst du, sie habe darauf gehört? Sie ist dankbar nach Hause gegangen, in dem Glauben, du könntest ihr helfen.«

»Ich sagte ihr, ich hätte eine Idee, und das ist durchaus rich tig.«

»Was für eine Idee? Ich habe dich gewarnt, Antony –«

»Ich werde Father William aufsuchen«, erwiderte Antony und öffnete seinem Onkel die Tür, ließ ihm den Vortritt und folgte ihm in die Halle.

Sir Nicholas bei der Treppe angelangt, griff mit dramatischer Gebärde nach dem Pfosten des Geländers, als ob er eine Stütze brauche. »Daß du mit diesem alten Sünder wieder in Kontakt treten willst.«

»Er ist ein guter Freund von mir«, entgegnete Maitland amüsiert. »Übrigens hast du ihn verteidigt, erinnere dich!«

Sir Nicholas ärgerte sich und ließ sich auch nicht durch einen Brandy besänftigen. Trotzdem wollte er wissen, was für eine Idee sein Neffe habe. Antony erklärte sie ihm bereitwillig, sah aber selbst die Schwierigkeiten und stimmte seinem Onkel zu, als dieser ihn darauf aufmerksam machte.

Freitag,
der zweite Tag

Der erste Zeuge, der am folgenden Morgen vernommen wurde, war DeLisles Butler, ein Mann namens Canning. Maitland, der aufgrund seiner Bekanntschaft mit Gibbs eine Aversion gegen das gesamte männliche Dienstpersonal hatte, betrachtete ihn mit Neugier, als er in den Zeugenstand trat. Canning war groß, gab sich ernst und entgegenkommend, ohne unterwürfig zu sein. Garfiel wollte von ihm nur hören, ob er das Haus in der Nacht, als das Verbrechen verübt wurde, sorgfältig abgeschlossen hatte.

»Sie sagen, Mr. Canning, daß Sie die Türen persönlich überprüft haben. Gilt das auch für die Fenster?«

»Gewiß.«

»Es war eine warme Nacht, nicht wahr? Ein paar Fenster hätte man vielleicht offenlassen können.«

»Das ist wahr. Aber Mrs. DeLisle war sehr vorsichtig... eine nervöse Dame«, sagte der Zeuge zurückhaltend. »Ich meine natürlich, sie ist immer sehr vorsichtig, aber in jener Nacht machte sie mich nochmals ausdrücklich auf die Fenster aufmerksam, obgleich das bei mir nicht nötig ist. Wahrscheinlich wegen der Juwelen, die sich im Haus befanden. Ich sah um zehn Uhr abends persönlich alle Fenster im Erdgeschoß nach, mit Ausnahme derjenigen in der Lounge, weil dort noch Gäste waren.«

»Um welche Zeit war das?«

»Beinahe halb zwölf.«

»Das Fenster im Frühstückszimmer, das man am nächsten Tag geöffnet fand –«

»– war bestimmt um zehn fest verschlossen, und der Griff war zugedreht.«

Für die Verteidigung lohnte es sich kaum, den Zeugen zu befragen. Zu seiner eigenen Überraschung stand Maitland dennoch auf. Ein Versprechen mußte man halten, auch wenn man seinem Onkel zu verstehen gegeben hatte, das werde keinen Einfuß auf seine Prozeßführung haben.

»Ist dieser Fenstergriff einbruchsicher, Mr. Canning?«

»O nein! Das glaube ich nicht. Aber es waren keine Spuren eines gewaltsamen Eindringens zu finden. Der Privatdetektiv sagte das, und ich sah mit eigenen Augen –«

»Danke, Mr. Canning.«

Garfield, im Begriff aufzustehen, setzte sich wieder. Von seiner Warte aus hatte er natürlich recht. Die Vernehmung der Zeugen zog sich in die Länge, schon gestern das Verhör des einen Polizisten. Aber das schadete nichts. Maitland war entschlossen, dem Beispiel seines Kollegen zu folgen und jeden einzelnen Punkt besonders hervorzuheben. Er fuhr fort: »Um die Sache noch deutlicher zu machen: Wie spät war es, als Sie das Fenster im Salon überprüften?«

»Elf Uhr dreißig, Sir, oder eine Minute später. Die Herren hatten sich ganz plötzlich zurückgezogen.«

»Sahen oder hörten Sie etwas Auffälliges, während Sie in der Halle waren?«

»Nicht das Geringste.«

»Oder zuvor, zum Beispiel, als Sie im Speisesalon abräumten?«

»Das ging ganz rasch. Etwa zehn nach zehn war ich fertig. Die Gäste waren meines Wissens zu dieser Zeit alle in der Lounge.«

»Und später, als Mr. Henry DeLisle den Wein servieren ließ?«

»Etwa zwanzig vor elf nahm ich das Tablett. Als ich durch die Halle ging, schien es mir, als sei die Tür zum Herrenzimmer eben geschlossen worden. Aber ich könnte nicht sagen, wer hineingegangen ist. Sonst sah ich niemanden.«

»Haben Sie auch niemanden gehört?«

Der Zeuge runzelte nachdenklich die Stirn. »Das ist schwer zu sagen. Ich glaubte, einen Schritt auf der Treppe zu hören, aber als ich dorthin blickte, war nichts zu sehen. Es ist ja nicht meine Aufgabe, das Kommen und Gehen unserer Gäste zu überprüfen.«

»Erst recht nicht ist es unsere Aufgabe, uns danach zu erkundigen«, sagte Garfield eisig. »Eure Lordschaft wird meine Ansicht teilen –«

»Darüber kann man unterschiedlicher Meinung sein, aber ich bin mit dem Verhör zu Ende«, kam Maitland dem Richter zuvor. »Ich danke Ihnen, Mr. Canning.«

Mr. Justice Conroy warf ihm einen mißtrauischen Blick zu. »Mr. Garfield, möchten Sie den Zeugen nochmals vernehmen?« erkundigte er sich dann beim Ankläger.

»Eine Frage hätte ich noch, Mylord.« Aber das brachte nichts Neues, nur eine Wiederholung...

Die dritte Geschworene, eine rüstige, gutmütig aussehende Frau, die sich auf ihre Geschäftstüchtigkeit etwas einbildete, konnte Mr. Canning nicht ausstehen. Die Welt wäre besser, wenn es keine Cannings gäbe. Es täte diesen eingebildeten Angestellten im Hause DeLisle gut, wenn er zur Abwechslung einmal sein eigenes Geschirr spülen müßte oder die eigene Tür öffnen, wenn es draußen läutete. Man bekam fast Mitgefühl mit der Verteidigung. Allerdings war Harte noch schlimmer als der Zeuge. Er ließ sich von seinen Arbeitgebern ausnutzen und betrog sie hinterher. Wenn jeder so schnell der Verführung erliegen würde wie er, stünde es schlecht um diese Welt. Über die Schuld des Angeklagten hatte sie sich aber noch keine feste Meinung gebildet. Aber der Anwalt der Krone war sehr überzeugend.

Natürlich mußte auch der Verteidiger noch zu Wort kommen. Sie hätte zu gern gewußt, ob er an die Unschuld seines

Mandanten glaubte. Anwälte waren Heuchler. Sie mißtraute einem Mann, der so humorvoll aussah. Vielleicht war er frivol. Jedenfalls stellte er sinnlose Fragen.

Es war zu hoffen, daß der Prozeß bald zu Ende war. Ihre Gedanken irrten ab...

John konnte nicht darauf vertrauen, das Geschäft so weiterzuführen wie bisher. Für Spekulationen war er nicht der richtige Mann. Na ja, sie hatte ihn gewarnt, aber verliert man John für ein paar Tage aus den Augen, passiert gleich etwas. Keiner der beiden schien zu begreifen, daß sie sich eine große Inventur nicht leisten konnten. Noch eine Woche – wahrscheinlich dauerte es nicht länger als eine Woche, so war es doch? – Nun, ihr sollte es recht sein.

Von den anderen Geschworenen war sie nicht beeindruckt. Dieser Obmann, wer war das schon? Man hätte besser getan, sie *zum Obmann zu machen. Er würde doch nur alles glauben, was er hörte. Allerdings war auch sie geneigt, dem Anklagevertreter zu glauben, das stimmte schon, aber ihre Zustimmung war begründet und basierte nicht auf gefühlsmäßigen Regungen wie die der meisten anderen. Bei den weiblichen Geschworenen regte sich wahrscheinlich der Mutterinstinkt. Ihr Verstand reichte nicht weiter, als sich von einem hübschen Gesicht einnehmen zu lassen. Schön, sie würde ihre Meinung sagen, wenn der richtige Zeitpunkt gekommen war.*

Man mußte es ihm lassen. Einmal im Leben hatte er Entschlußkraft gezeigt. Aber danach reichte sein Verstand nur noch, sich fangen zu lassen. Ein Schwächling. Der geborene Verlierer. Nun, wenn sie ein Verbrechen beginge, aber sie würde das natürlich niemals tun... Sie lächelte bei diesem Gedanken, und Maitland, der zufällig in diesem Moment in ihre Richtung sah, wunderte sich flüchtig, weshalb die Zeugenaussage sie belustigte. – Wenn sie ein Verbrechen beginge, würde es nicht so enden. Eines Tages würde auch sie ihre Intelligenz der Polizei gegenüber unter Beweis stellen müssen. Wahrscheinlicher war es allerdings, daß sie niemals Verdacht schöpften. Das perfekte Verbrechen! Vielleicht war es schade, daß sie nicht daraufkamen.

Wenn John nicht dazu fähig war, würde sie die Sache in die Hand nehmen und den erwarteten Reingewinn erzielen... Vor diesen kläglichen Geschworenen brauchte man wirklich keine Angst zu haben. Sie würden tun, was man von ihnen erwartete. Sie hatte sich noch kein Urteil gebildet...

Die nächste Zeugin, Grace DeLisle, war bereits vereidigt. Sie hatte sympathische Gesichtszüge, graues Haar und eine gute Figur, die sie in die mittleren Jahre hinübergerettet hatte. Aber elegant war sie nicht. Garfield fand sichtlich an ihr Gefallen. Er war nicht mehr so steif und wirkte beinahe freundlich.

»Ich bitte Sie, uns zu erzählen, Mrs. DeLisle, warum der Angeklagte an dieser Wochendendparty in Ihrem Haus teilnahm.«

Sie hatte nichts von dieser Selbstsicherheit ihres Mannes. »Nun ja, ich dachte –«

»Lassen Sie sich ruhig Zeit, gnädige Frau. Erzählen Sie es mit Ihren eigenen Worten«, ermutigte sie Garfield, als sich zeigte, daß sie den Satz nicht beenden würde.

»Ich weiß es wirklich nicht... Es war alles so simpel, wirklich. Ich wußte, daß Malcolm und Mary verlobt waren. Ich dachte einfach, es sei nett, wenn sie ein bißchen zusammen sein könnten. Denn Mary wohnt zu Hause, zusammen mit zahlreichen Geschwistern. Und Malcolm besitzt nur ein möbliertes Zimmer, das er gemietet hat. Dorthin kann er sie natürlich nicht mitnehmen. Ich meine –« Sie brach wieder ab und blickte hilflos um sich.

Offensichtlich war Garfield mit dieser Antwort noch nicht zufrieden. Sein Bemühen, freundlich und entgegenkommend zu sein, wirkte jetzt etwas verkrampft. »Sie sprachen von Malcolm Harte, dem Angeklagten, und Mary Reynolds, der Sekretärin Ihres Mannes, nicht wahr?«

»O ja, selbstverständlich.«

»Wir wollen alles noch einmal Schritt für Schritt durchgehen. Wann hat Ihr Mann die fraglichen Einladungen für jenes Wochenende zum erstenmal erwähnt?«

»Es war eigentlich nicht Henry... Ich meine, George erzählte uns beim Dinner am Dienstagabend –«

»Am Dienstag, den neunten Juni?«

»Am Dienstag davor. George erzählte beim Dinner, daß er mit den Bowlings vereinbart habe, ihnen einige Juwelen am Samstagabend vorzuführen. Er bat mich, Lady Bowling offiziell einzuladen. Darauf erwiderte Henry, man könne doch auch andere Gäste dazu einladen. Ich fand, daß der Termin etwas zu knapp sei.«

»Aber trotzdem brachten Sie eine ganze Anzahl von Leuten zusammen.«

»Ja. Henry meinte, ich brauchte nur die Juwelen zu erwähnen, dann würde niemand absagen. Außerdem waren wir den Wyatts eine Einladung schuldig. Wegen Eleanor mußten wir auch Laurence Blake zu Gast bitten, da sie mit ihm verlobt ist. Als ich mit ihr sprach, meinte sie, Godfrey würde gern die Juwelen sehen, weil er ganz verrückt nach altem Schmuck sei. Und das gab eine gerade Zahl. Ich hätte allerdings lieber noch eine Frau eingeladen, wegen George. – Ich fragte also Godfrey, und er nahm die Einladung an.«

»Godfrey ist –«

»Godrey Thurlow. Eleanor arbeitet bei ihm in der Sefton-Galerie.«

»Ich danke Ihnen, Mrs. DeLisle.«

Umständlich, aber anschaulich, dachte Maitland.

»Jetzt kommen wir zu der Einladung, die der Angeklagte erhielt«, fuhr Garfield fort.

»Armer Malcolm«, sagte die Zeugin seufzend. »Ich sollte nicht so sprechen, ich weiß. Aber es ist ein solcher Jammer.«

»Die Einladung, Madam.«

»O Gott, ja. Ich wollte Ihnen gerade davon erzählen. Am Mittwoch fuhr ich in die Stadt und machte nach dem Lunch einen kurzen Besuch im Geschäft. Malcolm fragte mich, ob es mir recht sei, wenn er den Schmuck gleich nach dem Lunch am Samstag bringen würde – ich wußte, daß ich ihn nicht gut zum Essen einladen konnte, weil das Geschäft bis ein Uhr am Samstag geöffnet ist. Er konnte aber gleich nach der Arbeit kommen und wollte Mary mitbringen, um mit ihr anschließend einen Spaziergang zu machen, wenn das Wetter schön sei. Daher fragte ich, wann die Hochzeit sei, worauf er erwiderte, in einem Monat. Er könne es kaum erwarten. Es sei auch so teuer, ständig auszugehen. Deshalb dachte ich, wenn George und Henry von mir verlangten, daß ich in aller Eile eine Party organisieren sollte, dann war es mir auch erlaubt, zusätzlich ein oder zwei Gäse einzuladen. Vielleicht würden Henry die beiden in der Menge gar nicht auffallen. So bat ich, Malcolm, an der Party teilzunehmen. Er erwiderte, er würde gern bleiben, wenn Mary dabeisein könnte. Ich erkundigte mich bei Mary, die auf der Stelle zusagte. Als ich Henry davon erzählte, meinte er, das sei ncht notwendig gewesen, aber er teilte anscheinend meine Ansicht bezüglich der Menge. Er kümmerte sich nicht weiter darum.«

Es war eigenartig, daß die nervösesten Zeugen oft die gesprächigsten waren. Garfield hatte nicht versucht, gegen diese Flut anzukämpfen. Aber seine anfängliche Sympathie für die Zeugin schien einer gewissen Skepsis gewichen zu sein.

»Ist es richtig, Mrs. DeLisle, daß Sie den Angeklagten auf das Gespräch hin, das Sie mit ihm führten, eingeladen haben?«

»Ja, aber –«

»Seine Worte fanden Sie sympathisch?«

»O ja.«

»Ich danke Ihnen, Mrs. DeLisle. Das ist alles.«

Sie wandte sich zum Gehen, aber die Stimme des Richters hielt sie zurück. »Einen Moment, Madam. Die Verteidigung möchte Ihnen sicher einige Fragen stellen.«

»Danke, Mylord.«

Maitland stand auf. »Mrs. DeLisle, Sie haben uns sehr anschaulich geschildert, wie Ihre Gästeliste zustandekam. Können Sie mir sagen, wann die einzelnen Einladungen erfolgten und angenommen wurden?«

»Das mußte alles telefonisch erledigt werden«, entschuldigte sich die Zeugin, als fürchte sie, der Anwalt werde ihre Nachlässigkeit verurteilen. »Mit Lady Bowling habe ich am Mittwoch vormittag gesprochen, bevor ich von zu Hause wegging. Aber die Einladung hätte natürlich schon früher erfolgen sollen. Nachmittags kamen William und Rose Wyatt an die Reihe, nachdem ich nach Hause zurückgekehrt war. Es stellte sich heraus, daß sie die Bowlings ziemlich gut kannten. So war alles zufriedenstellend arrangiert.«

»Und davor haben Sie an jenem Nachmittag mit Malcolm Harte und Mary Reynolds gesprochen?«

»Ja. Das sagte ich bereits, aber vielleicht haben Sie es nicht gehört.«

Maitland lächelte ihr zu. »Ich habe zugehört, Madam. Ich muß Sie wegen der Wiederholungen um Nachsicht bitten. Wie steht es mit den übrigen Einladungen?«

»Mit Eleanor sprach ich am Donnerstagvormittag in der Galerie und anschließend mit Godfrey Thurlow. Unmittelbar darauf rief ich Laurence Blake an, konnte ihn aber erst am Nachmittag erreichen.«

»Und alle nahmen die Einladung an? Mr. Thurlow hatte ja darum gebeten, nicht wahr?«

»O nein. Wenigstens habe ich es nicht so aufgefaßt.«

»Aber sicher, Mrs. DeLisle. Daß sie ihn einluden, war das Ergebnis Ihres Gesprächs mit Miss Eleanor Wyatt, wie auch die Einladung meines Mandanten sich an Ihre Unterhaltung mit ihm anschloß.«

»Ja, natürlich. Aber ich glaube nicht, daß einer von beiden...«

War das eine langweilige Angelegenheit! Die vierte Geschworene war jünger als ihre Nachbarin und schlanker, eine attraktive junge Frau. Sie ließ ihre Blicke umherschweifen. Der Platz auf der Geschworenenbank war sorgfältig ausge-

wählt. Das hatte sie arrangiert, als sie gemeinsam den Sitzungssaal betraten. Es war schade, daß rechts von ihr diese alte Kuh saß. Aber an ihrer linken Seite saß der schönste Mann der Jury. Und dem Blick nach zu urteilen, den er ihr zugeworfen hatte, schien auch er ihren Reizen gegenüber nicht unempfänglich zu sein. Es hätte sie nicht überrascht, wenn er Filmschauspieler gewesen wäre.

Wie lange würde das Verhör noch dauern? Es war doch alles schon haarklein erörtert worden. Vergnüglich würde es erst, wenn sie sich ins Geschworenenzimmer zurückzogen. Sie hatte sich fest vorgenommen, diesen Raum nicht eher zu verlassen, als bis sie eine feste Verabredung mit dem hübschen Mann zu ihrer Linken getroffen hatte. Nicht, daß er der einzige im Gerichtssaal war, der für sie in Frage kam; aber der einzige, bei dem ein Anknüpfungspunkt gegeben war; wie schade!

Sie hatte sich über die Hauptperson des Dramas bereits ein Urteil gebildet. Der Richter mit seiner engelhaften Miene mochte in jüngeren Jahren amüsant gewesen sein. Der Strafverfolger, nicht annähernd so alt zwar, befand sich gänzlich außerhalb ihres gewöhnlichen Jagdreviers. Trotz seiner Attraktivität wirkte er abweisend und kalt. Von seinem Gegner konnte man dies nicht behaupten. Maitland hatte der Richter ihn genannt. Er wirkte unterhaltsam. Sie hätte nichts dagegen, eine halbe Stunde mit ihm allein zu sein. Dann war da noch sein Nachbar, der offenbar weniger zu sagen hatte. Clevere Burschen alle miteinander, vermutete sie, vielleicht zu gescheit, um sich am Leben erfreuen zu können.

Mit dem Angeklagten hätte sie es riskiert. Das Wort ›unbedeutend‹ existierte für sie nicht. Er sah gut genug aus, so daß man sich mit ihm sehen lassen konnte. Das war wichtig. Und dann verkörperte er einen Typ, mit dem sie sich auskannte. Solche Männer waren die besten Liebhaber. Außerdem hatte er Angst. Falls sie etwas von Männern verstand, paßte er in ihr Konzept. Sein Schicksal faszinierte sie. Die Eröffnung durch den Anklagevertreter klang bedrohlich. Wie würde die

Verteidigung reagieren? Hoffentlich fiel ihr etwas Zugkräftiges ein. – Es wäre denkbar, daß der Angeklagte zu Gewaltausbrüchen neigte, die er im allgemeinen verdrängte; aber mehr aus Leidenschaft als aus Profitgier. Das war ihre Meinung, und davon würde sie schwer abzubringen sein.

Am liebsten wäre sie jetzt tausend Kilometer entfernt, vielleicht nicht ganz so weit, in ihrem eigenen komfortablen Haus, zusammen mit Bill, während sie Getränke mixten und im nächsten Restaurant das Dinner bestellten. Und anschließend... Bill war ruhig... Bill war schwerfällig... Bill verkörperte das Familienleben auf dem Lande. Sie brauchte eine Abwechslung. Aber Bill bedeutete Sicherheit. Es gab trotzdem Gelegenheiten... Wenn sie nicht zu lange im Gericht aufgehalten würde... Sie müßte wieder zuhören.

Der Verteidiger war mit dem Kreuzverhör zu Ende. Garfield stand auf. »Eine letzte Frage, Mrs. DeLisle. Wollten Sie den Angeklagten schon vor Mittwoch, den zehnten Juni, an dem Sie mit ihm darüber sprachen, über das Wochenende in Ihr Haus einladen?«

»Nein. Bis dahin sah ich keine Veranlassung dazu.«

»Ich danke Ihnen, das ist alles.«

Als sich Garfield setzte, fing er den Blick des Verteidigers auf, dessen Bemühungen bisher vergeblich gewesen waren. Allenfalls hatte er die Kollektivstimmung der Geschworenen ein wenig beeinflußt. Onkel Nick hatte ihn gewarnt, aber wurde seine Lage dadurch besser? Maitland riß sich zusammen und hörte, wie der Richter verkündte, daß die Verhandlung nach dem Lunch fortgesetzt werde. Es war noch ziemlich früh. Wahrscheinlich wollte der alte Knabe heute nachmittag beizeiten gehen. Das war ganz in Maitlands Sinne.

Geoffrey Horton war in ausgezeichneter Stimmung. »Das hat mir schon besser gefallen«, sagte er, noch ehe sie sich gesetzt hatten. Antony blickte mißmutig.

»Wie meinen Sie das?« fragte er.

»Sie wissen ganz genau, was ich damit sagen will«, erwiderte Geoffrey. »Sie haben Ihren Kurs geändert.«

»Man hat mir gesagt, daß unser Mandant so eine Tat niemals begehen würde.«

Derek Stringer rief: »Guter Gott!« Dann wandte er sich an den Kellner, um etwas zu bestellen, da keiner seiner beiden Kollegen dazu aufgelegt schien. Er hatte sich längst abgewöhnt, sich über irgend etwas, das Maitland tat oder sagte, zu wundern.

Horton schien eingeschüchtert. »Könnten Sie das bitte erklären?«

»Eleanor Wyatt war gestern abend bei mir –«

»Miss Wyatt? Weiß sie etwas?«

»Nur eine Kleinigkeit. Lady Bowling kann Harte nicht die Treppe hinabsteigen gesehen haben, als sie ins Badezimmer ging. Das hat sie aber behauptet. Sie hätte dazu zum Podest der Haupttreppe vorgehen müssen. Das läßt sich bestimmt anhand des Planes nachprüfen. Miss Wyatt berichtete, sie habe Lady Bowling ganz ruhig stehen sehen, auf halber Höhe der Treppe.«

»Um welche Zeit war das?«

»Sie glaubt, etwa zehn Minuten, nachdem die Damen nach oben gegangen sind. Das dürfte gegen zweiundzwanzig Uhr vierzig gewesen sein. Insoweit stimmt ihre Aussage mit der von Lady Bowling überein.«

»Ich verstehe nicht, was sich damit beweisen läßt.«

»Nichts.«

»Dann –«

»Er möchte die Lady nicht kränken«, sagte Derek. Der Kellner schlängelte sich gerade zur Bar durch.

»Das ist es nicht.« Derek wollte ihn anscheinend auf den Arm nehmen. »Aber das Mädchen könnte recht haben und ich mich irren, und wenn das der Fall wäre... Die Sache ist die, ich habe eine Idee.«

»Und welche?« fragte Geoffrey jetzt argwöhnisch.

»Ich dachte daran, einmal Father William aufzusuchen. Bei

seinen Verbindungen könnte er mir vielleicht sagen, wer die Juwelen gestohlen hat, ob es Harte war oder ein anderer.«

»Wer ist Father William?« fragte Stringer.

»Ein Juwelier aus meinem Bekanntenkreis«, erwiderte Antony. Doch Geoffrey wurde noch unfreundlicher.

»Ein Hehler«, sagte er.

Freitag,
der zweite Tag (Fortsetzung)

Als sich das Gericht wieder versammelt hatte, rief der Anklagevertreter Mary Reynolds als Zeugin auf. Maitland dachte an sein Gespräch mit Eleanor und beobachtete das Mädchen interessiert, als es den Eid auf die Bibel schwor und dann Garfields einleitende Fragen beantwortete. Mary war nur etwa einen Meter fünfzig groß, aber eine hübsche, kleine Frau, von ansprechendem Wesen und mit einer angenehmen, weichen Stimme. Maitland blickte von ihr zum Angeklagten, der jetzt mehr Teilnahme zeigte als am Vormittag. Seine Augen hingen am Gesicht der Zeugin, so daß es beinahe peinlich wirkte. Der Verteidiger bereute nicht zum erstenmal, daß er sich nicht länger mit seinem Mandanten unterhalten hatte. Die Erklärung des Lordkanzlers:

> *»Ich werde niemals annehmen, daß ein Betrüger oder ein Dieb*
> *Ein Gentleman ist, wert, daß man ihm bedingungslos glaubt,*
> *Nur, weil sein Anwalt mir einen Schriftsatz zugesandt hat«,*

war bestechend. Aber für den umgekehrten Fall galt dasselbe. Er hatte seinen Mandanten für schuldig gehalten, obwohl dies nicht Sache der Verteidigung ist. Dem konnte und würde er abhelfen. – Maitland hätte gern gewußt, ob Harte das veränderte Benehmen seiner Verlobten auffiel. Natürlich konnte sich Eleanor auch täuschen. Aber sie schien sehr sicher. Doch vielleicht wollte sie damit nur seine Sympathie gewinnen. Das war seiner Meinung nach nicht geglückt.

»Jetzt, Miss Reynolds –« Garfields Ton war väterlich, wodurch Maitland abgelenkt wurde. Garfield hatte drei Kinder, soweit Maitland sich erinnern konnte. Sie mußten jetzt im Teenageralter sein. Wie verhielt er sich wohl als Vater? War er unerwartet nachsichtig oder so streng wie in Ausübung seines öffentlichen Amtes? Und wenn ... Plötzlich versetzte ihm Stringer einen leichten Rippenstoß, und der Verteidiger kehrte mit seinen Gedanken eilig in den Gerichtssaal zurück.

»Ich möchte mich nach Ihrer Einladung für den Abend des dreizehnten Juni bei den DeLisles erkundigen«, sagte Garfield gerade. »Mrs. DeLisle hat mit Ihnen am Mittwochabend, das war der zehnte, darüber gesprochen, nicht wahr?«

Lohnte es sich, den Anklagevertreter zu verärgern, indem er gegen dessen anmaßende Art der Zeugin gegenüber protestierte? Wohl kaum.

»Ja«, sagte Mary und wurde aufgefordert, lauter zu sprechen. Als sie die Antwort ohne nähere Erläuterung wiederholte, sagte Garfield aufmunternd: »Sicher haben Sie ein paar Worte miteinander gewechselt, bevor Sie eingeladen wurden?«

»Sie hat nur gesagt, es wäre nett, wenn Malcolm und ich das Wochenende bei ihnen verbringen könnten. Ich nahm an, daß Malcolm schon zugesagt hatte, so tat ich es ebenfalls.«

»Sind Sie am Samstag nach Geschäftsschluß nach Wimbledon gefahren?«

»Ja. Das ist richtig.«

»Sagen Sie, Miss Reynolds, haben Sie sich, nachdem Mrs. DeLisle das Geschäft verlassen hatte, noch mit dem Angeklagten über die Wochenendeinladung unterhalten?«

»Ja. Er kam ins Büro zurück, um mit mir darüber zu sprechen.«

»Waren Sie beide allein?«

»Ja.« Ihre Stimme war nur ein Wispern. Sie wurde wieder aufgefordert, lauter zu sprechen. »Ja«, wiederholte sie und blickte diesmal kurz zum Angeklagten.

»Ich muß Sie bitten, den Inhalt des Gesprächs wiederzugeben, Miss Reynolds.«

»Ja, ich ... er sagte, es sei doch eine nette Abwechslung. Ich erwiderte: ›Das schon, aber so viele Leute!‹ Er meinte, das mache doch nichts. Es sei besser als gar nichts.«

»Und dann?«

»Er sagte –« Sie zögerte erneut, aber diesmal klang ihre Stimme ziemlich deutlich und klar, als sie weitersprach: »Er sagte: ›Erzähl mir nicht, daß du nicht mitkommen möchtest; ich mußte die Einladung erbitten.«

Bei diesen Worten ging eine Bewegung durch den Gerichtssaal. Garfield ließ die Stille zwischen sich und der Zeugin andauern. Maitland blickte zu seinem Mandanten, der den Kopf gesenkt hielt. Schließlich sagte Garfield, noch immer väterlich, da er mit sich zufrieden war: »Dann wäre noch folgendes, Miss Reynolds: Sie sind mit dem Angeklagten verlobt und wollen ihn heiraten, nicht wahr?«

Hierauf schwieg sie. Endlich kam es stockend: »Ich war es ... damals. Jetzt betrachte ich mich nicht mehr als seine Verlobte.«

Der Angeklagte hielt den Kopf immer noch gesenkt.

»Ich bin überzeugt, daß wir alle Ihre Gefühle verstehen. Aber – damals – stand das Datum Ihrer Hochzeit fest, glaube ich.«

»Wir wollten am elften Juni heiraten, auch an einem Samstag.«

»Und hatten Sie irgendwelche Pläne für die Flitterwochen?«

»Ja, wir wollten auf den Kontinent.«

»Lassen Sie mich einen Moment abschweifen. Hörten Sie von dem Angeklagten oder irgendeiner anderen Person, daß Ihre Reise verschoben werden sollte?«

»Nein.« Blick und Stimme drückten Überraschung aus.

Garfield fügte erläuternd hinzu: »Mr. George DeLisle schien mit Ihren Plänen nicht einverstanden zu sein.«

»Aber wir hatten alles fest abgemacht. Ich glaube nicht, daß er uns daran gehindert hätte.«

Maitland war schon halb aufgestanden, aber Garfield wechselte elegant zum nächsten Thema über. So setzte sich der Verteidiger wieder, ohne Einspruch zu erheben.

»Ihr Plan stand also fest. Sie wollten zum Kontinent.«

»Ja. Wir wären nach Paris geflogen, hätten einen Wagen gemietet und damit eine mehrwöchige Tour gemacht.«

»War das Ihr Vorschlag oder der des Angeklagten?«

»Der Malcolms. Er hatte große Lust dazu, und so dachte ich ebenfalls, es müßte schön sein.«

»Und nannte er ein bestimmtes Ziel?«

»Er meinte, wir sollten am Schluß nach Amsterdam fahren und von dort nach Hause zurückkehren. Man kann den Wagen dort zurücklassen.«

»Richtig, Amsterdam«, sagte Garfield und betonte den Städtenamen. »Es würde mich interessieren, Miss Reynolds... hat der Angeklagte die Finanzierung mit Ihnen besprochen?«

»Nur ganz allgemein.« Sie zögerte und fügte dann hinzu: »Ich wußte natürlich, daß er nicht viel verdiente.«

»Und trotzdem schlug er Ihnen diesen teuren Urlaub vor. Und jetzt, Miss Reynolds«, sagte Garfield absichtlich so schnell, daß der Zeugin keine Zeit blieb, den tieferen Sinn seiner Worte zu erfassen, »wollen wir kurz rekapitulieren...«

Der fünfte Geschworene war ganz gewiß kein Filmstar, sondern Angestellter in einer Speditionsfirma. Er war der Meinung, daß der Angeklagte einen schlechten Geschmack habe. An einem solchen Mädchen hatte man doch nicht viel Freude. Nicht einmal zuverlässig war diese Miss. Sobald die Situation schwierig wurde, kniff sie. Eine Lüge hätte sie so wenig gekostet. Was sollte der ganze Unsinn mit dem Schwur auf die Bi-

bel? All das machte ihn müde.

Mum und Dad hätten natürlich gesagt, das sei wichtig. Du sollst nicht unnütz den Namen des Herrn, deines Gottes, im Munde führen. Vielleicht hatte jemand dem Mädchen diesen ganzen Blödsinn erzählt, und sein Verstand reichte nicht weit genug, um zu begreifen, wie idiotisch das alles war. Er saß selbst schon ein paarmal in der Klemme, und wer hätte ihn zwingen wollen, die Wahrheit zu sagen? Das brachte einem nur neue Unannehmlichkeiten.

Letzten Freitag zum Beispiel. Wer hätte gedacht, daß der alte Tomlinson am Nachmittag noch einmal ins Büro kommen würde? Es war allgemein bekannt, daß er unmittelbar nach dem Lunch aufs Land fuhr. Sein eigener Lunch hatte sich in die Länge gezogen, ein unverzeihlicher Bruch der Bürodisziplin. Er war diesbezüglich schon ein paarmal verwarnt worden. »Sie sind nicht unentbehrlich, müssen Sie wissen«, hatte Tomlinson mit spöttischem Lächeln gesagt, nur allzu froh, etwas gegen ihn in die Hand zu bekommen. Wenn der Alte die Wahrheit wüßte, dann wäre seine gute Zeit vorbei. Aber das wäre gerade jetzt sehr ungünstig, wenn er fristlos entlassen würde, ohne Ersparnisse. Es war schwer, Arbeit zu bekommen. Vielleicht könnte er eine Weile zu Hause unterkommen, müßte aber einige Strafpredigten in Kauf nehmen, und das gefiel ihm nicht.

So hatte er lebhaft überlegt. Er war dann Mr. Saville begegnet, einer geachteten Persönlichkeit. Nicht einmal der alte Tomlinson verhöhnte ihn oder bediente sich dazu seiner Angestellten. Mr. Saville hatte ihn reden lassen, weiter nichts. Was er erzählte, kam der Wahrheit ziemlich nahe. Aber es hatte ihm wenig genützt. Denn Saville hatte ihm nur mitgeteilt, daß er ins Krankenhaus müsse und eine Operation vor sich habe.

Sogar Mum und Dad würden zugeben müssen, daß zwischen einer Lüge und einem Meineid ein Unterschied bestand. Sie würden beides beanstanden. Solche Moralpredigten waren etwas für Kinder, nicht für Erwachsene. Dieses Mädchen,

Mary Reynolds, war noch nicht reif genug. Das war ihr Fehler. Er hätte geschworen, das Mädchen neben ihm würde sich nicht so zieren. Noch wor dem Ende der Sitzung, nicht vor den anderen Geschworenen natürlich, sondern außerhalb des Gerichts, würde es sicher eine Gelegenheit geben... Er würde sie zu einem Drink einladen oder zu einer Tasse Kaffee, je nach Tageszeit, und dann weitersehen.

Der Verteidiger hatte auf »Nicht schuldig« plädiert. Das war geradezu lachhaft. Er hatte sich hingestellt und die Unschuld seines Mandanten beteuert. Niemand würde dadurch einen Schaden erleiden, soweit er sehen konnte. Einige von den übrigen Geschworenen mochten sogar glauben, was der Angeklagte behauptete, weil sie der Ansicht waren, er werde nicht unter Eid lügen. Du sollst nicht den Namen des Herrn, deines Gottes, unnütz im Munde führen. – Dieses kleine Mädchen war abergläubisch, eine schwache Person. Es war interessant zu beobachten, was der Verteidiger, der nie lange zum Aufstehen brauchte, mit ihr anstellte...

*

Von Anfang an war klar, daß sie ihn als Gegner betrachtete. Maitland nahm das zur Kenntnis. Um über die Ursache ihrer Einstellung nachzudenken, fehlte ihm die Zeit. »Ich werde Sie nicht lange in Anspruch nehmen, Miss Reynolds«, versprach er, »aber bei den Fragen meines Freundes wurde ein Problem deutlich. Sie haben doch mit meinem Mandanten über Ihre Pläne für die Flitterwochen gesprochen, nicht wahr?«

»Ja.«

»Waren Sie einer Urlaubsreise nach Europa aus irgendeinem Grunde abgeneigt?«

»Nein, ich hatte nur nicht von allein daran gedacht; der Vorschlag kam von ihm und war so verrückt wie er selbst.«

»Ich verstehe. Erinnern Sie sich noch daran, wann er zum erstenmal darüber sprach?«

»Das ist schon lange her; im März, als wir uns verlobten.«

»Wenn Mr. Harte diesen Plan wieder aufgegeben hätte, dann hätte er riskiert, Sie zu enttäuschen.«

»Ja. Vermutlich.«

»Aber so teuer wäre der Urlaub gar nicht gewesen.«

»Nein. Wir hatten uns alles genau überlegt. Es hätte nicht mehr gekostet, als wenn wir in England in einem großen Hotel gewohnt hätten.«

»Gar nicht so extravagant also?« Er lächelte, bemüht, ihre Sympathie zu wecken, aber sie mied seinen Blick und verhielt sich steif.

»Ich wäre nicht damit einverstanden gewesen, wenn ich geahnt hätte, daß eine solche Reise als extravagant angesehen werden könnte.«

»Aber Sie sagten selbst, Mr. Harte habe nicht viel verdient, Miss Reynolds.«

»Es fiel mir auf, daß ihn etwas quälte. Das kann es aber nicht gewesen sein.«

Diese Antwort war ein schlimmes Desaster. Es war besser, das Thema zu wechseln.

»Aus welchem Grund wollte mein Mandant bei den DeLisles eingeladen werden?«

»Nun ja, ich –«

»Sie brauchen sich nicht zu genieren, Miss Reynolds. Sie waren mit ihm verlobt und wollten ihn heiraten. Sie dachten natürlich, daß er eine Gelegenheit sucht, um mit Ihnen allein zu sein.«

»Ja, aber –«

»Eine völlig einleuchtende Erklärung. Daran ist absolut nichts Schlechtes.«

»N-Nein.«

»Und dann ist am Samstagabend etwas vorgefallen, das diesen Eindruck bestätigt hat, oder nicht?«

»Ich verstehe nicht, was Sie meinen«, sagte sie eigensinnig.

Wahrscheinlich waren die Leute im Gerichtssaal auf ihrer Seite, aber er konnte sich mit dieser Antwort nicht zufrieden geben. In diesem Punkt war der Angeklagte ihm gegenüber schließlich ehrlich gewesen. »Ich meine, ob Sie Mr. Harte wiedergesehen haben, als die Feier vorüber war und die Gäste schlafen gegangen waren.«

Er besaß die Unverfrorenheit, sich darüber zu freuen, daß seine Bemerkung die Zeugin aus dem Gleichgewicht gebracht hatte. Eine heftige Röte stieg ihr ins Gesicht. Das war nach seinen Erfahrungen in der Tat ein seltenes Phänomen. Sie erwiderte, wieder nahezu unhörbar: »Ja.«

»Und wie?«

»Er kam in mein Zimmer.«

»Enschuldigen Sie, Miss Reynolds, ich muß Sie bitten, das zu wiederholen. Ich bezweifle, ob das Gericht Sie hören kann, oder die Geschworenen –«

»Er kam in mein Zimmer. Es war nicht so, wie Sie denken –«

»Ich versichere Ihnen, ich habe überhaupt keine Meinung zu diesem Thema. Ich warte darauf, daß Sie mich belehren.«

»Ich meine, er wußte, ich würde nicht...« erwiderte Mary stockend. »Er sagte: ›Ich weiß nicht, was ich erwartet habe, ich suchte eine Gelegenheit, mit dir zusammenzusein.‹ Aber ich war mir darüber im klaren, daß er nicht in meinem Zimmer sein durfte und ich ihn fortschicken mußte.«

»Noch etwas. Wissen Sie noch die Zeit, als er bei Ihnen war?«

»Ja. Denn ich dachte, daß ihn vielleicht jemand beim Verlassen meines Zimmers beobachten könnte und schaute auf die Uhr, als er ging. Es war noch nicht spät. Nicht ganz elf.«

»Das war also nach seinem Besuch im Herrenzimmer«, hob Maitland hervor, wobei er sich an die Geschworenen wandte, damit sie sich angesprochen fühlten. »Wenn wir glauben, was die Anklage sagt, hatte Malcolm Harte gerade seinen Gastgeber beraubt und einen besonders brutalen Mord begangen. Fiel Ihnen irgend etwas an seinem Benehmen auf, woraus man schließen könnte, daß diese Behauptungen wahr sind?«

»N-nein.« Sie zögerte. Ein solcher Gedanke war ihr offensichtlich noch gar nicht gekommen, und sie mußte erst darüber nachdenken. Dann fügte sie hinzu: »Aber er schien erregt... ja, übermütig.«

»Aber nicht so wie –«

»Ich habe noch nie jemanden gesehen, der gerade einen Mord begangen hat. Ich weiß es nicht.«

Garfield brauchte danach kaum noch zu re-examinieren.

*

Die nächste Zeugin konnte kaum noch stärker von ihrer Vorgängerin abweichen. Wie immer sie gesinnt sein mochte, eine schöne Frau war Lady Bowling. Sie besaß volles rotes Haar und trug eine zeitraubende Garderobe. Es schien Antony, daß sie morgens Stunden mit dem Ankleiden verbrachte. Dann ging sie wahrscheinlich zum Friseur. Sie hatte regelmäßige Gesichtszüge und eine zarte, blasse Haut, wie sie Rothaarigen eigen ist. Ihr Make-up war diskret, ihr Benehmen ruhig und selbstsicher. Ihre ganze Erscheinung war eine Augenweide. Dennoch schien sich ihr gegenüber der Anklagevertreter nicht ganz wohl zu fühlen. Dabei hatte die Verteidigung mehr Grund, nervös zu sein.

Sie nannte Garfield Namen, Anschrift und Beruf. »Vermutlich werden Sie mich als Hausfrau einstufen«, sagte sie mit einem reizenden Lächeln, so daß sogar der Richter – ein Mann mit sehr ausgeprägtem Standesbewußtsein – Sympathie empfand und sich auch zu einem Lächeln verleiten ließ.

»Danke, Mrs. Bowling«, sagte Garfield sachlich. »Jetzt möchte ich Sie bitten, sich an den Abend des dreizehnten Juni dieses Jahres, einen Samstag, zu erinnern.«

»In Bezug auf den Ablauf des Abends ist das nicht schwer.«

»Könnten Sie uns berichten, was sich ereignete, sagen wir, vom Dinner an?«

»Da ist nicht viel zu sagen. Mrs. DeLisle ist eine charmante Gastgeberin, und das Dinner verlief sehr angenehm. Später – ich achtete nicht auf die Zeit, aber mein Mann sagt, es sei gegen zehn gewesen – brachte Mr. Georg DeLisle einige

Schmuckstücke in den Salon, um sie uns zu zeigen. Ich war sehr interessiert, weil mein Mann mir versprochen hatte... Nun, er versprach mir, den Schmuck für mich zu kaufen, wenn der Preis angemessen sei. Aber die Entwürfe waren sogar noch hübscher, weil die Fassungen des Schmucks ziemlich altmodisch waren, die Skizzen dagegen moderner. Diese waren einfach wundervoll.«

»Und nachdem die Besichtigung des Schmucks vorüber war?«

»George DeLisle entschuldigte sich, er habe Briefe zu schreiben, und ging. Den Schmuck und die Entwürfe nahm er mit. Ich glaube, er wollte ins Herrenzimmer hinüber. Gleich darauf verabschiedeten sich Mr. Thurlow und Laurence – Laurence Blake –, während sich Mr. Harte und wir Frauen uns zurückzogen.«

»Darauf kommt es ganz besonders an, Lady Bowling.«

»Diesmal achtete ich auf die Zeit. Meine Uhr zeigte zehn Uhr fünfzehn. Sie geht sehr genau. Ich verließ danach noch einmal mein Schlafzimmer und bemerkte, daß Mr. Harte die Treppe wieder hinabging.«

»Mein Kollege wird Sie fragen, ob Sie genau wissen, daß es der Angeklagte war, den Sie gesehen haben.«

»Absolut.«

»Hat er Sie gesehen?«

»Ich glaube nicht.«

»Und was geschah dann?«

»Ich ging in mein Zimmer zurück.«

»Danke, Lady Bowling. Das wäre geklärt. Jetzt wollen wir nochmals alles im Detail rekapitulieren...«

Man mußte den Gleichmut dieser gepflegten Frau bewundern. Die sechste Geschworene hätte sich gern auf eine Stufe mit ihr gestellt, war aber realistisch genug, das nicht zu tun, da sie sich ihrer eigenen Unvollkommenheit nur zu sehr bewußt war. Diese Lady Bowling wußte sicher, was sie wollte. In ihrem Leben gab es bestimmt keine dunklen Stellen. Wenn es bei ihr zu einer Komplikation käme, würde sie garantiert den Gordischen Knoten durchhauen.

Aber wer hätte gedacht, daß Sam darauf käme? Nach so vielen Monaten. Dabei waren sie so vorsichtig. Am Dienstagabend pflegte Sam immer in seinen Klub zu gehen, regelmäßig wie eine Uhr. Sie war dann für volle vier Stunden von seiner Gegenwart befreit. Er war mit Leidenschaft bei der Sache und brach ein Spiel nie freiwillig vorzeitig ab. Aber gestern abend...

Sie hörte ihn noch, wie er eifrig bemüht war, ihr zu erklären, was ihn nach Hause geführt hatte, als ob er schuld an der Situation sei, in der sich alle drei nun befanden, so wie er schuld war an ihrer Verwirrung. ›Auch heute wurde im Klub gespielt, aber Carpenter kam nicht, und sonst war niemand für eine Partie frei.‹ Jack benahm sich dagegen so frech, wie sie es von ihm erwartete.

›Das ist deine Schuld. Nicht einmal anzuklopfen!‹ Als ob ein Mann in seinem eigenen Hause anklopfen müßte.

Wenigstens lagen sie nicht im Bett. Etwas Anstandsgefühl besaß sie schließlich doch. Außerdem war es auf der Couch warm und bequem. Sie stand gegenüber dem Kamin. Aber das Ankleiden war schwieriger. Verschämt hatte sie sich in den Morgenmantel gehüllt. Oben wäre es leichter gewesen, rechtzeitig in den Sachen zu sein. Jack schien jedoch gar nicht darauf zu achten oder ließ sich jedenfalls nichts anmerken. Aber sie erinnerte sich, daß sie und Sam einmal... Sie hatte versucht, mit ihrem Mann darüber zu reden: ›Darling, das bedeutet gar nichts.‹ Aber mit seiner Antwort konnte sie nichts anfangen.

»Das ist es ja, Tilly. Begreifst du die Situation? Da liegt der Hase im Pfeffer.«

Seltsamerweise hatte es keine Auseinandersetzung gegeben, keine gegenseitigen Beschuldigungen. Jack schlüpfte in Hose und Pullover, griff elegant nach seinem Mantel am Garderobenhaken in der Diele und sagte: ›Hat mich gefreut.‹ Sam hatte sich abgewandt und war schwerfällig die Treppe hinauf-

gestiegen, um ihr dürftiges Schlafzimmer zu betreten. Nicht einmal das Bett war gemacht. Sie hörte, daß er einige Male zum Wäscheschrank ging, als ob er nicht genau wüßte, was er sich herausnehmen sollte. Hätte er sie nicht um Rat fragen können? Aber sie mochte nicht zu ihm hinaufgehen und ihm ihre Hilfe anbieten.

Sie hätte gern gewußt, ob er in dieser Nacht geschlafen hatte. Sie konnte es nicht, erst in den Morgenstunden. Aber dann mußte sie in einen so tiefen Schlaf gesunken sein, daß sie Sam nicht einmal weggehen hörte. Er war fort, na schön, die Tür blieb angelehnt. Sein Bett hatte er selbst gemacht. Als ob es ihm unangenehm sei, dachte sie leicht verärgert, wenn ich es berühren würde. Abends war er nach Hause gekommen, ohne eine ›Überraschung‹ für sie. Wenn ihr doch etwas einfiele, um die Mauer des Schweigens wieder zu durchbrechen Sie wollte Sam auf keinen Fall verlieren. Das stand fest.

Geriete Lady Bowling in eine ähnliche Situation, wüßte sie genau, was zu tun war. Aber es war gar nicht vorstellbar, daß sie je in eine hilflose Lage geriet. Anscheinend näherte sich die Vernehmung ihrem Ende. Motiv, Gelegenheit, Fingerabdrücke. Was sollte der bedauernswerte Verteidiger da noch machen? Es war bestimmt schwierig, eine so selbstbewußte Zeugin ins Kreuzverhör zu nehmen…

Maitland war sich seiner Sache nicht ganz sicher. Es war gefährlich, einen Angriff auf die Zeugin zu starten, wenn dabei kein Vorteil zu erzielen war. Denn er setzte damit das Wohlwollen der Zuhörer aufs Spiel. Malcolm Harte hatte ja zugegeben, daß er zu der genannten Zeit ins Herrenzimmer hinuntergegangen war.

Maitland wählte anfangs eine sanfte Gangart. Er ließ Sarah wiederholen, was sie bereits auf Befragen über den Abend gesagt hatte. Garfield wirkte ungeduldig und schien nur Verachtung für seinen Opponenten übrig zu haben. »Lady Bowling«, sagte Maitland, nachdem sie gelassen zu Ende gesprochen hatte. »Sie haben uns mitgeteilt, daß der Schmuck oder vielmehr die Juwelen, die ja inbegriffen sind, als Geschenk Ihres Mannes an Sie gedacht waren.«

Sie lächelte ihm zu. »Bei angemessenem Preis«, erwiderte sie und fügte unnötigerweise hinzu: »Das ist ein Zitat.«

Es war schwierig, ihre Freundlichkeit unerwidert zu lassen. »Wurde an jenem Abend über den Preis gesprochen?«

»Nein, natürlich nicht. Das war eine Privatangelegenheit. Ich hatte den Eindruck, daß sich mein Mann bereits darüber informiert hatte.«

»Sie glauben, er hätte gekauft?«

»Ja, das nehme ich an.« Sie lächelte wieder. Es amüsierte sie, daß ihre Ausdrucksweise ihn verwirrte. Als ob sie etwas wisse, das sie ihm verschweigen wolle. Nun ja, vielleicht war es auch so.

»Aha«, meinte er. Er tappte im dunklen und gestand es sich offen ein. Er spürte die Anspannung Geoffreys in seinem Rücken und bemerkte, daß Derek, der seine Notizen hervorgeholt hatte, bemüht war, seine Aufmerksamkeit zu erregen. »Sollten Sie das Geschenk anläßlich eines Festes erhalten, Lady Bowling?«

»Es war nicht als Geburtstagsgeschenk gedacht«, erwiderte sie.

Der Richter schaute auf, aber Garfield kam ihm zuvor: »Vermutlich meint die Zeugin damit ›nein‹, Eure Lordschaft. Ist das richtig?«

»Vollkommen richtig. Es gab keinen besonderen Anlaß.«

»Ich hätte gern gewußt, Lady Bowling«, nahm Maitland den Faden wieder auf, »ob Sir Leonard sein Angebot wiederholt hat.«

»Ich fürchte, ich habe sie nicht richtig verstanden.« Zum erstenmal nahm der Verteidiger eine gewisse Unruhe bei der Zeugin wahr. Als Stringer, nachdem er vergeblich versucht hatte, Maitlands Aufmerksamkeit auf andere Weise auf sich zu lenken, ihm eine Notiz auf dem Tisch zuschob, ignorierte er dessen hingekritzelte Worte HÖR AUF! und legte das Papier ungeduldig zur Seite.

»Die Juwelen, von denen die Rede war, wurden gestohlen. Aber das sind nicht die einzigen Diamanten und Smaragden auf der Welt, nicht wahr? Und die Gebrüder DeLisle sind nicht die einzigen Juweliere.«

»Nein, jetzt sehe ich, worauf Sie hinauswollen. Wir haben später über diese Angelegenheit nicht mehr gesprochen, aber ich darf sagen, daß er auf der Suche nach etwas Passendem war. Mir gefielen die wundervollen Schmuckstücke, die Henry DeLisle für mich entworfen hatte, so gut, daß ich sie haben wollte.«

»Aha«, erwiderte Maitland. »Um nun auf den Abend des dreizehnten Juni zurückzukommen, Lady Bowling. Sie haben meinem Kollegen erzählt, daß sich die Gesellschaft zerstreute, nachdem Mr. Thurlow und Mr. Blake gegangen waren und alle – mit Ausnahme von Mr. Henry DeLisle, Ihrem Mann und Mr. William Wyatt – zu Bett gingen.«

»So ist es. Und George DeLisle hielt sich im Herrenzimmer auf, aber das wußte ich an jenem Abend noch nicht.«

»Danke. Wir dürfen Mr. George DeLisle auf keinen Fall vergessen. Wer von den Damen gab das Signal zum Aufbruch um halb elf?«

»Warum, ich... ich kann mich nicht erinnern.«

»Vielleicht, wenn Sie alle Kräfte anspannen –«

»Mylord«, sagte Garfield und erhob sich rasch. »Die Zeugin hat die Frage beantwortet.«

»Aber vielleicht nicht so ausführlich, wie es ihr möglich wäre, Mr. Garfield. Ich glaube, wir müssen Mr. Maitland gestatten, noch eine Weile fortzufahren.«

»Wie es Eurer Lordschaft beliebt.«

»Vielleicht, wenn Sie alle Ihre Kräfte anspannen, Madam«, wiederholte der Verteidiger. Er hatte mit Sorge der Entscheidung des Richters entgegengesehen und war jetzt erleichtert. »Sie werden feststellen, daß Sie sich an mehr erinnern, als Sie glauben. War es beispielsweise Mrs. Grace DeLisle, die als erste vorschlug –?«

»O nein, das weiß ich noch. Grace war es nicht.«

»Mary Reynolds und Eleanor Wyatt als die jüngsten Teilnehmer der Party kommen wohl auch kaum in Frage.«

»Nein, vermutlich nicht.«

»Dann entweder Sie oder Mrs. Wyatt... Vielleicht kann sie sich erinnern, falls es Ihnen nicht möglich ist.«

»Aber sie ist nicht... Sie sagte mir, sie sei nicht als Zeugin geladen.«

»Das läßt sich ändern.«

»Na schön, ich glaube nicht... Wie dem auch sei, jetzt erinnere ich mich. Ich sagte, daß ich ein wenig müde sei, und den anderen ging es wohl ebenso.«

»Den Damen und Malcolm Harte?«

»Ja.« Sie schenkte ihm wieder ein Lächeln. »Eine Gesellschaft, in der sich Mary nicht mehr befunden hätte, wäre für ihn uninteressant gewesen.«

»Dann kommen wir jetzt zu dem Moment – etwa zehn Minuten später, sagten Sie –, als Sie meinen Mandanten die Treppe hinabsteigen sahen.«

»Ja. Das war etwa zwanzig vor elf.«

»Ich darf Sie fragen – mein Kollege hat Sie auf diese Frage vorbereitet –, ob Sie sicher sind, meinen Mandanten gesehen zu haben. Ihre Ansicht beruht nicht zufällig darauf, daß er Ihres Wissens der einzige Mann unter den Gästen war, der sich in sein Schlafzimmer zurückgezogen hatte?«

»Nein, ich habe ihn ganz deutlich bemerkt.«

»Er Sie auch?«

»Ich glaube nicht. Er war bereits auf der Treppe.«

»Das führt uns zu einem weiteren Problem«, erwiderte er rasch. »Um ihn zu sehen, mußten Sie vor zum Treppenpodest gehen, das die beiden Flügel der oberen Etage miteinander verbindet... Ist die Frage erlaubt, Mylord, ob vom ersten Stock des Hauses ein Plan vorgelegt wurde?«

Es trat eine Pause ein, während der diesem Wunsch entsprochen wurde. Als der Richter und die Geschworenen jeder im Besitze einer Kopie waren und man ihm ebenfalls eine reichte, winkte er ab: »Würden Sie das Blatt bitte der Zeugin geben?« bat er. »Sie ersehen hieraus ganz klar, gnädige Frau, daß, wenn Sie nur ins Bad gegangen wären, Sie niemanden hätten sehen können, der sich unten auf der Treppe befand. Das aber haben Sie meines Wissens der Polizei gegenüber behauptet. Sie brauchten nicht bis zur Treppe vorzugehen, wenn Sie nur ins Bad wollten und hätten dann wohl kaum die Seite des Korridors verlassen, auf der Ihr Zimmer lag, um dort hinzukommen.«

»Nein, ich... sagte ich das?«

»Nicht vor Gericht, Lady Bowling. Aber mit Sicherheit bei der polizeilichen Vernehmung.«

»Dann... ist es nicht von Bedeutung, oder? Es wäre einfacher, als zu erklären –« Sie war verwirrt und warf Garfield einen hilfeflehenden Blick zu, den dieser aber nicht erwiderte. Zwar wäre er gern dem Verteidiger ins Wort gefallen, aber es ließ sich beim besten Willen nicht behaupten, daß der genannte Umstand nicht von Bedeutung war.

»Als was zu erklären?« fragte Maitland unbarmherzig und drohend.

»Daß ich vorhatte, ins Herrenzimmer zu gehen, wo ich ein paar Bücherregale gesehen hatte, als mich Grace DeLisle durch das Haus führte. Ich wollte sehen, ob ich etwas zum Lesen fände.«

»Waren Sie dazu nicht zu müde?«

»Anscheinend machte mich das Treppensteigen wieder wach. Jedenfalls, ich sagte es eben, war mir bekannt, daß im Herrenzimmer Bücher standen. So dachte ich... Aber als ich Mr. Harte hineingehen sah, änderte ich meinen Entschluß und kehrte wieder in mein Zimmer zurück.«

»Ach so.« Plötzlich fühlte er sich müde. Soviel Mühe! Und das Ergebnis war so minimal. Worauf sollte das noch hinauslaufen? Harte war ins Herrenzimmer gegangen und auf dem Wege dorthin gesehen worden. Daß die Zeugin Ausflüchte machte, war seltsam. Erst jetzt wurde er sich bewußt, daß er schon Platz genommen hatte. Garfield stand auf und beugte sich über seine Akten. Schade, es hatte der Verteidigung nichts eingebracht, daß er, Maitland, das Verhör fortgesetzt hatte.

*

Es war nicht weiter überraschend, daß die Verhandlung am Nachmittag Geoffreys Stimmung nicht gebessert hatte. »Weil ich Ihre Absicht billige, Antony«, sagte er, als sie den Gerichtssaal verließen. Der Tonfall seiner Stimme strafte die Worte Lügen. »Deshalb begreife ich umso weniger, was Sie sich davon versprechen, die Zeugen vor den Kopf zu stoßen. Was soll es um Himmels willen nützen, Lady Bowling so stark unter Druck zu setzen?«

»Instinkt«, erwiderte Maitland. Derek Stringer lächelte nur. Er war toleranter gegenüber den Launen seines Chefs, sogar dann noch, wenn dieser seine Ratschläge [redacted]
Aber Horton nahm sich an ihm kein Beis[redacted]

»Wenn Sie wenigstens die einzige Gelege[redacted]
genutzt hätten –«

»Wir haben noch gar nicht begonnen«, [redacted]
land. »Könnten Sie die Interviews für heu[redacted]
ren, über die ich mit Ihnen gesprochen h[redacted]

»Ja, natürlich. Ich sehe schon, das Wo[redacted]
strengend. Joan hat das nicht gern«, sagte [redacted]

»Auch Jenny nicht. Aber beide werde[redacted]

Aus irgendeinem Grund kam diese rohe [redacted] gut an. Horton entgegnete ziemlich freundlich: »Ich werde Sie gegen zehn anrufen und Ihnen Bescheid geben.«

»Und ich werde inzwischen Father William besuchen«, sagte Antony. Er wußte, daß Geoffrey dagegen war. Aber glücklicherweise hatte sich der Anwalt schon abgewandt und verstand ihn nicht.

Freitag,
der zweite Tag (Fortsetzung)

Mr. Justice Conroy hatte allen eine Freude bereitet, als er die Sitzung so früh vertagte, mit Ausnahme des Angeklagten vielleicht. Maitland begab sich für etwa zehn Minuten in die Kammer. Er widerstand der Versuchung, sich seinem Onkel anzuvertrauen, und entschloß sich, nach Bedford Lane zu gehen, wo Mr. William Webster sehr bescheiden wohnte, aber immerhin in den Räumen hinter seinem Geschäft. Im vertrauten Kreise hieß er Father William.

Seit der Zeit vor fünfeinhalb Jahren, als Antony mit Geoffrey das erstemal hiergewesen war, hatte sich nic[illegible]el verändert. Die Schaufensterauslage war nicht [illegible]rdinären Prunk entstellt. Sie bestand nur [illegible]nten-Ge-
[illegible]dunkelblauen [illegible]ignorierte. [illegible]baum im
[illegible]ei. [illegible]rte. Als
[illegible]nheit, die sich bot, [illegible]es Mäd-
[illegible]her, daß
[illegible]widersprach Mait- [illegible]gegeben
[illegible]e abend arrangie-
[illegible]be?« [illegible]?« Aber
[illegible]henende wird an- [illegible]Alte im
[illegible]Geoffrey mürrisch. [illegible]chienen.
[illegible] es überleben.« [illegible] Kommen Sie herein.
Würden [illegible] Bemerk[illegible]ür abschließen, Elizabeth? Dann wollen wir jetzt nach hinten gehen. Dort können wir es uns bequem machen.«

Father William war klein, weißhaarig und von einer Schlichtheit, gepaart mit Wohlwollen, der Antony mit Vorsicht zu begegnen gelernt hatte. Im kläglich möblierten Wohnzimmer forderte er seinen Besucher auf, sich in den einzigen Lehnstuhl zu setzen – er war wirklich äußerst bequem –, und begnügte sich selbst mit dem harten Holzstuhl, den er unter dem Tisch hervorzog. »Es ist lange her, seit wir uns das letztemal gesehen haben, Mr. Maitland.« Er fügte hinzu: »Wie geht es Mrs. Maitland?«

»Sehr gut, danke.«

»Und Ihrem Onkel?«

»Ebenfalls gut.«

Father William warf ihm einen Blick zu, der besagte: »Ja, ich weiß, daß er manchmal schwierig ist.«

»Weiß er, daß Sie hier sind?« fragte er hellsichtig.

Antony lachte. »Nicht, daß ich im Moment hier bin, aber daß ich vorhatte, Sie aufzusuchen. Ich habe gestern abend mit ihm darüber gesprochen, als mir einfiel, daß Sie mir vielleicht helfen könnten.«

»Sehr gern, wenn es mir möglich ist.«

»Haben Sie von dem Harte-Prozeß gelesen?«

»Von dem Juwelenverkäufer, den Sie verteidigen? Die Zeitungen haben dafür gesorgt, daß es bekannt wurde. Wegen der interessanten Gegenüberstellung von Mr. Garfield und Ihnen –«

»Schon gut!« wehrte Antony ab.

»Die Anspielung gefällt Ihnen wohl nicht?« William Webster konnte ein Schmunzeln nicht unterdrücken. Maitland mußte ebenfalls lächeln.

»Nicht deswegen«, entgegnete er, »aber in dem Fall –«

»Soll ich die Juwelen schätzen?«

»Das geht nicht. Der Schmuck ist verschwunden.«

»Aha. Aber ich kenne die meisten Stücke. Sir Leonard hätte ein gutes Geschäft gemacht.«

»Meinen Sie?« Antony wurde vorübergehend vom eigentlichen Anlaß seines Kommens abgelenkt. »Ich glaubte, mit den Gebrüdern DeLisle würde man schwer handelseinig, selbst mit Henry, der sich als Künstler bezeichnet und das auch gerne hört.«

»Und das ist er auf seine Art auch«, meinte Father William nachdenklich. »Aber unter uns« – er lächelte bedauernd – »sie müssen auch geschäftstüchtig sein.«

»Sie forderten wahrscheinlich soviel, wie Ihnen gerade noch vertretbar erschien.«

»Oder soviel, wie Sir Leonard Ihrer Ansicht nach zu zahlen bereit war.«

»Das halte ich nicht für so wichtig. Früher oder später wäre ein anderer Käufer aufgetaucht.«

»Vielleicht hatten sie einen Grund, um es auf später zu verschieben.«

»Wie meinen Sie das?« Father William machte eine vage Handbewegung, sagte aber nichts.

»Sie denken an etwas Bestimmtes«, bohrte Antony hartnäckig weiter.

»Mr. Maitland, Sie werden sich erinnern, daß mir Klatsch schon immer zuwider war«, entgegnete William Webster mißbilligend. Antony konnte sich an nichts derartiges erinnern und wollte auch schon so unhöflich sein, das laut zu sagen, besann sich aber dann und schwieg. »Aber natürlich, wenn Sie meine Hilfe brauchen... obgleich es schwierig für mich ist, zu erraten, wie und auf welche Art ich Ihnen helfen könnte –«

»Wenn Harte unschuldig wäre –«

»Glauben Sie das im Ernst?«

»Es ist noch manches unklar. Weitere Nachforschungen scheinen deshalb gerechtfertigt«, erwiderte Antony. Father William gab sich mit dieser Antwort zufrieden. Den Kopf wiegend, sagte er: »Was mich stutzig macht, ist folgendes: Wenn ein Versicherungsbetrug geplant war, und ich bin überzeugt, daß sich herausstellen wird, Mr. Maitland, daß die Versicherungssumme für die Juwelen erheblich höher war als der Verkaufspreis, so ist es zweifellos günstig für den Anspruchsberechtigten, wenn er nachweisen kann, daß der versicherte Gegenstand so gut wie verkauft war. Man wird ihm dann eher guten Glauben zubilligen.«

»Ich verstehe, aber ein Komplott ist unwahrscheinlich. George hätte keinen Plan entworfen, der seinen Tod vorsieht. Und Henry einer solchen Tat zu verdächtigen, wäre ein starkes Stück. Schließlich sind sie Brüder.«

»Es wäre nicht das erstemal«, meinte Father William. »Ich

skizziere nur einen Plan, der wahrscheinlich nicht geklappt hat.«

»Wegen Harte etwa? Sie glauben doch nicht, daß Henry ihn engagiert hat? Und Harte hätte reden können, da er ja nun bereits unter Anklage steht.«

»Vielleicht ist es für ihn sicherer zu schweigen«, konterte William Webster.

»Könnte sein. Wahrscheinlich durchschaue ich die Sache noch nicht richtig.«

»Lassen Sie sich Zeit«, sagte der alte Mann freundlich.

»Sie haben mir Stoff zum Nachdenken gegeben, Father William. Aber das war es eigentlich nicht... ganz..., was ich wollte.«

»Nein?« fragte der Alte. Er hatte einen klugen, freundlichen Blick. »Was kann ich sonst noch für Sie tun, Mr. Maitland?«

»Ich möchte Ihnen den Fall näher erläutern. Sie können der Zeitung unmöglich alles entnommen haben.« Er hatte ein schlechtes Gewissen, daß er den anderen so lange im dunkeln tappen ließ. »Harte kannte den Wert der Edelsteine so gut wie jeder andere. Er stand kurz vor der Hochzeit und war sich natürlich seiner schwierigen Finanzlage bewußt. Er wollte die Flitterwochen in Europa verbringen, Endstation Amsterdam. Garfield – der Ankläger – hat aber darauf hingewiesen, und Henry DeLisle hat es bestätigt, daß man dem Angeklagten nicht glauben kann, daß er zu dieser Stadt etwa keine besondere Beziehung habe.«

»Jeder ist sein eigener Hehler«, entgegnete Father William und lächelte.

»Genau. Aber das ist alles nebulös. Wir wissen positiv, daß er gesehen wurde, als er ins Herrenzimmer ging, nachdem er vergeblich versucht hatte zu schlafen. Seine Fingerabdrücke befanden sich am offenen Safe, dessen Kombination er Henry DeLisle zufolge gekannt haben könnte.«

»Dazu ist zu sagen, daß der Mord wahrscheinlich nicht geplant war und der Täter nicht damit rechnete, daß George

DeLisle den Safe im Auge behalten würde.«

»Darauf könnte ich zugunsten des Angeklagten hinweisen, wenn er nicht die Tat als solche leugnen würde.« (Father William kam ihm sehr entgegen.) »Aber etwas anderes. Das Fenster des Frühstückszimmers fand man offen. Und es wird Harte zur Last gelegt, er habe die Juwelen einem Helfershelfer übergeben, bevor er wieder ins Bett ging. Wie dem auch sei, der Schmuck wurde im Hause nirgends gefunden.«

»Allmählich geht mir ein Licht auf, Mr. Maitland.« Er wirkte hocherfreut. »Aber vielleicht ist es nicht zuviel verlangt, wenn ich Sie bitte, etwas näher zu erläutern –«

Jetzt wurde es schwierig. Er weiß, daß ich weiß, daß er als Abnehmer in Betracht kommt. Er konnte das nicht offen zugeben, aber auch nicht länger den Heuchler spielen. Und ich weiß, daß er weiß, daß ich weiß... So leicht war das nicht. »Ich dachte, bei Ihren Verbindungen zu der Branche wären Sie vielleicht in der Lage, den Helfershelfer ausfindig zu machen.«

Father William quittierte die taktvolle Erwähnung dieses heiklen Punktes mit einem Lächlen. »Meine Verbindungen zu dieser Branche«, wiederholte er wohlgefällig. »Vielleicht gelingt mir das. Und was dann?«

»Das ist schwierig... Ich meine, noch schwieriger. Ich brauche den Namen seines Auftraggebers.«

»Das ist riskant. Wenn er sagt, dieser Mann sei Harte –«

»Das würde den Fall komplizieren. Aber das soll nicht Ihre Sorge sein.«

»Nein, wirklich nicht. Aber was glauben Sie, wie ich mir das Vertrauen dieses hypothetischen Helfershelfers verschaffe?«

»Ich nehme an, daß Sie Ihre besonderen Methoden haben.«

»Schön. Sie könnten recht haben. Aber wenn sich der Betreffende mir anvertraut, bedeutet das nicht automatisch, daß er sich auch der Polizei anvertraut.« Er sagte dies ernst, schien sich aber insgeheim zu amüsieren. »Das sollten Sie in Ihrem eigenen Interesse berücksichtigen, Mr. Maitland.«

»Habe ich. Aber verstehen Sie nicht, daß sich auf diese Weise zwei Fliegen mit einer Klappe schlagen ließen? Ich würde über Harte Bescheid wissen und könnte außerdem zu erkennen geben, daß mir der Verbrecher bekannt ist. Seinen Spuren nachzugehen, läge dann wesentlich näher.«

»Das läßt sich hören. Aber Sie werden sich denken können, daß mir das viel Mühe macht. Ich wäre auf der Stelle dazu bereit, wenn Sie persönlich in der Patsche sitzen würden wie bei unserer ersten Begegnung –«

»Ich hatte vergessen, daß ich in Ihrer Schuld stehe.«

»Ja. Ich habe Ihnen das Leben gerettet«, sagte Father William nachdenklich, aber umgekehrt haben Sie – beziehungsweise Sir Nicholas – mich vor einer Verurteilung wegen fahrlässiger Tötung bewahrt. Sicher haben Sie ihn dazu überredet. Also ist keiner dem anderen etwas schuldig. Ich empfinde große Hochachtung Ihnen gegenüber, Mr. Maitland –«

Das ist wahr, dachte Maitland; ihre Freundschaft bestand schon seit Jahren. »Das ist rein privat«, erklärte er.

»So?« fragte der Alte trocken.

»Ich habe nie mit Ihnen über meine Kriegserlebnisse gesprochen, nur ganz kurz mit Onkel Nick. Es wird Ihnen genügen, wenn ich Ihnen sage, daß davon etwas zurückgeblieben ist, die Furcht vor geschlossen Räumen. Deshalb habe ich Mitgefühl für meine Mandanten. Und wenn die Gefahr besteht, daß man sie unschuldig einsperrt –« Er stockte und machte eine hilflose Geste. »Wenn Sie das nicht begreifen, Father William, dann weiß ich nichts mehr zu sagen«, schloß er.

Die blauen Augen hatten ihre ursprüngliche Fröhlichkeit verloren. »Ich weiß Ihre Zurückhaltung zu schätzen«, entgegnete William Webster. »Aber wären Sie bereit, in diesem Fall Ihre Schweigepflicht zu verletzen?«

»Ja.« Dazu war nichts mehr zu sagen. Die Frage war berechtigt. Antony fühlte sich erschöpft und spürte den Schmerz in seiner Schulter deutlicher, wie immer, wenn er müde war.

»Ich verstehe. Ich kann Ihnen nicht sagen, wie dankbar ich schon für einen Versuch bin. Aber ich glaube, Sie unterschätzen sich, Father William.«

»Nun ja, wir werden sehen. Und nun glaube ich, eine Tasse Tee, Mr. Maitland... Ich habe einen Aga-Kocher. Das Wasser wird gleich so weit sein.«

Es wäre unhöflich gewesen, nein zu sagen, aber am liebsten wäre Antony jetzt allein gewesen. Es fiel ihm nicht leicht, bestimmter Erinnerungen Herr zu werden. Wenn irgend möglich, vermied er es, sich damit zu beschäftigen, denn er empfand jedesmal Scham. Vielleicht, weil es eine Zeit in seinem Leben gegeben hatte, in der er von Todesangst erfüllt gewesen war.

»Sehr gern«, sagte er statt dessen.

Webster ging einen Moment hinaus. Der Tee war wunschgemäß heiß und nicht zu stark, mit einem Schuß Zitrone. Allerdings entsann er sich nicht, je mit Father William zusammen eine Tasse Tee getrunken zu haben. Es war wohl Zufall.

»Vielleicht kann ich Ihnen auf andere Weise helfen«, unterbrach der alte Mann das Schweigen.

»Und wie?« fragte Antony.

»Sie halten Harte für unschuldig –« (Wirklich?) »– und suchen deshalb nach einem geeigneten Ersatzschurken, wenn ich richtig verstanden habe.«

»Das ist der einfachste Weg, um Hartes Unschuld zu beweisen.« Entweder hatte ihn der Tee belebt, oder sein Interesse war geweckt, jedenfalls fühlte er sich plötzlich nicht mehr so erschöpft.

»Habe ich recht in der Annahme, daß Ihr Verdacht sich gegen die Teilnehmer der Party in DeLisleschen Hause im Wimbledon richtet?«

»Ja. Ich glaube. Es sieht wie ein Zufall aus, daß mehrere Kenner von der Tatsache Wind bekamen, daß der Schmuck in der Privatwohnung sein würde und nicht im Geldtresor des Geschäfts. Aber das offene Fenster im Frühstücksraum spricht meiner Meinung nach dagegen. Der Butler ist sehr sicher, daß er das Fenster geschlossen hat. Und Geoffrey Horton teilte mir mit, daß es keine Anzeichen für ein gewaltsames Eindringen gab. Deshalb nehme ich an, daß jemand von außen mitgewirkt hat.«

»Das klingt einleuchtend. Ich frage, weil ich etwas über die Personen weiß, die dort übernachtet haben.«

»Über Lord Bowling?«

»Nein.« Er ignorierte Maitlands Aufregung. »Ich meine William Wyatt«, sagte er. »Was wissen *Sie* von ihm?«

»Er arbeitet in der City. Ich erkundigte mich bei Roger nach ihm. Erinnern Sie sich noch an Roger Farell, Father William?«

»Lebhaft.«

»Ja, das glaube ich.« Normalerweise hätte es ihn belustigt, daß sein Freund das eine Wort so betonte, aber jetzt war er abgelenkt. »Roger sagte – ich glaube, ich kann es wörtlich wiederholen: ›Er selbst würde sich wahrscheinlich als Finanzmann bezeichnen; eine schöne Beschreibung für Geldverleiher‹.«

William Webster entgegnete: »Das ist soweit richtig. Sie werden erfahren haben, daß er reich genug ist, um es sich leisten zu können, in gebildeten Kreisen zu verkehren, wo man ihn übersieht. Damit scheint er seine Zeit zu verbringen und sich wohl zu fühlen.«

»Das habe ich gehört. Sie sagen ›scheint‹?«

»Es kursiert ein Gerücht, das meines Wissens auf Tatsachen beruht. Er ginge einem Gewerbe nach, dessen die Polizei bekannterweise mich verdächtigt.«

»Vergessen Sie das. Es ist ihre argwöhnische Natur.« So tröstete Antony seinen Freund, da er sich gerade wieder besser fühlte.

»Sie fragen nicht?«

»Entschuldigung. Was für ein Gewerbe meinen Sie?«

Father William lächelte anerkennend über das nachträglich bewiesene Taktgefühl. »Das des Hehlers, Mr. Maitland, des Empfängers gestohlener Waren. Bei abestimmten Anlässen ... Aber das wissen Sie ebensogut wie ich, daß dergleichen Dinge nicht so leicht nachzuprüfen sind.«

»Nein, aber ... William Wyatt. Er könnte die Juwelen nachträglich an sich genommen haben.«

»Ich halte es für wahrscheinlich, daß er so aus der Rolle fallen würde«, meinte Father William.

»In diesem Fall –«

»In diesem Fall müssen Sie die Möglichkeit ins Auge fassen, daß Ihr Mandant sein Handlanger war.«

»Aber das offene Fenster?«

»Wahrscheinlich wollten sie beide nicht mit dem Schmuck überrascht werden. Ein Gehilfe kann ihnen entgegengenommen haben, um ihn Wyatt bei passender Gelegenheit zu überreichen.«

»Father William, war es etwa Zeitverschwendung, daß ich Sie gebeten habe, Nachforschungen anzustellen? Sie wissen wohl schon Bescheid?«

»Ich bin sicher, Sir Nicholas würde diese Angewohnheit, das Ergebnis vorwegzunehmen, mißbilligen. Ich habe gesagt, daß ich der Sache nachgehen werde. Und das tue ich auch. Aber Sie dürfen nicht zu sehr enttäuscht sein, wenn das Ergebnis nicht Ihren Erwartungen entspricht.«

»Ich verstehe.« Er war erneut deprimiert, weil diese Theorie so überzeugend klang. »Aber Wyatt könnte einem Komplicen das Fenster geöffnet haben«, sagte er.

»Vielleicht«, räumte der Alte ohne Überzeugung ein. Anscheinend wollte er seine Zweifel nicht äußern. Antony trank den Tee aus und stellte die Tasse beiseite. »Es ist Zeit zu gehen«, meinte er. »Und nochmals vielen Dank!«

*

Sir Nicholas kam nach dem Dinner herauf. Antony ließ ihn ein und sagte in beiläufigem Ton, nachdem er einen Blick auf dessen Gesicht geworfen hatte: »Freitag, der dreizehnte. Ich hätte es wissen müssen.« Sir Nicholas schritt würdevoll hinter ihm her, ohne eine Miene zu verziehen. Er nahm in seinem Lieblingssessel Platz.

»Du hast meinen Rat nicht befolgt«, sagte er anklagend.

»Nicht... ganz, Sir«, erwiderte Antony und gab die Hoffnung auf, mit gleicher Münze zurückzahlen zu können.

»Ich habe mit Halloran gesprochen.«

»Das lag auf der Hand«, erwiderte Antony. – Halloran war ein alter Freund von Sir Nicholas und erfuhr schneller als jeder andere, was sich bei Gericht zutrug.

»Er teilte mir mit, daß du dich heute nachmittag in eine zügellose Fragerei verrannt hast, ohne irgendeinen Bezug zum Fall.«

»Ganz so schlimm war es nicht«, protestierte Antony. »Ich gebe zu, daß ich damit nicht viel erreichte –«

»Wenn du vorhattest, dich lächerlich zu machen, bist du deinem Ziel sehr nahegekommen.«

»Möchtest du einen Kaffee, Onkel Nick?« Jenny mußte das geahnt haben. Die dritte Tasse stand schon auf dem Tablett. »Etwas Kognak... O nein, da ist keiner mehr. Gib Onkel Nick den Cherry Brandy, Antony.«

»Schreckliches Zeug!« Vorübergehend wurde Sir Nicholas abgelenkt. »Ich begreife nicht, daß du so etwas im Hause hast.«

»Für Meg«, erwiderte Jenny geduldig. Sir Nicholas wußte das ganz genau. Sie stellte eine Tasse vor ihn auf den Tisch. Ein Aschenbecher und die von ihm bevorzugten Swan Vestas lagen schon bereit. Maitland kramte im Schrank herum und brachte eine Flasche zum Vorschein, während Jenny lebhaft erzählte: »Antony hat Father William besucht, nachdem die Sitzung zu Ende war.« (»Du hast uns beide gerettet, Liebe«, sagte er hinterher zu ihr, aber sie hatte nur lächelnd erwidert: »Du hättest ihm schon eine passende Antwort gegeben.«)

»Mußt du Webster diesen würdelosen Spitznamen geben?«

»Jeder kennt ihn.«

»Er wird für mich in Erfahrung bringen, wer den Schmuck gestohlen hat«, warf Antony ein, während er mit dem Glas durch das Zimmer ging. Es war bis zum Rand gefüllt. Sir Nicholas starrte darauf.

»Vermutlich sollte ich mich dafür bedanken«, sagte er. »Aber um auf Mr. Webster zurückzukommen, bist du sicher, daß er nicht selbst in die Sache verwickelt ist?«

Antony begann zu lachen. »Ich wäre nie von allein auf einen solchen Gedanken gekommen. Wahrscheinlich wird er meine Bitte nicht erfüllen, es sei denn, er befände sich in Geldverlegenheit.«

»Daß du so naiv sein kannst, hätte ich nie gedacht. Der springende Punkt –«

»Ich werde morgen mit Harte sprechen und ihn fragen, ob er wünscht, daß ich das Verhör fortsetze. Dann wäre ich abgesichert. Glaubst du nicht?«

»Vermutlich«, räumte Sir Nicholas widerwillig ein. Er nippte an seinem Cherry Brandy. Antony war schon auf eine neue Explosion gefaßt, aber sein Onkel schüttelte nur traurig den Kopf.

»Father William gab mir eine echte Information«, erzählte Antony munter.

»Und welche?«

»Daß William Wyatt wahrscheinlich sein eigener Hehler ist.«

»In diesem Fall –«

»Ja, Father William machte eine Andeutung in dieser Richtung. Ich hätte gern mehr über Sir Leonard Bowling erfahren.«

»Am liebsten etwas Nachteiliges, nehme ich an. Und warum?«

»Wegen der kleinen, sinnlosen Lüge seiner Frau.«

»Du hast die Lady ja heute nachmittag überführt.«

»Ich weiß, daß du es für Zeitverschwendung hältst.«

»Ja«, gab Sir Nicholas zu.

»Aber Onkel Nick, irgendwo muß ich doch anfangen.«

»Wenn ein Anfang nötig ist.«

»Warum hat sie nicht zugegeben, daß sie sich ein Buch unten holen wollte? Ganz einfach, weil sie noch etwas anderes vorhatte. Ich möchte wetten, daß sie, sobald Harte außer Sicht war, nochmals hinuntergegangen ist. Vielleicht war sie es, die das Fenster im Frühstückszimmer geöffnet hat. Na ja, jedenfalls hat Lady Bowling zugegeben, daß sie auf der Treppe war, so braucht Eleanor Wyatt dies nicht zu bezeugen.«

»Wegen einer solchen Lapalie –«

»Wir mußten aber einmal alles durchprüfen.«

Jenny beendete ein längeres Schweigen: »Glaubst du, Eleanor weiß, daß ihr Vater ein Betrüger ist?«

»Wir wissen nicht, was wir selbst sind«, erwiderte Sir Nicholas mürrisch. Aber dann folgte einer seiner für ihr typischen Stimmungsumschwünge, und er fuhr relativ freundlich fort: »Ich glaube nicht, daß dieses Kind irgend etwas Strafbares weiß. Was hast du über die anderen in Erfahrung gebracht, Antony?«

»Über George DeLisle nichts.«

»Das ist wohl auch nicht nötig, wenn das Motiv Diebstahl war.«

»Henry DeLisle nennt sich selbst einen Künstler. Aber ich glaube, er vergißt seinen Vorteil dabei nicht. Father William hält es für möglich, daß es sich um einen Versicherungsbetrug handeln könnte. Ich bezweifle dies, weil es dann sicher nicht zu diesem Mord gekommen wäre. Und Grace DeLisle ist eine einfache Hausfrau, nicht allzu intelligent, sehr bemüht, ihrem Mann zu willen zu sein. Aber sie besitzt Herz, und das ist ihr größter Vorzug. Mary Reynolds ist etwas prüde –«

»Dies ist nicht das Schlechteste, wenn ich das sagen darf«, warf sein Onkel ein.

»Mag sein, das kann ich nicht beurteilen. Sie wußte jedenfalls ganz genau, warum Harte mit ihr zu den DeLisles wollte. Und wenn das kein Grund sein soll, eine Einladung anzunehmen, dann weiß ich nicht... Aber ich bezweifle sogar, ob sie ihm einen Gutenachtkuß gegeben hat.«

»Diese sogenannte gute Gesellschaft –«

»Onkel Nick. Weder Jenny noch ich brauchen eine Belehrung über dieses Thema.« Jenny stand langsam auf, um Sir Nicholas' Glas nachzufüllen. Dabei lächelte sie ihm zu, aber er schien es nicht zu bemerken.

»Ich sehe, daß ich dir am Ende noch zu Dank verpflichtet bin.« Sein Ton war noch leicht sarkastisch, aber verglichen mit seiner anfänglichen Stimmung geradezu liebenswürdig. »Du warst gerade dabei, mir von Mary Reynolds zu erzählen, Antony. Wenn du fortfahren könntest, ohne das Mädchen zu verleumden –«

»Es war ihr peinlich, unter Eid auszusagen.«

»Was man ihr als Tugend anrechnen muß.«

»Einverstanden. Aber sie hätte der Polizei nicht erst soviel erzählen dürfen. Dann hätte Garfield ihr diese Fragen gar nicht stellen können. Sie ist offensichtlich entschlossen, an Hartes Schuld zu glauben –«

»Womit sie ihre Klugheit unter Beweis stellt.«

»Aber sie hat ihn doch geliebt und sollte deshalb etwas mehr Vertrauen zu ihm haben«, beharrte Antony, »ganz gleich, was andere Leute denken oder was wirklich geschehen ist.«

»Du hast eine Abneigung gegen das Mädchen, die wahrscheinlich unberechtigt ist.«

»Ich fürchte, du hast recht.«

»Aber das soll doch nicht heißen, daß du glaubst, sie habe etwas mit dem Verbrechen zu tun?«

»Das nicht. Sie hat ihre Sünden ja bei der Polizei eingestanden, bevor das Blut des Opfers trocken war. Zum anderen kommt nach der Aussage des Arztes eine Frau gar nicht als Täterin in Betracht. Die erforderliche Kraft –«

»Darf ich dich daran erinnern, daß solche Einzelheiten für Jenny nicht angenehm sind?«

»Entschuldigung.« Aber Jenny blieb gelassen. Sie vertrug mehr, als Onkel Nick für möglich hielt. »Wie dem auch sei, du kannst mir glauben.«

»Mit Vergnügen. Nun, wenn ich mich recht erinnere, so

war die Lady heute die letzte Zeugin.«

»Die göttliche Sarah!« Antony riskierte einen neuen Wutanfall. »Sie nennt sich zwar Hausfrau, aber das war sicher ein Scherz. Ich kann sie mir nicht vorstellen, wie sie Kartoffeln schält, das Bett macht oder Staub wischt.«

»Ist sie sehr schön?« fragte Jenny. »Die Zeitungen schreiben darüber.«

»Zurecht. Sie ist eine Schönheit. Ich begreife den Wunsch ihres Mannes, sie mit Edelsteinen zu schmücken.«

»Den er sich glücklicherweise erfüllen kann«, kommentierte Sir Nicholas. Dabei lächelte er freundlich.

»Das ist der springende Punkt.«

»Wie meist du das?«

»Ob er finanzkräftig genug ist? Fünftausend Pfund sind eine Menge Geld. Wahrscheinlich wäre die Summe sogar noch höher gewesen, wegen der neuen Designs.«

»Zweifellos. Und woher bezieht er sein Geld?«

»Als Zeitungsboss.«

»Ja. Er besitzt das Schmierblatt *»Evening Chronicle«* und den *»Courier«*, der den Leser bewußt falsch informiert.«

»Dad hat dort gearbeitet«, protestierte Antony.

»Das habe ich nicht vergessen. Aber seither hat das Management einige Male gewechselt. Und es ist bestimmt nicht besser geworden.«

»Ich muß dir recht geben. Trotzdem glaube ich nicht, daß sich dies finanziell nachteilig für das Blatt auswirkt. Allerdings kann ich mir nicht denken, daß man davon sehr reich wird, angesichts der gegenwärtigen schwierigen Situation im Zeitungswesen.«

»Vielleicht wurde dieser Reichtum in der Vergangenheit begründet.«

»Das ist möglich, aber nicht sicher, Onkel Nick.«

»Eine reine Vermutung«, gab Sir Nicholas zu.

»Nun zu Wyatt. Habe ich dir je erzählt, daß Roger herumerzählt, Wyatt lebe vom Geldverleih?«

»Nicht, daß ich wüßte.«

»Seine Frau, ich glaube, sie heißt Rose, kenne ich nicht. Aber sie spielt in diesem Zusammenhang keine Rolle. Als Täterin kommt sie nicht in Betracht, nachdem wir davon ausgehen, daß der Mord von einem Mann begangen wurde. So bleiben noch die zwei Personen, die nicht im DeLisleschen Hause übernachtet haben. Ich überlege, ob einer von beiden Gelegenheit hatte, das Fenster des Frühstücksraumes zu öffnen, bevor sie weggingen. Es wäre gut, wenn ich mit Sykes darüber sprechen könnte.«

»Chefinspektor Sykes ist Untersuchungsbeamter; ich hoffe, du willst ihn nicht in Gewissenskonflikt bringen.«

»Du solltest mir mehr Intelligenz zutrauen, Onkel Nick.« Dieser lächelte freundlich. – »Godfrey Thruner ist Eleanor Wyatts Arbeitgeber. Über ihn weiß ich nur, daß ›seine‹ Sefton-Galerie einen guten Ruf genießt. Er soll gesagt haben, daß er die alten Fassungen den neuen Entwürfen vorzöge.«

»Du wirst noch behaupten, er könne das Verbrechen begangen haben, um den Status quo zu erhalten«, meinte Sir Nicholas ironisch.

»Das wäre mir zwar nicht eingefallen, aber ich werde es mir merken.«

»Unterstehe dich, das ernst zu nehmen!«

»Hast du es nicht ernst gemeint?« fragte Antony, um ihn zu necken. »Schließlich wäre da noch Laurence Blake, der mehr oder weniger mit Eleanor Wyatt verlobt ist –«

»Das hast du mir nicht erzählt, Antony«, warf Jenny ein.

»Nein? Er sagte, er wolle nichts mehr mit ihr zu tun haben, wenn sie sich bei mir für Malcolm Harte einsetzen würde. Jedenfalls scheint sie ein wenig durcheinander zu sein; ich habe den Eindruck, daß sie in meinen Mandanten verliebt ist. Was meinst du, Onkel Nick?«

»Mary Reynolds hat ihn fallenlassen, deshalb hat er vielleicht –«

»Er steht wegen Mordes vor Gericht, Liebes.«

»Ja, ich weiß, aber –«, begann Jenny, doch Sir Nicholas fiel ihr ins Wort: »Vermutlich hat Antony recht, meine Liebe, du solltest noch nicht auf eine neue Ehe spekulieren, bevor die Lage noch nicht geklärt ist.«

»Es war nur –«, begann Jenny und brach ab, als Sir Nicholas ihr zulächelte. »Nun, meinetwegen.«

»Was läßt sich über Laurence Blake sonst noch sagen, außer, daß es ihm an Ritterlichkeit mangelt?«

»Er schreibt gut... Tatsachen, nicht zuviel Spekulation. Finanziell kann er nicht mit den Wyatts und Bowlings Schritt halten, aber die Ehe mit Eleanor würde ihm den Weg ebnen. Ich kann mir nicht vorstellen, daß er sie ohne einen Pfennig Geld heiraten wird.«

»Und das ist alles?«

»Bis zum Wochenende werde ich hoffentlich mehr wissen. Die Anklage hat diese Leute nicht als Zeugen geladen.«

»Viel Vergnügen!« Sir Nicholas hob sein leeres Glas und betrachtete es nachdenklich. »Jenny, ich hätte gern gewußt, ob von Megs Besuch außer dieser scheußlichen Flüssigkeit noch etwas übriggeblieben ist.«

Samstag, Wochenendpause

Wie versprochen hatte Geoffrey am Abend zuvor angerufen. Der Besuch beim Angeklagten war für zehn Uhr angesetzt. Als Malcolm Harte im Besucherzimmer auf ihn zutrat, sah ihn Maitland sich mit neuem Interesse an. Der Häftling sah hübsch, aber unbedeutend aus, wie Maitland schon früher festgestellt hatte. Es schien unwahrscheinlich, daß er die Straftaten begangen hatte, die ihm die Staatsanwaltschaft zur Last legte, aber wissen konnte man es natürlich nicht. Wenn diese unauffälligen Typen zur Verzweiflung getrieben wurden... So hatte Maitland jedenfalls bei der ersten Begegnung gedacht, während Geoffrey ihn schon damals von der Unschuld ihres Mandanten überzeugen wollte. Jetzt sah er Harte zum zweitenmal, vielleicht diesmal mit den Augen Eleanors. Er bemerkte die innere Anspannung des Angeklagten, die wachsamen, braunen Augen, die zusammengepreßten Lippen.

Ob der Mann unschuldig war? Aber erlag er nicht der Gefahr, sich ohne echten Beweis ein Urteil zu bilden, wie schon Geoffrey?

Unerwartet ergriff Harte das Wort, während Maitland noch überlegte, wie er beginnen sollte. Hortons Gruß hatte er nur mit einem Nicken erwidert. Zu Maitland gewandt sagte er: »Ich habe nicht damit gerechnet, daß Sie mich noch einmal sehen wollen.«

»Unter den gegebenen Umständen erscheint es ratsam –«

»Unter welchen Umständen?«

Horton blickte besorgt zu seinem Kollegen, denn er fürchtete, die unkonventionelle Begrüßung könne ihn aus dem Konzept gebracht haben. Statt dessen lachte Maitland. Geoffrey konnte sich nicht entsinnen, daß er das je bei einem früheren Gefängnisbesuch getan hatte.

Maitland sagte beiläufig: »Möchten Sie mit mir streiten, Mr. Harte?«

Es folgte ein kurzes Schweigen. Dann erwiderte Harte: »Vermutlich glauben Sie, ich sei Ihnen dankbar, daß Sie sich die Zeit nehmen, mich zu sehen.«

Geoffrey Horton wollte etwas erwidern, ließ es aber, als er Maitlands Blick begegnete.

»Im Moment halte ich es für besser, wenn wir einen Waffenstillstand schließen«, meinte Antony, noch immer amüsiert. »Wollen Sie sich nicht setzen?«

Er dachte schon, Malcolm werde sich weigern, dieser Aufforderung nachzukommen. Aber nachdem Harte seinen Anwalt einige Augenblicke schweigend angesehen hatte, zog er einen Stuhl vom Ende des Tisches heran und setzte sich. Auch Geoffrey tat desgleichen. Nur Maitland blieb stehen. Er stützte die Hände leicht auf die Lehne eines Stuhles. »Mein Verhalten ist einfach zu erklären – es ist umständebedingt«, wiederholte er. »Aber zunächst wüßte ich gern, womit ich Sie verletzt habe.«

»Sie haben mir nicht geglaubt, als ich Ihnen sagte, daß ich unschuldig bin, oder?«

»Ich behielt mir ein Urteil darüber vor.«

»Und jetzt fangen Sie an zu überlegen. Ich habe nicht damit gerechnet, daß Sie solche Fragen stellen würden wie gestern.«

»Wenn Sie das beunruhigt hat –«, erwiderte Antony lässig.

»Ja. Sie wissen nicht, was es heißt, wenn andere über einen zu Gericht sitzen. Sogar Sie, den ich zu überzeugen hoffte –«

»Das begreife ich durchaus«, unterbrach ihn Antony ernst. »Aber ich fürchte, was ich Ihnen zu sagen habe, wird Sie noch mehr verletzen.«

Ein Funke von Humor glomm in Malcolms Augen auf. »Trotzdem sollten Sie es versuchen«, meinte er.

»Aus gewissen Gründen, die Sie noch erfahren werden, habe ich mich entschlossen, das Zeugenverhör über das in meinem Schriftsatz vorgesehene Maß hinaus zu erweitern. Ich möchte sehr gerne wissen, ob Sie mir Ihre Zustimmung geben.«

»Sie fürchten wahrscheinlich, daß bei Ihren Fragen Tatsachen ans Licht kommen könnten, die mich belasten.«

»So ist es.«

»Vielleicht sind Sie danach erst recht von meiner Schuld überzeugt?«

»Ein Geständnis von Ihnen würde nur meine Meinung beeinflussen. Ich würde nicht mehr *wissen* als vorher.«

»Diese feinen Unterschiede ...«

Antony lächelte. »Genau das sagt meine Frau auch immer, wenn wir dieses Thema berühren«, sagte er. »Doch Sie brauchen sich keine Gedanken zu machen über das, was ich denke. Entscheidend ist das Urteil der Geschworenen.«

»Aber Sie sagen sich jetzt vermutlich: Warum macht er soviel Umstände, wenn er unschuldig ist?«

»So ähnlich«, gab Maitland zu.

»Der Grund ist, daß der Schein zufällig – es muß wohl Zufall sein – ganz und gar gegen mich spricht. Und ich sehe keine Möglichkeit, diese Situation zu ändern.«

»Ich verstehe. Wollen Sie damit andeuten, daß Sie das Opfer einer Intrige sind?«

»Nein, ich versuche nur zu erklären –«

»Ein Opfer der Umstände also?« kommentierte Antony und lächelte erneut.

»Ich glaube, Sie wissen ganz genau, was ich meine«, entgegnete Malcolm ruhig.

»Vielleicht. Soll ich meine Nachforschungen einstellen, mit denen ich bereits begonnen habe?«

»Nein.

»Sehr gut. Wir werden den bisherigen Kurs beibehalten, den Horton für uns skizziert hat. Als erstes –«

»Sie haben mir noch nicht den Grund für Ihre veränderte Einstellung mir gegenüber genannt.«

»Ja. Sie werden überrascht sein. Ich hatte Besuch. Am Donnerstagabend. Eleanor Wyatt.«

»Eleanor? Ich verstehe nicht ganz...«

»Sie sagte zu mir: ›So etwas würde er nie tun.‹« Beim Sprechen konnte Maitland einen spöttischen Unterton nicht ganz unterdrücken. Harte entging das nicht. Eine zarte Röte überzog sein Gesicht. »Sie brauchen nicht über sie zu lachen«, sagte er.

»Das tue ich auch nicht. Ich hatte nämlich von Ihnen den gleichen Eindruck.«

»Und warum nehmen Sie ihre Worte dann so besonders wichtig?«

»Das ist schwer zu sagen. Aber durch sie wurde mir klar, daß ich Ihnen gegenüber nicht ganz fair gewesen bin. Vielleicht sollte ich mich dafür entschuldigen, aber ich frage mich, ob nicht die meisten anderen –«

Malcolm schien seinen Groll vergessen zu haben. Er runzelte die Stirn und fragte: »Aber ich kann mir nicht vorstellen, was Sie noch für mich tun könnten.«

Es war besser, Father William unerwähnt zu lassen. »Ich

könnte mit den Partygästen von damals sprechen, auch mit denen, die nicht als Zeugen von der Anklage geladen wurden.«

»Wozu?«

»Das weiß ich selbst noch nicht. Aber Miss Wyatt teilte mir etwas Konkretes mit... daß Lady Bowling in Wirklichkeit auf dem Wege nach unten war, als Sie ins Herrenzimmer gingen.«

»Ich dachte, das sei eine Vermutung von Ihnen, Aber ich begreife nicht, wozu uns das nützen soll.«

»Das läßt sich erst im Anschluß an die Beweisaufnahme sagen.«

»Es tut mir jetzt leid, daß ich so unfreundlich war. Aber erzählen Sie mir bitte von Eleanor. Kam sie zusammen mit Laurence?«

»Nein, sie war mutig genug, allein zu kommen.«

»Vermutlich möchte er nicht, daß sie sich einmischt.«

»Es schien, als hätten sie sich ein bißchen entzweit.«

»Das tut mir leid... Sie soll nicht... Ich möchte nicht, daß sie in den Fall verwickelt wird.«

»Nein. Lady Bowling hat ihre kleine Lüge schon selbst eingestanden. Miss Wyatt braucht deshalb nicht als Zeugin auszusagen.«

»Ich kann Laurence nicht verargen, daß er die Meinung der anderen teilt. Selbst Mary –«

»Wenn wir nachweisen können, daß Sie unschuldig sind –«, sagte Maitland, weil er plötzlich tiefes Mitleid mit dem Angeklagten empfand.

»Aber wie? Und selbst, wenn Sie mich freibekommen, was nicht wahrscheinlich ist, werde ich anschließend ohne Job dastehen und Mary nichts bieten können. Um die Wahrheit zu sagen, ich glaube gar nicht, daß ich noch ebenso empfinde. Sie hätte mir glauben müssen.«

(Es wäre unfair, falsche Hoffnungen zu wecken.) »Warten wir ab, bis es soweit ist«, schlug Antony vor. »Übrigens, Mr. Harte, da ist noch ein Problem bezüglich Ihrer Aussage...«

»Werde ich bald vernommen?«

»Ein Zeuge kommt noch vor Ihnen an die Reihe, soweit ich informiert bin: Chefinspektor Sykes.«

»Ein sympathischer Mensch. Er schien mir zu glauben. Aber anscheinend irre ich mich.«

»Ich werde kurz die Vernehmung der Zeugen der Verteidigung einleiten, und dann sind Sie an der Reihe.«

»Am Montag also?«

»Sehr wahrscheinlich. Sie haben eine klare Aussage gemacht. Sie brauchen sich also keine Sorgen zu machen. Nur eine Frage müssen wir noch klären...«

»Welche?« fragte Harte vorsichtig und wurde rot.

»Warum sind Sie zu George DeLisle ins Herrenzimmer gegangen?«

»Ich habe Ihnen doch schon erzählt –«

»Sie haben mir gesagt, daß es um Ihren Urlaub ging und daß Sie wissen wollten, wann Sie fahren könnten. Offen gestanden, ich glaube Ihnen nicht, und ich glaube auch nicht, daß die Geschworenen Ihnen glauben werden.«

»Ich sehe darin keine Schwierigkeit.«

»Nein? (Geoffrey fand, daß Antony in diesem Moment seinem Onkel täuschend ähnlich sah.) Dann ist es wohl besser, ich erkläre es Ihnen. Sie haben Miss Reynolds Aussage gehört, wonach Ihre Hochzeitsreise sorgfältig geplant war und alle Termine schon feststanden. Was war da noch zu besprechen.«

»Er – George DeLisle – sagte am Freitag, daß es vielleicht nicht möglich sei, daß wir unsere Reise zum geplanten Zeitpunkt antreten könnten.«

»Haben Sie mit Miss Reynolds gesprochen?«

»Nein.«

»Mit jemand anderem?«

»Nein.«

»Und warum wollten Sie nochmals mit ihm sprechen?«

»Ich wollte ihn überreden, seine Meinung zu ändern.«

»Wieso das? Warum nicht am Montagmorgen im Büro?«

»Ich wollte mit ihm unter vier Augen sprechen.«

»Schön, Mr. Harte. Wenn Sie mir nicht die Wahrheit sagen wollen, dann kann ich es nicht ändern. Aber in Ihrem eigenen Interesse sollten Sie mir reinen Wein einschenken, bevor Garfield Sie ins Kreuzverhör nimmt.«

»Wenn ich Sie doch dazu bringen könnte, mir zu glauben.«

»Vielleicht wird Ihnen mein Kollege von der Anklage bereitweilliger glauben als ich.«

»Ich kann nicht mehr tun, als die Wahrheit sagen.«

»Am Montag werden Sie unter Eid aussagen«, erinnerte ihn Maitland.

»Ja.« Das hatte er zwar schon gewußt. Aber als er jetzt daran erinnert wurde, traf es ihn doch unvermittelt.

»Miss Wyatt sagte, Sie seien konfessionsgebunden.«

»Ja. Ich bin Katholik.«

»Dann bedeutet ein Schwur für Sie mehr als eine reine Formalität, nehme ich an.« Maitland empfand stärkeres Mitgefühl, als es seinen Worten zu entnehmen war. »Und jetzt wollen wir noch einmal Ihre Aussage wiederholen, Mr. Harte; von Anfang an.«

»Glauben Sie«, fragte Geoffrey, als sie das Gebäude zusammen verließen, »daß dem armen Kerl nun wohler in seiner Haut ist als vor unserem Besuch?«

»Das war nicht der Sinn der Sache.«

»Er hätte es sich sparen können, den Beleidigten zu spielen.«

»Ich begreife das nicht. Ich hätte ihm gern Mut zugesprochen, Geoffrey. Ganz herzlos bin ich nicht.«

Horton lächelte leicht, ließ es jedoch seinen Begleiter nicht sehen.

»Aber es wäre nicht richtig, ihm viel Hoffnung zu machen«, fügte Antony hinzu.

»Du hättest ihn nicht noch zu reizen brauchen.«

»Wenn du auf seine Erklärung anspielst, warum er ins Herrenzimmer gegangen ist –«

»Ich begreife nicht, warum du ihm nicht glaubst.«

»Tust du es?«

»Ja.«

»Von uns beiden bist du gewöhnlich der Skeptiker.«

»Warum glaubst du ihm nicht?«

»Aus dem vorhin genannten Grund und weil seine Aussage außerdem widersprüchlich ist. Dem Ankläger wird das ebenso wenig verborgen bleiben wie mir. Und wenn du denkst, daß ich ihn gereizt hätte, so warte erst einmal ab, was ihm Garfield erzählen wird.«

»Wahrscheinlich hast du recht.« Horton seufzte und blickte auf seine Armbanduhr. »Wir machen also so weiter, wie wir vereinbart haben. Wyatt und Bowling heute nachmittag.« Sie waren beim Auto angelangt. »Wir haben gerade noch Zeit zum Lunch.«

»Jenny erwartet uns. Onkel Nick wird wahrscheinlich auch dabeisein.«

»Was hält er von der Angelegenheit?«

»Er ist nicht erfreut.« Antony kletterte in den Wagen. »Bringe bitte das Gespräch nicht auf dieses Thema. Vielleicht hat er seinen Zorn bereits gestern abend entladen, aber an deiner Stelle würde ich mich nicht darauf verlassen.«

Die Wyatts wohnten in einem vornehmen Viertel in Belgravia in dem einzigen Haus, dessen Wohnungen so geschickt aufgeteilt waren, daß jede Familie eine eigene Haustür hatte. William Wyatt erwartete sie. Er führte die Besucher zu Rose in den Salon, einen eleganten Raum mit viel Chintz, wo man nur zu leicht in einen der Sessel versinken mochte, um am besten nie mehr daraus wieder aufzutauchen.

Wyatt war untersetzt, mittelgroß, sorgfältig gekleidet, aber ohne die geringste Abweichung vom Normalen. Maitland registrierte, daß seine Krawatte von einer berühmten *public school* stammte und überlegte ... Der Tonfall, in dem man sie begrüßte, war schwer zu deuten, aber gewiß war es nicht der Empfang, den sich Besucher zu erhoffen pflegen. Mrs. Wyatt, eine hübsche Frau mit hellem, lockigen Haar, war ebenfalls adrett gekleidet. Sie trug ein dunkelblaues Kostüm, das Maitland in Gedanken ›Anzug für eine Unterredung mit Anwälten‹ nannte. Anscheinend lag beiden viel daran, einen guten Eindruck zu machen. Es roch nach Geld. Maitland hätte gern gewußt, woher es kam und wieweit Father William recht hatte. Er war willens, den Worten des alten Mannes zu glauben.

Die Begrüßung war vorüber. »Ich kenne Ihren Ruf«, sagte Wyatt. Geoffrey erschrak, denn er wußte, wie sein Freund auf solche Bemerkungen zu reagieren pflegte. Aber Antony unterhielt sich mit Mrs. Wyatt und zeigte nur ein leichtes Stirnrunzeln. Endlich hatten sich alle gesetzt. Wyatt fuhr ruhig fort: »Ich muß gestehen, daß ich über Ihren Wunsch, mit uns zu sprechen, überrascht bin. Ich hätte gedacht, wenn überhaupt, dann würden Sie das später tun.«

»Es ist etwas vorgefallen.« Maitland kam Horton zuvor, der seine vorbereitete Erklärung anbringen wollte. Es schien, als ob Eleanor ihren Eltern nichts von ihrem Besuch in Kempenfeldt Square gesagt hatte. Maitland wollte ihr nicht in den Rücken fallen. »Mir ist der Sachverhalt, auf dem die Anklage beruht, noch nicht richtig klargeworden. Die Gerichtsverhandlung hat bisher dazu nicht ausgereicht. Vielleicht können uns Ihre Eindrücke weiterhelfen.«

»Ich kann mir nicht denken, daß wir Ihnen da weiterhelfen können. Mehr als Grace und Henry DeLisle wissen wir auf keinen Fall«, erwiderte Rose Wyatt verwirrt.

»Lassen wir es auf einen Versuch ankommen. Sie sind in Wimbledon eingetroffen –«

»Ich weiß die Zeit nicht mehr genau. Du William?« Wyatt schüttelte den Kopf. »Es dürfte gegen halb sieben gewesen sein.«

»Was geschah dann?«

»Es war ein sehr ruhiger Abend, wirklich.« Rose blickte hilflos zu ihrem Mann, der daraufhin die Unterhaltung fortführte: »Wir wurden kurz in den Salon geleitet, bevor uns Grace unsere Zimmer zeigte. Wir blieben dort gerade so lange, wie Rose brauchte, um ihr Haar zu kämmen. Dann gingen wir wieder hinunter. Leonard und Sarah – die Bowlings – waren schon da, auch die drei DeLisles. Der junge Harte und Mary Reynolds ebenfalls. Ich glaube, Henry war darüber nicht erfreut. Die beiden Letztgenannten entsprachen nicht dem Niveau des Hauses.«

»Aber beide waren zurückhaltend. Es sind guterzogene junge Leute. So dachten wir jedenfalls bis zu jenem schrecklichen Ereignis«, warf Rose ein.

»Malcolm ist der Mandant dieser Herren«, sagte William lächelnd. »Du darfst nicht andeuten, daß er schuldig sei, noch nicht.«

»Das tut mir leid, aber –« Sie brach ab und blickte von einem zum anderen. »Ich weiß, Sie müssen alles für Ihren Mandanten tun, was in Ihrer Macht steht. Aber ich hatte nicht den Eindruck, daß da noch irgendwelche Zweifel bestehen könnten«, meinte sie.

»Er hat sich für nicht schuldig erklärt«, betonte Maitland. »So kann man im Augenblick vielleicht –«

»Ich wünschte, er wäre unschuldig«, erklärte Rose Wyatt gefühlvoll. »Grace hat sich solche Vorwürfe gemacht, weil sie ihn eingeladen hat.«

»Wußten Sie schon, daß Mary Reynolds die Verlobung gelöst hat?« fragte Antony.

»Ja. Eleanor sagte es uns.«

»Unter diesen Umständen!« gab Wyatt zu bedenken.

»Ich verurteile sie nicht«, erwiderte Mrs. Wyatt. »Sie konnte nicht anders handeln. Aber wenn er es dann doch nicht getan hat. –«

»Du bist schon wieder bei der Schuldfrage, meine Liebe. Weder Mr. Maitland noch Mr. Horton haben verlangt, daß wir uns darüber Gedanken machen.« Er warf Antony einen spöttischen Blick zu.

»Wir sollten allen Möglichkeiten gegenüber offenbleiben«, erwiderte Maitland.

»Gewiß! Gewiß!« Wyatts Zustimmung fiel etwas zu herzlich aus. »Sie haben nach jenem Abend gefragt –«

»Bei Ihrer Ankunft war ein Teil der Gäste schon versammelt?«

»Das ist richtig. Thurlow und mein künftiger Schwiegersohn, Laurenc Blake, kamen kurz hintereinander. Ich kann wieder nicht genau sagen, wann, außer, daß sie noch Zeit hatten, einen Drink vor dem Dinner zu nehmen. Dieser Abend unterschied sich nicht von anderen solchen Zusammenkünften.«

»Die genauen Uhrzeiten interessieren mich aber gerade am meisten.« Maitland lächelte. »Obgleich – gab es irgendwelche unheilvollen Vorzeichen?«

»Das ist es ja gerade, nicht die geringsten.«

»Dann erzählen Sie bitte weiter der Reihe nach.«

»Es war zweiundzwanzig Uhr – nach dem Dinner, das Kaffeegeschirr war abgeräumt –, als George DeLisle die Juwelen hervorholte. Ich wußte bis dahin nicht, daß sich im Herrenzimmer ein Safe befindet. Wie dem auch sei, wir verbrachten eine interessante halbe Stunde, in der wir uns den Schmuck und die von Henry entworfenen Skizzen ansahen, die er sich als Neufassungen für verschiedene Stücke gedacht hatte.«

»Haben sich alle Anwesenden dafür interessiert?«

»Die Frauen mehr als wir Männer, glaube ich. Obgleich Leonard, als voraussichtlicher Käufer –«

»Mr. Thurlow war genauso angetan von dem Schmuck«, unterbrach ihn seine Frau. »Aber er meinte, es sei Vandalismus, die alten Fassungen zu zerbrechen.«

»Wie reagierte Henry DeLisle darauf?«

Rose Wyatt lachte. Sie hatte eine angenehme Stimme. »Er wirkte leicht beleidigt. Aber da Thurlow sein Gast war, konnte er nichts weiter dazu sagen.«

»Und nachdem Sie sich alles angesehen hatten –?«

»– packte George den Schmuck wieder zusammen.« William Wyatt griff den Faden der Erzählung erneut auf. »Er sagte, er werde nicht noch einmal zurückkommen, jedenfalls nicht gleich. Er habe Briefe zu schreiben.«

»Erschien Ihnen das nicht seltsam?«

»Nein. Da wir über Nacht blieben und Grace wie auch Henry weiter bei den Gästen blieben, dachten wir uns nichts dabei. Sie denken vielleicht an eine Verabredung im Herrenzimmer?«

»Ja.«

»Wir wissen, daß Malcolm zu ihm ging.«

»Ja, das ist richtig.«

Wyatt berichtete weiter: »Als sich George zurückzog, war dies das Zeichen zum allgemeinen Aufbruch. Wenige Minuten später verabschiedeten sich Mr. Thurlow und Laurence gemeinsam, und gleich darauf suchten die Damen ihre Schlafzimmer auf. Ich würde sagen, daß auch Malcolm um diese Zeit hinausging.«

»Hat Sie das überrascht?«

»Nein, unsere Unterhaltung war für ihn nicht von Interesse, und die junge Dame hatte sich bereits zurückgezogen.«

»Das bringt mich auf einen anderen Gedanken, Mr. Wyatt. Vergessen wir einstweilen, was vorgefallen ist. Was hatten Sie vor diesem Wochenende für eine Meinung von Malcolm Harte?«

»Ich kannte ihn kaum.«

»Immerhin war er ein Freund Ihrer Tochter.«

»Mary und Eleanor kannten sich schon lange. Aber Malcolm –« Er zuckte die Achseln.

»Ein wohlerzogener junger Mann«, meinte Rose.

»Sie hatten nichts gegen diese Bekanntschaft?«

»Absolut nichts.«

Ihr Ehemann modifizierte diese Aussage: »Da es Eleanors Wunsch war, ihre eigene Zeit und die von Laurence mit einem mittellosen, nicht weiter bedeutenden jungen Paar zu vertrödeln, konnte ich es nicht ändern.«

»Ich verstehe. Ich hätte gern gewußt, ob Sie mit ihr darüber gesprochen haben.«

»Ja. Sie erwiderte, daß sie beide sympathisch fände.«

»Und Mr. Blake?«

»Laurence? Er richtete sich nach Eleanors Wünschen, nehme ich an.«

»Gut, also zurück zum Abend des dreizehnten Juni...«

»Ich bin eigentlich fertig. Wir –«

»Vielleicht könnte ich die Antwort zuerst von Mrs. Wyatt hören. Es war Lady Bowling, von der der Vorschlag kam, sich schlafen zu legen, glaube ich.«

»War *sie* es? Ich kann mich nicht erinnern«, antwortete Rose Wyatt. »Ich fand es jedenfalls vernünftig, die Männer allein zu lassen. Falls Leonard und Henry ein weiteres Geschäft abschließen wollten, konnten sie das auf diese Weise ungestört tun.«

»Sie gingen also alle zusammen nach oben?«

»Ja.«

»Und Sie suchten Ihr eigenes Zimmer auf? Sahen oder hörten Sie irgend etwas Ungewöhnliches?«

»Nichts. Eleanor hatte meine Schlaftabletten in ihrer Handtasche und brachte sie mir; aber das wird Sie nicht interessieren?«

»Wie war es im Salon, Mr. Wyatt?«

»Da gibt es nichts zu berichten. Wir bekamen einen Schlummertrunk, plauderten über verschiedenes, aber nicht mehr über den Schmuck, was mich auch sehr gewundert hätte.«

»Und warum wurde nicht mehr über den Schmuck gesprochen?«

»Weil sowohl Leonard als auch Henry zu klug waren, um allzuviel Interesse an einem Geschäft zu zeigen, das noch nicht abgeschlossen war.«

»Entschuldigen Sie, daß ich Sie unterbrochen habe. Fahren Sie bitte fort.«

»Da ist nichts mehr zu erzählen. Wir gingen um halb zwölf auch ins Bett. Ich erinnere mich daran, weil Leonard eine diesbezügliche Bemerkung über die Zeit machte. Dann geschah nichts, bis Henry das Herrenzimmer betrat.«

»Und zuvor, als Sie, Sir Leonard Bowling und Mr. Henry

DeLisle zusammen im Salon waren, verließ da niemand den Raum?«

»Daran erinnere ich mich nach so langer Zeit nicht mehr.«

»Mr. DeLisle sagte vor Gericht aus, daß er selbst den Salon nicht verlassen hat – die beiden anderen aber schon.«

»Vermutlich hatte er am meisten Anlaß, über die Ereignisse jenes Abends nachzudenken.« (Eine geschickte Antwort. Trotzdem schien es Maitland, als würden die Fragen Wyatt allmählich Unbehagen bereiten.)

»Glauben Sie, daß sich auch Sir Leonard nicht mehr entsinnen kann?«

»Woher soll ich das wissen?« fragte Wyatt entrüstet.

»Entschuldigen Sie, wenn ich auf diesem Punkt beharre. Jetzt haben Sie doch Zeit zum Nachdenken.«

Wyatt seufzte. »Ich begreife den Sinn Ihrer Fragen nicht.«

»Aber, mein Lieber, Mr. Maitland möchte nachweisen, daß außer Malcolm auch noch andere Gelegenheit hatten, George zu ermorden, ohne beobachtet zu werden – oder daß sie Letzteres jedenfalls glaubten«, warf Rose ein.

»Ist das wahr?« fragte Wyatt den Anwalt. Es war jetzt nicht mehr zu übersehen, daß er ärgerlich war.

»Mrs. Wyatt legt zuviel in meine Fragen hinein«, antwortete Maitland. »Ich schätze, daß vom Salon aus nicht zu hören war, was im Herrenzimmer vor sich ging. Aber wenn jemand die Halle durchquerte –«

»Das ist ein Argument.« Wyatt schien sich beruhigt zu haben. Etwas unbehaglich fühlte er sich jedoch offensichtlich immer noch. »Ich versichere Ihnen, daß ich nichts gehört habe, als ich hinausging.«

»Auf Ihrem Weg zur oder von der Toilette im Erdgeschoß?«

»Genau das meine ich.«

»Und Sie haben nichts Auffälliges bemerkt?«

»Nein.«

»Schön. Sie haben sich schließlich doch noch an eine ganze

Anzahl von Details erinnert. Können Sie vielleicht auch die Zeit angeben?«

»Es muß bald nach Ende der geschäftlichen Besprechung gewesen sein. Die Damen waren kurz zuvor ins Bett gegangen.«

»War Harte vielleicht zur selben Zeit im Herrenzimmer?«

»Leicht möglich.«

»Verließ auch Sir Leonard das Zimmer?«

»Jetzt glaube ich mich zu erinnern. Henry hatte mich gerade gefragt, ob ich einen weiteren Drink wolle. Ich schaute auf meine Uhr, bevor ich ›ja‹ sagte. Das war gleich, nachdem Leonard zurückkam.«

»Um wieviel Uhr also?«

»Etwa drei Minuten vor elf.«

»Danke. Noch eine letzte Frage: Wie lange war Sir Leonard draußen?«

»Ich glaube«, erwiderte Wyatt mißtrauisch, »daß Sie nicht ganz aufrichtig sind. Meine Frau hat Ihre Absichten anscheinend richtig beurteilt, Mr. Maitland.«

»Es kann nicht schaden, wenn Sie meine Frage beantworten«, entgegnete Antony.

»Sehr gut.« Das klang ominös. »Soweit ich mich erinnern kann, war er nicht länger als zwei oder drei Minuten abwesend. Das gilt auch für mich.«

Maitland stand auf, er verspürte ein leichtes Reuegefühl. Es war offenkundig, daß weitere Fragen auf wenig Verständnis stoßen würden. Aber es schien ihm, daß er mehr erfahren hatte, als er hatte hoffen können. Wyatt log, das stand fest, aber in welchen Punkten? Und wie ließ sich das verwerten?

Rose Wyatt lächelte wie ein Engel, als Maitland sich verabschiedete. Ob sie spürte, daß ihr Ehemann Unterstützung brauchte?

Wyatt quittierte die Abschiedsworte seiner Besucher mit einem ernsten Nicken, begleitete sie zur Tür und schloß diese energisch hinter ihnen ab.

»Das haben Sie gut gemacht«, meinte Horton, als sie wieder zu ihrem Auto gingen. »Sie haben sich einen oder zwei Feinde fürs Leben geschaffen.«

Antony lachte. Es war eine Wohltat, wieder frische Luft zu atmen. Eine bleiche Sonne bemühte sich, den Nebel zu durchdringen. »Das rührt mich nicht sonderlich«, meinte er, »obgleich es mir wegen Mrs. Wyatt ein wenig leid tut. Aber Sie sollten auf meine armseligen Bemühungen nicht so sarkastisch reagieren, Geoffrey. Das ist nicht nett von Ihnen.«

Sir Leonard war jünger, als Antony erwartet hatte, schätzungsweise Anfang vierzig. Er entsprach ganz der Vorstellung, die Maitland vom Eigentümer einer Zeitung hatte. Seine Kleidung zeichnete sich durch nachlässige Eleganz aus. Er war blond und von mittlerer Größe. Er wohnte mit seiner Frau in einem teuren Landhaus, das einstmals als königlicher Marstall gedient hatte und umgebaut worden war. Es befand sich in der Nähe des Wyattschen Hauses. Lady Bowling war nicht anwesend. Die Anwälte wurden in ein kleines Zimmer im Erdgeschoß geführt, das einen ausgeprägt männlichen Charakter besaß.

Wie zuvor schon Wyatt sagte auch Sir Leonard, nachdem Geoffrey Antony und sich vorgestellt hatte: »Ich habe bereits von Ihnen gehört, Mr. Maitland.« Es wirkte wie eine Gratulation, aber Antony erwiderte nur: »Tatsächlich?« Das klang ein wenig hilflos. Dann kam er zur Sache: »Sie könnten uns sehr behilflich sein, wenn Sie Ihre Eindrücke vom Mordabend schildern würden.«

»Ich begreife nicht, wozu. Soweit es nicht in den Zeitungen stand, wurde doch bei Gericht alles schon haarklein erörtert.«

»Ich nehme an, daß Ihr Urteil nicht nur auf der Durchsicht der Zeitungen beruht.«

»Nein, meine Bemühungen gehen so weit, daß ich mit den betreffenden Reportern darüber spreche.«

»Zweifellos hat Sie Lady Bowling darüber informiert, daß ...« Antony gab sich geradezu schüchtern.

»Ich habe nicht mit meiner Frau darüber gesprochen.«

»Ich verstehe.« Maitland lächelte und ließ das Thema fallen: »Ich habe den Namen des Reporters vergessen, der über den Prozeß im *Courier* berichtet hat. Laurence Blake war es aber nicht?«

»Natürlich nicht.«

»Er wurde nicht als Zeuge benannt, weder von der Verteidigung noch von der Anklage. Ich hätte gedacht –«

»Unter den gegebenen Umständen wäre dies denkbar ungeeignet.«

»Er ist ein guter Mann, nicht wahr?«

»Ein ausgezeichneter Reporter.« Es war unverkennbar, daß Bowling dieses Thema mißfiel. Maitland übersah dies geflissentlich.

»Ich muß Ihnen sagen, daß wir uns morgen mit ihm treffen werden. Als Arbeitgeber sind Sie sicher in der Lage, seinen Charakter zu beurteilen.« Geoffrey schien es, als führe Antony etwas im Schilde, da seine Stimme so gekünstelt wirkte.

»Er tut seine Arbeit, alles andere geht mich nichts an.«

»Sind Sie ihm bei den DeLisles an jenem Abend das erstemal gesellschaftlich begegnet?«

»Nein... All das... Wirklich, Mr. Maitland, ich dachte, Sie wollen Tatsachen hören und nicht meine Meinung.«

»Sie haben vollkommen recht. Aber vielleicht können Sie sich noch einen Moment gedulden«. Er zögerte unschlüssig. »Sie sind an diesem Abend auch Godfrey Thurlow begegnet. Kannten Sie ihn vorher schon?«

»Nein, ich habe ihn vorher noch nie gesehen.«

»Wissen Sie, ob Lady Bowling –?«

»Sie könnte die Sefton-Galerie besucht haben. Ich weiß es nicht.«

»Dann erzählen Sie mir... Ich habe Lady Bowling in der Verhandlung gefragt, ob Sie vorhatten, einen anderen Schmuck zu kaufen. Sie schien nichts darüber gar nichts zu wissen.«

»Sie wußte nichts, weil es darüber nichts zu wissen gibt.« Er war wütend und konnte sich nur noch mühsam beherrschen. »Es war für uns alle ein Schock, wissen Sie? Bis zu einem gewissen Grad fühlte ich mich verantwortlich.«

»Warum?«

»Wenn ich nicht dazu Anlaß gegeben hätte, die Juwelen in der Privatwohnung zu zeigen, würde George DeLisle noch leben.«

»Dann ist es also der Mord und nicht der Verlust der Juwelen, der Ihnen nahegeht?«

»Selbstverständlich.«

»Obgleich Sie Lady Bowling ein Geschenk versprochen hatten?«

»Mr. Maitland!« Vorübergehend konnte er seinen Zorn nicht mehr bezähmen. (Aber er wirft uns nicht hinaus, und das ist in der Tat erstaunlich.) »Das ist eine Angelegenheit, die nur mich und meine Frau etwas angeht!«

»Und was passierte, als sich die Damen und Malcolm Harte zurückgezogen hatten?«

»Nichts Besonderes. Wir saßen bei einem Drink zusammen. Zu dritt, die bereits erwähnt. Es wurde über verschiedenes gesprochen. Nach ungefähr einer Stunde gingen wir zu Bett.«

»Worüber haben Sie sich unterhalten?«

»Du meine Güte! Wenn Sie wirklich glauben, nach so langer Zeit –«

»Ich dachte, daß Sie sich die Ereignisse jenes Abends vielleicht noch einmal im einzelnen ins Gedächtnis zurückgerufen hätten.«

»Nicht eine belanglose Konversation.«

»Na schön. Die beiden anderen sagen, daß Sie und Wyatt in der fraglichen Stunde den Salon verlassen haben, entweder zur selben Zeit oder nacheinander.«

»Das ist gut möglich. Doch ich verstehe nicht –«

»Im Salon konnte man nicht hören, was im Herrenzimmer geschah. Aber jemand, der durch die Halle ging –«

»Das wäre denkbar. Aber leider habe ich nicht das Geringste bemerkt, vielleicht Wyatt –«

»Sie sind drei Minuten vor elf in den Salon zurückgekehrt«, teilte mir Wyatt mit.«

»So? Ich fürchte, so genau häte ich das nicht sagen können.«

»Wenn Sie in der Halle Geräusche gehört hätten, so wäre das also zu einer Zeit gewesen, in der mein Mandant das Herrenzimmer bereits verlassen hatte.«

»Ich war überhaupt nicht in der Nähe der Tür des Herrenzimmers.«

»Und wann war Mr. Wyatt außerhalb des Salons?«

Sir Leonard dachte angestrengt nach, wie es schien. »Nicht lange, bevor wir alle nach oben gingen. Ich glaube, nur ein paar Minuten davor.«

»Und sind Sie vielleicht beim Frühstückszimmer vorbeigekommen?«

»Bestimmt nicht!« entgegnete er heftig. »Ich weiß nicht einmal genau, wo sich das besagte Frühstückszimmer befindet.«

»Direkt hinter dem Salon, genau auf derselben Seite der Halle.«

»In diesem Fall –« Er schüttelte den Kopf und ließ den Satz unvollendet. »Es tut mir leid, daß meine Antworten so wenig zufriedenstellend für Sie sind, Mr. Maitland.«

Antony erhob sich. »Warum hat Ihre Frau vor Gericht gelogen und einen falschen Grund angegeben, als sie gefragt wurde, weshalb sie ihr Zimmer verließ. Sagen Sie nicht, aus Taktgefühl, das wäre unglaubwürdig.«

»Sie selbst hat Ihnen gesagt –«

»Sie erklärte, Sie hätten nicht darüber gesprochen«, fiel ihm Maitland ins Wort.

»Ich erwähnte bereits, daß ich dem Berichterstatter der Zeitung alles Wissenswerte erzählt habe.«

»Wie dem auch sei, sie berichtigte ihre Aussage erst dann, als ich Sie auf deren Widersprüchlichkeit aufmerksam machte.«

Sir Leonard erhob sich gleichfalls. »Ich bin froh, daß Sie

sagten, dies sei Ihre letzte Frage«, entgegnete er abweisend. »Ich möchte nicht unhöflich sein, aber ich glaube, ich habe Ihnen wirklich genügend Zeit gewidmet.«

*

Geoffrey schwieg diesmal, als sie nach Kempenfeldt Square zurückfuhren. Aber als sie aus dem Wagen stiegen, meinte er: »Wenn Sie in dieser Stimmung sind, lerne ich mich vor Ihnen fürchten.«

»Ach was!« protestierte Maitland schwach. »Ein paar harte Worte, eine etwas unterkühlte Atmosphäre, das schadet nichts.«

»Glauben Sie allen Ernstes, Bowling und seine Frau seien an dem Juwelendiebstahl beteiligt? Die Beweise sind jedenfalls sehr dürftig.«

Antony seufzte. »Man muß irgendwo beginnen.« Er holte seinen Wohnungsschlüssel hervor und öffnete schwungvoll die Tür. O Wunder! Gibbs war nirgends zu sehen. »Nach einer Tasse Tee werden Sie sich wohler fühlen«, fügte Maitland hinzu und Geoffrey folgte ihm die Stufen hinauf. Aber Jenny mußte ihren ganzen Charme aufbieten, um ihn wieder aufzuheitern.

Sonntag, Wochenendpause

Am Sonntagmorgen schien die Sonne, zwar schwach, aber ausdauernd. Deshalb machten Jenny und Antony nach dem Frühstück einen kleinen Spaziergang im Park. Antony war in Gedanken versunken und beantwortete Jennys Fragen jeweils erst mit einiger Verzögerung. Sie nahm das geduldig hin, wollte es ihm aber bei Gelegenheit vorhalten. Sie hoffte, daß er Sir Nicholas nicht allzu ähnlich werde.

Sie aßen früh zu Mittag und waren gerade damit fertig, als

Horton eintraf. Das Gespräch mit Laurence Blake sollte um zwei Uhr stattfinden. Dazu mußten sie nach Streatham fahren, wo Blake eine Service-Wohnung in einem der neuen Apartmentblöcke besaß. Maitland war von der Pracht beeindruckt, mit der sich der Reporter umgab. Er hätte nicht gedacht, daß man vom Gehalt eines Journalisten so gut leben konnte. Vielleicht wurde Blake besser bezahlt, als er angenommen hatte. Oder Blake besaß eigenes Vermögen. Zunächst hatte Antony die unangenehme Aufgabe, den unfreiwilligen Gastgeber zu beschwichtigen.

Blake lächelte nicht zum Empfang. »Sie sind hier, weil Eleanor Ihnen diesen Unsinn erzählt hat, nicht wahr?« sagte er. Er war groß, hatte eine gute Figur und ein hübsches Gesicht. Außerdem besaß er eine starke persönliche Ausstrahlung. Damit beeindruckte er wahrscheinlich jeden. Das gelockte, dunkle Haar reichte ihm bis zum Nacken. Vorn trug er einen modischen Backenbart. Alles in allem, dachte Antony ein wenig ärgerlich, ist er die Erfüllung eines Jungmädchentraumes.

»Durch Miss Wyatt wurde ich darauf aufmerksam gemacht, daß ich ein paar Fakten mehrfach überprüfen muß«, antwortete er freundlich. Laurence schien von dieser diplomatischen Antwort wenig erbaut zu sein.

»Ich dachte, alles sei längst geklärt«, erwiderte er.

»Wenn Sie davon überzeugt sind, warum sprechen Sie dann überhaupt mit uns?«

»Ich kenne Ihren Ruf durch meinen Job und war neugierig auf Sie, Mr. Maitland.«

Diese Bemerkung verführte Maitland dazu, von seinem Vorhaben, behutsam vorzugehen, abzuweichen. Abrupt fragte er: »Sind Sie noch mit Eleanor Wyatt verlobt?«

»Warum interessieren Sie sich ausgerechnet dafür?«

»Nun, auch ich bin neugierig.« Er lächelte Laurence Blake an, und dieser erwiderte: »Um Sie zufriedenzustellen, ich bin mit Eleanor noch verlobt. Ich begreife nicht, daß daran irgendein Zweifel bestehen kann.«

»Sie erzählte, Sie hätten sich ihrem Wunsch, mit mir zur sprechen, ziemlich heftig widersetzt.«

»Ja, das ist richtig. Ich erklärte ihr, daß sie eine Dummheit beginge.« Er lachte ein wenig verlegen. »Aber, verdammt noch mal, mit einem Mädchen, das so weichherzig ist, kann man nicht streiten.«

»Nein, ich verstehe. Berichten Sie mir bitte von dem Wochenende, an dem das Verbrechen geschah.«

»Ich wüßte nicht, was es da zu berichten gäbe.« Er dachte einen Moment darüber nach. »Eleanor verbrachte dieses Wochenende bei den DeLisles, ihre Eltern selbstverständlich auch. So schien es ganz natürlich, daß Mrs. DeLisle auch mich einlud.«

»Waren Sie mit den DeLisles schon vorher bekannt?«

»Nein.«

»Und Sie hatten auch vorher von der Firma DeLisle nichts gehört?«

»Doch, vor etwa drei Jahren fand bei ihnen ein Raubüberfall statt. Im Geschäft.«

»Haben Sie über den Fall berichtet?«

»Ja. Ich habe damals George DeLisle interviewt, seinen Bruder allerdings nicht.«

»Wurde der Dieb gefaßt?«

»Ich glaube, nicht. Bestimmt nicht, denn ich habe später nachgeforscht. Das fällt mir jetzt wieder ein.«

»Hoffentlich waren sie ausreichend versichert?«

»Darüber kann ich nichts sagen.«

»Teilte Ihnen Mrs. DeLisle den Grund der Dinnerparty mit?«

»Nein, aber Eleanor. Sie war sehr gespannt darauf, den Schmuck zu sehen. Wahrscheinlich wäre das jeder Frau so gegangen.«

»War Lady Bowling interessiert?«

»Wie kommen Sie auf die Idee, daß ich dies wissen könnte?«

»Ich nahm an –« Der Satz blieb unvollendet in der Luft hängen.

»Sie erwähnte mir gegenüber, daß die Party für sie und Bowling bestimmt war. Ich hatte nicht den Eindruck, daß sie außergewöhnlich aufgeregt gewesen wäre.«

»Hat Mrs. DeLisle mit Ihnen telefoniert?«

»Ja, am Donnerstagnachmittag. Sie sagte, sie habe den ganzen Tag versucht, mich zu erreichen, aber vergeblich.«

»Ich wüßte gern mehr über die übrigen Personen. Kannten die Wyatts die DeLisles und die Bowlings schon vor der Party?«

»Ja. Ich glaube, die Wyatts und die Bowlings sind ziemlich eng befreundet.«

»Welchen Eindruck hatten Sie von den DeLisles?«

»Ich war neugierig, einen etwas ungewöhnlichen Haushalt kennenzulernen – ein Mann mit Frau und Bruder, einem Junggesellen. Aber sie schienen gut zu harmonieren.«

»Die Wyatts kennen Sie wahrscheinlich wesentlich besser, da Sie ja mit ihrer Tochter verlobt sind.«

»Ja, aber das spielt in diesem Fall keine Rolle.«

»War auch Mrs. Wyatt von den Juwelen fasziniert?«

»Alle Frauen begeisterten sich dafür. Das ist ja ganz natürlich.«

»Und Leonard Bowling?«

»Kein Wunder, als potentieller Käufer.«

»Seltsam, daß er nicht versuchte, sich inzwischen Ersatz zu beschaffen.«

»Versuchte er das nicht? Aber wahrscheinlich wachsen diese Dinger nicht auf Bäumen. Was meinen Sie?«

»Ich dachte eben... Wie gut kannten Sie die Bowlings?«

»Ich begegnete ihnen ein paarmal bei gesellschaftlichen Anlässen. Es war eine sehr flüchtige Bekanntschaft. Natürlich ist Sir Leonard mein Arbeitgeber, aber in der Redaktion sehen wir ihn kaum. Gelegentlich erhalten wir Anweisungen von oben. Das ist alles, wie überall.«

»Aha. Die Hintergründe bleiben Ihnen fremd.«

»So ist es.«

Vorsichtig, dachte Geoffrey, aber Antony sprach sorglos

weiter: »Wie steht es mit seinen persönlichen Finanzen?«

Laurence Blake kämpfte um seine Beherrschung. »Wirklich, Mr. Maitland, ich begreife nicht –«

»Würden Sie eine vernünftige Frage beantworten?«

»Es ist zwecklos. Wenn man bedenkt, welchen Betrag er für die Juwelen geboten hat, stelle ich mir vor, daß seine finanzielle Situation beneidenswert ist.«

»Ist Ihnen bekannt, daß Lady Bowling versuchte, die Tatsache zu verschweigen, daß sie noch einmal ins Erdgeschoß ging, als die Damen sich bereits zurückgezogen hatten?«

Blake war sichtlich überrascht. Er verhaspelte sich beim Sprechen. Nach mehreren vergeblichen Anläufen sagte er schließlich empört: »Ich weiß, daß Sie sich vor Gericht über diesen belanglosen Punkt unverhältnismäßig lange verbreitet haben.«

»Das ist Ansichtssache.«

Blake stand auf. »Fragen über meine Freunde mag ich nicht«, sagte er. Dann bemühte er sich wieder um einen etwas freundlicheren Ton: »Okay, wir werden jetzt Schluß machen, nicht wahr?«

»Eine sehr flüchtige Bekanntschaft«, meinte Antony nachdenklich. »So sagten Sie doch?«

»Ganz richtig, und es ist die Wahrheit. Trotzdem –«

»Es ist schade, jetzt abzubrechen.«

»Was wollen Sie denn noch von mir, in Gottes Namen?«

Antony lächelte. Er schien sich tatsächlich zu amüsieren. »Mr. Horton hätte es lieber, wenn ich taktvoller vorginge, aber trotzdem möchte ich noch wissen, was Sie getan haben, nachdem Sie das Haus der Familie DeLisle verlassen hatten.«

»Ich fuhr nach Hause. Was dachten Sie?« Er ging zur Tür, stieß sie auf und sagte mit erzwungener Ruhe: »Und das war Ihre letzte Frage, Mr. Maitland. Ich brauche kein Alibi.«

Antony schritt betont langsam durchs Zimmer und ähnelte wieder stark Sir Nicholas. »Es wäre trotzdem gut, wenn Sie eines hätten«, erwiderte er heiter.

Sie standen sich an der Tür dicht gegenüber. Es schien einen

Moment, als wolle Blake Maitland schlagen. Drohend hob er die geballte Linke. Aber die rechte Hand behielt er am Türgriff. »Ich dachte, Chefinspektor Sykes sei ein Freund von Ihnen«, bemerkte er ironisch. »Fragen Sie ihn doch.«

»Er ist ein Zeuge der Anklage. Deshalb kann ich das nicht.«

»Pech für Sie! Na schön, ich möchte nicht, daß Sie deswegen schlaflose Nächte verbringen. Ich wohne allein und bin unterwegs niemandem begegnet.«

»Ich danke Ihnen.«

»Und jetzt hinaus!«

»Wir sind schon dabei. Kommen Sie, Geoffrey«, fügte Maitland überflüssigerweise hinzu. Unmittelbar darauf schloß sich die Apartmenttür hinter ihnen mit einem lauten Knall.

Das nächste Teffen war in Pinner, so hatten sie reichlich Zeit, sich zu unterhalten. Geoffrey verlegte sich aufs Nörgeln. Antony hörte nur mit halbem Ohr hin und erwiderte schließlich: »Es ist eine scheußliche Geschichte, das ist wahr, aber was sollte ich unter den gegebenen Umständen anderes tun?« Horton schwieg eine Weile und meinte dann: »Dieser Thurlow scheint eine unbekannte Größe zu sein.«

Antony lachte.

»Ich bin neugierig, was uns diesmal erwartet«, äußerte Geoffrey.

Was sie erwartete, war ein kleines, modernes Haus in einem hübschen Garten, der sogar in dieser tristen Jahreszeit freundlich wirkte. Sie wurden von einem großen Mann mit Brille und blasser Hautfarbe hereingelassen, der zaghaft zugab, Godfrey Thurlow zu sein, so als ob diese Tatsache irgendwie gegen ihn verwertet werden könnte.

Nach der modernen Außenarchitektur überraschte das Innere des Hauses um so mehr. Es quoll von Antiquitäten über, denen man auf den ersten Blick ansah, daß sie sehr teuer waren. Es war nicht versucht worden, sich auf eine bestimmte

Stilrichtung zu spezialisieren. So stand eine alte französische Kommode neben einem eleganten Sofa im viktorianischen Stil, zu dem Geoffrey seine Zuflucht nahm, als sie aufgefordert wurden, sich zu setzen. Antony begnügte sich mit einem Stuhl aus Eichenholz, dessen harte Rückenlehne sich in sein Kreuz drückte. Er überlegte, ob Thurlow glaubte, daß dieser Raum ein Gespräch beflügle. Vielleicht gab es irgendwo im Haus noch ein gemütlicheres Zimmer, das ihnen aber der Besitzer aus Vorsicht oder schierem Sadismus vorenthielt. War dies der Fall, hatte er sein Ziel erreicht. Kein Mensch blieb hier länger, als es unbedingt nötig war.

Maitland erlaubte diesmal Horton, die Gründe ihres Besuches darzulegen. Thurlow schien leicht überrascht, enthielt sich aber eines Kommentars. Er erwiderte nur, er werde sich freuen, ihnen behiflich zu sein.

»Ich nehme an, daß Sie nicht gegen Malcolm Harte voreingenommen sind«, sagte dann Maitland zu Thurlow.

»Nein, warum sollte ich? Ich habe ihn nur ein paar Stunden, einen Abend lang, in Gesellschaft etlicher anderer Personen gesehen. Es könnte sogar sein, daß er unschuldig ist.«

»Würden Sie mir aber zustimmen, daß der Schuldige wahrscheinlich unter den Personen zu suchen ist, die an jenem Abend dabeiwaren, oder nicht?«

»Darüber habe ich mir wirklich keine Gedanken gemacht.«

»Ein Dieb, der sich nicht auskannte, hätte sich wohl eher im Laden Einlaß verschafft als im Hause der DeLisles.«

»Ja, das hat etwas für sich.« Thurlows Stimme hörte sich an, als sei ihm dieser Gedanke bisher nicht gekommen. »Nun ja, Eleanor versicherte mir, daß die Polizei einen Fehler begangen habe.«

Er blickte zu Geoffrey und ließ dann seinen Blick nachdenklich auf Antony ruhen. »Wen würden Sie an die Stelle des jungen Harte setzen, Mr. Maitland?«

»Ich tappe im dunkeln«, erwiderte Antony ausweichend. »Und was kann ich für Sie tun?«

»Erzählen Sie mir bitte, was Sie über die Gäste wissen, die

an jenem Abend im Hause der DeLisles waren.«

»Ich kannte nur Eleanor«, sagte Thurlow, »und ihre Eltern, diese aber nicht mehr als flüchtig. Wir aßen einmal gemeinsam zu Abend, als Eleanor bei mir ihre Stelle antrat.«

»Dann erzählen Sie mir bitte von Eleanor.«

»Ein tüchtiges Mädchen, mit Sinn für das Erlesene.«

»Könnten Sie das näher beschreiben?« fragte Antony lächelnd.

»Musik... Kunst... Ballett... Antiquitäten, all das, womit sie in der Galerie täglich in Berührung kommt.«

»Glauben Sie, daß sie Charaktere gut beurteilen kann?«

Jetzt war Thurlow an der Reihe zu lächeln. »Ich glaube, nicht.«

»Und warum nicht?«

»Es tut mir leid, Mr. Maitland, das läßt sich schwer begründen.«

»Spielt Ihre Meinung über ihren Vater dabei eine Rolle?«

Thurlow schüttelte den Kopf, nicht zuletzt, weil ihm die Frage mißfiel.

»Ich war nicht ganz fair«, räumte Antony ein. »Sie kannten die DeLisles also noch nicht, bevor Mrs. DeLisle Sie anrief?«

»Nur ihren guten Ruf. Henry DeLisle gilt als Meister seines Fachcs.«

»Sie teilen diese Ansicht nicht?«

»Nicht ganz. Aber das hat nichts zu bedeuten. Es ist eine Frage des persönlichen Geschmacks. Seine Arbeiten sind mir zu modern.«

»Dann hätten Sie wahrscheinlich die Juwelen in ihren ursprünglichen Fassungen den Entwürfen Henry DeLisles vorgezogen?«

»Tausendmal!« Endlich wurde er etwas lebhafter. »Meiner Meinung nach war es geradezu ein Verbrechen, vorzuschlagen, diese schönen Stücke zu zerbrechen, Mr. Maitland.«

»Mrs. DeLisles Anruf wird Sie überrascht haben.«

»Nein, denn Eleanor erwähnte zuvor, daß die DeLisles eine Party planten, und ich rechnete damit, eingeladen zu werden.

Ich mache mir nicht viel aus solchen Gesellschaften, Mr. Maitland. Aber die Gelegenheit, die DeLislesche Kollektion zu sehen –«

»Sie hatten schon davon gehört?«

»Selbstverständlich. Das war kein Geheimnis, auch nicht, daß der Schmuck für Sir Leonard Bowling bestimmt war. Ich hätte gern eines der Stücke erworben, aber gegen Sir Leonard wäre ich nicht angekommen. Ohne eine sichere Absatzquelle kann ich nicht so viel in einen Einzelgegenstand investieren.«

Wieder wechselte Antony unvermittelt den Gesprächsgegenstand: »Trotzdem war es sicher keine unangenehme Gesellschaft? So ist das nun einmal?«

»Keineswegs. Mrs. DeLisle ist eine ausgezeichnete Gastgeberin, und wenn die Gäste nicht alle auf gleicher Stufe standen –«

»Einen Moment! Sie meinen, es gab Unannehmlichkeiten?«

»Das nicht. Nur eine kaum spürbare Spannung zwischen Sir Leonard und dem jungen Blake, der, wie ich hörte, bei ihm angestellt ist. Aber vielleicht habe ich mir das auch nur eingebildet.«

»Könnten Sie das etwas näher erläutern?«

»Ich fürchte, nein. Es war nur ein vager Eindruck.«

»Und sonst?«

»Nichts, höchstens die beiden Mädchen. Eleanor hatte von Mary stets wie von einer Freundin gesprochen. Aber an jenem Abend benahmen sie sich wie Feindinnen.«

»Zeigte jemand besonderes Interesse an den Juwelen?«

»Ich war selbst zu sehr in Anspruch genommen und achtete nicht auf die anderen.«

»Wie war es beim Abschied?«

»Ich verstehe Ihre Frage nicht.«

»Sie und Blake gingen doch gemeinsam weg, nicht wahr? Wessen Vorschlag war das?«

»Wenn ich mich recht erinnere, habe ich zuerst davon gesprochen, daß ich gehen möchte. Die Besichtigung war vorüber. Das klingt undankbar, Mr. Maitland. Aber wie ich schon sagte, ich halte nichts von solchen Zusammenkünften.«

»Und Blake ging auch?«

»Ja. Er ist kein Freund der Familie. Vermutlich schien ihm das der passende Moment, die Party zu verlassen.«

»Natürlich. Wie gelangten Sie nach Hause?«

»In meinem Wagen.«

»Und Blake?«

»Ebenfalls mit dem Auto. Er mußte die Straße ein Stück zurückfahren, damit ich herauskonnte.«

»Fuhren Sie direkt nach Hause?«

»Ja.«

»Kann das jemand bestätigen?«

»Ich fürchte, nein.«

Antony stand auf. »Sie bleiben bei dieser Frage so gelassen«, wunderte er sich.

»Warum nicht? Ich habe darauf gewartet, seit Horton bei mir angerufen hat.«

Antony lachte, und sie verabschiedeten sich.

Geoffrey bestand darauf, ihn nach Kempenfeldt Square zu bringen, obgleich es ein Umweg für ihn war. Doch zum Tee wollte er nicht bleiben. Antony stieg die Treppe hinauf und traf, wie erwartet, Sir Nicholas. Dieser hatte es sich in seinem Lieblingslehnstuhl bequem gemacht und aß einen heißen Buttertoast. Jenny hatte das Teebrett in ihrer Reichweite stehen. Sofort waren beide Tassen gefüllt, und sie blickte entspannt und friedlich.

»Was ist mit Meg und Roger los?« fragte Antony, während er das Feuer schürte.

Jenny stand auf. »Meg hat eine Erkältung«, erwiderte sie. »Roger telefoniert. Ich glaube nicht, daß es etwas Schlimmes ist, aber es wäre entsetzlich, wenn sie ihre Stimme verlöre.«

»Ausgerechnet Roger muß soviel Aufhebens machen«, meinte Antony herzlos. Er nahm gnädig eine Tasse Tee entgegen und stellte sie hinter sich auf den Kaminsims.

»Das ist ein ziemlich hartes Urteil«, erklärte Sir Nicholas. »Du solltest lieber anerkennen, daß er uns vor einer möglichen Infektion bewahren wollte.«

»Nein, weil das bei Roger immer so komisch ist. Es macht ihm Spaß, sich aufzuspielen, bald, indem er auf die extreme Hitze, und bald, indem er auf die eisige Kälte oder andere Strapazen, denen er auf seiner Yacht ausgesetzt ist, hinweist. Und wenn es erst um Meg geht, benimmt er sich wie eine Henne, die Angst um ihr Küken hat.«

»Das ist eine bemerkenswerte Eigenschaft«, entgegnete Sir Nicholas. Antony grinste.

Er nahm einen Teller von dem Tablett, legte drei Stück Kuchen darauf, die aus Gerstenmehl gebacken waren, und ein Stück Obsttorte. Dann ging er an seinen Platz zurück, rückte aber etwas vom Feuer ab.

»War der heutige Nachmittag erfolgreich?« fragte Jenny.

»Nicht sonderlich.«

»Beschäftigst du dich immer noch mit diesem fruchtlosen Unternehmen?« fragte Sir Nicholas in anklagendem Ton.

»Erstens ist das eine charmante Bezeichnung meiner Tätigkeit. Ich habe eine Idee –«

»Na red schon! Hast du nun eine Idee oder nicht?«

»Ja. Aber sie ist ganz schön verrückt.«

»Hast du etwas für die Verteidigung Nützliches erfahren?«

»Nein.«

»Willst du eine der von dir befragten Personen als Zeugen benennen?«

»Ich habe Geoffrey gebeten, einige als Zeugen unter Strafandrohung vorzuladen, für den Fall, daß Father William etwas Interessantes herausbekommen sollte. Du siehst, ich denke –«

»Eleanor Wyatt war nach dem Lunch hier«, berichtete Jenny, da er seinen Satz nicht beendete. Es war ein erfolgreiches Ablenkungsmanöver. Sir Nicholas nahm seine Tasse entgegen und blickte streng über ihren Rand hinweg. »Davon hast du mir nichts erzählt.«

Gleichzeitig fragte Antony eifrig: »Was wollte sie?«

»Dich sehen. – Es tut mir leid, aber ich hatte keine Lust, zweimal darüber zu sprechen, Onkel Nick. Als mir Gibbs mitteilte, daß sie da sei, bat ich sie heraufzukommen. Wäre es wichtig gewesen, hätte ich sie bis zu deiner Rückkehr hierbehalten, Antony. Aber sie schien nur Angst zu haben um Malcolm Harte. Wie seltsam!«

»Aha.«

»Deswegen hättest du doch nicht mit ihr sprechen wollen?« fragte Jenny ein wenig ängstlich.

»Nein, bestimmt warst du viel freundlicher, als ich es gewesen wäre.« Er trank seinen Tee aus und ließ sich nachschenken. »Eleanor ist, obgleich sie das Ganze ins Rollen gebracht hat, die letzte, von der ich Hilfe erwarte.«

»Was sie mir erzählte«, berichtete Jenny, während sie sich darauf konzentrierte, den letzten Tropfen aus der Teekanne herauslaufen zu lassen, »war nicht hilfreich, aber interessant.«

»Danke. Wenn du versuchst, mich auf die Folter zu spannen, meine Liebe –«

»Nein, natürlich nicht. Sie sagte mir nur, ihre Verlobung mit Laurence Blake sei wieder intakt.«

»Ich nehme an, das geht von ihm aus. Er sagte: ›Man kann ein Mädchen, das so weichherzig ist, nicht verantwortlich machen.‹«

»Das klingt ein wenig herablassend«, meinte Jenny nachdenklich. »Natürlich freute ich mich für Eleanor. Sie scheint ein nettes Mädchen zu sein.«

»War sie glücklich?«

»O ja. Ich nehme es jedenfalls an. Aber es war nicht ohne weiteres zu erkennen, weil sie so verzweifelt wegen Malcolm Harte war.«

»Wenn alle deine Informationen so aussehen«, sagte Sir Nicholas vernichtend, »dann wundert es mich nicht, daß du das Gefühl hast, recht wenig erreicht zu haben. Aber da du überzeugt bist, daß dies nach Lage der Dinge der einzige Weg ist, den Fall zu klären, macht dir dies sicher nichts aus.«

»Bis jetzt fehlen erhebliche Tatsachen«, erklärte Antony, »es sei denn, wir berufen Bowling, Wyatt und die anderen –«

»Was nach deinen eigenen Worten schwerlich etwas nützen würde.«

»Wir haben nur einen Zeugen; Malcolm Harte, der alles leugnet. Und das ist es.«

»Dann mußt du dich eben auf die Eröffnung und den Schlußvortrag konzentrieren, mein lieber Junge«, empfahl Sir Nicholas boshaft. »Ich bin sicher, bei deiner Überredungskunst –«

Antony und Jenny wechselten einen Blick der Verzweiflung und versuchten, das Thema zu wechseln.

Über Father William fiel an diesem Abend kein Wort.

Montag, der dritte Tag

Chefinspektor Sykes war ein freundlicher Mensch, der die Dinge nahm, wie sie eben kamen. Er war von vierschrötiger Statur, hatte dunkles Haar und ein behäbiges Aussehen, als käme er vom Lande, selbst hier vor Gericht, wo er bewußt auf ein bürgerliches Aussehen achtete. Der siebente Geschworene, der ihn beobachtete, dachte im stillen, man könnte ihn für einen Farmer halten, einen reichen Farmer, der mit seinem Schicksal sehr zufrieden ist.

Die Unterbrechung am Wochenende kahm ihm sehr gelegen. Der Siebente von der Geschworenenbank, der sich gleich hinter den Obmann gesetzt hatte, empfand noch stärkere Langeweile als in der Woche davor. Es war nichts als eine Wiederholung dessen, was Garfield in seiner Eröffnung bereits gesagt hatte. Die Zeugen bestätigten nur seine Worte. Sykes schien ein braver, altmodischer Polizist zu sein. Aber deshalb brauchte man ihm noch lange nicht aufmerksam zuzuhören. Maitland würde wieder sagen, es handle sich nur um Indizien. Dem Geschworenen schienen sie ausreichend.

Es gab immer Dinge, die sich nicht nachprüfen ließen. Wie sollte er es beispielsweise anstellen, gegen Travers Beweise in die Hand zu bekommen. Dennoch war Travers ein Dieb. Er wußte das so bestimmt, wie er seine Religionszugehörigkeit kannte. Dieser Travers war ein mürrischer Junge, der seine Illusionen über Bord geworfen hatte. Er verstand sich darauf, verfänglichen Fragen geschickt auszuweichen.

Der siebente Geschworene war groß, schlaff und fett, mit struppigem, grauem Haar. Er trug einen zerknitterten Anzug mit Spuren von Asche, die von der letzten Zigarette herrührten. Er war Lehrer für Englisch und Geschichte und unterrichtete die oberen Klassen einer Gemeinschaftsschule. Aufgrund des bisher Gehörten war er überzeugt, daß der Angeklagte schuldig sei. Man bekommt einen sechsten Sinn für derlei, wenn man sich über Jahre hinweg mit den Vergehen von Jugendlichen befaßt. Seine Gefühle ließen sich in diesem Fall sehr gut mit denen vergleichen, die er gegenüber Travers empfand. Die Sache war absolut eindeutig, obgleich es sich nur um einen Indizienbeweis handelte. Wenn er ganz ehrlich zu sich selbst war, mußte er sich eingestehen, daß es im Fall Travers nicht einmal Indizien gab.

Es war jedesmal unangenehm, wenn in der Schule gestohlen wurde. Die Jungen waren zwar gewarnt worden, ihr Geld nicht außerhalb der Schließfächer herumliegen zu lassen, aber einer der Schüler interessierte sich für den Inhalt der Hosentaschen seiner Kameraden, für Taschenmesser, Bindfaden und anderes. Jemand hatte ein fremdes Messer als sein eigenes ausgegeben. Das fiel erst auf, als der rechtmäßige Besitzer sein Fach aufschloß und ihm das Messer fehlte. Der Lehrer hatte Travers im Verdacht, weil dieser ihn so durchtrieben angeblickt hatte.

Zum Rektor zu gehen, war sinnlos. Er und Maitland hätten ein gutes Paar abgegeben. Beide fragten nach Beweisen, wo schon Gewißheit herrschte. Aber ein Wort zu Bolton würde die Sache in Ordnung bringen. Er war ein guter Junge, solid, zuverlässig, und er stellte nie Fragen. Er hielt bei solchen An-

lässen auch nicht den Mund wie die anderen. Die Empörung über den Diebstahl war groß in der Schule. Travers sollte nicht länger so billig davonkommen. Es ließ sich sagen, daß ihm ein Gefallen getan wurde, wenn man ihn davon heilte, sein ganzes Leben lang zu stehlen. Er hätte das Ergebnis einer solchen Aussprache gern schon im voraus gekostet – zu sehen, wie schnell sich Neuigkeiten herumsprechen, wie rasch Travers von der Schule flog. Unterrichten war ein langweiliger Job. Alles, was diese Monotonie unterbrach, war willkommen. Aber hier mußte er sich mit einer noch langweiligeren Sache befassen. Er glaubte, Charaktere gut beurteilen zu können. Diesem Harte würde er nicht über den Weg trauen, nicht einmal in der alltäglichsten Situation.

Der Anklagevertreter, sichtlich zufrieden mit dem Verhandlungsablauf, saß ernst da und glich ein wenig einer Katze, die am Rahm genascht hat. Vielleicht war es amüsant, wenn auch nicht instruktiv, was sein Gegner mit dem Zeugen anstellte. Er hatte ein ganz schönes Stück Arbeit vor sich, wenn er den Chefinspektor aus der Ruhe bringen wollte…

Maitland war sich nicht einmal sicher, ob er das wollte, ganz abgesehen davon, daß dies bei einem so friedfertigen Menschen wie Sykes wahrscheinlich gar nicht möglich war. Er stand in aller Ruhe auf, wobei er unbewußt seinen Onkel imitierte, hatte aber keine Ahnung, wie er den Zeugen einschüchtern sollte. »Sie werden einräumen, Chefinspektor, daß dieser Fall, den mein Opponent so geschickt im Sinne der Anklage dargestellt hat, nur auf Indizien beruht.«

»Ja.«

»Wurde das Frühstückszimmer am Morgen nach dem Verbrechen offen vorgefunden?«

»Ja.«

»Nach Ihrer Aussage soll mein Mandant die Juwelen an einen Mitschuldigen übergeben haben. Aber könnte es nicht auch sein, daß irgendein Einbrecher, der eigentliche Täter, diesen Weg beschritten hat?«

Sykes überlegte. »Nein, nicht unter diesen Umständen.«

»Das war zu erwarten. Bei Ihren Nachforschungen haben Sie vermutlich keine Spur von den Juwelen entdeckt.«

»Bedauernswerter Weise ist es so.«

»Und es gibt nicht den geringsten Hinweis, ob George DeLisle getötet wurde, während Harte bei ihm war oder erst später?«

Das war zuviel für Garfield. »Mylord«, sagte er, »mein Kollege hätte diese Frage nur einem Zeugen, der als Arzt vernommen wird, stellen dürfen.«

Mr. Justice Conroy nickte zustimmend. Maitland seufzte und begann, geduldig die Punkte einen nach dem anderen durchzugehen. Aber Sykes Aussage war durch nichts zu erschüttern. Deshalb konnte Garfield danach guten Gewissens auf eine Re-Examination verzichten.

Die Zeugen der Verteidigung

Montag,
der dritte Tag (Fortsetzung)

Das alles nahm Zeit in Anspruch. Trotzdem hatte Maitland vor der Lunchpause noch Gelegenheit zu einem kurzen Eröffnungs-Plädoyer, bevor die Zeugen der Verteidigung vernommen wurden. Das Verhör der von der Anklage benannten Zeugen war vorüber. Beim Lunch trieb Maitland seine Kollegen zur Eile an und schickte Geoffrey Horton zu ihrem Mandanten, damit er, noch bevor das Gericht wieder zusammentrat, mit ihm reden konnte, denn anschließend mußte Malcolm als Zeuge aussagen. Maitland spürte überraschend seine eigene Nervosität. Er wußte ja überhaupt nicht, wie sich der junge Mann verhalten würde.

Um es vorwegzunehmen, er erzählte seine Story gut, beinahe so, als ob er einer Eingebung folge. Ja, er glaube, er könne ruhig sagen, daß er gehofft habe, Mrs. DeLisle werde ihn über das Wochenende einladen, zusammen mit Mary Reynolds. Er habe angenommen, daß sich, wenn sie im selben Hause seien, sicher eine Gelegenheit finden werde, einander zu sehen. Das sei das einzige Motiv gewesen, weshalb er nach Wimbledon kommen wollte. Selbstverständlich kannte er den Schmuck ganz genau. Er besaß die Schlüssel zum Tresor im Geschäft, damit er bei Bedarf die gewünschten Ausstellungsstücke herausholen konnte.

»Transportierten Sie häufig kostbare Juwelen in solchen Mengen?«

»Ja und nein. Beispielsweise hatte ich vorher nie den Auftrag, Schmuck in das Haus nach Wimbledon zu bringen, aber es kam ziemlich häufig vor, daß ein Kunde, der sich im Hotel aufhielt, eine Auswahl sehen wollte. Ich nahm dann gewöhnlich ein Taxi.«

»Fuhren Sie am dreizehnten Juni mit dem Taxi nach Wimbledon?«

»Ja.«

»Und Miss Reynolds begleitete Sie?«

»Ja. Ich nahm an, daß Mr. Henry damit einverstanden sei. Wir gehörten ja nicht in diese Gesellschaft. Aber von Mrs. DeLisle war es sehr freundlich, uns einzuladen.«

»Sie hatten Gelegenheit, die Aussagen der gegnerischen Zeugen zu hören, Mr. Harte. Möchten Sie die Angaben in einem oder in mehreren Punkten berichtigen?«

»Nein. Natürlich wußte ich nicht, daß Lady Bowling hinter mir auf der Treppe war, als ich in das Herrenzimmer hinabging.«

»Dann wollen wir uns jetzt von den allgemeinen Geschehnissen dieses Abends ab und der Vorführung des Schmucks zuwenden. Sie waren nicht sonderlich interessiert?«

»Nein, weil ich ja alles schon bestens kannte. Mary ging es ebenso, ich meine, sie hatte alle Stücke schon gesehen, wenn auch nicht so oft wie ich. Es war an diesem Abend für uns die erste Gelegenheit, ein paar Worte ungestört miteinander zu wechseln, denn beim Dinner war es sehr steif zugegangen, und wir hatten nicht nebeneinander gesessen. So traten wir ans Fenster, um ein wenig von den anderen abgesondert zu sein. Daß den übrigen Gästen die Juwelen gefielen, kann ich recht gut verstehen; es waren wunderschöne Steine.«

Bevor jemand unter Eid stand, ließ sich eben nichts sagen. Vor wenigen Minuten hätte Maitland noch gewettet, daß Harte einen armseligen Zeugen abgeben werde. Statt dessen wirkte Harte geradezu unbeschwert und machte ohne Zweifel einen guten Eindruck. Vielleicht, schließlich...

»Jetzt kommt eine harte Nuß, Mr. Harte, und ich bitte Sie, sich Ihre Antwort genau zu überlegen, denn mein Kollege von der Anklage hat ein besonderes Interesse an ihr. Um welche Zeit war die Juwelenschau zu Ende? Und was geschah danach?«

»Ich nehme an, gegen zweiundzwanzig Uhr dreißig. Ich

habe nicht auf die Uhr gesehen. Mr. George gab das Zeichen zum Aufbruch, indem er sagte, er bringe den Schmuck zurück und wolle noch ein paar Briefe schreiben. Mr. Thurlow und Mr. Blake gingen bald darauf. Und als Lady Bowling zu verstehen gab, daß sie sich zurückziehen wolle, war ich recht froh, mich den Damen anschließen und die restliche Gesellschaft, in der ich fehl am Platze war, alleinlassen zu können.«

»Ja, das ist verständlich. Aber ich möchte, daß Sie uns erklären, Mr. Harte, warum Sie sich entschlossen, noch einmal hinunterzugehen.«

»Es war ein Impuls.«

»Sie sind nicht beispielsweise bloß deshalb nach oben gegangen, um den Eindruck zu erwecken, Sie gingen schon zu Bett? Dies wird Ihnen jedenfalls mein Kollege zu suggerieren versuchen.«

»Nein. Aber als ich mein Zimmer betrat, dachte ich, die Gelegenheit sei günstig, Mr. George unter vier Augen zu sprechen.«

»Und aus welchem Grund?«

»Es war nur... na ja, Sie werden das verstehen. Der Hochzeitstermin stand schon fest, wir hatten Vorbereitungen für die Flitterwochen getroffen, und dann sagte er auf einmal, daß ich meinen Urlaub vielleicht verschieben müsse.« Er zögerte das erstemal, und Maitland kamen neue Zweifel. Dennoch...

»Das müssen Sie uns näher erläutern, Mr. Harte«, sagte er. »Mr. George DeLisle war für Personalfragen zuständig, nehme ich an.«

»Ja. Er sprach mit mir am Freitagnachmittag über diese Angelegenheit. Natürlich protestierte ich, aber er ließ mir keine Zeit, Gegenargumente vorzubringen. Deshalb hoffte ich an jenem Abend, ungestört mit ihm sprechen zu können. Ich hätte ihm klarmachen können –«

»Haben Sie sich mit Miss Reynolds über die mögliche Änderung Ihrer Hochzeitspläne unterhalten?« fragte Maitland, als es offenkundig wurde, daß der Zeuge nicht aus eigenem Antrieb weitersprechen würde.

»Nein, ich wußte... vielmehr ich *dachte*, sie werde enttäuscht sein. Deshalb wollte ich erst mit ihr darüber reden, wenn ich Gewißheit hätte, daß wir unsere Pläne tatsächlich ändern müßten.«

»So entschlossen Sie sich, hinunterzugehen und nach Mr. George DeLisle zu sehen.«

»Ja, ich hoffte, daß er in seinem eigenen Haus und vor dem Abschluß eines größeren Geschäfts etwas zugänglicher sein werde. Hier *kann* ich die Zeit genau angeben«, sagte Malcolm in zufriedenem Ton. »Ich hielt mich nur kurz in meinem Zimmer auf, es war zweiundzwanzig Uhr vierzig – oder sagen wir, achtzehn Minuten vor der vollen Stunde. Ich sagte mir, wenn ich mein Vorhab en ausführen wolle, sei es jetzt der richtige Zeitpunkt dazu. Deshalb stieg ich unverzüglich die Treppe hinab.«

»Sie wußten, wo sich das Herrenzimmer befand?«

»Ja. Ich hatte den Schmuck bei meiner Ankunft dort hingebracht, zu Mr. George.«

»Kannten Sie den Plan des Hauses?«

»Ich war nie zuvor dort.«

»So kannten Sie unten nur –?«

»Den Salon, den Speiseraum und das Herrenzimmer.«

»Sie wußten zum Beispiel nicht, wo sich das Frühstückszimmer befand?«

»Nein.«

»Erzählen Sie weiter, Mr. Harte...«

»Ich ging geradewegs zum Herrenzimmer, klopfte an die Tür und wartete, bis ich ihn sagen hörte: ›Herein!‹ – Mr. George saß am Schreibtisch.«

»Was tat er? Schrieb er Briefe, wie er es vorher angekündigt hatte?«

»Nein, er hatte die neuen Designs vor sich ausgebreitet und betrachtete sie. Der Handkoffer, in dem ich den Schmuck vom Geschäft mitgebracht hatte, lag auf der Schreibtischplatte.«

»Was geschah dann?«

Malcolm sprach jetzt langsam und wählte die Worte sorgfältig: »Er blickte auf, runzelte die Stirn und schien über die Unterbrechung nicht erfreut. Aber als ich ihn auf meinen Urlaub ansprach, wurde er wesentlich freundlicher. Bereitwillig erklärte er sich damit einverstanden, daß ich zur geplanten Zeit wegfahren könne. Dann unterhielten wir uns noch ein paar Minuten über die Vorkehrungen für die Zeit meiner Abwesenheit.«

»Und dann –?«

»Er sagte: ›Weil Sie nun einmal da sind, können Sie sich auch nützlich machen.‹ Und als ich fragte, wie, erklärte er, ich solle die Eutis mit den Juwelen in den Safe legen.«

»Das müssen wir noch präzisieren. Befanden sich die Etuis mit den Juwelen in dem Handkoffer, in welchem Sie sie vom Geschäft nach Wimbledon transportiert hatten?«

»Ja. Meiner Ansicht nach wäre es zweckmäßiger gewesen, sie darin zu lassen. Aber ich nahm die Steine heraus, weil ich glaubte, damit seiner Anweisung nachzukommen, und stapelte sie im Safe, der offenstand. Den Handkoffer ließ ich auf dem Schreibtisch stehen.

»War sonst noch etwas in dem Safe?«

»Absolut nichts.«

»Nachdem die Schmuckkassetten sicher verwahrt waren, erkundigte ich mich bei Mr. George, ob ich den Safe abschließen solle, aber er schüttelte den Kopf und sagte: ›Lassen Sie ihn einstweilen offen‹ So drückte ich den Safe nur zu, ohne die Kombination zu betätigen. Dann sagte ich gute Nacht und ging nach oben.«

»Aber nicht direkt in Ihr Zimmer.«

»Nein. Ich wollte erst noch mit Mary sprechen – mit Miss Reynolds. Deshalb ging ich zu ihrem Zimmer.«

»Sie wußten, wo es sich befand?«

»Wir gingen ja vorher alle gemeinsam nach oben, wie Sie sich erinnern werden.«

»Miss Reynolds berichtete uns, daß es kurz vor elf Uhr war, als Sie ihr Zimmer wieder verließen.«

»Nun ja, ich glaube nicht, daß ich im Herrenzimmer länger als ganze zehn Minuten blieb, und Mary schickte mich gleich wieder weg, so daß es wahrscheinlich erst fünf Minuten vor elf war.«

»Und dann wäre noch folgendes: Miss Reynolds sagte aus, Sie seien sehr erregt, ja fast übermütig gewesen, als Sie zu ihr kamen.«

»Das ist leicht zu erklären.« (Aber sein Gesichtsausdruck besagte das Gegenteil.) »Ich hätte es ihr sofort erzählt, wenn sie mir dazu Gelegenheit gegeben hätte. Ich habe Ihnen hier gesagt, daß ich mich innerlich darauf einstellen mußte, die Hochzeit verschieben zu müssen, oder zum vorgesehenen Termin zu heiraten, aber dann in Kauf zu nehmen, daß wir erst später in die Flitterwochen fahren konnten. Da nun alles wieder in Ordnung war, freute ich mich natürlich.«

»Bleiben wir bei den Flitterwochen. Daß Sie sich gerade für Amsterdam entschieden, konnte den Eindruck erwecken, als verfolgten Sie damit bestimmte, unlautere Absichten. Vielleicht können Sie uns diesbezüglich beruhigen?«

»Mary wollte sich Paris ansehen, deshalb hatten wir in unserer Reiseroute, die sehr sorgfältig ausgearbeitet war, vorgesehen, mit dieser Stadt zu beginnen und die vierzehntägige Tour in Amsterdam zu beenden. Wenn ich wirklich vorgehabt hätte, dort ›heiße‹ Ware abzusetzen –« (Er soll nicht unaufgefordert darüber reden, dachte Maitland verzweifelt. Das habe ich ihm doch mindestens ein dutzendmal eingeschärft) »– dann hätte ich das sofort erledigt und nicht am Ende einer Urlaubsreise.«

»Richtig.« (Es blieb ihm nichts anderes übrig, als dieser Bemerkung zuzustimmen.) »Außerdem gibt es da noch ein paar Dinge, die den Geschworenen vielleicht noch nicht ganz klar sind...«

Diese dauernden Wiederholungen! Als ob wir ein Verein von Schwachsinnigen wären. Der Mann erzählte seine Story überzeugend, so daß man ihm beinahe glauben konnte. Daß er ein Motiv hatte, war einleuchtend. Und seine Fingerabdrücke wurden auf dem Safe gefunden. Das belastet ihn, doch er hatte alles plausibel erklärt. Durfte man ihm aber vertrauen, wenn soviel für ihn auf dem Spiel stand? Das war das Problem. Es wäre gut zu wissen, wie die anderen Geschworenen darüber dachten. Wenn die Verhandlung je ein Ende nehmen sollte...

Es gibt so viele Dinge, die mich mehr interessieren als das Schicksal dieses bleichen Mannes im Zeugenstand, dachte der achte Geschworene. Das Problem Beryl zum Beispiel. Er hatte das Kind vom ersten Augenblick an nicht leiden können – ein schmächtiges, kleines Ding, das sich hinter seiner Mutter versteckte, als ob es Angst vor ihm hätte. Ein Mädchen von fast achtzehn Jahren.

Ruth erzählte ihm später, daß sie dem Kind die Situation so vorsichtig wie möglich erklärt hatte... daß sie allein sei, mit einem Ehemann zusammenlebe müsse... und er ihr zweiter Vater werden würde. Vielleicht war es Instinkt, wie man ihn Hunden und Kindern nachsagt... aber die Tatsache blieb bestehen, daß sie von Anfang an vor ihm zurückschreckte, beinahe, als ob sie fürchte, er werde ihr Gewalt antun. Dabei war das gar nicht seine Art.

Er hatte Ruth an jenem Abend vorgeschlagen, Beryl in ein Internat zu geben, da sie dort möglicherweise glücklicher wäre, aber sie wollte nicht auf ihn hören. ›Das arme Kind, sie ist zur Zeit ganz durcheinander. Dann würde sie obendrein noch glauben, daß wir nichts von ihr wissen wollen.‹ Na schön, er würde andere Wege finden, um ans Ziel zu kommen. Es war sehr viel schwieriger, als er gedacht hatte, aber fürs erste...

Er war die verkörperte Geduld in bezug auf Beryls Launen, solange Ruth anwesend war. Vielleicht würde ihn das Mädchen mit der Zeit akzeptiert haben, aber das lag gar nicht in seiner Absicht. Er wollte Ruth mit niemandem teilen. Das erwies sich am Ende als sehr einfach, da Beryl zu dieser Zeit so furchtbar unsicher war. Eines Tages kam sie mit strahlenden

Augen nach Hause, denn sie hatte in dem Theaterstück ›Was Ihr wollt‹, das in der Schule aufgeführt wurde, die Audrey gespielt. ›Es schickt sich nicht, daß du Theater spielst, meine Liebe‹, hatte er zu ihr gesagt, sobald sie allein waren. ›Du sollst nur sein, was du wirklich bist. Mehr wird nicht von dir erwartet.‹ Es dauerte etwa eine Minute, bis sie begriffen hatte, was er meinte. Da an seiner Stichelei etwas Wahres war, und sie sich nicht zu helfen wußte, brach sie in Tränen aus. Sie lief auf der Stelle zu ihrer Mutter. Ruth hatte für ihn Partei ergriffen – gelobt sei sie –, weil er die Sache abgestritten hatte. ›Du darfst nicht so eifersüchtig sein, Liebling, und nie, nie, nie mehr deinem Stiefvater einen so bösen Streich spielen.‹ Danach war es leicht für ihn ... Er nahm jede Gelegenheit wahr, um das Selbstvertrauen des Mädchens zu unterminieren. Er wußte, daß sie lieber sterben würde, als Ruth davon zu erzählen.

Das verfehlte auf die Dauer natürlich nicht seine Wirkung. Am vergangenen Wochenende war Ruth endlich bereit, mit ihm über Beryls Unterbringung in einem Internat zu sprechen. Bis der Prozeß vorüber war, vielleicht sogar noch früher – bei diesem Tempo –, konnte die ganze Sache unter Dach und Fach sein.

Inzwischen hatte sich Maitland wieder gesetzt, und Garfield stand langsam auf. Der Angeklagte wartete. Er schien verängstigt. Bisher hatte er sich ganz gut gehalten. Aber wenn Garfield mit seiner Vernehmung zu Ende sein würde, wer weiß, wie das Bild dann aussah ...

Garfield war offensichtlich entschlossen, sofort *in medias res* zu gehen, ohne sich erst mit Präliminarien abzugeben. »Sie sagten, daß Sie jederzeit Zugang zum Tresor und zu den Schaustücken im Geschäft hatten. Der Verdacht wäre doch eher auf Sie gefallen, wenn der Diebstahl dort begangen worden wäre?«

»Nicht eher als beim Diebstahl in Wimbledon, den ich nicht begangen habe und der mir jetzt angelastet wird.«

»Aber man hat Sie gesehen, als Sie das Herrenzimmer betragen. Ich bin überzeugt, daß Sie dies ursprünglich nicht zugeben wollten.«

»Mylord!« rief Maitland indigniert aus. Conroy wandte sich müde an den Vertreter der Anklage.

»Mr. Garfield, ich muß Sie daran erinnern, daß das Urteil noch nicht gesprochen ist. Die Jury möge diese Bemerkung unberücksichtigt lassen.«

»Wie es Eurer Lordschaft beliebt.« Garfield fuhr fort: »Sie hatten vor, die Flitterwochen in Europa zu verbringen. Waren Sie schon einmal im Ausland?«

»Nein.«

»Auch nicht in Amsterdam?«

»Nein.«

»Paris, das leuchtet mir ein, aber warum ausgerechnet Amsterdam?«

»Ich habe doch bereits gesagt, daß dies die letzte Station unserer Reise sein sollte.«

»Außerdem kennen Sie einige Händler sehr gut?«

»Sicher, aber ich glaube nicht, daß Mr.Henry DeLisle auf den Gedanken käme, seine Kontakte könnten als unehrenhaft angesehen werden.«

Es ist ungeschickt, sich gegenüber Garfield schnippisch zu geben, dachte Maitland, selbst wenn die Versuchung dazu groß sein mag.

Der Junge war jetzt leider ganz auf sich gestellt. Es gab auch nichts an der Form der Verhandlungsführung zu beanstanden, so daß der Verteidiger nicht eingreifen konnte. Bei einem Richter wie Conroy war es überdies nicht angebracht, sich allzu oft einzumischen; schließlich war man auf ihn angewiesen, wenigstens bis zu einem gewissen Grade.

»Sie wissen genau, daß ich das nicht so gemeint habe«, erwiderte Garfield unfreundlich. »Wir wenden uns jetzt einem anderen Detail zu. Falls Ihnen dies lächerlich vorkommen sollte, so seien Sie klug genug, das nicht zu erkennen zu geben. Sie haben gesagt, daß Sie nie zuvor im Hause der Familie

DeLisle in Wimbledon gewesen seien.«

»Ja. Es war an jenem Tag das erstemal.«

»Mr. Henry DeLisle hat uns berichtet, daß Sie ihm die Juwelen übergeben haben und er sie mit ins Herrenzimmer nahm. Das stimmt nicht ganz mit Ihrer Aussage überein, daß Sie zur selben Zeit wie er ins Herrenzimmer gingen.«

»Doch. Mr. Henry befand sich in der Halle, als wir ankamen. Ich übergab ihm den Handkoffer, begleitete ihn aber ins Herrenzimmer, um zu sehen, ob die Juwelen sicher verwahrt würden.«

»Warum, Mr. Harte? Das scheint nicht nötig –«

»Vielleicht. Aber ich kannte das Haus nicht.«

»Erinnern Sie sich an die Zahl der Türen in der Halle, abgesehen von der Haustür?«

»Nein.«

»Es sind sechs. Könnten Eure Lordschaft so entgegenkommend sein, und die Geschworenen ebenfalls, einen Blick auf diesen Plan zu werfen?« fragte Garfield. »Auf jeder Seite der Halle befinden sich zwei Türen«, fuhr er zum Angeklagten gewandt fort. »Außerdem gibt es noch eine Serviertür und die Toilettentür am Ende des Korridors. Von den vier Türen in der Mitte, die Ihnen bekannt sind, wie Sie zugegeben haben, führt eine in den Salon, eine ins Speise- und eine ins Herrenzimmer. Ist das richtig?«

»Ja.«

»Dann dürfte es nicht schwer sein, sich auszurechnen, daß die vierte Tür ins Frühstückszimmer führt.«

»Wenn ich von der Existenz dieses Raumes etwas gewußt hätte. Das war aber nicht der Fall.«

»In einem Zimmer also, das gewöhnlich nicht benutzt wurde.«

»Das mag schon sein, aber ich begreife nicht, warum –«

»Wirklich nicht, Mr. Harte?« Das klang ironisch, und Maitland war aufgesprungen, bevor sein Opponent fortfahren konnte.

»Mein Kollege wird später ausreichend Gelegenheit haben,

an die Jury zu appellieren, Mylord. Aber jetzt ist nicht der richtige Augenblick dafür.«

»Ja, Mr. Maitland, die Frage war bereits beantwortet. Ich glaube, Sie sollten sich in dieser Phase des Prozesses eines Kommentars enthalten, Mr. Garfield.«

»Sehr wohl, Mylord – Sie haben zugegeben, Mr. Harte, daß Sie Ihr Möglichstes getan haben, um Mrs. DeLisle zu veranlassen, Sie an jenem Wochenende nach Wimbledon einzuladen.«

»Ja, ich –«

»Und Miss Reynolds ebenfalls eine Einladung zu verschaffen.«

»Ja, das war der eigentliche Grund.«

»Zweifellos wollen Sie uns das einreden. Sie werden mir aber recht geben, daß Sie wenig Gelegenheit hatten, mit ihr allein zu sein.«

»Weniger, als ich gehofft hatte.«

»Erst als die meisten Gäste zu Bett gegangen waren.«

»Ich verstehe nicht ganz, worauf Sie hinauswollen.«

»Sie haben uns erklärt, Mr. Harte, daß Sie sich um die Einladung bemühten, weil Sie mit Miss Reynolds allein sein wollten. Es liegt auf der Hand, daß die einzige Gelegenheit dazu darin bestand, nachts in ihr Schlafzimmer zu gehen.«

»Nun ja –«

»Was Sie auch getan haben.«

»Ja.«

»Sie hätten aber wissen müssen, daß Miss Reynolds eine anständige Frau ist und über das Ansinnen, vorehelichen Geschlechtsverkehr zu treiben, zutiefst verletzt sein würde.«

»Ja, das wußte ich.«

»Damit ist der von Ihnen angegebene Grund, weshalb Sie eingeladen werden wollten, hinfällig geworden. Wenn Sie nicht damit rechnen konnten, daß Miss Reynolds auf Ihre Wünsche eingehen würde, ist Ihre Erklärung nur ein Vorwand. In Wirklichkeit sind Sie nach Wimbledon gefahren, weil Sie wußten, daß der Schmuck dort weniger sicher war, und es leichter schien, ihn zu stehlen. Der Verdacht würde nicht sofort auf Sie fallen –«

»Sie können mir unterstellen, was Sie wollen, dadurch wird es noch nicht wahr.«

»Dann erzählen Sie, ob Sie der Polizei sofort gesagt haben, daß Sie nochmals ins Erdgeschoß hinabgingen, ins Herrenzimmer.«

»Nein.«

»Wann haben Sie es denn gesagt?«

»Erst nachdem Lady Bowling berichtete, daß sie mich gesehen habe. Den Grund werden Sie bestimmt erraten.«

»Ich bin nicht hier, um Rätsel zu lösen«, wies ihn Garfield zurecht.

»Schön, wenn Sie es unbedingt hören wollen: Ich dachte, man werde mich der Tat verdächtigen, und so ist es ja auch gekommen.«

»Es ist nicht schwierig, den Grund zu erkennen.« Garfield legte eine Pause ein, vielleicht, um die nächste Frage sorgfältig abzuwägen oder um des Effektes willen, was wahrscheinlicher war. »Sie und die Zeugen der Anklage haben übereinstimmend ausgesagt, wann die Besichtigung der Juwelen zu Ende war –«

»Warum sollte mich dieser Umstand besonders belasten?» konterte Malcolm. – Ich habe ihn gewarnt, dachte Maitland wieder. Dieses aggressive Verhalten ist unklug. Sollte es Harte allerdings schaffen, diesen Ton bis zum Schluß durchzuhalten, konnte sich das sogar positiv für ihn auswirken.

»Mr. George DeLisle verließ als erster den Salon«, sagte Garfield. »Er nahm die Juwelen an sich und äußerte im Gehen, er werde sich ins Herrenzimmer zurückziehen, um noch ein paar Briefe zu schreiben. Ist das richtig?«

»Durchaus.«

»Es liegt nahe, daß Sie Ihre Chance, an den Schmuck heranzukommen, bevor er wieder in den Safe eingeschlossen wurde, erkannten.«

»Wenn Sie doch endlich Ihre Ansicht korrigieren würden«,

murrte Malcolm. »Habe ich die Kombination des Safes gekannt oder nicht?«

»Mr. Harte!« Der Richter beugte sich vor. »Sie sind hier, um die Fragen des Anklagevertreters zu beantworten. Sie schaden sich nur, wenn –«

»Danke, Mylord.« Maitland wandte den Kopf zum Richtertisch. Er wirkte erleichtert.

»Dabei kommt nichts Gutes für Sie heraus, Mr. Harte«, sagte Conroy mahnend und schüttelte den Kopf. »Fahren Sie fort, Mr. Garfield.«

»Seine Lordschaft hat Sie aufgefordert, meine Frage zu beantworten«, sagte Garfield.

»Es tut mir leid, ich habe sie vergessen.«

»Ich sagte, daß Ihnen, als Sie hörten, daß Mr. George DeLisle im Begriff war, allein ins Herrenzimmer zu gehen, wahrscheinlich der Gedanke kam, dies sei eine günstige Gelegenheit, sich des Schmuckes zu bemächtigen, bevor dieser wieder im Safe verschlossen sein würde.«

»An so etwas habe ich nicht gedacht. Erst später kam mir die Idee, mit ihm persönlich zu sprechen.«

»Sie gingen also ins Herrenzimmer hinunter, führten ein rein freundschaftliches Gespräch mit Mr. George DeLisle über Ihre Urlaubspläne –« Garfields Tonfall war sarkastisch. Malcolm fiel ihm ins Wort.

»So war es.«

»– und anscheinend ahnte niemand etwas von der Gefahr.«

»Ich weiß nicht, warum er nie mit Mr. Henry darüber gesprochen hat, aber ich erklärte bereits, warum ich Mary nichts davon sagen wollte, solange ich meiner Sache nicht sicher war.«

»Und passenderweise – Sie werden zugeben, daß es gut in Ihr Konzept paßte, Mr. Harte – bat Sie Mr. DeLisle, die Juwelenkästen in den Safe zu legen.«

»Ich begreife nicht ganz, was Sie mit ›passenderweise‹ meinen.«

»Weil damit treffend erklärt ist, warum Ihre Fingerabdrücke auf dem Safe und den Etuis gesichert wurden.« Er schwieg einen Moment. »Ich sage Ihnen hiermit auf den Kopf zu«, fuhr er fort, wobei er jedes Wort betonte, »daß die Versuchung zu groß war. Da lag der Amethyst in Reichweite. Der Safe stand praktischerweise offen, und alle dachten – so glaubten Sie jedenfalls –, Sie lägen schon im Bett.«

»Das ist eben nicht wahr!«

»Dann berichtigen Sie mich doch, Mr. Harte. Es kann sogar sein, daß Sie die Wahrheit sagen, wenn Sie erklären, daß die Eutis noch im Handkoffer waren, in dem Sie sie nach Wimbledon gebracht haben. In diesem Fall war es noch einfacher für Sie. Sie beauftragten Ihren Komplicen, das Haus zu beobachten, zu warten, bis er Sie das Fenster öffnen sah –«

»Darf ich das Gericht daran erinnern«, warf Maitland ein, während er aufsprang, »daß dieser angebliche Komplice eine reine Fiktion ist.«

»Mein Kollege reagiert erstaunlich heftig«, erklärte Garfield. »Daß ein Komplice dabeigewesen sein muß, liegt auf der Hand, weil die Juwelen im Hause nirgends gefunden wurden.«

Conroy blickte zwischen den beiden Anwälten hin und her. »Nicht so hitzig, meine Herren!« sagte er. »Ihre Fragen sind korrekt, Mr. Garfield. Fahren Sie fort.«

»Danke, Mylord.« Maitland setzte sich, blickte aber aufrührerisch.

»Sie benutzten dieses Frühstückszimmer, nehme ich an«, wandte sich Garfield wieder an den Angeklagten, »weil Sie nicht länger als nötig mit Ihrem Opfer zusammensein wollten?«

»Es freut mich, daß Sie mich für so feinfühlig halten«, entgegnete Malcolm bitter.

»Sie haben mich nicht ausreden lassen, Mr. Harte. Ich wollte Ihnen keinen Mangel an Gefühllosigkeit unterstellen, sondern besonders auf Ihre Furcht, entdeckt zu werden, hinweisen.«

Zum erstenmal hatte der Angeklagte keine Antwort parat.

Als das Schweigen eine Zeitlang gedauert hatte, setzte Garfield das Gespräch fort: »Dann wollen wir uns jetzt wieder Ihrem Urlaub zuwenden, dem Gespräch, daß Sie mit Mr. George DeLisle geführt haben –«

»Ich habe Ihnen schon alles berichtet.«

»Leider überzeugt mich Ihre Begründung nicht.«

»Aber Sie werden sie akzeptieren müssen, weil es keine andere gibt.«

Maitland war überzeugt, daß der Angeklagte log. Harte hatte zweifellos auch ihn bei seinem Besuch im Gefängnis angelogen. Dies schien um so sicherer, als Harte bei der Antwort verlegen wurde. (Ich hätte verhindern müssen, daß er eine so leicht durchschaubare Ausrede bei Gericht anbringt.)

»Aber Mr. Harte.« Sobald Garfield spürte, daß der Zeuge unsicher wurde, bekam er eine Stimme weich wie Seide. »Teilte Ihnen der Verstorbene mit, warum er sich plötzlich in Ihre Reisepläne einmischte?«

»Nein.«

»Aber Ihnen war das wichtig?«

»Selbstverständlich.«

»Sie wollen uns nur einreden, daß er, ohne einen Grund anzugeben, zu Ihnen sagte, Ihre Urlaubsvorbereitungen könnten umsonst gewesen sein.«

»So ist es.« Malcolms Stimme klang gepreßt. (Er lügt, aber ungeschickt. Ich habe ihn gewarnt, unter Eid zu lügen.)

»Sie werden zugeben, daß diese Sinnesänderung irgendeinen Grund haben muß?«

»Ich nehme es an. Ja, natürlich.«

»Einen guten Grund?«

»Ich nehme es an«, sagte der Zeuge wieder. Seine Stimme hörte sich mürrisch an, aber er würde gleich seinen Widerstand aufgeben. So dachte jedenfalls Maitland, und Garfield wahrscheinlich auch.

»Unter diesen Umständen hätte sich Mr. Henry DeLisle sicher an den Reisevorbereitungen beteiligt.« Der Anklagevertreter legte eine Pause ein, um dann mit schneidender

Stimme fortzufahren: »Glauben Sie das nicht auch, Mr. Harte?«

Malcolm ließ das Geländer, das er umklammert hielt, unvermittelt los. Er breitete die Arme pathetisch aus, als ob er die letzte Hoffnung aufgäbe.

»Sie haben natürlich recht«, gestand er. »Es war nicht so.«

Garfield verzog keine Miene. »Vielleicht könnten Sie diese Bemerkung für die Geschworenen näher erläutern«, sagte er kalt.

»Mr. George hat nicht zu mir gesagt, daß ich meinen Urlaub verschieben müsse. Ich wollte ihn aus einem anderen Grunde sehen.« (Jetzt mußte er Farbe bekennen. Ich könnte Einspruch erheben, damit er Zeit zum Nachdenken hätte, aber vielleicht war es besser, sich nicht einzumischen. Diesmal war es die Wahrheit, weil sein Gewissen sie ihm diktierte.)

Garfield hakte nach: »Warum Ihre Erklärung nicht überzeugend war, habe ich schon angedeutet.«

»Nein.« Das war der letzte Versuch, Widerstand zu leisten. Als Harte weitersprach, war seine Stimme wie tot. »Ich hatte Schulden oder habe sie, denn das Geld ist noch nicht zurückgezahlt. Es handelte sich um eine ziemlich hohe Summe, und Mr. Wyatt drängte auf Rückzahlung.«

»Wie hoch war der Betrag?«

»Vierhundert Pfund.«

»Wie entstand diese Schuld?«

»Nach und nach. Wir gingen aus, hatten aber nicht die Mittel für... Dinner... Oper... Ballett usw. Wir nahmen nicht immer die billigsten Plätze, weil Eleanor und Laurence... nun ja. Ich hätte damit Schluß machen sollen, tat es aber nicht.«

»Und Sie hatten keine Ersparnisse?«

»Nur soviel, daß wir unsere Hochzeitsreise davon bestreiten konnten. Mr. George verwahrte sie für mich, sonst wäre das Geld für etwas anderes ausgegeben worden. Ich wollte ihn bitten, mir die vierhundert Pfund zu leihen, und falls das nicht möglich sein sollte, mir das Urlaubsgeld schon jetzt auszuhändigen. Ich mußte schließlich meine Schulden bezahlen, selbst wenn die Reise dann nicht so werden würde, wie ich es mit Mary geplant hatte.«

Garfield ließ die nun einsetzende Stille ein wenig nachwirken. Dann sagte er, mit einer Stimme, die nach Maitlands Empfinden vor Selbstzufriedenheit troff: »Wenigstens werden Sie nicht länger leugnen, daß Sie ein Motiv hatten, ein sehr überzeugendes Motiv. Sie brauchten Geld.«

Damit war das Verhör durch den Anklagevertreter natürlich noch nicht beendet, obgleich dies zweckmäßig gewesen wäre. Auch Maitland konnte nicht auf eine Vernehmung seines Mandanten verzichten. Er mußte versuchen, die Situation zu retten, obgleich er fühlte, daß dies aussichtslos sei. Als sich Maitland schließlich wieder setzte und der Richter die Mittagspause verkündete, hatte er das Gefühl, die Schlacht sei endgültig verloren.

Montag,
der dritte Tag (Fortsetzung)

Die Tür zum Herrenzimmer stand offen, als Maitland das Haus in Kempenfeldt Square betrat. Als ob dieser Wink noch nicht genügte, hielt sich Gibbs auch noch am Ende der Halle auf. »Sir Nicholas möchte Sie sprechen, Mr. Maitland.« Antony seufzte, aber es war keine unzumutbare Bitte und auch noch nicht spät. So ging er zu seinem Onkel.

Sir Nicholas erwartete einen detaillierten Bericht über die Ereignisse des Tages. Als die Rede auf das Kreuzverhör Hartes kam, schnitt er eine Grimasse, enthielt sich aber eines Kommentars. Erst als sein Neffe fertig war, fragte er: »Und deine Re-Examination?«

»Er gab zu, daß er William Wyatt Geld schuldig sei.«

»Ich hätte gedacht –«

»Du hast natürlich völlig recht. Er wußte nicht, daß es Wyatt war, von dem er sich Geld lieh. Er wandte sich an irgendeine Firma, deren phantasievoller Name mir im Moment entfallen ist. Er erzählte vor Gericht, bevor ich intervenieren konnte, daß Wyatt die Schuld persönlich übernahm, um zu verhindern, daß er und Eleanor sich weiterhin so oft sähen.«

»Das war wahrscheinlich der eigentliche Grund für das Darlehen«, meinte Sir Nicholas nachdenklich. »Wyatt verschaffte sich auf diese Weise eine Waffe gegen Harte. Ein junger Mann, der keine Sicherheit bieten kann, ist schwerlich eine gute Partie.«

»Vermutlich hast du recht. Wie dem auch sei, je mehr er sagte, umso schlimmer wurde es. Das Gericht verließ den Sitzungssaal wahrscheinlich in der Überzeugung, daß Harte verzweifelt nach einer Geldquelle gesucht hatte.«

»Und dann?«

»Ich fragte ihn, wie Mr. George DeLisle auf seinen Vorschlag reagiert habe. Er erwiderte, George war freundlich und bereit, ihm die Summe zu leihen. Ich glaube, daß dies die Wahrheit ist. Wahrscheinlich ist er über sich selbst erschrokken, daß er es fertigbrachte, unter Eid zu lügen, und war froh, als er sich endlich aussprechen konnte. Aber es scheint möglich, daß er die Schmuckstücke auf Anweisung von Wyatt gestohlen hat. Das würde so gut passen.«

»Das ist zweifellos eine Möglichkeit, die du im Auge behalten mußt. Sag mir, Antony, was hättest du getan, wenn Conroy die Hauptverhandlung weitergeführt hätte?«

»Ich hätte um Vertagung gebeten, um weitere Zeugen vorzuladen. Geoffrey hatte gar nicht die Zeit –«

»Aber wenn ich dich richtig verstanden habe, besteht kein Grund, weitere Zeugen zu vernehmen, sofern dir William Webster nicht weiterhilft.«

»Heute abend werde ich wissen, ob er etwas für mich in Erfahrung gebracht hat. Ich werde ihn aufsuchen.«

»Und wenn er nichts zu berichten hat?«

»Dann kann ich keine weiteren Zeugen stellen.«

»Und wie hätte das Gericht deiner Meinung nach auf ein

solches Manöver reagiert?«

»Onkel Nick, dazu ist es ja gar nicht gekommen.«

»Mich beunruhigt noch etwas anderes. Wahrscheinlich bist du gar nicht daran interessiert, dir Websters Bericht anzuhören, oder?«

»Ich habe Harte alles erklärt. Er meinte, ich soll so weitermachen wie bisher.«

»Es könnte problematisch werden.«

»Das brauchst du mir nicht zu sagen.« Er stand auf. »Ich weiß, was du denkst, Onkel Nick. Alle diese Zeugen könnten etwas wissen, aber was würde schon dabei herauskommen, wenn ich sie befragen würde?«

»Ich will nicht hoffen« – Sir Nicholas schien ernsthaft besorgt, sonst hätte er nicht so ruhig gesprochen –, »daß du am Ende keine Gelegenheit mehr findest, den einen oder anderen zu vernehmen.«

»Leben heißt lernen. Solange ich nicht mit Father William gesprochen habe, kann ich dazu nichts sagen.«

»Nein, vermutlich nicht. Geh jetzt ruhig, Antony. Jenny wird sich fragen, wo du geblieben bist. Aber vergiß nicht, daß Du mich auf dem laufenden halten sollst.«

»Ich werde es nicht vergessen.«

Als er die Treppe hinaufging, ahnte er nicht, daß Jenny eine Neuigkeit für ihn hatte. Sie erschien im Korridor, sobald sie ihn hörte. »Father William rief an, Antony. Er möchte dich sehen.«

Antony war überrascht und meinte, dies könne nichts Gutes zu bedeuten haben. »Wahrscheinlich sollte ich ihn sofort aufsuchen«, sagte er unentschlossen.

»Nein, bis nach zehn heute abend ist er beschäftigt. Am Telefon wollte er nichts darüber sagen. Also scheint es wichtig zu sein.«

»Hoffen wir das Beste. Mach mir bitte einen Drink, meine Liebe. Der Tag war heute unangenehm.«

Er war beim zweiten Sherry und begann sich beinahe wieder als Mensch zu fühlen, als das Telefon läutete. Jenny ging an den Apparat, drehte sich aber gleich zu ihm um und sagte: »Inspektor Sykes...«

»Chefinspektor«, verbesserte Antony automatisch, während er auf sie zutrat. »Was gibt's Neues?« fragte er, nachdem die Begrüßungsfloskeln, auf die Sykes besonderen Wert legte, ausgetauscht waren.

»Eine Neuigkeit, die mit dem gegenwärtigen Verfahren in keinem direkten Zusammenhang steht«, sagte Sykes in leicht nördlichem Akzent.

»Aha.«

Der Chefinspektor lachte. »Ich glaube nicht, daß Sie schon davon gehört haben, Mr. Maitland. Nun ja, eine Hand wäscht die andere. Es wird Sie bestimmt interessieren. – Lady Bowling ist tot.«

Einen Moment herrschte Schweigen, dann fragte Antony dumm: »Wie meinen Sie das... tot?«

»Ermordet«, erläuterte Sykes. Er schien amüsiert, was nicht zur Situation paßte. »Ich dachte, das würde Sie interessieren.«

»Entsetzlich... Und aus welchem Grund, Sykes?«

»Das kann ich Ihnen nicht sagen.«

»Aber wie ist es passiert?«

»Sie wurde heute morgen sehr zeitig in Shelley Place gefunden, in einer kleinen Straße, nicht weit von Covent Garden. Anscheinend hat man sie aus dem Auto gestoßen.«

»Das ist nicht –«

»Ich habe früh davon erfahren«, sagte Sykes; offenbar war er nicht in Eile. »Sie wurde mit einem Seidenschal erwürgt, den sie trug, als sie am Sonntagabend das Haus verließ. Das wissen wir von ihrem Ehemann. Der Schal war noch um ihren Hals geschlungen.«

»Tappen Sie im dunkeln, oder haben Sie irgendeine gute Idee?«

»Das ist meine Sache, Mr. Maitland. Ich möchte Sie nur warnen, dies vor Gericht als Ablenkungsmanöver zu verwerten, sofern Sie einen Zusammenhang nicht wirklich beweisen können –«

»Keine Sorge, ich habe nichts dergleichen vor. Aber Sie haben mich auf eine andere Idee gebracht.«

»Nämlich?« fragte er mißtrauisch. »Wenn Sie etwas wissen, Mr. Maitland –«

»Ich habe noch keinen Anhaltspunkt, leider. Das muß ich allein ausfechten, Chefinspektor. Wenn ich am Ziel bin, melde ich mich.«

»Damit muß ich mich wohl oder übel zufriedengeben. Da ich Sie kenne, nahm ich an, Sie hätten etwas in petto. Ich scheine mich geirrt zu haben und sage gute Nacht, Mr. Maitland.«

»Ich wünsche Ihnen ebenfalls eine gute Nacht und bin Ihnen wirklich sehr dankbar.«

»Das habe ich befürchtet«, entgegnete Sykes sybillinisch und legte auf.

Es dauerte eine Zeitlang, bis Antony seiner Frau alles erklärt hatte. Aber dabei durchdachte er die Angelegenheit selbst noch einmal genauer. »Ich muß Sir Leonard Bowling sprechen«, meinte er, während er aufstand, sein Glas erhob und es austrank.

»Aber nicht heute abend, Antony.«

»Es geht nicht anders. Du glaubst doch nicht, daß ich mich darauf freue, meine Liebe?«

»Natürlich nicht, aber –«

»Keine Sorge, Jenny. Ich werde taktvoll vorgehen.« Wenn ich kann, fügte er in Gedanken hinzu. Damit würde er in dieser Situation aber nicht weit kommen. »Kannst du das Abendessen für mich warmhalten?« fragte er, um sie abzulenken.

»Ich werde den Schmortopf auf die kleinste Flamme setzen.«

Er wäre am liebsten zu Fuß gegangen, um dabei die Angelegenheit ein drittes Mal zu überdenken, aber die Zeit drängte.

Es war besser, in der Avery Street ein Taxi zu nehmen. Er mußte eben auf seine Inspiration vertrauen.

Diesmal hatte er seinen Besuch nicht angekündigt und war deshalb nicht überrascht, als er hörte, daß Sir Leonard niemanden empfange. Er holte eilig eine Visitenkarte hervor und schrieb auf der Rückseite in Druckbuchstaben – weil niemand seine Handschrift lesen konnte –: EINE SACHE VON GRÖSSTER BEDEUTUNG.

»Geben Sie dies Sir Leonard«, sagte er zum Butler. »Vielleicht ändert er seine Meinung.« Und tatsächlich kam der Mann nach wenigen Augenblicken zurück und forderte ihn auf, einzutreten.

Bowling empfing ihn kalt, wie nach ihrem Zusammenstoß beim letzten Male auch nicht anders zu erwarten war. »Sie sagen –« er blickte auf die Visitenkarte – »eine Sache von größter Bedeutung. Ich nehme an, daß es sich wirklich so verhält, da Sie um diese Zeit bei mir eindringen.«

»Durchaus. Ich habe eben die Nachrichten gehört, es tut mir leid, außerordentlich leid –«

»Sie können mir Ihr Beileid schriftlich bekunden, Mr. Maitland. (Wie sollte er mit dem Knaben reden, wenn dieser in einer solchen Stimmung war?) Kommen Sie bitte gleich zum Kern der Sache.«

»Das ist nicht ganz einfach«, meinte Antony wahrheitsgemäß. »Sie waren heute nicht im Gericht –«

»Natürlich nicht.«

»– und haben Hartes Aussage nicht gehört. Ich kenne ihn inzwischen schon soweit, daß ich weiß, warum er sich heute seine letzte Chance, freigesprochen zu werden, verdorben hat.«

»Das ist sicher interessant, aber ich sehe nicht –«

»Beim Kreuzverhör gab er zu, Schulden in Höhe von vierhundert Pfund zu haben. Und das war der Grund, weshalb er mit George DeLisle sprechen wollte.«

»Sie glauben, diese vergleichsweise geringfügige Summe –«

»Vergleichsweise geringfügig, Sir Leonard; aber ein Riesenbetrag, wenn man ihn nicht hat.«

Bowling senkte den Kopf. »Damit wollen Sie vermutlich andeuten, daß das Motiv des Verbrechens jetzt deutlicher zu erkennen ist.«

»Ja. Aber ich glaube, daß er weder den Mord noch den Diebstahl begangen hat.«

»Das ist nicht meine Angelegenheit.«

»Ich dachte, Sie seien für Gerechtigkeit.«

»Im Prinzip ja, aber... Mr. Maitland, Sie müssen zugeben, daß heute –«

»Ich spreche nicht von abstrakter Gerechtigkeit, sondern vom Mörder Ihrer Frau.«

»Ich... aber... da besteht kein Zusammenhang.«

»Sie glauben an einen Zufall?«

»Es gibt solche Zufälle.«

»Nicht derart riesenhafte. Ich glaube ganz sicher, dieselbe Person, die George DeLisle getötet hat, ist auch dafür verantwortlich –«

»Aber warum? Warum nur, um Gottes willen?«

»Weil sie zuviel wußte.« Bowling schwieg dazu. Maitland fuhr fort: »Wenn Sie nicht daran interessiert sind, den Mörder der Gerechtigkeit zu überantworten, wird es Ihnen auch gleichgültig sein, wenn ein Unschuldiger angeklagt wird. (Ich verlasse mich darauf, daß er letzten Endes doch ein Mann mit einer fairen Gesinnung ist. Sollte ich mich irren, wird er mich wahrscheinlich in den nächsten Minuten hinauswerfen.) Vielleicht würde eine gute Geschichte, beispielsweise für den *Courier* dabei herauskommen. Man könnte einen Feldzug gegen die Ungerechtigkeit starten.«

»Augenblicklich bin ich nicht daran interessiert.«

»Nein, natürlich nicht. Aber da ist dieser arme Kerl, der schon fünf Monate in Haft ist und darauf wartet, daß über sein Leben entschieden wird. Wenn er unschuldig ist, wie ich glaube, so ist das eine Sache, die jeden angeht.«

Es trat ein kurzes Schweigen ein. »Sie haben natürlich recht«, meinte Bowling schließlich. »Aber was könnte ich schon dazu tun?«

»Sie könnten mir anvertrauen, was Sie gehört haben, als Sie kurz vor elf in der Mordnacht in die Halle hinausgingen. Sie sollten dies morgen auch vor Gericht wiederholen.«

Diesmal dauerte das Schweigen wesentlich länger. »Es würde mich wundern, wenn Sie tatsächlich wüßten, was Sie von mir verlangen«, sagte Bowling schließlich nachdenklich.

»Ich weiß es recht gut und bitte um Entschuldigung, aber wenn Sie an meiner Stelle wären –«

»Ja, ich begreife Ihre Situation. Also gut, Mr. Maitland. Ich will Ihnen Ihren Wunsch erfüllen. Aber es wird nicht leicht sein.«

Antony angelte in seiner Hosentasche nach einem Stück Papier, um sich Notizen zu machen. Er dachte: ›Alles Tun ist vergeblich.‹ Aber diese Worte waren zu abgedroschen. Deshalb wiederholte er sie nicht laut.

Jenny gestand ihm, daß der Schmortopf angebrannt sei, worüber sich Antony amüsierte, obgleich er sehr hungrig war. Aber sie sagte es so schuldbewußt. »Du glaubst sicher, daß du schon im voraus weißt, was dir Father William mitteilen will«, fügte sie hinzu, während er mit einer Tasse Kaffee zu einem der Sessel am Kamin schlenderte, »aber wenn es sich nun doch um etwas ganz anderes handelt?«

»Dann werde ich meine Meinung ändern.«

»Nach diesem scheußlichen Gespräch mit Sir Leonard.« Er hatte ihr während des Abendessens davon erzählt. »Schon der Gedanke daran ist nahezu unerträglich. Und selbst wenn alles so läuft, wie du es dir vorstellst, wird es schrecklich schwierig werden.«

»Ja, meine Liebe. Ich weiß. Doch ich muß alles versuchen. Das siehst du doch ein?«

»Natürlich. Aber... wie Onkel Nick sagte... wenn die Sache trotzdem schiefgeht...«

»Dann wird sich Garfield in seinem Schlußplädoyer über mich lustig machen. Na und? Auf keinen Fall kann ich jetzt noch zurück. Denk an Malcolm Harte!«

»Ich denke gerade an ihn«, sagte Jenny seufzend. »Anscheinend bist du jetzt tatsächlich von seiner Unschuld überzeugt.«

»Ja, das ist merkwürdig, vor allem nach dem Geständnis, das er heute vor Gericht abgelegt hat. Übrigens, ich glaube jetzt zu wissen, was sich wirklich abgespielt hat. Ich erklärte es dir bereits.«

»Aber du kannst es nicht beweisen?«

»Erinnere mich nicht daran«, sagte er müde. »Es wird spät, Jenny. Ich muß jetzt gehen, sonst ist Father William schon im Bett, wenn ich komme.«

Aber William Webster hatte auf ihn gewartet, im Laden, nicht in den Wohnräumen, die sich dahinter befanden. Deshalb reagierte er so rasch auf das Klingelzeichen. Er öffnete das Türgitter und schloß es dann wieder sorgfältig ab. Nun gingen sie durch den dunklen Laden zu dem erleuchteten Torweg nach hinten, der in Father Williams privates Reich führte.

Zunächst wurde der Besucher zum einzigen Sessel geleitet, Father William nahm dagegen auf einem harten Stuhl Platz, auf dem er sich anscheinend wohler fühlte.

Antony dachte an sein Gespräch mit Jenny und rückte ein wenig zur Seite, weil ihn die Schulter schmerzte. »Ich bin gespannt, ob ich tatsächlich das zu hören bekomme, womit ich rechne.«

»Sie haben natürlich Ihre eigenen Ideen in dieser Sache. Jedenfalls würde mich das nicht wundern.«

»Sagen Sie mir zuerst, ob Malcolm Harte die Juwelen gestohlen hat oder nicht.«

»Nein.«

»Gott sei Dank!«

»Ich habe den Prozeß in der Zeitung verfolgt, Mr. Maitland. Es war kein vorsätzliches Verbrechen, wie die Anklage behauptet. Der Mann, der die Schmuckstücke gestohlen hat, verkaufte sie unmittelbar an den Abnehmer, ohne einen Mittelsmann. Er hatte aber einen Komplicen, den er ins Haus einließ. Dieser sollte ihm den Safe öffnen.«

»So war es George DeLisles Pech, daß er sich im Herrenzimmer aufhielt?«

»Genau.«

»Der Raub sollte also stattfinden, nachdem alle zu Bett gegangen waren«, überlegte Antony.

»Es würde mich interessieren, ob Ihre Vermutungen mit dem, was ich weiß, übereinstimmen.«

»Falls der Täter zu den Partygästen jener Nacht gehörte –«

»Das trifft zu.«

»– ist die Lösung nicht so schwierig, glaube ich jedenfalls. Es gibt zwei Anhaltspunkte für meine Theorie. Aber Sie haben das ja schon überprüft.«

»Vielleicht ist Ihre Argumentation überzeugend.«

»Wir wollen sehen. Meiner Meinung nach ist der Verbrecher unter den beiden Personen zu suchen, die nicht bei den DeLisles übernachteten, weil der Mord und der Diebstahl so rasch entdeckt wurden, daß niemand, der sich in diesem Augenblick im Haus aufhielt, die Zeit hatte wegzugehen, die Juwelen zu verstecken und zurückzukommen; aber da ist dieser Komplice –«

Father William nickte zustimmend wie ein Lehrer, aber dann hob er die Hand, um Maitland zu unterbrechen: »Er sollte den Safe öffnen. Soweit mir bekannt, hätte ihm niemand eine wertvolle Beute anvertraut.«

»Aha. Dann könnte meine Schlußfolgerung immer noch zutreffen. Ich bin davon ausgegangen, daß einer von den beiden Tätern durch seinen Beruf sehr enge Kontakte zur Unterwelt besaß. Laurence Blake ist Kriminalreporter beim *Courier*.«

»Es scheint so, als ob sich Ihre Theorie nicht nur auf diese beiden Tatsachen stützt.«

»Nein. Ich denke, daß ich weiß, wie der Täter ins Haus zurückgekehrt ist und warum er das Verbrechen begangen hat. Aber Sie haben mir noch nicht gesagt, ob meine Überlegungen richtig sind.«

»Brauchen Sie eine Bestätigung?« fragte Father William amüsiert.

»Ich würde mich sicherer fühlen, wenn Sie mir sagten –«

»O ja. Sie haben vollkommen recht. Er hat den Schmuck an einen meiner Bekannten verkauft, dessen Namen ich Ihnen nicht zu nennen brauche. Ich fürchte, die Edelsteine wären in Ihrem jetzigen Zustand kaum noch wiederzuerkennen. Die meisten der Stücke sind schon auseinandergenommen worden.«

»Das denke ich mir.«

»Sie scheinen sich nicht darüber zu freuen, daß ich Ihre Vermutungen bestätigen kann?«

Antony dachte an den Kampf, den es am nächsten Tag vor Gericht auszufechten galt. Er hatte nicht viel Hoffnung. »Sagen Sie, Father William«, meinte er, »haben Sie persönlich noch irgend etwas in Erfahrung gebracht?«

»Leider nicht«, erwiderte William Webster bedauernd. »Und mein Mandant, der zwar mich nicht belügt, gäbe keinen guten Zeugen ab.«

»Was denken Sie, wie man bei Gericht reagieren wird, wenn ich diese Geschichte erzähle, Father William? Ohne einen Beweis.«

»Dort sitzen nicht gerade die Leichtgläubigsten«, stimmte Father William betrübt zu.

»Das macht nichts.« Antony wurde wieder lebhafter. »Auf jeden Fall danke ich Ihnen.« Er stand auf.

»Nachdem der geschäftliche Teil erledigt ist, darf ich Ihnen doch wohl einen Drink anbieten?« fragte der alte Mann, der sich offensichtlich auf einen langen Abend eingerichtet hatte.

»Lieber nicht. Ich habe bis morgen früh noch einiges zu tun.«

Auf dem Heimweg dachte Maitland an Malcolm Harte, und daran, wie gering die Chance war, ein Urteil zu dessen Gunsten zu erwirken.

Sir Nicholas hatte Jenny mit Beschlag belegt, wie er das gern tat, wenn seine Neugier geweckt war. Beide warteten im Herrenzimmer auf Antony. Der Ältere schaute dem Jüngeren prüfend ins Gesicht, als dieser den Raum betrat, und sagte ihm auf den Kopf zu: »Du hast jetzt den Beweis, daß dein Mandant unschuldig ist.«

Antony kam zum Kamin herüber. Er bewegte sich ziemlich steif, weil ihn die Schmerzen in seiner Schulter wieder stärker plagten. »*Mir* genügen die Beweise, Onkel Nick, *dir* vielleicht auch. Aber vor Gericht reichen sie nicht aus.«

»Jenny hat mir alles erzählt«, berichtete er in ärgerlichem Tonfall, der nicht nur auf Antonys Antwort zurückzuführen war, sondern auch auf Jennys komplizierte Erläuterungen. »Ich habe mir eine geschickte Strategie für dich ausgedacht, aber wie du so töricht sein kannst, zu glauben, man könne durch das Verhör sein gesetztes Ziel erreichen, begreife ich nicht.«

»Sir Leonard ist bereit, mit mir zusammenzuarbeiten.« Maitland wirkte so müde, wie er sich tatsächlich fühlte. Jenny warf ihm einen besorgten Blick zu, den er auffing. Er schüttelte leicht den Kopf. Onkel Nick könnte von seiner Manier endlich einmal ablassen.

»Unter diesen Umständen finde ich das sehr anständig.«

»Ich ebenfalls.«

»Bei Gelegenheit mußt du mir erklären, wie du darauf gekommen bist.«

»Ich spürte, daß er etwas verheimlichte und überlegte, was das sein könnte.«

»Du überlegtest? Du hast nur *geraten!*« widersprach Sir Nicholas bissig. Er reagierte allergisch auf solche Worte. »Aber wie willst du dich denn nun morgen vor Gericht verhalten?«

»Ich werde Bowling, Wyatt und Blake als Zeugen aufrufen.«

»Zum Teufel, was willst du mit Wyatt?«

»Der Zeitpunkt, zu dem er den Salon verlassen haben will,

ist erlogen. Vielleicht hat auch er etwas gesehen oder gehört, möchte aber nichts sagen, weil wir dann hinter seine verborgenen Aktivitäten kommen könnten. Er hat wahrscheinlich einen guten Grund, warum er sein Wissen geheimhält.«

»Aber welchen, das weißt du nicht?«

»Da ich jetzt von Hartes Unschuld überzeugt bin, kann es ja nichts Schlimmes sein.«

»Ich beneide dich um deine Unbeschwertheit«, meinte Sir Nicholas bitter. Antony lächelte zum erstenmal, seit er nach Hause gekommen war.

»Ganz so ist es auch wieder nicht, Onkel Nick. Aber ich kann die Entscheidung nicht den Geschworenen überlassen, ohne wenigstens zu probieren –«

»Und wie wird Garfield darauf reagieren?« fragte Sir Nicholas.

»Er wird seine Schlußrede wahrscheinlich noch um ein paar Phrasen bereichern.« Als sein Onkel den Mund aufmachte, um ihm zu widersprechen, fügte er eilig hinzu: »Du warst mein Mentor, erinnerst du dich noch? Du hast mir eingeprägt, nichts unversucht zu lassen.«

»Ich bin überzeugt«, sagte Sir Nicholas und richtete sich auf, um seine Worte zu unterstreichen, »daß ich mich, ganz gleich, was ich zu dir gesagt habe, keiner solchen abgedroschenen Redensart bedient habe.« Aber dieser Verweis verfehlte seine Wirkung. Antony und Jenny tranken schweigend ihre Gläser aus. Als sie das getan hatten, ließ er sie ohne weiteren Kommentar ziehen.

Dienstag,
der vierte Tag

Am nächsten Morgen ging Maitland früh zur Kammer, um Derek Springer zu informieren. Auch Geoffrey Horton war anwesend. Derek schwieg, als Antony geendet hatte, obgleich er so nachdenklich aussah, wie es bei seinem Naturell überhaupt möglich war. Geoffrey war sichtlich erschrocken. »Es wäre schön, wenn uns das weiterhelfen würde«, meinte er schließlich. »*Wenn!* Aber ich glaube nicht, daß noch irgendeine Hoffnung besteht.«

Antony stimmte ihm scheinbar ruhig zu, obwohl er innerlich vor Zorn kochte. Aber obgleich ihn die Argumentation seines Kollegen beinahe zur Raserei brachte und er in denkbar schlechter Laune war, ließ er nicht von seinem Vorhaben ab. Als sie beim Gerichtsgebäude anlangten, waren weder Geoffreys Nervosität noch Dereks angestrengtes Nachdenken ganz verebbt.

Als Sir Leonard Bowlings Name fiel, kam Bewegung in die Zuschauer. Der eine oder andere wußte anscheinend aus der Zeitung, welcher schmerzliche Verlust ihn getroffen hatte. Maitland betrachtete die Geschworenen. Aber ihr Verhalten ließ nicht erkennen, ob sie von der Neuigkeit schon gehört hatten oder nicht. Sie waren sich bewußt, daß die Öffentlichkeit auf sie schaute. Keiner von ihnen zuckte auch nur mit der Wimper.

Bowling blieb während der Präliminarien äußerlich ruhig, aber Maitland bemerkte nur zu deutlich die Anspannung, unter der der Zeuge stand. »Sie haben sich freiwillig bereit erklärt, in diesem Prozeß auszusagen, nicht wahr, Sir Leonard?«

»Ja.«

»Trotz des tragischen Todes von Lady Bowling, von dem Sie gestern erfuhren.«

»Mylord!« rief Garfield protestierend.

»Der Tod einer Zeugin könnte für den Prozeß von Bedeutung sein, Mr. Garfield. Was meinen Sie, Mr. Maitland?« erklärte der Richter.

»Ich muß mich sehr bemühen, um nicht polemisch zu werden, Mylord«, erwiderte Maitland gekränkt. »Ich habe Lady Bowlings Tod nicht erwähnt, um über die Relevanz dieser Tatsache für den Prozeß zu diskutieren, sondern um dem Gericht einen Begriff von Sir Leonards ausgeprägtem Pflichtgefühl zu geben, nachdem er unter diesen Umständen bereit ist, hier zu erscheinen.«

»Sehr gut. Ist Ihnen damit Genüge getan, Mr. Garfield?«

»Es muß wohl, wenn es Eurer Lordschaft beliebt«, entgegnete Garfield und setzte sich wieder.

»Würden Sie fortfahren, Mr. Maitland«, sagte Conroy. Er war heute morgen die Freundlichkeit selbst, und Antony fragte sich besorgt, wie lange dieser seltene Zustand anhalten würde.

»Zunächst folgte ein Bericht über Samstag, den dreizehnten Juni...

Wenn dies das ganze Ergebnis der Zeugenvernehmung war, so hätte man den armen Mann, der vom Schicksal so geschlagen war, in Frieden lassen können. Komisch, Maitland hatte nicht erwähnt, daß Bowlings Frau ermordet wurde. Das gab zu denken. Vielleicht war es auch bloßer Zufall. Aber trotzdem...

Der neunte Geschworene war Maitland aufgefallen durch seine fatale Ähnlichkeit mit einem Foxterrier. Es war das erstemal, daß diesen Geschworenen ein leichter Zweifel beschlich, ob der Angeklagte wirklich schuldig sei. Dem schenkte er aber weiter keine Beachtung. Die Zeugenaussagen schienen ihm klar, ebenso Hartes Eingeständnis. Er empfand wenig Sympathie für den Angeklagten. Was war das schon, ein Angestellter, der in Schulden geriet...

Es war erstaunlich, daß Harte so viel verdiente. Henry DeLisle machte den Eindruck eines cleveren Geschäftsmannes. Wahrscheinlich war er nicht allzu großzügig. Das Gehalt des Angeklagten war bestimmt höher als das eines Postboten. Der Geschworene hätte sich auch einen so hübschen Job gewünscht, bei schlechtem Wetter im geschlossenen Raum sitzen, nicht die Schuhsohlen ablaufen müssen, um die Postsendungen zuzustellen.

Wenn der Angeklagte trotz der ihm zuteil gewordenen

Vergünstigungen in Schulden geriet, war das sein eigener Fehler. Der Gedanke, daß nicht das geringste passiert wäre, wenn George DeLisle ihm das Darlehen bewilligt hätte, war komisch. Höchstwahrscheinlich wäre das Unglück dann nicht geschehen. Zweifellos war die Versuchung für den Angeklagten groß: Seine Bitte wurde zurückgewiesen – anders konnte es nicht sein –, er sah den Schmuck greifbar nahe vor sich, und dann der schwere Amethyst... Außerdem dachte Harte wahrscheinlich in diesem Moment daran, wie unterschiedlich Fortuna die DeLisles und ihn mit irdischen Gütern ausgestattet hatte. Unter diesen Umständen war seine Tat begreiflich. Er sagte selbst, daß er sich in dieser eleganten Umgebung fehl am Platze fühlte. Jedermann war vermögend, mit Ausnahme von ihm.

Dem Burschen zu seiner Linken schien es gut zu gehen: Maßanzug, goldene Armbanduhr, goldener Siegelring, goldene Manschettenknöpfe. Er würde sich auch gern einmal so gut anziehen. Natürlich hatte er sich Mühe gegeben, aber sein eigener Anzug schlug Falten an den falschen Stellen. Seine Uhr ging pro Tag fünf Minuten nach. Er trug auch keinen Ring, und seine Manschettenknöpfe stammten von Woolworth. Jemand, der seiner Arbeit nachging, konnte sich unter diesen Stutzern nicht wohlfühlen. Das zeigte einem nur, daß man ein armer Schlucker war. Aber Maitland... er wirkte jetzt so angespannt, als ob er etwas Besonderes vorhabe. Vielleicht eine Überraschung...

»So, Sir Leonard. Sie haben also den Salon, wo Sie sich mit Henry DeLisle und Mr. Wyatt ungefähr eine Stunde unterhielten, zwischendurch verlassen. Stimmen Sie mit mir darin überein, daß es drei vor elf war, als Sie wieder dorthin zurückkehrten?«

»So genau kann ich das nicht sagen. Aber diese Zeitangabe deckt sich wohl mit meiner eigenen Erinnerung.«

»Können Sie in etwa angeben, wann Mr. Wyatt den Salon verließ?«

»Nicht auf die Minute, aber bestimmt nach mir; wenige Minuten, bevor wir nach oben gingen.«

»Ich danke Ihnen. Vermutlich wissen Sie auch noch, was Sie außerhalb des Salons getan haben?« fragte Maitland aufmunternd.

»Ich ging zum Frühstückszimmer und belauschte ein Gespräch.«

»Könnten Sie uns erklären, warum?«

»Ja.« Der Zeuge zögerte. »Vor einiger Zeit entdeckte ich, daß meine Frau einen Liebhaber hat«, fuhr er schließlich fort. Er sprach klar und deutlich in die Stille des Gerichtssaales hinein. »Und an jenem Abend erhielt ich die Gewißheit, wer es war.«

»Wie kam das?«

»Ich erhaschte noch vor dem Dinner im Salon einen Gesprächsfetzen. Sie standen etwas abseits und rechneten nicht damit, daß ihnen jemand zuhören würde. Aber ich habe ein sehr feines Gehör, und außerdem war ich auf sie aufmerksam geworden.«

»Und was hörten Sie?«

»Mylord!« rief Garfield.

»Ja, Mr. Garfield. Da wir Lady Bowling leider nicht mehr vernehmen können, sollten wir uns wenigstens genau berichten lassen, was sie gesagt hat«, entgegnete Mr. Justice Conroy geduldig.

»Haben Sie verstanden, Sir Leonard? Von dem Gespräch, das Sie mit angehört haben, dürfen Sie uns wirklich nur die Worte Ihrer Frau wiederholen«, erläuterte Maitland. (Das sollte genügen.)

»Es waren nur hier und da ein paar Worte. Sie sagte: ›Sobald ich wegkann‹ und ›das Zimmer hinter diesem hier‹. Ziemlich deutlich hörte ich: ›Ich werde dir das Fenster öffnen.‹ Die Stimme des Mannes war nicht so deutlich zu vernehmen.«

»Aus diesen Worten schlossen Sie, daß eine Verabredung getroffen wurde?«

»Ja.«

»Dann glauben Sie also, daß Lady Bowling meinen Mandanten auf der Treppe gesehen hat, als sie hinunterging, um sich im Frühstückszimmer mit jemandem zu treffen?«

»Diese Schlußfolgerung drängt sich auf. Ich möchte noch hinzufügen, daß Mrs. DeLisle meiner Frau gleich nach unserer Ankunft das gesamte Haus zeigte, so daß sie mit der Lage der Räume vertraut war.«

Maitland wandte sich an den Richter: »Das Zimmer hinter diesem hier, Mylord, ist das Frühstückszimmer. Wenn Sie einen Blick auf Ihren Plan werfen würden –« Er wartete, bis er sah, daß der Richter seinen Kopf gehorsam über die Skizze des Architekten beugte und die Geschworenen diesem Beispiel folgten. Dann wandte er sich wieder an Sir Leonard Bowling: »Ich glaube, Sie könnten einige wesentliche Details berichten. Sie waren in Sorge um Lady Bowling?«

»Ja. Ich –« Offensichtlich fiel ihm dieser Teil seiner Enthüllungen besonders schwer. »Ich fürchtete, ja ich war ziemlich sicher, daß sie mich verlassen wollte. Durch den Kauf des Schmucks wollte ich sie wieder an mich binden.«

»Ein Versuch, sie dazu zu bewegen, einen solchen drastischen Schritt zu unterlassen?«

»Etwas in dieser Art«, erwiderte Bowling lebhafter.

»Sagen Sie – ich bin mir bewußt, daß dies unter den gegebenen Umständen eine delikate Frage ist, Sir Leonard –«

»Wenn mein Kollege so besorgt um die Gefühle seiner Zeugen ist«, unterbrach Garfield seinen Opponenten, »warum quält er sie dann weiter mit diesen recht belanglosen Fragen?« Der Richter blickte vom Anklagevertreter zum Verteidiger und wieder zurück. »Es scheint mir angebracht, der Verteidigung einen weiten Spielraum zu geben.«

»Ja. Mylord. Das ist volkommen richtig. Aber in diesem Umfang kann ich es nicht dulden.«

»Ist es nötig, Mr. Maitland?«

»Mylord, ich kann dazu nur sagen, wenn Sie mir erlauben würden, fortzufahren –«

Conroy ließ ihn nicht ausreden.

»Schön, Mr. Maitland«, erwiderte er, immer noch leutselig, aber dann kam die Einschränkung: »Sie können vorläufig fortfahren.«

»Ich bin Eurer Lordschaft zu Dank verpflichtet. Ich wollte Sie gerade fragen, Sir Leonard, ob Sie glauben, daß sich Lady Bowling in einer, nennen wir es einmal ›zweiten Ehe‹, in einer neuen Verbindung also mit einem niedrigeren Lebensstandard hätte zufriedengeben müssen, als sie ihn von Ihnen gewöhnt war?«

»Ich glaube« – er suchte nach Worten – »ich glaube, daß es in den letzten Monaten nur noch materielle Erwägungen waren, die sie an mich banden.«

»Ich verstehe. Doch trotz Ihrer Befürchtungen und obwohl Sie ihr die versprochenen Juwelen nicht gekauft haben, blieb sie bei Ihnen.«

»Ja.« Er schwieg einen Moment, blickte sich im Gerichtssaal um und wandte sich wieder Maitland zu. »Da ist noch etwas, das ich Ihnen mitteilen muß. In den letzten zwei Tagen ihres Lebens, seit ihrer gerichtlichen Vernehmung hier bis zu ihrem Verlassen des Hauses am Sonntagabend, wirkte meine Frau sehr nervös, ja geradezu wie von Sinnen. Sie schien überhaupt nicht mehr sie selbst zu sein.«

»Sie berichteten eben, Lady Bowling habe das Haus am Sonntagabend verlassen. Sahen Sie sie denn danach noch einmal?«

»Nein. Ich dachte – Gott möge mir vergeben –, wenn sie nicht zurückkommt, wird sie zu ihrem Liebhaber gegangen sein.« Garfields Aufmerksamkeit hatte vorübergehend etwas nachgelassen. Jetzt stand er auf, mit einem Gesicht, das an eine Gewitterwolke erinnerte. »Mylord, Sie haben gesagt, daß Sie es für angebracht halten, ›meinem Freund‹ einen weiten Spielraum zu gewähren, aber glauben Sie nicht auch, daß er Ihr Entgegenkommen mißbraucht?«

»In der Tat, Mr. Garfield.« Seine Lordschaft blieb zwar gelassener als der Anklagevertreter, blickte aber beinahe ebenso finster. »Mr. Maitland, falls Sie nicht in der Lage sind, Ihr Verhör in angemessenen Grenzen durchzuführen und genau abzuwägen, welche Fragen relevant sind –«

»Tut mir außerordentlich leid, Mylord«, entschuldigte sich Maitland, ohne vor dem Richter ganz verbergen zu können, daß momentan alles nach Wunsch lief. »Meine restlichen Fragen werden diesen Anforderungen vollkommen gerecht werden, ich verspreche es Ihnen.«

»Ausgezeichnet, Mr. Maitland, ausgezeichnet.«

Daß diese Bemerkung nicht als Plazet gedacht war, ignorierte der Verteidiger ganz bewußt. »Besten Dank, Euer Lordschaft«, erwiderte er und wandte sich wieder an den Zeugen: »So wollen wir uns nochmals damit befassen, was Sie an jenem Abend taten, nachdem Sie den Salon verließen. Sie gingen also durch die Halle im Erdgeschoß zur Tür des Frühstückszimmers, und dort lauschten Sie. Was genau hörten Sie da?«

»Die Stimme meiner Frau und die eines Mannes. Ich könnte nicht angeben, worüber sie gesprochen haben, aber sie schienen zu streiten.«

»Wissen Sie genau, daß es Lady Bowling war, die Sie hörten?«

»Ja. Ich konnte ihre Stimme ganz klar und deutlich erkennen.«

»Und der Mann?«

»Meine Vermutung bestätigte sich. Es war der gleiche, den ich schon einmal an jenem Abend im Gespräch mit ihre beobachtet hatte. Seine Stimme kannte ich genauso gut. Deshalb ist ein Irrtum ausgeschlossen.«

»Sein Name?«

»Laurence Blake.«

Selbst die Geschworenen wirkten jetzt interessiert, und die Zuschauer gerieten wieder in Bewegung. Jemand schrie: »Ruhe!« Maitland wartete und blickte sich im Saale um, als ob er die Wirkung des Gesagten abschätzen wolle. Dann sagte er: »Das ist alles, vielen Dank, Sir Leonard« und setzte sich.

Aber das war der vergleichsweise einfache Teil seines heutigen Tagespensums gewesen. Der schwierigere stand noch bevor. Garfield stand auf, und zum erstenmal, seit Maitland ihn kannte – vielleicht zum erstenmal in seinem Leben überhaupt –, schien er unsicher. Nach einem kurzen Schweigen fragte der Richter freundlich: »Ja, Mr. Garfield?«

»Mylord, ich bin mir nicht im klaren, wie der Prozeß weitergeführt werden soll, da der Gegenstand der Vernehmung so wenig Bezug zur Anklage hat.«

»Ich habe der Vernehmung des Zeugen zugestimmt, Mr. Garfield. Sie müssen das Beste daraus machen.«

»Wie es Eurer Lordschaft beliebt. Maitland fing einen Blick seines Gegners auf. Er konnte ein freundliches Lächeln nicht unterdrücken, aber dadurch verbesserte sich Garfields Situation ganz und gar nicht. »Sie haben gesagt, Sir Leonard, daß Sie vor einiger Zeit bemerkten, daß Lady Bowling einen Liebhaber hat.« Garfield hatte sich wieder gefangen und wirkte beinahe hochmütig. Maitland entging es trotzdem nicht, daß er sich blindlings in das Verhör stürzte. »Sie haben uns aber noch nicht erläutert, wie Sie das feststellten.«

»An tausend kleinen Dingen... nicht erklärte Abwesenheiten... ein Schweigen... ein Sichzurückziehen.«

»Das ist recht vage«, erwiderte Garfield spöttisch.

»Aber diese Einzelheiten fügten sich zu einem Bild zusammen, wie Bausteine zu einem Mosaik. Allmählich drängte sich eine bestimmte Vermutung auf. So begann ich Laurence Blake zu verdächtigen. Deshalb belauschte ich das erwähnte Gespräch.«

Garfield machte eine für ihn ungewöhnlich theatralische Geste. Er wandte sich achselzuckend an die Geschworenen, als wolle er sich von einem Zeugen distanzieren, an dessen Aussage er begreiflicherweise nicht interessiert sei. »Ich habe keine weiteren Fragen, Sir Leonard«, meinte er.

Der zehnte Geschworene glich einem Dandy, wie sein Nachbar richtig bemerkt hatte. Allerdings wußte dieser Mit-Ge-

schworene nicht, daß der Maßanzug, obgleich er ihn mit Anstand trug, nur ein Aushängeschild war. Die Manschettenknöpfe waren keineswegs aus echtem Gold und der Siegelring ein Geschenk seiner Taufpatin – die ihn aber nicht in ihrem Testament bedacht hatte – zu seinem einundzwanzigsten Geburtstag. Davon abgesehen war sein Leben durchaus beneidenswert. Er lebte bescheiden, aber ohne regulären Job von der Erbschaft, die ihm seine Eltern hinterlassen hatten, und den Einnahmen, die er gelegentlich, wenn ihm das Glück hold war, abends am Bridgetisch erzielte.

Als Sir Leonard Bowling die Stufen hinabschritt und der nächste Zeuge aufgerufen wurde, vergegenwärtigte der Geschworene, sich den bisherigen Prozeßverlauf im Licht der neuen Aussage; es war schwer zu erkennen, was die Verteidigung damit bezweckte. Zwar war das offene Fenster im Frühstücksraum ein wichtiger Gesichtspunkt, auf den sich die Anklage stützte, und jetzt schien es so, als habe Sarah Bowling das Fenster geöffnet, um ihren Liebhaber hereinzulassen. Maitland hatte sehr treffend darauf hingewiesen, daß die Zeugin tot war und deshalb nicht mehr aussagen konnte. War das wirklich nur ein Zufall? Ob Harte seinen Arbeitgeber am Ende doch nicht ermordet hatte?

Ach Unsinn. Da waren die Fingerabdrücke. Der Angeklagte hatte die Polizei belogen und anscheinend auch seinen Verteidiger. Außerdem war er verschuldet. Die Anklage konnte sich zwar darauf berufen, daß die Juwelen im Herrenzimmer dem mysteriösen Komplicen, den die Polizei allerdings nicht gefunden hatte, übergeben worden seien. Aber war diese Beweisführung nicht doch etwas schwach? Eigentlich nicht. So ließ sich jedenfalls der Umstand, daß George DeLisle tot aufgefunden wurde, leichter erklären, als wenn der Mann durch die Halle in das Frühstückszimmer gegangen wäre. Gern hätte er gewußt, wie die übrigen Geschworenen darüber dachten.

Er sah auf die Uhr – die goldene Uhr, die seinem Nachbarn aufgefallen war. Sie war tatsächlich aus echtem Gold und noch dazu eine Bulova Acutron. Er dachte zufrieden, daß er Glück hatte, als er die Uhr auf der Straße fand. Er brauchte ein neues Armband. Trotzdem begriff er nicht, daß der ursprüngliche Eigentümer ihren Verlust nicht bemerkt hatte. Durch den Fall hatte die Uhr nicht gelitten, ein Zeichen guter Qualität.

Debby war beeindruckt, schien aber der Ansicht zu sein, er hätte das Geld lieber mit ihr gemeinsam ausgeben sollen. Daraufhin log er ihr vor, er habe eine Summe, die dem Kaufpreis entsprach, im Club gewonnen, als er mit einem Betrunkenen gespielt hatte. Selbst das schockierte sie. Er habe sich auf unfaire Weise bereichert. Wenn Debby die Wahrheit wüßte, würde sie ihn bestimmt auffordern, zur Polizei zu gehen. Dort hätte man ihm das wertvolle Stück mit Freuden abgenommen.

Anscheinend gab es eine Panne. Man hatte den Zeugen William Wyatt vergeblich aufgerufen. Der Richter setzte gerade zum Sprechen an, wahrscheinlich, um dem Verteidiger eine Rüge zu erteilen, als der Gesuchte erschien. Man sah ihm an, daß er völlig durcheinander war…

Auch Maitland fiel dies auf. Mit nur schwach angedeuteter Siegermiene blickte er zu Horton. Wyatt war nicht darauf gefaßt gewesen, eine Vorladung mit Strafandrohung für den Fall des Nichterscheinens im Briefkasten vorzufinden. Was er den beiden Verteidigern am Samstag mitgeteilt hatte, war keineswegs welterschütternd. Maitland hätte nicht zu hoffen gewagt, daß die Vorladung den selbsternannten Finanzier so aus der Fassung bringen würde. Wenn ihn Conroy jetzt nicht zu sehr an die kurze Leine nahm…

Der Anwalt stellte die üblichen Routinefragen, die man so schnell wie möglich hinter sich bringen mußte. Wyatt wirkte teils besorgt, teils aggressiv, als wolle er dem Verteidiger zu verstehen geben, was er davon hielt, wegen einer gewöhnlichen Routinebefragung vor Gericht zitiert zu werden. Ja, er sei Gast an dem fraglichen Wochenende bei den DeLisles gewesen und über Nacht dort geblieben, obgleich keiner von ihnen viel geschlafen habe. Er und seine Frau seien gegen halb sieben abends angekommen. Die Familie DeLisle sei mit ihnen befreundet. »Selbstverständlich kannten wir auch die Bowlings ziemlich gut«, fügte er hinzu. »Sie waren bereits dort, als wir eintrafen, ebenso der junge Harte und die junge Dame aus dem Büro, Mary Reynolds.«

»Kannten Sie die beiden vorher schon?«

»Miss Reynolds ist eine Schulfreundin meiner Tochter Eleanor. Ich kenne sie schon länger.«

»Hatten Sie des öfteren Umgang mit meinem Mandanten, Mr. Harte?«

»Er war mir bekannt.«

»Auch durch seine Freundschaft mit Ihrer Tochter?«

»Ich habe ihn im Laden gesehen.«

»Aha. Das meinte ich eigentlich nicht. Falls Sie Bedenken haben, meinen Mandanten durch Ihre Aussage zu belasten, Mr. Wyatt, so sind diese unnötig, denn Mr. Harte hat bereits gestanden, daß er Schulden in Höhe von vierhundert Pfund bei Ihnen hatte.«

Der Zeuge blickte verständnislos und erwiderte schließlich: »Das ist natürlich etwas anderes. Ja, da hat eine Transaktion stattgefunden. Ich war nicht direkt beteiligt, aber als man mich diesbezüglich darauf ansprach, glaubte ich, ihn unterstützen zu müssen, weil Eleanor ihn als Freund betrachtete.«

»Das ist durchaus verständlich.« Maitlands Stimme war glatt wie Seide. »Aber geschah es nicht auch im Hinblick auf Ihre Tochter, daß Sie ihn später wegen der Rückzahlung unter Druck setzten?«

»Diese Assoziation gefällt mir nicht«, entgegnete Wyatt herausfordernd.

»Geldverleih ist nicht Ihre einzige Beschäftigung, nicht wahr?« (Hoffentlich reagiert er nach meinem Wunsche, und nicht im Sinne der Jury, und betrachtet dies lediglich als Referenz in bezug auf seine reputierlichen Geschäfte in der Finanzwelt.)

»Durch eine einzige Transaktion wird man noch nicht zum Fachmann«, äußerte Wyatt vage, offensichtlich aus dem Gleichgewicht gebracht. Maitland lächelte ihm zu.

»Ich will nicht in Sie dringen«, sagte er entgegenkommend. »Wenden wir uns also wieder dem dreizehnten Juni zu, insbesondere dem Teil des Abends, als die zwei Dinnergäste gegangen waren und die Ladys sowie Malcolm Harte ihre Schlafzimmer aufgesucht hatten.«

»Nun ja, wir plauderten miteinander im Salon, Henry De-Lisle, Leonard Bowling und ich.«

»Das wissen wir bereits. Aber es scheint, daß Sie und Sir Leonard innerhalb der Stunde, die Sie mit Ihrem Gastgeber im Salon verbrachten, den Raum zeitweilig verließen.«

»Ja, das ist wahr. Als ich auf meine Uhr blickte, war es drei Minuten vor elf. Sir Leonard hatte gerade den Salon wieder betreten.«

»Ich hoffe, daß Sie ebenso genau angeben können, wann Sie selbst abwesend waren, Mr. Wyatt.«

»Ich bin mir nicht ganz sicher.«

»Überlegen Sie«, drängte der Anwalt.

»Kurz vor Sir Leonard. Ich nehme an, zehn bis fünfzehn Minuten vor elf.«

»Ich muß Sie darauf aufmerksam machen, daß Ihre Aussage nicht mit Sir Leonards Angaben übereinstimmt. Nach seiner Erinnerung –«

»Ich sagte bereits, daß ich mir nicht ganz sicher bin.«

»Würden Sie Sir Leonard zustimmen? Er meinte, Sie seien ganz bestimmt nach ihm hinausgegangen, und zwar kurz bevor Sie alle das obere Stockwerk aufsuchten.«

»Das war elf Uhr dreißig.« Der Zeuge runzelte die Stirn. Anscheinend begriff er nicht, was der Verteidiger mit seinen Fragen bezweckte. »Wenn sich Sir Leonard genauer als ich erinnert, so will ich ihm nicht widersprechen.«

»Also hielten Sie sich zwischen zwanzig und fünfundzwanzig Minuten nach elf draußen auf?«

»Ja, das stimmt.«

»Und was taten Sie dort?«

»Warum, ich –«

»Ich habe volles Verständnis, daß Sie aus geschäftlichen Erwägungen diese Information der Polizei vorenthielten. Wenn Sie weitere Einzelheiten –«

Garfield war aufgestanden. Der Richter beugte sich vor und sagte in dem freundlichen Tonfall, der nichts Gutes verhieß: »Mr. Maitland, ist das nicht unbillig, Ihren eigenen Zeugen auf diese beschämende Weise ins Kreuzverhör zu nehmen?«

»Es tut mir leid, Mylord. Darf ich meine Frage an den Zeugen wiederholen?«

»Wenn es nötig ist, Mr. Maitland, wenn es nötig ist.« Der Richter schien gereizt. (Er weiß nicht, welchen Zweck ich verfolge.)

»Vielen Dank, Euer Lordschaft. Was taten Sie außerhalb des Salons, Mr. Wyatt?«

Wyatt antwortete nicht gleich. Verstört blickte er sich um, als wolle er fliehen. Dann schaute er den Verteidiger an und antwortete, ohne daß ihn dies erleichtert hätte: »Ich ging ins Herrenzimmer.« Er sprach überlaut.

»Danke, Mr. Wyatt. Und wie fanden Sie das besagte Zimmer vor?«

»Mr. George DeLisle saß am Schreibtisch und schrieb Briefe.«

Sogar die Zeugen, die nur mit sich beschäftigt waren, zeigten Anzeichen von Interesse. Die Zuschauer redeten lebhaft durcheinander, und wieder wurden Rufe nach Stille laut. Mr. Justice Conroy warf Maitland einen wenig freundlichen Blick zu, aber dieser war zu sehr mit seinem Zeugen beschäftigt und nahm keine Notiz davon.

»Was dann, Mr. Wyatt?«

»Wir sprachen ein paar Worte miteinander, und dann ging ich wieder.«

»War er zu dieser Zeit noch bei guter Gesundheit?«

»Ja, gewiß.«

»Sahen Sie die Juwelen, als Sie bei ihm waren?«

»Sie waren nicht zu sehen, aber die Designs – Henrys Designs – lagen auf dem Schreibtisch. Sie waren beiseite geschoben, weil George sein Briefpapier ausgebreitet hatte.«

»Sie behaupten also, Mr. Wyatt, daß Mr. George DeLisle kurz vor halb zwölf noch am Leben und auch gesund war?«

»Ja, das ist die Wahrheit.«

An dieser Stelle warf Maitland seinen Zeugen den Wölfen zum Fraß vor, und Garfield begann sofort mit dem Kreuzverhör.

Dienstag,
der vierte Tag (Fortsetzung)

»Er hat sich eine ungünstige Zeit ausgesucht«, meinte Derek Stringer, während der Kellner ihre Drinks brachte, die sie vor dem Lunch nahmen.

»Das war nicht anders zu erwarten«, entgegnete Maitland lässig. »Was er sagte, weshalb er George sehen wollte, war kompletter Unsinn.«

»So, und warum ist er Ihrer Meinung nach ins Herrenzimmer gegangen?«

»Ich denke, der Schmuck zog ihn an wie ein Magnet das Eisen.«

»Aber –«

»Nicht, daß er sie stehlen wollte, nur um sie noch einmal zu sehen. Mit Ihrer Bemerkung ›ungünstige Zeit‹ haben Sie selbst den Grund genannt, warum er die Polizei belogen hat: Er wollte nicht, daß man ihn der Tat verdächtigte. Die Wahrheit hätte sich unter den gegebenen Umständen nicht gut angehört.«

»Ich begreife nicht, warum er sich in die Enge treiben ließ.«

»*Das Böse flieht von selbst*«, entgegnete Antony ein wenig selbstgefällig. »Es überraschte ihn, wieviel ich wußte.«

»Wenn ich geahnt hätte, daß Sie nur geraten haben –«

»Ich baute auf seinen ›zweiten Job‹«, erklärte Antony. »Er wollte keinen Meineid riskieren, weil die Folgen vielleicht noch unangenehmer gewesen wären als das Kreuzverhör Garfields. Außerdem fürchtete er, daß ich dann seine illegalen Geschäfte der Öffentlichkeit preisgeben würde. Es war gut, daß Father William über ihn Bescheid wußte.«

»Das war sicher der eigentliche Grund, weshalb er der Polizei gegenüber beim ersten Verhör nicht zugab, daß er im Herrenzimmer war«, führte Derek seine Gedanken zu Ende. Wäre die Polizei so klug wie Ihr ›Freund‹, hätte sie Verdacht schöpfen müssen.«

»Das ist vollkommen richtig.« Geoffrey, der vor seinem Drink gesessen und vor sich hin gebrütet hatte, erwachte unerwartet zum Leben. »Sie haben etwas riskiert, und es ist gut gegangen, aber wenn es anders gekommen wäre –«

»Daran wollen wir nicht denken.«

»Ich bin anderer Ansicht.«

»Ich verstehe nicht, welchen Zweck das hätte.«

»Es wäre besser, wenn Sie damit aufhören würden, Antony. Beenden Sie die Zeugenvernehmung, wenn wir zum Gericht zurückkommen, und lassen Sie es ruhig dabei bewenden.«

»Ich möchte mit Laurence Blake sprechen«, sagte Maitland halsstarrig.

»Ein zweites Mal werden Sie nicht so glimpflich davonkommen«, warnte Geoffrey.

»Davonkommen?«

»Bei dem Versuch, Zeugen während der Vernehmung Geständnisse abzunötigen. Noch dazu, wenn man auf bloße Vermutungen angewiesen ist und über keinen wirklichen Beweis verfügt. Sie haben nichts in der Hand, um Blake in die Enge zu treiben. Es sei denn, die Geschworenen müßten Harte freisprechen.«

Maitland sagte zu Stringer: »Von ›müssen‹ kann nicht die Rede sein. Oder sind Sie anderer Ansicht? Garfield hat das letzte Wort, wie Sie wissen. Er wird behaupten, die Juwelen seien aus dem Fenster des Herrenzimmers übergeben worden, nicht aus dem des Frühstückszimmers. Außerdem wird die Anklage sagen, daß Harte in das Herrenzimmer zurückgekehrt ist, als die anderen Gäste im Bett lagen, und er die Kombination des Safes sehr wahrscheinlich kannte. Damit ist das Fundament für eine Verurteilung geschaffen, selbst wenn Garfield einräumt, Harte habe geglaubt, auch George sei schon zu Bett gegangen. Übrigens lieben die Geschworenen Fingerabdrücke und das Motiv – Schulden bei Wyatt –, weil sie damit etwas anfangen können. Vergessen Sie auch nicht, daß Garfield Wyatt ins Kreuzverhör nehmen darf und ganz bestimmt darauf herumreiten wird, daß dieser auf Rückzahlung drängte.«

»Alles in allem denke ich, es wäre besser, wenn Sie auf weitere Zeugenvernehmungen verzichten würden und nicht noch riskieren, sich wegen Laurence Blake lächerlich zu machen.«

»Mir scheint, daß ich diese Chance nutzen muß.« Derek betrachtete die beiden Streitenden und lachte. »Sie werden ihn nicht überzeugen, Geoffrey«, behauptete er. »Sie können sich weitere Versuche sparen.« Glücklicherweise brachte der Kellner gerade die Suppe.

Aber Antony hatte keine rechte Lust zu essen, stocherte herum und ging schon bevor der Kaffe serviert wurde. Seine Freunde mußten sich mit der Erklärung zufriedengeben, daß er mit Garfield sprechen wolle. Sie schauten ihm verwundert nach. Ein unvernünftiger Wunsch, war ihr Gedanke.

Schon kurz vor dem Ende der Lunchpause erschien die Jury wieder. Die elfte Geschworene, eine große, etwas füllige Frau mit borstigem Haar und einem freundlichen Gesichtsausdruck, war froh, dem Geschnatter im Sitzungszimmer entronnen zu sein. Man hatte die einzelnen Punkte noch einmal erörtert. Schließlich redete die Hälfte der Kollegen von einem Freispruch. Vielleicht hatte der Anklagevertreter noch einiges zu sagen. Aber die Beweisaufnahme würde bald abgeschlossen sein, und es schien an der Zeit, sich eine Meinung zu bilden. Doch das war nicht so leicht.

Es war so einfach, »Nicht schuldig«, zu sagen und damit die Angelegenheit zu beenden. Sie gehörte aber nicht zu jenen, die ihre Verantwortung leichtnahmen. Wenn er schuldig wäre... Ein widerliches, brutales Verhalten war das, keinesfalls durfte der Täter frei herumlaufen. Er konnte einen weiteren Mord begehen. Man konnte sich nicht darauf verlassen, daß er seine Strafe schon noch bekommen werde. Nach ihren Erfahrungen ging es denen am besten, die es am wenigsten verdienten, und umgekehrt...

Wenn sie an die Jahre dachte, in denen sie sich um ihren Vater gekümmert hatte, kein eigenes Leben führen konnte, in Gesellschaft eines anspruchsvollen, mürrischen alten Mannes. »Es wird nicht mehr lange dauern, Mädchen«, hatte er zu ihr gesagt. Alle, die noch nicht achtundachtzig waren, hielt er für Kinder. »Es wird nicht mehr lange dauern.« Sie hatte die Hoffnung nahezu aufgegeben, nach so langer Zeit wußte man mit seiner Freiheit ja nichts mehr anzufangen, selbst wenn sie eines Tages kam. Das war das Schlimme.

Das Ende war leicht für ihn. Er war sanft entschlafen. Es hatte nichts damit zu tun, daß sie seine Medizin vergessen und er – nie hatte er sie ohne eine aggressive Bemerkung entgegengenommen – sie nicht daran erinnert hatte. Der Arzt hatte sie gewarnt: »Dies ist das einzige, das ihn noch am Leben erhält.« So sagte er mehr als einmal zu ihr, aber wahrscheinlich ließ sich nicht mit Sicherheit feststellen, ob das Fehlen der Medizin den Tod des alten Mannes verursacht hatte. Ein Augenblick der Unachtsamkeit, das war alles. Und je mehr sie darüber nachdachte, umso mehr wurde sie darin bestärkt, daß Vaters Zeit auf jeden Fall gekommen war. Ganz bestimmt traf sie keine Schuld.

Ihre Gedanken schweiften ab, und dabei wollte sie unparteiisch über den Prozeß nachdenken. Sie war überrascht, daß die Anwälte schon auf ihren Plätzen saßen. Auch den Ange-

klagten hatte man zurückgeholt. Der Richter war erschienen. Aber zu ihrer Verwunderung rief die Verteidigung noch einen weiteren Zeugen auf. Dabei war sie überzeugt, daß der Fall so gut wie abgeschlossen sei...

Als Maitland bei Laurence Blake nach ebensolchen Zeichen von Nervosität suchte, wie sie an Wyatt bei seinem Eintreten zu erkennen waren, wurde er enttäuscht. Blake trug eine zuversichtliche, heitere Miene zur Schau. Natürlich kannte er die Zeugenaussagen von heute morgen noch nicht, es sei denn, er hätte Wyatt oder Bowling in der Pause getroffen, was unwahrscheinlich war. Keiner der beiden Zeugen dürfte anschließend zu platter Konversation aufgelegt gewesen sein. Vermutlich waren sie gleich nach Hause gegangen bzw. gefahren.

Inzwischen befand sich Blake im Zeugenstand und beantwortete die Routinefragen. Maitland kamen plötzlich Bedenken. Vielleicht hatte Geoffrey doch recht. Wenn es nach ihm ginge, würde jetzt zuerst er ein paar Schlußworte sagen, und danach Garfield. Sicher stand das Urteil der Geschworenen schon fest... Onkel Nick hätte es wahrscheinlich so gemacht. Aber er traute seiner Überzeugungskraft nicht in so hohem Maße. Auf alle Fälle war es jetzt zu spät für solche Betrachtungen.

»Erzählen Sie uns bitte, was sich am dreizehnten Juni abgespielt hat. Sie waren von Mrs. Grace persönlich zum Dinner eingeladen.«

»Ja, das ist richtig.«

»Kannten Sie die DeLisles vorher schon?«

»Mit George DeLisle hatte ich geschäftlich zu tun. Sonst nichts. Meine Einladung verdankte ich dem Umstand, daß ich – daß ich mit einer der eingeladenen Damen verlobt bin.«

»Ich verstehe. Aber die Firma Gebrüder DeLisle kannten Sie zweifellos dem Namen nach.«

»Gewiß.«

»So nahmen Sie die Einladung an?«

»Ja. Eleanor – Miss Wyatt – meine Verlobte, erzählte mir von der geplanten Juwelenshow, und daß ich dann auch das Vergnügen ihrer Gesellschaft haben würde. Ich dachte, es sei vielleicht ganz interessant, sich das einmal anzusehen.«

»Und war es interessant?«

»Ja.«

»Sie kamen wann im DeLisleschen Hause an?«

»Ich hatte vor, etwas zehn bis fünfzehn Minuten vor acht bei ihnen zu sein. Als ich ankam, schaute ich nicht nochmals auf meine Uhr, um zu sehen, wie spät es denn nun tatsächlich war.«

»Darauf kommt es auch nicht an. Aber ich hätte gern gewußt, Mr. Blake, worüber Sie sich mit Lady Bowling im Frühstückszimmer unterhalten haben.«

Der Zeuge schaute so überrascht drein, daß es beinahe komisch wirkte. Er starrte den Verteidiger mit offenem Mund an. Es dauerte einige Zeit, bis er die Sprache wiederfand. »Nach so langer Zeit kann ich Ihnen das nicht mehr sagen. Es dürfte etwas Belangloses gewesen sein, denn ich kannte die Lady kaum.

»Sie erzählen uns, daß sie Ihnen nahezu fremd war?«

»So nun auch wieder nicht. Ich begegnete ihr auf gesellschaftlicher Ebene, und da sie die Frau meines Arbeitgebers war, bemühte ich mich mehr um sie, als ich das sonst bei einer zufälligen Begegnung getan hätte.«

»Dann können Sie sich nicht erinnern –«

»Nein«, unterbrach Blake mit schneidender Stimme. Doch war ihm anzumerken, daß sein Selbstvertrauen einen schweren Schlag erlitten hatte. Maitland hielt es aber noch nicht für ratsam, ihm die Maske vom Gesicht zu reißen.

»Der spätere Teil des Abends interessiert uns natürlich am meisten.« Geschickt hatte Maitland den Kurs gewechselt. »Sie haben vermutlich die Juwelen im Beisein der anderen Gäste betrachtet, und zwar in der Zeit zwischen zweiundzwanzig Uhr und zweiundzwanzig Uhr dreißig.«

»Das dürfte hinkommen.«

»Und dann?« Es entstand eine Pause. »Ich frage Sie, was danach geschah«, fragte Maitland nach, und Blake antwortete: »George DeLisle legte den Schmuck in die Etuis zurück und verstaute diese in einem Handkoffer. Er sagte, er werde jetzt ins Herrenzimmer gehen und Briefe schreiben.«

»Haben Sie den Fall in der Presse verfolgt, Mr. Blake?«

»Ja, natürlich. Übrigens, der Reporter, der für meine Zeitung berichtet, ist ein Freund von mir.«

»Dann werden Sie wissen, daß man im Herrenzimmer keinerlei Anzeichen entdeckte, daß die Briefe tatsächlich geschrieben wurden.«

»Das hatte ich vermutet, weil er ermordet wurde, bevor er seine Absicht ausführen konnte.«

»Das ist eine Theorie, aber keine, die ich vertreten würde.« Der Zeuge schwieg, und der Verteidiger fuhr nach einer Weile fort: »Mr. George DeLisle nahm die Juwelen in das Herrenzimmer mit?«

»Er trug sie jedenfalls aus dem Salon hinaus. Ich bin mit dem Plan des Hauses nicht vertraut genug –«

»Sie wußten nicht, welche Tür ins Herrenzimmer führt?«

»Heute weiß ich es. Mein Freund hat mir den Plan gezeigt.«

»Und jetzt wenden wir uns Ihren Aktionen zu, Mr. Blake.«

»Es war zweiundzwanzig Uhr dreißig. Thurlow, ein anderer Dinnergast, sagte, daß es Zeit sei zu gehen. Ich war derselben Meinung. Wir verabschiedeten uns.« – Der Zeuge wurde langsam ungeduldig, vielleicht sogar zornig, wie am Sonntagnachmittag. – »Ich fuhr sofort nach Hause. Das kann ich zwar nicht beweisen, aber Thurlow würde Ihnen sicher bestätigen, daß ich meinen Wagen wegfahren mußte, damit er aus der Ausfahrt heraus konnte.«

»Und was taten Sie, nachdem Sie auf die Straße hinausgefahren waren?«

»Ich fuhr natürlich nach Hause.« Man sah ihm seinen Zorn jetzt ganz deutlich an. Er erinnerte ein wenig an eine Dogge, die zubeißen möchte. Maitland lächelte ihm zu.

»Natürlich«, meinte er entgegenkommend. Und dann:

»Ich habe keine weiteren Fragen.«

Während sich Maitland setzte, fing er einen überraschten Blick von Stringer auf, und Horton faßte gedankenlos nach seiner kranken Schulter. »Begreife doch –«, sagte er mit unterdrücktem Zorn. Maitland machte sich los, zuckte die Achseln und beließ es bei dem Wort: »Wartet doch!« Er atmete erleichtert auf, als er sah, daß Garfield aufstand.

»Da wären... noch ein paar Fragen, Mr. Blake«, sagte der Strafverfolger.

Es war nicht schwierig, Blakes Gedanken zu erraten. Von Maitland befragt zu werden, darauf war er vorbereitet. Wahrscheinlich hatte er sich das Verhör sogar schärfer vorgestellt. Aber mit Garfield hatte er nicht gerechnet. Er wandte sich vorsichtig seinem neuen Gegner zu. »Würde es Sie überraschen, Mr. Blake«, fuhr Garfield monoton fort, »zu erfahren, daß nach den Zeugenaussagen, die wir heute hörten, nahezu alles, was Sie uns erzählt haben, offenkundig erlogen ist?«

Wenn Garfield eine Antwort erwartet hatte, so kam sie jedenfalls nicht sofort. Blake schaute fassungslos von Garfield zu Maitland und wieder zurück, als ob er seinen Ohren nicht traute. Dann wandte er sich zum Richter und stieß mit erstickter Stimme hervor: »Mylord!«

Mr. Justice Conroy blickte ernst auf, dann konzentrierte er sich auf den Anklagevertreter. Falls er dachte, daß dies ein neuer Trick von Maitland sei, so war es jedenfalls weder seiner Stimme noch seinem Gesichtsausdruck anzumerken. Liebenswürdig sagte er: »Mr. Garfield?«

»Mylord, in Anbetracht der unterschiedlichen Zeugenaussagen scheint es gerechtfertigt, einen Versuch zu machen, die Wahrheit herauszufinden. Auf jeden Fall wird mir Euer Lordschaft darin beipflichten, daß ich die Zeugen der Verteidigung ins Kreuzverhör nehmen darf.«

Der Richter ließ sich Zeit. Er warf Maitland einen wissenden Blick zu, der diesem unbequem war. »Sie können fortfahren, Mr. Garfield«, sagte er.

Horton setzte sich eilig. Stringer flüsterte leise: »Wie zum

Teufel haben Sie es geschafft, ihn zu überreden?« Aber Maitland achtete nicht auf die beiden, sondern studierte Blakes Gesichtsausdruck.

»Ich glaube nicht«, sagte Garfield in die Stille hinein, »daß Sie meine Frage vergessen haben, Mr. Blake.«

»Nein, aber es hat mich überrascht. Ich kann dazu nur sagen, daß ich Ihnen die Wahrheit mitgeteilt habe. Ich –«

»Sie können uns erzählen, wie und warum Sie an jenem Samstagabend ins DeLislesche Haus zurückgekehrt sind.«

»Aber ich ging nicht –«

»Wie und warum, Mr. Blake?«

»Das ist lächerlich. Der Tonfall seiner Stimme strafte seine Worte Lügen. »Ich fuhr geradewegs nach Hause.«

Garfield, der sich niemals eine Nachlässigkeit zuschulden kommen ließ, wurde noch ernster: »Vielleicht glauben Sie, daß niemand mehr da ist, der die Wahrheit sagen kann, weil Lady Bowling tot ist.« Blake erwiderte nichts. Er starrte den Anwalt wie gebannt an und atmete schwer, als ob er rasch gelaufen wäre. »Dazu möchte ich Ihnen erklären, daß Sie abgehört wurden, als Sie sich mit ihr verabredeten und als Sie sich mit ihr im Frühstückszimmer unterhielten. ›Es klang, als ob sie sich stritten‹, waren die Worte, die der Zeuge gebrauchte.«

Schweigen. Schließlich erwiderte Blake, in einer Weise, als ob ihn jedes Wort Mühe kosten würde: »Ja, ich ging zurück, aber wir sprachen nur zehn Minuten miteinander – oder eine Viertelstunde. Dann ging ich nach Hause.«

»Lady Bowling hat Sie durch das Fenster des Frühstückszimmers hereingelassen?«

»Ja.«

»Und warum wünschten Sie dieses geheime Treffen, Mr. Blake?«

»Weil ich verzweifelt war. Ich bat sie, mit mir zusammen fortzugehen, aber sie wollte nicht.«

»Trotz Ihrer Verlobung mit Miss Wyatt?«

»Trotzdem. Eleanor ist ein nettes Mädchen, aber –«

»Warum war Lady Bowling nicht mit Ihrem Vorschlag

einverstanden?«

»Ich nehme an, daß sie mich nicht genug liebte.« Wenn das als Ausrede gedacht war, so war der Einfall grausig.

»Darf ich Ihnen einen Vorschlag machen?« Garfield beugte sich ein wenig vor. Er war ganz Amtsperson, kalt, anklagend. (Wirklich beeindruckend, dachte Maitland. – Ich möchte nicht in Blakes Haut stecken. Aber Onkel Nick hätte das noch besser gekonnt.) »Könnten es nicht finanzielle Erwägungen gewesen sein, die Lady Bowling veranlaßten, bei ihrem Mann zu bleiben?«

»Nein. Ich weiß es nicht. Nun ja, möglich wäre es.«

»Es wäre gut, wenn Sie sich zu einer klaren Aussage durchringen könnten«, sagte Garfield streng. Blake blieb stumm und schaute den Strafverfolger an wie ein Kaninchen, das von der Schlange hypnotisiert wird.

»Wenn meine Vermutung stimmt«, fuhr Garfield fort, »dann waren Sie verzweifelt, weil Sie Geld brauchten. Ich glaube, ›verzweifelt‹ war ein Wort von Ihnen, nicht wahr?«

»Ich wollte ... Wenn ich Geld gehabt hätte, wäre sie zu mir gekommen ... Aber es lag mir nicht soviel daran, um deshalb einen Mord zu begehen.«

»Niemand hat Ihnen gegenüber das Wort ›Mord‹ gebraucht, Mr. Blake.«

»Nein, aber ... das ist es, worauf Sie hinauswollen. Sie wollen mir unterstellen –«

»Es wundert mich, daß Lady Bowling das Fenster nicht wieder hinter Ihnen schloß, als Sie fünfzehn Minuten später gingen.«

»Weil sie nicht mehr dort war. Sie ärgerte sich über mich, weil ich ihr versprochen hatte ... Sie haben recht, wir haben uns gestritten ... Sie ging und ließ mich stehen.«

»Und dann?«

»Ich habe es Ihnen schon gesagt. Ich fuhr nach Hause.«

»Obwohl Sie verzweifelt waren?«

»Ja.«

»Weil Sie keine Gelegenheit hatten, den Zeugen vor Ihnen

zu hören, muß ich Ihnen mitteilen, daß George DeLisle dreiundzwanzig Uhr zwanzig noch am Leben war.«

»Richtig, das weiß ich. Ich –«

»Wie können Sie das wissen?« Keine Antwort. »Wie können Sie das wissen?« wiederholte Garfield.

»Natürlich wußte ich das nicht. Ich glaubte, Sie meinen zweiundzwanzig Uhr dreißig.«

»Wirklich?« fragte Garfield in einem Ton, dessen Skepsis durch nichts zu überbieten war. »Darf ich Sie daran erinnern, Mr. Blake, daß Sie wußten, daß George DeLisle um diese Zeit noch am Leben war? Denn Sie sahen ihn gleich darauf, weil Sie zum Herrenzimmer hinübergingen, als die letzten Gäste zu Bett gegangen waren –«

Laurence Blake ließ ihn nicht ausreden. Er atmete stoßweise. »Wenn Sie alles wissen«, brachte er mühsam hervor, »warum belästigen Sie mich dann noch mit Ihren Fragen?«

*

»Das war ein Geständnis oder etwas ähnliches«, meinte der zwölfte Geschworene und schaute sich unter seinen Mitgeschworenen um, »aber ich kann jetzt offen zugeben, ich habe Harte von Anfang an nicht für schuldig gehalten«. Er war stolz auf seine Urteilsfähigkeit und betrachtete sich als Gesetzeshüter, verantwortlich für die Einhaltung der zehn Gebote.

»Schön, aber ich muß gestehen« – der siebente Geschworene warf ihm einen verlegenen Blick zu –, »daß ich der Ansicht bin, Harte hat es doch getan.« (Bin ich schuld, daß in der Vergangenheit falsche Urteile gefällt wurden und Menschen ihren guten Ruf verloren, weil sie zu Unrecht beschuldigt wurden? Von heute an kann ich mir selbst nicht mehr trauen.)

»Aber doch nicht nach dem, was der Strafverfolger am Schluß gesagt hat... Ich meine diesen Garfield. Er hat selbst zugegeben, daß die Prämissen, auf die sich die Anklage stützte, hinfällig geworden sind«, äußerte der Obmann in einem Tone, der die allgemeine Aufmerksamkeit auf sich zog. »Meiner Meinung nach ist eine weitere Diskussion überflüssig. Harte wurde zu unrecht angeklagt, und über Blake haben wir nicht zu entscheiden. Ist jemand anderer Ansicht?«

»Es ist schon spät«, sagte die sechste Geschworene. (Eigentlich konnte ihr das egal sein, denn sie hatte es gar nicht eilig, nach Hause zu kommen.)

»Das ist wahr.« Jetzt war es vorüber, und sie würde wieder an ihren Schreibtisch zurückkehren. Die dritte Geschworene entspannte sich ein wenig. »Trotzdem sind wir überzeugt –«

»Wovon?« fragte der neunte Geschworene kampfeslustig.

»Von Hartes Unschuld natürlich. Ich jedenfalls zweifle nicht daran«, fiel die vierte Geschworene glücklicherweise ein. Sie hätte ihre Überzeugung auch vertreten, wenn die Mehrheit anderer Ansicht gewesen wäre, aber so war es wesentlich besser.

»Einen Moment.« Das war wieder die Stimme des neunten Geschworenen. »Blake hat nicht gestanden. Harte hätte durchaus ein zweites Mal ins Herrenzimmer gehen können. Man denke an seine Fingerabdrücke!«

»Die hat er erklärt.«

»Ja, aber glauben Sie etwa, er oder überhaupt jemand werde die ganze Wahrheit sagen, wenn er unter Mordanklage steht?« Auch die Stimme des fünften Geschworenen klang streitlustig.

»Vielleicht nicht.« Der Obmann gab sich versöhnlich. »Aber niemand kann mit Sicherheit sagen, daß dieser Blake die Delikte, die ihm zur Last gelegt werden, tatsächlich begangen hat.« Ein Chor der Zustimmung setzte ein. »Unter diesen Umständen scheint es ausgeschlossen – der Richter hatte so deutlich wie irgend möglich darauf hingewiesen –, Harte für schuldig zu erklären.«

»Übrigens«, meinte der zehnte Geschworene, »stimmt auch das Motiv nicht ganz. Harte brauchte nur vierhundert Pfund.«

»Nur«, echote der neunte Geschworene widerwillig.

»Ich sehe das anders«, sagte der zweite Geschworene. »Beide brauchten sie Geld, um mit der geliebten Frau auf und davon zu gehen.«

Schweigen. Die Geschworenen dachten nach. »Nein«, entschied der Obmann schließlich. »Ich bin trotzdem überzeugt, daß wir Harte nicht schuldig sprechen können. Kommen wir jetzt zur Abstimmung...

Es hatte nur eine Viertelstunde gedauert, bis sie wieder zurückkehrten und sich auf der Geschworenenbank aneinander reihten. Ihr Spruch lautete: »Nicht schuldig.«

Dienstag,
nach dem Urteilsspruch

Antony kam an diesem Abend spät nach Hause. Er hatte zunächst Hartes Dankesbezeugungen entgegengenommen und, bevor sie das Gericht verließen, eine kleine Konferenz mit Derek, der amüsiert schien, und Geoffrey, der offen seiner Freude Ausdruck verlieh, gehalten. Im Korridor trat ihm dann Chefinspektor Sykes in den Weg. Als er schließlich nach Hause kam, wartete Gibbs schon auf ihn. »Sir Nicholas ist vor einiger Zeit nach oben gegangen«, sagte er in einem Tone, der Antony deutlich zu verstehen gab, daß es die Pflicht eines Gastgebers sei, sich um seine Gäste zu kümmern. Antony, der müde war, stieg etwas langsamer als sonst die Treppe hinauf. Dienstags aß der Onkel immer bei ihnen, deshalb war er nicht überrascht.

Jenny empfing ihn oben in der Diele. »Wir haben schon gehört, wie es ausgegangen ist, Antony. Mr. Malloran hat angerufen. Ich weiß nicht, wer ihn immer so rasch informiert.« Sie betrachtete ihn sorgenvoll, sagte aber nichts. Sie war zu taktvoll. »Onkel Nick ist neugierig«, warnte sie ihn.

Sir Nicholas hatte es sich im Wohnzimmer bequem gemacht. »Ich sehe, daß die Gerechtigkeit wieder einmal gesiegt hat«, empfing er seinen Neffen wohlwollend. Das mußte eine Täuschung sein.

»Ja, ich glaube es.« Antony setzte sich zu seinem Onkel und wartete, bis Jenny ein Glas vor ihn hingestellt hatte. »Fathers Aussage konnte ich bei Gericht nicht vorbringen, aber als die Polizei erst einmal zu ermitteln begann, kam sie der Sache schnell auf die Spur.«

»Hat dir Chefinspektor Sykes davon erzählt?«

»Woher weißt du das?«

»Mein lieber Junge, es war doch deutlich zu sehen, daß er mit dir sprechen wollte.«

»Na schön, er hat es mir erzählt. Aber die Polizei hatte Blake schon vorher im Verdacht, Lady Bowling ermordet zu haben. Man wollte die Untersuchung beschleunigen und in unseren Fall einbeziehen.«

»Das ist alles sehr schön, aber wenn es doch einmal bei dir keine Sensation gäbe!«

Antony lächelte und hob sein Glas. »Es war Garfields Sensation, nicht meine.«

»Das war clever von dir. Wie hast du denn Garfield für eine Zusammenarbeit gewonnen?«

»Nun ja, im Interesse der Gerechtigkeit.«

»Sein Kreuzverhör war weit wirksamer, als es irgendeine Aktion von deiner Seite hätte sein können. Wirklich ein Meisterstück.«

»Wie soll ich das verstehen?«

»Du weißt, was ich meine. Übrigens, deine Manöver heute morgen vor Gericht waren sehr gewagt.«

»Ich wußte über Blake Bescheid durch Father William.«

»Auch die Verhöre von Wyatt und Bowling hatten es in sich.«

»Ich wußte, daß Wyatt etwas zu verbergen hatte. Und Bowling ist ein Mensch mit Verantwortungsbewußtsein.«

»Entschuldige, wenn ich das sage, aber du hast deinen Erfolg durch Fahnenflucht erlangt.«

»Dafür ist Harte verantwortlich, nicht ich.«

»Vor Gericht wurde nicht geklärt, ob George wirklich Briefe schrieb. Verhielt es sich so?«

»Das läßt sich trotz Blakes Geständnis nicht sicher nachweisen. Ich vermute, daß er die Briefe versteckt hat, um den Eindruck zu erwecken, George sei früher gestorben, als es in Wirklichkeit der Fall war. In seiner Not wird er Lady Bowling um ein Alibi gebeten haben.«

»Warum hat er sie getötet? Ich denke, er liebte sie?«

»Ja, aber am Schluß schöpfte sie Verdacht. Sie war ganz durcheinander, wie Sir Leonard bei seiner Vernehmung sagte.«

»Aber sie deswegen zu töten«, zweifelte Jenny.

»Wenn es um die eigene Sicherheit geht... Er muß völlig aus dem Gleichgewicht geraten sein, denn es lag bestimmt ursprünglich nicht in seiner Absicht, daß George sterben mußte. Er war viel zu unvorsichtig. Nur knapp entging er dem Butler. Sicher wußte er auch bereits, daß er Lady Bowling verloren hatte.«

»Deshalb versöhnte er sich mit Eleanor und bestätigte die Verlobung. Damit kaschierte er seine Beziehung zu Lady Bowling oder versuchte es jedenfalls.«

»Arme Eleanor!«

»Es wird ein Schock für sie sein«, meinte Jenny nachdenklich. »Aber liebt sie nicht Malcolm Harte?«

»Ja, doch das scheint eine einseitige Angelegenheit zu sein. Und was würden ihre Eltern dazu sagen?«

»Hauptsache, Malcolm ist nicht mehr an das andere Mädchen gebunden.«

»Das stimmt. Er wird wohl nicht zu Mary Reynolds zurückkehren. Und auch nicht zu Henry DeLisle. Father William hat ihm einen Job angeboten.«

Sir Nicholas protestierte: »Nein, wirklich, Antony –«

»Es handelt sich aber um etwas absolut Solides, Onkel Nick.«

»Du weißt recht gut, daß auch du anderen hilfst, wenn sich

die Gelegenheit bietet«, meinte Jenny und stand entschlossen auf.

Sir Nicholas nahm die Pose eines Märtyrers an, der von denen, die ihm am teuersten sind und ihm am nächsten stehen, mißverstanden wird. Das hielt er aber nur durch, bis Jenny das Abendessen aufgetragen hatte.

Ngaio Marsh

Ngaio Marsh
Hinter den toten Wassern
5033

Ngaio Marsh
Stumme Zeugen
5028

Ngaio Marsh
Der Hyazinthen-Mörder
5036

Ngaio Marsh
Mord in der Klinik
5040

Ngaio Marsh
Bei Gefahr Rot
4968
Das Schloß des Mr. Oberon
4954
Das Todesspiel
4990
Der Champagner-Mord
4917
Der Handschuh
4934
Der Tod auf dem Fluß
4997
Der Tod des Narren
4946
Der Tod im Frack
4908
Der Tod und der tanzende Diener
4974
Fällt er in den Graben, fällt er in dem Sumpf
4912
Letzter Applaus
5008
Mord im Atelier
5000
Mord vor vollem Haus
4994
Mylord mordet nicht
4910
Ouvertüre zum Tod
4902
Tod im Lift
4980
Tod im Pub
4986
Tod in der Ekstase
5016

GOLDMANN

Paul Bowles

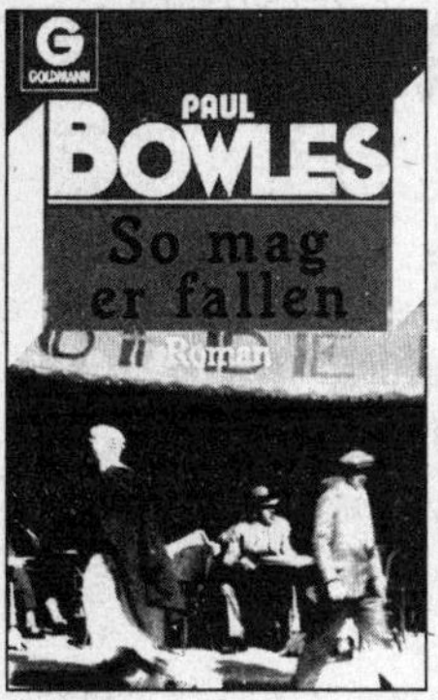

So mag er fallen
9081

Das Haus der Spinne
9120

M'hashish
9293

Die Stunden nach Mittag
9398

Gesang der Insekten
9782

GOLDMANN